Fangermandl

Susanne Rößner wurde in München geboren und lebt nach drei Jahren im Ausland (Italien und USA) heute wieder in ihrer Heimatstadt. Als berufliches Multitalent engagierte sie sich unter anderem als Werbekauffrau, Assistentin eines Magiers, Geschäftsleitungsassistentin, Key Account Managerin und Tauchlehrerin. Als echtes Münchner Kindl empfindet Susanne Rößner seit jeher eine tiefe Verbundenheit zum Alpenvorland. Insbesondere die »Münchner Hausberge« rund um Schliersee und Tegernsee sind ihre bevorzugten Reviere zum Wandern, Biken und Skifahren.

Dieses Buch ist ein Roman. Handlungen und Personen sind frei erfunden. Ähnlichkeiten mit lebenden oder toten Personen sind nicht gewollt und rein zufällig.

SUSANNE RÖẞNER

Fangermandl

OBERBAYERN KRIMI

emons:

Bibliografische Information der Deutschen Nationalbibliothek
Die Deutsche Nationalbibliothek verzeichnet diese Publikation in der Deutschen Nationalbibliografie; detaillierte bibliografische Daten sind im Internet über http://dnb.d-nb.de abrufbar.

FSC
www.fsc.org
MIX
Papier aus verantwortungsvollen Quellen
FSC® C083411

Umschlagmotiv: © mauritius images/Stefan Hefele
Umschlaggestaltung: Tobias Doetsch
Gestaltung Innenteil: César Satz & Grafik GmbH, Köln
Lektorat: Christine Derrer
Druck und Bindung: CPI – Clausen & Bosse, Leck
Printed in Germany 2014
ISBN 978-3-95451-448-9
Oberbayern Krimi
Originalausgabe

Dieser Roman wurde vermittelt durch die
Verlagsagentur Lianne Kolf, München.

Morgenstund, Morgenstund, ein Tag beginnt, Licht tut es kund
Gestern warst du unbeschwert, doch bald hat sich das umgekehrt
Denn heute kommt der Sensenmann, mit dem wird's Dir angst und bang
Schon morgen fließt Dein warmes Blut, vorbei ist's mit dem Übermut
Abendrot, Abendrot, es ist vollbracht, jetzt bist Du tot

»Fangermandl« ist die bayerische Bezeichnung
für das Kinderspiel »Fangen«.

Prolog

Es war noch früh am Nachmittag, als die Sonne den Zenit überschritt und langsam hinter den verschneiten Bergen verschwand. Die Dunkelheit legte sich wie ein Vorhang aus schwerem Samt über das alte Bauernhaus, und der eisige Nebel, der vom See nach oben stieg, fühlte sich an wie flüssiges Blei.

Er hatte den sonnigen, klirrend kalten Wintertag im Freien verbracht und sich bis zur völligen Erschöpfung verausgabt, hatte Holz gehackt und die morsche Wand der Scheune eingerissen. Die Ablenkung war eine Wohltat gewesen und hatte für ein paar Stunden ein trügerisches, viel zu gutes Gefühl hinterlassen.

Trotz der Hitze, die von dem gemauerten Kachelofen in der Stube ausging, fröstelte er. Er nahm ein Glas aus dem Schrank über der Spüle und wartete, bis das Wasser klar und kühl aus dem Hahn rann. Als er den Kopf hob, betrachtete er einen Augenblick lang irritiert das Spiegelbild eines Fremden in der Fensterscheibe. Die Augen hatten einen gequälten Ausdruck, und ein bitterer Zug lag um den Mund. Wirr und dunkel hingen seine Haare in die Stirn, und zu viele Sorgen hatten Dutzende kleiner Fältchen viel zu früh in die gebräunte Haut gegraben.

Eine Zeit lang hatte er versucht, die übelsten seiner Erinnerungen zu verdrängen. Alkohol und Drogen hatten zwar kleine Inseln des Vergessens schaffen können, doch von Dauer waren sie nie.

Weit nach Mitternacht ertrug er die Müdigkeit nicht länger und quälte sich mit schweren Schritten in den ersten Stock. Bis auf ein geräumiges Bad nahm das Schlafzimmer den gesamten Dachstuhl ein und öffnete sich zum Giebel hin. Tagsüber war es ein freundlicher, lichtdurchfluteter Raum, doch jetzt drängten sich die Schatten in den Ecken und rückten bedrohlich näher.

Alles war voller Blut. Der Schnitt in die Arterie war ein Versehen gewesen und hatte dafür gesorgt, dass Wände und Möbel und sogar die Zimmerdecke in ein sich allmählich braun färbendes Rot getaucht waren. Es hatte viel zu lange gedauert, bis er die Blutung stoppen konnte, und fast hätte er darüber die Geduld verloren.

Doch jetzt war die Wunde versorgt, und er stand mit bloßen Füßen in dem roten See, der von dem Körper auf der Bahre darüber gespeist wurde. Kaum wahrzunehmen, dass die Frau inmitten dieses Chaos noch lebte. Seit Stunden tropfte es aus unzähligen Verletzungen in die immer größer werdende Lache am Boden. Er trat einen Schritt zurück und bewunderte andächtig sein Werk. Jeden einzelnen Schnitt hatte er virtuos und mit liebevoller Sorgfalt ausgeführt, hatte die zarte Haut verletzt und fasziniert, ja beinahe glücklich zugesehen, wie dicke Tropfen aus den Wunden quollen.

Aus unsichtbaren Lautsprechern durchdrangen Händels Arien den überheizten Raum und gaben ihm das wundervolle Gefühl, große Kunst zu erschaffen. Er nahm einen alten Hornkamm und kämmte hingebungsvoll die langen schwarzen Haare der Frau.

»Wie schön du bist«, flüsterte er heiser. »Wie ein Engel.« Er schloss die Augen und wiegte sich zu den Klängen des Spinetts. Berauscht vom metallischen Geruch des Blutes bestrich er seinen nackten Körper mit dem Lebenssaft der sterbenden Frau. Er massierte die warme Flüssigkeit in seine Haut, strich vom Oberkörper herab seitlich an seinem Geschlecht vorbei. Seinen Penis nicht zu berühren war wie eine süße Strafe; es war der Tribut, den er ihr dafür schuldete, dass sie ihm ihr Leben schenkte.

Wie kraftvoll ihr Herz geschlagen hatte, als sie noch voller Angst gewesen war! Wie eine Furie hatte sie an ihren Fesseln gezerrt, ihn angespuckt und geschrien, er solle sie losbinden. Ihre Augen hatten geglüht, und fast andächtig hatte er die Kraft bewundert, die in ihr steckte. Später waren ihre Forderungen in ein Flehen übergegangen. Jetzt war kaum noch Blut da, und ihr Puls flatterte so leicht wie ein Schmetterling im Wind.

Mit unendlicher Trauer nahm er wahr, dass das Zittern in ihren Händen schlimmer geworden war. Zärtlich zog er das Lid ihres linken Auges hoch und sah, dass die Linse angefangen hatte, sich einzutrüben. Endlos lange Stunden der Angst und der Hoffnung auf Rettung waren vergangen, dahingeflogen wie die Zeiger auf der Uhr. Ticktack, ticktack. Nun gab es keine Hoffnung mehr.

Was blieb, war das Warten auf Erlösung. Alle Anspannung wich aus dem bleichen und noch immer so schönen Gesicht der Frau und machte einem tiefen Frieden Platz.

»Nein! Warte …«

Mit einem Griff löste er die Fesseln an ihren Händen, legte sich zu ihr und spürte, wie sein Schweiß sich mit dem Blut auf ihrem Körper mischte. Er liebkoste ihren Hals mit seinen Lippen und flüsterte ihr zu, wie sehr er sie immer lieben würde. Während er sie an sich zog und mit leichtem Druck das letzte Blut aus ihren Wunden strich, legte er seinen Mund an den ihren, um die mit ihrem letzten Atemzug entweichende Seele einzufangen.

Er schrie und sein Körper wurde von Krämpfen geschüttelt. Erst als er mit dem Kopf gegen den Nachttisch schlug und mit einem unsanften Ruck auf dem Fußboden landete, erwachte er aus dem Traum. Sein Herz raste, und ein feines Rinnsal bahnte sich einen Weg über seine Schläfe. Stöhnend zog er sich an der Kommode hoch und schaffte es mit letzter Kraft ins Bad.

Als die Krämpfe nachließen, kletterte er mit zitternden Knien in die Dusche, schloss die Glaswand und drehte das heiße Wasser bis zum Anschlag auf. Er sackte in sich zusammen und vergrub sein Gesicht in den Händen. Während er mit geschlossenen Augen auf dem Boden kauerte, verfluchte er das Grauen, das ihn seit seiner Kindheit gefangen hielt.

EINS

Evas Herz raste wie verrückt, und für einen Moment orientierungslos tastete sie nach dem Wecker. Vier Uhr morgens. Da war es wieder. Ein blechernes Scheppern, das sie unsanft aus dem Schlaf gerissen hatte. Sie stöhnte und tastete nach dem Schalter der Nachttischlampe. Im unbarmherzigen Licht der Sechzig-Watt-Birne kniff sie die Augen zusammen und kroch widerwillig unter der warmen Decke hervor.

Leise maunzend saß das schwarze Ungetüm unter der Eckbank in der Küche und drückte seinen Unwillen aus, indem es einen Blechnapf quer über den Fliesenboden schob. Eva rieb sich die Augen und stöhnte vor Schmerz. Der Kater kam zu ihr, schmiegte sich an ihre Beine und bettelte um Futter. Sie streichelte kurz über das warme, weiche Fell und tapste schlaftrunken über den dunklen, kalten Flur weiter ins Bad.

Im schwachen Licht des Badezimmers drückten sich ihre kleinen Brüste durch das enge T-Shirt. Es war zu kurz, um das Bäuchlein zu bedecken, das ihr seit Jahren Verdruss bereitete. Sie beugte sich zum Spiegel und musterte ihr Gesicht. Der Bluterguss hatte an Farbe zugelegt und würde bis zum Morgen ein schönes Veilchen ergeben.

Vorsichtig rieb sie ihr verletztes Auge und verzog den Mund, als ihr ein säuerlicher Geruch in die Nase stieg. Sie fragte sich, wo das Stück Leber abgeblieben war, das sie auf die Schwellung gelegt hatte. Verdammt! Eva rannte ins Schlafzimmer, scheuchte den Kater mit einem Schrei aus ihrem Bett und betrachtete naserümpfend das angekaute Stück Fleisch, das einen hässlichen roten Fleck auf der sonnengelben Bettwäsche hinterlassen hatte.

Zwei Stunden später klingelte der Wecker. Wie gerädert quälte sie sich aus dem Bett und stellte sich unter die Dusche. Zwanzig Minuten später wischte sie die Lache auf, die neben dem mit bunten Fischen bedruckten Duschvorhang auf die grauen Fliesen getropft war, ging in die Küche und schnitt die Leber für den Kater klein.

Hoffentlich bleibt es ruhig, betete sie mit einer Tasse Kaffee in der Hand und sah den Schneeflocken zu, die in Zeitlupe aus dem grauen Himmel fielen. Als ihr Chef vor zehn Tagen unerwartet ausgefallen war, hatte Märkel ihr kommissarisch die Leitung der Abteilung für Gewaltverbrechen übertragen. Allein beim Gedanken daran wurde ihr übel.

Eva löste ihren Blick von der Straße und ging ins Schlafzimmer. Nach dem vierten Anlauf entschied sie sich für einen dunkelbraunen Strickpulli und verwaschene Jeans. Ein kurzer Blick auf die Uhr zeigte ihr, dass es schon spät war und sie sich zwischen Aufräumen und Streicheleinheiten entscheiden musste.

Eine halbe Stunde später klingelte ihr Telefon.

»Schläfst du noch?«, fragte ihr Kollege Max Hansen irritiert.

Oh Gott. Sie scheuchte den Kater vom Sofa, schnappte sich die braune Kunstfelljacke und schlüpfte in ihre dicken Winterstiefel. Während sie die Treppe hinabhumpelte, kämmte sie mit den Fingern durch ihre dunklen Locken. Die lange Mähne hatte sie abschneiden lassen, als ihr das morgendliche Ritual zunehmend auf die Nerven gegangen war. Seither konnte sie eine halbe Stunde länger schlafen und sah aus wie Anfang zwanzig. Was nicht immer ein Segen war.

***

Max Hansen pfiff durch die Zähne, als Eva ins Zimmer humpelte und ihre Jacke auf den kaputten Stuhl in der Ecke warf.

»Wow, Eva, hattest du ein Rendezvous mit einem Boxer? Wobei ich mich frage, ob es ein zwei- oder ein vierbeiniger war. Immerhin brauchst du dich eine Weile nicht zu schminken, so wie du aussiehst.« Er stieß ein meckerndes Lachen aus und klopfte sich vor Vergnügen auf die Schenkel.

Dass Märkel Eva statt ihn vorübergehend zur Leiterin ihrer Abteilung ernannt hatte, wurmte Max wie verrückt, und er ließ keine Gelegenheit aus, ihr das zu zeigen. Dieser Idiot. Den Job konnte er gern haben. Eva blätterte wie beiläufig in der Aktenmappe, die auf ihrem Schreibtisch lag.

»Weder noch. Wusstest du, dass man für die Einzelkämpferausbildung einen Prüfungssprung bei völliger Dunkelheit absolvieren muss? Nein?« Sie machte eine Pause und ergötzte sich an seinem entgeisterten Gesichtsausdruck. »Gestern Nacht hatte ich dabei das Pech, dass sich der Hauptschirm nicht geöffnet hat. Deswegen war die Landung auf dem Wallberg echt beschissen, aber ich hab es trotzdem ohne Hilfe geschafft, mich durchzukämpfen. Du kannst also stolz auf mich sein.«

Eva hatte keine Ahnung, ob es einen derartigen Plan bei der Ausbildung gab, aber der fassungslose Blick ihres Kollegen war jedenfalls einen Preis wert. Und sie dachte nicht im Traum daran, ihn aufzuklären.

»Ich muss zu Märkel. Schaffst du es, so ganz allein die Stellung zu halten, bis Karl kommt?« Mit heimlicher Genugtuung sah sie, dass sein Gesicht eine leicht rosa Farbe annahm. Sollte er sich doch ärgern. Vielleicht würde er ja irgendwann begreifen, dass ihre Sticheleien nur das Echo auf seine Unverschämtheiten waren.

***

Rosie war mit dem Schlafzimmer fertig und stellte den geflochtenen Korb mit der Schmutzwäsche vor die Waschmaschine. Als sie den Inhalt nach Farben sortierte, fiel ihr Blick auf ein Stück Stoff, das zwischen Wand und Trockner gerutscht war. Für den Augenblick war sie froh, dass der Besitzer des Penthauses den kleinen Raum hinter der Küche nie betrat. Er war, nun ja, »pingelig« war ein zu freundliches Wort dafür. Er bestand darauf, dass sein Zuhause so steril zu sein hatte wie ein Operationssaal, und alles, was von dieser Vorgabe abwich, artete zu einem Drama aus.

Die Wohnung, der sie sich fünf Vormittage pro Woche widmete, war ein Traum. Sechs Zimmer mit bodentiefen Fenstern, großzügig geschnitten, die Möbel modern und geschmackvoll und sicher sündhaft teuer. Marmor und Granit in den Bädern und der Küche, Edelhölzer in den anderen Räumen. Eine achtzig Quadratmeter teilüberdachte Terrasse mit dunkelbraunen Loungemöbeln und einem Blick auf die Berge, der allein schon ein Vermögen wert war. Und doch hatte Rosie in den vergangenen zehn Jahren nur selten Hinweise auf einen Besucher entdeckt.

Stirnrunzelnd betrachtete sie den weißen Stoff. Sie kniete sich auf den Boden und griff mit der Hand danach. Vergeblich. Er war zu weit nach hinten gerutscht. Stöhnend kam sie auf die Beine und überlegte, ob sie den Fund einfach vergessen sollte. Dann schüttelte sie den Kopf. Ignoranz war ein schlechter Ratgeber. Manchmal war ihr Arbeitgeber wie ein Bluthund, dessen größtes Vergnügen es war, Unregelmäßigkeiten zu erschnüffeln. Und das Ding hinter dem Trockner wäre ein gefundenes Fressen für ihn. Wie vor zwei Jahren, als er eines Abends seinen Füllfederhalter verloren hatte. Am nächsten Tag hatte er sich auf die Suche danach begeben und ihn unter dem Sofa entdeckt. Was für ein Theater er gemacht hatte! Er hatte getobt wie ein Hagelsturm, und sie hatte sogar einen Augenblick lang Angst gehabt, er würde sie schlagen. Egal, wie, der Stoff musste verschwinden.

Zehn Minuten lang angelte sie mit dem Besenstiel nach dem Knäuel, bis es endlich seinen Widerstand aufgab. Sie zog den Stoff auseinander und spürte, wie sich ihr Puls beschleunigte. Das einst blütenweiße Hemd war großflächig mit einer getrockneten bräunlich roten Substanz verschmiert. Schwer atmend stützte sie sich auf den Trockner, während sich ihre Gedanken überschlugen.

Sollte sie es in die Waschmaschine stecken, Bleichmittel hinzugeben und so tun, als wäre nichts gewesen? Es zurück an seinen alten Platz schieben, so tief, dass man es nicht mehr sehen konnte? Es zur Polizei bringen? Angeekelt betrachtete sie das erstarrte Gewebe und kaute nervös auf dem Knöchel ihres linken Daumens.

Vielleicht gab es ja einen Zusammenhang zwischen dem Hemd und dem Raum am Nordende der Wohnung, den sie nur einmal betreten hatte. Es war ihr zweiter Arbeitstag gewesen, und sie stand ratlos vor den abscheulichen Gemälden an der Wand und den seltsamen Geräten auf dem Schreibtisch. Alles sah neu und teuer aus, und sie wusste nicht, welches Mittel sie zum Reinigen benutzen durfte.

Seine Warnung war mehr als deutlich. Und es war das einzige Mal, dass er sie in all den Jahren geduzt hatte: »Wenn du diesen Raum jemals wieder betrittst, Rosie, dann bringe ich dich um.«

Dabei lächelte er sie so freundlich an, dass sie später glaubte, sich verhört zu haben.

***

Am Abend war Eva erleichtert, dass auch ihr zehnter Tag als Verantwortliche der Abteilung ohne Zwischenfall verlaufen war. Sie sah auf die Uhr. Halb fünf, Gott sei Dank.

Dreißig Minuten später legte sie die Akte des letzten Falls, den Max und sie in nur einem Tag gelöst hatten, in den abschließbaren Wandschrank, schaltete den Computer aus und nahm ihre Jacke vom Stuhl. Als sie einen prüfenden letzten Blick ins Zimmer warf, klingelte ihr Telefon. Kurz überlegte sie, ob sie den Anruf ignorieren sollte. Die Kollegen waren schon im Feierabend, und auch ihr konnte es niemand verdenken, wenn sie an einem ruhigen Tag wie diesem pünktlich nach Hause ging.

»Kommen Sie sofort in mein Büro!« Märkels Tonfall ließ keinen Zweifel zu, dass es keine Bitte war, sondern eine Anweisung.

Eva seufzte. Mist.

»Kommen Sie rein.« Das klang längst nicht so freundlich wie am Vormittag. Der Polizeidirektor saß wie ein fetter, ungepflegter Buddha hinter seinem großen Schreibtisch aus grünem Marmor. Dass er ihr keinen Stuhl anbot, sondern sie wie ein Schulmädchen stehen ließ, war das Tüpfelchen auf dem i.

»Frau Neunhoeffer, mir ist etwas über Sie zu Ohren gekommen, das Konsequenzen nach sich ziehen wird.«

Verwirrt sah Eva ihren Chef an. Wovon zum Teufel redete er da?

»Dass Sie sich entschlossen haben, sich weiter auszubilden, ist an sich ja erfreulich. Dass Sie es im Gegenzug aber nicht für nötig erachten, sich dafür eine Genehmigung einzuholen, ist schon sehr dreist. Es tut mir leid, Ihnen sagen zu müssen, dass mich das sehr enttäuscht.« Märkel pulte mit zwei Fingern in seinen gelblichen Zähnen nach den Resten seines Mittagessens. Widerlich. Sie wandte den Blick von ihm ab.

»Sehen Sie mich an, wenn ich mit Ihnen spreche!«, quiekte er. Wie immer, wenn sein Blutdruck stieg, klang er wie ein Kaninchen, das in einem Fuchsbau saß.

Allmählich wurde es ihr zu blöd. »Bevor Sie mich weiter zusammenstauchen, wäre ich Ihnen dankbar, wenn Sie mir zumindest sagen würden, worum es eigentlich geht.«

»Jetzt werden Sie nicht auch noch unverschämt!« Märkel sprang ungelenk auf. »Sie wissen ganz genau, dass ich von Ihrem fragwürdigen Engagement rede, eine Prüfung beim SEK abzulegen.«

Ach du Scheiße. Max, dafür bring ich dich um, schwor sie sich. Diese Idioten. Max genauso wie der Chef. »Es tut mir wirklich leid, aber ich habe keine Ahnung, wie Sie auf einen solchen Blödsinn kommen, bei allem Respekt. Ich habe schon Höhenangst, wenn ich auf meinem Balkon im ersten Stock stehe, und da soll ich eine Kampfausbildung machen? Das ist ja lächerlich.«

»Was? Wollen Sie damit sagen, dass das gar nicht stimmt?« Märkel ließ sich schwer zurück auf seinen Stuhl fallen. Seine Gesichtsfarbe wechselte in Sekundenschnelle von einem zarten Schweinchenrosa in das Lila einer reifen Pflaume.

»Natürlich nicht. Nicht für eine Million würde ich mir das antun.« Sie stützte sich auf seinen Tisch und beugte sich nach vorne. »Aber vielleicht erzählen Sie mir, wie Sie auf einen derartigen Schmarrn kommen?« Mit Genugtuung nahm sie wahr, dass er ihrem Blick auswich. Sollte es ihm doch peinlich sein!

»Aber, ja, also, wieso humpeln Sie dann, und woher kommt das blaue Auge?«

Eva war so sauer, dass es pure Streitlust war, ihn auflaufen zu lassen, Chef hin oder her. »Seit wann stehen Veilchen in einem Zusammenhang mit einer Ausbildung beim SEK? Da komme ich leider nicht ganz mit.«

»Ja, ähm, ich meine, nein, da haben Sie natürlich recht. Also wenn Sie diese Ausbildung gar nicht machen, dann vergessen Sie es einfach.«

»Vergessen? So einfach? Ich muss schon sagen, dass ich enttäuscht bin über derart haltlose Verdächtigungen und Vorwürfe.« Sie wandte sich ab und humpelte übertrieben zur Tür. Die Klinke in der Hand, drehte sie sich noch einmal um. »Aber gut, dass Sie mich an das blaue Auge und den verstauchten Knöchel erinnern. Ich bin gestern Abend auf dem vereisten Parkplatz hier vor dem Haus ausgerutscht. Dabei bin ich mit dem Auge gegen den

Außenspiegel eines dunkelgrauen Siebener-BMW geknallt, der im Halteverbot stand. Sie wissen nicht zufällig, wem der Wagen gehört?«

Als sie ihn mit hochrotem Kopf in seinem Büro zurückgelassen hatte, wäre sie am liebsten vor Freude die Treppe hinuntergehüpft. Eva freute sich diebisch, dass sie ihm gezeigt hatte, dass sie nicht das kleine Mäuschen war, das er und viele andere Kollegen in ihr vermuteten. Nur weil sie trotz ihrer vierunddreißig Jahre aussah wie eine Studentin.

***

Er steckte zwei Scheiben Brot in den Toaster und schlug drei Eier in eine Pfanne. Lustlos stocherte er in seinem Frühstück, und auch der Kaffee schmeckte ihm nicht. Er schüttete den Rest in den Ausguss, stellte die Spülmaschine an und goss den halb vertrockneten Weihnachtsstern auf der Fensterbank.

Als er sich von der schlaflosen Nacht erholt hatte, spürte er eine vertraute Unruhe. Eine unsichtbare Macht zog ihn an einen Ort, den sein Unterbewusstsein vor langer Zeit gespeichert hatte und den er nur zu gern vergessen würde. Doch wie er aus Erfahrung wusste, würde sein Geist keine Ruhe geben. Er würde träumen, wieder und wieder, bis er dem Drängen letztlich nachgab.

Er verstaute Schneeschuhe, Stöcke und einen Rucksack mit einer Kanne Tee, zwei Äpfeln und einer Packung Keksen und fuhr durch die schneebedeckte Landschaft Richtung Süden.

Vierzig Minuten später ließ ihn ein unbestimmtes Gefühl nach links in einen geräumten Waldweg einbiegen. Wenige hundert Meter weiter wies ein Schild darauf hin, dass er sich nach dem großen Tor auf Privatbesitz befinden würde und das Betreten Unbefugten verboten war. Was im Grunde egal war, da er nicht im Traum daran dachte, über das verschlossene Tor zu klettern.

Vorsichtig setzte er den schweren Audi zurück, um keine verräterischen Reifenspuren zu hinterlassen. Wenden war unmöglich, und vom Weg abkommen hieße, der unberührten Schneedecke neben der schmalen Forststraße einen Stempel aufzudrücken.

Nachdem er auf der Bundesstraße einen Wanderparkplatz angefahren hatte, schaltete er sein iPad ein und aktivierte ein Landkartenprogramm, das ein Bekannter ihm vor ein paar Monaten im Gegenzug für einen Gefallen besorgt hatte. Mapact war ein internes, öffentlich nicht verfügbares Programm der Regierung. Es verzeichnete neben Straßen auch Grundstücke und Häuser mit genauem Grenzverlauf, exakter Größe und Namen sowie detaillierte Angaben zu den jeweiligen Eigentümern. Außerdem standen Fotos in Echtzeit zur Verfügung, vorausgesetzt, der Himmel war klar und ein angeschlossener Satellit befand sich im Überflug. Mittels GPS-Bestimmung identifizierte er in weniger als einer Minute das Gelände.

»Hubert von Hohenfels, fünfhundertvierunddreißig Hektar, vollständig von einer umlaufenden Mauer umgeben. Stellenweise zusätzlich durch Elektrozaun abgeschirmt.« Er pfiff durch die Zähne. »Was zum Teufel sichert der denn hier ab? Ein privates Fort Knox?«

Als er den Ausschnitt vergrößerte und durch die Karte scrollte, fiel ihm der kleine baumlose Fleck am nördlichen Rand ins Auge, mitsamt dem ihm nur zu gut bekannten Weg, der von Westen her dorthin führte. Er hatte gehofft, dass ihm der Umweg erspart bleiben würde, doch das riesige umzäunte Areal machte ihm einen Strich durch die Rechnung.

Eine halbe Stunde später hatte er sein Ziel erreicht. Er fuhr in den hinteren Bereich des Parkplatzes und stellte den Wagen so ab, dass er von der Straße nicht mehr zu sehen war. Nachdem er Stulpen über seine Jeans und Bergschuhe gezogen hatte, packte er seinen Rucksack und machte sich auf den Weg zum See.

In der letzten Nacht war ein halber Meter Schnee gefallen, und trotz der Schneeschuhe fiel es ihm schwer, einen Fuß vor den anderen zu setzen. Bereits nach fünfzehn Minuten stand ein Schweißfilm auf seiner Stirn, und kleine Bäche rannen seinen Rücken hinab.

Eisige Stille lag über der tief verschneiten Landschaft. Hoch am Himmel zog ein Falke seine morgendlichen Bahnen auf der Suche nach Beute, die sein Überleben für die nächsten ein, zwei Tage sichern würde. Der kleine See lag gefroren in seinen Ufern, als die ersten Sonnenstrahlen die zerklüftete Berglandschaft in ein rosafarbenes Licht tauchten. Eine Weile betrachtete er den Zauber durch ein Fernglas, bis etwas am gegenüberliegenden Ufer seinen Blick durch den sich langsam lichtenden Nebel auf sich zog.

Der Schnee lag so hoch, dass er eine knappe Stunde brauchte, um den See zu umrunden. Je näher er kam, desto deutlicher traten die Formen des Objekts hervor, das seine Aufmerksamkeit erregt hatte. Die Futterstelle war bis auf ein großes weißes Bündel leer. Er ging näher heran und hob die Hand, um den Schnee wegzuwischen, als er die Finger sah, die nach unten aus den Stäben ragten.

Froh, den Anblick der toten Frau kein weiteres Mal ertragen zu müssen, atmete er auf. Das wenige, was er sah, zeigte ihm, dass sie nicht bewegt worden war, und das war alles, was er wissen musste. Ohne sich zu rühren, dachte er lange über mögliche Konsequenzen nach. Wenn er die Polizei verständigte, würde sie eins und eins zusammenzählen und ihn zu ihrem Hauptverdächtigen küren. Der See war im Winter kein Ziel für einen Ausflug, und an einen Zufall würde zu Recht niemand glauben. Als er zu einem Entschluss gekommen war, verlängerte er die Schultergurte des Rucksacks mit einem Seil und zog ihn wie eine Schleppe hinter sich her.

Zurück am Auto, wiederholte er die Prozedur mit den Reifenabdrücken. Er brauchte eine halbe Ewigkeit, um alle verräterischen Spuren zu beseitigen, dann fuhr er Richtung Osten.

Das winzige Häuschen, vor dem er wenig später parkte, hatte seine besten Zeiten längst hinter sich. Morsche Fensterläden hingen schief in den Angeln, und die Stellen, an denen der Putz noch an der Wand klebte, konnte er mit einer Hand bedecken.

Die alte Frau hatte ihn fast nicht erkannt, so schlecht waren ihre Augen mit der Zeit geworden. Dann legte sich ein Lächeln über das faltige Gesicht, das auch in jungen Jahren nie schön gewesen war und doch die Verehrer angezogen hatte wie die Motten das Licht.

Obwohl im Ofen ein kleines Feuer brannte, war es kalt im Zimmer. Er drückte sie an sich, und als er ihre Rippen unter den vielen Schichten ihrer Kleidung spürte, kam er sich unendlich schlecht vor.

Er setzte sich an den wackligen Tisch und fühlte, dass es sie kränken würde, wenn er ihr die Rolle der Gastgeberin aus der Hand nahm. Umständlich füllte sie Kaffee in einen Dauerfilter, übergoss ihn mit heißem Wasser und deckte mit zitternden Händen den Tisch. Das Mobiliar war alt und abgenutzt, und das bestickte Deckchen war vom vielen Waschen durchsichtig geworden. Trotzdem war alles sauber und ordentlich. Als sie sich zu ihm setzte, tat sie ihm leid.

Tastend suchte sie nach seiner Hand. »Es gibt nichts zu bedauern. Du konntest doch gar nicht anders.« Sie lächelte, als sie spürte, wie überrascht er war.

»Tante Fanni, vor dir konnte ich noch nie etwas verheimlichen«, sagte er leichthin, aber sie merkte, wie nah es ihm ging. Sie hatte ihn schon als Kind gern gemocht, vielleicht weil er so anders war als die Jungen, die nach der Schule durch die Wälder tobten.

»Ich war die beste Freundin deiner Großmutter, und sie war eine gute Lehrerin.«

Eine Weile tauschten sie Erinnerungen über Anni Maindl aus, bis die alte Frau sagte: »Du bist sicher nicht hier, um mit mir über Anni zu reden. Was hast du auf dem Herzen?«

Er nahm ihre Hand, streichelte sachte über die faltige Haut und nahm sich Zeit, um die richtigen Worte zu finden. Dann fing er an zu erzählen. Schweigend hörte sie ihm zu, bis er seine Geschichte mit einer Bitte beendete: »Tante Fanni, ich brauche deine Hilfe.«

ZWEI

Karl Holtau gestikulierte wild, als Eva in das überheizte Zimmer kam. Er drückte eine Taste am Telefon und forderte laut: »Bitte wiederholen Sie das.«

»Eine tote Frau gefunden. Im Weissacher Moor, in der Heuraufe am See. Mehr sage ich nicht. Fahren Sie hin und sehen Sie es sich selbst an«, sagte die Frau und legte auf.

Eva drehte das Thermostat zurück und lehnte sich gegen Karls Tisch. »Wer war denn das?«

»Das wollte sie nicht sagen. Nur, dass sie eine Leiche entdeckt hat.«

Nachdenklich knabberte Eva an ihrem letzten Keks. »Wie alt wird sie wohl sein?«

»Schwer zu sagen. Der Stimme nach über achtzig.«

»Hmm, das glaube ich auch.« Sie stibitzte ein Stück Schokolade aus seiner offenen Schublade. »Ich kenne die Gegend. Es ist ein abgelegener Sumpf mit einem großen Weiher, den die Kinder im Sommer zum Schwimmen nutzen. Ich kann mir bei aller Phantasie nicht vorstellen, wie eine achtzigjährige Frau durch diese Schneemassen zu der Futterstelle kommen kann, von der sie gesprochen hat.«

Eva nahm den Hörer von Karls Telefon und wählte eine Nummer. »Können Sie den Anrufer zurückverfolgen, der zuletzt mit diesem Apparat verbunden war? Ja, ich warte. Egal, ob das eine alte Frau schaffen kann oder nicht, wir müssen es überprüfen. Wir nehmen den Allrad und fahren … Ja?« Sie hörte zu und brummte einige unverständliche Antworten, dann legte sie den Hörer auf. »Der Anruf kam von einem Mobiltelefon ohne eingelegte SIM-Karte. Sie hat sich über die 110 zu uns durchstellen lassen.« Sie legte den Kopf schief und sah ihren Kollegen erwartungsvoll an.

»*Very tricky*«, sagte er nach einer Weile. »Ein bisschen zu clever für eine alte Frau, oder?«

»Eben. Der Anruf konnte nur bis zu einer Funkzelle im Gebiet um Sachsenkam zurückverfolgt werden. Gegebenenfalls nehmen wir uns die Dorfbewohner dort vor. Aber erst überprüfen wir, ob an der Geschichte was dran ist.«

Nachdem Eva den Wagen geparkt hatte, schnallten sie sich Schneeschuhe unter ihre Stiefel und machten sich auf den weiten Weg zum See.

»Ich glaube ja, dass wir verarscht werden«, maulte Karl schon nach fünf Minuten. »Hier gibt es weit und breit keine Spuren im Schnee. Und die Alte hat nichts davon gesagt, dass sie fliegen kann.« Widerwillig schlug er mit einem Stock gegen die Äste der Nadelbäume. Er hatte Angst, dass der Schnee ausgerechnet dann abrutschen würde, wenn er darunter durchging.

Eva verdrehte die Augen. »Es gibt noch einen zweiten Zugang von Westen her. Vielleicht kam sie von dort.«

Anders als Karl war sie froh, dem Büromief für ein paar Stunden den Rücken zu kehren. Nur sein Gemecker ging ihr auf die Nerven. Sollte die Suche zu nichts führen, dann wäre das doch gar nicht so schlecht. Nur eine kleine Wanderung während der Arbeitszeit. Karl hielt nicht viel von frischer Luft, und anstrengen mochte er sich erst recht nicht. Um ihm die Kraft zum Reden zu nehmen, zog sie das Tempo an, bis ihm nichts anderes übrig blieb, als den Mund zu halten, um nicht zurückzubleiben.

Zwanzig Minuten später passierten sie einen Wildwechsel, und kurz darauf hörten sie ein aufgeregtes Grunzen. Eva blieb stehen und legte den Finger auf die Lippen.

»Hörst du das?«, flüsterte sie. »Das sind Wildschweine. Die sind extrem scheu, und sie müssen was zu fressen gefunden haben, sonst hätten sie den Krach längst gehört, den wir machen.«

Karl sah sie mit großen Augen an. »Denkst du …?«

Sie nickte. »Ja. Wir müssen uns anschauen, was sie gefunden haben. Komm.«

So gut es ging, rannten sie die letzten fünfzig Meter zum See. Drei große Bachen und ein alter Keiler standen unter einem windschiefen Futterstand und versuchten, an das heranzukommen, was auf dem Gitter lag.

Eva fing zu schreien an und klatschte in die Hände. »Haut ab, haut ab, weg da!«

Erschrocken fuhren die Schweine herum, als die beiden nach Mensch stinkenden Gestalten auf sie zurannten. Auf kurzen Beinen machten sie kehrt und stoben davon.

Noch bevor sie die Raufe erreicht hatten, zog Eva ihr Telefon aus ihrem Parka und rief die Sachbearbeiterin im Präsidium an. »Die Anruferin hatte recht. Wir brauchen das volle Programm. Finde heraus, wer für das Gebiet zuständig ist, und sag Hansen Bescheid.«

Eine halbe Stunde später hatte Nora Wallner den Revierförster ausfindig gemacht. Er erklärte sich bereit, die Leute von der Polizei mitsamt ihrer Ausrüstung mit seinem Landcruiser an der Straße abzuholen.

»Das letzte Stück müssen Sie zu Fuß gehen. Der Forstweg wurde im Herbst unterspült und kann bei dem Schnee nicht befahren werden, tut mir leid«, erklärte er. »Ich kann Ihnen Schneeschuhe leihen, wenn Sie keine eigenen haben.«

Als Max Hansen mit der Spurensicherung und dem Rechtsmediziner Amadeus Dyrkhoff bei Eva ankam, untersuchte sie eine merkwürdige dreißig Zentimeter breite Schleifspur.

»Ich glaube, dass diese Spur zu dem zweiten Parkplatz westlich von hier führt«, erklärte sie. »Karl ist unterwegs dorthin und versucht herauszufinden, ob die Spur auf der ganzen Länge verwischt ist.«

»Du hast Karl dazu gebracht, fünf Kilometer zu laufen? Gratuliere.« Max lachte auf.

»Die Alternative hat ihm noch viel weniger gefallen.« Mit einer Kopfbewegung deutete sie zur Futterkrippe. »Als wir ankamen, waren ein paar Wildschweine dabei, die Hand abzunagen, die durch das Gitter gerutscht war. Ich hab ihm gesagt, dass einer die Spur untersuchen und der andere die Schweine suchen gehen muss.«

Alle wussten, dass Karl Angst vor allem hatte, was größer war als ein Hamster. Max grinste, und der Rechtsmediziner rügte sie mit einem Blick, der von einem fast unmerklichen Lächeln begleitet war. Eva drückte sich nie vor unangenehmen Aufgaben, das war im ganzen Präsidium bekannt.

Kurz nach Max kam auch Karl zurück. Er hatte einen roten

Kopf und war außer Atem. »Wer auch immer hier gewesen ist, er hat seine Spuren gut verwischt. Und er hat einen größeren Gegenstand bis zur Straße hinter sich hergezogen. Nichts, was wir verwerten können.«

»Was ist mit dem Parkplatz? Hast du Reifenspuren gefunden?«, fragte Max.

Karl Holtau schüttelte den Kopf. Er zog ein Stofftaschentuch aus der Jacke und schnäuzte sich. »Nein. Der Wagen wurde auf die Straße gefahren, und danach wurden alle Profilabdrücke beseitigt.«

»Denkst du, dass eure Anruferin fit genug ist, um das zu schaffen?«, fragte Max.

»Kann ich mir nicht vorstellen. Es ist schon scheißanstrengend, nur die einfache Strecke zu laufen. Und so alt, wie sie am Telefon klang, halte ich es für unwahrscheinlich, dass sie überhaupt noch Auto fahren kann.«

»Also hat sie für jemand anderen angerufen«, folgerte Eva. »Nur, weshalb?«

»Um jemanden zu decken? Den Täter vielleicht?«

»Ich weiß nicht.« Sie zog die Stirn in Falten. »Ergibt das einen Sinn? Warum sollte sich der Mörder bei uns melden? Um erwischt zu werden? Dazu braucht er keine dritte Person. Und wenn er nicht gefasst werden will, setzt er sich einem ziemlichen Risiko aus, wenn er jemanden einweiht. Das ist völlig unlogisch.«

Max hatte die Unterhaltung seiner Kollegen skeptisch verfolgt. »Vielleicht sollten wir die Untersuchungsergebnisse abwarten, bevor wir zu spekulieren anfangen. Wir wissen ja noch nicht mal, ob wir es überhaupt mit einem Mordfall zu tun haben.«

Die anderen sahen ihn überrascht an.

»Wie soll die Leiche denn sonst in die Heuraufe gelangt sein? Glaubst du, dass die Frau zu Lebzeiten hineingeklettert ist und dort auf den Tod gewartet hat?«, fragte Eva.

»Ich sage ja gar nicht, dass ich an einen natürlichen Tod glaube. Nur, dass wir warten sollten, bis sich der Falke geäußert hat.« Im letzten Jahr hatte ein Witzbold dem Kollegen aus der Rechtsmedizin wegen seiner Leidenschaft, in den Eingeweiden der Opfer zu wühlen, den Namen des Greifvogels verpasst. Je mehr sich

Amadeus Dyrkhoff dagegen wehrte, desto tiefer setzte sich der Spitzname bei den Ermittlern fest.

Max winkte den Kollegen von der Spurensicherung zu sich. »Habt ihr was gefunden?«

»Bisher nichts. Falls es mal Spuren gab, haben die Wildschweine sie niedergetrampelt. Und der Schnee macht es uns auch nicht leichter.«

»Sollte Dyrkhoff einen natürlichen Tod ausschließen, dann nehmt den Schnee von der Fundstelle mit und taut ihn im Labor auf. Vielleicht findet sich dabei was«, sagte Eva.

Inzwischen hatte der Rechtsmediziner einen Klapptisch neben die Heuraufe gestellt und seine Utensilien darauf sortiert. Vorsichtig machte er sich daran, die Leiche mit einem weichen Pinsel von der Schneedecke zu befreien.

»Hat die Anruferin nicht etwas von einem Tuch gesagt?«, fragte Max.

»Sie hat ein Laken erwähnt, in das die Frau eingewickelt ist«, antwortete Karl, ohne ihn anzublicken.

»Hat sie wirklich von einer Frau gesprochen? Wir stehen schon seit einer halben Ewigkeit hier rum, und ich sehe noch immer keinen Anhaltspunkt, welches Geschlecht die Leiche hat. Woher also konnte sie wissen, dass da eine Frau liegt?« Max fand die ganze Geschichte ausgesprochen dubios.

»Wenn die Schweine noch nicht an der Leiche waren, als sie entdeckt wurde, dann müssen die Finger noch vollständig vorhanden gewesen sein. Die lassen auf das Geschlecht schließen«, sagte Eva. »Und den Schnee kann sie mit einem Laken verwechselt haben.«

»Also hör mal.« Max blickte sie skeptisch an. »Sie war nah genug dran, um die Hand als weiblich zu identifizieren, kann aber den Schneehaufen nicht von einem Tuch unterscheiden? Das passt doch nicht zusammen.«

Eva nahm dankbar einen Becher mit Kaffee, den die Männer von der Spurensicherung in großen Thermoskannen mitgebracht hatten, und wärmte sich ihre Hände daran, ohne zu trinken. »Irgendwie passt gar nichts zusammen. Das ganze Ding steckt voller Ungereimtheiten.«

Wenig später hatte Dyrkhoff den Leichnam freigelegt. Das

ebenmäßige Gesicht der jungen Frau war blass wie der Schnee, und auf ihren tiefroten Lippen lag ein friedliches Lächeln. Die halblangen, fast schwarzen Haare waren frisch frisiert und fielen in weichen Wellen nach vorne gekämmt auf ihre nackten Schultern. Eine Hand umschloss die rechte Brust, und intuitiv spürten die Ermittler, dass die andere Hand auf ihrer Scham hätte liegen sollen.

Eingezwängt in das Kreuzgitter der Heuraufe war der steif gefrorene Körper über und über mit Schnitten bedeckt. Wohin der Blick auch irrte, er fand kein Stückchen Haut, das verschont geblieben war. Nur das Gesicht war unverletzt bis auf eine alte, längst verheilte Narbe, die quer über die Stirn lief.

So friedlich, wie sie da lag, schien die Frau nur zu schlafen und erinnerte Eva an das Märchen von Dornröschen. Seltsam nur, dass das Haar seine Form behalten hatte, obwohl es vollständig von Schnee bedeckt gewesen war.

Wortlos beobachteten die Ermittler den Fotografen, der zehn Minuten brauchte, um die Leiche von allen Seiten zu fotografieren.

Als er fertig war, räusperte sich Eva und schluckte den Kloß in ihrem Hals hinunter. »Sie trägt roten Nagellack«, unterbrach sie die Stille.

Max sah sie fragend an.

»Deswegen hat die Zeugin von einer Frau gesprochen. Der Lack hebt sich deutlich vom Schnee ab«, sagte Eva.

»Können Sie sagen, wie lange die Schweine schon an der Hand gefressen haben?«, fragte Max den Rechtsmediziner Dyrkhoff.

»Unmöglich festzustellen. Die Temperaturen verhindern eine Verfärbung der Wundränder, und der Verwesungsprozess setzt bei der Kälte nicht ein. Theoretisch kann die Frau also schon vor Wochen ermordet worden sein. Im Moment kann ich Ihnen nicht mal annähernd sagen, wie lange sie schon hier liegt.«

Wieder war es eine Zeit lang still, als jeder für sich versuchte, das Bild zu deuten, das sich ihnen bot.

»Sie ist stark geschminkt.« Das kam von Karl.

Max sah ihn stirnrunzelnd an. Das bisschen Lippenstift und Wimperntusche fand er viel? Vielleicht weil er alles außer Niveacreme für übertrieben hielt.

»So viel ist das nicht.« Das war auch Evas Meinung. »Es erweckt nur den Anschein, weil die Haut extrem blass ist und das den Kontrast zwischen den Haaren und dem Lippenstift hervorhebt.« Sie trat näher an die Heuraufe heran und beugte sich so weit es ging über das Gesicht der Toten.

»Doktor, darf ich?« Sie deutete auf ein Wattestäbchen.

»Nur zu.«

Vorsichtig rieb sie mit dem Stäbchen über den Mund der Frau, sah sich das Ergebnis an und zeigte es dann den Kollegen. »Das ist seltsam«, stellte sie fest. »Die Frau ist frisch geschminkt. Zuerst dachte ich, sie hat Permanent-Make-up auf den Lippen oder zumindest ein Vierundzwanzig-Stunden-Produkt. Aber es ist stinknormaler Lippenstift, der sich ganz leicht abwischen lässt. Und die Wimpern sind sorgfältig getuscht.« Behutsam fasste sie die Haare der Toten an und zwirbelte eine Strähne zwischen den Fingern. »Außerdem hat sie eine wirklich große Menge Haarspray aufgetragen.«

»Na und?« Ratlos sahen die Männer Eva an.

»Die Frau ist offensichtlich zu Tode gefoltert worden. Und das lässt sie über sich ergehen, ohne sich auf die Lippen zu beißen, ohne zu schreien und zu weinen, nur damit ihr Make-up nicht verschmiert? Nie im Leben!«

»Du denkst, der Täter hat sie geschminkt, nachdem sie bereits tot war?«

»Geschminkt und frisiert. Genau danach sieht es aus.«

Eine Stunde später waren sie völlig durchgefroren und wünschten sich nichts sehnlicher, als zurück in die warme Stube zu kommen.

»Haben Sie eine Idee zur Todesursache?«, fragte Eva den Rechtsmediziner.

Dyrkhoff zuckte mit den Schultern. »Die Frau ist fast völlig ausgeblutet, hat aber außer den Schnitten, an denen sie nicht gestorben sein kann, keine äußeren Verletzungen. Obwohl ich anhand meiner Erfahrung natürlich einen Verdacht habe, kann ich erst nach der Obduktion mehr dazu sagen.«

»Und dazu, ob ihr die Wunden vor oder nach dem Tod zugefügt wurden?« In Evas Stimme klang ein ganzes Kilo Zucker mit.

Dyrkhoff sah sie verächtlich an und warf einen raschen Blick auf den leblosen Körper. »Na, was denken Sie denn? Auf die Schnelle hab ich nur ein paar davon genauer untersucht, aber die waren definitiv prämortal.«

Johann Preisenbacher hatte ihre Unterhaltung mit angehört. Jetzt kam der Leiter der Spurensicherung zu ihnen herüber. »Wir haben den Schnee unter der Leiche weggeschippt, aber keinen Tropfen Blut gefunden. Die Frau wurde nicht hier umgebracht.«

Die anderen starrten ihn entgeistert an. Bislang hatte niemand die Möglichkeit in Erwägung gezogen, dass der Fundort nicht auch der Tatort war.

»Abgesehen davon, dass wir keinerlei Spuren der Person gefunden haben, die euch angerufen hat, ist mir schleierhaft, wie der Täter die Frau hierhergeschafft hat. Die Wege sind von beiden Parkplätzen viel zu weit entfernt, um einen Leichnam zu tragen. Es sei denn, King Kong befindet sich unter euren Verdächtigen.«

»Wir wären froh, wenn wir überhaupt einen Verdächtigen hätten, selbst wenn es ein Riesenaffe wäre«, versuchte Max sich an einem mageren Scherz, über den niemand lachen wollte.

»Vielleicht hat er sie mit einem Schlitten gezogen«, überlegte Karl und deutete auf die Schleifspur.

»Unwahrscheinlich«, widersprach Preisenbacher. »Zum einen ist die Spur frisch, und zum anderen sind die oberen vierzig Zentimeter lockerer Neuschnee. Erst darunter liegen zwanzig Zentimeter verdichteter Altschnee. Wenn du da einen Schlitten mit einem Gewicht von gut fünfzig Kilo ziehen willst, sinkt er so weit ein, dass du einen Schneepflug hast. Und ich möchte wetten, dass du damit keine zwanzig Meter weit kommst.«

»Verdammt«, murmelte Max. »Dieser Scheißschnee.« Frustriert trat er gegen den Stamm einer jungen Fichte und fing an zu fluchen, als sich die ganze weiße Pracht über ihm ablud.

Eva hatte eine Idee. »Nehmt eine Probe aus dem See zur Analyse mit. Die KTU soll untersuchen, ob sie mit dem Wasser in Berührung kam.«

»Denkst du, dass er sie im See umgebracht hat?«, fragte Max.

»Im Moment denke ich gar nichts«, sagte sie. »Es ist nur eine Möglichkeit von vielen. Vorsichtshalber sollen auch die Hunde das Gebiet absuchen.«

Dyrkhoff hatte sich wieder der Leiche zugewandt, als Eva noch etwas einfiel. »Falls sie im See getötet wurde, wäre dann die Blutkonzentration im Wasser hoch genug, um es nachweisen zu können?«

Abschätzend betrachtete er die zugefrorene Fläche. »Je nachdem, wie tief der See ist. Nachweisen könnten wir es vermutlich nur, wenn wir bei der Fläche einen Wasserstand von grob geschätzt weniger als zwanzig Zentimetern hätten. Und ich denke mal, dass wir das ausschließen können.«

Eva nickte. »Der See ist mindestens drei Meter tief. Außerdem ist er seit sicher fünf Wochen gefroren.«

»Das hat nichts zu sagen«, wandte der Mediziner ein. »Wie schon gesagt, lässt es sich kaum einschätzen, seit wann sie tot ist. Sie könnte durchaus gestorben sein, bevor der See anfing zuzufrieren.«

»Wir nehmen auch noch eine Probe aus dem Eis mit«, entschied Eva. »Und auch wenn es euch keinen Spaß macht, aber ihr müsst überall Stichproben aus dem Schnee ausschaufeln. Falls er sie hier umgebracht hat, dann muss es irgendwo eine ganze Menge Blut geben«, sagte sie zu den Kollegen von der Spurensicherung. Sie entsperrte ihr Handy und wählte eine Nummer. Drei Minuten später legte sie wieder auf und sagte: »Die Hunde sind in einer Stunde hier. So lange könnt ihr noch mit dem Schneeschippen warten.«

***

»Ist Ihr Chef da?«

Eva schreckte hoch. Vor ihr stand Amadeus Dyrkhoff. Dass sich der Rechtsmediziner in ihr Büro bemühte, war eine Seltenheit. Ihm war mehr daran gelegen, die Ermittler in sein persönliches Reich der Toten zwischen Stahlbahren und lebensgroßen Kühlschränken zu beordern.

Als Eva ihn darüber aufklärte, dass Martin Sauerwein erst in einer Woche zurückerwartet wurde, zögerte er, unsicher, ob er seine wertvollen Untersuchungsergebnisse diesem Kind anvertrauen konnte, das seit einer guten Woche Chef spielte.

Eva lehnte sich mit verschränkten Armen zurück und sah ihn

böse an. Dyrkhoff war eine Diva. In seinem rehbraunen Anzug aus Kaschmir, in dessen Weste eine goldene Taschenuhr steckte, sah er aus, als wäre er direkt dem Wilden Westen des 19. Jahrhunderts entstiegen. Als sie im Herbst am Inn joggen war, war sie ihm fast in die Arme gelaufen. Während sie sich hinter einer Buche versteckte, beobachtete sie, wie er mit Spazierstock, Hut und einem zwanzig Jahre jüngeren Begleiter an ihr vorbeiflanierte.

Jetzt rieb er sich sein sorgfältig gestutztes Ziegenbärtchen und sah sie finster an. »Die Leiche auf meinem Tisch ist etwa fünfundzwanzig Jahre alt, einen Meter sechsundsiebzig groß und vermutlich mittel- oder nordeuropäischer Herkunft. Darauf lassen zahntechnische Arbeiten schließen. Blaugraue Augen, dunkelbraune Haare und mit neunundvierzig Kilo zu dünn. Selbst wenn ich die fehlende Menge Blut hinzurechne, hat sie höchstens fünfundfünfzig Kilo gewogen«, sagte er und zog einen Stapel Papier aus seiner Tasche.

»Leider muss ich meine Aussage revidieren. Entgegen meiner jahrzehntelangen Erfahrung«, er machte eine Pause und musterte Eva über den Rand seiner Brille misstrauisch, »ist sie doch an den oberflächlichen Verletzungen gestorben. Die rühren von einem kleinen, scharfen Messer mit gerader Klinge her, vermutlich einem Skalpell. Insgesamt habe ich an die dreihundert Schnitte gezählt, allerdings keine am Rücken. Wie mir schon am See völlig bewusst war, sind die, bis auf einige wenige, nicht sehr tief und hätten niemals tödlich sein dürfen. Aber ich hatte sofort einen gewissen Verdacht, was bei meinem Wissensschatz kein Wunder ist. Um Ihnen mehr dazu sagen zu können, muss ich weitere Tests durchführen, und wir müssen auch noch die Ergebnisse aus der toxikologischen Untersuchung abwarten.«

Eva schüttelte sich beim Gedanken, dass die Frau bei vollem Bewusstsein wieder und wieder verletzt wurde. Und vielleicht Schlimmeres. »Wurde sie missbraucht?«

»Definitiv. Anhand der Verletzungen im Vaginalbereich wage ich zu behaupten, dass sie zum Zeitpunkt ihres Todes vergewaltigt wurde.«

»Nicht früher?«

Er sah sie voller Verachtung an und schenkte sich eine Antwort.

Eva musste sich beherrschen, um ihm nicht die Meinung zu sagen. »Weshalb sind Sie so sicher?«

»Ich habe eine Menge sehr feiner Risse in der Schleimhaut gefunden. Die entstehen weder beim Verkehr in gegenseitigem Einvernehmen noch bei einem brutalen Vergewaltigungsdelikt. Diese Art von Verletzungen findet man bei sehr alten Menschen, da im Alter die Feuchtigkeitsregulierung nicht mehr funktioniert. Aber auch bei einem sehr langsamen Verbluten kippt der Feuchtigkeitshaushalt im Körper, da dabei sämtlichem Gewebe Wasser entzogen wird. Es ist ein Gefühl, als ob man über einen längeren Zeitraum zu wenig trinkt. Dann hat man das Gefühl, dass der Mund austrocknet.«

Eva nickte. »Das lässt sich anhand der Verletzungen sagen?«

»Eindeutig. Bei einer so jungen Frau ist die Vaginalschleimhaut normalerweise sehr elastisch und feucht. Das war bei ihr nicht der Fall, und da sie sich nicht gegen das gewaltsame Eindringen gewehrt hat, sind die Verletzungen zahlreich, aber winzig. Ein weiterer Aspekt ist, dass die Risse minimal eingeblutet haben. Das spricht dafür, dass sie noch am Leben war, aber nur noch geringste Mengen Blut austreten konnten.«

Nachdem es eine Weile völlig still im Raum gewesen war, sagte der Arzt: »Und noch etwas. Wenn ein erwachsener Mensch verblutet, verbleiben etwa drei Liter Blut im Körper. Es sei denn, Sie schneiden die Halsschlagader durch und hängen ihn kopfüber auf, so als ob Sie ein Schwein schlachten. Die Leiche vom See hatte aber auch ohne den Halsschnitt weniger Blut im Leib, als zu erwarten gewesen wäre. Da mir sofort klar war, dass der Blutverlust nicht der Norm entspricht, habe ich einen Schnelltest angeordnet.« Triumphierend hielt er eine Mappe nach oben. »Sie hatte jede Menge Gerinnungshemmer im Blut. Dadurch konnte das Blut nicht mehr gerinnen, und die Wunden konnten sich nicht schließen. Außerdem hatte sie deshalb auch innere Blutungen. Aber das ist noch nicht das Beste.«

Während der Rechtsmediziner erzählte, kamen Max und Karl ins Zimmer und lehnten sich wortlos an den Rand von Evas Tisch.

Als Dyrkhoff verstummte, fragte Max: »Ich weiß ja nicht, ob ich es nur nicht mitbekommen habe, aber wann war denn nun der Todeszeitpunkt?«

Der sonst so überhebliche Arzt nestelte an seiner Brille und ging Richtung Tür. »Tja, das ist eine wirklich interessante Frage. Trotz meiner, wie Sie alle wissen, enormen Erfahrung habe ich im Moment darauf keine Antwort. Ich hoffe, Ihnen bald mehr dazu sagen zu können.«

Eva hatte den Kopf schräg gelegt und grinste in sich hinein. Sieh mal einer an, dachte sie. Es gibt etwas, das selbst der große Dyrkhoff nicht auf Anhieb herausgefunden hat.

»Und wenn Sie über Ihren Schatten springen und uns etwas sagen, das sich weder wissenschaftlich noch mit Ihrem umfassenden Wissen begründen lässt?«, hielt sie ihn zurück, als er schon in der Tür stand.

Der Mediziner schnappte hörbar nach Luft. »Sie wollen doch nicht, dass ich …«

»Doch. Ich habe den ausdrücklichen Wunsch, dass Sie uns verraten, was Ihnen Ihr Bauchgefühl sagt.«

Dyrkhoff wurde rot und musterte seine Schuhspitzen. Eine Unverschämtheit, was die Kollegin da verlangte! Er würde sich niemals …

»Doktor!«

Er sah auf und blickte in drei höchst konzentrierte Gesichter. »Also, ja, dann. Aber nageln Sie mich nicht darauf fest, verstanden?« Sobald er den sicheren Boden seiner Erfahrungen verließ, benahm er sich wie ein kleines Kind. »Ich schätze, die Frau ist seit mindestens zwei Wochen tot.«

»Was?« Karl sprang mit einem Satz von Evas Tisch. »Dann wurde die Leiche so lange versteckt?«

Eva fühlte sich elend. »Das ist ja widerlich.«

»Und der Verwesungsprozess müsste längst begonnen haben«, wandte Max ein.

Dyrkhoff nickte. »Da es kaum Verwesungsspuren gibt, habe ich einen Querschnitt durch verschiedene Gewebe vorgenommen. Anhand der mikrofeinen Verletzungen in allen Fasern gehe ich davon aus, dass die Leiche nach ihrem Tod eingefroren wurde.«

Nachdem der Rechtsmediziner lautlos verschwunden war, waren die Kommissare einige Minuten ungewöhnlich schweigsam. Trotz ungezählter Mordfälle ging es ihnen an die Nieren, dass ein Mensch gefangen gehalten und zu Tode gequält worden war. Manchmal beneideten sie die Kollegen von der Verkehrspolizei. Selbst das Drogendezernat war weniger schlimm.

»Liegt das Untersuchungsergebnis der Wasserproben schon vor?«, fragte Eva und holte ihre Kollegen auf weniger emotionales Terrain zurück.

Max blätterte in dem Stapel Papier, den Dyrkhoff mitgebracht hatte.

»Weder in der Wasserprobe noch im Eis konnte Blut nachgewiesen werden. Im Wasser waren massenhaft Diatomeen, aber keine einzige Kieselalge war auf ihrer Haut. Im See ist sie also nicht ermordet worden. Und ihre Fingerabdrücke haben uns auch nicht weitergebracht.«

***

Martin Sauerwein wurde von dem Vogel abgelenkt, der wenige Zentimeter vor seinem Gesicht gegen das Fenster prallte. Einen Moment beobachtete er den Dompfaff, der benommen auf dem Fenstersims saß.

Dann folgten seine Augen wieder der Gestalt, die sich in der Scheibe spiegelte. Ohne zu ahnen, dass sie beobachtet wurde, rückte sie Gegenstände auf der Kommode hin und her, hob das Foto auf und strich mit dem Daumen sanft über die vier Gesichter.

Leg das zurück, dachte er und grub seine Nägel tief in die Ballen. Er sah, wie sie sich nach ihm umdrehte und ihr Blick auf seinem Rücken verweilte.

Erst als seine Schwester den Raum verlassen hatte, entspannte er sich. Seine Augen suchten das Bild, das sie zurück auf die Kommode gestellt hatte. Es zeigte ihn, zusammen mit seiner Frau und den beiden Kindern. Mit drei Schritten ging er zu dem hochglanzlackierten Sideboard und legte den Bilderrahmen wieder sachte mit dem Foto nach unten.

Traurig strich er mit dem Finger über den Rücken des Rahmens, bevor er erneut ans Fenster trat. Der Vogel putzte sich, als ob er von seinem Missgeschick ablenken wollte. Dann schüttelte er sich, testete die Tragkraft seiner Flügel und flog davon.

Als er eine halbe Stunde später in das Zimmer seiner jüngeren Tochter kam, saß Hannah auf der Bettkante und heulte. Dem Wetter zum Trotz hatte sie ein dünnes rosa Kleid aus dem Schrank gezogen, der von oben bis unten mit Lillifee-Figuren beklebt war.

»Die Socken sin falsch.«

»Prinzessin, was ist los? Es ist doch egal, welche Strumpfhose du trägst.«

»Mensch, Papi, das ist nicht egal. Du kannst ihr doch keine blauen Ringelstrümpfe zu dem Kleid anziehen«, sagte Lisa.

»Genau.« Hannah nickte eifrig. Schützenhilfe von ihrer großen Schwester gab es nicht so oft.

»Dann such etwas, das der Prinzessin genehm ist. Und hört auf zu trödeln, wir sind spät dran.«

Manchmal hätte er seine Töchter mit Freude verschenkt. Der Kleinkrieg mit zu dünnem oder zu süßem Kakao, falscher Sockenfarbe und misslungenen Frisuren zerrte schon nach kurzer Zeit an seinen Nerven, und als er versehentlich die hellen Sachen der Mädchen zusammen mit einer schwarzen Socke gewaschen hatte, war ihm bei dem darauffolgenden Theater fast die Hand ausgerutscht. Hinterher hatte es ihm leidgetan, dass er sie angeschrien hatte. Dabei hatte er im Moment alle Zeit der Welt. Er hatte keine Ahnung, wie er mit einer Sieben-Tage-Woche mit maximal vier Stunden Schlaf die Nacht und den beiden gleichzeitig klarkommen würde. Wenn er ehrlich war, dann standen die Aussichten dafür denkbar schlecht.

Drei Stunden später lief er wie in Trance über die leeren Flure im Präsidium. Märkel hatte ihm zweieinhalb Wochen Sonderurlaub auferlegt, damit er alle Angelegenheiten regeln und zur Ruhe kommen konnte. Die *Angelegenheiten*, damit hatte der Polizeidirektor den Tag gemeint, an dem er seine Frau beerdigen musste, nachdem das Krematorium einige Wochen nach ihrem Tod endlich einen Termin zur Einäscherung frei hatte. Martin Sauerwein konnte sich nicht vorstellen, wie er in den restlichen acht Tagen zur Ruhe kommen sollte. Er konnte seine Zeit genauso gut im Präsidium absitzen.

In seinem Büro stapelten sich Ordner, Zeitungsausschnitte und

Akten. Entgeistert starrte er auf das Chaos. Stieß mit einem Arm die Papierberge vom Tisch und hörte erst auf zu schreien, als ihm Nora Wallner eine Ohrfeige verpasste. Schlagartig war es still.

»Martin«, sagte sie erschrocken. »Tut mir leid. – Und ihr hauts ab«, verscheuchte sie die Kollegen von der Sitte, die der Tumult aus ihren Zimmern gelockt hatte. Sie wandte sich Sauerwein zu. »Was machst'n du hier? Du hast doch noch frei.«

Er starrte sie entgeistert an und rieb sich die brennende Wange. »Wieso hast du mich geschlagen?«

»Du hast ned aufghört zu toben, und da hab ich dir eine glangt«, meinte sie trocken.

»Kannst du mir vielleicht sagen, wieso mein Zimmer ein solcher Saustall ist?« Mit einer ausladenden Armbewegung deutete er auf das Chaos.

»Weil des ned dei Büro is, Martin, sondern unser Ablagekammerl.«

Verwirrt drehte sich Kriminalhauptkommissar Martin Sauerwein um. Er sah erst jetzt, dass seine Auszeichnungen und Bilder an den Wänden fehlten, der sündhaft teure Stuhl, für den er lange gekämpft hatte, und seine Regale. Nur der Raum war der gleiche. Und der Schreibtisch, der seinem Aussehen nach aus den Sechzigern des letzten Jahrhunderts stammen musste.

»Dei Zimmer is immer no zwei Türen weiter. Vielleicht is des mit deim Urlaub ja doch keine so schlechte Idee.« Mit einem milden Lächeln drehte sie sich zur Tür. »Ich bring dir an Kaffee, wie findst'n des?«

»Danke, Nora, du bist ein Schatz«, honorierte Sauerwein den Cappuccino. Ihm war klar, dass die Sonderbehandlung seinen persönlichen Umständen geschuldet war und nicht allzu lange anhalten würde.

»Gern gschehn. Und schau, da du dich ja eh ned von der Arbeit abhaltn lässt, hab ich dir auch glei die Akten mit den aktuellen Fällen mitbracht.«

»Du sprichst von Akten in der Mehrzahl? Sind deshalb alle ausgeflogen?«

»Die letzte Wochn war echt was los hier. Du kannst froh sein, dass d' ned hier warst.« Sie bemerkte ihren Fauxpas in dem Augenblick, als er heraus war, und wurde rot, noch bevor Sauerwein das Gesicht verzog. »Oje, Martin. Es tut mir leid, ich hab des ned so gmeint.«

»Das weiß ich, Nora. Schwamm drüber. Fass zusammen, was los war.« Mit Mühe brachte er ein schiefes Lächeln zustande.

»A Raubmord im Stadtpark vor na Wochn, 's Opfer war a Rentner und kam von der Bank, von der er dreitausend Euro abghobn hat. Hansen und die Neunhoeffer haben den Täter vor sechs Tagen festgnommen. Der Fall ist aufklärt, die Akte hab ich dir trotzdem mitbracht.« Nora holte tief Luft. »Und gestern hat die Spusi a verstümmelte Frauenleich aus 'ner Heuraufe am Weissacher See bergen müssen. Des war graunvoll, des sag ich dir!«

Während sie weiterredete, schlug er den Ordner auf und sah sich die Bilder an, die der Fotograf aus allen möglichen Blickwinkeln geschossen hatte. Beim Anblick der Frau verschlug es ihm den Atem. Wortlos sah er die Wallner an.

»Ja, Martin. Die Kollegen warn total verstört, als sie vom Fundort z'rückkommen sind.«

»Vom Fundort?«, hakte er nach.

»Ja. Den Tatort ham ma noch ned gfunden.«

In dem Augenblick kamen Max und Eva in sein Büro und begrüßten ihn überrascht. Beide sahen ziemlich fertig aus, stellte er fest.

Er bedankte sich bei den Kollegen für ihre Anteilnahme am Tod seiner Frau. Sie waren alle auf der Beerdigung gewesen. Er hatte sich noch nicht dazu aufraffen können, die vielen Kondolenzschreiben zu beantworten. Traurig dachte er an Luisa. Acht Jahre waren sie verheiratet gewesen, und immer war sie es gewesen, die das unangenehme Zeug erledigt hatte, bevor er sich damit befassen musste. Irritiert wurde ihm bewusst, dass er auf ihr Bild starrte, das auf seinem Schreibtisch stand. Und verdammt, dort sollte es auch bleiben, selbst wenn ihn der Anblick völlig aus der Fassung brachte. Er musste frische Blumen besorgen und an ihr Grab bringen.

»Wieso Blumen?« Eva war verwirrt. Und auch Max stand die Frage ins Gesicht geschrieben.

Er hatte seinen Gedanken laut ausgesprochen, Mist. Seine Mitarbeiter bauten auf ihn, und in schwierigen Fällen musste er ihnen

Rückhalt geben. Dazu zählte, dass er seine privaten Probleme da ließ, wo sie hingehörten.

»Entschuldigt, ich war mit meinen Gedanken woanders. Bitte wiederhol das noch mal.« Er bemerkte den Blick, den Eva und Max sich zuwarfen. Er seufzte. »Ich weiß, was ihr denkt, und ich danke euch dafür. Ich weiß nur nicht, ob ich es im Moment schaffe, eure Hilfe anzunehmen.« Er schüttelte den Gedanken ab. »Wissen wir, wer die Tote ist?«

»Nein. Wir sind die lokalen Vermisstenmeldungen durchgegangen, haben aber niemanden gefunden, auf den die Beschreibung passt. Fingerabdrücke und DNA-Abgleich haben auch nichts ergeben«, erwiderte Max. »Die Frau ist etwa fünfundzwanzig Jahre alt, einen Meter sechsundsiebzig groß, gute Figur, halblange dunkle Haare und allem Anschein nach ziemlich attraktiv. Ich verstehe nicht, dass sie nicht vermisst wird.«

»Dann soll die IT das Foto der Frau medientauglich aufbereiten. Ich möchte auf keinen Fall, dass das so dramatisch rüberkommt. Danach geben wir es an die Presse. Irgendjemand muss sie gekannt haben.« Sauerwein machte eine Pause. »Und jetzt hätte ich gern einen ausführlichen Bericht.«

Eine Weile war es still. Dann fing Eva an zu erzählen. Akribisch erläuterte sie alle Details des Fundortes und der Leiche.

Sauerwein hätte das Ganze nachlesen können, er wollte aber nicht darauf verzichten, zu erfahren, welchen persönlichen Eindruck der Fundort bei seinen Mitarbeitern hinterlassen hatte. Die beiden waren gute Ermittler, und er konnte sich blind auf ihre Intuition verlassen.

Anfangs hatte Eva es komisch gefunden, dass ihr Vorgesetzter so viel Wert darauf legte, an ihren Empfindungen teilzuhaben. Ihr letzter Chef in Stuttgart war aus einem ganz anderen Holz geschnitzt. Für den zählten nur Fakten. Je härter, umso besser, und für Emotionen gab es keinen Platz. Ihre ersten Monate in Rosenheim waren schwierig gewesen. Sie hatte die Auffassung ihrer meisten Kollegen übernommen, nur ja nichts an sich heranzulassen. Man musste dabei nur höllisch aufpassen, den Spagat ins Privatleben hinzubekommen. Viele Beamte der Mordkommissionen schafften es nicht, sich beruflich abzugrenzen und privat offen zu bleiben.

Als sie in Sauerweins Team gekommen war, hatte er sie behutsam dazu gebracht, ihre Tür ein Stück weit geöffnet zu halten. Er hatte sie gelehrt, das Grauen aus ihrer Seele zu verbannen und dennoch ihre Intuition fließen zu lassen.

»Erde an Eva«, witzelte Max.

Sie musste grinsen. »Ja, ich bin hier.« Gut, dass hier niemand Anstoß daran nahm, dass Gedanken zuweilen ein Eigenleben entwickelten.

Sauerwein hatte sie beobachtet. »Du glaubst also nicht, dass der Mörder in einer persönlichen Beziehung zu seinem Opfer stand?«

»Nein.« Sie schüttelte den Kopf. Auch heute noch irritierte sie es, dass ihr Vorgesetzter in ihren Gedanken lesen konnte.

»Keine Leidenschaft?«

»Doch, schon. Aber nicht auf einer persönlichen Täter-Opfer-Ebene, sondern stellvertretend. Und sehr unheimlich, weil er sie danach noch geschminkt und frisiert hat. Irgendwie überinszeniert.«

Sauerwein dachte lange darüber nach und nickte, als er bereit war, weiterzumachen. »Denkst du an Übertötung?«

»Ich habe mir dazu Gedanken gemacht«, gestand sie. Dann zog sie die Schultern nach oben. »Aber ich glaube nicht daran. Im Fall von Übertötung befindet sich der Täter in einem Rauschzustand, der ihn weiter auf das Opfer einstechen oder schlagen lässt, wenn es schon tot ist oder im Sterben liegt. In der Regel haben wir es dabei mit einem Täter zu tun, der die Kontrolle verloren hat. Und daran glaube ich in unserem Fall nicht.«

Erwartungsvoll sah sie Sauerwein an. Als sie das leichte Lächeln um seine Mundwinkel sah, fuhr sie fort: »Mein Gefühl sagt mir, dass er sich im Voraus über seine einzelnen Schritte Gedanken macht und alles minutiös plant. Der Vergleich, der mir dazu einfällt, ist ein Komponist, der eine Oper schreibt. Als ob das Werk eine Ouvertüre, einen Höhepunkt und einen Schlussakt hat. Vom Zeitpunkt ihres Verschwindens bis zu ihrem Tod lässt er eine verhältnismäßig lange Zeit verstreichen. Er hält sie also vermutlich tagelang gefangen und bereitet sich darauf vor, dass alles nach Plan verläuft. Die Toxikologie hat Gerinnungshemmer in einer Dosis in ihrem Blut gefunden, die für einen Elefanten gereicht hätte.

Dabei gibt es aber keinen pathologischen Befund dafür, dass sie das Zeug hätte nehmen müssen. Herz und Lunge waren gesund.«

Eva atmete einmal tief durch. »Er quält sein Opfer über Stunden, spricht vielleicht die ganze Zeit mit ihr, schneidet immer wieder in ihre Haut, damit sie langsam ausblutet. Da er nirgendwo wirklich tief schneidet, hat sie keine allzu großen Schmerzen, und vielleicht glaubt sie lange Zeit gar nicht, dass er sie töten wird. Sie versteht nicht, was er von ihr will, wird aber durch den Blutverlust immer schwächer, bis irgendwann ihr Herz stehen bleibt.« Eva schüttelte den Kopf, um die Bilder in ihrem Kopf zu vertreiben.

»Trotz der Menge, die sie verloren hat, hätten noch mindestens drei Liter in ihrem Körper sein müssen, da Verletzungen auch trotz Gerinnungshemmern aufhören zu bluten, sobald das Herz stillsteht. Aber sie hatte deutlich weniger im Leib. Dyrkhoff glaubt, dass er sie nach ihrem Tod so lange massiert hat, bis kein Blut mehr kam. Danach hat er sie gewaschen und gekämmt und sie irgendwo tagelang aufbewahrt. Sie war seit mindestens zwei Wochen tot, als er sie zu dem See geschleppt und dort wie ein Gemälde drapiert hat. Und selbst falls er sehr groß und kräftig ist, war das Schwerstarbeit. Offensichtlich hat er keine Angst, die Tote zu berühren. Und deswegen glaube ich nicht an ein Verbrechen aus Leidenschaft.«

Sauerwein dachte eine Weile über ihre Worte nach. Mörder, die weder im Affekt noch aus Leidenschaft oder Gier handelten, waren am schlimmsten. Die machten keine Fehler.

»Max?«

»Ich denke, dass Eva recht hat.«

»Ihr wisst, was das heißt, oder?«

»Ja.« Eva holte tief Luft. »Er wird wieder töten.«

»Wir beginnen damit, die Stecknadel im Heuhaufen zu suchen«, entschied Sauerwein. »Wir müssen herausfinden, wer die Anruferin war, die den Leichenfund gemeldet hat.«

Max stöhnte auf. Einen Zeugen zu suchen, von dem nichts als seine Stimme bekannt war, das war echt das Letzte und hielt einem Vergleich mit der berühmten Stecknadel absolut stand.

»Warte, bevor du dich aufregst«, sagte Karl und kramte in seiner Schublade. »Vielleicht ist das gar nicht so schwierig.« Als er den Zettel gefunden hatte, den er suchte, sagte er: »Der Anruf kam aus einer Funkzelle in der Gegend um Sachsenkam. Die Zelle ist mit dreißig Kilometern zwar nicht gerade klein, aber das Gebiet ist nur spärlich besiedelt.« Er stand auf und malte mit dem Finger einen Kreis auf die große Landkarte an der Wand. »Außerdem sind das lauter kleine Dörfer. Dürfen wir die Tonspur benutzen?«, fragte er Sauerwein.

»Was willst du damit?«

»Wenn wir die Aufnahme der unbekannten Anruferin verwenden können, dann können wir die Bäckereien und Lebensmittelmärkte abklappern. Die Frau spricht bayerisch, also kommt sie vermutlich aus der Gegend. Und der Aktionsradius alter Leute ist eher begrenzt. Die fahren nicht mit dem Bus in die Stadt zum Einkaufen, wenn es sich vermeiden lässt.«

Eva gefiel der Gedanke. »Oder in die Apotheke.«

»Genau. Ich glaube, wir haben gute Chancen, die Frau relativ schnell zu finden«, erwärmte sich Karl für seine eigene Idee.

»Vorausgesetzt, du gibst uns grünes Licht für die Aufnahme«, sagte Eva zu Sauerwein.

Der war immer noch nicht sicher. »Wieso seid ihr euch überhaupt so sicher, dass die Stimme einer alten Frau gehört?«

»Der neue IT-Leiter, Jensen, hat die Aufnahme zerlegt und weder einen Stimmverzerrer entdeckt noch einen Anhaltspunkt, dass die Stimme verstellt war. Und die Anruferin hat sich einfach alt angehört. Ich hab das Band hier. Möchtest du es dir anhören?«

Fünf Minuten später traf Sauerwein eine Entscheidung. »Unter einer Bedingung: Dieser Jensen soll das Band so schneiden, dass nichts von einer Leiche zu hören ist. Und lasst euch eine harmlose Erklärung einfallen, weshalb ihr nach der Frau sucht. Eure Dienstausweise lasst ihr stecken, auch wenn es euch gegen den Strich geht. Wenn die Frau tatsächlich so alt ist, dann tun wir ihr keinen Gefallen, wenn jedes Kaff in der Umgebung weiß, dass die Polizei nach ihr fahndet.«

»Habt ihr gewusst, dass der See zum Besitz von Hohenfels gehört?«, nuschelte Max.

Eva sah ihn irritiert an. Sie hatte kein Wort verstanden. »Kannst du das bitte wiederholen? Ohne Banane im Mund.«

»Ob ihr gewusst habt, dass der See, an dem wir die Leiche gefunden haben, dem Grafen Hubert von Hohenfels gehört?«

Eva sah Karl an, doch der schüttelte den Kopf.

»Martin?«

»Schrei nicht so.« Er stand in der Verbindungstür hinter ihr. »Und nein, ich hab es auch nicht gewusst. Die Frage ist, ob das etwas zu bedeuten hat.«

»Also hör mal, wenn in deinem Garten ein Toter liegt, dann hat das ja wohl schon was zu sagen«, protestierte Max und schob seine Pillendöschen hin und her. Offensichtlich konnte er sich nicht entscheiden, welche Vitamine auf die Banane passten.

»Nur dass man das Gelände nicht als Garten bezeichnen kann. Außerdem ist es von jeher der Öffentlichkeit zugänglich. Das heißt, dass jeder die Frau dort abgelegt haben kann.«

»Ihr habt beide recht«, schlichtete Sauerwein und sah auf die Uhr. »Zumindest wird es von Hohenfels interessieren, was sich auf seinem Grund und Boden so alles abspielt. Max und Karl, ihr kümmert euch um die Sache mit dem Tonband. Dann tragt alle Fakten zusammen und aktualisiert die Daten an der Glaswand. Eva, du kommst mit mir.«

DREI

Sauerwein stoppte den BMW vor einer Sprechsäule aus weißem Granit und wartete. So weit das Auge reichte, verlor sich eine drei Meter hohe Mauer im Wald. Ein Bewegungsmelder hatte eine Kamera aktiviert, die die Fahrzeuginsassen filmte und dann auf das Nummernschild schwenkte. Das Tor aus geschwungenem Schmiedeeisen war mehr als geeignet, um ungebetene Besucher abzuhalten, und das Schild daneben tat sein Übriges. Die Szene erinnerte Eva an einen James-Bond-Film.

»Wie kann ich Ihnen helfen?«, drang eine dünne Stimme aus dem Lautsprecher.

»Kriminalpolizei Rosenheim. Mein Name ist Sauerwein, und das neben mir ist Frau Neunhoeffer. Wir möchten Herrn von Hohenfels sprechen.«

»In welcher Angelegenheit?«

»Das würden wir ihm gern selbst sagen.«

»Bitte warten Sie einen Augenblick.«

Sauerwein fuhr das Fenster hoch und sah Eva an. »Und, was denkst du?«

Sie rümpfte die Nase. »Paranoia? Krieg der Großmächte?«

Er schnitt eine Grimasse und lachte. »Du hast keine Ahnung, oder?«

»Sie haben unser Nummernschild gefilmt. Wozu?«

»Um herauszufinden, wer der ungebetene Besuch ist. Sie haben schon gewusst, wer wir sind, bevor sie gefragt haben.«

»Ist er von der Regierung oder dem BND?«

»Nein.«

»Dann ist eine Datenabfrage illegal.«

»Das wirst du ihm nie nachweisen können. Hubert von Hohenfels ist ein Großindustrieller, der seine Finger überall drinhat. Bauprojekte, Immobilien, Waffen, Lebensmittel. Man sagt ihm Kontakte zur Regierung und zur Mafia nach. Und wenn er in der Lage ist, Daten über unser Fahrzeug zu bekommen, dann gibt es jemanden ganz weit oben, der das abgesegnet hat.«

»Toll. Ich fühle mich richtig wohl, in die Höhle des Löwen zu spazieren.«

Er sah sie belustigt an. »Hast du Angst?«

»Eher ein mulmiges Gefühl. Schau, das Tor geht auf.« Sie streckte das Kinn nach vorne.

Langsam und lautlos gaben die Flügel den Weg frei und schlossen sich sofort wieder, nachdem Sauerwein den Wagen hindurchgefahren hatte.

Der Wald vor ihnen sah anders aus. Eva kam nicht darauf, was es war.

»Hohenfels beschäftigt ein ganzes Heer an Bediensteten, darunter Förster und Jäger. Der Wald hier ist besser gepflegt als mancher Vorgarten«, klärte Sauerwein sie auf.

Aufmerksam sah sie sich um. Er hatte recht. Nirgendwo war trockenes Unterholz zu sehen, und alle Bäume standen in ausreichendem Abstand zu ihren Nachbarn.

»Wir werden beobachtet.« Sie deutete auf eine weitere Kamera, die sie entdeckt hatte. »Halt mich bitte davon ab, dort aufs Klo zu gehen. Ich mag es nicht, wenn ich dabei gefilmt werde.«

Bevor Sauerwein zu einer Antwort ansetzen konnte, gaben die letzten Bäume den Blick auf ein grandioses Anwesen frei. Eva war sprachlos. Sie hatte eine Villa erwartet, vielleicht sogar einen Gutshof. Aber das, was sich dort auf einer sanften Anhöhe präsentierte wie eine eitle Diva, das war eine Burg. Mit Türmen und Zinnen und einem zugefrorenen See. Fehlte nur noch ein Wassergraben.

Sauerwein hatte angehalten, um ihr die Zeit zu geben, alles in sich aufzunehmen. »Was sagst du dazu?«

»Ich kann nichts sagen. Ich kann das gar nicht glauben.«

Sauerwein parkte den Wagen direkt vor den Treppenstufen, die hinauf zu einem imposanten Eingangsportal führten. Ein grauhaariger Bediensteter in schwarzer Livree öffnete Eva die Beifahrertür, kaum dass der Motor erstarb. Während sie ausstieg, kam Graf Hubert von Hohenfels mit einem Lächeln auf den Lippen die Stufen herab. Eva stockte für einen Augenblick der Atem. Der Hausherr war eine Kopie George Clooneys. Und zwar die attraktivere, wohlgemerkt.

Galant beugte sich von Hohenfels über Evas Hand und deutete einen Handkuss an. »Wie ich sehe, ist es mir gelungen, Sie zu überraschen?«

»Ähm, ja. Wie kommt es, dass der Kies vor dem Haus völlig frei von Schnee ist?«

Von Hohenfels lachte. »Eine aufmerksame Mitarbeiterin haben Sie, Sauerwein. Beneidenswert.« Er wandte sich wieder an Eva. »Ein kleiner Spleen von mir, Sie verzeihen. Ich habe eine Firma, die sich mit dem Bau von Autobahnen und Flughafenlandebahnen beschäftigt. Wenn ein Land es sich leisten kann, verlegen wir Heizrohre unter dem Asphalt, um ihn im Winter schneefrei zu halten. Die Idee hat mir für meine Auffahrt auch gefallen. Etwas dekadent, werden Sie denken, aber ich muss schließlich testen, was ich meinen Kunden guten Gewissens anbiete.«

Gentlemanlike bot er Eva seinen Arm und führte die beiden Kommissare in eine durch Säulen aus weißem Marmor gestützte Gewölbehalle. Von Hohenfels war sich der Wirkung seines Hauses nur allzu bewusst und verlangsamte seinen Schritt, um seinen Besuchern die Gelegenheit zu geben, sich umzusehen. Er spürte, dass Eva zu schüchtern oder zu gut erzogen war, um ihre Neugier zu zeigen, und blieb in der Mitte der Halle stehen. »Interessieren Sie sich für Architektur?«

»Um ehrlich zu sein, nein. Aber wenn ich mir Ihre Burg ansehe, dann packt mich die Neugier.«

Amüsiert über so viel Offenheit, nahm er sie am Arm und führte sie in einen tieferen Teil des Gewölbes. Plötzlich standen sie vor einer zwanzig Meter langen mittelalterlichen Tafel, die mit silbernen Trinkbechern, Kerzenständern und grobem Leinen gedeckt war.

»Schließen Sie die Augen.« Eva sah ihn erstaunt an, doch er nickte und hakte sie unter. »Vertrauen Sie mir.«

»Es war ein langer Tag, und der Baron und seine Männer sind vor Stunden auf ihren erschöpften Pferden von einem ihrer Streifzüge zurückgekommen. Sie haben fette Beute gemacht, und nun sind sie staubig und müde, und doch ist der Hunger das dringendste Verlangen, das sie haben. Hören Sie? Gerade laufen sie die Treppe hoch und kommen in die Burg herein. Sie können sie lachen hören, und das Klirren der Rüstungen wird lauter, nachdem sie das Gewölbe betreten haben. In den Geruch von Schweiß und Pferden mischt sich der Duft von gegrillten Hühnchen und Braten, die das Gesinde aus der Küche bringt. Die Männer setzen sich und fangen an, die Speisen zu verschlingen, und greifen mit ihren freien Händen unter die Röcke der Mägde. Zwischen sie mischen sich Fiedler und Gaukler. Der Met fließt in Strömen, und trunken von der Schlacht und vom Wein beginnt ein rauschendes Fest.«

Er überließ sie eine Weile der Illusion, die er für sie geschaffen hatte. Dann sagte er sanft: »Wachen Sie auf.«

Bedauernd öffnete Eva die Augen und sah Sauerwein, der sich an eine Wand gelehnt hatte und genauso verwirrt aussah, wie sie sich fühlte.

Von Hohenfels lächelte. »Hat es Ihnen gefallen?«

Sie schüttelte die Erinnerung ab. »Ich habe mich gefühlt, als wäre ich wirklich dort.«

Sauerwein nickte. »Mir ging es genauso.«

»Ich versuche, einen Teil der Burg im Originalzustand zu erhalten, wie den Teil, den Sie hier vor sich sehen. Dazu eine Geschichte, wie sie so oder ähnlich wirklich passiert ist, und jemand, der keine Angst hat, sich fallen zu lassen, hat das Vergnügen, sich auf eine Zeitreise zu begeben. In manchen Bereichen des Gemäuers hat man den Eindruck, dass eine besondere Energie fließt, das tut sein Übriges dazu.«

»So wie in diesem Raum.«

»Ja. Kommen Sie.«

Er führte sie in einen mit modernen Möbeln eingerichteten, lichtdurchfluteten Wintergarten, in dem ein offener Kamin eine behagliche Wärme verströmte. Zu beiden Seiten standen tropische Pflanzen in großen Bottichen. Evas Blick folgte den Ranken nach oben, und sie stellte erstaunt fest, dass die Glasfront bis in den zweiten Stock reichte.

»Bitte setzen Sie sich. Kaffee oder Tee?«

»Kaffee. Sehr gern.«

Eva sah ihren Chef erstaunt an. Normalerweise lehnte Sauerwein es ab, bei Zeugenbefragungen etwas zu trinken.

Ein leichtes Lächeln spielte um von Hohenfels' Mund. Er hatte ihre Reaktion bemerkt. »Frau Neunhoeffer?«

»Ja, auch Kaffee bitte.« Sie ließ sich auf einem der sündhaft teuer aussehenden Sofas nieder und rechnete damit, dass es genauso unkomfortabel war, wie es aussah. Kaum dass sie saß, spürte sie, dass sich Sitzfläche und Rückenlehne ihrem Körper wie von Zauberhand anpassten. Es war so bequem, dass sie nie wieder aufstehen wollte.

Zehn Minuten später betrat eine adrett gekleidete Frau Mitte vierzig das Zimmer und stellte ein voll beladenes Tablett auf dem geeisten Glastisch vor ihnen ab. Hauchfeine Törtchen und ein unvergleichlich aromatischer Duft nach Kaffee gaben ihnen das Gefühl, genauso hungrig zu sein wie die Ritter in der großen Halle. Ihr Gastgeber entließ die Bedienstete und übernahm das Einschenken selbst. Von Hohenfels und Sauerwein nahmen ihre Tassen, schwenkten den schwarzen Inhalt und zogen den Duft bei geschlossenen Augen durch die Nase ein.

Eva beobachtete das Ritual verwundert und schnupperte etwas verhaltener. Mit beiläufigem Blick suchte sie auf dem Tisch nach Milch und Zucker.

Von Hohenfels befreite sie aus ihrer Verlegenheit.

»Versuchen Sie ihn ohne. Wenn er Ihnen nicht schmeckt, bekommen Sie selbstverständlich, was Sie möchten.«

Sauerwein sah sie so entsetzt an, dass sie sich vorkam wie ein Schulmädchen. Ihr Gesicht brannte, und sie zuckte hilflos mit den Schultern. Sie nippte an der Tasse und sah die schwarze Brühe erstaunt an. Kostete den eigenartigen Geschmack, der sich warm und weich in ihrem Mund verteilte. Ein bisschen wie dunkle Schokolade und ein Hauch von Nuss. Und überhaupt nicht bitter. Fast bedauernd sah sie das Tässchen an. Wieso servierte man etwas so Hervorragendes in einem Fingerhut?

Als sie merkte, dass das Gespräch zwischen den Männern verstummt war, sah sie auf. Beide beobachteten amüsiert ihre Reaktion. Verdammt. Sie wurde schon wieder rot.

»Was sagen Sie? Schmeckt er Ihnen?« Von Hohenfels war so freundlich, dass sie fast vergessen hatte, wieso sie hier waren.

»Oh ja. Er ist phantastisch.« Verlegen senkte sie den Blick.

»Das freut mich.«

»Was ist das?«

»Es nennt sich Kopi Luwak und kommt aus Sumatra. Möchten Sie noch eine Tasse?«

»Sehr gern.«

Als Sauerwein belustigt das Gesicht verzog, hätte sie ihn am liebsten getreten. Doch dann kam von Hohenfels auf den Grund ihres Besuches zu sprechen.

Sauerwein zog ein Foto der unbekannten Toten aus seiner Jacke. »Haben Sie diese Frau schon einmal gesehen?«

Eva beobachtete ihn genau. Falls er die Frau kannte, ließ er sich nichts anmerken.

»Bedaure. Wer ist sie?«, fragte von Hohenfels.

»Das wissen wir nicht. Wir haben sie auf Ihrem Grundstück gefunden. Am Weissacher See.«

Er schüttelte betrübt den Kopf. »Leider kann ich Ihnen nicht weiterhelfen. Ich habe dort nie Kameras anbringen lassen, da ich das Gelände der Allgemeinheit zur Verfügung gestellt habe. Aber wenn Sie möchten, dann lassen Sie mir das Foto da. Ich werde mich erkundigen, ob jemand sie kennt.«

Mit einem Mal wirkte er unkonzentriert. Etwas in dem riesigen Park hatte seine Aufmerksamkeit erregt. Er nahm das Haustelefon von dem goldverbrämten Beistelltischchen und sprach etwas hinein.

»Kommen Sie.« Er bot Eva die Hand und half ihr aus dem Sofa. Er führte seine Besucher an die Panoramafenster und deutete auf einen kleinen Punkt am Himmel. »Sehen Sie da? Ein Wanderfalke. Passen Sie auf.«

Eine Weile zog der Greif majestätisch seine Runden. Plötzlich stellte er seine Flügel an und geriet für den Bruchteil einer Sekunde ins Taumeln. Von Hohenfels hatte Evas Hand gepackt und deutete auf einen sich schnell bewegenden Punkt keine fünf Meter von ihnen entfernt. Der Hase hatte den Feind am Himmel entdeckt und versuchte nun voller Panik, dem Tod zu entfliehen. Der Falke taxierte die Beute, legte seine Flügel an und stürzte in die Tiefe. Vor ihren Augen schlug er seine Krallen in das Kaninchen und äugte misstrauisch zum Haus herüber. Nachdem er sich vergewissert hatte, dass von dort keine Gefahr drohte, hackte er den Schnabel in seine warme, zappelnde Beute.

Eva konnte die Angst des Kaninchens förmlich spüren und wandte sich ab.

Von Hohenfels hatte sie aufmerksam beobachtet. »Zu grausam?«

Sie nickte. »Warum füttern Sie ihn nicht mit toten Tieren?«

»Er ist ein Jäger, meine Liebe. Er frisst nichts, was schon tot ist.«

Zweifelnd sah sie ihn an. In den Tiefen ihrer Erinnerungen tauchten Bilder aus der Falknerei Riedenburg auf. Dort hatte man den Greifen tote Küken gefüttert.

»Was war das für ein Zeug?«, fragte sie, als Sauerwein den Wagen zurück auf die Bundesstraße lenkte.

»Was meinst du?«

»Na dieser Kaffee. Kopukalawo.«

»Kopi Luwak.«

»Von mir aus. Also, was ist das für ein Zeug?«

»Willst du das wirklich wissen?«

»Ja sicher. Erzähl schon.« Jetzt war sie neugierig geworden.

»Es kann sein, dass dir die Antwort nicht gefällt.«

»Oh Mann, spann mich nicht auf die Folter.«

»Hast du gemerkt, dass er überhaupt keine Bitterstoffe enthält? Das kommt daher, weil die Kaffeebohnen im Magen einer Wildkatze fermentieren.«

»Was?« Eva war entsetzt. »Du meinst, sie schlachten Katzen, um an die Bohnen zu kommen? Das ist ja das Letzte!«

Er musste lachen. »Nein, die Katzen dürfen weiterleben. Sie können nur das Fruchtfleisch um die Bohnen verwerten, den Rest … na ja, sie kacken die Bohnen wieder aus.«

»Wie bitte?« Sie sah ihn ungläubig an. Dann fing sie an zu lachen. »Oh Martin, du bist doof.«

»Na hör mal. Ich meine das ernst.« Er sah konzentriert auf die Straße und schien das Ganze überhaupt nicht komisch zu finden. Eine Weile sagte keiner ein Wort.

Dann räusperte sich Eva. »Nein.«

»Doch.«

»Oha, das ist ja widerlich.« Sie gab ein würgendes Geräusch von sich.

»Und noch etwas. Es ist der teuerste Kaffee der Welt. Ich würde mal sagen, du hast den guten Hubert von Hohenfels um locker hundert Euro erleichtert.«

»Oh mein Gott.« Am liebsten wäre sie im Boden versunken. »Ist das peinlich.«

»Blödsinn. Der alte Knacker weiß eh nicht, wohin mit seinem Geld.«

Sie kicherte. »Alter Knacker? Der ist doch etwa dein Jahrgang.«

Er grinste zurück. »Eben. Und was denkst du jetzt?«

»Wie viel man wohl verdienen muss, um das Zeug jeden Tag zu trinken.«

»Ich wollte wissen, was du über von Hohenfels denkst. Hat er was mit unserem Fall zu tun?«

Sie studierte das winterliche Panorama der Berge vor ihnen. »Ich glaube nicht. Er würde sich verdächtig machen, indem er sich eine Leiche vor die Haustür legt. Dazu ist er viel zu gerissen.« Sie sah ihn von der Seite an. »Was meinst du?«

Er nickte bekräftigend.

Eva studierte seinen Gesichtsausdruck. »Warte mal. Du hast überhaupt nie gedacht, dass er was damit zu hat. Wieso sind wir dann überhaupt hingefahren?«

»Zum Kaffeetrinken.«

Sie setzte sich in ihrem Sitz auf und schaute ihn fassungslos an. »*Was?* Nein, das ist nicht wahr. Sag sofort, dass das nicht stimmt!« Als er keine Antwort gab, sondern nur vergnügt vor sich hin trällerte, ließ sie sich zurück in das Polster sinken. »Mein Chef ist korrupt. Ich fasse es nicht.«

»Also bitte. Es war doch nur Kaffee. Und woher sollte ich wissen, dass er uns ausgerechnet damit bewirtet?«

»Du hast es gewusst. Schon bevor wir losgefahren sind. Und du warst auch schon mal dort.« Das war ein Schuss ins Blaue.

»Mit Luisa«, bestätigte er. »Vor drei oder vier Jahren zu einem Champagnerempfang anlässlich der Eröffnung eines Waisenhauses, das er auf Sumatra gebaut hat. Er hat mich damals schon zum

Kaffeetrinken eingeladen. Ich hab die Einladung bisher nur noch nie wahrgenommen.«

***

Die Wand hatte eine Länge von drei Metern und war vollständig aus Glas. Sauerwein hatte monatelang gekämpft, bis Märkel sie nach langem Für und Wider bewilligt hatte. Jetzt standen Name und Fundort darauf, die mit Hinweisen und Strichen verbunden und durch Querverweise ergänzt waren. Unter den jeweiligen Ortsnamen klebten Fotos des Opfers in verschiedenen Perspektiven. Auch die Namen aller bisher am Fall beteiligten Ermittler waren mit ihren jeweils zugeordneten Aufgaben vermerkt.

Noch waren es wenige Bemerkungen. Je weiter die Ermittlungen vorankamen, desto voller würde es auf der großen Scheibe werden. Eva studierte die Hinweise und versuchte, einen losen Faden zu finden, als das Telefon klingelte.

»Es gibt an Hinweis«, sagte die Wallner. »I hab a Frau in der Leitung, die des Opfer aus der Zeitung erkannt habn will.«

»Danke, Nora, stell durch.« Eva setzte sich zurück an ihren Tisch und nahm das Gespräch an.

»Grüß Gott, hier ist Alisa Groll. Ich rufe wegen dem Foto in der Zeitung an. Ich möchte aber gleich dazu sagen, dass ich mir nicht sicher bin, weil ich zu der Frau seit sieben Jahren keinen Kontakt mehr habe. Ich kann mich aber noch gut an das Gesicht erinnern. Und es kann nicht schaden, wenn Sie das überprüfen, oder?«

»Nein, sicher nicht. Wir sind für jeden Hinweis dankbar. Wer könnte die Frau denn sein?«

»Sie sieht aus wie meine frühere Kollegin. Catherina Leutberg aus Freising. Aber können Sie bitte diskret vorgehen? Ich bin mir wirklich nicht sicher.«

Eva ließ sich den Namen buchstabieren und versprach, mit größter Behutsamkeit nachzuforschen. Es war ein Phänomen, dass Menschen sich in vielerlei Dingen hundertprozentig sicher waren und Angst bekamen, etwas Falsches zu sagen, sobald sie mit der Polizei darüber sprachen. Aufgrund dieser Angst behielten viele einen Verdacht von vorneherein für sich. Sie rief das Personenidentifizierungsprogramm auf und tippte den Namen ein. Innerhalb weniger Sekunden griff Person-ID auf die Datenbank zu und spuckte alle verfügbaren Informationen aus. Catherina Leutberg, einziges Kind von Peter und Paula Leutberg, hatte im zarten Alter von neunzehn Jahren geheiratet und den Namen Krenner angenommen. Die Ehe war kinderlos geblieben und zwei Jahre später wieder geschieden worden. Nach der Scheidung hatte sie ihren Mädchennamen wieder angenommen. Die Eltern waren 2004 und 2010 verstorben. Den letzten bekannten Wohnsitz hatte sie vor drei Jahren in Feldkirchen-Westerham angemeldet, vermutlich gleich nach ihrer Trennung.

Eva suchte im Adressverzeichnis ihres Handys und wählte eine Nummer.

»Hopfer.«

»Hallo, Horst, hier ist Eva.«

»Eva, das ist ja eine nette Überraschung! Geht es dir gut?«

Sie plauderte eine Weile mit dem Mann der besten Freundin ihrer Mutter. Dann brachte sie das Gespräch auf den Punkt.

»Horst, ich brauche deine Hilfe.«

»Beruflich oder privat?«

»Zweiteres. In deiner Gemeinde ist eine Catherina Leutberg gemeldet, in der Aiblinger Straße. Die Adresse gehört zu einem Mehrfamilienhaus, deswegen kann ich unserer Datei nicht entnehmen, ob sie allein dort wohnt oder eine weitere Person in dieser Wohnung angemeldet ist.«

»Ist das eine Frage?«

»Ja.«

»Warte mal, das Programm ist ziemlich langsam. Hör zu, Mädchen, sind das überhaupt Informationen, die ich dir ohne richterlichen Beschluss geben darf?«

»Die kannst du mir geben und die nächste auch. Die dritte ist heikel, aber das erklär ich dir dann.«

»Gut. Also diese Frau Leutberg ist als einzige Person in dieser Wohnung gemeldet. Was hast du noch?«

»Hast du sie schon mal gesehen, oder sagt dir der Name was?«

»Nein. War das die zweite Frage?«

»Genau. Die dritte betrifft die Eigentumsverhältnisse. Das darfst du mir nicht beantworten. Aber vielleicht kannst du herausfinden, ob sie selbst Eigentümerin ist oder ob es einen Vermieter gibt, und ihn anrufen und bitten, dass er sich bei mir meldet.«

»Warte mal. Ach schau an, das ist ja der Fritz … ach so, das darf ich ja nicht sagen. Bleib mal in der Leitung.«

Eva malte Kreise und Blümchen auf ihre Schreibunterlage, während sie darauf wartete, dass er zurück ans Telefon kam.

»Eva, bist du noch dran?«

»Ja, bin ich.«

»Also pass auf. Der Fritz Huber ist ein Spezl von mir und hat mir die offizielle Erlaubnis gegeben, dass ich dir seinen Namen und seine Nummer gebe.«

»Du hast mir sehr geholfen, danke dir.« Eva plauderte noch ein paar Minuten mit ihm und versprach, sich bald wieder zu melden.

»Das würde mich freuen! Ich sage ja zu Marlene immer, was für ein nettes Mädchen du bist. Komm uns doch mal besuchen.«

Eva verdrehte die Augen. Es musste ein Virus sein, das der Generation fünfundsechzig plus vorgaukelte, dass Menschen unter vierzig Kinder waren. Aber besuchen würde sie die beiden trotzdem gern.

Fritz Huber hob beim ersten Klingeln ab. Er schien neben seinem Telefon darauf gewartet zu haben, dass Eva anrief.

Sie stellte sich kurz vor und dankte ihm für sein Angebot, ihr zu helfen. »Es geht um ihre Mieterin Catherina Leutberg.«

»Das hat mir der Horst schon gsagt. Was ist denn mit ihr?«

»Haben Sie sie in letzter Zeit gesehen?«

»Naa. Und sehen S’, des hab ich erst gestern zu meiner Frau gsagt. Des Mädel sieht man gar nimmer, mir wohnen ja gleich gegenüber. Meinen S’, dass sie krank gworden ist?«

»Das weiß ich nicht, aber kann es sein, dass sie verreist ist?«

»Des glaub i net, weil, dann gibt sie meiner Frau immer den Schlüssel zum Blumengießen.«

»Herr Huber, könnten Sie mir einen Gefallen tun? Gehen Sie zu ihr rüber und klingeln Sie. Und wenn sie nicht aufmacht, dann schauen Sie in den Briefkastenschlitz, ob viel Post drinliegt.«

»Jetzt gleich?«

»Das wäre nett.«

Er notierte sich ihre Nummer und versprach, in zehn Minuten zurückzurufen.

Tatsächlich dauerte es eine halbe Stunde, bis der Rückruf kam. »Entschuldigen Sie bitte, Frau Neunhoeffer, ich bin aufgehalten worden, weil ich noch mit der Frau Morenau gesprochen habe. Die wohnt nebenan und hat sie auch schon seit über vier Wochen nicht mehr gesehen. Sie hat schon ein paarmal die Post aus dem Schlitz gezogen und bei sich aufbewahrt, weil der Briefkasten übergequollen ist.« Vor lauter Aufregung sprach er plötzlich Hochdeutsch.

»Herr Huber, das haben Sie super gemacht. Und jetzt bleiben Sie bitte zu Hause, ich komme in vierzig Minuten mit einem Kollegen zu Ihnen. Haben Sie einen Zweitschlüssel für die Wohnung?«

»Nein, wir geben alle Schlüssel an unsere Mieter aus.«

Mist.

Eva setzte Sauerwein ins Bild und holte Max direkt vom Kaffeetrinken aus dem Bistro gegenüber.

Auf dem Weg nach Feldkirchen-Westerham brachte sie ihn auf den neuesten Stand, während sie die Adresse ins Navi eingab. Dann rief sie den örtlichen Schlüsseldienst an, der versprach, in einer Stunde da zu sein.

***

Hätte sie nur jemanden, mit dem sie reden könnte. Nur einen einzigen Menschen! Ihre Schwester war vor fünfundvierzig Jahren mit dem Hippietypen nach Südamerika durchgebrannt und hatte nie wieder was von sich hören lassen. Und Georg war bei einem Lawinenunglück in Südtirol um Leben gekommen, Gott hab ihn selig. Sie hatten sich in den Jahren ihrer Ehe selbst so genügt, dass für Freunde keine Zeit und kein Platz mehr gewesen war. Nach und nach hatten alle aufgegeben, anzurufen, und heute, fast elf Jahre nach seinem Tod, war sie noch immer ganz allein.

Rosies Zähne nagten an ihrem linken Daumen. Eine dumme Angewohnheit, die den Knöchel über die Jahre hatte vernarben lassen. Normalerweise half es ihr beim Nachdenken. Was wäre, wenn er sie nur testen wollte? Sie verwarf den Gedanken. Seit zehn Jahren verrichtete sie ihm ergeben seinen Haushalt, und er hatte keinen Grund, ihr zu misstrauen. Falls sie den blutigen Fetzen wusch, würde sie vielleicht Beweise vernichten. Am besten war es, sie stopfte das Ding zurück hinter den Trockner und stellte den Wäschekorb vor den Spalt. Damit blieb ihr genügend Zeit, darüber nachzudenken, was sie tun sollte.

***

Als sie in der Aiblinger Straße parkten, wartete Fritz Huber vor dem Haus auf sie. Aufgeregt brachte er sie zu der Wohnung von Catherina Leutberg und war enttäuscht, dass die Polizisten nicht sofort die Tür aufbrachen.

Während Eva und Max auf den Schlüsseldienst warteten, nutzten sie die Zeit, um die Nachbarn zu befragen. Catherina Leutberg war eine unauffällige Person, ruhig und freundlich. Engeren Kontakt als gegenseitige Blumenpflege hatte sie mit keinem der Nachbarn gehabt, und davon abgesehen hatte sie seit Dezember niemand mehr gesehen.

Eva war schockiert. »Ich kann das nicht glauben«, sagte sie, als sie wieder vor dem Haus standen. »Sie ist seit mindestens vier Wochen spurlos verschwunden, und keinem der Nachbarn kommt mehr dazu in den Sinn, als es ganz beiläufig zu registrieren? In welcher Welt leben wir denn? Wenn ich mir vorstelle, dass mir in meiner Wohnung etwas zustößt, und kein Schwein kümmert sich darum, dann bekomm ich Angst.« Sie schauderte und stampfte mit den Beinen auf den Boden, um warm zu bleiben.

»Du hast immerhin nette Kollegen. Wir würden dir schon die Hölle heißmachen, wenn du nicht zum Dienst erscheinst.« Max grinste.

»Und genau das ist der nächste Punkt: Wenn sich schon die Nachbarn keine Sorgen machen, was ist mit ihrer Familie, ihren Freunden, ihrer Arbeit? Es ist doch schlicht nicht möglich, dass kein einziger Mensch sie vermisst.«

Max packte sie am Arm und zog sie ein Stück die Straße hinunter, um aus der Reichweite von Hubers großen Ohren zu kommen. »Bevor du dich noch weiter hineinsteigerst, schlage ich vor, dass wir abwarten, was wir in der Wohnung finden, in Ordnung?«

Eva nickte und holte ihr vibrierendes Handy aus dem Mantel. Es war Sauerwein. Nachdem sie wieder aufgelegt hatte, sagte sie: »Wir haben den Durchsuchungsbeschluss. Sobald der Mann vom Schlüsseldienst auftaucht, können wir rein.«

In der Wohnung roch es abgestanden, und die meisten Pflanzen waren vertrocknet. Eva sah, dass in der Spüle zwei schmutzige Teller und ein Glas standen. Sie öffnete die Kühlschranktür. Im Gemüsefach fand sie einen verschimmelten Brokkoli und eine Batterie Joghurts, deren Haltbarkeitsdatum vor drei Wochen abgelaufen war. Ansonsten machte die Wohnung einen gepflegten Eindruck.

Sie ging ins Wohnzimmer zu Max, der die Schränke nach Fotos durchsuchte. »Was meinst du?«

»Ich denke, dass sie tatsächlich unsere Unbekannte ist. Zu dem Ganzen hier«, er deutete auf die verwelkten Pflanzen auf der Fensterbank, »ist es in der Wohnung viel zu warm für jemanden, der länger verreisen wollte.«

Eva klappte den Laptop auf, der auf dem Wohnzimmertisch stand. »Der Computer ist im Stand-by-Modus. Das spricht auch gegen eine geplante Abwesenheit.«

Sie wollte gerade auf dem Rechner nach einer Fotodatenbank suchen, als Max sie zu sich rief. Er hielt ihr ein aufgeschlagenes Fotoalbum hin. Das Foto auf der ersten Seite zeigte unzweifelhaft die Frau vom See.

»Sie war wunderschön«, stellte Eva fest und ließ die Schultern hängen. »Auch wenn ihr Aussehen sie zu keinem besseren Menschen macht, haut mich so was vom Hocker. Bescheuert, oder? Vielleicht war sie ja eine ganz blöde Kuh.«

Max beobachtete sie aufmerksam. »Es ist nicht bescheuert, sondern menschlich. Es ist immer schwerer, etwas Schönes aufzugeben, als etwas Unattraktiveres. Und da du sie nicht gekannt hast, bleibt der einzige Anhaltspunkt, nach dem du sie beurteilen kannst, ihr Äußeres.«

Der blinkende Anrufbeantworter riss sie aus ihrer Lethargie. Sie drückte auf den Knopf und hörte die Nachrichten ab.

Zwei waren von einer automatischen Ansage, zwei weitere von Personen, die sich »einfach mal wieder melden wollten«, und vier aktuelle von einer Stellenagentur, die von Mal zu Mal unfreundlicher wurden und damit endeten, dass »die Stelle jetzt anderweitig vergeben sei und Frau Leutberg sich nicht mehr zu melden brauchte«.

»Den nehmen wir mit ins Präsidium und den Computer auch«, entschied Eva.

Zwei Stunden später hatten sie die Wohnung gründlich auf den Kopf gestellt, aber außer einer nichtssagenden Kurznotiz zu einem geplanten Date nichts weiter gefunden.

***

Am nächsten Morgen hatte Jensen das Band geschnitten, und Eva war eine gute Erklärung eingefallen.

»Guten Morgen, wir nehmen zwei Kaffee. Und wenn Sie kurz Zeit haben, würden wir Ihnen gern eine Frage stellen.«

Sie setzte sich mit Karl an einen der vier kleinen Tische mit bunten, nicht ganz sauberen Plastikdecken. Sie mussten zehn Minuten auf ihre Bestellung warten, dann standen zwei angeschlagene Tassen und die misstrauische Inhaberin der Dorfbäckerei vor ihnen.

»Und was wollen S' fragen?«

»Wir sind von einer Agentur, die nach vermissten Angehörigen forscht. Unsere Partner in Amerika müssen den Fall einer Frau aufklären, die ihre Schwester sucht. Die Damen stammen aus Bad Aibling und haben sich nach einem Streit vor über vierzig Jahren aus den Augen verloren, weil unsere Klientin in die USA ausgewandert ist. Sie erinnert sich, dass ihre Schwester heiraten und in die Nähe von Sachsenkam ziehen wollte. Alles, was wir haben, ist eine Tonbandaufnahme, und wir möchten Sie bitten, sich anzuhören, ob Sie die Stimme erkennen«, erklärte Eva.

Eifrig nickte die Bäckerin und zog sich einen Stuhl an den Tisch. »Eine Familienzusammenführung, ja, da helf ich freilich gern.« Sie hörte sich die Aufnahme drei Mal an und schüttelte dann bedauernd den Kopf.

Auch die nächsten Befragten erkannten die Stimme nicht.

Gegen zwölf Uhr spielten sie das Band zum achten Mal vor.

»Ja, sicher kenn ich die«, rief die Kassiererin des Tante-Emma-Ladens aus. »Des is die Erni Gruber, da bin i mir ganz sicher!« Sie strahlte über das ganze Gesicht, froh, den freundlichen Leuten von der Suchagentur helfen zu können.

»Das ist ja toll, Frau …?«

»Schwarz, wie die Farbe.«

»Sehr schön, Frau Schwarz, da haben Sie uns sehr geholfen. Wissen Sie denn auch, wo Frau Gruber heute wohnt?«

»Ja mei, wissen S', des is ja so traurig. Aber da kommen S' drei Jahre zu spät. Die Frau Gruber lebt leider nimmer. Glei nebn mir hat sie gwohnt. A so a liebe Frau is des gwesen.«

Bevor die Kassiererin sich weiter über die nette Nachbarin auslassen konnte, bedankte sich Eva und schob Karl aus dem Laden.

Karl streckte die Arme aus und wankte die Treppe hinunter. »Oh mein Gott. Denkst du, die Frau hat aus ihrer Gruft bei uns angerufen?«, fragte er mit tonloser Leichenstimme.

Eva gab ihm einen Knuff und lachte. »Ich glaube, du hast zu viele Zombie-Filme gesehen. Lass uns eine Pause machen.«

Einen knusprigen Schweinebraten mit Knödeln und Krautsalat für sagenhafte fünf Euro zwanzig später standen sie vor der Bäckerei in Warngau.

Karl fragte: »Hast du Lust, zu wetten?«

»Du schon wieder. Was willst du denn diesmal?«

»Diese Fragerei ist so was von öde. Lass uns wetten, ob wir erfolgreich sind oder nicht. Nur einen Euro. Du darfst auch anfangen.«

Eva linste durch die Glasscheibe in den Laden und seufzte. »Na gut. Ich wette, dass wir hier nichts erfahren.« Vier Minuten später verlangte sie ihren Euro.

»Ich will zuerst eine Revanche«, weigerte sich Karl zu bezahlen.

Als es fünf zu drei für Eva stand, sagte eine junge Frau, die neben ihnen an der Kasse der Dorfapotheke stand und das Tonband mit angehört hatte: »Das ist die Frau Heimerl. Zu der fahr ich einmal in der Woche zum Frisieren. Die wohnt gleich ums Eck, da können S' zu Fuß hinlaufen. Doch, ganz bestimmt«, setzte sie nach, als die beiden Fremden sie ungläubig anstarrten.

»Jetzt bin ich gespannt. Wenn das wieder nichts wird, dann brechen wir für heute ab. Ich stehe kurz vor einem Hörschaden.« Karl spielte darauf an, dass sie unverhältnismäßig viele Schwerhörige befragt hatten. Zumindest waren sie reichlich oft angeschrien worden.

»Bevor wir da jetzt reingehen, sollten wir unser Vorgehen absprechen«, sagte Eva. »Die Frau hat für eine dritte Person angerufen, und wir müssen davon ausgehen, dass sie diese jetzt schützen will.« Sie spielte ihre Idee in Gedanken durch, dann erläuterte sie ihm ihren Plan.

»Das kann ich nicht«, weigerte sich Karl. »Die bekommt uns doch einen Herzinfarkt.«

»Deswegen bin ich froh, dass du dabei bist und nicht Max.«

Irritiert sah Karl sie an. »Wieso? Ich würde in Erster Hilfe keinen Preis gewinnen.«

Eva verdrehte die Augen. »Weil du sensibel und mitfühlend bist. Du wirst die Frau schon nicht bei lebendigem Leib verschlingen. Bei Max wär ich mir da nicht so sicher.«

Es dauerte lange, bis ihr Klingeln erhört wurde. Dann vernahmen sie das Klacken eines Stocks und einen Riegel, der umständlich geöffnet wurde.

»Frau Heimerl, mein Name ist Eva Neunhoeffer, und das ist mein Kollege Karl Holtau«, stellte Eva sich vor. »Wir haben ein paar Fragen an Sie. Dürfen wir hereinkommen?«

»Tut mir leid, aber ich lass keine fremden Leut in mein Haus. Was wollen S' denn?«

Eva lächelte leicht. »Wir sind von der Polizei. Sie brauchen keine Angst zu haben«, sagte sie, als die alte Frau erschrak. »Wir wissen, dass Sie uns wegen der Leiche im Moor angerufen haben. Und dazu haben wir jetzt noch ein paar Fragen.«

Stumm starrte die Frau sie an. Die gichtige Hand auf dem Krückstock zitterte leicht, und das schlechte Gewissen, etwas Falsches gemacht zu haben, stand ihr ins Gesicht geschrieben.

»Also gut, kommen S' rein.« Schwerfällig humpelte sie an den Tisch, der mitten im Raum stand. Es war ihr anzusehen, wie schmerzvoll jeder Schritt war. Die Stimme passte definitiv zu der auf dem Band. Aber den weiten Weg zum See hätte sie selbst im Sommer nicht zurücklegen können.

»Wollen Sie uns nicht einfach sagen, was los ist?«, fragte Karl, als sie sich an den Tisch gesetzt hatten.

Trotzig schaute die Frau auf ihre Hände. Ihre Lippen zitterten, und sie tat sich schwer, zu erzählen.

Sie tat Eva leid. »Frau Heimerl, ich glaube, dass das nicht leicht für Sie ist und dass Sie Angst haben. Aber ich verspreche Ihnen, dass Ihnen nichts passieren wird, wenn Sie uns die Wahrheit sagen.«

»Ach Mädchen, ich hab doch keine Angst um mich.« Mit großen Augen blickte sie Karl an.

Der fing den Ball auf und fragte: »Haben Sie Angst vor dem, den Sie schützen?«, fragte Karl.

Die alte Frau schüttelte den Kopf.

»Sie haben nicht vor ihm Angst, sondern um ihn. Ist das so?«, folgerte Eva.

»Er ist so ein guter Bub, und er hat nichts getan. Er will der Polizei nur helfen, genauso wie damals. Und da haben sie ihm auch schon nicht geglaubt. Aber er war das nicht.«

Eva und Karl sahen sich erstaunt an. Sie konnten sich keinen Reim auf das wirre Gerede der alten Frau machen.

»Frau Heimerl, wer ist der Mann, für den Sie angerufen haben?«

Eva wiederholte ihre Frage, aber die Frau antwortete nicht darauf.

Als Eva noch mal nachfragen wollte, sagte Karl streng: »Eva, lass gut sein. Das ist ein ganz klarer Fall von Mitwisserschaft und Strafvereitelung und damit ein Straftatbestand. Wir nehmen Frau Heimerl mit ins Kommissariat und nehmen sie in Beugehaft. Mal sehen, wie lange sie uns den Namen vorenthält.«

Es war ein Schuss ins Blaue gewesen, und Fanni Heimerl wurde blass. In ihrer Not entging ihr völlig, dass er genauso gequält dreinschaute wie sie selbst.

»Aber er war das doch gar nicht«, wiederholte sie und schaute Eva mit geröteten Augen an.

»Machen Sie sich keine Sorgen. Wenn er es nicht war, dann wird ihm auch nichts passieren, das verspreche ich.«

»Das reicht«, sagte Karl. »Was denken Sie denn, weshalb der, den Sie schützen, nicht selbst bei uns angerufen hat? Doch nur, weil er der Täter ist.«

»Weil er Angst hat vor Ihnen. Weil Sie ihm doch nicht glauben würden. Aber er wollte, dass Sie die Frau so schnell wie möglich finden. Weil Sie den Mörder früher fangen können, als wenn sie ein paar Monate da liegt.«

Das leuchtete ein. Trotzdem passte es nicht zusammen. Karl stand auf. »Ich rufe Martin an, damit er den Strafbefehl und einen Durchsuchungsbeschluss für das Haus hier ausstellen lässt«, sagte er und wandte sich schnell ab.

Als sie schließlich allein waren, legte Eva ihren Arm um die zerbrechlichen Schultern der Frau. »Ich kann meinen Kollegen noch aufhalten. Aber dann müssen Sie mir jetzt den Namen verraten. Ich verspreche Ihnen, dass ihm nichts geschieht, wenn er unschuldig ist.«

»Glauben Sie mir, er war das nicht«, wiederholte Fanni Heimerl zum zweiten Mal. »Er heißt Harry Al–« Urplötzlich bekam die alte Frau einen roten Kopf, dem ein Hustenanfall folgte. Dann räusperte sie sich und wich Evas Blick aus. »Entschuldigung«, murmelte sie. »Er heißt Julian Vossen und wohnt am Schliersee. Wir haben ihn damals mit seinem zweiten Vornamen gerufen, damit es keine Verwechslung mit einem Freund gab.« Mit einer gichtigen Hand ergriff sie Evas Arm. »Sie dürfen nicht aufhören, den zu suchen, der das getan hat. Versprechen Sie mir das!«

Auf dem Rückweg ins Kommissariat schmollte Karl. »Ich finde die Aktion voll daneben«, maulte er. »Einer alten Frau mit Beugehaft zu drohen, das geht gar nicht. Und die Nummer *good cop, bad cop* gibt's doch nur in schlechten Filmen.«

»Reg dich ab«, sagte Eva. »Mir hat das genauso wenig Spaß gemacht wie dir. Aber es hat funktioniert, und wir haben den Namen. Außerdem ist dir auch nichts Besseres eingefallen.«

Da musste er ihr recht geben. Und insgeheim war er froh, dass Sauerwein sie zurück ins Präsidium beordert und die Befragung

Vossens auf den nächsten Tag verschoben hatte. Er wollte auf keinen Fall dabei sein, wenn Eva dorthin fuhr. Womöglich war der selbst der Polizei gegenüber gewalttätig. Da war es schon besser, sie nahm Max mit.

VIER

Als Eva am nächsten Morgen um acht Uhr ins Präsidium kam, hatte Max Hansen bereits Vossens Daten auf dem Bildschirm.

»Ziemlich attraktiv«, murmelte sie.

»Attraktiv? Mittelmaß, würd ich sagen.«

Sogar ausgesprochen gut aussehend. Eva lächelte. »Hat er was auf dem Kerbholz?«

Max schüttelte den Kopf. »Nein. Er ist polizeilich noch nicht aufgefallen. Aber das hat sich ja nun geändert. Nach der Morgenbesprechung fahren wir zu ihm und schnappen ihn uns.«

Eva saß in der Zwickmühle. In einer Stunde würde sie mit Max zum Schliersee fahren, und nun stand sie in der Damentoilette des Präsidiums und versuchte, das nachzuholen, was sie am Morgen versäumt hatte. Sie drückte einen kleinen Pickel aus und fuhr mit einem nassen breiten Kamm durch die Haare, um ihre Locken aufzufrischen. Ein bisschen getönte Tagescreme konnte nicht schaden, aber die Mascara, die sie seit einer Ewigkeit in ihrer Handtasche herumschleppte, war eingetrocknet. Hektisch zupfte sie die kleinen schwarzen Klümpchen von ihren Wimpern. Als sie fertig war, trat sie einen halben Meter zurück und betrachtete sich im Spiegel. Bis auf die rote Druckstelle am Kinn gar nicht mal so schlecht. *»Es gibt keine zweite Chance für einen ersten Eindruck«*, wer hatte das noch wieder gesagt? Einigermaßen zufrieden holte sie eine frische Bluse aus ihrem Spind und zog ihren Pulli drüber. Hoffentlich würde Max die Veränderung nicht bemerken. Dass sie sich hübsch machte für die Befragung mit einem Tatverdächtigen, das war völlig unmöglich.

Eva war die letzten Tage nicht aus Rosenheim herausgekommen und genoss den Anblick der schneebedeckten Berge. Sie war froh, dass sie nicht fahren musste, auch wenn Max der Meinung war, Sebastian Vettel das Wasser reichen zu können. Objektiv gesehen hatte er einen Fahrstil, den man eher einer Frau nachsagte.

Als sie am Schliersee ankamen, hingen dichte Wolkenfetzen am Himmel, die ein rauer Wind tief in das Tal hineintrieb. Das alte Bauernhaus war ein Juwel. Es war von Grund auf renoviert und schmiegte sich mit dem Rücken an eine Gruppe gesunder Rotfichten, als ob es dort Schutz suchen wollte. Die obere Hälfte der Fassade war traditionell mit Holz verkleidet, im ersten Stock lief ein geschnitzter Balkon um das ganze Haus, und die dunkelgrünen Fensterläden bildeten einen hübschen Kontrast zu dem verwitterten Holz.

Eva drehte sich mit dem Rücken zum Haus und seufzte. Die Aussicht auf den zugefrorenen See und die Brecherspitz dahinter war grandios und für sie unbezahlbar. Manchmal war das Leben einfach ungerecht.

»Ich hatte Sie schon früher erwartet«, begrüßte Julian Vossen die beiden und hielt Evas Finger einen Augenblick zu lange fest. »Frau Heimerl hat mich gestern angerufen und angekündigt, dass Sie kommen.«

Ohne wirklich zuzuhören, fragte sich Eva, ob er dieses leichte Kribbeln auch spürte, das ihren Arm hinaufgewandert war. Schroff entzog sie ihm ihre Hand und musterte verstohlen den großen Raum, in den er sie geführt hatte. Eine schicke rustikale Holzküche lief über Eck unter einem großen Fenster entlang. Die Küchengeräte aus gebürstetem Edelstahl bildeten einen modernen Kontrast, und eine eingebaute Eckbank mit vielen hübsch bestickten Kissen lud verlockend zum Verweilen ein.

»Setzen Sie sich«, unterbrach er ihre Gedanken und bot ihnen Kaffee an.

Eva sah zu, wie er geschickt mit der italienischen Kaffeemaschine hantierte, die Bohnen frisch mahlte, Milch für den Cappuccino aufschäumte und beides in bunt bemalte Tassen goss.

Als ihr Blick in die Fensterscheibe vor ihm fiel, sah sie direkt in seine Augen. Er hatte die ganze Zeit gewusst, dass sie ihn beobachtete. Sie fühlte, wie das Blut in ihre Wangen stieg, und wandte den Blick ab.

Er hatte ein hübsches Muster mit der Milch in ihren Kaffee gezeichnet, Latte-Art. Er flirtete über die kleine Geste mit ihr, keine Frage. Sie spürte, dass auch Max die Aufmerksamkeit bemerkt hatte und sein Eifersuchtsbarometer zu steigen begann.

»Ich weiß nicht, ob ich Ihnen überhaupt helfen kann«, sagte Vossen und sah an Max vorbei zum Fenster hinaus.

Als Fanni ihn am Abend zuvor angerufen hatte, hatte er kurzfristig überlegt, seine Zelte einfach abzubrechen und zu verschwinden. Schließlich war er zu dem Schluss gekommen, zu bleiben und der Polizei die Wahrheit zu erzählen. Zumindest einen kleinen Teil davon.

»Ich träume manchmal seltsames Zeug. Und in einigen Fällen, in denen ich die Gegend erkennen kann, stellt sich heraus, dass der Traum auf realen Ereignissen beruht.«

»Durch Zufall.« Max' Stimme triefte vor Sarkasmus.

»Genau.«

»Oder Sie haben übersinnliche Kräfte und können hellsehen.«

Vossen sah den schäumenden Kommissar mit einer Spur Belustigung an. »Wie Sie das nennen, ist mir egal. Mehr kann ich Ihnen jedenfalls nicht bieten.«

»Das glauben Sie doch selbst nicht«, sagte Max.

Vossens Miene verschloss sich. Er verschränkte die Arme vor der Brust und sagte gar nichts mehr.

»Erzählen Sie von Ihrem Traum«, forderte ihn Eva schließlich mit sanftem Nachdruck auf.

Vossen sah die hübsche Polizistin ausdruckslos an. Dann schloss er die Augen und atmete tief durch.

»Ich befinde mich in einem niedrigen, fensterlosen Raum, der etwas Böses ausstrahlt. Es fühlt sich an, als ob dort die Angst von vielen Personen gespeichert wäre. Überall an den Wänden ist Blut. In der Mitte des Raumes steht eine Bahre, auf der eine Frau liegt. Sie ist an Händen und Füßen gefesselt, aber unverletzt, das Blut ist nicht von ihr. Der Raum ist ihr vertraut, aber die Bahre hat sie nie zuvor gesehen, und das macht ihr Angst. Sie spürt, dass sich etwas verändern wird, und irgendwo in ihrem Unterbewusstsein weiß sie, dass sie die Menschen, die sie liebt, nie wiedersehen wird. Es ist, als ob die Sonne zum letzten Mal am Horizont versinkt. Dann sieht sie das Messer. Es ist klein und scharf, und das gedämpfte Licht spiegelt sich auf der Klinge. Der erste Schnitt brennt, aber so schlimm, wie sie es befürchtet hat, ist es nicht. Sie sieht den Mann, der das Messer führt. Er ist ihr vertraut, aber sie versteht nicht, was er mit ihr macht. Keiner der Schnitte ist besonders tief oder schmerzhaft, aber sie bluten stark und ungewöhnlich lange. Sie versucht, mit ihm zu reden, doch er kann sie nicht hören, und sie spürt, dass er in eine andere Welt abgetaucht ist. Immer wieder schneidet er mit Hingabe in ihr Fleisch, bis das Blut aus unzähligen Wunden läuft.«

Er schauderte und öffnete die Augen. Max starrte ihn mit offenem Mund an, und Eva war blass geworden.

»Das Seltsamste an diesem Traum ist, dass ich bis zu diesem Punkt die Gefühle der Frau spüre, dann springen sie auf den Mann über.«

Eva nickte ihm zu. »Fahren Sie fort.«

»Ich spüre ihren Puls unter meinen Händen, er flattert leicht wie ein Vogel. Ich habe schon früher gemerkt, dass es sich anders anfühlt, wenn sie Angst bekommen. Wie ein Vögelchen, das mit gebrochenem Flügel vor der Katze zu fliehen versucht. Ich fühle mich, als ob ich versinken würde in meinen Erinnerungen. Je mehr ich schneide, desto tiefer gleite ich zurück in die Vergangenheit. Ich kann meine Mutter sehen, unglücklich und hilflos, wie sie versucht, unsere Wunden zu versorgen. Meine Schwester liegt im Bett, von Weinkrämpfen geschüttelt, und dann schneide ich weiter, immer vorsichtig, die Schnitte dürfen nicht zu tief sein. Immer weiter reise ich in die Vergangenheit zurück. Das Blut der Frau auf meinem Körper wäscht den Schmerz weg, und die wärmende Nässe erregt mich. Viele Stunden später sickert immer weniger aus den Wunden, und ich kann ihren Herzschlag kaum noch spüren. Sie fängt an, mir zu entgleiten, aber ich will sie nicht verlieren, ich will, dass sie für immer bei mir bleibt. Aber sie kann nicht mehr bleiben, und ich spüre, dass ich sie gehen lassen muss. Ich will sie festhalten, wenn sie diese Welt verlässt, ich muss ihr so nah sein wie kein Mensch zuvor. Ich dringe in sie ein, löse ihre Fesseln und spüre, wie sie sich mir schenkt. Im Augenblick ihres Todes trägt die Erregung uns beide nach oben, und ich begleite sie über die Grenze in eine andere Welt.«

Eine Weile sagte keiner der drei ein Wort.

Dann räusperte sich Max. »Und wie geht es danach weiter?«

»Überhaupt nicht«, antwortete Vossen trocken. »Das ist der Punkt, an dem ich aufwache.«

»Und das sollen wir Ihnen glauben? Für wie dämlich halten Sie uns eigentlich?« Max redete sich umgehend in Rage. »Sie wollen uns wirklich weismachen, dass Sie all das nur geträumt haben? Was für ein Scheißdreck! Geben Sie doch zu, dass Sie die Frau umgebracht haben. Sie wollten sich lediglich versichern, dass sie noch da liegt, deswegen sind Sie noch mal zurück zum See.« Max schnaubte verächtlich. »Und dann sind Sie zu feige, sich zu stellen, und schicken eine alte Oma vor? Machen Sie sich doch nicht lächerlich.«

»Ich habe lediglich eine dritte Person gebeten, Ihnen einen Hinweis zu geben. Aber nicht, um mich Ihnen als Verdächtiger zur Verfügung zu stellen.«

»Ach nein? Wenn Sie glauben, dass wir Ihnen den Traumscheiß abnehmen, dann sind Sie dämlicher, als ich dachte. Welchen Grund sollten Sie denn haben?«

»Vielleicht um weitere Frauen zu retten. Aber wenn Sie kein Interesse daran haben, mich ernst zu nehmen, dann haben Sie genauso Schuld, wenn noch was passiert.«

Max sah ihn fassungslos an. »Sie wollen es mir in die Schuhe schieben, falls noch eine Frau sterben muss? Sie arrogantes, dämliches Arschlo– Ah!«

Da Max auch auf die zweite Warnung Evas nicht reagierte, trat sie ihn gegen das Schienbein. »Ich denke, das reicht«, sagte sie.

Max funkelte sie wütend an. »Eva, ich warne dich. Wenn du –«

Sie unterbrach ihn erneut und zog ihn vom Stuhl. »Lass uns das draußen klären.«

Im Garten holte Eva ihr Handy aus der Jacke.

»Ich rufe Martin an. Und du hältst solange den Mund.«

Fünf Minuten später legte sie auf. »Wir werden ihn jetzt fragen, ob er uns noch weitere Informationen geben kann, und dann verabschieden wir uns. Höflich. Nein, Max«, erstickte sie seinen Einwand, »wir nehmen ihn nicht mit. Das ist eine Anweisung von oben, kein Vorschlag. Und damit nicht diskussionsfähig.«

»Verabschiede dich doch allein. Wo kommen wir denn hin, wenn man einen Mörder nicht mal mehr unter Druck setzen darf.« Wütend kickte er gegen einen Stein.

»Allerhöchstens Tatverdächtiger, Max. Und nicht mal dafür gibt es einen Anhaltspunkt. Nicht Täter oder Mörder. Und du bist hier nicht derjenige, der sich zum Richter aufspielen kann.«

»Scheiß drauf. Los, verabschiede dich von deinem neuen Liebling. Ich warte im Auto.« Wütend drehte er sich um und stapfte davon.

Vielleicht, um Max zu ärgern, vielleicht aber auch, um noch eine Weile mit ihm allein zu sein, nahm sie Vossens Einladung auf einen zweiten Kaffee an.

»Denken Sie das Gleiche wie Ihr charmanter Kollege?«, fragte er, als sie lächelnd das Hasengesicht betrachtete, das er auf den Milchschaum gemalt hatte.

»Es fällt mir schwer, das zu beantworten. Einerseits ja, andererseits nein. Auf keinen Fall aber so extrem wie er.«

»Das hätte ich Ihnen auch nicht zugetraut. Kommt er nicht mehr herein?«

»Er wartet im Auto«, antwortete sie. »Eins würde ich gern noch wissen. Hatten Sie diese Träume schon als Kind?«

Er sah sie nachdenklich an, unsicher, wie viel er ihr erzählen konnte. Schließlich gab er sich einen Ruck. Im Grunde war es sowieso egal.

»Als ich elf Jahre alt war, hatte ich einen Unfall. Ich bin von einem Steg kopfüber in einen Weiher gesprungen, wie schon hundert Mal vorher. Jugendliche aus dem Dorf haben ein paar Kisten Bier zum Kühlen ins Wasser gestellt, weil sie abends feiern wollten, und ich habe mir beim Sprung den Kopf dort angeschlagen. Das Nächste, woran ich mich erinnern kann, ist ein viel zu großes Bett, das Piepsen von irgendwelchen Geräten und meine übernächtigte Großmutter neben mir. Später hat sie mir erzählt, dass ich sechs Tage mit einem Schädel-Hirn-Trauma bewusstlos gewesen war. Zwei Wochen danach habe ich zu träumen angefangen.« Vossen trank einen großen Schluck aus seiner Tasse, bevor er fortfuhr.

»Nicht die normalen Träume, die jeder ab und zu hat, sondern lauter seltsames Zeug, als ob ich in der Erinnerung einer fremden Person stecken würde. Diese Träume kehren Tag für Tag zurück und werden mit jedem Mal intensiver, bis irgendwann der Knoten platzt, und dann ist es plötzlich wieder vorbei. Manchmal kommt mir die Gegend bekannt vor, und dann gehe ich nachsehen, ob etwas dran ist.«

Gedankenverloren drehte er seine Tasse am Henkel im Kreis herum. »Anfangs war ich davon völlig verwirrt, weil es sich so real anfühlt, aber im Lauf der Jahre habe ich mich daran gewöhnt.«

»Sind alle Ihre Träume derart grausiger Natur?«

Vossen zögerte. »Nein«, sagte er schließlich. »Meistens sind meine Träume sogar ziemlich schön.«

Eva spürte, dass er nicht die ganze Wahrheit sagte. Sicher hatte er Träume, die sich gut und wohlig anfühlten, aber die, um die es ihm wirklich ging, waren Alpträume. Allesamt. »Haben Sie nie versucht, herauszufinden, ob die Träume, in denen Sie keinen Ort festmachen konnten, einen realen Hintergrund haben?«

»Sicher hab ich das. Aber können Sie sich vorstellen, wie schwer es ist, herauszufinden, wo ein Mann seine Frau prügelt, wenn Sie nicht mal eine Ahnung haben, ob die Leute Ihre Nachbarn sind oder am anderen Ende der Welt wohnen?«

Er krümmte sich, als ob er Schmerzen hätte. »Erst seit ein paar Jahren habe ich das Gefühl, dass sich die Orte meiner Träume in der Nähe befinden. Es fühlt sich an, als ob die Angst der Opfer ein Kanal ist, der die Emotionen des Täters an mich weiterleitet.«

Sie sah ihn stumm an. Ihr Kopf fühlte sich an wie ein Bienenstock, und sie hatte keine Ahnung, was sie von seiner Geschichte halten sollte. Das war einfach zu schräg, da hatte Max recht. Wissenschaftlich nicht erklärbar und im Grunde auch überhaupt nicht haltbar. Das Ganze war einfach nur lächerlich.

»Sie glauben mir nicht, richtig?«

»Ich weiß nicht, was ich glauben soll.« Nervös spielte sie mit ihren Haaren. »Den Sturz und das Koma nehme ich Ihnen ohne Weiteres ab, aber das mit den Träumen? Damit tue ich mich schwer, ja.«

Max hackte die Gänge in den armen BMW, dass das Getriebe krachte. »Hat deine halbstündige Verabschiedung noch etwas Erhellendes zutage gebracht?«

Eva hörte die Alarmglocken schrillen. Um ihn zu besänftigen, sagte sie: »Nein, nichts Neues. Er hat nur darum gebeten, dass wir nicht von vorneherein ausschließen, dass seine Geschichte stimmt.«

»Ach ja. Sicher. Und du bist auf das Gesülze hereingefallen.«

»Ich kann nicht erkennen, was daran gesülzt sein soll. Im Gegensatz zu dir versuche ich, neutral zu bleiben.«

»Ah ja. Neutral. So nennst du das also.« Max konnte seine Wut nicht länger im Zaum halten. Mit dem Lenkrad zwischen den Knien drehte er nervös eine Dose mit Vitaminpillen auf, schüttete zwei Stück heraus und würgte sie ohne Wasser hinunter. »Vielleicht ist dir in deiner Vernarrtheit aufgefallen, dass Vossen mit seiner Geschichte von der dritten in die erste Person gewechselt ist, als er die Sicht des Täters geschildert hat?«

»Stell dir vor, du Schlaumeier, das ist mir sehr wohl aufgefallen.«

»Und sicher hast du eine wunderbare Erklärung parat, weil seine ach so tolle Gabe, sich in andere Menschen hineinzufühlen, ansteckend ist und du plötzlich hellsehen kannst, stimmt's?«

»Nein, da irrst du dich. Wenn ich das könnte, würde ich ja auch verstehen, wieso du dich mir gegenüber plötzlich wie ein Vollidiot benimmst«, ätzte sie zurück. »Also wäre ich dir dankbar, wenn du mir sagst, was mit dir los ist.«

»Was los ist? Mit *mir*? Ich frage mich, ob du dich nicht schämst, das ist los! Wir verhören einen Tatverdächtigen, und du benimmst dich wie eine läufige Hündin. Glaubst du, ich habe nicht bemerkt, dass du dich angemalt hast wie ein Papagei und dich in Schale geworfen hast? Und dann fällst du mir in den Rücken und säuselst dem arroganten Arsch etwas vor, dass es richtig peinlich war. Was hast du denn die zwanzig Minuten noch im Haus gemacht? Hat er dich gevögelt?«

Eva dachte, sich verhört zu haben. »Hast du noch alle Tassen im Schrank? Der Arsch bist hier einzig und allein du. Weil du es nicht ertragen kannst, dass es Männer gibt, die mehr Stil und Niveau haben als du.« Sie löste ihren Sicherheitsgurt. »Und eins sag ich dir.

Das ist echt nicht schwer. Da übertrifft dich jedes pubertierende Pickelgesicht.«

Sie sprang aus dem BMW, als Max an einer roten Ampel halten musste. »Leck mich am Arsch, du Widerling.« Sie knallte die Tür mit beiden Händen zu, lief zu dem Auto hinter ihnen, riss die Beifahrertür auf und stieg kurzerhand ein.

Entgeistert schaute Max in den Rückspiegel, bis der Fahrer hupte und gestikulierte, dass er gefälligst weiterfahren sollte. Wütend schob er den Ganghebel nach vorne und gab so heftig Gas, dass das Fahrzeug einen Satz machte und er den Motor abwürgte. Mittlerweile hatten sich weitere Fahrer angeschlossen, und ein mehrstimmiges Hupkonzert ertönte, bis Max mit hochrotem Kopf den Wagen wieder angelassen hatte und mit quietschenden Reifen einen Kavaliersstart hinlegte.

Das andere Fahrzeug blieb ein paar hundert Meter hinter ihm, bis es links abbog und Max im Spiegel gerade noch sehen konnte, wie Eva eine eindeutige Geste in seine Richtung machte.

Als er zurück im Präsidium war, fasste er mit knappen Worten zusammen, was die Befragung von Julian Vossen ergeben hatte, und vermied es, Eva zu erwähnen.

Sauerwein stellte seine Lieblingsfrage: »Was sagt dein Bauchgefühl?«

Sein Magen krampfte sich zusammen. Das war das Schlimmste, was Sauerwein ihn im Moment fragen konnte. Mag sein, dass er bei Eva über das Ziel hinausgeschossen war, aber sobald er an diesen arroganten Traumtänzer dachte, kochte er vor Wut. Er faselte etwas von unklarer Lage und wich allen weiteren Fragen aus.

»Wir haben also bis auf die Tatsache, dass er den Leichenfund verschleiert hat, keinen einzigen Hinweis, dass Vossen als Täter in Frage kommt, und das rechtfertigt keinen Haftbefehl«, resümierte Sauerwein. Er stellte sich ans Fenster und sah den Spaziergängern zu, die auf dem vereisten Gehweg ein obskures Ballett aufführten Nach einer Minute fasste er einen Entschluss und drehte sich mit einem Ruck um.

»Geht nach Hause. Auch wenn wir es uns nicht leisten können, werden wir das Wochenende nicht arbeiten, weil wir alle eine

Pause nötig haben. Es sei denn, es kommt ein Notfall rein, aber dann melde ich mich. Lasst eure Telefone eingeschaltet.«

Als Max dabei war, seinen Schreibtisch aufzuräumen, kam Sauerwein zurück ins Zimmer. »Wo ist eigentlich Eva?«

Max stapelte umständlich seine Unterlagen und murmelte »Getrennt zurückgefahren« vor sich hin.

Als nichts weiter von ihm kam, ging Sauerwein in sein Zimmer zurück, rief Eva an und hinterließ eine Nachricht auf ihrem Anrufbeantworter.

***

Als Max zum wohl zwanzigsten Mal nur ihre Mailbox erreichte, zog er sich an und stieg ins Auto.

Vor ihrer Haustür angekommen, ging er eine halbe Stunde auf und ab und überlegte, ob er wieder umdrehen sollte. Er kam sich vor wie ein Idiot. Schließlich legte er den Finger auf ihre Klingel und drückte den Knopf ein paar Sekunden lang. Er wartete zwei Minuten und klingelte erneut. Wieso machte sie nicht auf? Als er zur dritten Runde ansetzte, öffnete sich ein Fenster im zweiten Stock, und eine rothaarige Frau streckte den Kopf heraus.

»Wie lange wollen Sie hier noch Krach machen? Wenn Ihnen niemand aufmacht, dann wird wohl keiner da sein.«

»Ich hab doch nicht bei Ihnen geläutet«, entgegnete er genervt.

»Die Klingeln sind so laut, dass man sie im ganzen Haus hört. Also verschwinden Sie und lassen Sie uns in Ruhe.«

»Warten Sie!« Da hatte sie das Fenster schon wieder zugeschlagen. Er klingelte erneut. So lange, bis sie ihren Kopf wieder aus dem Fenster schob.

Er zog seinen Ausweis aus der Tasche und hielt ihn in die Höhe.

»Ich bin ein Kollege von Frau Neunhoeffer und muss sie dringend sprechen. Wissen Sie vielleicht, wo sie ist?«

»Keine Ahnung. Sie war seit vorgestern nicht mehr da.«

»Sind Sie sich da völlig sicher?«

»Ja, das bin ich. Weil die Katze, die sie zur Pflege hat, über den Balkon zu mir zum Fressen kommt, wenn sie nicht da ist.«

Verdammt. »Haben Sie einen Schlüssel zu ihrer Wohnung?«

»Ja, hab ich. Wieso?«

»Ich mache mir Sorgen, dass ihr etwas passiert ist, und würde mich gern bei ihr umsehen.«

»Das geht zu weit, finden Sie nicht? Immerhin ist heute Sonntag, und Frau Neunhoeffer ist Ihnen ja wohl keine Rechenschaft schuldig, wie sie ihre freien Tage verbringt.«

»Nein, das ist sie nicht, aber ich möchte auf Nummer sicher gehen. Stellen Sie sich vor, sie liegt verletzt in ihrer Wohnung. Dann würden Sie sich doch Vorwürfe machen, dass Sie nichts unternommen haben, oder?«

Sie überlegte kurz. »Ich lasse Sie nicht in die Wohnung, aber ich gehe selbst nachsehen.«

Immerhin. Das war besser als nichts.

Zehn Minuten später ging die Haustür auf.

»So, Sie sind also das eifersüchtige Mäxchen. Jetzt hab ich endlich ein Gesicht zu den Geschichten.« Die Nachbarin grinste schadenfroh. »In der Wohnung ist sie nicht, und in ihrem Briefkasten liegt noch die Post vom Freitag. Sie macht sich halt ein schönes Wochenende. Ohne Sie.«

Er spürte, wie das Blut in seinen Kopf schoss. Sicher hätte sie ihm am liebsten auch noch die Zunge herausgestreckt. Diese blöde Kuh. Falsch. Alle beide! In diesem Augenblick verstand er, wie Menschen im Affekt zum Täter werden konnten. Würde Eva jetzt um die Ecke biegen, hätte er sie mit Freuden erwürgt. Eine Zeit lang saß er grübelnd im Auto, dann wählte er Sauerweins Nummer.

»Ja?« Sauerwein klang erstaunlich ausgeruht, und im Hintergrund konnte er Kinder lachen hören.

»Kann ich zu dir kommen, jetzt gleich?«

»Das passt nicht, Max. Ich bin mit den Mädels beim Rodeln. Sag mir jetzt, worum es geht.«

»Das geht schlecht. Es ist wegen Eva, und ich weiß nicht, aber es könnte wichtig sein.«

Sauerwein horchte auf. Er wusste, dass Max ihn nicht wegen einer Lappalie aus dem Wochenende scheuchen würde.

»Kannst du in zwei Stunden zum Alten Wirt kommen? Das kann ich den beiden Grazien wohl gerade noch zumuten.«

Martin Sauerwein schnitt ein Wiener Schnitzel für seine Töchter in kleine Stücke, als Max die Gaststube betrat. Er bestellte ein leichtes Weißbier und setzte sich neben seinen Chef.

»Die Mädels wissen, dass sie heute noch fernsehen dürfen, wenn sie uns eine halbe Stunde reden lassen. Also fass dich kurz.«

Max druckste eine Weile herum. Mittlerweile war er sich nicht mehr sicher, ob es eine gute Idee war, Sauerwein von dem Streit mit Eva zu erzählen.

Der warf ihm einen warnenden Blick zu. »Spann meine Geduld nicht über Gebühr auf die Folter. Sag, was los ist, oder hau wieder ab.«

Max nahm einen Schluck von seinem Bier und fing an zu erzählen. Er ließ auch nicht aus, dass er heute schon vor Evas Haus gestanden hatte.

Sauerwein nahm sein Telefon und wählte Evas Nummer. »Nur die Mailbox«, murmelte er und hinterließ eine Nachricht. »Hör auf, dir einen Kopf deswegen zu machen. Im Moment wissen wir nur, dass sie nicht zu Hause war und nicht ans Telefon geht. Da ich euch das Wochenende freigegeben habe, ist daran nichts auszusetzen.«

»Aber sie weiß ja gar nicht, dass wir uns erst wieder am Montag treffen, weil sie am Freitag nicht mehr ins Präsidium kam.« Max stand die Verzweiflung ins Gesicht geschrieben.

»Sie weiß Bescheid. Ich hab es ihr auf den Anrufbeantworter gesprochen.«

Max überlegte. »Als du gerade angerufen hast, hat es da geläutet, oder ging gleich die Mailbox dran?«

»Nur die Mailbox. Wieso?«

»Weil es bis gestern Abend geläutet hat, bevor die Mailbox angegangen ist. Also ist das Handy ausgeschaltet worden. Und das würde sie niemals tun, schon gar nicht, wenn wir mitten in einem Fall stecken.« Mittlerweile war seiner Stimme die aufkeimende Panik anzuhören. »Können wir denn nichts unternehmen?«

»Wenn sie seit zwei Tagen unterwegs ist, kann der Akku leer sein. Da wir nicht mit ihr verwandt sind oder in einer privaten Beziehung zu ihr stehen, können wir sie nicht als vermisst betrachten. Zumal sie an einem genehmigten freien Wochenende tun und lassen kann, was sie will, solange wir keinen Notfall kommunizieren. Und das hast du ja wohl nicht, oder?«

Max schüttelte den Kopf. »Meinst du, ich sollte –?«

»Untersteh dich. Es sei denn, du legst Wert auf ein Disziplinarverfahren. Es tut mir leid, Max, aber nach dem, was du am Freitag abgezogen hast, müssen wir davon ausgehen, dass sie die Nase voll hat und sich ein ruhiges Wochenende gönnt.«

»Aber«, fing Max wieder an, »ohne Kleidung, ohne alles, was sie täglich so braucht? Zahnbürste, Kamm, Handcreme und den ganzen Kram?«

»Das kannst du doch gar nicht wissen.«

»Doch. Die Nachbarin hat gesagt, dass die Post vom Freitag noch im Briefkasten liegt. Also war sie nicht mehr zu Hause.«

»Hast du dir das Kennzeichen von dem Wagen gemerkt?«

Max verzog das Gesicht. »Ich war so wütend, dass ich nicht aufgepasst habe«, sagte er unglücklich.

Sauerwein spürte, dass da noch etwas anderes war, das Max durch den Kopf ging. »Was ist los? Du verschweigst mir doch irgendetwas.«

»Es ist nur …« Max zögerte. Er hatte sich in den letzten Tagen nicht mit Ruhm bekleckert, das war ihm klar. Und trotzdem …

Seinem Chef riss der Geduldsfaden. »Wenn du nicht sofort mit der Sprache rausrückst, dann –«

Max hob die Hand. »Schon gut. Es geht um Vossen.«

Sauerwein stöhnte. »Was ist denn nun schon wieder?«

»Findest du das nicht seltsam? Kaum dass wir bei ihm wegfahren, verschwindet Eva? Er ist unser Hauptverdächtiger, und Eva hatte es ihm sichtbar angetan. Es kann doch kein Zufall sein, dass ausgerechnet im Wagen hinter uns jemand sitzt, der sie entführt. Am helllichten Tag! Vossen hätte alle Gelegenheit gehabt, uns zu folgen.«

»Aber er konnte nicht ahnen, dass ihr beiden Streithälse euch so in die Haare bekommt, dass Eva aus dem Auto springt.«

»Das vielleicht nicht«, gab Max zu. »Und vermutlich war das ja auch gar nicht sein Plan. Aber als die Gelegenheit plötzlich so günstig war, hat er sie genutzt.«

Da war durchaus etwas dran. Trotzdem konnte und wollte

Sauerwein nicht noch weiter Öl ins Feuer gießen. »Wir warten bis morgen früh, dann sehen wir weiter«, entschied er. »Und jetzt möchte ich den restlichen Nachmittag mit meinen Kindern verbringen.«

Max begleitete ihn und die Mädchen zum Auto. Als Sauerwein losfuhr, stand er verloren am Parkplatz und sah dem Wagen nach, bis er aus seinem Blickfeld verschwand.

Irgendwie tat er Sauerwein leid. Er ahnte schon länger, dass Max in Eva verliebt war, und genauso instinktiv spürte er, dass Eva diese Gefühle nicht erwiderte. Aus dem Grund hatte er nicht zeigen wollen, wie beunruhigt er ebenfalls war.

Nachdem er zu Hause angekommen war und den Kindern die versprochene DVD in den Player geschoben hatte, rief er nach einigem Zögern Märkel an. Einerseits wollte er keine Pferde scheu machen, andererseits würde es fatale Folgen haben, wenn er das Verschwinden einer Kollegin auf die leichte Schulter nahm.

Sein Vorgesetzter reagierte wie erwartet ungehalten auf die Störung und hörte nur mit halbem Ohr zu. Als Sauerwein fertig war, sagte er: »Sie unternehmen nichts. Oder lassen Sie den Verdächtigen meinetwegen festnehmen, das kann ja nicht schaden. Morgen früh sehen wir, ob Frau Neunhoeffer wirklich verschwunden ist.«

Sauerwein seufzte. Es war ihm schon vorher klar gewesen, dass das Telefonat nicht viel bringen würde. Aber immerhin hatte er jetzt einen Freibrief. Was auch immer er unternehmen würde, Märkel hatte es indirekt abgesegnet. Und damit sowohl Max' als auch Sauerweins eigenen Kopf gerettet.

***

Eine ganze Weile nachdem sie das Hemd gefunden hatte, wusste Rosie noch immer nicht, was sie damit machen sollte. Frühmorgens hatte sie als Erstes das Schlafzimmer sauber gemacht und die Betten frisch bezogen, während er in seinem Arbeitszimmer am Computer saß. Sie hatte ihm Kaffee gekocht und darauf gewartet, ob er das Hemd erwähnen würde. Als er endlich zur Arbeit gefahren war, hatte sie kontrolliert, ob es noch da war, und es hatte unverändert an seinem Platz gesteckt.

Um dreizehn Uhr war sie fertig mit ihrer Arbeit und schloss das Penthaus ab. Vier Schlösser und Riegel, das kam ihr auch nach zehn Jahren noch immer paranoid vor. Und genauso lange wunderte sie sich darüber, woher das viele Geld kam, das die Wohnung kosten musste. Allein was er sich ihre Verschwiegenheit kosten ließ! Von seinem Gehalt konnte er das sicher nicht bezahlen, auch wenn er oft genug am Wochenende arbeitete.

Sie nahm den Aufzug, der direkt von der Wohnung ins Erdgeschoss führte, verließ das Haus und lief zum Drogeriemarkt um die Ecke. Planlos wanderte sie durch die Gänge und blieb hilflos vor den Waschmitteln stehen.

»Entschuldigung?«, sprach die Frau mit dem Krückstock sie an.

Erstaunt sah Rosie auf. Die Dicke war ihr bereits zwei Mal zwischen den Regalen begegnet und hatte sie aufdringlich gemustert.

»Wir kennen uns doch! Sie sind doch, du bist – Rosalie?«

Rosie versuchte, in den hängenden Wangen und dem Doppelkinn der Frau ein bekanntes Gesicht auszumachen. Nichts klickte. Wie peinlich!

»Mei. Rosalie, des is aber a Freud. Kennst mi nimma? Ich bin's, die Ursel!«

Es stimmte, da war sie, die Ähnlichkeit. Du lieber Himmel, was war nur aus dem grazilen Mädchen aus der Bank hinter ihr geworden. Rosie konnte es kaum fassen. Die beiden hatten drei Jahre lang gemeinsam die Schulbank gedrückt, waren aber nur flüchtig befreundet gewesen. Ein bisserl zu arrogant war sie immer gewesen, ein wenig zu hübsch, die Ursel. Und heute …

Rosie spürte, wie ihr warm wurde. Es gab also doch jemanden, mit dem sie vielleicht reden konnte. »Ursel, so eine Überraschung. Und dass du mich erkannt hast«, freute sie sich.

»Ach mei, Rosalie, red halt ned so vornehm. Kannst denn kein Bayrisch mehr?« Das Doppelkinn wackelte vor Vergnügen. Egal, wie die Ursel jetzt aussah, sie sprühte noch immer vor Lebenslust.

Die beiden gackerten eine Weile hin und her, und Rosies Versuche, dem Bayrisch der Schulfreundin gleichzuziehen, gipfelten in einem weiteren Heiterkeitsausbruch der Dicken.

In der Aufregung der Wiedersehensfreude bemerkte keine der Frauen den Mann, der kurz an der Stirnseite des Regals auftauchte.

Als er die beiden Frauen miteinander reden sah, verzog er sich diskret in den Nebengang und lauschte dort ihrem Gespräch.

»Komm, Rosalie, des feiern mir. Lass uns da rübergehn ins Café. Bitte. I gfrei mi so!« Ursel hatte das Zögern der Freundin gespürt. Dabei sah die so traurig aus. Sicher würde es ihr guttun, unter Menschen zu kommen und zu lachen.

Rosie gab sich einen Ruck. »Also gut, gehen wir. Und, Ursel …« Sie machte eine kleine Pause. »Ich freu mich auch. Du ahnst gar nicht, wie sehr.«

Als die alten Weiber das Café drei Stunden später in schwesterlicher Eintracht wieder verließen, stand er auf, drückte der verblüfften Bedienung zwanzig Euro in die Hand und lief über die Straße zu seinem Auto. Er wendete, folgte den beiden in sicherem Abstand und fuhr an den Randstein, als er sah, dass sie an der Bushaltestelle stehen geblieben waren. Leider war er nicht nah genug an ihnen dran, um sie im Auge behalten zu können, und ein rostiger grauer Lieferwagen behinderte seine Sicht zusätzlich. Er stieg aus dem Wagen und drückte sich auf der anderen Straßenseite in einen Hauseingang.

Beide Buslinien hielten gleichzeitig an der Haltestelle, und obwohl er sich den Hals verrenkte, konnte er nicht sehen, welche Frau welchen Bus bestieg. Er folgte einem der Busse aufs Geratewohl und grinste beim Gedanken daran, dass die andere keine Ahnung hatte, dass heute ihr Glückstag war.

An der fünften Haltestelle sah er zuerst den Stock, der sich tastend aus dem Bus schob. Bingo! Kurzerhand parkte er den Wagen am Straßenrand und folgte ihr zu Fuß. Sie bog in eine Seitengasse ein und blieb vor einem Haus mit einem verwitterten blauen Anstrich stehen. Verborgen hinter einem verkrüppelten Strauch beobachtete er, wie sie umständlich in ihrer Handtasche kramte. Solange sie das Haus nicht betreten hatte, würde er sich nicht weiter nähern. Nachdem sie den Schlüssel gefunden und den Gehweg verlassen hatte, beobachtete er die umstehenden Häuser.

Einige Minuten später war er sicher, dass kein Nachbar an den Fenstern stand. Er trat hinter dem Busch hervor, ging zügig auf ihren Garten zu und klingelte. Noch bevor sie den Türöffner betätigen konnte, hatte er durch das Gitter gefasst und das Tor geöffnet.

Als sie die Haustür aufmachte, erschrak sie und wich instinktiv einen Schritt zurück. »Wer sind Sie?«

Er stellte einen Fuß in die Tür und lächelte sie an. »Ich bringe Ihnen das Tuch, das Sie im Café verloren haben«, sagte er und hielt ihr eine Tüte vor die Nase.

»Was? Ein Tuch? I hab doch überhaupt keines dabeighabt.« Sie war verblüfft.

Er sah ihrem faltigen Gesicht an, wie sich ihre Gedanken darum drehten, ob sie tatsächlich etwas vergessen hatte.

»Warten Sie. Nein, i hab Sie schon gesehn, aber ned im Café, sondern in der Drogerie. Was wolln Sie? Verlassn S' sofort mei Haus!« Panik flackerte in ihrer Stimme. Sie versuchte, ihn zurück zur Tür zu drängen, und fuchtelte mit dem Stock nach ihm.

Er lachte, packte die Krücke und zog sie von den Füßen.

Schwer fiel sie auf die Knie. »Bitte gehn S' doch wieder. Brauchn S' Geld? I hab tausend Euro da, die können S' gern haben.«

»Geld?« Er warf seinen Kopf in den Nacken und lachte schallend. »Nein, meine Liebe, ich brauche kein Geld. Heute ist dein Glückstag, du wirst nämlich auch keines mehr brauchen.«

Er öffnete seinen Gürtel und fand die Situation unfreiwillig komisch, als er merkte, dass sie dachte, er wolle sie vergewaltigen. Lieber würde er sich den Schwanz abschneiden, als die fette Kuh auch nur anzufassen. Mit einer eleganten Bewegung zog er den Gürtel aus dem Hosenbund, beugte sich zu ihr hinab und schlang ihr das Leder um den Hals.

Mit schwachen, gichtigen Fingern versuchte sie, das Band zu lockern, das sich immer enger um ihre Kehle zog. Sie röchelte, griff nach ihm und krallte ihre gelben Nägel in seine Hände. Dann sank sie in sich zusammen, und ein intensiver Geruch nach Urin machte sich in der kleinen Diele breit.

Als er sicher war, dass sie nicht mehr lebte, hob er die Tüte vom Boden auf und stopfte den Gürtel hinein. Er überlegte, ob er die Zimmer durchwühlen und einen Einbruch vortäuschen sollte. Nach einer Weile verwarf er den Gedanken. Je mehr er sich im Haus bewegen würde, desto größer war die Gefahr, dass er dabei

Spuren hinterlassen würde. Er vergewisserte sich, dass ihre Krallen keine Kratzer an den Ärmeln seiner Wildlederjacke hinterlassen hatten. Bei den Handschuhen war er sich nicht sicher, die würde er besser zusammen mit dem Gürtel und den Schuhen entsorgen. Er öffnete die Tür einen Spalt und spähte nach draußen. Keine Menschenseele auszumachen. Er verließ das Haus fröhlich vor sich hin pfeifend und drehte sich an der Gartentür um, um einer imaginären Person zu winken. Eine kleine Einlage, falls einer der Nachbarn seine Neugier nicht im Zaum halten konnte.

FÜNF

Max sah aus, als hätte er seit Tagen nicht geschlafen, während Karl in seinen orangefarbenen Cordhosen und dem kurzärmligen Hawaiihemd einen Eindruck machte, als hätte er zwei Wochen Strandurlaub hinter sich.

Sauerwein grüßte die beiden und verschwand in seinem Büro. Fünf Minuten später hielt Max es nicht mehr aus und klopfte an seine Tür. »Martin«, begann er zaghaft. »Hast du schon darüber nachgedacht, was du wegen Eva unternehmen willst?«

Der setzte ihn über das Telefonat mit Märkel in Kenntnis. Und dann teilte er ihm die Entscheidung mit, die er spät am Abend noch getroffen hatte.

»Du hast Vossen verhaften lassen?« Max grinste über das ganze Gesicht. »Aber dann ist Eva ja wieder frei!«

»Freu dich nicht zu früh. In seinem Haus war sie jedenfalls nicht. Und die erste Vernehmung durch den Kriminaldauerdienst hat nichts gebracht. Er streitet ab, dass er das Haus nach euch verlassen hat.«

»Dann müssen wir ihn eben unter Druck setzen«, sagte Max stur. »Lass mich mit ihm reden. Ich finde schon heraus, wo er sie –«

»Wenn sie in einer Stunde noch nicht da ist, lasse ich ihn zum Verhör herbringen«, unterbrach ihn Sauerwein. »Vorher macht es keinen Sinn, zumal sie fast nie vor acht hier auftaucht.«

Knapp sechzig Minuten später stand Max wieder in seinem Zimmer. Allmählich wurde Sauerwein wütend. »Denkst du, ich kann die Uhr nicht lesen?«

»Vielleicht sollten wir einfach zu ihm gehen«, schlug Max vor, als Karl laut und deutlich »Guten Morgen, *Eva*!« rief.

Wie vom Blitz getroffen drehte Max sich um und stürmte aus dem Zimmer.

Er baute sich vor der Kollegin auf, stemmte die Hände in die Seiten und wurde umgehend laut. »Bist du total verrückt geworden? Du verschwindest einfach für drei Tage, ohne dich abzumelden? Weißt du, was wir uns für Sorgen gemacht haben, als dich keiner mehr erreichen konnte …?«

»Max!«, warnte Sauerwein, der ihm ins Büro gefolgt war.

»Ich kann einfach nicht glauben, dass du so dämlich bist und zu einem wildfremden –«

»Max!« Sauerwein war deutlich lauter geworden.

»… Typen ins Auto steigst, du hast doch nicht mehr alle Tassen im Schrank.«

Die Ohrfeige die Eva ihm verpasste, beendete das Geschrei. Seine Wange brannte, und vier Striemen begannen, sich abzuzeichnen.

Eva schubste ihn zur Seite und sagte zu Sauerwein: »Kann ich dich sprechen? Jetzt gleich!«

»Ich kann so nicht weitermachen«, fing Eva an. »Unser Job ist aufreibend genug, aber der Vollidiot da drüben macht mich völlig fertig.«

»Ich hab die Spannungen zwischen euch gespürt, habe aber nicht gewusst, dass es so schlimm ist. Es tut mir leid, dass ich das nicht schon früher bemerkt habe«, sagte Sauerwein.

»Es muss dir nicht leidtun. Du bist nicht unser Babysitter.«

»Das ist zwar nett gemeint von dir, aber das entschuldigt nicht meine Nachlässigkeit«, antwortete er ruhig. »Ich würde jetzt gern deine Version der Ereignisse vom Freitag hören.«

Eva schilderte die Situation bis zu dem Punkt, an dem sie in das fremde Auto gestiegen war.

»So weit stimmt das mit Max' Erzählung überein«, kommentierte Sauerwein. Auf ihren ungläubigen Blick hin sagte er: »Er kann sich selbst gegenüber ziemlich schonungslos sein, auch wenn du das grad nicht glauben kannst. Wie ging es danach weiter?«

»Ich hatte mit meiner Freundin Sabine ausgemacht, dass ich ihr am Freitag den Kater zurückbringe und bei ihr übernachte. Mädelsabend und so. Als Max wegen der Befragung ausgeflippt ist, bin ich ausgestiegen und gleich bei ihr mitgefahren, weil sie zufällig hinter uns an der Ampel stand.«

»Das war deine Freundin?«

»Ja sicher. Denkst du vielleicht, ich würde einfach bei einem wildfremden Menschen ins Auto steigen?«, fragte sie erstaunt.

»Wieso bist du dann nicht ans Telefon gegangen?«

»Ich hatte kein Verlangen, mit dem Idioten zu reden, zumal er mir schon die Mailbox mit irgendwelchem Käse zugetextet hatte. Sabine hat mich nach Hause gefahren, wir haben ein paar Klamotten und den Kater geholt, und weil wir so viel Spaß hatten, bin ich das ganze Wochenende bei ihr geblieben. Und gestern war der Akku leer, deswegen hast du mich nicht erreichen können. Das tut mir leid«, sagte sie kleinlaut. »Aber ich hab dir von Sabines Computer eine Mail geschrieben, dass du mich bei ihr erreichen kannst, wenn was Wichtiges ist.«

»Und wieso hat deine Nachbarin Max erzählt, dass die Katze bei ihr ist?«

Eva kratzte sich verlegen am Kinn. »Weil sie ihn ärgern wollte. Ich war letzte Woche mal zum Abendessen bei ihr, und da hab ich ihr erzählt, wie blöd er sich zurzeit benimmt.«

Sauerwein fing an zu lachen. Er lachte, bis ihm die Tränen kamen.

»Ich weiß zwar nicht, was du daran so lustig findest, aber vielleicht verrätst du mir, was das ganze Theater überhaupt soll?«

Er erzählte ihr von Max' Entführungstheorien. »Du hast recht, lustig ist es nicht. Aber ich bin so froh darüber, dass wir nicht auch noch eine Suchaktion nach dir starten müssen, dass ich einfach erleichtert bin.«

Dann wurde er wieder ernst. »Eva, das mit Max und dir … Ich kann dir nur anbieten, dass ich mit ihm rede. Als Vorgesetzter und als Freund. Aber regeln müsst ihr das selbst. Nur eine Bitte hab ich: Lass uns den Fall gemeinsam lösen. Danach kannst du ihn von mir aus ertränken oder erschießen, aber wirf jetzt bitte nicht das Handtuch.«

Jetzt war es an ihr, zu lachen. »Ist das ein dienstlicher Segen? Dass ich ihn umbringen darf?«

»Meinetwegen. Von mir hast du das aber nicht gehört, verstanden?« Er wackelte drohend mit dem Zeigefinger und lachte. »Schieb es einfach auf Märkel. Nur eins möchte ich noch wissen, bevor du gehst. Ist was dran, dass du dich in unseren Hauptverdächtigen verliebt hast?«

Eva ließ sich zurück auf den Stuhl sinken. »Ist das eine berufliche oder private Frage?«

»Ich wäre froh, wenn du mir so weit vertraust, dass du mir beides beantworten kannst.«

Nachdenklich fixierte sie einen Fleck hinter ihm an der Wand, bevor sie ihm fest in die Augen sah.

»Ja, Martin, ich vertraue dir. Irgendwas ist zwischen uns, das stimmt. Wenn er nicht verdächtig wäre, könnte ich mich in ihn verlieben, und das macht mir Angst.«

Er sah sie lange an. »Danke, dass du so offen bist. Dir ist klar, dass du in einen Interessenkonflikt kommen kannst? Falls du nicht bereits bis zum Hals drinsteckst.«

»Das tue ich nicht. Aber falls es so weit kommen sollte, sage ich es dir, das verspreche ich.«

Sauerwein stand auf und öffnete ein Fenster. »Also gut. Sag Max, er soll jetzt zu mir kommen.«

Karl sah Eva an, als es im Nachbarzimmer laut wurde.

»Eva? Verrätst du mir, was mit euch los ist?«

Sie sah erstaunt auf. Sonst war er viel zu schüchtern, um private Fragen zu stellen. »Ich weiß es nicht, Karl. Max benimmt sich in letzter Zeit, als ob wir verheiratet wären. Er versucht, mir Vorschriften zu machen, redet mich schwach an, wenn ihm was nicht passt, und lauter so ein Zeug. Am Freitag hat er dann mit seinem Verhalten den Vogel abgeschossen, und das vorhin hast du ja mitbekommen.«

Karl nickte. »Ich glaube, er wär das gern. Mit dir verheiratet, meine ich.«

»Was?« Sie sah ihn belustigt an. »Das kann ich mir nicht vorstellen. Ich glaub einfach, dass er schlecht damit klarkommt, dass er eine gleichberechtigte Frau als Kollegin hat. Und dass Märkel mich interimsweise zum Chef ernannt hat, hat ihm das Kraut wohl endgültig ausgeschüttet.«

»Sei nicht böse, aber das stimmt ganz sicher nicht.« Unruhig rutschte er auf seinem Stuhl herum. »Wir hatten schon früher mal eine Vorgesetzte auf Zeit, und mit der kam er prima klar. Aber die war auch nicht sein Typ. Im Gegensatz zu dir.« Vor Verlegenheit fixierte er eine Druckstelle auf dem Apfel auf seinem Tisch. »Du bist so hübsch und clever, und ich weiß, dass er ein Foto von dir bei sich am Bett stehen hat.«

Eva war vom Donner gerührt. »Er hat *was*?«

»Kein Scheiß. Weißt du noch, der Termin bei Hofer vor vier Wochen?«

Sie nickte. Die jährliche Audienz beim Polizeipräsidenten war Pflichttermin und Alptraum in einem.

»Die Wallner musste Max an dem Tag ein Hemd aus seinem Schrank holen, weil er sich Kaffee darübergeschüttet hatte. Und du weißt ja, wie sie ist. Sie hat sich, natürlich rein zufällig, umgesehen und dabei das Foto gesehen.«

»Karl, das glaub ich einfach nicht. Da hat sie dich sicher nur auf den Arm genommen.«

»Nein, das hat sie nicht. Sie hat es fotografiert und mir gezeigt. Sie ist zwar das Polizeitagblatt und tratscht, was das Zeug hält, aber sie verbreitet keine Lügen.«

Danach war Karl ungewöhnlich still. Obwohl Eva sich elend fühlte, spürte sie, dass er was auf dem Herzen hatte. »Was ist los?«, fragte sie.

Da er nicht wusste, was er sagen sollte, konzentrierte er sich auf den Ordner, der vor ihm lag.

»Karl, bitte. Ich merke doch, dass etwas nicht stimmt.«

»Es ist wegen Julian Vossen.«

»Was ist mit ihm?«

»Martin hat gestern Abend einen Streifenwagen mit einem Haftbefehl zu ihm geschickt.«

Eine Stunde später kam Max zurück ins Büro und setzte sich schweigend an seinen Schreibtisch. Bis Karls Frau sein Mittagessen brachte, war nur das Klicken der Tastaturen der drei Computer zu hören. Eva spürte, dass Max öfter zu ihr herübersah, dachte aber nicht daran, seinen Blick zu erwidern.

Als Karl mit seinem Essen in Richtung der kleinen Küche verschwunden war, nahm Eva ihre Jacke und ging in die Kantine, ohne Max zu fragen, ob er mitkommen wollte.

Sie fing an, ihren Nudelauflauf zu essen, als er zur Tür hereinkam. Er sah sich suchend um und stellte sich erst an der Essensausgabe an, als er sich sicher sein konnte, dass sie ihn gesehen hatte. Nachdem er gezahlt hatte, ging er demonstrativ an ihrem Tisch vorbei und setzte sich zwei Tische weiter zu den Kollegen vom Raubdezernat. Dort fing er eine nicht zu überhörende Unterhaltung an, in deren Verlauf er mehrmals aus vollem Hals lachte.

Es war klar, dass er sie mit seinem Verhalten ärgern wollte, deshalb versuchte sie, gute Miene zum bösen Spiel zu machen. Sie stellte das Tablett mit dem restlichen Auflauf zurück und nahm den Nachtisch mit nach oben.

Im Büro roch es nach den Kohlrouladen, die Karl in der Mikrowelle aufgewärmt hatte. Eva verdrehte die Augen und riss das Fenster auf.

»Oh bitte, mach das wieder zu«, maulte er. »Es ist saukalt da draußen.«

»Vielleicht solltest du deine Garderobe einfach der Jahreszeit anpassen«, sagte sie mit Blick auf sein kurzärmliges Hemd. »Oder iss in der Küche oder komm mit in die Kantine. Die Luft hier drin ist nicht auszuhalten.« Im eigentlichen wie im übertragenen Sinn, dachte sie.

Er sah sie mit einem undefinierbaren Blick an. »Ich würde gern mit euch essen gehen, aber ich weiß nicht, wie ich das meiner Frau beibringen soll.«

Eva schüttelte sich. Sie konnte sich nicht vorstellen, mit einem Partner zu leben, dem sie sich nicht zu sagen traute, dass sie kein Lunchpaket mit zur Arbeit nehmen wollte.

»Glaubst du nicht, dass Sissy es versteht, dass es für unser soziales Zusammenleben wichtig ist, dass du dich nicht ständig absonderst?«

Karl zuckte mit den Schultern. »Vielleicht schon. Aber es macht sie so glücklich, mich zu versorgen, dass ich nichts sagen will.«

Eva musste sich anstrengen, ihren Ärger zu unterdrücken. Ein Blödmann als Kollege sollte reichen, sie aber musste sich mit zweien herumschlagen. Nur wusste sie nicht, was schlimmer war, der beleidigte Macho oder der verängstigte Pantoffelheld. Kaum auszuhalten, echt.

Eva war froh, dass Sauerwein Max für den Rest des Tages in den Außendienst verbannt hatte. Im Büro war es friedlich wie schon lange nicht mehr. Sie und Karl arbeiteten still an ihren Berichten, und Sauerwein hatte sich in seinem Zimmer verschanzt.

Um fünfzehn Uhr platzte Nora Wallner in ihr Büro, einen jungen Mann im Schlepptau. »Da, bitt schön, des is die Frau Neunhoeffer.« Sie deutete mit dem Finger auf Eva.

»Der Herr dad gern was abgebn, aber des musst selbst unterschreibn.«

Evas Herz machte einen Sprung, als sie den bunten Tulpenstrauß sah. Aufgeregt unterschrieb sie die Empfangsbestätigung und drehte den Blumengruß, bis sie die Karte sah, die zwischen den Tulpen steckte.

Julian!

»Magst es ned lesn?«, fragte Nora Wallner neugierig.

»Doch, Nora, aber lieber allein«, antwortete Eva. Als die Sekretärin beleidigt abgerauscht war, holte sie eine Vase und setzte sich an ihren Schreibtisch. Ihr Kreislauf spielte verrückt, und ein ganzer Schwarm Schmetterlinge flog in ihrem Bauch herum. Sie zögerte die Vorfreude hinaus, bis sie es nicht mehr aushielt, und öffnete mit zitternden Fingern den Umschlag. Innen war eine hübsche Karte, und um die Spannung noch ein wenig zu erhöhen, sah sie sich den Rotaugenfrosch auf dem Deckblatt genau an.

Nach einer Minute klappte sie die Karte auf. *Es tut mir leid. Max.* Ihr Pulsschlag verlangsamte sich vor Enttäuschung so schlagartig, dass ihr schlecht wurde. Am liebsten hätte sie den Strauß in den Abfall geworfen und geheult. Klar, dachte sie, als ihr einfiel, was Karl ihr am Vormittag erzählt hatte. Wie hätte er ihr auch aus der Untersuchungshaft Blumen schicken sollen. Er hatte im Moment ganz andere Sorgen.

Sie stellte die Vase achtlos auf die Fensterbank und wollte gerade das Zimmer verlassen, als Sauerwein mit seinem Geldbeutel in der Hand hereinkam und ihr bedeutete, zu bleiben.

»Karl, sei so nett und hol uns drei Stück Kuchen aus der Kantine. Ich geb einen aus.« Er drückte ihm sechs Euro in die Hand und deutete mit seinem Blick unmissverständlich auf die Tür. Nachdem Karl die Tür geschlossen hatte, nahm er Max' Stuhl und setzte sich zu Eva an ihren Tisch. »Eva.«

»Hm?« Sie kramte in ihrer Tasche und vermied es, ihn anzusehen.

»Eva, schau mich an!«

Ihre Augen waren gerötet, als sie endlich seinen Blick erwiderte.

»Die Blumen können nichts für unerfüllte Hoffnungen, das ist dir klar, oder?«

Stumm sah sie ihn an.

»Aber sie sind ein Symbol für die Bitte, zu verzeihen. Und ein Friedensangebot. Ich möchte, dass du dich nicht verleiten lässt, deinen Frust an Max auszulassen, wenn er es schon schafft, dir die Hand zu reichen.« Im Moment konnte er in ihrem Gesicht lesen wie in einem offenen Buch. Sie kämpfte mit sich und ihren Gefühlen.

»Du hast recht, und ich weiß noch nicht mal, was mit mir los ist. Ich habe nicht erwartet, dass er sich meldet oder gar Blumen schickt. Und trotzdem hat mich das Gefühl umgehauen, als ich gedacht hab, die Blumen sind von ihm. Total idiotisch.« Sie nahm das Taschentuch, das er ihr hinstreckte, und schnäuzte sich.

»Ich weiß, wie du dich fühlst. Es ist, als ob man wie ein Vogel fliegt, und dann hat man das Gefühl, dass der Fallschirm sich nicht öffnet, wenn man auf die Erde zurast.«

»Du kennst das?« Erstaunt sah sie ihn an.

»Also bitte. Ich hab auch Gefühle, selbst wenn du das nicht glauben kannst.«

Sie lächelte unter Tränen. »Ach, sorry, Martin. Ich hab das nicht so gemeint.«

»Ich weiß.« Er lächelte zurück. »Und ich finde, du solltest dir die Blumen noch mal ansehen. Sie sind nämlich wirklich schön.«

Er hatte recht. Sie holte die Vase von der Fensterbank und stellte sie auf ihren Schreibtisch.

»Allerdings muss ich dich leider noch mal auf den Interessenkonflikt ansprechen. Deine Reaktion auf die Blumen spricht Bände, findest du nicht selbst?«

»Du hast recht«, gab sie zu. »Aber ich bin mir sicher, dass ich meine Gefühle von der Arbeit trennen kann.«

Er sah sie eine Zeit lang schweigend an. Dann fasste er einen Entschluss. »Ich werde dich nicht von dem Fall abziehen. Aber du wirst nichts mehr bearbeiten, was im Zusammenhang mit Julian Vossen steht. Nein.« Er schüttelte den Kopf, als sie ihn unterbrechen wollte. »Wenn du an ihm dranbleibst und doch nicht so objektiv bleiben kannst, wie du das glaubst, dann sind wir am Arsch, falls er doch der Täter ist. Ich muss dir nichts über Verfahrensfehler erzählen, glaube ich. Und deswegen wirst du dich ab sofort von allem fernhalten, auf dem sein Name steht. Ist das klar?«

»Aber ich –«

»Kein ›Aber‹, Eva. Das ist mein letztes Wort zu dem Thema.« Er stand auf und legte ihr die Hand auf die Schulter. »Wenn du es nicht lassen kannst, deinen Dickkopf durchzusetzen, dann lässt du mir keine Wahl; dann muss ich dich vom Dienst suspendieren lassen.«

Das saß. Eva kochte vor Wut. Was bildete er sich ein, ihr zu unterstellen, dass sie ihre Gefühle nicht im Griff habe. Sie konnte sehr wohl unterscheiden, was Job und Privatleben war. Sie stellte sich ans Fenster und versuchte, sich zu beruhigen.

Als sie wieder an ihrem Tisch saß und ihr Blick auf die Tulpen fiel, kamen ihr doch Zweifel. Ihre Reaktion auf den Strauß war alles andere als professionell gewesen.

Als Karl zurückkam, beschriftete sie eines ihrer streng limitierten privaten Gänseblumen-Post-its.

»Ich hoffe, Schwarzwälder Kirsch ist euch recht«, sagte er.

»Äh, ja, prima. Karl? Würdest du bitte noch ein Stück holen?«, fragte Eva.

»Sag mal, ich bin doch nicht euer Laufbursche«, ereiferte er sich. »Och nöö, sieh mich nicht so an. Eva!« Er hob die Hände, als ob er sich ergeben wollte. »Okay, schieb die Kohle rüber, ich mach's ja.«

Eva warf ihm eine Kusshand zu und klebte das Post-it auf einen Zahnstocher.

Zehn Minuten später hörte Eva Karls Stimme auf dem Gang.

»Nein, Schatz, der Kuchen ist nicht für mich.«

Geistesgegenwärtig schnappte Eva den Teller von Karls Schreibtisch und schob ihn in ihre Schublade.

Hinter Karl kam seine Frau ins Zimmer.

»Hallo, Eva. Ist der Kuchen hier für dich?«

Sie hatte ihm tatsächlich den Teller abgenommen. Hilfe, was für ein Besen!

»Hallo, Sissy. Nein, der ist für Max. Stell ihn bitte auf seinen Schreibtisch.«

Eva stand auf und steckte den Post-it-Zahnstocher in das Tortenstück. *Danke. Eva.*

Als Sissy Holtau wieder gegangen war, gab Eva Karl den Teller zurück.

Verlegen erwiderte er ihren fragenden Blick. »Sie ist dagegen, dass ich Süßigkeiten esse«, rechtfertigte er sich.

»Hmm«, brummte Eva. »Darf ich dich was Persönliches fragen?«

»Oh.« Karl wurde rot. »Klar, frag ruhig.«

»Wenn ich das richtig einschätze, wiegt deine Frau über hundert Kilo, und du hast höchstens siebzig. Wieso zum Henker schreibt sie dir vor, was du essen darfst? Und wieso lässt du das zu?«

»Sie meint, dass es ungesund ist.«

»Ach so?« Evas Gesichtsausdruck war ein großes Fragezeichen.

»Aber ich finde, sie muss nicht alles wissen.«

***

Nachdem sie Karl schon am frühen Morgen um eine halbe Tafel Zartbitterschokolade mit Chili gebracht hatte, fiel Eva etwas ein, das sie in den letzten Tagen immer wieder vergessen hatte. »Hat sich der Hundeführer gemeldet?«

»Ja«, sagte Max. »Die Hunde haben nichts gefunden.«

Karl strich sich einen Fussel von seinem kanariengelben Pullover, den er aus Angst vor Evas stündlichen Lüftattacken angezogen hatte. »Das Wetter hat unserem Täter ein unverschämtes Glück beschert.«

Das löste einen Gedanken bei Eva aus. »Was, wenn er eben genau die Wetterumstände zu seinem Vorteil genutzt hat?«

Max konnte ihr nicht folgen. »Was meinst du damit?«

»Ich meine, vielleicht hat er gewartet, bis die Wettervorhersage starke Schneefälle angekündigt hat. Er hat die Leiche erst zum See gebracht, als er sicher war, dass der Schnee sämtliche Spuren unbrauchbar macht.«

»Dann sind wir am Arsch«, stellte Max fest.

»Da gebe ich dir recht«, sagte Karl. »Eva, was ist los?«

Eva hatte den Daumennagel in die winzige Lücke zwischen

ihren Schneidezähnen geschoben. Sie winkte ab. »Ich versuche, einen Gedanken zu greifen, der mir immer wieder entwischt. Gib mir die Fotos von der Leiche«, bat sie Karl. Konzentriert ging sie Bild für Bild durch, bis sie entdeckte, wonach sie gesucht hatte. »Das ist es! Die Frau kann noch nicht lange in der Heuraufe gelegen haben. Die Wildschweine haben nur die zwei hinteren Finger vollständig gefressen, bis wir dort angekommen sind. Bei den anderen Fingern fehlen die Fingerkuppen, aber die zweiten und dritten Glieder sind noch da. Auf den Bildern sieht man, dass diese Reste durch das Gitter ragen. Die Schweine hätten also ganz einfach herankommen können.«

»Zeig her.« Max nahm ihr die Fotos aus der Hand. »Du hast recht«, sagte er und gab die Abzüge an Sauerwein weiter. »Die Schweine haben die Leiche erst kurz vor euch entdeckt, sonst hätten sie gefressen, was sie erwischt hätten. Zumal sie im Moment sonst kaum Nahrung finden.«

»Aber das hilft uns nicht weiter«, sagte Karl.

»Ich glaube schon«, widersprach Eva. »Da die Schweine so wenig gefressen haben, kann die Leiche erst seit Kurzem dort gelegen haben. Der Wetterbericht hatte für den Tag heftigen Schneefall angesagt. Das würde passen. Der Täter bringt sie am späten Abend zum See und überlässt es dem Wetter, seine Spuren zu beseitigen.«

»Trotzdem stellt sich noch immer die Frage, wie er es geschafft hat, die Leiche drei Kilometer bis zur Futterstelle zu transportieren«, mischte sich Sauerwein in das Gespräch ein. »Karl, sieh zu, ob du im Internet etwas findest, was sich dafür verwenden lässt. Eva, du vergleichst die Vorgehensweise mit den anderen Mordfällen aus dem letzten Jahr. Wir dürfen nicht davon ausgehen, dass der Täter das erste Mal zugeschlagen hat. Fang mit Bayern, dem Salzburger Land und Tirol an und erweitere die Suche auf das gesamte Bundesgebiet und den Rest Österreichs, wenn du nichts findest. Max, du fährst in die KTU und siehst dir an, was die bisher herausgefunden haben. Schau dir die Beweismittel selbst noch mal an, vielleicht fällt dir etwas auf. Sobald du zurück bist, kannst du den anderen helfen.« Er sah auf die Uhr. »Um halb zwölf treffen wir uns wieder hier.«

Während Eva sich an die ermüdende Arbeit machte und die Obduktionsberichte der ermordeten Frauen im entsprechenden Alter mit der Toten vom See verglich, führte Karl einige Telefonate. Max ließ sich erst wieder blicken, als es bereits fünf vor halb zwölf war. Mit ausgesprochen guter Laune kam er ins Büro und warf seinen Mantel mit Schwung in Richtung Kleiderständer, wo er einen halben Meter daneben auf den Boden fiel.

Eva warf ihm einen Stapel Unterlagen auf den Tisch.

»Was soll ich damit?«, fragte er.

»Durchsehen, ob du Übereinstimmungen in alten Fällen mit unserer Unbekannten findest.«

»Das geht jetzt nicht«, sagte er. »Wir haben gleich Besprechung.«

»Tja, Max, wärst du früher zurückgekommen, dann wüsstest du, dass die auf ein Uhr verschoben wurde. Du hast also Zeit genug, dich nützlich zu machen.«

»Moment mal, ich hab genauso gearbeitet wie ihr. Und außerdem machen wir vorher Mittag.«

»*Wir* machen Mittag, das ist richtig. Dich schließt es aber nicht mit ein.«

»Spinnst du? Wieso soll ich arbeiten, während ihr euch verdrückt?«

»Weil das gleiche Recht für alle gilt, mein Lieber.« Sie hatte sich in Rage geredet. »Oder hast du einen anderen Grund dafür, woher der Soßenrest an deiner rechten Backe kommt?«

Max wurde rot. »Das waren Erdbeeren, die hab ich beim Fahren gegessen.«

Eva war bis auf wenige Zentimeter an ihn herangekommen und schnupperte an seiner Wange. »Erdbeeren im Winter.« Max war viel zu geizig, um sich einen solchen Luxus zu leisten. Und außerdem … »Du hast Erdbeeren mit Currywurstgeschmack gegessen?«

Mittlerweile war sie stinksauer. »Hör zu, Max, ich hab die Nase voll davon, dir ständig den Rücken freizuhalten und die vierzig Prozent mehr zu arbeiten, die du beim Zeitunglesen, bei endlosen Besuchen in der Apotheke, beim Kaffeetrinken und Ähnlichem vergammelst. Entweder du reißt dich zusammen und arbeitest entsprechend, oder ich rede mit Martin.«

Sie sah, dass ihn ihre Rede wenig beeindruckte. »Das interessiert dich nicht? Unterschätz mich nicht, Max, nur weil ich zwei Jahre den Mund gehalten habe. Wenn es sein muss, dann rede ich darüber mit Märkel, und wenn das auch nicht hilft, mit Hofer.«

Sie stand auf und nahm ihre Jacke vom Stuhl. »Ich gehe jetzt essen, und ich kann dir echt nur raten, dass du die Unterlagen bis eins durchsiehst. Der neue Fall wird jede Menge Energie von uns fordern, und ich habe keine Lust, mich auch noch von deiner Faulheit fertigmachen zu lassen.«

Sauerwein lächelte. Er lehnte mit dem Rücken an der Verbindungstür und hatte Evas Ausbruch mit angehört. Um ehrlich zu sein, hatte er sogar gelauscht. Ihm war klar, dass das Gespräch nicht für seine Ohren bestimmt war, aber er war trotzdem gern im Bilde, wie seine Mitarbeiter tickten. Und er hätte darauf gewettet, dass Eva die direkte Konfrontation suchte und sich nur im Notfall an ihre Vorgesetzten wandte. Max hingegen hatte nicht ihre Courage, er nahm lieber den Weg über eine dritte Person. Und Karl war zu friedliebend, als dass er sich überhaupt jemals über etwas beschwert hätte.

Hätte Sauerwein sich entscheiden müssen, welche Art ihm am besten gefiel, hätte er Evas gewählt. So unbequem sie manchmal war, bei ihr wusste man, woran man war, und sie konnte differenzieren, welchen Ton sie anschlagen musste. Er gestand sich ein, dass er stolz auf sie war. Immerhin schrieb er sich einen guten Teil ihrer Entwicklung zu. Er versuchte, seine Mitarbeiter mit fester Hand zu führen, ermutigte sie zur Selbstständigkeit und verteilte Lob und Tadel gerecht. Zumindest glaubte er, dass er es meistens ganz gut hinbekam.

Eva hatte als Einzige in seinem Team das Potenzial, Mitarbeiter zu führen und vielleicht sogar eines Tages selbst eine Mordkommission zu leiten. Auch wenn sie jetzt noch eine Heidenangst davor hatte, wie Sauerwein belustigt feststellte, als sie seinen Aufgabenbereich so völlig unerwartet vor zwei Wochen übernehmen musste. Aber Märkel und Hofer waren wohl ähnlicher Meinung, sonst hätten sie Eva nicht ausgewählt. Karl würde allein der Gedanke daran über Nacht ein Magengeschwür bescheren, und Max hätte als Erstes nach einer Prämie gefragt; er würde niemals eine Arbeit verrichten, für die er nicht bezahlt wurde.

Inzwischen war Eva in Richtung Kantine verschwunden, und Karl stand auf, um sein Lunchpaket in die Mikrowelle zu schieben.

»Karl?«, sagte Max, als er aus der Küche zurückkam.

»Hmm?«

»Sag mal, die spinnt doch, oder? Sie kann doch nicht einfach irgendwelche Anweisungen verteilen!«

Sauerwein hatte schon den Rückweg zum Schreibtisch antreten wollen, blieb aber angesichts von Max' Vorstoß, Karl auf seine Seite zu ziehen, weiter an die Tür gelehnt stehen.

»Das hat sie doch gar nicht, oder?«

»Aber sicher. Oder was sollte das sonst sein?«

»Ich finde, dass sie recht hat. Du drückst dich doch wirklich, wo du kannst, und wir erledigen außer unserer eigenen auch noch einen guten Teil deiner Arbeit. Und zwar regelmäßig. Ich finde es toll, dass sie es dir gesagt hat.«

Bravo, dachte Sauerwein. Max würde es guttun, wenn ihm der Wind mal von vorn ins Gesicht blies.

Als die Besprechung begann, war Max ungewöhnlich schweigsam und überließ seinen Kollegen den Vortritt.

»Ich habe versucht, Catherina Leutbergs Kontakte zu finden. Aber da gibt es überhaupt nichts. Keine Freunde, keine Verwandten. Die wenigen Namen, die in ihrem Telefonbuch stehen, hatten seit Jahren keinen Kontakt zu ihr, und niemand hat gemerkt, dass sie verschwunden war. Ein persönliches Umfeld scheint ihr völlig zu fehlen, und vielleicht war der Mörder die einzige Person, die man dazu zählen könnte. Es kann also tatsächlich sein, dass es niemanden gibt, der sie vermisst«, fasste Eva ihre Ergebnisse zusammen.

»Ich hab rumtelefoniert, um mir Ideen zu holen.« Karl ergriff als Nächster das Wort. »Das brauchbarste Ergebnis hat ein Gespräch mit dem Verkaufsleiter von Sport Berber gebracht. Der würde eine Last mit dem entsprechenden Gewicht mit einem Kanu mit aufblasbarem Rumpf oder mit einem Schlauchboot ziehen. Er ist der Überzeugung, dass der Kraftaufwand nicht größer ist, als wenn man ein kleines Kind auf einem Schlitten zieht, da der Schnee bei den Temperaturen extrem gute Gleiteigenschaften hat. Die Auflagefläche ist bei einem Gummiboot groß genug, dass das Gefährt nicht im Schnee versinkt. Allerdings funktioniert das nur bei einer ebenen Fläche. Steigungen kann man damit nur schwer überwinden.«

»Das würde den Örtlichkeiten ziemlich genau entsprechen«, sagte Eva. »Falls er sie zum See geschafft hat, nachdem es bereits eine feste Schneedecke gab.«

»Ich denke, Letzteres können wir als gegeben hinnehmen«, sagte Sauerwein. »Die Idee mit dem Schlauchboot klingt plausibel. Karl, finde heraus, ob die umliegenden Sporthäuser in letzter Zeit eines verkauft haben. In dieser Jahreszeit wäre das ziemlich ungewöhnlich.«

»Bleibt noch die Frage, wie er es transportiert hat«, wandte Max ein. »Auf dem Autodach ist es im Winter viel zu auffällig. Er müsste dafür einen Kleintransporter fahren. Und ich kann mir nicht vorstellen, dass sich im Winter jemand neben sein Auto stellt und das Ding mit einer kleinen Fuß- oder Handpumpe aufbläst.«

Karls Blick war bei der Diskussion hin- und hergewandert.

»Wartet doch mal. Ich bin noch nicht fertig«, unterbrach er seine Kollegen. »In den letzten drei Monaten hat kein Sporthaus in der Nähe ein entsprechendes Boot verkauft. Die sehen zu, dass sie ab August den Bestand abbauen, weil sie die Dinger im Winter nicht lagern wollen. Aber ich habe eine Rundmail an alle Sporthäuser in Deutschland und Österreich verschickt, da warte ich noch auf die Antworten. Und zu der Frage, wie er es transportiert hat, wäre das Naheliegendste, dass er es vor Ort mit einem kleinen Kompressor über den Zigarettenanzünder aufgeblasen hat. Dem Verkäufer zufolge dauert das bei einem Schlauchboot mittlerer Größe keine zehn Minuten. Und bei einem Kanu mit Luftrumpf sogar noch weniger.«

Während die Kollegen sich den Leichentransport mittels Kanu vorzustellen versuchten, blieb es still im Zimmer.

Irgendetwas irritierte Sauerwein an der Frage, wie der Täter das Boot transportiert hatte. Je mehr er sich darauf konzentrierte, desto weiter entglitt ihm die Lösung.

Plötzlich schlug er sich mit der Hand an die Stirn. »Ich glaube, wir haben ein Brett vor dem Kopf. Es ist doch nicht nur die Frage, wie er das Boot transportiert hat, sondern auch, wie er die Frau dorthin gebracht hat.«

Die Kollegen sahen ihn verwirrt an.

»Äh, darüber haben wir doch die ganze Zeit gesprochen?«, sagte Max vorsichtig.

»Was? Ach, Quatsch, das meine ich doch gar nicht. Laut Dyrkhoff war die Leiche eingefroren, bevor der Täter sie zum See geschafft hat. Aber wenn sie schon seit Tagen steif wie ein Brett gefroren war, dann hat er sie nicht in ein normales Auto bekommen.«

»Und darüber hinaus hätte er die Frau im gefrorenen Zustand niemals in die Heuraufe schieben können. Und außerdem …« Karl biss sich auf die Lippe und wurde vor Verlegenheit puterrot. »Und außerdem, ähm, ich hatte das Gefühl, als ob die andere Hand, also die, die angefressen wurde, eigentlich nicht zu Boden hängen sollte.«

Verblüfft sahen ihn Sauerwein und Eva an und fingen an, durcheinanderzureden.

Sauerwein ließ seiner Mitarbeiterin mit einer galanten Handbewegung den Vortritt. »Bitte.«

Eva nickte dankbar. »Ich hatte genau das gleiche Gefühl. Als ob die zweite Hand auch auf ihrem Körper hätte liegen sollen. Und zwar auf ihrem Schambereich. Aber selbst wenn er es geschafft hätte, die Leiche gefroren in die Heuraufe zu schieben, dann hätte die Hand doch niemals durch die Stäbe rutschen können.«

»Da hast du recht. Das heißt also, dass er die Frau so lange gefroren lässt, bis er sie zum See bringen will. Dann taut er sie auf, damit er sie transportieren und arrangieren kann, und zwar an einem Tag, an dem starke Schneefälle vorausgesagt sind und an dem es kalt genug ist, dass sie wieder einfriert?«

Eva war während Sauerweins Ausführung langsam zum Fenster gegangen und riss es ohne Erklärung sperrangelweit auf.

Lange Minuten vergingen, ohne dass ein Wort fiel. Ungeachtet der Kälte verspürte sogar Karl den Wunsch nach frischer Luft.

Als Eva zurückkam, war sie blass um die Nasenspitze. »Sorry. Es geht schon wieder.«

Sauerwein nickte und wandte sich an Max. »Was hast du herausgefunden?«

»Die KTU schwebt völlig im Dunkeln. Der Täter hat es tatsächlich geschafft, nicht den kleinsten Hinweis zurückzulassen. Sie sagen, dass sie die Schneeschmelze abwarten müssen, um den Ort weiter untersuchen zu können. Ich hab mir alles angesehen, was zur Untersuchung eingesammelt wurde, aber da ist nicht viel Verwertbares dabei. Nur ein Stückchen Stoff, das von einer Jeansjacke stammt, aber die KTU vermutet, dass es schon zu lange an dem Zweig gehangen haben muss, als dass es für unseren Fall relevant wäre.«

»Woher wissen wir, dass es von einer Jacke und nicht von einer Hose stammt?«, fragte Eva.

»Äh, keine Ahnung. Vielleicht weil es zu hoch am Ast hing, um von einer Hose zu stammen?«

»›Keine Ahnung‹, ›vermutet‹ und ›vielleicht‹ reicht mir nicht. Finde das heraus«, sagte Sauerwein. »Und weiter?«

»Ja also, wie gesagt, bei der KTU nichts Brauchbares. Aber in den alten Fallberichten bin ich auf etwas Interessantes gestoßen.«

Er hat sich also tatsächlich die alten Listen durchgesehen, dachte Eva.

Max registrierte ihr Lächeln und drehte sich beleidigt von ihr weg. »Vor drei Monaten haben die Nürnberger Kollegen eine weibliche Leiche in einem Moor gefunden. Die Frau muss schon länger dort gelegen haben und war ziemlich stark verwest. Bei der Obduktion wurden keine Hinweise gefunden, dass ein Verbrechen vorliegt. Deshalb geht man von einem natürlichen Tod aus.«

»Was bringt dich auf die Idee, dass die Fälle miteinander in Verbindung stehen?«, fragte Sauerwein.

»Der abgelegene Ort und das Alter der Frauen stimmen ungefähr überein. Außerdem wurde die Frau auch erst nach fünf Monaten als vermisst gemeldet. Der Körper war zwar stark von irgendwelchen Tieren angefressen, aber im Schulterbereich hat die Rechtsmedizinerin eine beträchtliche Anzahl von Schnittverletzungen festgestellt. Und drittens erwähnt sie den stark ausgetrockneten Zustand der Leiche. Die Kollegen haben es auf den heißen Sommer geschoben, aber ich glaube, die haben keine wirkliche

Erklärung dafür. Ich dachte, vielleicht ist die Frau genauso verblutet wie unsere Unbekannte, und das könnte erklären, wieso sie so vertrocknet war.«

»Ruf Dyrkhoff an und frag ihn, ob er das für plausibel hält. Außerdem soll er sich mit seiner Kollegin in Verbindung setzen und die Fälle abgleichen.«

»Warte mal«, sagte Karl. »Du hast gesagt, dass die Nürnberger die Leiche vor drei Monaten gefunden haben, sie aber erst nach fünf Monaten von ihren Angehörigen als vermisst gemeldet wurde. Das passt doch nicht zusammen.«

»Ich weiß. Daran arbeite ich noch.«

»Gute Arbeit«, lobte Sauerwein. Er sammelte seine Notizen ein und war in Gedanken bereits bei dem bevorstehenden Verhör mit Vossen. »Ich glaube, wir sind auf einem guten Weg. Wir sehen uns in zwei Stunden wieder.«

Sauerwein hatte Max und Eva von der Befragung ausgeschlossen. Während Eva nicht unglücklich darüber war, dass sie Vossen nicht im Vernehmungsraum gegenübersitzen musste, erwies sich Max einmal mehr als unkooperativ.

Nachdem Sauerwein ihm fünf Minuten lang zugehört hatte, riss ihm der Geduldsfaden. »Himmel, Arsch und Zwirn, halt endlich die Klappe«, fuhr er ihn an. »Du hast dich genauso wenig wie Eva im Umgang mit Vossen mit Ruhm bekleckert, und ich glaube allmählich, dass du noch befangener bist als sie. Nein, du unterbrichst mich jetzt nicht!« Mit einer Handbewegung schnitt er ihm das Wort ab. »Ich ziehe dich mit sofortiger Wirkung von allem ab, was mit Julian Vossen zu tun hat. Wir sind doch nicht im Kindergarten. Karl!«

»Äh, ja?«

»Was sagt dein Bauch, ist Vossen schuldig oder unschuldig? Eine ehrliche Antwort, bitte.«

»Ähm, tut mir leid, Martin. Ich hab keine Ahnung. Um dir das zu beantworten, brauche ich mehr Informationen über ihn.«

Sauerwein sah ihn prüfend an und nickte schließlich. »Wenigstens einer, der noch keine Partei ergriffen hat. Komm mit.«

Wenn die Kommissare dachten, es würde ihn nervös machen, dass sie ihn schmoren ließen, dann hatten sie sich getäuscht. Vossen ließ sich auch nach einer Viertelstunde nicht anmerken, dass ihn die Gegenwart der Ermittler nervös machte.

»Herr Vossen«, fing Sauerwein endlich an zu reden. »Wollen Sie mir nicht einfach sagen, weshalb Sie hier sitzen? Wir wissen, dass Sie die Leiche am See gefunden haben und Frau Heimerl genötigt haben, Ihren Fund uns gegenüber als ihren eigenen auszugeben.«

»Ich habe Frau Heimerl zu überhaupt nichts genötigt, um das gleich mal klarzustellen.« Vossen lachte und kippte den Stuhl gegen die Wand.

»Aus welchem Grund hätte Sie Ihnen denn sonst helfen sollen?«

»Sie kennt mich, seit ich ein kleiner Bub war, und hat oft genug mitbekommen, dass ich wegen meiner Träume in Schwierigkeiten geraten bin. Das ist der Grund, und zwar der einzige.«

Sauerwein lehnte sich zurück und verschränkte die Arme. »In welchem Verhältnis stehen Sie zu ihr?«

»Sie war die beste Freundin meiner Großmutter. Bei der bin ich aufgewachsen. Da ist es doch natürlich, dass sie alles mitbekommen hat«, erklärte er und zog ein Glas und eine Wasserflasche zu sich.

»Sie hat Ihnen also geholfen. Was haben Sie eigentlich am See gemacht?«

Er legte den Kopf zur Seite und sah Sauerwein nachdenklich an. »Das hab ich Ihren Kollegen alles schon erzählt, und das können Sie da drin sicher nachlesen.« Er deutete auf die dünne Mappe, die vor Sauerwein lag.

»Ich glaube, Ihnen ist nicht klar, in welcher Lage Sie sich befinden. Sie stehen in dringendem Verdacht, die Frau ermordet zu haben, die Sie am See angeblich nur gefunden haben. Ich rate Ihnen, ein wenig besser mit uns zu kooperieren. Wenn Sie tatsächlich so unschuldig sind, wie Sie uns glauben machen wollen, dann sollten Sie etwas auf den Tisch bringen, das uns davon überzeugt.« Sauerwein ärgerte sich. Er hatte keine Lust, wertvolle Zeit mit Geplänkel zu vergeuden.

Vossen kniff die Augen zusammen und starrte ihn böse an. »Ich wüsste nicht, wovon ich Sie überzeugen sollte. Soweit ich weiß, gilt in Deutschland noch immer die Unschuldsvermutung.

Sie haben keinen einzigen Beweis, dass ich der Frau auch nur ein Haar gekrümmt habe. Dass ich sie gefunden habe, macht mich noch lange nicht zu ihrem Mörder. Kann ich jetzt gehen?«

Was dachte sich der Idiot eigentlich? Allmählich konnte Sauerwein verstehen, wieso Max so auf die Palme ging. Er klappte die Mappe zu. »Sie bleiben bis auf Weiteres unser Gast.« Er drehte sich zu dem Polizisten um, der reglos an der Wand stand. »Nehmen Sie ihn mit.«

»Ich habe mit Dyrkhoff telefoniert, und er hält die Theorie im Großen und Ganzen für plausibel«, sagte Max, als sie sich am Nachmittag wieder in Sauerweins Büro trafen. »Sobald er sich mit der Rechtmedizinerin aus Nürnberg ausgetauscht hat, meldet er sich bei uns. Außerdem hab ich mit dem Kollegen telefoniert, der für die Moorleiche zuständig war. Karen Maier befand sich auf einer fünfmonatigen Asienrundreise, deswegen haben sich die Eltern erst Sorgen gemacht, als sie nicht wie geplant nach Hause gekommen ist. Da die Nürnberger von einem natürlichen Tod ausgegangen sind, haben sie nicht ermittelt. Ich hab die Adresse und Telefonnummer der Eltern bekommen, aber ich dachte, vielleicht …« Er zögerte. »Eva, würdest du das machen?«

Eva sah ihn überrascht an. So viel Sensibilität hatte sie ihm nicht zugetraut. Und für die Eltern der Frau war es auf jeden Fall besser, wenn sie oder Sauerwein sich darum kümmern würden.

Eva schaute Sauerwein fragend an. Er nickte. »Ich finde die Idee gut. Macht das so.«

»In Ordnung. Wo wohnt die Familie Maier?«

»In Altdorf, ungefähr zwanzig Kilometer südöstlich von Nürnberg«, sagte Max.

Mist, dachte Eva, das war verdammt weit weg. Falls sie die Fragen nicht am Telefon klären konnte, würde ein ganzer Tag dabei draufgehen, etwas in Erfahrung zu bringen, das für ihren Fall vielleicht überhaupt keine Relevanz besaß.

»Versuch herauszufinden, ob sie sich so weit gefangen haben, dass du sie telefonisch befragen kannst. Wenn das zu schwer wird, musst du hinfahren«, bestätigte Sauerwein ihre Befürchtungen. »Gibt es was Neues über den Stofffetzen?«

»Die KTU prüft das noch, aber aus der Sichtprobe schließen die Kollegen, dass der Stoff zu verwittert ist, um erst seit ein paar Tagen dort zu hängen«, erwiderte Max. »Und vom Fundort her dürfte es tatsächlich eine Jacke sein, weil der Fetzen in einer Höhe von einem Meter sechzig hing.«

Also eine weitere Sackgasse, stellte Martin entnervt fest. »Karl?«

»Ein paar Sportgeschäfte haben noch nicht auf meine Anfrage geantwortet, alle anderen waren negativ. Außerdem dürfen wir Privatverkäufe über eBay nicht außer Acht lassen. Wenn der Täter da was ersteigert hat, kommen wir überhaupt nicht an Informationen.«

»Bleib trotzdem dran. Etwas Besseres haben wir im Moment nicht. Geht nach Hause, wenn ihr damit fertig seid.«

Kurz darauf stand Eva in seiner Tür. »Martin? Ich habe gerade mit Frau Maier telefoniert. Ihr Mann hatte vor drei Wochen einen Schlaganfall, und sie hört sich auch nicht gut an. Es ist schwierig, am Telefon etwas Brauchbares von ihr zu erfahren, und ich glaube, es ist besser, wenn ich hinfahre. Sie hat die Wohnung ihrer Tochter noch nicht aufgelöst und mir angeboten, dass ich mich dort umschauen darf.«

Sauerwein blätterte in seinem Kalender. »Mach das morgen. Ich kann nicht mitkommen, weil ich nachmittags zur Lehrerin von Lisa muss, aber ich melde dich bei den Kollegen in Nürnberg an. Nimm Karl mit, dann könnt ihr euch zu zweit umsehen.«

SECHS

Sie hatten die Fahrt genutzt, um Theorien auszutauschen und weiterzuspinnen.

Jetzt saßen sie im Wohnzimmer von Karen Maier einer etwa fünfundsiebzigjährigen verhärmten Frau gegenüber, deren Haar vollständig ergraut war.

»Wollen Sie uns einfach erzählen, was passiert ist?«, fing Eva vorsichtig an.

Hannelore Maier wischte sich eine Träne vom Gesicht. »Karen hat sich so sehr auf die Reise gefreut. Sie hat die letzten zwei Jahre ihre ganzen freien Tage gesammelt und auch noch dazu vier Wochen unbezahlten Urlaub genommen, damit sie so lange wegbleiben konnte. Sie hat gesagt, dass sie sich nur ab und zu per E-Mail melden kann, da telefonieren zu teuer ist.« Sie schnäuzte sich in das Taschentuch, das sie zwischen ihren zitternden Händen knetete.

»Wir haben uns ausgemalt, in welchem Land sie wohl gerade ist und wie es ihr geht. Dabei ist sie nicht mal bis dorthin gekommen. Sie ist nicht mal fünfzig Kilometer weit gekommen.«

Als sich Karens Mutter auf dem Sofa krümmte, stand Eva auf und setzte sich neben sie. Vorsichtig nahm sie ihre Hand und gab ihr ein frisches Taschentuch.

»Was ist mit Karens Freunden? Wollte sie ganz allein verreisen?«

»Ihre Freunde hatten keine Lust oder keine Zeit, so weit wegzufahren, und deswegen hat sie im Internet nach Reisepartnern gesucht. Sie hat mit verschiedenen Leuten ausgemacht, dass sie sich irgendwann unterwegs treffen, weil sie ein bisschen Angst hatte, so lange allein dort zu sein.«

Eva und Karl tauschten einen Blick, als Frau Maier das Internet erwähnte. Vielleicht war das die Verbindung.

»Darf mein Kollege sich Karens Computer ansehen?«

»Sehen Sie sich ruhig um.« Hannelore Maier nickte Karl zu. »Aber wenn Sie was finden, dann weiß ich nicht, ob ich das wissen will.«

»Was glauben Sie, was wir finden könnten?«, fragte Eva sanft, als Karl das Zimmer verlassen hatte.

»Dass sie ermordet worden ist, oder? Sie fahren doch nicht den ganzen Weg von Rosenheim hierher, nur um mit mir über meine Tochter zu sprechen, wenn Sie von einem natürlichen Tod ausgehen.«

»Das ist richtig, aber wir haben keinen begründeten Verdacht. Wir sind hier, weil wir in Rosenheim einen Fall aufklären müssen und nach Gemeinsamkeiten suchen. Es kann sein, dass wir gar nichts finden, wenn Ihre Tochter wirklich nur verunglückt ist.« Eva legte einen Arm um die Frau und zog sie sachte an sich.

»Sie fehlt mir so, dass ich manchmal nicht verstehen kann, wieso ich morgens überhaupt noch aufwache. Ich habe über Jahre versucht, Kinder zu bekommen, und nie hat es geklappt. Als ich schon über vierzig war, hatte ich die Hoffnung längst aufgegeben. Und dann war ich plötzlich schwanger. Und nun ist mein einziges Kind tot. Ich weiß nicht, wie lange ich das noch ertragen kann.« Sie wurde von Weinkrämpfen geschüttelt und fing an, schneller zu atmen.

Eva versuchte vergeblich, sie zu beruhigen. Als die Hände der Frau sich in einem Spasmus verkrampften, rief Eva nach Karl. »Sie hyperventiliert. Sieh nach, ob du eine Plastiktüte findest.«

Eva hielt die Frau fest, und Karl ließ sie jeweils drei Atemzüge aus dem Gefrierbeutel nehmen, den er in der Küchenschublade gefunden hatte.

Nach ein paar Minuten wurde ihre Atmung gleichmäßiger, und sie entschuldigte sich bei Eva. Sie hatte vergessen, das Medikament zu nehmen, das ihr der Arzt zur Beruhigung verschrieben hatte.

Eva holte eine Flasche Wasser aus der Küche und schüttete zwei Tabletten aus dem Röhrchen, das sie in der altmodischen Handtasche gefunden hatte. Nachdem sie ihr die Medizin gegeben hatte, bettete Eva sie auf das Sofa und schob ein Kissen unter ihre Beine.

Sie gab Hannelore Maier Zeit, sich zu beruhigen, dann fragte sie, ob sie noch weitermachen könnten.

»Kennen Sie die Freunde von Karen? Ich brauche die Namen und möglichst auch die Telefonnummern.«

»Am meisten hat sie von Sabrina und Mona gesprochen. Ich

hab die Mädchen nie kennengelernt, und die Nummern hab ich auch nicht.« Ängstlich sah sie Eva an. »Ich hab versucht, mich um sie zu kümmern, aber sie war so schnell genervt und gereizt. Vielleicht hab ich einfach alles falsch gemacht.«

Eva wurde warm. Einen Augenblick lang dachte sie schuldbewusst an ihre eigene Mutter. »Nein, Frau Maier. Das haben Sie bestimmt nicht. Ich glaube, das ist ganz normal so. Meine Mutter und ich haben die gleichen Probleme, und meinen Freundinnen geht es genauso.«

Evas Worte schienen ihr zu helfen. Sie stemmte sich hoch. »Wenn sie wirklich umgebracht worden ist, dann müssen Sie mir versprechen, dass Sie den finden, der das getan hat, ja? Ihre Kollegen hier glauben ja nicht daran.«

Sie tat Eva leid. Auch nach all dem, was sie in ihrem Leben schon an Gewalt gesehen hatte, fiel es ihr noch immer schwer, sich von dem Leid der Angehörigen zu distanzieren. Sie streichelte die Hand der alten Frau.

»Ich denke nicht, dass meine Kollegen Ihnen nicht glauben. Sie hatten bisher nur keinen Anlass, eine Gewalttat zu vermuten. Falls wir einen Anhaltspunkt finden, der nach einem Verbrechen aussieht, dann werden wir alles daransetzen, es aufzuklären. Das verspreche ich Ihnen.«

Vorsichtig tupfte ihr Eva die Tränen vom Gesicht. »Eine Frage habe ich noch. Wie haben Sie Ihre Tochter beerdigen lassen?«

»Wir haben sie eingraben lassen. Ich hätte sie nie verbrennen lassen können.«

Evas Blick wanderte zum Fenster. Der nächste Punkt war so heikel, dass sie viel darum gegeben hätte, die Frage nicht stellen zu müssen.

»Wenn wir bei den Sachen Ihrer Tochter etwas finden, das uns den Anlass gibt, zu vermuten, dass tatsächlich ein Verbrechen passiert ist, würden Sie uns dann die Erlaubnis geben, dass wir uns Karen ansehen?«

»Sie meinen …?« Frau Maier schluckte mehrmals. »Sie wollen Sie wieder ausgraben?«

»Nur wenn Sie es uns erlauben und wenn es gar nicht anders geht.«

Vorsichtig bog sie die Fäuste der alten Dame auseinander. Die Fingernägel hatten sich tief in ihre Handballen eingegraben.

»Frau Maier?« Karl stand in der Wohnzimmertür. »Karens Computer ist mit einem Passwort geschützt, das ich hier nicht knacken kann. Können wir ihn mit nach Rosenheim nehmen?«

Eva spürte die Lüge sofort. Karl hatte auf dem Rechner etwas gefunden, das er vor Karens Mutter nicht ansprechen wollte.

»Ja«, stimmte Hannelore Maier zu. »Nehmen Sie ihn mit.« Sie drehte sich zu Eva. »Und wenn Sie denken, dass es Ihnen hilft, dann dürfen Sie mein Kind wieder ausgraben. Nur sagen Sie das bitte meinem Mann nicht. Das würde er nicht überleben.«

Eva und Karl fuhren nach Nürnberg und setzten ihre fränkischen Kollegen ins Bild. Die waren froh, dass die Ermittler aus dem Süden die ganze Arbeit machen wollten, da sie wegen einer Versetzungswelle im Präsidium und einem Haufen ungeklärter Fälle alle Hände voll zu tun hatten.

»Falls Sie die Frau exhumieren lassen wollen, müssen Sie sie mit nach Rosenheim nehmen. Wir stellen den Angehörigen dann einen Psychologen zur Seite, was anderes kann ich Ihnen nicht anbieten.« Mehr wollte Heiner Dörfler, der Leiter der Mordkommission, nicht zusichern.

Eva war froh darüber. Auch wenn es mehr Arbeit bedeutete, es war einfacher, alle Aspekte eines Falls durch ein und dasselbe Team zu beurteilen.

»Was ist so Besonderes auf dem Rechner?« Eva schob sich eine Handvoll Pommes in den Mund. Der Tag zog sich endlos, und sie hatte das Gefühl, halb verhungert zu sein.

Zwischen zwei Bissen seines Big Mac fragte Karl: »Wie kommst du darauf, dass ich was gefunden habe?«

»Weil du ein miserabler Lügner bist.« Die Fritten schmeckten scheußlich, und sie verzog das Gesicht.

»Ich möchte die Nachrichten auf dem Rechner mit denen von Catherina Leutberg vergleichen. Ich habe bei Karen Maier mehrere Mails gefunden, die mich vom Schreibstil an etwas erinnern, das ich auf dem anderen Computer gelesen habe. Die wurden alle nach der alten Rechtschreibung geschrieben. ›Daß‹ mit scharfem ß zum Beispiel. Das schreibt doch so gut wie niemand mehr.«

Eva nahm die Cola und schob ihr Tablett zurück. Sie war noch immer hungrig, aber der McDonald's in Greding war eine schlechte Wahl gewesen. »Ich glaube auch, dass das ein guter Anhaltspunkt ist. Hast du sonst noch was gefunden?«

»Laut ihrem Kalender hat sie sich öfters mit Sabrina Thammler getroffen, auch am Tag, bevor sie fliegen wollte. Ich hab ihr privates Telefonbuch abfotografiert, damit haben wir die meisten Nummern aus ihrem Umfeld. Leider hat sie kein Adressbuch-Back-up von ihren Handykontakten auf dem Rechner, aber vielleicht sind es die gleichen wie vom Festnetz.«

Eva verzog das Gesicht. Die Daten waren sicher nützlich, aber sie hätten besser gleich in Nürnberg bleiben sollen, um die Freunde zu befragen. Sie hatten beide nicht daran gedacht. Das würde Ärger geben.

»Wetten wir um einen Big Mac, dass ich weiß, woran du gerade denkst?«, fragte Karl.

»Wenn der genauso schmeckt wie die Pommes, dann will ich ihn gar nicht gewinnen. Spuck's schon aus.«

»Komm, Eva, sei kein Spielverderber. Du kannst ja einen Kaffee nehmen. Aber du gewinnst eh nicht.« Karl grinste.

Eva musste lachen. Es tat gut, ihn außerhalb des Büros zu erleben. So gelöst wie heute hatte sie ihn selten erlebt. »Also gut, die Wette gilt. Was hab ich gerade gedacht?«

»Dass wir versäumt haben, uns gleich vor Ort um Karens Freunde zu kümmern. Vielleicht träumst du auch schon davon, dass Martin dich dafür übers Knie legt.«

»Du hast sie doch nicht mehr alle. Sadomaso-Spielchen sind nicht mein Ding. Ich hätte also gern einen Latte macchiato. Groß, bitte.«

»Haha, witzig. Also hab ich recht?«

Eva nahm wortlos ihren Geldbeutel und stand auf. Fünf Minuten später schob sie ihm den Karton mit dem Burger über den Tisch.

»So sehen Sieger aus«, alberte er und verdrückte genüsslich den zweiten Big Mac. Er leckte die Soße von seinem Daumen, bevor er ihre Bedenken auflöste. »Leider wird das nichts für dich, mit dem Übers-Knie-Legen. Sabrina Thammler und Mona Kraus sind zusammen auf Fuerteventura und kommen morgen zurück.«

»Woher weißt du das denn?«

»Weil ich sie von der Wohnung aus angerufen habe. Wir können sie entweder am Flughafen treffen oder ihnen eine Übernachtung in Rosenheim spendieren. Dann kommen sie auch gern zu uns.«

Eva war sprachlos. Der kleine Grottenmolch lief zur Höchstform auf, wenn man ihn mal aus dem Büro bekam. »Karl, das ist klasse. Das hast du echt super gemacht!«

Er wurde richtig rot vor Freude. Süß! Schade nur, dass er sich die meiste Zeit selbst im Weg stand und in Schockstarre verfiel, sobald er im Präsidium hinter seinem Bildschirm hockte und seine Frau in der Nähe war.

Seit der schmächtige Karl vor einem Jahr die dicke Sissy kennengelernt hatte, stand er völlig unter ihrem Pantoffel. Die Amazone war neu als Teamassistentin im Präsidium gewesen und auf der Suche nach jemandem, der ihr half, die Möbel in ihrem Zimmer umzustellen. Mit Kennerblick erkannte sie Karl als ideales Opfer, wies ihn an, ihr zu folgen, und den Rest des Tages wunderte man sich, wo er steckte. Als er am nächsten Tag mit einer Stunde Verspätung an seinem Schreibtisch erschien, leuchteten seine Augen, und am Abend war seine Schreibunterlage voller Blümchen.

Es war schon spät, als sie wieder in Rosenheim ankamen. Eva hatte ihren Autoschlüssel im Büro liegen lassen und holte sich einen Schokoriegel aus dem Automaten, als sie sah, dass unter Sauerweins Tür ein schmaler Lichtstreifen in den Flur fiel. Sie klopfte leise an und öffnete vorsichtig die Tür, als keine Antwort kam.

Eva erschrak. Sauerweins Kopf war auf seine Brust gesunken, und auf dem Boden lag eine Kaffeetasse, die ihm aus der Hand gefallen war. Mit schnellen Schritten ging sie zu ihm und streckte die Hand aus, um ihn zu schütteln, als sie ein leises Geräusch vernahm. Sie kam mit ihrem Kopf näher und atmete erleichtert auf.

»Martin, wach auf!«

»Hmm?«, brummte er. »Ahh, verdammt.« Er hatte das Gefühl, seine Wirbelsäule würde abbrechen, wenn er sich auch nur einen

Millimeter weiter nach vorne beugen würde. Nachdem er sich den Schlaf aus den Augen gerieben hatte, sah er sie an.

»Oh Gott, Eva. Was ist los?«

»Du bist eingeschlafen.«

»Wie spät ist es?«

»Kurz nach elf. Nachts.«

»Verdammt«, wiederholte er. »Und wieso bist du noch hier?«

Sie fasste die Ereignisse des Tages zusammen. »Ich fahre jetzt nach Hause. Du hast nicht zufällig Lust auf eine Tiefkühlpizza und ein Glas Wein?«

»Willst du mich kulinarisch verführen oder mir nur das Leben retten?«

Sie lachte. »Ich hoffe, dass du höhere Ansprüche an Verführung hast als Pizza und Wein vom Aldi. Aber wenn ich nichts mehr zu essen bekomme, bevor ich ins Bett gehe, dann träume ich vermutlich davon, dass du mich nach München ins Tantris einlädst. Und unerfüllte Träume bringen mir Unglück.«

»Du meinst, wenn ich mich nicht hoffnungslos überschulden möchte, muss ich deine Einladung annehmen?«

Sie nickte. »So ungefähr.«

Schwerfällig hievte er sich aus seinem Sessel. »Na dann los. Wo steht dein Auto?«

Unschlüssig wanderte ihr Blick zu dem Schlüssel in ihrer Hand. »Äh, keine Ahnung.«

»Dann komm mit, du Schussel.« Er drückte ihr seine Jacke in die Hand und schloss die Türen hinter sich ab.

Draußen schob er sie in sein Auto, fuhr drei Straßen weiter und ließ sie vor ihrem Smart aussteigen. Sie warf ihm einen Handkuss zu, kratzte ein kleines Loch in das Eis auf der Frontscheibe und stieg ein. Als sie den Motor starten wollte, klopfte es an ihrer Seitenscheibe.

»Was willst du?«

»Du willst doch nicht so losfahren?« Er deutete auf das zehn Zentimeter große Guckloch. »Wenn dich die Polizei anhält, dann zahlst du.«

»Ich bin selbst die Polizei, schon vergessen?«

»Komm schon, gib den Kratzer her«, sagte er, als sie keine

Anstalten machte, wieder auszusteigen. »Irgendwie muss ich mir die Pizza ja verdienen.«

Zwei Stunden später fiel sie todmüde, aber satt und einigermaßen zufrieden in ihr Bett. Sie hatte sich gefreut, dass Sauerwein noch mit zu ihr gekommen war und selbst ein bisschen abgeschaltet hatte. Bevor sie einschlief, dachte sie noch, dass sie glücklich in ihrem Job war. Auch wenn es manchmal schwer war, mit all den Grausamkeiten umzugehen, langweilig wurde es nie. Und die Zusammenarbeit mit den Kollegen ersetzte in mancher Hinsicht die Familie, die sie sich schon so lange wünschte. Sabines schwarzer Kater, den sie immer zu sich nahm, wenn die Freundin im Urlaub war, war dafür nur ein viel zu seltener und mäßiger Ersatz.

Am nächsten Morgen verschlief sie. Sie hatte den Wecker ignoriert, bis er nach einer Stunde Nachwecken seine Mühen aufgab. Um Zeit zu sparen, putzte sie sich unter der Dusche die Zähne, verzichtete darauf, sich die Haare zu waschen, und anstelle des hausgemachten Caffè Crema würde es heute auch der wirklich scheußliche Kaffee aus dem Automaten tun.

Sie schnappte sich ihren Mantel vom Haken und versuchte, das Stück Papier von ihrem Schlüsselbund zu ziehen. Wieso klebte da überhaupt ein Zettel? Erst als sie ihn nicht abbekam, las sie, was darauf stand: »Adlzreiterstraße 8«. Sie verstand nur Bahnhof. Auf dem Weg nach unten kam ihr eine Idee. Vor der Haustür ging sie nach rechts, bog am Ende der Straße wieder rechts ab und stand tatsächlich kurz darauf vor ihrem Smart. Martin! Er hatte aufgepasst, wo sie ihren Wagen geparkt hatte. Erleichtert ließ sie den Motor orgeln, bis er seinen Widerstand aufgab, und war das erste Mal seit Wochen eine halbe Stunde zu spät im Büro.

Auf ihrem Tisch wartete eine Tüte mit Brezen auf sie.

»Super. Von wem sind die?«

Max deutete auf Sauerweins Büro. »Er dachte schon, dass du heute später kommst, nachdem ihr euch gestern noch einen schönen Abend gemacht habt.«

Eva zeigte ihm einen Vogel. Seine Sticheleien konnte er sich irgendwohin stecken.

Karl schob ihr einen Schnellhefter über den Tisch. Fragend sah sie ihn an.

»Die Mails, über die wir gestern geredet haben«, erklärte er.

»Und?«

»Lies selbst. Ich möchte wissen, was du denkst.«

Eva holte sich einen Becher von dem berüchtigten Automatenkaffee und kaute auf einer Breze, während sie die Mails las. An manchen Stellen blätterte sie zurück und verglich, was dort stand.

»Und, was meinst du?«, fragte Karl.

»Ich denke, dass du recht hast. Außer der Rechtschreibung sind mir auch an der Interpunktion Ähnlichkeiten aufgefallen. Die Wahrscheinlichkeit, dass es sich um denselben Verfasser handelt, schätze ich sehr hoch ein. Vor allem, weil wir auch noch eine Verbindung zu seinem Beuteschema haben: Bei beiden Frauen hatte er nicht zu befürchten, dass sie schnell als vermisst gemeldet würden. Die eine, weil alle Welt dachte, dass sie auf Weltreise sei, und bei der anderen, weil sie keine Verwandten hatte und arbeitslos war.«

Karl trommelte eine nur ihm selbst bekannte Melodie auf den Rand seiner Tastatur. »Eines ist aber komisch. Es gibt Mails, die Karen von ihrer angeblichen Reise an ihre Eltern und Freunde geschickt hat.«

»Was?« Eva fing an, erneut in dem schmalen Ordner zu blättern.

»Spar dir die Mühe. Ich hab sie nicht abgeheftet, damit du dich davon nicht beeinflussen lässt. Hier.« Er reichte ihr die losen Blätter über den Tisch.

»Hmm. Das ist wirklich seltsam. Recht viel mehr als ›Mir geht's gut, es ist echt schön, ich hab aber keine Zeit, zu schreiben‹ steht da nicht.«

Max hatte die Unterhaltung verfolgt und mischte sich ein. »Vielleicht war sie ja doch dort, ist aber früher als geplant zurückgekommen.«

»Das glaube ich nicht. Jeder normale Mensch würde seine Rückkehr bei seinen Freunden oder der Familie ankündigen«, wandte Eva ein.

»Es sei denn, man will jemanden überraschen.«

»Ihr könnt euch die Diskussion sparen.« Sauerwein war aus

seinem Zimmer gekommen und hatte Eva die Ausdrucke aus der Hand genommen. »Die Nachrichten wurden nicht im Ausland geschrieben.«

Max sah ihn mit großen Augen an. »Woher willst du das wissen?«

»Eigentlich ist das ganz einfach. Ist euch nichts weiter aufgefallen?«

Die drei schüttelten den Kopf.

»Schaut euch mal die Buchstaben an. Unser Täter ist vielleicht gar nicht so clever, wie er denkt.«

»Oh Mann, da hatten wir aber Tomaten auf den Augen«, gab Karl zu.

Bin ich jetzt echt zu blöd?, überlegte Eva. Sie kaute an ihrer Oberlippe und starrte weiter auf die Schrift.

»Hast du schon mal im Ausland auf einem Computer geschrieben?«, fragte er, als sie nichts sagte.

»Nein, wieso?«

»Hat unsere Sprache nicht ein paar Eigenheiten, die es in anderen Sprachen nicht gibt?«, half Max ihr auf die Sprünge. Also hat selbst er es kapiert, ärgerte sie sich.

»Da.« Er tippte mit dem Finger auf ein Wort auf dem Blatt vor ihrer Nase.

»Ach Scheiße.« Sie war wirklich blind gewesen. Klar, nur auf deutschen Tastaturen gab es Umlaute. Ä, ö und ü existierten sonst nirgendwo. Und »Es ist echt schön hier«, das konnte wirklich nicht auf einem englischen Keyboard geschrieben worden sein.

»Allerdings sollten wir nicht außer Acht lassen, dass sie einen kleinen Laptop dabeigehabt haben könnte. Dann wäre die Theorie hinfällig«, wandte Sauerwein ein.

»Glaub ich nicht«, sagte Karl. »Ich hab ihre Ordner durchgeschaut, aber weder bei den Rechnungen noch bei den Garantien etwas gefunden, was darauf hindeutet. Die Frau war *sehr* ordentlich. Sie hatte selbst die Anleitung für ein Akkuladegerät sorgfältig abgeheftet, da hätte sie etwas so Wichtiges sicher nicht weggeworfen.«

»Gibt es schon Ergebnisse von den Fluggesellschaften?«, wechselte Sauerwein das Thema.

Eva sah ihn fragend an.

»Mit welcher Airline sie fliegen wollte und ob sie an dem Tag auch an Bord erschienen ist?«, half er ihrem Gedächtnis auf die Spur.

Himmel, was ist das heute für ein Tag, dachte sie. Das hatte sie völlig vergessen. Und dazu eine halbe Ewigkeit gebraucht, um die Sache mit den Umlauten zu kapieren. Glückwunsch, Eva, heute sammelst du echt Punkte.

»Ihre Freundin hat mir am Telefon erzählt, dass sie mit Thai Airways ab München nach Bangkok fliegen wollte«, sprang Karl in die Bresche. »Ich habe der Thai vor einer Stunde eine Mail geschickt, habe aber noch keine Antwort erhalten.«

»Ruf dort an und lass dich mit jemandem verbinden, der was zu sagen hat. Weiß der Himmel, wie viele Leute so eine Mail lesen müssen, bis sich jemand verantwortlich fühlt.« Sauerwein wollte nicht länger warten. »Ich will so schnell wie möglich ein brauchbares Ergebnis, damit wir nicht in die nächste Sackgasse hineinermitteln.«

»Wir müssen den beiden Frauen noch Bescheid geben, ob wir ihnen ein Zimmer zahlen«, erinnerte ihn Eva. »Oder sollen wir nach München fahren?«

Sauerwein dachte nicht lange darüber nach. »Lass sie herkommen und sag der Wallner, dass sie ein Zimmer im Flötzinger buchen soll. Wann kommen sie in München an?«

»Am späten Vormittag.« Eva schaute auf die Uhr. »Die Maschine müsste in einer knappen Stunde landen.«

»Dann sollen sie sich ein Taxi nehmen und direkt zu uns nach Rosenheim kommen.«

Um halb drei Uhr traf der erwartete Besuch endlich im Präsidium ein.

Da Sauerwein sich um seine Mädchen kümmern musste und Karl beim jährlichen Gesundheitscheck war, hatten sich Eva und Max bereit erklärt, die Frauen allein zu befragen.

»Was ist Ihnen durch den Kopf gegangen, als Sie erfahren haben, dass Frau Maier vermutlich durch ein Gewaltverbrechen umgekommen ist?«, fragte Eva. Manchmal war es besser, die Menschen reden zu lassen, bevor man gezielte Fragen stellte.

»Ich war, wir waren«, mit einem Blick holte sich die schwarzhaarige, gertenschlanke Sabrina das Einverständnis ihrer molligen Freundin, »völlig geschockt. Besser gesagt, wir sind es immer noch. Wir haben seit gestern Nachmittag über nichts anderes geredet.« Es war beiden anzusehen, dass sie nur mit Mühe ihre Haltung bewahren konnten.

»Wir haben uns gewundert, dass ihre Mails so knapp waren, weil sie sonst immer ewig lange Reiseberichte geschickt hat, die wir alle geliebt haben. Sie hat so gern geschrieben, und man hat sich immer gefühlt, als wäre man selbst dabei, weil sie so plastisch erzählen konnte.« Sie zog die Nase hoch. »Aber diesmal kam immer nur, dass es ihr gut geht, dass es schön ist, dass sie aber wenig Zeit zum Schreiben hat.«

Max sah Eva an. Offensichtlich hatte der Verfasser die Nachrichten über einen Verteiler verschickt.

»Wir haben in Karens Kalender einen Eintrag gefunden, dass Sie sich mit ihr treffen wollten, bevor sie flog.« Eva wählte bewusst den Vornamen der Toten, um die unwirkliche Distanz eines gewaltsamen Todes abzuschwächen.

Sabrina Thammler nickte. »Wir waren noch bei ihr und haben was vom Chinesen kommen lassen, als Einstimmung auf ihre Asienreise sozusagen. Ente süßsauer. Oh Gott, ich glaube, mir wird schlecht.«

Eva zog sie vom Stuhl hoch und brachte sie zur Toilette. Sie nahm eine abgepackte Zahnbürste und Zahnpasta aus dem kleinen Hängeschrank, legte sie auf das Waschbecken und wartete, bis die Würgegeräusche aufhörten.

Fünfzehn Minuten später war Sabrina Thammler, blass und nach Minze riechend, in der Lage, weiterzumachen. »Ich hab ihr geholfen, den Rucksack zu packen, und als wir fertig waren, haben wir eine Flasche Rotwein getrunken. Dann bin ich nach Hause gefahren.« Sie vergrub ihren Kopf in den Händen. »Wenn ich da schon geahnt hätte, dass ich sie nie wiedersehe«, murmelte sie undeutlich.

»Wie wollte sie eigentlich zum Flughafen kommen? Hatte sie jemanden gebeten, dass er sie hinbringt?«

»Nein. Sie hatte einen Mann kennengelernt, mit dem sie nach Thailand fliegen wollte. Sie hatten geplant, die ersten drei Wochen gemeinsam zu reisen, und dann wollten sie in verschiedene

Richtungen weiter. Er wollte sie mit nach München nehmen und sein Auto in der Nähe vom Flughafen bei einem Freund stehen lassen.«

»Was können Sie uns über diesen Mann sagen?«, wollte Max wissen.

Sie hob die Schultern. »Eigentlich gar nichts. Ich hab ihn ja nie gesehen.«

»Lassen Sie sich Zeit und versuchen Sie, sich zu erinnern, was Karen Ihnen erzählt hat. Auch wenn Ihnen etwas lächerlich vorkommt, erzählen Sie es. Manchmal kommt es auf genau diese Details an«, ermunterte Max sie.

Obwohl sich die beiden Frauen anstrengten, sich an die Einzelheiten zu erinnern, fiel ihnen nichts ein.

»Es tut mir leid«, sagte Sabrina Thammler kläglich, nachdem es eine Weile hin und her gegangen war. »Ich möchte so gern helfen, aber ich kann nicht.«

»Lassen Sie uns etwas anderes probieren«, sagte Eva schließlich. »Fahren Sie in Ihr Hotel und ruhen Sie sich etwas aus.« Sie sah auf die Uhr. »In drei Stunden kommen wir zu Ihnen, und dann gehen wir gemeinsam essen. Sie können dann über Karen reden, über ihren Urlaub, ihre Reisevorbereitungen, die Menschen, die sie auf der Reise treffen wollte, ihre Vorfreude, eben alles, was Ihnen dazu einfällt. Herr Hansen und ich setzen uns an den Nachbartisch, und Sie ignorieren uns einfach. Vergessen Sie die Loyalität Karen gegenüber, auch wenn es Ihnen schwerfällt. Für Ihre Freundin kann nichts mehr peinlich sein. Aber uns kann es helfen, herauszufinden, was passiert ist. Was halten Sie von der Idee?«

Die Frauen dachten über den Vorschlag nach und nickten dann zustimmend. »Das könnte funktionieren. Was meinst du?«, fragte Sabrina Thammler ihre Freundin.

»Ich werde alles tun, um Ihnen zu helfen. Lassen Sie es uns versuchen«, sagte Mona Kraus.

Eva hatte zwei nebeneinanderliegende Tische in dem nur spärlich besuchten Restaurant reserviert. Um Sabrina Thammler und Mona Kraus nicht aus dem Konzept zu bringen, hatten sie und

Max bereits Platz genommen und Getränke bestellt, als die beiden Frauen das Lokal betraten.

»Sie hat mir am Telefon erzählt, dass der Typ ziemlich seltsam aussah. Eine Mischung aus komisch und sexy. Er war unrasiert und hatte Pausbacken, hat genuschelt, und die Haare haben auch merkwürdig ausgesehen«, erinnerte sich Mona Kraus.

»Stimmt, die waren fettig, oder?«

»Oder gegelt. Sie dachte, dass er ein Käppi getragen hat, um einen doofen Haarschnitt zu verstecken, weil sie vermutlich weglaufen würde, wenn sie ihn oben ohne sehen würde.«

»Aber er muss eine tolle Figur haben. Groß, schlank und einen hmm …«, sagte Sabrina Thammler.

»Knackarsch«, ergänzte Mona Kraus und zeichnete die Form mit den Händen nach. »Wenn er mit den dicken Bäckchen nicht ausgesehen hätte wie ein Blasengel, dann wäre er sogar recht attraktiv gewesen, hat Karen gesagt. Auf jeden Fall war er höflich und charmant.«

So ging es eine ganze Zeit weiter.

Max war bass erstaunt. »Weiber«, formulierte er kaum hörbar. Die intime Atmosphäre des Zweiertisches und eine Flasche schwerer Rotwein brachten erstaunlich viele Details zutage.

»Die Strategie war mir bis heute unbekannt, aber sie hat super funktioniert. Habt ihr das in Stuttgart so gehandhabt?«, fragte Max, als Eva ihn nach Hause fuhr.

»Ich hab auch noch nichts davon gehört, aber es war das Einzige, was mir vorhin eingefallen ist«, sagte sie bescheiden. Insgeheim war sie ziemlich stolz auf ihre Idee.

»Wow. Das war jedenfalls echt klasse. Das sollte Schule machen. Die ›Neunhoeffer-Methode‹. Und ich war bei der Generalprobe dabei. Ich werde berühmt. *What a glorious feeling, I'm happy again*«, sang er völlig windschief die berühmte Zeile aus »I'm Singing in the Rain«.

Eva fiel in den Gesang ein und brachte nach der nächsten Textzeile vor Lachen keinen Ton mehr heraus.

***

»Wir hatten gestern einen sehr interessanten Abend«, begrüßte Max Sauerwein, der mit einer verlockend duftenden Papiertüte zur Tür hereinkam.

Sauerwein rieb sich den Schnee aus den Haaren und sagte: »Erst Kaffee, dann Geschichten.« Er drückte Max die Tüte in die Hand und verschwand im Flur.

»Schieß los.« Vorsichtig pustete er wenige Minuten später in seine dampfende Tasse, nahm einen Schluck und spuckte das Gebräu zurück in den Becher. »Heilige Scheiße, was ist das denn für ein Dreck?«

Eva schaute ihn skeptisch an. »Also, bloß weil er vielleicht ein bisserl schwach ist, brauchst du dich nicht so aufzuführen.«

»Schwach? Das Zeug ätzt einem alles weg.« Misstrauisch roch er an der heißen Brühe und verzog das Gesicht. »Probier doch selbst.« Er hielt ihr den Becher unter die Nase.

»Oh, pfui Teufel. Was ist denn das?«

»Sag ich doch.«

»Nora!«

Fünf Sekunden später stand die Sekretärin freudestrahlend im Zimmer. »Einen wunderschönen guten Morgen allerseits«, zwitscherte sie fröhlich. »Was gibt's denn?«

Wortlos hielt Sauerwein ihr seine Tasse hin.

»Oh, des is aber nett. Danke.«

»Nein«, schrien Eva und Sauerwein gleichzeitig.

Nora Wallner setzte die Tasse wieder ab und schaute verdutzt. »Was habts denn?«

»Trink das bloß nicht. Sag uns einfach nur, was es ist«, forderte Sauerwein sie auf.

Nora Wallner hob den Becher zur Nase und roch daran. »Mei. Des gibt's doch ned. Mei, bin i a Depp. Des derfts fei ned trinken!«

»Was du nicht sagst. Was ist das für ein Höllentrunk?«

Beim Gedanken daran, was hätte passieren können, wenn einer der Kollegen die Brühe getrunken hätte, wurde Nora Wallner blass.

»Nora?«

»Ähm, ja. I hab gestern die Kaffeemaschine entkalkt und hab

wohl vergessn, den Entkalker wegzuschütten. I glaub, i hab den Kaffee mit dem Reinigungswasser aufbrüht. Mei, des is ja furchtbar. Gott sei Dank habts des Zeig net trunkn.«

Max verzog den Mund und schüttelte den Kopf. »Mann, Mann, Mann …«

»Ja, is ja scho guad. I bring eich glei an frischn.« Mit schnellen Schritten tippelte Nora Wallner auf ihren High Heels davon.

Als sie mit richtigem Kaffee versorgt waren, fragte Sauerwein: »Können wir jetzt endlich anfangen?«

»Die Frauen konnten eine einigermaßen brauchbare Beschreibung des Reisepartners abgeben, mit dem Karen Maier in Urlaub fliegen wollte. Die beruht allerdings auf Hörensagen, da beide den Mann nie gesehen haben. Er dürfte etwa eins fünfundachtzig groß sein, hat dunkle halblange Haare, Pausbacken und einen Dreitagebart. Zum Dialekt wissen sie nichts, aber er soll gute Manieren haben und großzügig sein.«

Als Max eine Pause machte, ergänzte Eva: »Der Beschreibung nach hatte ich das Gefühl, dass der Mann sich zumindest teilweise verkleidet hatte. So wie Karen ihren Freundinnen sein Gesicht beschrieben hat, kam mir der Gedanke, dass die dicken Backen nicht echt sind.«

Max kaute nachdenklich auf seiner Unterlippe. »Jetzt, wo du es sagst. Das war nicht stimmig, da geb ich dir recht. Auch die Aussage über seine Haare war merkwürdig, oder?«

»So wie die beiden es beschrieben haben, glaube ich, dass die Haare am Käppi festgeklebt waren«, bestätigte sie seine Vermutung. »Ist natürlich alles nur ein Verdacht, aber meiner Meinung nach ziemlich wahrscheinlich.«

»Das Einzige, was wir sicher wissen, ist die ungefähre Größe und dass er eine sehr sportliche Figur hatte.«

Sauerwein und Karl hatten den beiden zugehört, ohne sie zu unterbrechen.

Jetzt sagte Karl: »Bevor ich es vergesse, Thai Airlines hat geantwortet. Karen Maier ist weder geflogen, noch wurde das Ticket storniert.«

»Hörts amal«, platzte Nora Wallner ins Zimmer, ohne anzuklopfen.

»Nora, nicht jetzt.« Sauerwein wollte sie mit einer Handbewegung aus dem Zimmer scheuchen.

»Doch, schon jetzt. Der Kriminaldauerdienst hat angerufen, in der Wittelsbacherstraße wurde eine Leiche gefunden. Eindeutig Mord. Ihr müssts da gleich hin.«

Erschrocken schauten die Kommissare sie an.

»Was schauts'n so? I kann nix dafür.«

»Was hat der KDD über die Leiche gesagt?«, fragte Sauerwein.

»A alte Frau is, und erwürgt is wordn.«

Erleichtert atmeten die Kollegen kollektiv auf. Unbewusst hatten sie sich verspannt, als die Sekretärin einen neuen Mordfall erwähnt hatte.

Sauerwein nahm seine Tasse und wischte mit der Hand den Kaffeefleck vom Tisch. »Eva, fahr mit Karl hin. Max, du schreibst den Bericht über euer Gespräch mit den Frauen von gestern Abend und setzt dich mit den Nürnberger Kollegen in Verbindung. Wir brauchen noch deren Unterlagen.«

Als Eva und Karl vor dem Haus der toten Frau ankamen, war die Spurensicherung bereits zu einem ersten Ergebnis gekommen.

»Die Tote heißt Ursula Weigant. Der Mörder hat keine Spuren hinterlassen. Doch, ist so«, bekräftigte Preisenbacher auf Karls skeptischen Blick. »Das war ein Rein-raus-Mord. Die Frau hat dem Täter die Tür geöffnet, er hat sie erwürgt und ist wieder gegangen. Es gibt keine Einbruchsspuren, also muss sie ihm die Tür geöffnet haben.«

»Oder er hatte einen Schlüssel«, sagte Karl.

»Das können wir so gut wie ausschließen, weil sie direkt an der Eingangstür liegt. Der Täter ist keine zwei Meter weit ins Haus eingedrungen.«

»Da bist du dir sicher?«, hakte Karl nach.

»Anhand der Lage der Toten, ja. Außerdem haben wir nirgendwo Spuren gefunden. Wir haben Fingerabdrücke von zwei Personen, und die sind im ganzen Haus verteilt. Aber es gibt keine abgewischten Gegenstände, die auf den Mörder hinweisen.«

»Von wem ist der zweite Satz?«, überlegte Karl.

»Vielleicht hat sie mit jemandem zusammengelebt«, mutmaßte Preisenbacher. »So weit sind wir aber noch nicht.«

»Fehlt etwas?«, fragte Eva.

»Sieht nicht so aus. Sie hat tausend Euro offen in einer Schublade im Flur liegen lassen, und ihr Schmuck liegt klassisch in einer Schatulle im Schlafzimmerschrank. Und zwar ziemlich teures Zeug, sicher an die zwanzigtausend oder mehr.«

Evas Magen zog sich zusammen. Einbruch, Raub, Leidenschaft, Beziehung, Affekt. Das waren die klassischen Motive für Mord. Hier fehlte einfach alles. Und damit war die Chance, den Täter zu finden, geringer als die Wahrscheinlichkeit, die Nadel im Heuhaufen zu entdecken.

»War der Rechtsmediziner schon da?«, wollte Eva wissen.

»Seine Herrlichkeit Dyrkhoff ist schon wieder weg. Ich glaube, er ist beleidigt, dass wir ihm einen derart profanen Mord zumuten.«

Eva verdrehte die Augen und drängte sich an den Kollegen vorbei. Auf der Treppe nach oben fuhr sie mit der Hand über die goldgemusterten Stofftapeten. Das Dekor stammte aus den Achtzigern des letzten Jahrhunderts. Aufmerksam sah sie sich um. Massive Einbaumöbel, die vor dreißig Jahren der letzte Schrei gewesen waren. Die Eigentümerin hatte sich diesen Schick damals ein Vermögen kosten lassen. Jetzt zeugte es von einem Menschen, der sich von seinen Erinnerungen nicht trennen konnte. Oder knapp bei Kasse war.

Sie ging ins Schlafzimmer und schob die Spiegeltüren zur Seite. Keine Männersachen. Die Frauenkleidung gehörte Stil und Größe nach ein und derselben Person. Sie fand die Schmuckschatulle und machte große Augen. Wem die Klunker gehörten, musste sicher nicht sparen.

Um sich zu vergewissern, lief sie nach unten und durchsuchte die Küche. Beigefarbener Korpus und lachsfarbene Fronten. Sie schüttelte sich. Nachdem sie den Kühlschrank und die Speisekammer durchsucht hatte, war sie sich sicher.

»Hast du den Putzeimer auf Fingerabdrücke untersucht?«, fragte sie den Kollegen Mike Siegel von der Spurensicherung.

Er sah sie entgeistert an. »Wieso denn? Sie ist doch erwürgt worden.«

»Tu mir den Gefallen.« Sie ließ ihn stehen und suchte nach Karl.

Er unterhielt sich, von einem Fuß auf den anderen tretend, vor dem Haus mit Preisenbacher über die Madenentwicklung bei Wasserleichen und hatte eine Zigarette in der Hand.

»Weiß deine Frau, dass du wieder rauchst?«, zog sie ihn mit einem schelmischen Lächeln auf.

»Eva, das …« Täuschte sie sich, oder war er eine Spur blasser geworden?

»Vergiss es.« Sie blinzelte ihm zu. »Wir müssen ihre Bankkonten überprüfen, aber arm war sie sicher nicht. Ich schätze den Wert des Schmucks auf über fünfzigtausend.«

Die Männer sahen sie ungläubig an.

»Und noch etwas. Ein großer Teil ihrer Lebensmittel stammt von Feinkost-Käfer aus München. Kaviar, Champagner, teure Weine. Sie konnte es sich leisten, gut zu leben. Das ist ein Motiv für Erpressung.«

Sie sah zu den Wolken hoch, die träge am Himmel hingen. »Wissen wir schon etwas über ihre Angehörigen?«

»Ich habe mit Max telefoniert«, sagte Karl. »Offensichtlich hatte sie niemanden. Aber ich habe das hier gefunden.« Er hielt Eva ein kleines aufgeschlagenes Notizbuch aus dunkelbraunem Leder hin.

Eva sah sofort, was er meinte. »Sie sollte morgen Nachmittag Besuch von einer Rosalie Vogel bekommen.« Sie blätterte weiter ans Ende des Kalenders. Dort war ein Adressbuch eingeheftet. »Van Borg, Varnholm, Vogel. Hier ist die Adresse, Herzogstraße 12.« Sie blickte auf. »Wir werden ihr morgen gleich als Erstes einen Besuch abstatten.«

»Da seid ihr ja.« Mike Siegel stellte sich zu ihnen und bat Preisenbacher um eine Zigarette. »Ich hab den Putzeimer und zur Sicherheit auch noch den Besen und das andere Zeug aus dem Schrank untersucht. Die Fingerabdrücke stammen von der zweiten Person.«

Karl sah den Kollegen von der Spurensicherung skeptisch an. »Und was sagt uns das?«

Der zuckte mit den Schultern und deutete auf Eva.

»Dass sie eine Putzfrau hatte, die wir aller Wahrscheinlichkeit nach als Täter ausschließen können.«

***

Sauerwein hörte das Telefon nicht, weil das Heulen seiner Tochter seit einer halben Stunde jedes andere Geräusch übertönte. Was mit einer verbrannten Scheibe Toast begonnen hatte, war in wenigen Minuten zu einer Katastrophe angewachsen. Dass der heiße Kakao ausgerechnet über das zweite Lieblingskleid seiner Jüngsten geflossen war, hatte das Drama perfekt gemacht.

Er lehnte sich mit dem Rücken an die Wand. Ich kann nicht mehr, dachte er. Wenn es dich irgendwo da oben gibt, Gott, Himmel, Arsch und Zwirn, warum tust du mir das an? Er war so müde, dass er im Stehen einschlafen könnte.

Er suchte das Telefon. Fünf Anrufe in Abwesenheit. Max. Der musste warten. »Claudia?«

»Hallo, Martin. Lass mich raten, du brauchst die Feuerwehr.«

Obwohl er ins Nebenzimmer gegangen war, war der Krach laut genug, dass sie den Hörer fünf Zentimeter vom Ohr weghielt.

»Es tut mir leid, und ich weiß, ich sollte dich nicht schon wieder anrufen, aber ich weiß einfach nicht mehr weiter.«

»Mach dir keine Gedanken, Bruderherz. Ich bin in zehn Minuten da.«

Wieso hatte er nicht schon früher gemerkt, dass seine Schwester ein Engel war? Vielleicht weil sie tote Frösche und Heuschrecken in seinen Schuhen und Taschen versteckt hatte, als sie noch Kinder waren. Und dass sie mit ihren bescheuerten Freundinnen das Baumhaus im Wald entdeckt und den Boden mit Lebertran beschmiert hatte, würde er auch nie vergessen. Die Hütte hatte den ganzen Sommer über gestunken wie ein toter Fisch. Er lachte. Damals hätte er sie täglich umbringen können. Heute war er froh über die Erinnerungen an eine Kindheit, die nichts Schlimmeres gekannt hatte als die Streiche einer großen Schwester.

***

Vier Tage waren vergangen, seitdem Rosie die dicke Ursel ins Café begleitet hatte. Unglaubliche vier Stück Kuchen hatte die alte Freundin verdrückt.

»Ach Rosalie, nachdem i vor fuchzehn Jahr immer dicker wordn bin, da hat der Arzt gsagt, dass i a Schilddrüsenproblem hab. Und dass ma nix macha ko. Und da hob i mia gsagt, na, dann ess i halt mehr, weil, jetzt is eh wurscht, jetzt brauch i koane Diätn mehr, jetzt lass i's mir guad gehn.«

Lustig war sie, die Ursel. Rosie hatte nicht mehr so gelacht, seit Georg gestorben war. Und seit Langem hatte sie sich nicht mehr so auf ein Wochenende gefreut. Ursel wollte für sie backen und abends kochen.

»Nimm was zum Schlafen mit und was Frischs zum Wechseln«, hatte sie gesagt. »Platz hab i gnug, und wennst müde wirst, dann bleibst einfach bei mir.«

Schön war es, sich auf etwas zu freuen. Wehmütig dachte Rosie daran, dass sie in den letzten Jahren nicht viel Spaß gehabt hatte. Beschwingt versorgte sie die fröhlich blühenden Primeln auf der Fensterbank, als sie das ungleiche Paar bemerkte, das aus dem dunklen BMW stieg. Kurz nachdem die beiden aus ihrem Blickfeld verschwunden waren, klingelte es an der Tür. Verwundert drehte Rosie sich um. Erst ein Mal hatte sie den Ton ihrer Klingel gehört. Und das war Anfang letzten Jahres gewesen, als die Heiligen Drei Könige ihre Runde durch die Straße gedreht hatten.

Aber jetzt kam Besuch zu ihr! Mit flinken Händen strich Rosie ihr Haar glatt und betätigte die Sprechanlage.

»Frau Vogel? Wir sind von der Polizei. Dürfen wir hereinkommen?«

Rosie wollte die Taste des Türöffners drücken, als ihr Zeigefinger einen halben Zentimeter davor innehielt. Schon oft hatte sie im Fernsehen Berichte über Trickbetrüger gesehen. Wenn das nun gar keine Polizei war? Sie überlegte fieberhaft. »Legen Sie Ihre Ausweise vor die Tür. Und dann gehen Sie zurück auf die Straße, wo ich Sie sehen kann.«

Kurz darauf sah sie, wie die Frau, gefolgt von dem sportlichen Mann, wieder vor dem Gartentor stand. Vorsichtig öffnete sie die Tür und sah die Ausweise, die auf ihrer Fußmatte lagen.

Es dauerte eine Weile, bis Rosie sich am Telefon durchgefragt hatte und die Identität der Kommissare bestätigt war. Schüchtern bat sie die beiden herein und entschuldigte sich für ihr unhöfliches Verhalten.

»Das haben Sie genau richtig gemacht. Wenn alle Menschen so umsichtig wären wie Sie, dann gäbe es weniger Verbrechen, die wir aufklären müssten.« Die kleine Beamtin war richtig nett.

»Ich bin Kriminaloberkommissarin Eva Neunhoeffer, und das ist Oberkommissar Max Hansen«, stellte sie sich und ihren Kollegen vor. »Aber leider sind wir nicht hier, um Betrugsaufklärung zu leisten, Frau Vogel. Wir möchten gern wissen, ob Sie eine Ursula Weigant kennen.«

»Die Ursel? Ja sicher. Wir sind alte Schulfreundinnen und haben uns gerade erst ganz zufällig nach über vierzig Jahren wiedergetroffen«, antwortete Rosie aufgeregt. Dann stutzte sie. »Es ist ihr doch nichts passiert?«

»Doch, Frau Vogel. Leider müssen wir Ihnen die Nachricht überbringen, dass Frau Weigant gestorben ist.«

»Aber das kann doch gar nicht sein.« Rosie ließ sich auf das blaue Sofa sinken. »Wir waren Anfang der Woche noch Kaffee trinken. Und haben Kuchen gegessen. Ursel, also Frau Weigant, hat vier Stück verdrückt. Ich hab ihr noch gesagt, dass das nicht gesund sein kann.« Mit fahrigen Fingern wischte sich sie über die Augen.

»Frau Vogel.« Eva kniete vor ihr nieder und ergriff die faltigen Hände. »Frau Weigant ist nicht eines natürlichen Todes gestorben.« Sanft wischte sie die Tränen der alten Dame mit dem akkurat gebügelten Taschentuch ab, das auf dem kleinen Beistelltischchen lag. »Sollen wir jemanden anrufen, der sich um Sie kümmert?«

»Ich bin allein. Jetzt wieder ganz allein. Ich hab doch niemanden.« Mühsam brachte Rosie die Worte hervor. »Deswegen war ich so froh, dass die Ursel mich wiedererkannt hat.«

Eva flüsterte Max zu, dass er die Polizeipsychologin verständigen sollte. Sie konnten die Frau in diesem Zustand nicht allein lassen.

Zwei Stunden nachdem Max allein zurück ins Präsidium gefahren und die Psychologin mit einem Beruhigungsmittel eingetroffen war, war Rosie klar genug, um Evas Fragen zu beantworten.

Doch zunächst hatte sie selbst eine Frage. »Wissen Sie denn, wer sie … wer das getan hat?« Es fiel ihr sichtlich schwer, beim Namen zu nennen, was geschehen war.

»Wir stehen noch am Anfang unserer Ermittlungen«, antwortete Eva. »Damit wir den Täter fassen können, brauchen wir so viel Hilfe wie möglich. Hat Frau Weigant Ihnen erzählt, dass sie Angst hatte oder bedroht wurde?«

»Gar nichts.« Die Augen der alten Dame glänzten feucht. »Wir hatten uns so lang nicht gesehen und haben uns so über unser zufälliges Treffen gefreut. Da haben wir nur über die alten Zeiten in der Schule gesprochen. An was wir uns halt nach einem halben Jahrhundert noch erinnern konnten.«

Geräuschvoll schnäuzte sie in ihr Taschentuch. »Sie hat sich ein paarmal umgesehen, als wir in dem Café waren. Da hab ich sie gefragt, warum. Sie sagte nur, dass sie so ein komisches Gefühl habe, als ob uns jemand beobachtet. Aber da war niemand, den sie gekannt hat.«

»Und Sie, haben Sie jemanden erkannt?«, bohrte Eva nach, was ihr einen missbilligenden Blick der Psychologin einbrachte.

»Ach nein, ich sehe ja auch nicht so gut.« Schuldbewusst drehte sie ihre Brille in den Händen. »Ich brauche schon lange eine neue. Hab halt gedacht, die reicht schon noch. Wir haben dann noch darüber gelacht und uns gedacht, dass uns alten Mädchen doch eh keiner was will.« Beunruhigt richtete sie sich kerzengerade auf. »Oder glauben Sie, dass der Mörder mich auch … ähm, dass er mich auch besuchen will?«

»Ich weiß es nicht. Aber ich glaube nicht, dass Sie sich Sorgen machen müssen. Wir vermuten, dass der Täter aus dem Umfeld von Frau Weigant kommt. Aber ich sorge dafür, dass nachts eine Streife an Ihrem Haus vorbeifährt.« Eva zog eine Karte aus ihrer Jackentasche. »Hier. Wenn Ihnen irgendetwas auffällt oder Sie beunruhigt, dann rufen Sie mich an, nachdem Sie die 110 verständigt haben.«

***

»Der Bericht von der KTU ist da.« Sauerwein kam in ihr Zimmer und warf einen dünnen Schnellhefter auf Evas Tisch. »Du hattest recht. Die zweiten Fingerabdrücke stammen von der Putzfrau. Preisenbacher war bei ihr, und sie hat ein wasserdichtes Alibi. Erstellt eine Liste mit den Personen, die wir befragen müssen. Und wann immer ihr zwischendrin Luft habt, kümmert ihr euch darum.«

Eva sah ihn sauer an.

»Was ist los?«, fragte er.

»Es geht mir einfach an die Nieren, dass wir zwei Morde gleichzeitig am Hals haben.«

Er sah sie nachdenklich an. »Aber das ist nicht alles, oder?«

Sie stand mit einem Ruck auf und schob dabei ihren Stuhl so heftig zurück, dass er mit einem Knall gegen die Wand prallte. Frustriert trat sie gegen ihren Schreibtisch. »Nein. Es ist, weil uns der Dornröschenmord so in Trab hält, dass keine Zeit bleibt, intensiv nach dem Mörder der Weigant zu suchen. Das macht mich fertig. Sie hat es genauso verdient, dass der Typ gefasst wird, der ihr das angetan hat.«

Sauerwein packte sie an den Schultern und drückte sie zurück auf ihren Stuhl. Er lehnte sich an ihren Tisch und beugte sich nach vorn. »Du weißt, dass es nicht anders geht. Ich muss dir nichts über Prioritäten erzählen, oder?«

»Natürlich nicht. Aber nur weil die Gefahr, dass der Dornröschenmörder wieder zuschlägt, um hundert Prozent höher ist als beim Mörder der Weigant, darf es mir doch um sie leidtun.«

***

»Scheiße«, fluchte er. Unruhig fuhr er nun schon zum dritten Mal an dem Haus vorbei, und noch immer stand der schwarze Golf vor der Tür. Die alte Kuh weiß nichts, versuchte er, sich zu beruhigen. Welch eine unglückliche Fügung, dass die beiden Weiber sich über den Weg laufen mussten und sich nach vierzig Jahren wiedererkannt hatten. Diese blöden Landpomeranzen! Die Fette hatte sich in dem Café mehrmals suchend umgedreht, aber selbst wenn sie ihn im Drogeriemarkt bemerkt hatte, sie hätte ihn nicht wiedererkannt. Er war stolz darauf, dass er mit den Jahren gelernt hatte, sich so schnell und unmerkbar wie ein Chamäleon zu verwandeln. Die maßgefertigte Wendejacke hatte ihn ein Vermögen gekostet, war aber jeden Cent davon wert.

Die Mütze war unbemerkt in seiner Jackentasche verschwunden, bevor er das Café betrat, und so wunderte sich niemand, dass die langen Haare, die unter dem Rand hervorschauten, einem eleganten Kurzhaarschnitt gewichen waren. Zufrieden hatte er festgestellt, dass ihr Blick an ihm vorüberglitt, ohne dass sie ihn erkannt hatte. Trotzdem war sie beunruhigt gewesen. Weshalb sonst hätte sich auch die andere so suchend umsehen sollen. Darüber hatte er sich keine Sorgen gemacht, er hatte längst gemerkt, dass ihre Augen diese Entfernungen nicht fokussieren konnten. Auch das Alter schützt nicht vor Geiz, hatte er belustigt gedacht. Dabei hatte die Alte sicher genügend Kohle gespart, um sich eine neue Brille leisten zu können.

Dumm nur, dass er zu weit weg gesessen hatte, um ihr Gespräch zu belauschen. Nun konnte er nur spekulieren, was das blöde Weib der Psychologin erzählte, die das Haus seit dem Vortag nicht mehr verlassen hatte.

SIEBEN

Leichter Schneeregen hatte eingesetzt, als der Besucherin des Wochenmarktes auffiel, dass etwas nicht stimmte. Ohne sagen zu können, was es war, registrierte ihr Unterbewusstsein ein tiefes Unbehagen. Nach einigen Minuten fiel ihr auf, dass die Kirchturmuhr eine falsche Zeit anzeigte. Sie selbst verließ auf die Minute genau ihr Haus, jeden Tag. Aber nun zeigte die Uhr halb zwölf. Unerhört, dass der alte Fritz das noch nicht in Ordnung gebracht hatte. Gebannt starrte sie auf den Turm. Gleich musste der Küster die Turmglocken läuten, wie an jedem Tag um diese Zeit. Und wie immer würde sie an seinem Spiel erkennen können, welche Laune er hatte.

Tatsächlich, Punkt sieben fingen erst die hellen Glocken an zu läuten. Also war der Fritz guter Laune. Spät erst registrierte ihr seit neunundsiebzig Jahren an die Töne gewöhntes Ohr einen dumpfen Schlag. Und noch einen. Die dunklen Glocken! Sie schwangen nicht, sie gaben nur ein Pochen von sich. Sie fing an zu laufen, so schnell ihre von Gicht und Rheuma geplagten Knochen es zuließen.

»Fritz«, rief sie, als sie schwer atmend durch das Kirchenportal humpelte. »Was ist los?«, schrie sie den alten Küster an, als sie sah, dass er die Stufen zum Glockenturm hochsteigen wollte.

Erschrocken fuhr er herum. Seit Jahren schon versuchte er erfolglos, ihr beizubringen, dass nur sie schwerhörig war. »Nichts wird sein, Seffi, ich kümmer mich schon darum. Geh du nur einkaufen«, schrie er zurück.

»Die Uhr geht auch falsch«, keifte sie.

Ohne einen weiteren Kommentar drehte er sich um und begann, die dreihundertsechsundsiebzig Stufen hinaufzusteigen. Wenn's mir warm wird, dann fängt die alte Joppe an zu müffeln, dachte er, und es war ihm ein bisschen peinlich. Viel Geld hatte er nicht, und wovon sollte er sich schon eine neue kaufen?

Je höher er nach oben stieg, desto intensiver wurde der Geruch. Und dann wurde ihm klar, dass er nicht von seiner Jacke kam. Er presste den Ärmel fest gegen sein Gesicht, um dem widerwärtig süßlichen Hauch zu entgehen, der von oben herabwehte. Jetzt mischte sich der Mief von altem Bratenfett und Pfeifentabak, den das Gewebe über die Jahre hinweg gespeichert hatte, mit dem Gestank von Verwesung.

Als er durch die Luke zum letzten Treppensteig kletterte, wanderte sein Blick nach oben und erfasste ein Bild, das sein Gehirn sich schlicht weigerte zu begreifen. Erst nach schier endlosen Minuten fing er an zu verstehen, was er sah.

Etwas hing am Glockenstuhl. Ein Engel! Er lehnte mit dem Rücken am großen Geläut, die Arme weit nach außen gespreizt und die Hände mit feinen goldenen Stoffbändern an den Glockenstuhl gebunden. Lange, seidig weiche blonde Haare flatterten leicht im Wind, der gelegentlich einen Hauch von frischem Schnee hereinwehte. Die Augen in dem blassen Gesicht waren fest geschlossen. Der Körper feingliedrig, mit hübschen runden Brüsten, und die Stelle, die der verschämte Blick des Küsters nur für den Hauch einer Sekunde streifte, war sorgfältig rasiert.

Der Engel war nackt. Und er stank bestialisch.

Der alte Mann taumelte und verlor den Halt, als seine Beine nachgaben. Dass er sich beim Sturz die Treppe hinab beide Beine und vier Rippen brach, spürte er nicht mehr.

Genervt registrierte Sauerwein, dass die Presse und die Schaulustigen wie so oft vor der Polizei am Tatort waren. Wie die Schmeißfliegen auf einem Haufen Kuhscheiße, dachte er und bahnte sich einen Weg zwischen den Gaffern hindurch.

»Was haben wir?«, fragte er Schenk, den Kollegen vom Kriminaldauerdienst.

»Eine Frau oben auf dem Turm. Weiblich, weiß, Europäerin, dreißig bis fünfunddreißig Jahre. Nackt, ausgeblutet, kein Blut auf dem Turm«, antwortete Schenk knapp.

»Zeugen?«

»Eine alte Frau, Josepha Huber, hat den Küster gefunden, der wiederum die Leiche gefunden hat.«

Sauerweins hochgezogene linke Augenbraue verriet, dass er keine Geduld für Ratespiele hatte.

»Die Kirchturmuhr ist nachts stehen geblieben, und das Glockenspiel war blockiert«, erklärte Schenk. »Darauf stieg der Küster, Fritz Bammert, heute Morgen den Turm hinauf und fiel bei dem Anblick der Leiche rückwärts wieder runter. Wo ihn dann die Frau Huber fand, die zu neugierig war, um unten auf ihn zu warten. Was im Übrigen Bammerts Glück war, da er ohnmächtig war, ein paar gebrochene Rippen und einen mächtigen Schock hat. Er liegt jetzt im Krankenhaus, und die Frau sitzt drüben beim Sani und lutscht Halsschmerztabletten. Die hat sich die Seele aus dem Leib geschrien, als sie den Alten an der Treppe liegen sah.«

Wortlos schob Sauerwein den Kollegen zur Seite und betrat die Kirche, wo er Eva an der Seite des Dorfpfarrers stehen sah. Der starrte die hübsche Polizistin mit großen Augen an, vergebens bemüht, zu begreifen, was die junge Frau ihm beizubringen versuchte.

»Mord?«, fragte er unsicher. »Hier in meiner Kirche? Wer kann so etwas tun?«

»Das wissen wir noch nicht, aber ich muss Sie bitten, dass Sie diesen Teil der Kirche nicht mehr betreten, bis die Spurensicherung abgeschlossen ist. Sie würden sonst noch mehr Beweise vernichten.«

Sauerwein stellte sich dem Pfarrer vor. »Guten Morgen, Herr Pfarrer, Morgen, Eva. Warst du schon oben?«

»Ja. Kein schöner Anblick.« Ihre Stimme zitterte.

Kaum merklich, aber trotzdem. Tatsächlich war sie auch blass um die Nase. Dann musste es wirklich schlimm sein. Wortlos wandte er sich ab und setzte einen Fuß auf die alte, vom vielen Bohnerwachs glänzende Treppe.

»Warte«, hielt ihn Eva zurück und zog ein kleines Döschen aus ihrer Manteltasche.

»Das wirst du brauchen.«

Mit einem Nicken bedankte er sich und schmierte sich die Salbe unter die Nase, während er die Treppe hinaufstieg.

Selbst der intensive Geruch der ätherischen Öle konnte nicht verhindern, dass Sauerwein den Gestank nach Verwesung immer deutlicher wahrnahm, je weiter er nach oben kam. Er würgte trocken gegen die aufsteigende Übelkeit an und atmete, so flach er konnte.

In der luftigen Höhe des Glockenturms bot sich ihm ein bizarres

Bild. Wie ein gefallener Engel war die Frau an den Balken des großen Geläuts gekreuzigt worden. Der auffrischende Wind trieb mit einem Eishauch tanzende Schneeflocken durch den Turm, und die langen Locken der Frau flatterten wie ein Seidenschal um das schöne Gesicht. Die gesamte Szene erinnerte ihn an ein Gemälde, unwirklich und grausam.

Sauerwein merkte, dass sogar Dyrkhoff ungewöhnlich still war. Normalerweise scherzten er und der Polizeifotograf gegen die tägliche schreckliche Arbeit an, doch jetzt waren nur das Geräusch der Kamera und die auf Band gesprochenen Anmerkungen zu hören.

Sauerweins Hals fühlte sich an wie ausgetrocknet. »Doktor …?«

»Der Tod ist vor mindestens zehn Tagen eingetreten, soweit ich das anhand des Verwesungsgrades jetzt sagen kann. Falls der Leichnam vorher im Freien gelagert wurde, auch erheblich länger, weil ihn die Kälte dann konserviert hat. Untypisch geringe Anzeichen von Rigor Mortis, was aber klar ist, da die Leiche stark ausgeblutet ist. Das ist mir natürlich sofort ins Auge gefallen. Sie wurde nach ihrem Tod gewaschen, deshalb haben wir kein Blut an Haut und Haaren. Die Schlagader am linken Handgelenk wurde verletzt, die Blutung aber wieder gestillt, und ich glaube nicht, dass der Blutverlust darüber sehr hoch war. Bis auf diese Wunde hätte keiner der Schnitte am Körper zu einem schnellen Tod führen können. Im Moment gehe ich davon aus, dass ein sehr langsames Verbluten zum Tod geführt hat. Und damit meine ich einen Zeitraum von mindestens zwölf Stunden«, antwortete der Rechtsmediziner emotionslos. »Ich bin hier fertig. Wenn du so weit bist, können wir sie abnehmen.« Mit einem müden Nicken verständigte er den Fotografen. »Alles Weitere dann nach der Obduktion.«

Der letzte Satz galt Sauerwein, der an der Fensterbrüstung lehnte und sich nichts sehnlicher wünschte als eine Zigarette. Doch seine Frau würde aus dem Himmel herabsteigen und ihm höchstpersönlich den Hals umdrehen, wenn er nach fünf Jahren Abstinenz wieder zu rauchen anfing.

***

Im Präsidium zitierte der Polizeidirektor Sauerwein zu sich.

»Wir werden eine Sonderkommission gründen. Sie nehmen sich Holtau, Hansen und die Neunhoeffer, und wenn Sie nicht in Kürze einen entscheidenden Schritt weitergekommen sind, dann werden wir München hinzuziehen.«

Sauerwein verdrehte die Augen. Die Namen, die Märkel genannt hatte, waren das feste Team der Mordkommission, und weitere gab es nicht. Die Ankündigung, den Fall an die Kollegen in der Landeshauptstadt zu übergeben, klang wie die versteckte Anschuldigung, dass die Polizei auf dem Land zu blöd war, um mehr als einfache Verkehrsdelikte aufzuklären.

Wir sind mal wieder die Dorfdeppen, dachte er sauer. Andererseits wollte er den Scheißfall sowieso lieber wieder vom Tisch haben. Die Zeiten, in denen er sich am liebsten mit der Konkurrenz in München um publicityträchtige Fälle geprügelt hätte, gehörten längst der Vergangenheit an.

»Sauerwein«, dröhnte der Bass des Chefs über den Tisch. »Hören Sie mir eigentlich zu?«

»Gibt es was Neues?«, fragte Karl, als Sauerwein mit säuerlicher Miene durch ihr Büro lief.

»Nur dass das da oben allmählich zu einer Kindergartenveranstaltung mutiert.«

Karl kicherte. Sauerwein war der loyalste Mensch, den er im ganzen Polizeiapparat kannte. Wenn sich Karl auch sicher war, dass sein Chef der Obrigkeit hinter verschlossenen Türen die Stirn bot, so beteiligte er sich jedenfalls nie an Klatsch und Tratsch.

»Und übrigens, wir lassen Vossen wieder laufen«, sagte Sauerwein.

»Das kannst du nicht machen«, protestierte Max.

»Wieso nicht?«

»Weil er unser Hauptverdächtiger ist.«

»Du hast schon mitbekommen, dass er hinter Gittern saß, als der Mörder die Leiche auf den Kirchturm geschafft hat?«, giftete Eva ihn an. Sie war so erleichtert, dass sie froh war, ihre Gefühle hinter einer Fassade der Zickigkeit verbergen zu können.

»Ach Miss Superschlau, ist dir schon mal der Verdacht gekommen, dass er einen Komplizen haben könnte?«, ätzte Max zurück.

»Gibt es dafür auch nur einen einzigen Hinweis? Dann solltest du uns den allmählich präsentieren!« Evas Augen blitzten vor Wut.

»Die Wahrheit ist, dass wir überhaupt keinen Hinweis auf auch nur irgendeinen Täter haben.« Sauerwein hatte die Nase vom Zickenkrieg seiner Mitarbeiter gestrichen voll. »Und das trifft auch auf Vossen zu. Es ist mehr als unwahrscheinlich, dass ein Täter es schafft, sämtliche Spuren zu vermeiden. Aber dass zwei es schaffen, das ist ein Ding der Unmöglichkeit.«

»Alles ist irgendwann das erste Mal.«

»Max, es reicht«, sagte Sauerwein scharf. »Abgesehen davon haben wir nichts in der Hand, das den Haftrichter überzeugen wird.«

***

Seit Tagen fieberte er dem Augenblick entgegen, in dem die Jagd beginnen würde. Mit den Jahren hatte er verfeinert, was einst als kleiner Funke in seinem Kopf zu glühen begonnen hatte. Heute musste er darüber lächeln, wie dilettantisch er damals vorgegangen war. Und doch erfüllte ihn der Gedanke mit Wehmut. Das erste Mal, so wie der erste Kuss, der erste Sex, unbeholfen, tollpatschig. Genauso hatte er seine erste Beute erlegt. Viel zu schnell war alles gegangen. Durch seine Adern war ein explosiver Cocktail aus Endorphinen und Adrenalin pulsiert, und nach nur wenigen Minuten war alles vorbei gewesen. Danach herbe Ernüchterung. Das ganze Blut. Himmel, war ihm schlecht gewesen. Er hatte sich die Seele aus dem Leib gekotzt. War, nachdem er die Schweinerei beseitigt hatte, zu der alten Nutte in die Federn gekrochen und hatte die ganze Nacht geheult.

Nach dem ersten Schock packte er seine Sachen, sagte dem tristen Wohnwagen in New Mexico Adieu und sah zu, dass er schnell und unauffällig das Land verließ.

Später lernte er in Namibia die Grundlagen der Gazellenjagd. Lernte, seine Opfer mit Bedacht zu wählen. Stundenlang fuhr er mit dem österreichischen Jagdführer durch das weite, mit Dornenbüschen bewachsene Land. Sie hielten Ausschau nach Kudus, Oryxen und Springböcken. Herbert brachte ihm bei, wählerisch zu sein. Nicht das erste Wild sollte er schießen, sondern das beste. Dutzende von Tieren hatte er erst im Fernglas, dann im Visier, und immer wieder sagte der Österreicher: »Nein.« Bis endlich die Erlösung kam: »Der ganz rechte, das ist ein uralter Bulle, eine super Trophäe. Den schießt du. Und pass auf, der geht gleich nach links weg.« Bauz! »Repetieren!« Unvorstellbar, wie die Lebensgeister den schwer getroffenen Kudubullen weitergetrieben hatten. Eine Stunde dauerte die Nachsuche. Immer wieder verloren sie die Schweißfährte in dem unwegsamen Gelände, bis sie den Bullen mit den abnormen Hörnern endlich stellen konnten.

Nach einem langen Abend und vielen Gläsern Weißwein lag er stundenlang mit offenen Augen im Bett. Spürte, wie das Adrenalin weiter in seinem Blut rauschte und ihn wach hielt. Die Erleichterung, die er sich selbst mitten in der Nacht verschaffte, kam mit einer nie gekannten Intensität. Und nachdem das Sperma längst auf seiner Haut getrocknet war, wurde ihm bewusst, was seine Bestimmung war.

***

»Vorsicht, geh zur Seitn«, fuhr Nora Wallner Max an. In den Händen trug sie ein Paket, das sie auf Evas Schreibtisch abstellte.

»Nora, du hast es ja noch gar nicht aufgemacht. Was ist denn da los?«, spielte Max auf ihre legendäre Neugier an.

»Weil ›persönlich‹ draufsteht. Und du nimmst a deine Finger weg.«

Max stellte sich ans Fenster und zupfte konzentriert an den vertrockneten Blättern von Evas Weihnachtsstern. Als die Sekretärin verschwunden war, hob er den Karton hoch und schüttelte ihn. Kein Absender, stellte er bedauernd fest. Er sah auf die Uhr. Kurz nach vier. Eva war zurück zur Kirche gefahren, um den Pfarrer zu befragen. Sie würde heute nicht mehr ins Präsidium kommen.

Er trat vor die Tür und schaute in beide Richtungen. Als er niemanden auf dem Gang sah, trat er an Evas Tisch und zupfte vorsichtig an dem braunen Klebeband. Wenn er nicht zu schnell daran zog, konnte er es ablösen, ohne dass sie merken würde, dass er längst vor ihr gewusst hatte, was in dem Paket war.

»Was machst du da?«

Vor Schreck stieß Max den Karton von Evas Schreibtisch. Drin war ein leises Rasseln zu hören.

»Mensch, Karl, hast du mich erschreckt. Hoffentlich ist nichts kaputtgegangen, sonst bekommst du Ärger mit Eva.«

Karl dachte, sich verhört zu haben. »Wie bitte? Spinnst du? Du weißt genau, dass das an Eva persönlich gerichtet ist, und versuchst trotzdem, es zu öffnen? Und sogar so, dass sie es nicht merkt? Und jetzt willst du es auch noch mir in die Schuhe schieben, dass du was kaputt gemacht hast?« Sein sonst so freundliches Gesicht war wutverzerrt.

Max wich erschrocken zurück. »Jetzt mach aber mal einen Punkt. Es ist doch nichts passiert.«

»Nur dass ich allmählich nicht mehr weiß, wer du überhaupt bist. Und jetzt sieh bloß zu, dass du Land gewinnst!«

Eva konnte nicht verstehen, dass ein Mensch derart weltfremd war.

»Nein, ich habe keine Ahnung, ob hinter der Tür ein Aufzug ist«, hatte der Pfarrer gesagt. »Ich weiß nicht, wie das alles auf den Turm gekommen ist. Vielleicht hat man sie getragen.«

Zweifelnd betrachtete sie die Glocken, die viel zu schwer waren, als dass selbst Popeye sie auf den Turm hätte schleppen können. Wofür die kleine Falltür im Boden war, wusste der Pfarrer nicht, und einen Schlüssel hatte er auch nicht finden können. Immerhin wusste er, in welchem Krankenhaus der Küster lag.

Im Krankenhauskiosk kaufte sie ein Buch über Singvögel in Bayern, nachdem die Betreiberin ihr versprochen hatte, dass sie es zurückgeben konnte, falls es dem Herrn nicht gefiel.

Nun saß Eva vor dem Küster und hätte sich selbst ohrfeigen können. Der Mann hatte sich so in das Buch vertieft, dass er ihr nicht mehr zuhörte. Schließlich nahm sie ihm das Buch sanft aus der Hand. »Sie bekommen es wieder, wenn ich gehe«, versprach sie auf seinen anklagenden Blick hin.

»Entschuldigung«, sagte er, als ihm bewusst wurde, dass sie gekommen war, um ihn zu besuchen. »Ich habe noch nie ein Buch geschenkt bekommen. Und dazu ein so schönes!«

Eva hatte das Gefühl, dass es ihm nur allzu recht gewesen wäre, wenn sie gleich wieder verschwunden wäre. »Herr Bammert, Sie müssen mir zuhören und mir ein paar Fragen beantworten. Sie wollen doch, dass der gefasst wird, der Ihnen und der Kirche das angetan hat.«

Er sah sie entsetzt an. »Ja, Sie müssen ihn finden. Der liebe Gott wird Ihnen helfen, das weiß ich.« Er streckte seine Hand nach ihrer aus.

»Haben Sie eine Idee, wie er die Frau auf den Glockenturm gebracht hat?«

Er sah mit leerem Blick durch sie hindurch. »Nein.«

Eva spürte, dass er mit aller Gewalt zu verdrängen suchte, was er auf dem Turm gesehen hatte. »Das weiß ich«, beruhigte sie ihn. »Was ist unter der Falltür, die zum Glockenstuhl hochführt?«

»Ein hydraulischer Flaschenzug. Den brauchen wir, wenn die Glocken zur Revision müssen. Früher hatte man sie außen am Turm hochgezogen, aber als einmal eine Glocke ein Stück aus der Wand herausgeschlagen hat, hat der Klerus entschieden, dass wir den Turm umbauen dürfen.«

Evas Gedanken waren abgedriftet, und erst als der Küster ihre Hand fest drückte, tauchte sie aus ihren Gedanken wieder auf. »Wer hat einen Schlüssel zu der Bodenklappe?«

»Niemand. Beide Schlüssel hängen in der Sakristei am Schlüsselbrett.«

»Hat sich in letzter Zeit jemand erkundigt, ob es einen Aufzug zum Turm gibt? Lassen Sie sich Zeit«, forderte Eva ihn auf, als er den Kopf schüttelte. »Das ist wichtig.«

Sehnsüchtig schaute er auf das Buch in ihren Händen, während er in seinem Gedächtnis forschte. Als Eva keine Anstalten machte, es ihm zurückzugeben, schaute er auf die Wand.

»Da war jemand. Vielleicht vor einem Monat«, sagte er nach einer kurzen Pause. »Der hat aber nicht nach dem Aufzug gefragt, sondern ob wir die Glocken manchmal warten lassen.«

»Haben Sie mit ihm über den Flaschenzug gesprochen? Vielleicht in einem anderen Zusammenhang?«

»Ja, vielleicht.« Er unterbrach sich und dachte nach. »Doch. Er hat mir angeboten, dass er gern helfen würde, wenn ich was auf den Turm tragen müsste, weil ich nicht mehr so gut zu Fuß bin. So ein netter Mann. Und ein guter Christ.«

Und ein verdammt raffinierter Mörder, dachte Eva.

Liebe Frau Neunhoeffer,
es war mir ein Vergnügen, Sie in die Geheimnisse des indonesischen Kaffeegenusses einzuführen. Ich bin mir sicher, Herr Sauerwein hat Sie inzwischen mit ausführlichen Hintergrundinformationen dazu versorgt.
Bitte entschuldigen Sie mich bei Ihren Kollegen, dass es nicht möglich war, alle gleichermaßen zu bewirten. Als Entschädigung schicke ich für Ihre Abteilung sowie für jeden von Ihnen eine Packung kolumbianischen Hochlandkaffee zum privaten Verbrauch. Sie würden mir eine Freude machen, wenn Sie das bereits geöffnete Päckchen für sich behalten.

Herzliche Grüße
Hubert von Hohenfels

PS.: Die beigelegte DVD ist eine Aufzeichnung der Kamera von der Westmauer meines Grundstücks. Der Weg vom Parkplatz im Westen führt auf einer Länge von etwa dreißig Metern daran vorbei.

Eva sah unschlüssig auf den Inhalt des Pakets. Dann nahm sie frisches Klebeband, verschloss den Karton sorgfältig und schob ihn mit dem Fuß unter ihren Schreibtisch. Danach blätterte sie in der Akte mit den Falldetails zum Kirchturmmord. Als sie auf der letzten Seite angekommen war, ohne ein Wort gelesen zu haben, stand ihr Entschluss fest.

***

Angesichts der Brisanz der beiden Mordfälle hatte Dyrkhoff sich selbst übertroffen und in Lichtgeschwindigkeit die Obduktion der Kirchturmleiche durchgeführt. Nun war der rechtsmedizinische Bericht fertig, und Dyrkhoff bat zur Audienz. Sauerwein fragte, welcher der Kollegen mitkommen wollte.

»Wer hat denn die Obduktion durchgeführt?«, fragte Max betont beiläufig.

»Dyrkhoff.«

Während Karl etwas von Durchfall murmelte und das Zimmer verließ, sagte Max: »Ich muss noch einen Bericht schreiben, den Nora in einer Stunde auf dem Tisch haben möchte. Das schaffe ich nicht, wenn ich mir dir komme.«

»Ich bin mir nicht sicher, ob ihr das lustig findet, aber einer von euch wird seinen Hintern in Bewegung setzen und mich begleiten. Wo ist eigentlich Eva?«

Die kam gerade mit einem Stapel Papier aus dem Kopierraum zurück und bemerkte die dicke Luft sofort.

»Zieh dich an und komm mit. Wir fahren in die Rechtsmedizin«, sagte Sauerwein.

Eva schnappte ihre Jacke und ging dicht an Max vorbei »Danke, Kollegenschwein«, sagte sie leise.

»Können wir davon ausgehen, dass es sich um denselben Täter handelt wie bei der Leiche vom See?«

»Anhand der vielen hundert Obduktionen, die mich zu einer Koryphäe mit internationalem Ruf haben werden lassen, darf ich es mir erlauben, diese Frage mit einem eindeutigen Ja zu beantworten.« Dyrkhoff sah Sauerwein fast dankbar an. Da dieser bei der Besprechung des ersten Falls nicht anwesend gewesen war, bot sich Dyrkhoff die seltene Gelegenheit, die überragende Qualität seiner Fähigkeiten erneut in den Himmel zu heben.

»Um es gleich vorwegzunehmen, von einem weniger erfahrenen Mediziner hätten Sie die Ergebnisse niemals in so kurzer Zeit bekommen. Und vermutlich hätte ein anderer die wesentlichen Dinge übersehen. Es gibt auch hier wenig Anhaltspunkte über den Todeszeitpunkt, da in der Rechtsmedizin bisher keine auch nur annähernd vergleichbaren Fälle vermerkt sind.« Dyrkhoff blickte Sauerwein triumphierend an.

»Wir haben folgendes Problem: Anhand der Beschaffenheit der Organe lässt sich schließen, dass der Körper gefroren war. Selbst bei einem fast vollständigen Ausbluten verbleiben kleinere Blutmengen in den Geweben, und beim Einfrieren sorgt das Blut dafür, dass sich Kristalle bilden. Genau das ist hier passiert. Auch wenn der Körper danach wieder aufgetaut wurde, was den Verwesungsgrad in den oberen Hautschichten und den Geruch erklärt. Und mir ist natürlich sofort aufgefallen, wie gering die Restmenge an Blut in der Leiche war.«

»Aber Sie haben eine Lösung«, stellte Sauerwein fest.

»Selbstverständlich. Aufgrund meiner, wenn ich so sagen darf, überdurchschnittlichen Erfahrung ist mir sofort ein Verdacht gekommen, der sich bestätigt hat. Ich hatte nichts anderes erwartet.«

»Natürlich nicht.« Eva zählte leise bis zehn. »Und das wäre?«

Dyrkhoff reichte Sauerwein den Bericht. »Wie Sie unschwer erkennen können, sind die Blutwerte völlig aus der Norm. Der Gerinnungswert ist exorbitant niedrig.«

»Das heißt, unsere Unbekannte war herzkrank und nahm Marcumar oder ein anderes Thrombosemittel?« Sauerwein tat Dyrkhoff den Gefallen, obwohl er längst mit dem Modus Operandi aus dem ersten Leichenfund vertraut war.

»Auf den ersten Blick schon. Aber nicht bei dem Wert, das ist mir natürlich sofort aufgefallen. Außerdem waren physiologisch keinerlei Indikationen für eine Medikation vorhanden. Herz und Gefäße waren kerngesund.«

»Und was heißt das?«

»Der Wert läuft völlig aus dem Ruder. Die Frau hat die mindestens fünffache Dosis dessen genommen, was ihr ein gewissenhafter Arzt hätte verordnen dürfen. Davon abgesehen, da wiederhole ich mich, dass ich es ihr überhaupt nicht verschrieben hätte, aber das liegt natürlich an meiner Erfahrung. Diesen Kollegen sollten Sie finden, meine Herren, dem gehört die Approbation entzogen.«

Dyrkhoff drückte ihnen die restlichen Berichte in die Hand und verschwand. Vermutlich um jemand anderem zu erzählen, wie toll er war.

»Wie halten seine Kollegen das nur den ganzen Tag aus?« Eva fühlte sich wie nach einem Halbmarathon.

»Ich denke, die haben irgendwann gelernt, wegzuhören.«

»›Sie sollten ihn finden, meine Herren‹. Denkst du, er hat bemerkt, dass ich eine Frau bin?«

»Bist du?«

Sie streckte ihm die Zunge raus. »Ich glaube, ich hätte längst gekündigt. Für nervende Mitmenschen hab ich zu wenig Geduld. Ich brauch da nur an meine Mutter zu denken.«

»Um dir ein kleines Geheimnis zu verraten, du bist nicht die Einzige. In der Rechtsmedizin gab es einige Jahre lang eine massive Fluktuation. Sie hatten richtig Schwierigkeiten, neue Leute zu finden.«

»Ach hör auf. Und das lag an …?«

Sauerwein nickte. »Auch wenn du es dir nicht vorstellen kannst, er war früher noch schlimmer. Und sein Ruf eilt ihm voraus.«

»Ach du dickes Ei.« Das war doch nicht zu fassen. »Und weshalb werfen die ihn nicht raus?«

»Weil er wirklich ein brillanter Mediziner ist, da macht er sich noch nicht mal was vor. Und einen Vorteil hat seine Überheblichkeit: Weil er glaubt, dass die anderen ohne ihn völlig aufgeschmissen wären, war er noch keinen einzigen Tag krank.«

Auf ihrem Schreibtisch lag eine Tafel Schokolade.

»Fällt das unter das Ressort Bestechung?«, fragte Eva.

»Eher unter Schadensminderung«, grinste Max. »Hast du mitgezählt?«

»Neun in fünfzehn.«

»Echt?«

»Kein Scheiß.«

Max pfiff durch die Zähne. »Ich glaub, das ist Rekord. Hey, Karl«, rief er durch die offene Tür.

»Was gibt's?«

»Dyrkhoff hat sich in fünfzehn Minuten neun Mal selbst beweihräuchert. Hatten wir das schon mal?«

Karl kam ins Zimmer und zog eine Liste unter der Schreibauflage hervor. »Ein Durchschnitt unter zwei, warte mal. Ja, sorry, das gab's schon mal. Ist aber schon vier Jahre her.«

»Muss an dir liegen, Eva. Ich schätze, seine Göttlichkeit traut dir als Frau nicht zu, dass du seine Brillanz erkennst.«

»Können wir jetzt wieder zur Tagesordnung übergehen?« Sauerwein stand in der Tür und hatte ihr Gespräch mit angehört.

Als er später beim Polizeidirektor war, meinte Eva: »Ich werde nicht schlau aus Martin. Manchmal hat er echt Humor, und manchmal ist er so trocken wie ein Kilo Pferdeäpfel.«

»Welch ein poetischer Vergleich.« Max schmunzelte.

»Ist doch wahr.«

»Die Wahrheit is, dass keiner von euch so viel Humor hat wie er.« Nora Wallner war ins Zimmer gekommen und warf einen Schwung Akten auf den Tisch. »Nachbearbeitung, meine Lieben. Schreibts eure Berichte von vornherein ordentlich, dann müssts ned so viel nachsitzen.«

»Ja, Frau General. Ist recht, wird erledigt.« Max nahm den Stapel und wollte ihn zwischen Evas Orchideen auf der Fensterbank stopfen.

»So ned, Hansen. Lass die mal schön hier liegen, bis morgen früh brauch i die zrück.«

»Du bist verrückt, Nora. Es ist doch gleich Feierabend!«

»Eben.« Sie drehte sich mit einem gnädigen Nicken um und wollte aus dem Zimmer rauschen.

»Nora, wart mal. Wie hast du das gemeint mit dem Chef?«

Die Sekretärin wirbelte herum. Sie hatte auf die Frage gewartet, froh, den anderen so viel vorauszuhaben. »Stellts euch vor, der Martin ist ein richtiger Kindskopf gwesen, aber des war, bevor er zu Höherem berufen wurde. Er und sein früherer Partner, der Rosner, die haben ständig Blödsinn im Kopf ghabt und dämliche Streiche gspielt.«

Sie sonnte sich in der Aufmerksamkeit ihrer Kollegen. »Einmal haben s' dem Vorgänger vom Märkel a offne Schachtel Limburger untern Vordersitz von seim Auto gschobn. Der ging nämlich allen mit seiner Pingeligkeit aufn Geist. Des hat Wochen dauert, bis der gmerkt hat, woher der Gschdank kommt. Und obwohl jeder gwusst hat, wer's gwesn ist, habn alle an Mund ghaltn. Aber seitdem Martin Chef ist, na ja. Des gehört sich halt ned. So, und jetzt schreibts die Berichte fertig.«

Eine Minute später stand sie schon wieder im Zimmer und warf ein dreiseitiges Fax auf Karls Tisch. »Da, der Bericht von der KTU. Und in Zukunft holts euch euer Zeug selber bei mir ab. Ich bin doch ned die Postmamsell.«

Karl warf einen Blick darauf und schob es Eva über den Tisch. »Das Untersuchungsergebnis von dem Flaschenzug.«

»Bingo«, sagte Eva, nachdem sie den Bericht gelesen hatte. »Die KTU hat an dem Seil DNA-Spuren von der Leiche gefunden. Damit wissen wir zumindest, wie er die Frau auf den Kirchturm geschafft hat.«

»Sonst noch irgendwelche Spuren? DNA vom Mörder vielleicht?«, fragte Karl.

»Absolut nichts. Der Kerl ist ein Phantom.«

»Welche Laus ist dir über die Leber gelaufen?« Max amüsierte sich köstlich über Evas verkniffenen Gesichtsausdruck.

»Die Laus heißt Exhumierung«, entgegnete sie schroff. »Angesichts dessen, dass wir jetzt bereits zwei Leichen mit gleichem Muster haben, kommen wir nicht mehr darum herum, Karen Maier obduzieren zu lassen.«

»Und deswegen schaust du wie zehn Tage Regen? Du musst ja nicht dabei sein.«

Der Blick, mit dem sie ihn musterte, sprach Bände. Sie stand auf und warf einen Schnellhefter auf seinen Schreibtisch. »Aber ich muss es ihrer Mutter sagen. Wenn du denkst, dass das alles nur ein Klacks ist, dann mach du das doch.«

Als sie kurz darauf mit einer Tasse Kaffee zurück ins Büro kam, lag der Schnellhefter wieder auf ihrem Tisch. Von Max dagegen keine Spur. Nur ein Post-it klebte auf dem Deckblatt. *Sorry, ist nicht so mein Ding.*

ACHT

Seit Namibia hatte er seine Ziele neu definiert und unermüdlich an seiner Technik gefeilt. In den Nächten, in denen er nicht auf der Jagd war, hatte er an Plänen und Inszenierungen gearbeitet und viele Stunden damit verbracht, zu überdenken, was er hätte besser machen können. Er lernte schnell, und nie machte er einen Fehler ein zweites Mal.

Heute endlich war es wieder so weit. Anfangs hatte er sich auferlegt, nach jeder erfolgreichen Jagd ein halbes Jahr verstreichen zu lassen. Zeit, um seine Anspannung auf ein gerade noch erträgliches Maß anwachsen zu lassen. Dann hatte seine Gier den Punkt erreicht, der ihm den höchsten Genuss bereitete und an dem er nichts falsch machen würde.

Seit er gelernt hatte, wie er den Tod um endlose Stunden hinauszögern konnte, waren die Abstände kürzer geworden. Sechs Monate zu warten erschien ihm heute so unmöglich wie unsinnig. Das letzte Opfer hatte ihn vor mehr als zwei Wochen verlassen, und schon war sein Jagdtrieb an einem Punkt, an dem er nicht widerstehen konnte. Die Frauen haben mich süchtig gemacht mit ihrem Blut und ihrer Hingabe, dachte er. Und die Schönheit, in der sie für ihn starben, zeigte ihm, dass sie es genauso wollten wie er.

Er hatte einen wolkenlosen Tag gewählt, einen Abend, an dem die Eiskristalle in der untergehenden Sonne funkelten wie ein See aus Diamanten. Ein Glas schweren, blutroten Wein in der einen Hand, stützte er sich mit der anderen auf den schneebedeckten Vorsprung. Hier oben, über den Dächern der Stadt, konnte er den Wind hören, der kalt über die Schneeflächen strich und eisige Flocken in die Abendsonne blies.

Als die ersten Sterne am Nachthimmel erschienen, verließ er die Terrasse und betrat sein Arbeitszimmer. Im Kamin verbreitete das Knacken des Buchenholzes eine angenehme Wärme, und aus den Lautsprechern erklangen sehnsüchtige Arien. Ein dekantierter Hill 1 verströmte einen kraftvollen Duft aus tabakigen Nuancen und Brombeerconfit. Er setzte sich, lehnte sich zurück und schloss die Augen.

Als all seine Sinne hellwach waren, schenkte er Wein nach und fuhr den Rechner hoch. Zwei Stunden später hatte er drei potenzielle Opfer ausfindig gemacht. Frauen, die davon überzeugt waren, dass *sie* die Jägerinnen waren. Er ließ einen Schluck Wein über seine Zunge rollen und grinste spöttisch. Dumme Weiber! Je mehr sie von sich selbst überzeugt waren, umso härter traf sie die Erkenntnis, wenn sie merkten, dass sie zur Beute geworden waren. Eine Zeit lang bewegte er sich als Beobachter außerhalb des virtuellen Gesichtsfeldes der Frauen. Dann war es an der Zeit, mit ihnen zu spielen. Er loggte sich mit einem zweiten Profil ein und klickte die Profile der Frauen an, um sie auf sich aufmerksam zu machen. Er passte haargenau in ihr Beuteschema, und es war nur eine Frage der Zeit, bis sie ihm schreiben würden. Er lehnte sich zurück in das weiche dunkelbraune Leder, schloss die Augen und lauschte der Gruberová in ihrer wohl schönsten Oper.

Vierzig Minuten später war der Titelheld des Stückes einen Kopf kürzer, und die Holzscheite gaben nur noch ein leichtes Knacken von sich. Erfüllt von der bezaubernden Musik, kontrollierte er sein Postfach. Sieben neue Nachrichten. Vier davon waren uninteressant und wanderten in den virtuellen Papierkorb, aber die drei Katzen hatten seine Witterung aufgenommen. Er las ihre Nachrichten und loggte sich aus, ohne auch nur eine einzige zu beantworten. Wenn die Katzen warten mussten, würde die vermeintliche Maus noch interessanter werden.

***

»Kommst du mit in die Kantine?«

Eva blickte von ihrem Bericht über die Befragung des Küsters hoch. »Nein. Ich möchte das hier fertig schreiben, und außerdem habe ich Bauchweh.«

Karl sah sie erstaunt an. »Soll ich dir was aus der Apotheke holen?«

»So schlimm ist es nicht. Aber lieb von dir, danke.«

Eva wartete, bis er und Max verschwunden waren, dann ging

sie zu Sauerweins Zimmer. Er war tief in seinen Sessel gerutscht und schnarchte leise. Sie lächelte und klopfte leise an den Türrahmen.

»Was? Ach, Eva. Komm rein. Was ist in dem Karton?«

Sie nahm eine Schere aus seiner Schublade und trennte das Klebeband auf. Dann nahm sie den Brief aus dem Paket und hielt ihn ihm hin. »Lies!«

Nachdem er gelesen hatte, legte er den Kopf schief und sah sie an. »Und?«

»Ich hab keine Ahnung, ob wir das annehmen dürfen. Ob wir es zurückschicken oder dem Präsidium allgemein zur Verfügung stellen müssen.«

Er gähnte und streckte sich. Dann beugte er sich nach vorn und schaute in den Karton. »Nicht übel. Natürlich dürfen wir das nicht annehmen.«

Als sie ein langes Gesicht machte, grinste er und drückte Märkels Kurzwahl. Als sich der Polizeidirektor meldete, legte Sauerwein den Finger auf den Mund und schaltete den Lautsprecher ein. »Sauerwein hier. Wir haben von einem Zeugen ein Paket mit Kaffee bekommen, und ich wollte fragen, was wir damit machen sollen.«

Märkel schmatzte in den Hörer. »Sie rufen mich allen Ernstes wegen einem Päckchen Kaffee an?«

»Sicher. Bei allem, was man heutzutage über Korruption in der Zeitung liest.«

»Ist der Zeuge ein Verdächtiger?«

»Keine Spur.«

»Dann trinken Sie das Zeug. Und lassen Sie mich künftig mit so einem Blödsinn in Ruhe!«

»Ja, ist klar. Danke.«

Er legte auf und sagte: »Du hast es gehört. Der Chef sieht es als Lappalie an. Und es ist ja wirklich *nur Kaffee.*«

Eva musste darüber lachen, wie er die letzten beiden Worte betonte, und warf ihm eine Kusshand zu.

»Was stand da noch in dem Brief? ›Das offene Päckchen ist für Ihren freundlichen Chef‹?« Er zog die Packung aus dem Karton und strahlte Eva an.

Sie zog hörbar die Luft ein und stemmte die Arme in die Seite. »Du …«

Er zog die Lasche auseinander, schnupperte und linste in die Packung. »Also, ich an deiner Stelle würde mir überlegen, zu tauschen. Da ist ja nur eine halbe Packung drin.«

»Gib sofort her, du gemeiner …«

Lachend hielt er ihr die Tüte hin. »Trink aber nicht wieder alles auf einmal.«

Eva verteilte den Kaffee an ihre Kollegen und verstaute den Rest in der Küche.

Anschließend versammelten sie sich im Besprechungszimmer und legten die DVD ein.

Max pfiff anerkennend durch die Zähne, als der Film anlief. »Wow. Euer neuer Bekannter ist wirklich *equipped*. Bei der Qualität siehst du einen Adler im Flug kacken.« Er lachte lauthals über seinen eigenen Witz.

Das Video war auf eine Länge von sieben Minuten geschnitten, und nach dreißig Sekunden kam ein dunkler Fleck ins Bild, der sich schnell näherte. Zu schnell für einen Fußgänger, der eine Last zog. Als der Fleck größer wurde, konnte man eine Gestalt erkennen, die zusammengekauert auf einem Motorschlitten saß und einen in eine Plane eingewickelten Gegenstand hinter sich herschleppte. Als die Gestalt außer Sicht war, fror die Kamera das Bild ein. Als der Film wieder anlief, kam der Motorschlitten ohne seine Last im Schlepptau zurück.

Als das Video zu Ende war und nur noch graues Rauschen über den Bildschirm flimmerte, sagte keiner ein Wort.

Nach ein paar Minuten räusperte sich Karl. »Scheiße. Kann man da noch was rausholen?«

Max schüttelte frustriert den Kopf. »Ich kann dir jeden Zweig formatfüllend vergrößern, und du könntest die Punkte auf einem Marienkäfer zählen, der darauf sitzt. Aber der da«, ohnmächtig deutete er auf den flimmernden Bildschirm, »trägt Skimütze, Sturmhaube und eine Schneebrille. Ohne einen Zentimeter Haut können wir ihn nie identifizieren.«

»Ich denke, wir haben trotzdem was. Max, versuch eine scharfe Vergrößerung von dem Schneemobil zu bekommen, und schick es an alle Händler und Vermieter im Umkreis von fünfhundert Kilometern. Wir brauchen ein Datenblatt des Modells und Informationen über alle Personen, die in den letzten beiden Jahren eines gekauft oder geliehen haben.« Mit einer Handbewegung wischte Sauerwein den Einwand seines Mitarbeiters fort. »Daran überarbeitest du dich schon nicht. Allzu viele wird es davon nicht geben. Und dann schickst du die DVD an die IT. Sie sollen anhand der Abmessungen des Schlittens die Größe der Person bestimmen, die darauf sitzt.«

Bevor er auch Karl einen Auftrag gab, warf er Eva einen Blick von der Seite zu. »Karl, du checkst Vossen noch einmal komplett durch. Auch wenn er nichts mit dem Leichenfund auf dem Kirchturm zu tun haben kann, mir gefällt nicht, dass wir weiter nichts über ihn wissen.«

Nach der Kaffeepause kam Karl Holtau mit einem dünnen Schnellhefter in den provisorischen Besprechungsraum, in dem die anderen seit zwanzig Minuten auf ihn warteten.

»Was hast du über Julian Vossen herausgefunden?«, fragte Sauerwein.

»Etwas Hochinteressantes«, antwortete Karl. »Nämlich nichts.«

»Karl!« Sauerwein hatte keine Lust auf Ratespielchen.

»Na ja, es ist doch aufschlussreich, wenn es über einen Menschen nichts gibt. Keine Schufa-Einträge, keine Kreditkartenanträge, eine leere Meldedatei und noch nicht mal einen Strafzettel wegen Falschparkens. Der Mann ist ein völlig unbeschriebenes Blatt. So ein blütenweißes Leben kann man gar nicht führen.«

»Da muss ich dir recht geben«, sagte Eva. »Und was heißt das?«

»Vermutlich nichts Gutes.« Sauerwein blies einen Rauchkringel in die Luft. Seit ein paar Tagen gönnte er sich ab und zu eine Zigarette. Dass im Präsidium Rauchverbot herrschte, interessierte ihn herzlich wenig. »Die einzige Erklärung ist ein Zeugenschutzprogramm.«

»Das ist Quatsch«, sagte Max Hansen respektlos. »Du vergisst nämlich die alte Frau, die uns wegen der Weiherleiche angerufen hat. Sie kennt ihn schließlich schon seit seiner Kindheit.«

»Auch wieder wahr.« Sauerwein zog resigniert die Schultern

nach oben. »Sonst fällt mir nichts ein. Kannst du das bitte lassen?«, bat er Eva, die mit einem Kugelschreiber auf der Tischplatte trommelte.

»Doch«, sagte sie und warf den Stift hin. »Der Gedanke mit dem Zeugenschutz ist noch nicht vom Tisch. Als ich bei der alten Frau war, ist mir aufgefallen, dass sie sich mit Vossens Namen schwertat. Da wirkte sie extrem konzentriert, als ob sie auf der Hut ist, um nichts falsch zu machen. Und einmal sprach sie von ihm als ›Harry‹.«

Max warf ihr einen arroganten Blick zu. »Und da hast du dich nicht gewundert?«

»Doch, mein Hase, das hab ich. Und stell dir vor, sie hat es sogar von sich aus aufgeklärt.« Evas Stimme triefte vor Verachtung. »Sie hat mir erzählt, dass er einen Freund hatte, der ebenfalls Julian hieß. Um die beiden nicht zu verwechseln, hätten sie Vossen mit seinem Zweitnamen gerufen.«

Sauerwein kramte in dem Stapel Unterlagen, den er vor sich liegen hatte, bis er das Datenblatt fand, das Max von Vossen ausgedruckt hatte. Er warf einen Blick darauf, dann schob er es Eva hin. »Vossen hat keinen zweiten Vornamen.«

»Außerdem wäre es im Fall eines Zeugenschutzprogramms sinnlos, wenn der Betreffende nur seinen Namen ändert, aber in seinem Umfeld leben bleibt«, sagte Karl nach einer Weile. »Es ist doch Sinn und Zweck der Sache, an einem anderen Ort ein neues Leben zu beginnen.«

»Also hat uns Fanni Heimerl angelogen. Sie kann ihn nicht aus seiner Kindheit kennen«, folgerte Max.

»Und trotzdem –«

Sauerwein unterbrach mit einer Handbewegung den Disput zwischen Max und Karl. »Das ist völlig spekulativ. Es macht keinen Sinn, dass wir uns darin verbeißen.«

Max kippte seinen Stuhl lässig gegen die Wand und gab sich einsichtig. »Außerdem bedeutet Zeugenschutz, dass wir keine Chance haben, an Informationen heranzukommen.«

»Vielleicht aber doch.« Eva drehte ihren Stift mit dem Finger im Kreis und beugte sich vor. »Ich kenn jemanden in München, der jemanden kennt, der vielleicht …«

Eine Weile war es still im Raum. Dann nickte Sauerwein Eva zu. »Gut. Vernachlässigen sollten wir den Gedanken nicht. Fahr nach München. Mach das auf keinen Fall am Telefon.« Dann wandte er sich an Max. »Gibt es etwas Neues über das Schneemobil?«

Max zog ein Blatt aus seinen Unterlagen und schob es Sauerwein über den Tisch. »Es handelt sich um ein Skidoo Expedition V800, Modell 2009. Davon wurden nur dreihundertfünfzig in Europa verkauft. Wir haben die Suche auf den Zeitraum der letzten drei Jahre begrenzt und Lieferungen an Skiresorts ausgeklammert. Die IT hat zugesagt, dass sie uns die Körpergröße bis fünfzehn Uhr mitteilen können.«

Es klopfte leise. Auf Sauerweins »Herein« steckte Nora Wallner ihren Kopf durch die Tür. »Die Computerfritzn habn a Fax gschickt. Irgendwas von wegen Größenbestimmung.«

»Das nenn ich Timing. Gib her.« Max ließ seinen Stuhl zurück auf alle viere fallen und nahm ihr den Bogen ab. »Anhand Ober- und Unterschenkellänge sowie des Rumpfes hat die IT ausgerechnet, dass der Täter zwischen hundertdreiundachtzig und hundertsiebenundachtzig Zentimeter groß ist. Seinen Umfang konnten sie nicht genau bestimmen, weil es aus der DVD nicht ersichtlich ist, was der Fahrer unter seiner Winterkleidung trägt. Sicher sind sie sich allerdings darin, dass er nicht dick ist. Maximal fünfundneunzig Kilogramm, nach unten offen.«

»Ist noch was?«, fragte Sauerwein die Sekretärin, die keine Anstalten machte, den Raum zu verlassen.

»Äh, ja. Dyrkhoff hat angrufn. Die Nürnberger Leich is da. Er wollt wissn, ob jemand bei der Obduktion hospitiern möcht.«

Es blieb still im Raum. Der Obduktion einer Leiche beizuwohnen, die monatelang im Freien und anschließend drei Monate in ihrem Grab gelegen hatte? Das klang für keinen verlockend.

Als sich niemand meldete, sagte Nora Wallner schnippisch: »Dann halt nicht.«

»Nora?«, hielt Max sie zurück.

»Ja?«

»Geh du doch hin, wenn es dich interessiert.«

Nachdem Nora Wallner beleidigt abgerauscht war, fasste Sauerwein zusammen: »Wir warten ab, was die Recherche wegen des Schneemobils ergibt. Außer Julian Vossen haben wir keinen Tatverdächtigen. Seine Statur entspricht dem Profil der IT, aber nur anhand dessen und der Tatsache, dass er die Leiche gefunden hat, können wir ihn nicht nochmals festnehmen«, sagte er und schob seinen Stuhl zurück. »Tretet den Skidoo-Händlern auf die Füße, wir können nicht ewig auf die Antworten warten.«

Er sah aus dem Fenster und dachte nach. Dann fasste er einen Entschluss. »Wir wissen also, dass der Mörder keine Scheu hat, sich der Hilfswerkzeuge zu bedienen, die er vor Ort findet. Catherina Leutberg bringt er zwar mit einem eigenen Hilfsmittel an den Fundort, aber für die Unbekannte vom Kirchturm nutzt er den vorhandenen Flaschenzug. So weit, so gut. Leider bringt uns das keinen Schritt weiter, solange wir den Zusammenhang nicht kennen. Und dann ist da noch Karen Maier. Was haben die Frauen miteinander gemein?«

Als keiner seiner Mitarbeiter eine Antwort gab, sagte er: »Genau das ist es. Wir wissen es nicht. Und deswegen geben wir heute das Foto der Frau vom Kirchturm an die Presse.«

»Du möchtest die Bevölkerung noch mal um Mithilfe bitten?«

»Ich möchte das nicht. Aber ich befürchte, dass uns keine andere Möglichkeit bleibt.« Sauerwein hatte eine Entscheidung getroffen. »Max, setz dich mit der IT in Verbindung. Die sollen das Foto pressetauglich bearbeiten und es an die Tageszeitungen weiterleiten. Ich will es morgen auf allen regionalen und überregionalen Titelseiten sehen.«

***

Er ließ zwei Tage verstreichen, ohne sichtbar online zu gehen. In Wahrheit war er durchaus präsent und beschäftigte sich damit, das Treiben der Katzen zu überwachen. Eine wie die andere öffneten immer wieder sein Profil, lasen darin und interpretierten seine Angaben. Er konnte förmlich riechen, wie nervös sie durch die Wartezeit geworden waren.

Am dritten Abend warf er seine Köder weiter aus, beantwortete ihre Nachrichten und ermöglichte ihnen den Zugriff auf seine Fotos. Den Mann, der darauf zu sehen war, hatte er auf seiner letzten Reise in Afrika mit dem großen Teleobjektiv fotografiert, und das markante Gesicht zog die Frauen an wie Kuhscheiße die Schmeißfliegen. Der Tonfall ihrer Nachrichten änderte sich schlagartig. Sie hingen am Haken, fingen an zu flirten und wurden unruhig, wenn er sie auf seine Antwort warten ließ. Nach drei Mails sortierte er die hübschere der beiden Dunkelhaarigen aus. Sie war zu dumm, um seinen Ansprüchen zu genügen, und hatte zu viele Freunde, die ihr wichtig waren. Das meiste Vergnügen schien die Rothaarige zu bieten. Sie war witzig, geistreich und auf eine intelligente Art ziemlich frech. Er amüsierte sich damit, ihr Bälle zuzuwerfen, und freute sich über ihre schlagfertigen Antworten. Ja, sie war eine Frau nach seinem Geschmack.

Während er beide zappeln ließ, schickte er ihnen Mails mit dem Absender-Icon der Partnervermittlung an ihre privaten Adressen. Im Betreff hatte er mit *Gewinnen Sie sechs Monate* dafür gesorgt, dass sie die Nachrichten öffnen würden. Wie die Frauen vor ihnen würden sie der Verlockung nicht widerstehen, den Halbjahres-Premiumzugang zu gewinnen. Sie mussten nur den Link anklicken, der sie auf eine gefälschte Seite weiterleitete und im selben Augenblick sein Geschenk für sie auf ihren Rechnern installierte.

Als er sich nach drei Stunden von ihnen verabschiedete, hatte er sich fast entschieden. Die Rothaarige war seine Auserwählte, die ihr Leben für ihn geben sollte, deren Seele sich mit ihrem letzten Atemzug mit der seinen für immer vereinen durfte. Mit einem Lächeln löschte er das Licht beim Verlassen des Raumes und verriegelte die schalldichte Tür.

***

Der Ausflug nach München war wie ein Tag Urlaub. Die Straßen waren frei, die Sonne schien auf die tief verschneite Landschaft, und im Radio liefen ihre Lieblingshits. Eva fuhr in die Parkgarage am Stachus, ein seltener Luxus, den sie sich privat nicht leisten würde. Sie nahm die Rolltreppe nach oben und schaute den Schlittschuhläufern auf der Freifläche zu, als ihr jemand von hinten auf die Schulter tippte.

»Hey, Eva, pünktlich wie immer«, lachte ihr Svenja Hamilton

tief vermummt entgegen. Die Frauen hatten sich nicht gesehen, seit Eva vor einem Jahr an einer Fortbildung im Polizeipräsidium in der Landeshauptstadt teilgenommen hatte.

»Ich freu mich, dich zu sehen, wenn ich auch nicht glaube, dass du nur zum Kaffeetrinken in die große Stadt gekommen bist.« Svenja kannte Evas Abneigung gegen die für ihren Geschmack zu vielen Menschen, zu vielen Autos und zu wenigen Berge »Erzähl, was führt dich hierher?«

Während die beiden versuchten, einen Platz in dem überfüllten Café im ANA Hotel zu ergattern, umriss Eva mit wenigen Worten ihr Anliegen.

»Puh, Eva, was habt ihr euch denn dabei gedacht? Das, was du wissen möchtest, unterliegt der absoluten Geheimhaltung. Falls ich es überhaupt schaffe, an die Daten heranzukommen, kann ich sie dir unmöglich weiterleiten!«

»Das ist mir klar. Es geht im Moment auch nicht darum, dass wir den echten Namen und Hintergrund bekommen, sondern darum, ob wir Zeit verschwenden, weil wir auf dem Holzweg sind. Und Zeit ist einfach das Einzige, was wir im Moment überhaupt nicht haben.«

»Das heißt, ihr rechnet damit, dass der Mörder erneut zuschlägt?«

»Dem Modus Operandi nach können beide Morde nur Ritual- oder Stellvertretertaten gewesen sein. Das bedeutet in der Regel, dass der Täter Blut geleckt hat und so lange weitermacht, bis er gefasst wird.«

»Was hat das mit der Stellvertretergeschichte auf sich?«, wollte Svenja wissen.

»Es geht dabei darum, dass der Täter es nicht schafft, den Hass auf eine Person, die ihn zu einem früheren Zeitpunkt traumatisiert hat, abzubauen. In den meisten Fällen handelt es sich um Erwachsene, die in ihrer Kindheit geschlagen oder sexuell missbraucht wurden. Er schleppt diese Wut über Jahre mit. Sie gärt im Verborgenen, und eines Tages wird der Druck so groß, dass die letzte Hemmschwelle bricht. Da der Verursacher des ganzen Leids oft nicht mehr lebt oder nicht greifbar ist, sucht sich der Täter eine fremde Person und misshandelt oder tötet sie an dessen Stelle. Wenn er seine Tat zu Ende gebracht hat, ist das für ihn wie eine Offenbarung. Vielleicht zum ersten Mal in seinem Leben fühlt er sich befreit, und es berauscht ihn, Macht zu haben. Nach einiger Zeit lässt dieses Gefühl der Ekstase wieder nach, und er fängt an, sich wieder schlecht zu fühlen. Dann will er dieses Gefühl wiederhaben und sucht sich das nächste Opfer. Im Grunde ist es wie bei einer Drogensucht.«

»Und ihr denkt, dass dieser Julian Vossen euer Täter ist?«

»Irgendwas stimmt nicht mit ihm. Ich kann dir das nicht beschreiben, es ist nur ein Gefühl, und damit geht es dem ganzen Team so. Das Blöde ist, wir haben nichts gegen ihn in der Hand, und deswegen können wir uns auch nicht offiziell an euer Büro wenden. Die lachen uns doch nur aus.«

Gedankenverloren rührte Svenja in ihrem Kaffee. »Gut. Das heißt, ich werde ein bisschen an der Oberfläche kratzen. Was auch immer dabei herauskommt, ich lass es dich heute Nachmittag wissen.«

»Du bist ein Schatz.«. Erleichtert winkte Eva dem Kellner und bestellte noch zwei Cappuccini.

»Aber einer, der vielleicht bald keinen Job mehr hat. Und jetzt lass uns über was anderes reden. Wie läuft's denn so auf dem Land?«

Als Eva drei Stunden später zurück nach Rosenheim kam, war das komplette Team ausgeflogen. Sie sah auf die Uhr und hatte keine Lust, nach Hause zu gehen. Ohne die Aussicht auf eine Kuscheleinheit mit ihrem Ab-und-zu-Pflegekater gab es nichts, was dort auf sie wartete. Sie holte sich den Stapel Faxe von Max' Tisch und fing an, die Antworten auszuwerten. Das Resultat war entmutigend. Kein einziges Stück des Modells, nach dem sie suchten, war im entsprechenden Zeitraum nach Rosenheim oder in einem Umkreis von hundert Kilometern verkauft oder verliehen worden.

Sie blätterte zurück und las die kleine Randnotiz, der sie vorher keine Beachtung geschenkt hatte. Nachdenklich klopfte sie mit ihrem Bleistift an ihre Zähne, dann wählte sie eine Nummer in Österreich.

***

Das Telefon klingelte in dem Augenblick, als sich Karl das zweite Stück Sauerbraten auf den Teller legte.

»Bleib sitzen«, sagte seine Frau und nahm den Anruf entgegen. Sie klemmte sich den Hörer zwischen Kopf und Schulter und fing an, das Geschirr vorzuspülen, bevor sie es in den Geschirrspüler räumte. Dem Geplänkel nach war es eine ihrer Freundinnen. Er war froh, dass er in Ruhe essen konnte. Es kam in letzter Zeit selten genug vor, dass Sissy noch wach war, wenn er nach Hause kam.

Ein komisches Gespräch führen die beiden da, dachte er müde. Sauerwein hatte entschieden, dass sie im Wechsel später zur Arbeit kommen durften, und er freute sich, dass er am nächsten Morgen ausschlafen konnte.

Sissy lehnte an der Küchentür und beobachtete ihn. Als er den Kopf hob, sagte sie: »Ja, er ist hier.«

Am Apparat war Sauerwein. »Ich hole dich morgen um sieben Uhr ab. Wir fahren zum Tegernsee. Evas Recherche in München hat einen Treffer geliefert. Schlaf dich aus.« Sauerwein legte auf, noch bevor Karl ihn daran erinnern konnte, dass er morgen den Vormittag freihatte. Manchmal war sein Chef so ein Idiot, dass Karl hätte kotzen können. Er sah seine Frau an, die kurz mit der Schulter zuckte und wortlos den Tisch abräumte. Er war froh, dass sie sich nicht über seine Arbeitszeiten beschwerte. Manchmal, wenn er nachts nicht schlafen konnte, fragte er sich, wie lange sie dieses Leben mitmachen würde.

Er hätte es sich denken können. Sauerwein kam eine halbe Stunde zu spät. Seit seine Frau verunglückt war, war er froh, wenn er morgens zwei gleiche Socken fand. Und als ihm vor drei Tagen ein Witzbold einen Zettel mit dem Spruch »Wer Ordnung hält, ist zu faul zum Suchen« an die Bürotür geheftet hatte, war er ausgerastet. Heute trug er unter seinem Mantel Sakko und Krawatte, und das Hemd sah einigermaßen ordentlich gebügelt aus.

Auf der Autobahn setzte Sauerwein Karl ins Bild: »Evas Kontakt aus München hat sich gestern Abend gemeldet. Vielleicht haben wir endlich so was Ähnliches wie Glück. Vossen hat tatsächlich eine neue Identität, allerdings nicht durch ein Zeugenschutzprogramm.

Ich habe keine Ahnung, was da gelaufen ist. Um das herauszufinden, treffen wir uns um neun Uhr mit Hauptkommissar Manfred Schwarzer. Er war in die Geschichte mit Vossen involviert und macht zurzeit Urlaub am Tegernsee.«

Kurz vor dem verabredeten Zeitpunkt erreichten sie Rottach-Egern, einen malerisch gelegenen kleinen Ort am südlichen Ende des Tegernsees. Die Sonne spiegelte sich auf der zugefrorenen Fläche des Sees, und die Bäume bogen sich unter der Last der Schneemassen. Karl starrte sauer aus dem Fenster. Er hatte keinen Blick für das Postkartenidyll. In seiner Vorstellung von einem gelungenen freien Tag ließ er sich zu Hause in der warmen Küche von seiner Frau mit Steaks und warmem Apfelstrudel verwöhnen.

Schwarzer hatte sie ins Seecafé des Hotels Überfahrt bestellt. Als sie das Restaurant des Nobelhotels betraten, sahen sie ihn an einem der Panoramafenster in der Sonne sitzen. Unverkennbar Polizist.

Er erhob sich zu einer knappen Begrüßung und bestellte Kaffee für die Kollegen. Ohne jegliche Höflichkeitsfloskeln kam er sofort zum Punkt. »2004 wurde der elfjährige Sohn von Isabel und Heiner Markbach bei Frankfurt entführt. Es wurde eine Lösegeldforderung in Höhe von siebzehn Millionen Euro gestellt, bereitzustellen innerhalb von hundert Stunden. Sollten die Markbachs die Polizei einschalten, drohte der Entführer, den Jungen umzubringen.«

Schwarzer machte eine Pause, um den Kollegen Zeit zu geben, seine Worte zu verdauen. »Der Bruder von Frau Markbach wollte den Jungen an dem Abend zu einem Bundesligaspiel abholen. Als er im Haus ankam, waren die Schwester und ihr Mann völlig hysterisch. Hans Jung hat uns dann entgegen den Anweisungen der Entführer verständigt.«

Er schenkte Kaffee nach, nahm selbst vier Stück Zucker und fuhr fort, ohne umzurühren.

»Wir haben die Drohung ernst genommen und aus dem Hintergrund heraus das Umfeld der Familie durchleuchtet. Währenddessen hat Markbach versucht, das Lösegeld in den geforderten kleinen Scheinen zu beschaffen. Unsere Ermittlungen haben zu nichts geführt, doch drei Tage nach der Entführung meldete sich ein Mann, der behauptete, Kenntnis über den Aufenthaltsort eines entführten Jungen zu haben. Wir waren sofort in Alarmbereitschaft, denn wir hatten die Medien nicht informiert.«

»Julian Vossen«, folgerte Sauerwein.

»Nein. Harald Ally«, antwortete Schwarzer. »Damals zumindest noch. Jedenfalls hat uns dieser Ally genügend Hinweise geben können, die uns schließlich zu dem Jungen führten.«

»Aber dann war er doch der Täter – oder zumindest einer davon. Wieso nahmen Sie ihn nicht fest?«, fragte Karl Holtau.

»Oh doch, wir haben ihn verhaftet.« Schwarzer lachte hart auf. »Ally saß zwei Monate in Untersuchungshaft, und er stand die ganze Zeit im Fokus unserer Ermittlungen. Allerdings hatte er ein Alibi, das wir letztlich nicht widerlegen konnten. Leider muss ich zugeben, dass wir ziemlich viel verpfuscht haben. Wir waren so sehr von seiner Schuld überzeugt, dass wir andere Hinweise ignoriert haben. Seine Geschichte, dass er ›Ahnungen‹ hat und von dem Aufenthaltsort des Jungen geträumt hat, war so lächerlich, dass ihm niemand glaubte. Und dann ist vieles ohne haltbare Beweise an die Presse durchgedrungen. Ein gefundenes Fressen für die Medien. Die haben ihn regelrecht hingerichtet.«

»Ich erinnere mich«, sagte Sauerwein. »Der Fall war wochenlang in den Schlagzeilen.«

»Es kam noch schlimmer. Seine Frau war schwanger und verlor das Kind. Sie kam schon vorher mit den merkwürdigen Träumen ihres Mannes kaum zurecht, und als er in Untersuchungshaft war, hat sie ihn verlassen. Als er wieder herauskam, wurde er nicht mal mehr in der Bäckerei bedient. Nach ein paar Wochen hat er sein Haus verkauft und ist nach Bayern gezogen.«

Schwarzer kaute fieberhaft auf den Nägeln und machte ein betretenes Gesicht. »Vielleicht kann man sagen, dass wir sein Leben zerstört haben. Ich glaube, Sie sollten sich nicht wundern, dass er sich nicht freut, wieder in die Mühlen der Justiz geraten zu sein. Und ich muss zugeben, ich war damals genauso felsenfest von seiner Schuld überzeugt, wie Sie es vermutlich heute sind. Mittlerweile denke ich, dass er mit diesen Träumen und Ahnungen oder wie auch immer man es nennen mag, einfach ein armes Schwein ist.«

Sein Blick schweifte zu einer Schar Wildgänse, die sich um die Brotkrumen stritten, die Spaziergänger auf das Eis geworfen hatten. Als die Gänse auf der glatten Oberfläche ins Rutschen kamen, musste er lachen.

»Und was wurde aus dem Entführer?«, holte Karl ihn zurück.

Auf Schwarzers Stirn bildete sich eine tiefe Falte. »Wir hatten einige Spuren, die aber alle im Sande verliefen. Wir haben ihn nie gefasst.«

»Das heißt aber, dass Julian Vossen oder Ally, wie Sie ihn nennen, trotz allem der Täter gewesen sein kann?« Karl war nicht bereit, den Gedanken fallen zu lassen.

»Wenn er die Gabe hat, zeitgleich an zwei Orten zu sein, dann schon.«

»Er hatte tatsächlich ein Alibi?«, fragte Sauerwein erstaunt. Als Schwarzer nickte, sagte er: »Dann gab es vielleicht einen Mittäter.«

»Wir haben damals jede Wollmaus in seinem Umfeld durchleuchtet, und da gab es überhaupt nichts. Das wirklich Einzige, was ihn überhaupt in Verdacht gebracht hat, war, dass er uns auf die Spur des Jungen geführt hat.«

»Aber woher hätte er das alles wissen können, wenn er nicht selbst beteiligt gewesen ist?« Karl war jetzt richtig in Fahrt.

»Herr Holtau, denken Sie bitte nicht, dass die Polizei in Frankfurt zu dumm ist, Zusammenhänge zu erkennen.« Aus Schwarzers Stimme triefte Verachtung. »Sie sollten uns schon zutrauen, dass wir jeden Anhalt aufs Genaueste untersucht haben. Wenn da was gewesen wäre, dann hätten wir das auch gefunden.«

»Es tut mir leid, aber ich muss meinem Kollegen beipflichten«, intervenierte Sauerwein. »Allein Ihre Schilderung entkräftet die Verdachtsmomente gegenüber Vossen auch meiner Ansicht nach nicht. Sie sagten, er hatte ein Alibi. Was war das?«

Schwarzer sah ihn verwirrt an. Er war es offensichtlich nicht gewohnt, dass Führungskräfte dem Fußvolk beisprangen.

»Er war auf einer Präsentation eines Forschungskonzerns. Wie es bei solchen Veranstaltungen aus Geheimhaltungsgründen üblich ist, war es den Zuhörern nicht möglich, den Raum während der Veranstaltung zu verlassen, da die Türen zeitgesteuert sind und sich nur im Notfall vorzeitig öffnen lassen. Wäre er vorher aus dem Saal gegangen, dann hätte das Überwachungsprogramm es registriert und ihn dabei gefilmt. Wir haben alle Bänder überprüft, aber es ist die ganze Zeit überhaupt niemand aus dem Saal gegangen.«

»Haben Sie Zeugen für seine Anwesenheit gefunden?«

»Nein, aber das war auch nicht nötig, wir hatten ja die Bänder.«

»Haben Sie ihn auf seine IT-Kenntnisse überprüft?« Karl war ein Gedanke gekommen.

»Wieso hätten wir das tun sollen?«

»Weil man heutzutage alles hacken kann, wenn man die nötigen Fähigkeiten hat«, entgegnete Karl trotzig. »Ich glaube Ihnen, dass Sie dazu keinen Anlass gesehen haben, weil die ganze Situation das nicht hergab. Aber ein geschickter Informatiker hätte die Zeitsteuerung lahmlegen können. Und dann wäre auf den Bändern nichts zu sehen gewesen, weil die Kameras gar nicht angesprungen wären.«

»Das ist aber schon sehr weit hergeholt«, sagte Schwarzer ungehalten. Er ärgerte sich über die Respektlosigkeit des rangniedrigeren Kommissars.

»Nicht unbedingt. Wenn man berücksichtigt, dass unser Täter weitreichende Kenntnisse hat und diese einsetzt, um an seine Opfer zu gelangen, dann sogar ganz sicher nicht.«

Auf Schwarzers Stirn hatten sich kleine Schweißtröpfchen gebildet. Er blinzelte und polierte mit einer Stoffserviette seine Glatze.

»Was wurde im Anschluss aus Harald Ally?«, führte Sauerwein das Gespräch auf ungefährlicheres Terrain zurück.

»Er hat eine neue Identität beantragt. Anhand der Sachlage hat das Gericht auf Dringlichkeit erkannt und innerhalb von drei Monaten zugestimmt.«

»Und so wurde aus Harald Ally Julian Vossen.«

»Ja. Die Einzigen, die in der ganzen Zeit zu ihm gehalten haben, waren kurioserweise die Markbachs. Die haben keine Sekunde an seine Schuld geglaubt. Und haben sich, nachdem der ganze Rummel vorbei war, mehr als großzügig bei ihm bedankt. Schließlich verdankten sie ihm das Leben ihres Sohnes.«

»Das heißt?«, fragte Sauerwein.

»Meinen Informationen nach mit zwei Millionen Euro.«

Sauerwein saß auf dem Beifahrersitz und machte sich Notizen.

»Was denkst du?«, fragte Karl, während sie hinter einem Schneeräumdienst herschlichen.

»Dass wir einen Schritt weitergekommen sind. Der ›Harry‹ aus Fanni Heimerls Versprecher ist Harald Ally und damit Julian Vossen. Er steckt also tatsächlich in einer Art Schutzprogramm. Ich bin mir sicher, dass die Frankfurter Kollegen ihn von oben bis unten durchleuchtet haben. Wenn sie was gefunden hätten, hätten sie sicher weitergegraben. Ich nehme an, dass es keinen Hinweis darauf gab, dass die Uhren manipuliert worden sind, sonst wären sie dem nachgegangen«, sagte Sauerwein und kritzelte Männchen auf das Papier.

»Kann man so was heute noch überprüfen?« Karl zog den Wagen ein Stück nach links und scherte sofort wieder ein, als er die entgegenkommende Autoschlange sah.

»Weiß ich nicht, aber Schwarzer wird es bestimmt versuchen. Das Fazit unseres Besuches ist jedenfalls, dass wir noch genau da stehen, wo wir schon vorher waren. Der Frankfurter Fall ist genauso undurchsichtig wie unsere Frauenmorde, und ich bin nicht geneigt, unseren Verdächtigen anhand der Ergebnisse eines alten Falls völlig abzuschreiben.«

***

Sobald seine Haushälterin am nächsten Tag das Haus verlassen hatte, lud er die Logfiles auf den Bildschirm und hackte sich in den Computer der roten Katze. Er überflog den Verlauf ihrer Internetbewegungen und sah, dass sie am Vorabend bei Amazon eingekauft hatte. Er las das Passwort aus, das der Keylogger gespeichert hatte, loggte sich in ihr Amazon-Konto ein und hatte eine Minute später ihre Adresse in ihren Benutzerdaten ausfindig gemacht. Die Ina-Marie aus dem Internet hieß im wirklichen Leben Antje und wohnte in der Kaiserstraße in München-Schwabing. Ja, das passte zu ihr. Mitten in München, direkt am Puls der Stadt, inmitten von Kneipen und Bars und nah am Englischen Garten, dem neuntgrößten Stadtpark der Welt. Ein ziemliches Risiko für ihn, in einem Revier zu jagen, das von Menschen nur so wimmelte.

Die Cafés und Kneipen dort waren zu jeder Tages- und Nachtzeit bevölkert, und die Gefahr, dass sich später jemand an ihn erinnern könnte, war hoch.

Er ging an seinen Weinschrank und nahm eine Flasche Barolo Castiglione heraus. Während er darauf wartete, dass sich das Bukett entfaltete, dachte er darüber nach, die Rote gegen die Dunkelhaarige zu tauschen. Nachdem er eine Weile unschlüssig in das Feuer gestarrt hatte, hackte er den Rechner der Dunkelhaarigen. Naiv, wie sie war, hatte sie ihm ihren richtigen Namen verraten. Maria. Der Name der Mutter Gottes. Er schmunzelte. Sie hatte eine Adresse in einem ruhigen Wohngebiet in Bad Aibling.

Geschickt flogen seine Finger über die Tasten. Nach ein paar Augenblicken hatte er die Sicherheitssoftware ihres Rechners umgangen und seine Überwachungsprogramme installiert. Keine besonders schwierige Aufgabe, aber eine sehr sinnvolle. Dadurch kam er in Kürze an all ihre Passwörter und die völlige Kontrolle über ihren elektronischen Schriftverkehr.

Eine Zeit lang amüsierte er sich damit, den Computer der Dunkelhaarigen zu durchforsten. Welch ein Chaos! Wieso waren ausgerechnet die Frauen, die nach außen hin den gepflegtesten Eindruck machten, nur solche Schlampen, wenn man hinter die Kulissen blickte? Es gab keine vernünftigen Strukturen, alles lag wahllos durcheinander auf dem Desktop oder in irgendwelchen Ordnern. Wie konnte sie da jemals etwas wiederfinden? Sie musste ein Fan der Suchfunktion sein. Falls sie sich die Namen ihrer Dateien überhaupt merken konnte. Er öffnete die Dokumente, die ihm interessant erschienen, und las die Mails in ihrem Outlook-Postfach. Entsprechend ihrer Adresse am Rande von Bad Aibling führte sie ein eher beschauliches Leben. Sie hatte kaum Familie, nur einen Bruder, der weit genug entfernt lebte und mit dem sie seit geraumer Zeit zerstritten war. Sie war erst vor Kurzem nach Bayern gezogen, und die meisten ihrer Freunde wohnten weit weg. In der Anonymität der Kleinstadt tat sie sich schwer, Anschluss zu finden. Perfekt.

In einer Nachricht an ihren Bruder Robert fand er ihre Telefonnummer. Sie hatte eine Festnetznummer! Er aktivierte ein Programm und schaltete es auf ihren Anschluss auf. Ab sofort würde die Software jedes Geräusch in dem Zimmer, in dem sich das Telefon befand, aufzeichnen. Ausgesprochen zufrieden mit sich selbst verließ er sein Arbeitszimmer und betrat das große Badezimmer. Er schloss den hohen Wandschrank auf und ließ seinen Blick über die sauber geordneten Utensilien wandern. Theaterschminke, verschieden große Halbkugeln aus weichem Silikon, falsche Augenbrauen. Haartönungen in allen Farben dunkler als seine eigene und Wasserstoffperoxid, um sie schnell wieder auswaschen zu können. Zufrieden stellte er fest, dass alles an seinem Platz lag und in ausreichenden Mengen vorhanden war. Dann fiel sein Blick in den riesigen Spiegel. Welch eine Verschwendung. Vier Meter breites und zwei Meter hohes Kristallglas, das nie mehr als sein Gesicht zurückgeworfen hatte. Er näherte sich seinem Ebenbild, bis seine Augen nur noch wenige Zentimeter von der Scheibe entfernt waren. Studierte die graublaue Iris in seinem rechten Auge mit dem hellbraunen Fleck darin. Dann öffnete er seine Hosen und ließ sie zu Boden gleiten. Er stieg in die Dusche, drehte das heiße Wasser auf und zog sich das Hemd erst über den Kopf, als dichter Dampf den Spiegel verhüllte.

Er hielt sich mit beiden Händen an der Duschstange fest, beugte den Oberkörper nach vorne und ließ das heiße Wasser über seinen Rücken laufen. Als sich die Haut allmählich über den längst verheilten Narben entspannte, stöhnte er leise auf. Wie so oft hatte er einen Flashback, wenn die Schmerzen auf seinem Rücken besonders schlimm waren.

Hilflos war er den Erinnerungen an eine Zeit ausgeliefert, in der sie jung und schutzlos gewesen waren. Die Zeit, in der er und seine Schwester dem Stiefvater ausgeliefert waren und ihre Mutter aus Angst darüber, dass alles noch schlimmer werden könnte, die Augen verschloss. Als seine Schwester, Stunden nachdem der betrunkene Mann ihrer Mutter sie aus dem Zimmer gezerrt hatte, weinend zurückkam, sich unter der Decke verkroch und sich an ihm festklammerte.

Wie komisch sie roch, nach Blut und etwas Seltsamem, Unbekanntem. Am nächsten Morgen war die Matratze nass von ihrem Pipi. Später nahm er kein Blut mehr wahr, wenn sie nachts wiederkam, nur der merkwürdige Geruch hing stets im Raum. All die Jahre, in denen sie beim Stiefvater ausharren mussten, weinte sie sich jede Nacht in den Schlaf. Selbst nachdem sie ihre Mutter eines Morgens am Fuß der Treppe gefunden hatten, die Glieder seltsam verrenkt und einen dünnen Faden geronnenen Blutes über dem friedlichen Gesicht. Das Jugendamt hatte entschieden, dass die Kinder im Elternhaus bleiben sollten, mitsamt dem Witwer als Erziehungsberechtigtem an ihrer Seite. Keiner hatte gemerkt, dass die tiefen seelischen Wunden nicht vom Tod der Mutter herrührten.

Am Tag der Beerdigung fing das Schwein an, den Jungen mit dem Gürtel zu schlagen, zuerst mit der flachen Seite, später mit dem Dorn der Schließe. Seine kleine Schwester Anna fand in den Sachen der Mutter ein Buch über Heilpflanzen, und aus dem, was sie in den nahen Wäldern sammelten, rührte sie einen stinkenden Brei, der die Hitze aus den Wunden saugte wie ein Schwamm. Zuerst von seinem Rücken und später von Annas Armen und Beinen und noch später von ihrem Bauch und ihren Brüsten, nachdem sie angefangen hatte, sich die Haut mit einem Messer aufzuritzen. Wieder und wieder, bis der zarte Körper voller Narben war. Bis sie versuchte, sich die Pulsadern aufzuschneiden. Gut, dass sie nicht gewusst hatte, dass man längs schneiden muss und nicht quer.

An dem Tag hatte er ihr versprochen, dass er das Schwein eines Tages dafür bezahlen lassen würde.

NEUN

Die Titelseiten der Zeitungen waren voll mit den Fotos der Frau vom Kirchturm, und Eva und Karl hatten sich bereit erklärt, die Samstagsschicht zu übernehmen. Eva nahm die Telefonate entgegen, während Karl den Papierstapel mit den Notizen über die Meldungen vom Freitag durchging und hin und wieder einen der Anrufer zurückrief.

Am frühen Nachmittag stand Eva auf und trabte auf der Stelle. Sie lockerte ihre Glieder und boxte gegen einen unsichtbaren Gegner. »Komm, mach mit«, keuchte sie. »Bewegung hilft gegen Telefonfrust.«

Karl sah sie entgeistert an. Sport war nur etwas für Menschen, die ihre Unausgeglichenheit kompensieren wollten. Sich im Büro zum Hampelmann machen? Nein, das kam nicht in Frage.

Während Eva ihren imaginären Widersacher niederkämpfte, übernahm er die Telefonate, die an ihren Apparat durchgestellt wurden.

Sich mit möglichen Zeugen auseinanderzusetzen war schwieriger als der Job, den sie ihm freiwillig überlassen hatte. Vom Seelenverwandten der Weiherleiche, der Eva innerhalb einer Stunde vier Mal angerufen hatte, über die Wahrsagerin bis zu der Oma, die von beiden Frauen ausgeraubt worden war, war alles dabei. Alles außer einem konkreten Hinweis.

»Sie, ich glaub, ich kenn die Frau. Die kommt fast jeden Tag morgens zu uns in die Bäckerei und holt ihre Semmeln.« Karl horchte auf. Das war ein konkreterer Hinweis als alle bisherigen. Er bedeutete Eva, mit ihrem Gehüpfe aufzuhören, und schaltete den Lautsprecher ein.

»Doch, ich bin mir ziemlich sicher. Weil sie nämlich schon seit drei Wochen nicht mehr da war. Ich hab sie zwar nie geschminkt gesehen, aber ich habe ein gutes Gedächtnis für Gesichter. Ich hab das Foto heute meiner Schwester gezeigt, und sie hat sie auch erkannt.«

Als Karl nach dem Namen und der Adresse fragte, wurde er

enttäuscht. Die Anruferin wusste über ihre Kundin nur, dass sie jeden Tag zwei Semmeln und eine Quarktasche kaufte.

»Aber weit weg kann sie nicht wohnen. Sie kommt immer zu Fuß und hat auch bei Regenwetter nie einen Schirm dabei.«

Eva setzte sich auf Karls Schreibtisch und schaltete sich in das Gespräch ein. Sie ließ sich von der Frau eine genaue Personenbeschreibung geben und stellte ein paar belanglose Fragen. Dann war sie von der Ernsthaftigkeit der Anruferin überzeugt.

Danach rief Eva Sauerwein an und holte sich die Genehmigung, Verstärkung anzufordern. Sie stellte ihr Telefon auf die Hotline um, und eine Stunde nach dem Anruf war sie mit Karl und zwei Streifenwagen auf dem Weg nach Großkarolinenfeld.

Sie begannen die Suche an der Bäckerei. Eva ließ die uniformierten Polizisten in beide Richtungen ausschwärmen, und dreißig Minuten später hatten sie sich zu dem Wohnhaus durchgefragt, in dem die Frau wohnte.

Zwei direkte Nachbarn bestätigten, dass es sich dem Foto nach durchaus um ihre Nachbarin Anja Böhme handeln könnte. Und nein, gesehen hatte sie seit Wochen niemand mehr. Eva wählte die Nummer des Schlüsseldienstes. Als sie die Adresse durchgeben wollte, kam eine dicke Frau in Winterstiefeln und einer rosa geblümten Kittelschürze den verschneiten Weg entlanggekeucht.

»Sie da! Was wollen Sie hier?«

Eva stellte sich und den Kollegen vor. »Und wer sind Sie?«

»Klara Römer. Das Haus gehört meinem Sohn.«

Es war schwierig, der alten Frau klarzumachen, dass die Polizei die Wohnung öffnen würde.

»Das wird meinem Sohn überhaupt nicht recht sein.«

»Was Ihrem Sohn recht ist oder nicht, interessiert uns nicht«, erklärte Karl und stellte sich dicht vor sie. »Wir haben eine richterliche Verfügung, und wir gehen in die Wohnung. Entweder mit Ihrem Schlüssel oder ohne.«

Klara Römer trat eingeschüchtert einen Schritt zurück. Nachdem sie mit sich gerungen hatte, griff sie in die Tasche ihrer Schürze und zog einen dicken Schlüsselbund hervor. Umständlich nestelte sie an dem Bund, bis sie aufgab und ihn Karl im Ganzen hinhielt.

»Da, der mit dem blauen Ring ist es. Aber machen Sie nichts kaputt!«

Eva hatte die Szene amüsiert beobachtet. »Eine richterliche Verfügung? Und woher wusstest du, dass sie einen Schlüssel hat?«

Karl zuckte schuldbewusst mit den Schultern. »Na ja, ich hatte keine Lust auf eine stundenlange Diskussion bei der Kälte. Und außerdem hab ich die dicke Beule in ihrer Tasche gesehen. Was hätte sie sonst mit sich herumschleppen sollen?«

Als sie die Tür öffneten, fiel ihnen ein halb verhungertes rotes Knäuel vor die Füße. Kraftlos stieß es ein klägliches Maunzen aus.

»Ach du lieber Himmel.« Eva bückte sich und streichelte über das glanzlose Fell. »Sie ist kurz vor dem Verhungern.« Als sie Karl anschaute, schwammen Tränen in ihren Augen. Vorsichtig hob sie die Katze hoch und suchte die Küche. Sie drehte den Wasserhahn auf, befeuchtete ihren Finger und ließ die Katze daran lecken.

»Deine Sie ist ein Er.« Karl hob einen bunten Keramiknapf hoch, auf dem in dicken blauen Buchstaben *Moritz* stand. »Wieso füllst du nicht die Schüssel? Wir haben nicht ewig Zeit.«

Eva schob ihn weg. »Damit bringst du ihn um. Sieh nach, ob du irgendwo Katzenfutter findest.«

»Wir sind doch nicht im Streichelzoo.« Widerwillig öffnete er die Kühlschranktür und hätte sich bei dem Gestank, der aus der Tür kam, fast übergeben. Nichts, was sich darin befand, war noch genießbar.

Eva deutete auf die Küchenschränke. »Sieh da nach.«

Als Karl den Deckel von einer Dose Whiskas zog, rief jemand vom Eingang der Wohnung: »Hallo?«

Noch bevor sie antworten konnten, stand eine zierliche Frau mit pechschwarzen Haaren vor ihnen, die ihrer Kleidung nach gerade vom Skifahren kam.

»Wer sind Sie, und was haben Sie hier zu suchen?« Die Frau stemmte empört die Hände in die Hüften, als ihr bewusst wurde, dass von den Einbrechern eine nicht unerhebliche Gefahr ausging. Sie wich zurück, bevor ihr Eva und Karl ihre Ausweise zeigen konnten, und fing an, lauthals um Hilfe zu schreien. An der Eingangstür stieß sie mit einem der Streifenpolizisten zusammen, der die Treppe hinaufgelaufen kam.

»Was? Gott sei Dank.« Erleichtert griff sie sich an die Brust und deutete auf die Wohnung Anja Böhmes. »Da drin sind zwei Einbrecher.«

Belustigt klärte der Polizist die Frau auf, als Eva mit dem Kater im Arm und ihrer Polizeimarke in der Hand aus der Tür trat.

»Oh Gott, ist das peinlich«, sagte die Skifahrerin und wurde rot. Dann musste sie über sich selbst lachen und stellte sich vor. »Giovanna Bertoni. Ich bin die Nachbarin. Aber was machen Sie eigentlich hier?«

Eva erzählte ihr von dem mutmaßlichen Verschwinden Anja Böhmes und hielt ihr den Zeitungsausschnitt hin. »Ich frage mich, wieso sich keiner der Nachbarn bei uns gemeldet hat.«

Giovanna Bertoni nahm ihn ihr aus der Hand und betrachtete das Bild. Dann gab sie Eva das Blatt zurück. »Das kann ich Ihnen schon sagen. Anja ist eine völlig natürliche junge Frau. War«, verbesserte sie sich und wurde mit einem Schlag blass. »Mein Gott, das ist ja fürchterlich. Ist sie wirklich tot?«

Als Eva nickte, sprach sie stockend weiter. »Ja, also, Anja hat sich nie geschminkt. So aufgedonnert wie auf dem Bild wäre sie freiwillig sicher nicht aus dem Haus gegangen. Mit der ganzen Schminke habe ich sie erst auf den zweiten Blick erkannt.«

Sie bot Eva an, sich um die Katze zu kümmern. »Aber wenn Sie gehen, müssen Sie sie wieder bei mir abholen. Ich kann sie nicht behalten.«

Eva sah sich im Wohnzimmer um. Zwei große, mit aktuellen Bestsellern gefüllte Ikea-Bücherregale, eine kleine beigefarbene Couch und ein Sessel im gleichen Stil, aber in einem warmen Hellbraun. Weiße durchbrochene Stores und rot-orange gestreifte Vorhänge. Eine große Topfpflanze ließ ihre Blätter auf den Boden hängen, und vier zähere Orchideen standen in voller Blüte. Zwei Teppiche waren farblich auf das Sofa und den Stuhl abgestimmt, und fünf kleine Lampen tauchten den Raum in ein gemütliches Licht. Hübsch. Die Frau hatte mit wenig Geld und viel Geschmack eine angenehme Atmosphäre geschaffen. Eva schüttelte das Gefühl der Beklemmung ab. Die Wohnung einer verstorbenen Person zu durchsuchen erzeugte in ihr unweigerlich das Gefühl, ihr würde jemand missbilligend über die Schulter sehen. »Es tut mir leid«, murmelte sie. »Ich möchte nur verstehen, weshalb du sterben musstest.«

Karl sah sie vom Flur aus an. Er wusste, was in ihr vorging, und störte sie nicht. Leise ging er in das kleine Schlafzimmer. Ein rollbarer Kleiderständer, jede Menge Umzugskisten, die Matratze am Boden und eine Obstkiste als Nachttisch. Das Zimmer stand in einem krassen Gegensatz zu Wohnzimmer und Küche.

»Ich versteh das nicht«, sagte er kurz darauf zu Eva. »Ihr Wohnzimmer ist so gemütlich und hübsch, und geschlafen hat sie wie eine Pennerin.«

»Vielleicht weiß die Nachbarin was darüber. Wir fragen sie, wenn wir die Katze abholen«, entschied sie. »Im Schrank hab ich einen Laptop gefunden. Den bringen wir in die KTU. Es sieht zwar nicht so aus, als ob sie hier entführt worden ist, ich hab aber trotzdem die Spurensicherung verständigt.«

Als Eva und Karl mit der Durchsuchung von Anja Böhmes Wohnung fertig waren, klingelten sie bei Giovanna Bertoni. Tatsächlich konnte ihnen die Italienerin Auskunft über das spärlich eingerichtete Schlafzimmer geben.

»Sie hat sich vor drei Monaten von ihrem Freund getrennt. Die Schlafzimmermöbel hat sie ein paar Tage später über das Wochenblatt gegen Abholung verschenkt. Vielleicht wollte sie nichts mehr um sich haben, was sie an den Idioten erinnert hat«, mutmaßte die Bertoni.

Eva sah sie interessiert an. »Sie mochten ihn nicht?«

»Weil er ein Arschloch ist. Der ist schon auf den ersten Blick so unsympathisch, dass es einem übel wird. Und außerdem hat er sie nach Strich und Faden betrogen. Sie hat mir erzählt, dass er sie dauernd in irgendwelche Swingerclubs schleppen wollte, weil er dabei zusehen wollte, wie sie von anderen Männern gevögelt wird. Als sie sich geweigert hat, ist er allein losgezogen. Irgendwann wurde es ihr zu blöd, da hat sie ihm den Laufpass gegeben und ihn rausgeworfen.«

»Kennen Sie seinen Namen? Und wissen Sie, wo er sich im Moment aufhält?«

»Munk oder Monk. Helmut. Keine Ahnung, wo er wohnt, aber er züchtet Kampfhunde in der Nähe der Kufsteiner Grenze.«

Eva bedankte sich und hob den auf dem Küchenboden eingerollt schlafenden Kater hoch. In der Wohnung hatte sie einen Transportkäfig gefunden und durfte ihn und das Katzenklo nach Rücksprache mit Sauerwein mit nach Hause nehmen.

Wie durch ein Wunder fand Eva zum ersten Mal, seit sie in der Weinstraße wohnte, einen Parkplatz nur dreißig Meter von ihrer Haustür entfernt. Sie war froh, dass sie die halb tote Katze nicht eine Ewigkeit durch die Kälte tragen musste. Als sie ihre Tür aufsperrte, erwachte das Bündel zum Leben und miaute leise.

Eva ließ den Kater aus dem Käfig und redete beruhigend auf ihn ein. Nach fünf Minuten hatte er seine erste Angst überwunden und beäugte misstrauisch die fremde Wohnung.

Eine Stunde später lag Eva erschöpft im Bett. Sie hatte den Kater weiter über den Finger gefüttert und erst an sich selbst gedacht, als sie überzeugt war, dass er das Schlimmste überstanden hatte.

»Was ist los?«, murmelte sie, als sein Maunzen sie aus dem Halbschlaf holte. Er saß vor ihrem Bett, zu schwach, um hochzuspringen. »Ich weiß nicht, ob das eine gute Idee ist«, sagte Eva und streichelte seinen Kopf. Dann gab sie nach und hob ihn ins Bett. Er krabbelte auf die Decke und legte sich auf ihre Brust. Als er anfing zu schnurren, schnürte es ihr den Hals zu, und sie fing leise an zu weinen.

***

»Nur so lange, bis es ihm besser geht«, hatte Eva Sauerwein bekniet. Am Morgen war sie in der Tierklinik gewesen, wo man ihr bestätigt hatte, dass sie alles richtig gemacht hatte. Jetzt lag der kleine Kater auf einer Kuscheldecke unter ihrem Schreibtisch und fauchte jedes Paar Schuhe an, das sich seinem Reich näherte.

Die Toleranz, die die Kollegen ihm entgegenbrachten, war überwältigend. Den ganzen Vormittag über kamen Besucher, die sich sonst nie in ihr Büro verirrten. Lediglich Max hatte wegen seiner Katzenallergie gegen den neuen Zimmergenossen protestiert und sortierte vorsorglich seine Vitaminpillen. Als er auch Stunden später keine Anzeichen einer Allergie entwickelt hatte, riet Karl ihm, endlich die Klappe zu halten. Bevor es zum Streit kommen konnte, rief Sauerwein sie in den Besprechungsraum.

Dort fasste er die Informationen Schwarzers für Eva und Max zusammen. »Wir müssen vorsichtig sein. Für mich passen eine Lösegeldentführung und ein sexuell motiviertes Tötungsdelikt nicht zusammen.«

»Es sei denn, der Täter sichert sich über eine Entführung finanziell ab, um dann seiner eigentlichen Neigung nachzugehen«, warf Karl ein.

Eva stand von ihrem Stuhl auf und ging im Raum auf und ab. »Nein, das ist zu weit hergeholt. Kein Mensch konnte wissen, dass die Eltern eine Belohnung zahlen, wenn das Kind gefunden wird, bevor die Geldübergabe stattfand. Nachdem der Täter den Jungen schon in seiner Gewalt hatte, hätte er das durchgezogen, um ganz sicher zu sein, dass er an die Kohle kommt.«

»Es sei denn, er hat kalte Füße bekommen. Eine Kindesentführung ist ja kein Pappenstiel, dafür fährt man locker zehn Jahre in den Knast. Dann besser den Spatz in der Hand als die Taube auf dem Dach«, redete sich Max in Rage.

Sauerwein unterbrach die Spekulationen und deutete auf die Mappe mit den Antwortfaxen der Skidoo-Händler. »Was ist damit?«

»Ich bin noch nicht dazu gekommen, sie durchzusehen«, sagte Max.

»Aber ich.« Eva verteilte Kopien der Tabelle, die sie erstellt hatte. »Die Händler waren außergewöhnlich kooperativ. Wie ihr an den Lieferadressen für das Modell Expedition seht, kommen wir damit nicht weiter. Kein einziges Exemplar wurde im Umkreis von zweihundert Kilometern um Rosenheim ausgeliefert.«

»Mist.« Max trat so heftig gegen das Tischbein, dass der Kaffee in Karls Tasse über den Rand schwappte.

»Warte mal. Vielleicht gibt es doch etwas. Obwohl wir die Hotels und Resorts ausgeschlossen haben, hat uns ein Händler darauf hingewiesen, dass das Alpenhotel Seeblick in Ellmau im Dezember das Modell nachbestellt hat, da ihm eines gestohlen worden war.«

»Ach!« Max zuckte überheblich mit den Schultern.

»Ja, ach.« Eva hätte ihn am liebsten getreten. »Ich habe mit dem Hotel telefoniert.«

»Und?«

»Tja, da gibt es ein Problem«, sagte sie. »Der Bergführer, der für die Schlittenwartung und -bestellung zuständig ist, ist die nächsten zwei Wochen telefonisch nicht erreichbar.«

»So was Dämliches!« Der Fall ging Max auf die Nerven. Nichts ging voran.

»Du hast gesagt, telefonisch«, warf Sauerwein ein. »Und persönlich?«

»Er steckt auf einer einsamen Hütte irgendwo in den Tiroler Bergen. Nur zu Fuß oder mit dem Schneemobil erreichbar.«

»Scheiße.«

»Du sagst es.« Eva stimmte Max ausnahmsweise zu.

»Und wer von euch fährt hin?«

»Was?« Drei Augenpaare sahen Sauerwein entsetzt an.

»Wenn die Gegend per Skidoo erreichbar ist, sehe ich keinen Grund, zwei Wochen auf den Mann zu warten. Zwei von euch fahren morgen dorthin.«

»Können wir nicht mal einen Tag ruhiger angehen lassen? Es reicht doch schon, dass wir das ganze Wochenende hier sitzen!« Max ballte vor Frust seine rechte Hand zur Faust.

»Denkst du, dass der Mörder deine Ansicht teilt und mit seinem nächsten Opfer darauf wartet, bis wir uns erholt haben?«

Als Max betreten zu Boden blickte, fuhr Sauerwein fort: »Es tut mir leid, aber es wird in absehbarer Zukunft keine Wochenenden geben. Für keinen von uns. Also, wer fährt?«

Eva meldete sich sofort. Die Aussicht auf Berge und frische Luft war allemal besser als Bürodienst oder, im schlimmsten Fall, einen Tatort zu besichtigen.

Als Sauerwein Karl fragend ansah, schüttelte der energisch den Kopf. Keine tausend Pferde würden ihn auf irgendeinen Berg bringen und schon gar nicht auf dem Rücken dieser Höllengeräte.

»Ja, mein Gott, dann mach ich es eben.« Max hatte gehofft, dass Karl ablehnen würde. Er deutete auf den friedlich schlummernden Kater. »Aber dann kümmert ihr euch um das Vieh da.«

***

Um fünf Uhr morgens hatte Sauerwein das Gefühl, die ganze Nacht kein Auge zugetan zu haben. Er hatte von dem Urlaub mit Luisa in Rimini geträumt. Sie war mit Lisa schwanger und mehr auf der Toilette als am Strand gewesen. Trotzdem hatten sie die zwei Wochen Sommer in vollen Zügen genossen und sich so sehr auf das kleine Mädchen gefreut. Später hatte er einen neuen Traum. Luisa, wie sie über die Straße gelaufen und das Motorrad von links gekommen war. Die schwarze Yamaha war viel zu schnell gewesen, und in der Kurve hatte der Fahrer die Kontrolle über das Fahrzeug verloren.

Er sah sich selbst auf dem Boden kniend. Er hielt ihre Hand und wischte ihr vorsichtig das rote Rinnsal vom Mund, während seine Tränen auf ihren Mantel tropften.

Jetzt saß er seit einer halben Stunde mit offenen Augen im Bett und wünschte sich, Luisa käme zurück. Er vermisste es, neben ihr aufzuwachen, ihre ruhigen Atemzüge auf seiner Schulter und ihren warmen Körper neben sich zu spüren. Sogar sein jeden Morgen eingeschlafener Arm fehlte ihm. Deprimiert starrte er die schicken weiß lackierten Möbel an, die in elegantem Kontrast zu den farbenfrohen Bildern und Vorhängen standen. Monatelang war sie ihm in den Ohren gelegen, das alte Schlafzimmer auszumustern. Und ja, verdammt. Es hatte ihrer Ehe auf wundersame Weise einen neuen Aufschwung gegeben.

Wenn dieser beschissene Fall gelöst war, dann würde er Urlaub nehmen und mit den Kindern ein paar Tage irgendwohin fahren.

»Papi?« In der Tür stand seine Jüngste mit wirren blonden Haaren und rieb sich den Schlaf aus den Augen.

»Prinzessin, was machst du denn schon auf? Es ist doch noch mitten in der Nacht.«

»Hab von Mami träumt und bin dann aufwacht«, Hannah fuhr mit ihrer kleinen Hand über sein Gesicht. »Papi, hast du weint?«

Er zog sie zu sich her, und seine breiten Schultern zuckten, als er den zarten Körper an sich drückte.

»Ach Prinzessin, ich vermiss die Mami auch. Ich hab auch von ihr geträumt.« Er streichelte zart über ihre blonden Haare und gab ihr einen Kuss auf die Stirn.

Später waren beide in dem großen Bett eingeschlafen, und als Sauerwein aufwachte, hatte sich auch die Große zu ihnen gekuschelt. Er war so stolz auf seine Kinder. Wenn er ihre friedlichen Gesichter anschaute, überfiel ihn eine unbestimmte Angst. Er hatte keine Ahnung, wie er das alles ohne Luisa schaffen sollte.

Sauerwein weckte die Mädchen um sieben. Bevor er sie über die Faschingstage zu seiner Schwester brachte und ins Präsidium fuhr, wollte er mit ihnen in die Frühmesse gehen.

Hannah war als Erste fertig im Bad.

»Papi, du musst Zopf machen«, sagte sie und hielt ihm vier Spangen mit Hundemotiv hin.

»Brauchen wir dafür nicht einen Gummi?«

»Kein Dummie. Muss Zopf flechten.«

Ach herrje. »Schatz, ich kann keinen Zopf flechten, aber wie wär es mit einem Pferdeschwanz?«

Auf dem Herd zischte es bedrohlich. Er sprang auf und brachte den Rest Milch in Sicherheit, während seiner Tochter die Tränen übers Gesicht liefen. Hilflos hob er sie hoch und sagte: »Häschen, komm, wein doch nicht. Ich muss das alles erst lernen, verstehst du? So wie du im Kindergarten malen lernst und Lisa in der Schule schreiben. Wenn Lisa im Bad fertig ist, fragen wir sie, gut?«

Die Kleine nickte ernsthaft und wischte sich mit ihrem Rockzipfel die Tränen vom Gesicht.

Als Lisa aus dem Bad kam, fragte er sie, ob sie Zöpfe flechten könne.

»Klar«, sagte sie und machte sich mit flinken Fingern an Hannahs Haaren zu schaffen. Als sie fertig war, fasste sich Hannah mit den Händen auf den Kopf und fing lautstark an zu protestieren.

»Ruhe jetzt. Der Zopf bleibt so, wie er ist, und jetzt wird gefrühstückt.« Die beiden erschraken bei seinem Tonfall. Aber immerhin war endlich Ruhe.

Nach dem Gottesdienst sah Hannah aus wie ein gerupftes Huhn. Sie hatte die Finger nicht von ihren Haaren lassen können, was Sauerwein schier zur Weißglut brachte. Er verstand nicht, was so schlimm daran war, dass der Zopf schief geworden war. Seine Ältere kommentierte die folgende Diskussion im Auto mit einem Kopfschütteln und der altklugen Bemerkung »Männer!«. Sauerwein war sprachlos.

Er war froh, als er vor Claudias Haus parkte. Sein Schwager hatte das Einfamilienhaus mit dem hübschen Spitzgiebeldach letztes Jahr in einem sonnigen Gelb streichen lassen, und zusammen mit den schneeweißen Fensterläden verströmte es eine einladende Atmosphäre. Vor der Haustür versperrte ihnen ein kugelrunder Schneemann den Weg.

»Papi, der Sneeman hat kein Gsicht«, stellte Hannah fest.

»Und keine Arme«, ergänzte Lisa.

Sauerwein war sich sicher, dass sein Schwager diese Aufgabe den Mädchen zugedacht hatte.

»Hast du zugenommen?«, fragte seine Schwester mit einem Blick auf sein Hemd.

Er wurde rot. »Äh, ich weiß nicht. Eigentlich nicht.«

»Hast du das Hemd gewaschen?«

»Ja, klar. Das kann man doch, oder?«

Sie lachte. »Ja, das kann man schon. Aber wahrscheinlich nicht so heiß.«

»Glaubst du, das kann man noch richten?«

»Eher nicht. Aber ich werde dir für deinen nächsten Versuch eine Waschanleitung schreiben. Und wenn du dir nach deinem Fall ein oder zwei Tage freinehmen kannst, dann bekommst du von mir einen Haushaltskurs.«

***

Eva wäre lieber mit Karl nach Tirol gefahren. Sie mochte seine ruhige Art und seinen trockenen Humor. Mit Max wurde sie seit dem Vorfall in Vossens Haus nicht mehr richtig warm. Was zum Teil auch an ihr lag. Ihr war klar geworden, dass die freundschaftliche Vertrautheit, die sie beide vorher verbunden hatte, auf trügerisches Eis gebaut gewesen war. Sie hatte lange ihre Augen davor verschlossen, dass Max mehr als eine Kollegin in ihr sah. Es war einfacher so gewesen. Solange sie sich nicht mit seinen Gefühlen auseinandersetzte, konnte sie sie ignorieren. Außerdem ging es ihr zunehmend auf die Nerven, dass er ständig mit seinen Pillendosen hantierte. Da sie genug frisches Obst und Gemüse aß, hielt sie nichts von Nahrungsergänzungspräparaten. Trotzdem glaubte sie nicht, dass sie schädlich waren. Nur die Menge, in der Max sie konsumierte, konnte nicht gesund sein.

»Was ist?«

»Was soll sein?«

»Du hast geseufzt.«

Hatte sie wirklich? »Ach nichts. Nur weil wir die nächsten Wochenenden durcharbeiten müssen«, log sie. An seinem bohrenden Blick spürte sie, dass er ihr nicht glaubte.

Um ihn von weiteren Fragen abzuhalten, tippte sie umständlich die Adresse des Hotels in Ellmau ins Navi ein. »Wir brauchen eine Stunde bis dorthin.«

Als sie um zehn Uhr ankamen, warteten bereits zwei Schneemobile vor dem Hotel auf sie.

»Wir können nur einen Bergführer entbehren. Einer von Ihnen muss selbst fahren«, erklärte die gut gelaunte Hotelwirtin, die sich als Christl Fechtner vorgestellt hatte.

Bevor Eva erklären konnte, dass sie schon als Teenager gewusst hatte, wie man mit einem Skidoo umgeht, hatte Max sich in die Brust geworfen. »Das bin dann selbstverständlich ich. Steig auf«, deutete er auf den Sitz hinter sich.

Einen Teufel würde sie tun. Sie schwang sich hinter den Bergführer, der sich als Hannes vorstellte.

Die Fechtner trat zu Max. »Sie müssen den Gang zurück –«

»Sie brauchen mir nichts zu erklären. Das Ding da zu fahren ist doch ein Kinderspiel«, erklärte er großspurig und spielte lässig am Gasgriff.

Die Wirtin zuckte mit den Schultern und ging zu Hannes' Schlitten. »Können Sie mit einem Skidoo umgehen?«, fragte sie Eva.

»Mein Vater hat es mir vor Jahren beigebracht.«

»Da Ihr selbstbewusster Kollege keinen Rat annehmen will, wird er bald aufgeben. Das Baby da steht nicht auf Machos.« Schnell erklärte sie Eva die Eigenart des Schlittens. »Passen Sie gut auf sich auf und richten Sie dem Anton unsere Grüße aus.«

Hannes fuhr neben Max und erklärte ihm die Route. »Sehen Sie die Hütte da oben? Links von dem Liftmast. Dort treffen wir uns. Von da an müssen Sie hinter mir bleiben.«

Max ließ einen Jubelschrei los und gab Gas. Hannes drehte sich zu Eva um und feixte. »Ist Ihr Kollege immer so eigen?«

»Ja, leider«, antwortete sie.

»Machen Sie sich keine Sorgen. Der Schlitten hat seine Macken, aber wir haben genug Schnee, dass er weich fliegt. Wir bleiben besser hinter ihm.«

Zehn Minuten später fühlte sich Max zunehmend sicherer. Skidoo-Fahren war ein tierischer Spaß. Lässig driftete er um die Bäume, deren Äste sich unter dem Schnee bis zum Boden bogen.

Winter Wonderland, dachte Eva und hielt sich gut an Hannes fest. Als der Bergführer merkte, dass sein Passagier keine Angst hatte, lenkte er das Skidoo über eine kleine Kuppe und setzte drei Meter dahinter wieder auf.

»Juhu«, rief Eva, als der Schlitten weich und sicher landete. Ihr Fahrer beherrschte sein Fahrzeug so gut, dass sie ihren Ärger vergaß.

In dem Augenblick passierte es. Max' Schlitten setzte über einen Hügel und hob ab. Da er der Ausführung der Hotelwirtin nicht zugehört hatte, legte sich das Schneemobil wie in Zeitlupe zur Seite. Hektisch versuchte er, das Skidoo unter Kontrolle zu bekommen. Kurz bevor er sich überschlug, erkannte er die Sinnlosigkeit des Unterfangens und stieß sich in einem weiten Bogen ab.

Hannes hielt kurz darauf neben dem Einschlagkrater an.

»Max?«, rief Eva und sprang ab. Sofort versank sie hüfttief im Schnee. »Max? Alles okay?«, wiederholte sie.

»Hör auf zu schreien.« Wütend schob Max Hansen die Schneemassen zur Seite. »Was ist das für ein lebensgefährliches Gerät, das Sie da verleihen?«, fuhr er den Bergführer an, der über das ganze Gesicht grinste. Eva biss sich auf die Lippe. Max sah aus wie der Prototyp eines Versagers. Über und über mit Schnee gepudert und rot wie eine Tomate vor Wut. Als er versuchte, aus dem Krater zu klettern, den er geschlagen hatte, fiel er kopfüber in den nächsten Schneehaufen.

»Lassen Sie's gut sein«, bat Eva Hannes, der angesichts von Max' Tollpatschigkeit in einen Lachanfall ausbrach.

»Sie blödes Arschloch. Dafür werde ich Sie verklagen«, fauchte Max, als er wieder aus der Schneewehe auftauchte.

»Ich glaube, Sie sollten ab hier weiterfahren.« Hannes hatte sich zu Eva umgedreht, und seine weißen Zähne blitzten vor Vergnügen. »Und Sie steigen bei mir auf«, wies er Max an. »Und nennen Sie mich nie wieder ›Arschloch‹, sonst gehen Sie den Rest zu Fuß.«

Widerstrebend half Max, das Skidoo aufzurichten. Dann sagte er zu Eva: »Ich glaube nicht, dass es eine gute Idee ist, wenn du fährst. Du hast ja gesehen, wie gefährlich die Dinger sind.«

»Ich habe nur gesehen, dass es gefährlich ist, wenn man sich weigert, gute Ratschläge anzunehmen«, gab sie zurück und schwang das rechte Bein über die Sitzbank.

»Sehen Sie Ihrer Kollegin zu. So fährt man ein Skidoo«, rief Hannes Max über die Schulter zu. Er bremste abrupt, und sie sahen, wie der Schlitten vor ihnen auf eine Kuppe zufuhr, abhob, die Fahrerin elegant die Seitwärtsneigung des Fahrzeugs korrigierte und es vier Meter weiter weich in den Schnee setzte.

»Die Kleine ist der Hammer. Der Wahnsinn!« Hannes' Begeisterung kannte keine Grenzen, während Max in seinem eigenen Saft schmorte.

Nachdem sie eine Stunde durch gefrorene Bäche und über Schneeverwehungen geflitzt waren, kam eine kleine Schutzhütte mit roten Holzläden in Sicht. Sie schmiegte sich mit dem Rücken an eine schroffe Felswand, und aus dem Kamin waberte dichter weißer Rauch, der von der Anwesenheit seines Bewohners zeugte.

Als sie die Schlitten abstellten, öffnete sich die Tür, und ein bärtiges Gesicht streckte sich ihnen entgegen.

»Hannes, servus! Was machschn du hier?«

»Servus, Anton. I han dir an Bsuach brocht. Des isch de Eva, und des isch da Max.«

»Grüezi miteinand. Kimmts eina.«

Max sah Eva ratlos an. »Was will er?« Seine Wut hatte einer tiefen Ratlosigkeit Platz gemacht.

»Dass wir hineinkommen.« Eva ergriff die Pranke, die Anton ihr hinstreckte. »Grüezi, Anton.«

»Hallo, Max. Willkommen«, sagte der Bergmensch in einwandfreiem Deutsch und wandte sich wieder an Eva. »Wollts an Schlehngeischd? Is selbsch gmachd.«

»Danke, das ist sehr freundlich von dir. Aber wir müssen heute noch zurückfahren«, lehnte Eva das Angebot bedauernd ab.

»Moidle, des kannsch vergessn. Da ziagt a Weda auf. Heid kimmschd nimma ins Doi owi.«

»Welche Sprache ist das?«, fragte Max leise, als Hannes und Anton vor ihnen her zu der kleinen Hütte stapften.

»Sprache? Das ist Dialekt. Schweizerdeutsch, Tirolerisch, Vorarlberg, ein bisschen gemischt. Ganz genau weiß ich es nicht. Aber das ist unwichtig. Wichtig ist, dass er meint, dass wir heute nicht zurückfahren können, weil ein Unwetter aufzieht.«

»Dann müssen wir im Hotel übernachten? Das macht mir nichts aus«, erklärte Max großzügig. Auf Staatskosten ein schickes Hotel mit Buffet, Sauna und Whirlpool, die Vorstellung gefiel ihm auf Anhieb.

»Ich glaube nicht, dass er das Hotel gemeint hat. Wir müssen hier auf der Hütte bleiben.«

»Hier?« Max sah sich entsetzt um. »Vergiss es. Wir stellen ihm unsere Fragen, und dann fahren wir wieder. Außerdem, schau dir doch den Himmel an. Vor den paar Wolken hab ich keine Angst.«

Anton hatte ihre Unterhaltung mit angehört und sog die eisige Bergluft ein. »Das kannst du vergessen. Ich kann es riechen. Da kommt was, und zwar bald.«

»Wissen Sie was, verarschen können Sie Ihre Touristen. Wir sind von der Kriminalpolizei, da können Sie sich Ihren Blödsinn sparen.«

Anton sah ihn mit einem unergründlichen Blick an. Dann verzog sich sein Mund zu einem Grinsen, und die blauen Augen in dem wettergegerbten Gesicht blitzten. Er drehte sich zu Eva um. »Isch a imma so a Gscheidal, dei Freindal?«

»Kollege«, korrigierte Eva und verbiss sich die Antwort auf seine Frage. Wie sie auch Max' Bitte um Übersetzung ignorierte.

In der Hütte flackerte ein Feuer hinter einer dicken Glasscheibe, vor der es sich ein Berner Sennenhund gemütlich gemacht hatte. Er nahm ihre Ankunft mit dem Hochziehen eines Auges zur Kenntnis. Nachdem er zu dem Schluss gekommen war, dass die Gäste weder gefährlich noch einer besonderen Begrüßung würdig waren, stieß er einen tiefen Seufzer aus, schloss das Auge und begann nach einer Minute seelenruhig zu schnarchen.

Während Max unwillig in der Tür stehen blieb, kniete sich Eva vor den Hund und fing an, seinen dicken Nacken zu kraulen. Aus der Hundeperspektive sah sie sich in dem Zimmer um und fand ihre Vermutung bestätigt. Es gab nur diesen einen Raum. In einer Ecke stand eine wacklige Pritsche, die als Ablage für Kleidung und Bücher diente, daneben war ein Waschbecken an einem nackten Holzstamm befestigt. Über den Ofen war eine ebene Fläche gemauert, die dem jeweiligen Bewohner im Winter als Schlafplatz diente. Ein kleiner alter Herd, ein Kühlschrank, der vermutlich mit dem Solarpaneel betrieben wurde, das sie vor der Hütte gesehen hatte, und ein selbst gezimmerter Tisch mit einer Eckbank und zwei Stühlen. Karierte Tücher und Vorhänge an den kleinen Fenstern, und fertig war das Bergidyll. Einfach, aber gemütlich.

Hannes beobachtete sie amüsiert. »Schockiert?«, fragte er.

»Nein. Meine Eltern hatten schon eine Hütte am Wilden Kaiser, als ich noch ein Kind war. Ein bisschen größer, aber mit ähnlich wenig Komfort.«

Mit einer Kopfbewegung deutete er auf Max, der Antons Worten lauschte, ohne ihn zu verstehen. »Ihm scheint's weniger zu gefallen.«

Eva machte eine Geste, die sagen sollte, dass es ihr egal war, und stand auf. »Ich würde jetzt gern mit ihm die Fragen durchgehen. Vielleicht haben wir ja doch Glück, und das Wetter hält noch.«

Mit ein paar Worten erklärte sie dem Bergführer den Grund ihres Kommens. Der goss aus einer Steinflasche eine klare Flüssigkeit in einen Becher und bot ihn Eva an. Sie schwenkte den Inhalt, und ein warmer Geruch nach Schlehe und scharfem Alkohol machte sich in der Hütte breit. Nachdem sie einen kleinen Schluck genommen hatte, reichte sie ihn an Hannes weiter. Als Max an die Reihe kam, schüttelte er den Kopf. Er würde bestimmt nicht aus einem ungewaschenen Becher trinken, den schon eine Unzahl Menschen am Mund gehabt hatten. Lieber nahm er eine von seinen Tabletten.

Als er aufsah, spürte er Antons bohrenden Blick auf sich. Unbehaglich schüttelte er das Gefühl ab, der andere könnte seine Gedanken lesen. »Können wir jetzt endlich zum Punkt kommen?«, fragte er.

»Der Schlitten wurde uns im letzten Winter gestohlen«, erklärte Anton. Er hatte es aufgegeben, Max ärgern zu wollen, und sprach Hochdeutsch mit einem nur leicht eingefärbten Dialekt.

»Wir verleihen die Schlitten an Hotelgäste oder an andere Leute, wenn sie eine Kaution und ihren Pass hinterlegen. Das Skidoo war für ein langes Wochenende verliehen, wurde aber nicht zurückgebracht. Am Sonntagabend haben wir die Bergwacht verständigt.«

»Weswegen die Bergwacht? Haben Sie hier keine Polizei am Ort?«

»Wenn du mit dem Schlitten stürzt und so verletzt bist, dass du es nicht mehr ins Tal schaffst, wär es dir dann lieber, wenn wir erst deine Kollegen verständigen und Zeit verlieren? Oder sollen wir dich von den Profis suchen lassen, damit deine Überlebenschance steigt?« Hannes schüttelte über Max' Unverständnis den Kopf. »Wir sind hier in den Bergen, Mann. Wenn hier einer abgeht, dann gilt unsere erste Sorge der Person.« Ein »Du Idiot« stand ihm deutlich auf die Stirn geschrieben.

»Die Bergwacht setzt sich automatisch mit der Polizei in Verbindung«, ergänzte Anton. »Natürlich hat die Suche nichts ergeben. Am Montag haben wir erfahren, dass der Ausweis gefälscht war, und dann hat die Bergrettung die Suche nach dem Vermissten abgebrochen. Zwei Wochen später haben wir gehört, dass ein Skidoo noch am Freitag in Hopfgarten auf einen Hänger verladen worden war. Die Augenzeugen konnten sich allerdings nicht an das Auto erinnern. Das einzig Auffällige war, dass das Fahrzeug mitsamt den Nummernschildern extrem durch Schneematsch verschmutzt war. Außerdem hat es an dem Tag stark geschneit.«

Eva drehte den leeren Becher in den Händen. Antons Erzählung passte genau ins Bild. Sie öffnete ihren Rucksack und zog einen Schnellhefter heraus. Bevor sie ihn öffnete, fragte sie: »Weißt du noch, wie er ausgesehen hat?«

Er überlegte kurz. »Groß. Vielleicht Mitte eins achtzig. Schlank, sportlich, unrasiert, dicke Backen. Mütze. Irgendwas hat mit dem Gesicht nicht gestimmt.«

Eva ließ ihn über seinen letzten Satz nachdenken. Dann hakte sie nach.

»Ich weiß nicht genau. Aber die Backen haben irgendwie ausgeschaut, als ob sie da nicht hingehören«, sagte er.

»Glaubst du, dass du ihn wiedererkennen würdest?«

»Ich weiß nicht. Vielleicht. Kennt ihr den Typen?«, fragte er mit einem Blick auf ihre Mappe. »Hast du ein Bild dabei?«

»Nein. Aber ein paar Schablonen, mit denen wir ein Phantombild erstellen können.«

»Versuchen wir es.«

Eine Stunde später war das Phantombild fertig und der Bergführer frustriert. »Es tut mir leid. Das sieht ihm zwar ähnlich, aber ich glaub nicht, dass du ihn erkennst, selbst wenn er dir vor die Füße fällt.«

Max streckte sich. Die Wärme und die Untätigkeit, zu der er verbannt war, hatten ihn müde gemacht. »Lass uns von hier abhauen«, gähnte er Eva an und quälte sich hinter der Eckbank hervor.

»Ich glaube nicht, dass ihr irgendwohin geht«, sagte Hannes.

»Sie können uns nicht hier festhalten.« Max schaute ihn sauer an und riss die Tür auf. Fassungslos blickte er auf die Wand aus dichten Flocken, in die ihn eine Windböe einhüllte.

»Mach die verdammte Tür zu«, rief Anton, und diesmal ergänzte Hannes leise: »Idiot.«

Bis es zur Verteilung der Schlafplätze kam, verlief der Abend trotz Max' schlechter Laune harmonisch. Eva half Anton beim Kochen und hörte gebannt seinen Geschichten über das Leben auf der Hütte zu. Er hatte aus seiner Naturkühlkammer, einem kleinen isolierten Verschlag hinterm Haus, Zwiebeln, Paprika und ein großes Stück Fleisch geholt. Geschickt schnitt er es in kleine Stücke, briet es in einer großen Pfanne, warf eine Packung Nudeln in das kochende Wasser und zauberte mit einfachsten Mitteln ein Hirschgulasch, das phantastisch schmeckte.

Um elf Uhr verkündete Hannes, dass er nun schlafen wollte.

Anton überließ Eva die Entscheidung. »Du kannst oben auf dem Ofen bei mir schlafen, da hast du es wärmer. Oder du teilst dir die Pritsche unten mit Max.«

Eva musste nicht darüber nachdenken. »Ich nehm dein Angebot gern an. Danke.«

»Eva.« Max zog sie zur Seite und redete auf sie ein. »Du kennst den Mann doch überhaupt nicht. Es kommt überhaupt nicht in Frage, dass du bei ihm schläfst!«

»Spinnst du? Wir sind zu viert in der Hütte und schlafen vollständig angezogen, was, glaubst du, soll da passieren? Und falls Anton wie ein Wolf über mich herfällt, kannst du mich immer noch retten kommen.«

Sie schob ihn zur Seite und ging zu der Tür, die in den Verschlag führte. An dessen Ende führte ein kurzer Gang zur einzigen Toilette, an deren Tür ein überdimensionales Thermometer hing und ihr verriet, dass es minus vierzehn Grad hatte. Sie biss die Zähne zusammen und öffnete die Tür, die in ein uraltes Plumpsklo führte.

Als sie am nächsten Morgen aufwachte, lag sie an Anton geschmiegt, der sie mit einem Arm fest an sich gezogen hatte. Sie hob den Kopf und sah einen Streifen Licht durch das Fenster hereinfallen. Vorsichtig löste sie sich aus der Umklammerung und merkte, dass sie keine Chance hatte, von der Ofenbank nach unten zu kommen, ohne ihn zu wecken.

»Was ist los?«, flüsterte Anton verschlafen. »Kannst du nicht mehr schlafen?«

»Ich muss aufs Klo.«

Er stieß einen übertriebenen Seufzer aus. »Mädchen!«

Sie kicherte und nahm dankbar seine Hand, die ihr half, über ihn hinweg zu der kleinen Stiege zu klettern.

Zwei Stunden später hatten sie ein kleines Frühstück zu sich genommen und waren abfahrbereit. Der Himmel hatte aufgeklart, und Max half Hannes beim Ausgraben der Skidoos, während Eva sich von Anton und dem zotteligen Hund verabschiedete.

»Vielen Dank für deine Gastfreundschaft. Ich hoffe, du bist nicht sauer, weil Max manchmal so schwierig ist.«

Anton sah sie belustigt an. »Er ist halt ein Stadtmensch und nicht gewohnt, dass sich die äußeren Umstände nicht nach ihm richten. Ein Schneesturm kommt in seinen Plänen sicher nicht vor. Das kannst du ihm nicht verdenken, er ist eben so aufgewachsen. Im Gegensatz zu dir, du bist ein Kind der Berge, das ist der Unterschied.«

Eva wusste nicht, ob es wirklich so einfach war, aber sie nahm sein Urteil als Kompliment.

»Aber du solltest aufpassen, dass du dich dem Stadtleben nicht zu sehr anpasst.«

»Ich glaube, darüber muss ich mir nicht allzu große Sorgen machen.«

»Warum machst du dir dann so viele Gedanken darüber, dass man dich anhand deines Umfeldes beurteilt?«

Das saß. Ihre Augen wurden groß, und als sie sich gegen seine Worte wehren wollte, blockte er ab. »Denk einfach drüber nach. Du musst dich nicht für die Menschen entschuldigen, mit denen du zusammen bist. Alles, was zählt, ist das, was da drin ist, und wie viel du davon zeigst.« Er tippte ihr auf die Brust. »Und jetzt komm gut ins Tal, du Mädchen.«

Als sie sich abwandte, brannten ihr die Augen. Er hatte recht, verdammt. Sie schwang sich auf ihr Schneemobil und gab Hannes das Zeichen, dass sie so weit war.

***

Nach dem eisigen Wochenende hatte es in der Nacht wieder zu schneien begonnen. Die katastrophalen Straßenverhältnisse sorgten dafür, dass die halbe Stadt zu spät zur Arbeit kam. Eva und Max hatten es trotz der Entfernung gut getroffen, weil die Autobahnen geräumt waren. Nur Karl Holtau steckte noch immer zwischen den Schneeverwehungen fest.

Sauerwein hatte die Besprechung kurzerhand auf ein Uhr verschoben. Frustriert betrachtete er die Glaswand mit den Tatortfotos, als Eva mit dem Telefon am Ohr ins Zimmer kam.

»Ja. Gut. Wir kommen sofort«, sagte sie und legte auf.

»Das war Jensen, der neue IT-Leiter. Er hat was auf den Rechnern der Frauen gefunden«, informierte sie ihn. »Wir sollen uns das ansehen.«

Martin Sauerwein schnappte sich den Schlüssel seines Dienstwagens vom Schreibtisch und steckte seinen Kopf in das Büro der Sekretärin. »Nora, wir sind in einer Stunde zurück. Sag den anderen, dass sie in zwei Stunden im Besprechungszimmer sein sollen.« Ohne ihre Antwort abzuwarten, schnappte er sich den Mantel vom Haken und zog Eva am Arm hinaus. Im Laufschritt erreichten sie die Tiefgarage des Präsidiums.

Ungeduldig trommelte Sauerwein mit den Fingern auf das Lenkrad, bis sich das Garagentor weit genug gehoben hatte, dass der BMW darunter durchkam. Viel zu schnell fuhr er die Rampe hinauf und stellte den Wagen quer, als die Räder auf der schneeglatten Fahrbahn den Halt verloren. Um ein Haar hätte das Heck des Fahrzeugs den Pfosten an der Einfahrt gerammt.

»Sag mal, spinnst du?«, fragte Eva. »Ich würde nur ungern einen Umweg über die Pettenkoferstraße machen«, spielte sie auf das städtische Krankenhaus an.

Sauerwein lief rot an. Sosehr er Eva schätzte und mochte, er konnte es auf den Tod nicht ausstehen, wenn jemand seine Fahrweise kritisierte. Zähneknirschend sah er zum Fenster hinaus und fing an, bis hundert zu zählen.

»Aber ich bin froh, dass ihr euch um den Kater gekümmert habt. Und dass du an meinen Mantel gedacht hast«, unterbrach sie seine Gedanken. »Ich kann gar nicht verstehen, wie du die Temperaturen nur im Hemd und Pullover so einfach wegsteckst.«

Hatte er tatsächlich? Welch ein Scheißtag. Wieso hatte er sich nicht reiche Eltern ausgesucht, auf deren Häuser in der Karibik er jetzt aufpassen konnte? Nein, er musste bei der Polizei landen. Völlig unterbezahlt, miese Arbeitszeiten, Überstunden ohne Ende. Tagein, tagaus mit dem Bösen dieser Welt konfrontiert. Bluthochdruck, unterirdische Blutwerte … Und nun war er auch noch Single. Welch ein blödes, neumodisches Wort.

»Hörst du mir überhaupt zu?«, durchbrach Eva das Jammertal, in das er abgedriftet war.

»Was?«

»Die Ampel, an der wir stehen, ist bereits zum dritten Mal grün.«

Der Taxifahrer, der um den BMW herummanövrierte, schüttelte beim Blick auf den Fahrer nur den Kopf. Die Dienstfahrzeuge der

Polizei waren bekannt genug, dass er nicht den Fehler beging, den Mittelfinger zu strecken.

»Was hat denn nun die Durchsuchung von Vossens Haus ergeben?« Am liebsten hätte sie sich überhaupt nicht danach erkundigt. Trotzdem brannte ihr die Frage unter den Nägeln.

»Nichts. Sein Haus ist so leer wie sein Lebenslauf. Entweder er ist ein Ordnungsfanatiker oder total paranoid. Und Karl hat keinen Hinweis darauf gefunden, dass er noch eine zweite Wohnung hat.« Frustriert schlug er mit der Faust auf das Lenkrad.

Eva schien Sauerweins Gedanken zu erraten. Sie drückte seinen Arm und lächelte ihm zu. In dem Job musste man höllisch aufpassen, nicht vor die Hunde zu gehen. Burn-out war wohl das Modewort dafür.

Sauerwein schluckte. Ihre Geste brachte ihn aus der Fassung. Er wollte sich nicht anmerken lassen, wie einsam er seit Luisas Tod war und wie sehr ihn seine Kinder überforderten. Deswegen vergrub er sich im Präsidium in Arbeit und war unausstehlicher denn je.

Auf die drei für Besucher reservierten Parkplätze vor dem Gebäude der KTU hatte der Winterdienst einen riesigen Schneehaufen geschoben. Sauerwein fluchte.

»Steig aus«, sagte er knapp. Sie erkannte die Warnsignale in seinen Augen, schnappte sich ihren Mantel und ersparte sich jeden Kommentar.

Er stellte das Fahrzeug quer vor den Schneehaufen, würgte den Motor ab und sprintete durch das Schneetreiben zur Eingangstür.

Jensen führte sie in einen klimatisierten Raum, in dem aus zwölf Servertürmen endlos viele Kabel hingen. Eva fröstelte und zog den Reißverschluss ihres Mantels hoch. Sie konnte nicht nachvollziehen, wie man bei den arktischen Temperaturen, die in dem Zimmer herrschten, einen klaren Gedanken zustande brachte.

Auf einem Schreibtisch in der hinteren Ecke standen die Computer der beiden Frauen. Beide waren hochgefahren und zeigten das gleiche Bild.

»Bei einem Rechner war es kein Problem, herauszufinden, wofür die Frau ihn benutzt hatte. Die war völlig sorglos und hatte weder ihren Zugang noch ihre Dateien geschützt«, gab der Programmierer ihnen einen Überblick. »Die zweite war um einiges fitter. Ich hab drei Stunden gebraucht, um den Zugang zu knacken. Dazu hab ich –«

Irritiert unterbrach er seinen Redefluss. Eva hatte sich mehrfach geräuspert, und als er sie anschaute, bedeutete ihr Blick ihm, ihre Geduld nicht auf die Probe zu stellen.

Enttäuscht darüber, dass sie kein Interesse hatten, seine Fähigkeiten zu bewundern, verkürzte er seine Ausführungen: »Es deutet nichts darauf hin, dass die Frauen sich gekannt haben. Ich hab die Mails überprüft, ihre Adressbücher, einfach alles. Aber beide waren Mitglieder bei ein und derselben Internet-Partnervermittlung. Da.« Er deutete auf die Bildschirme.

»PerfectPartner.« Eva beugte sich vor, um den Namen der Internetagentur besser lesen zu können. »Die sind teuer, oder?«

»Eine von den fünf teuersten bundesweit«, bestätigte Jensen. »Es gibt mittlerweile unzählige Agenturen auf dem Markt. Aber nur eine Handvoll, die ihren Mitgliedern über zweihundert Euro im Halbjahr abknöpfen.«

»Das zahlt doch kein Mensch.« Sauerwein stieß einen Pfiff aus. Für ihn war es undenkbar, dass jemand auf die Idee kam, im Internet nach einer Beziehung zu suchen. Und dafür auch noch zu zahlen. Das war ja lächerlich!

»Tja, ganz so stimmt das nicht.« Jensen grinste. »Die teuren Agenturen machen Werbung damit, dass sie über eine Million Mitglieder haben. Jede. Allerdings kann man auch Mitglied werden, ohne zu bezahlen. Hier drüben, ich zeig Ihnen das mal.« Er loggte sich an einem anderen Rechner ein. »Ich habe ein Profil erstellt, damit Sie sich ein Bild machen können, wie das funktioniert. Das dauert etwa eine halbe Stunde, dazu kommen noch ein bis zwei Stunden, wenn man vorgegebene Fragen im Freitext beantworten möchte. Anhand dieser Eingaben errechnet eine Software, in welchem Maß Sie mit einem potenziellen Partner übereinstimmen.«

Der Programmierer deutete auf das Kästchen »Nachrichten«. »Vor vier Stunden hab ich mich angemeldet, und jetzt hab ich dreiundzwanzig Nachrichten. Verrückt, oder? Dabei hab ich noch keinen Euro bezahlt. Und das ist die Krux. Ich kann die Nachrichten zwar lesen, aber weder die Fotos anschauen, die mir der Absender freigibt, noch auf die Zuschriften antworten. Dazu muss ich erst bezahlen.«

»Und die vielen Zuschriften sind der Köder.« Eva hatte verstanden.

»Genau. Scheinbar ein Schlaraffenland für unfreiwillige Singles. Allerdings dürfte die Mailflut nach ein paar Tagen deutlich abflauen. Jeder Neuzugang wird für einige Zeit als solcher markiert, und das holt sicherlich einige Altmitglieder aus ihrem Dämmerschlaf.«

Eva und Jensen lächelten sich in stillem Einvernehmen an.

»Und was bedeutet das für unseren Fall?« Sauerwein konnte sich keinen Reim darauf machen.

»Unser Anbieter hier spendiert seinen nicht zahlenden Mitgliedern in regelmäßigen Abständen, zum Beispiel an Weihnachten, am Valentinstag und an den jeweiligen Geburtstagen, für ein paar Tage eine Premiummitgliedschaft. Wer den Gutschein in diesem Zeitraum einlöst, erhält ein paar Tage die kostenlose Möglichkeit, Fotos anzuschauen, zu antworten und zu schreiben. Das passiert natürlich alles mit der Absicht, dass er dann am Haken hängt und doch noch zahlt.«

Jensen holte Luft. »Die Frauen hatten einen solchen freien Zugang. Und beide verschwanden etwa fünf bis zwanzig Tage nach Beginn der Aktionen«, ließ er die Bombe platzen.

»Aber dann … Können Sie die Postfächer der Frauen auf einen gemeinsamen Verehrer durchsuchen?«, fragte Eva aufgeregt.

Sauerwein wunderte sich, worüber die beiden redeten. Er drückte sich seit eineinhalb Jahren vor dem längst fälligen Internetlehrgang, da ihm das World Wide Web nicht geheuer war. Egal, wie sehr er sich darum bemüht hatte, er verstand nichts davon, und eigentlich wollte er das auch nicht. Er wollte lieber mit Menschen reden und Informationen im persönlichen Gespräch erfahren, statt sie einem brummenden und surrenden Kasten zu entlocken.

»Schon passiert«, antwortete Jensen. »Ich habe sieben Männer in den Postfächern gefunden, die mit beiden Frauen Kontakt aufgenommen haben. Zwei davon haben nie eine Antwort erhalten. Einer hat eine Antwort bekommen, ein anderer zwei. Und drei haben von jeder Frau eine Antwort bekommen. Allerdings deutet nichts darauf hin, dass es tatsächlich zu Treffen kam.«

Eine Weile war es bis auf das Surren der Computer still in dem Raum.

»Wir haben also einen ersten gemeinsamen Nenner«, griff Sauerwein den Faden wieder auf. »Dazu kommt Karen Maier, die unseren Täter zwar durch ein Reiseportal, aber immerhin auch im Internet gefunden hat. Und trotzdem haben wir nichts in der Hand?«

»Vielleicht doch. Die Frauen könnten die weiteren Nachrichten gelöscht haben. Das kann ich allerdings nicht rekonstruieren, da die Mails nicht auf den Laptops, sondern auf dem Server der Partnervermittlung gespeichert liegen. Und an die komme ich nicht heran. Zumindest nicht legal.« Jensen kratzte sich wieder. Sein Dreitagebart musste wie verrückt jucken.

»Vergessens Sie's.« Eva schüttelte den Kopf.

»Ach kommen Sie, keine Panik. War eh nur ein Joke.« Jensen sah nicht so aus, als ob er einen Scherz gemacht hatte. »Dann wenden Sie sich an die Partnervermittlung. Falls die seriös arbeiten, sichern sie ihre Daten mindestens dreißig Tage lang.« Er reichte Eva den Ausdruck mit der Adresse und sagte: »Ich dachte mir schon, dass Sie ein Spielverderber sind.«

Die Rückfahrt ins Präsidium verlief erheblich angenehmer als der Hinweg. Der Schnee auf den Straßen war zu einer braunen Masse geschmolzen, während Tauwasser von den Dächern tropfte.

Als Eva das Büro betrat, das sie sich mit Karl Holtau und Max Hansen teilte, waren ihre Kollegen gerade dabei, neue Seiten an die Glaswand zu kleben. Sie verkrampfte sich, bis sie sah, dass es der Bericht der Rechtsmedizin zum Fall Anja Böhme war. Ihre Anspannung ließ nach, und trotzdem war ihr bewusst, dass sie überreagierte. Mit diesem Fall, der sich offensichtlich zu einem Serienmord auswuchs, entwickelte sie zu viele Symptome eines überlasteten Nervensystems. Kalte, feuchte Hände, Herzrasen,

Mundtrockenheit waren nur ein paar davon. Dass sie in den letzten Tagen regelmäßig verschwitzt aus dem Schlaf hochfuhr, erzählte sie besser niemandem. Keiner wollte eine Kollegin an der Seite haben, die die Nerven verlor. Im Ernstfall konnte sich das als unkalkulierbares Risiko erweisen.

ZEHN

Sauerwein sah ihr an, dass sie ein mordsmäßig schlechtes Gewissen hatte. Sie stand in der Tür zu seinem Zimmer und trat unruhig von einem Bein aufs andere.

»Was ist los?«, fragte er.

»Um ehrlich zu sein, ich weiß nicht, wie ich dir das sagen soll.«

»Hör auf, um den heißen Brei herumzureden. Meine Geduld ist sowieso auf Anschlag.«

»Genau darum geht es ja, Martin. Um deine fehlende Geduld und dass wir alle darunter zu leiden haben. Wir vergöttern dich als Chef, und wir haben Verständnis für deine Situation, aber wir sind auch am Ende mit unseren Nerven. Dazu der Scheißfall, in dem wir feststecken. Wir haben uns einfach nicht mehr zu helfen gewusst.«

Nun sprach sie schon im Plural. Das wurde ja immer besser. Ungeduldig stand er auf und lehnte sich gegen das wacklige Bücherregal.

»Und was, verdammt noch mal, glaubst du, kann ich auf die Schnelle daran ändern?«

»Entschuldige, Martin. Aber solange du schreist, ist ein konstruktives Gespräch nicht möglich.« Sprach's und ließ ihn stehen.

»Eva, bleib hier. Bitte. Ich entschuldige mich.« Er holte tief Luft und lächelte. »Siehst du, schon besser.«

Misstrauisch blieb sie vor der Tür stehen und musterte ihn eine Weile. Dann kam sie zurück in sein Zimmer.

»Karl, Max und ich haben uns vor zwei Tagen zusammengesetzt und hatten eine ziemlich gute Idee. Zumindest dachten wir das. Jetzt finde ich sie nicht mehr ganz so toll, vor allem weil wir das hinter deinem Rücken getan haben.«

»Und was ist es, was ihr ohne mein Wissen angestellt habt?«

»Wir haben beim Jugendamt angerufen und uns beraten lassen, wie es mit einer Haushaltshilfe für dich aussehen würde.«

Er ließ sich auf seinen Stuhl fallen. Das musste er erst einmal verdauen. »Eva, weißt du, dass mir das Jugendamt aufgrund solcher

›gut gemeinten‹ Hinweise die Kinder entziehen kann? Seid ihr denn völlig bescheuert?« Wenn Eva vorher nicht gewusst hatte, wie laut er schreien konnte, dann jetzt.

»Hör mir doch erst einmal zu.«

»Was soll ich mir da noch anhören? Meine eigenen Kollegen fallen mir in den Rücken!«

Das war nun wirklich zu viel. Eva stand auf und schlug die Tür mit so viel Kraft zu, dass die Fensterscheibe klirrte.

Ihm stand der Mund offen. »Wusstest du nicht, dass man Türen von der anderen Seite zuschlägt?«

»Ich wollte nicht davonlaufen; ich möchte nur, dass du endlich den Mund hältst.«

»Aha. Aber ihr könnt doch nicht –«

»Martin …«, sagte sie warnend.

»Also gut. Du hast zwei Minuten.«

»Wir haben natürlich *nicht* beim Jugendamt angerufen und dich angeschwärzt, du Idiot. Wir haben erzählt, dass du *dich* aufarbeitest, damit es den Mädels gut geht und damit sie glücklich sind und so. Aber dass wir Angst haben, dass du das nicht ewig durchhältst, und wenn es dich mit einem Infarkt aus den Schuhen kippt, was soll dann aus Lisa und Hannah werden?«

Sauerwein vergrub seinen Kopf in den Händen. Nach einer Weile sah er sie an. »Weißt du, ich habe selbst schon darüber nachgedacht, dort wegen einer Haushaltshilfe anzufragen. Aber als du angefangen hast zu erzählen, hab ich nur noch ›Jugendamt‹ gehört, und dann ist mir der Gaul durchgegangen.« Gedankenverloren spielte er mit seinem Stift. »Es tut mir leid.«

»Siehst du, genau darum geht es«, sagte sie, »du bist so durch den Wind, dass du die Hälfte von dem nicht mehr hörst, was wir sagen. Wie lange soll das so weitergehen? Wenn du selbst schon vor die Hunde gehst, werde ich es nicht zulassen, dass du uns mit hinunterziehst. Wir haben hier eine Aufgabe, und ich hab den Eindruck, dass du das aus den Augen verloren hast. Und außerdem können wir dich nicht ewig vor Märkel decken.«

Eine Zeit lang war nur das Ticken der Micky-Maus-Uhr zu hören. Lisa hatte darauf bestanden, dass er sie in sein Büro stellte.

»Du hast recht. Es tut mir leid.«

Sie lächelte. »Du schaffst das schon, Martin, aber du musst dir dabei helfen lassen.«

»Hmm. Und was kam nun raus bei deinem Telefonat?«

»Das ist es ja. In ...«, sie sah auf die Uhr, »zwei Stunden kommt eine Dame vorbei und wird dich beraten.«

»Vorbei? Wo vorbei?« In seinen Augen flackerte es.

»Bei dir zu Hause, wo denn sonst?«

»Nein! Das kommt überhaupt nicht in Frage. Sag das wieder ab. Und zwar sofort!«

»Wieso regst du dich denn so auf?«

»Weil du total verrückt bist. Wir haben genug zu tun, und ich werde euch jetzt nicht allein lassen.«

»Martin, kann es sein, dass der Fall gar nichts damit zu tun hat, dass du hier nicht wegwillst?«

Manchmal konnte sie echt Gedanken lesen. Verdammt. Er machte einen letzten Versuch. »Die Frau soll ja kommen. Nur nicht heute. Verschieb das auf nächste Woche, sagen wir ...« Er blätterte hektisch in seinem Kalender, bis er einen Tag gefunden hatte, der ihm zusagte. »Dienstag. Ja, Dienstag wär gut.«

»Nein, Martin, das verschieben wir nicht. Wir haben im Moment vergleichsweise wenige Hinweise zu bearbeiten. Heute passt es wunderbar. Wir kommen auch mal ein paar Stunden ohne dich klar, und wenn nicht, dann rufen wir dich an.«

Herrgott, war das Weib hartnäckig. Langsam fing er an zu begreifen, dass er aus der Nummer nicht mehr rauskommen würde. »Eva«, sagte er kleinlaut.

»Hmmm?«

»Wenn die Frau heute kommt, dann bin ich die Kinder los, das ist so sicher wie das Amen in der Kirche.«

Sie setzte sich kerzengerade hin und sah ihn aufmerksam an. »Wieso glaubst du das denn?«

»Weißt du, es ist so, ich hab meine Schwester, ich meine, die war seit einer Woche nicht mehr da, und heut früh hatten wir ein kleines Malheur in der Küche.« Er holte tief Luft. »Ich glaube, es ist im Moment nicht besonders ordentlich.«

Eva sah ihn nachdenklich an. Dann fing sie an zu lächeln. »Komm mit.« Sie stand auf und nahm ihre Jacke vom Stuhl.

»Wohin denn?«, fragte er verblüfft.

»Weißt du, ich hab mir so was schon gedacht. Wir fahren zu dir. Aufräumen.«

»Das schaffen wir nie.« Sauerwein schaute sich zweifelnd in dem völlig chaotischen Erdgeschoss seines Hauses um. Wie es im ersten Stock aussah, daran mochte er erst gar nicht denken.

»Hör schon auf. Dann machen wir eben, so viel wir können. Es muss ja nicht für die nächste Ausgabe von ›Schöner wohnen‹ fotografiert werden. Und mach die Fenster wieder zu.«

»Wieso? Ich geb es ja nur ungern zu, aber es riecht nicht besonders gut«, gestand er zähneknirschend.

»Es bringt aber nichts, wenn wir jetzt lüften. Erst mal muss das ganze Zeug raus. Das ist es nämlich, was so stinkt.«

Die nächsten eineinhalb Stunden warfen sie verdorbene Lebensmittel weg, putzten den Kühlschrank und schrubbten die beiden Bäder. Sauerwein brachte das Altglas weg und saugte, während Eva bügelte und die Schränke neu einsortierte.

Um kurz vor halb vier sagte Sauerwein: »Eva, hör auf. Die Frau kommt in ein paar Minuten. Ich schätze, es sieht ein bisschen seltsam aus, wenn wir ausgerechnet heute Frühjahrsputz machen.«

Eva konnte sich ein Lächeln nicht verkneifen.

»Was kicherst du so albern?«

»Ich hab geschwindelt. Die Frau kommt erst um halb fünf.«

»Du bist eine –« Nein, das wollte er jetzt nicht zu ihr sagen. Immerhin spielte sie freiwillig Putzfrau für ihn.

»Wieso hast du mich angelogen?«

»Das Wort akzeptiere ich nicht. Geschwindelt.«

Sie setzte sich auf die Eckbank und strich sich eine vorwitzige Strähne aus dem Gesicht. »Ich dachte, dass uns ein bisserl Zeitdruck nicht schaden kann. So sind wir sicher fertig, wenn die Frau kommt.«

»Du bist ein hinterlistiges Luder.« Er grinste. »Komm, lass uns das zu Ende bringen.«

Vierzig Minuten später konnte man sich in der Spüle spiegeln, und die blitzblanken Fenster erlaubten einen ungetrübten Blick in den verschneiten Garten. Die Blumen, die Sauerwein vom Glasentsorgen mitgebracht hatte, gaben einen fröhlichen Farbtupfer auf dem Küchentisch.

»Eva, ich weiß gar nicht, wie ich dir das danken kann.« Sauerwein ließ sich auf einen Stuhl fallen.

»Dann versuch es erst gar nicht. Ich hab dir gern geholfen. Wir sollten allerdings noch versuchen, es deinem Heim an Wohlgeruch gleichzutun.« Sie schnüffelte an ihrem T-Shirt und krauste die Nase.

Als die Frau vom Jugendamt klingelte, waren beide Bäder wieder benutzt, was nach Evas Meinung auch gut war. »So sieht es echt aus. Ihr wohnt ja nicht in einem Museum.«

»Wie ist es gelaufen?«, fragte Max, als Eva wieder zurück ins Büro kam.

»Super«, sagte Eva. »Die Frau ist sehr nett, und sie war beeindruckt, wie gut Martin den Haushalt neben der Arbeit schmeißt.« Sie kicherte. »Aber er hat ihr natürlich gesagt, dass Claudia ihn bisher noch unterstützt, weil er es allein doch nicht so gut schaffen würde. Alles andere wäre ihr wohl auch unglaubwürdig vorgekommen. Sie wird sich in einer Woche wieder melden und ihm Bescheid geben, ob sie dem Antrag zustimmen. Ich denke schon, dass er die Unterstützung bekommt, und das wäre echt ein Segen für uns alle.«

Eva fischte in ihrer Jacke nach der Nummer, die Jensen ihr mitgegeben hatte. Sie schilderte der unfreundlichen Person am anderen Ende ihr Anliegen und wartete darauf, verbunden zu werden. Während sie ihren Notizblock mit belanglosen Kritzeleien bemalte, schallte Ravels »Boléro« blechern in einer Endlosschleife aus dem Hörer. Ihre Laune sank, und sie war schwer in Versuchung, dagegen anzuschreien, als sich nach zehn Minuten der Drachen vom Telefonempfang endlich wieder meldete. »Warten Sie noch?«

»Was dachten Sie denn?«, entfuhr es ihr, völlig entgegen ihrer Einstellung, immer freundlich und ruhig zu bleiben.

»Herr Dr. Strahlhuber ist gerade nicht abkömmlich. Bitte rufen Sie später wieder an.«

»Nein, das werde ich –« Fassungslos sah Eva den Telefonhörer in ihrer Hand an. Die dumme Gans hatte einfach aufgelegt. Sie zählte langsam bis zwanzig und wählte die Nummer erneut. »So, *Sie* hören mir jetzt zu. Hier ist die Kriminalpolizei Rosenheim, falls

Sie mich vorhin nicht richtig verstanden haben. Und jetzt richten Sie Ihrem Herrn Strahlhuber aus, dass er mich zurückrufen soll. Und zwar subito. Ansonsten schicken wir ihm eine Vorladung, haben Sie das verstanden?«

»Äh, ja.«

»Gut. Schreiben Sie es auf, damit Sie es nicht vergessen!« Evas rechte Faust krachte zusammen mit dem Telefonhörer auf den Tisch.

»Spinnst du?« Karl Holtau hatte sich vorsichtig von hinten genähert. »Wir haben keine Handhabe, irgendjemandem eine Vorladung zu schicken.«

»Ach, rutsch mir doch den Buckel runter. Ich hab die Nase einfach so was von voll von den ganzen Idioten, die uns das Leben schwer machen und unsere Arbeit behindern!«

In Evas braunen Augen blitzte es vor Wut. Karl wich zurück. Wütende Frauen verwirrten ihn immer. Mit großen Augen starrte er sie so seltsam an, dass sie bei seinem Anblick anfing zu lachen.

»Entschuldige«, sagte sie. »Die Morde, die jungen Frauen, das Ganze geht mir einfach an die Nieren. Dazu meine Mutter, die mich jeden zweiten Tag zur Weißglut bringt. Ich weiß manchmal nicht, wie ich das alles schaffen soll.«

»Für dich.« Karl reichte den Hörer an Eva weiter.

Als sie hörte, wer in der Leitung war, bedeutete sie Karl, Sauerwein zu holen, und schaltete den Lautsprecher ein.

»... bin enttäuscht, dass keiner von Ihnen es für nötig erachtet hat, zu kommen«, schepperte es aus dem Apparat. Eva formte tonlos den Namen des Rechtsmediziners, als Sauerwein sie fragend ansah.

»Das war ein Meisterstück meiner Kunst! Da hätten Sie endlich mal sehen können, was es bedeutet, eine Koryphäe auf meinem Gebiet zu sein.«

Max hatte die Stirn in die Hände gelegt und schüttelte in gespielter Verzweiflung den Kopf.

»So etwas habe ich schon lange nicht mehr gesehen. Wir haben Larven und Maden von über zwanzig verschiedenen Schmeißfliegenarten an der Leiche gefunden. Ein Traum, wenn man bedenkt, wie lange die Leiche schon im Freien gelegen hat. Und dann noch das Klima im Sarg, das tut sein Übriges, um –«

»Stopp«, mischte sich Sauerwein ein. »Nicht nötig, dass Sie das weiter erörtern, Doktor. Das Ergebnis genügt uns vollauf.«

Es dauerte einen Moment, bis sich der Rechtsmediziner wieder meldete. Dass er von Eva ausgetrickst worden war, ärgerte ihn maßlos. »Die Frau ist ermordet worden. Die Wunden konnte ich nicht mehr reproduzieren. Die Maden, Sie wissen schon. Die Stellen, an denen noch Haut vorhanden ist, sind von Schnittwunden übersät. Nur der Rücken ist unversehrt. Genauso wie bei den anderen beiden Toten«, sagte er knapp und legte auf, ohne auf eine Antwort zu warten.

***

Als ihnen der ungepflegte, knapp zwei Meter große Mann mit den schütteren rotblonden Haaren und den wässrig blauen Augen in ausgebeulten Jogginghosen die Tür öffnete, verstand Eva sofort, was Giovanna Bertoni gemeint hatte. Es passierte selten, dass ihr jemand auf den ersten Blick unsympathisch war, aber Helmut Munk gehörte definitiv dazu. Sie stellte sich und Max vor und bat, hereinkommen zu dürfen. Mit spürbarem Widerwillen trat er zur Seite und führte sie durch einen unordentlichen Flur in eine kleine Wohnküche. In einer Ecke stand ein Tisch mit einer Bank und drei billigen Holzstühlen. Ohne ihnen etwas zu trinken anzubieten, ließ sich der Hausherr auf die Bank fallen und bedeutete gnädig, dass auch sie sich setzen durften.

Eva verzog das Gesicht, als ihr eine Mischung aus Hundekot und ungewaschenen Füßen in die Nase stieg. Sie sah sich beiläufig um und sah einen Korb mit einem Knäuel Welpen im Durchgang zu einem Nebenraum stehen. Davor hatte die Hundedame einen Haufen gesetzt, der keinen zu stören schien. Zumindest fand es niemand der Mühe wert, die Tretmine zu entfernen. Evas Blick kehrte zu Munk zurück. Dann fragte sie ihn, wann er seine Exfreundin zuletzt gesehen hatte.

»Keine Ahnung. Vor zwei Monaten vielleicht. Interessiert mich auch nicht mehr. Ich hab was Besseres gefunden.«

Max zog eine Augenbraue in die Höhe. »Und das wäre?«

»Na, eine neue Frau eben. Eine, die besser zu mir passt. Die nicht von mir verlangt, dass ich arbeiten gehe, die aber eine Menge Kohle dafür rüberwachsen lässt, dass ich sie ficke.« Er holte mit dem Arm aus und kicherte amüsiert. »Sehen Sie sich doch um. Die Köter kosten eine Menge Geld. Impfungen, Stammbäume, Futter. Das muss schließlich alles irgendwie bezahlt werden.«

Eva war fassungslos. Über seine Wortwahl und die Respektlosigkeit seiner Freundin gegenüber zugleich. »Sie finden es normal, sich von einer Frau aushalten zu lassen?«

»Ja, aber sicher. Ich muss ja schließlich auch von etwas leben.«

Eva tat sich schwer, dem Gespräch unbeteiligt zuzuhören. Der Typ war dumm und arrogant. Eine gefährliche Mischung. »Sie sind doch sicher unheimlich wütend auf Frau Böhme, dass sie die Beziehung beendet hat?«, fragte sie.

»Wer erzählt denn das? Ich hatte keine Lust mehr auf die fette Gans. Deswegen hab ich sie ja auch sitzen lassen.«

»Herr Munk, machen Sie nicht den Fehler, uns zu unterschätzen. Wir kennen Ihre Telefonverbindungen der letzten Monate. Daraus geht hervor, dass Sie Frau Böhme nach der Trennung zu jeder Tages- und Nachtzeit mit Anrufen terrorisiert haben. Und haben Sie ihr nicht geschrieben, dass jeder Penner besser behandelt wird als Sie, weil sie dem wenigstens noch zehn Euro für ein paar Bier gegeben hätte?«

»Und wenn schon. Können Sie mir bitte verraten, was Sie überhaupt von mir wollen?«

Eva ignorierte die Frage. »Wo waren Sie am vorletzten Freitagabend?«

Munk schnalzte lässig mit der Zunge und zündete sich eine selbst gedrehte Zigarette an. »Gute Frage. Da haben wir Freunde in München getroffen.«

»Was diese auch bezeugen werden.«

»Nein, das ist keine gute Idee.«

»Und weshalb nicht?«

»Weil wir mit denen im Swingerclub waren. Und ich kann mir nicht vorstellen, dass sie Wert darauf legen, Besuch von der Polizei zu bekommen.«

»Wissen Sie was, Herr Munk? Entweder Sie geben uns jetzt die Adresse, oder Sie begleiten uns aufs Präsidium.« Selbst Max hatte die Nase voll von dem arroganten Fiesling.

»Was ist hier los? Wer sind Sie denn?« In der Tür stand plötzlich eine zaundürre, weißblond gefärbte und stark geschminkte Frau.

»Hey, Süße«, begrüßte Munk die Frau, die einen wesentlich sympathischeren Eindruck machte als ihr Lebensgefährte. »Die Leute sind von der Bullerei. Anja ist tot, und jetzt glauben die, dass ich was damit zu tun habe.«

»Das ist ja lächerlich. Wie kommen Sie denn darauf?«, fragte sie, nachdem sie sich als Bettina Dorfner vorgestellt hatte.

»Um es richtigzustellen, wir glauben gar nichts. Wir brauchen nur ein paar Informationen, um den Mann zu finden, der Frau Böhme umgebracht hat.«

»Was? Sie wurde ermordet?«, fragte Bettina Dorfner erschüttert. »Das ist ja furchtbar.«

»Wo waren Sie vorletzten Sonntagabend?«, wollte Eva nun auch von ihr wissen.

Mit zitternden Händen nahm sie eine Zigarette aus der Packung, ohne sie anzuzünden. Sie hielt den Blick gesenkt. »In München. Wir haben Bekannte getroffen.«

»Weiter«, forderte Eva sie auf.

»Wir treffen die zweimal im Monat. Zum Swingen.«

»Ha!«, triumphierte Munk. »Ich hab's Ihnen doch gleich gesagt.«

»Na schön.« Eva stand auf. »Wenn Sie uns jetzt bitte noch Namen und Adresse aufschreiben.«

»Was glaubst du? Hat er was damit zu tun?«, fragte Max, als sie eine Viertelstunde später auf dem Rückweg nach Rosenheim waren.

»Nein.«

»Wieso nicht?«

»Weil er nicht intelligent genug ist. Ich traue ihm zu, dass er Anja Böhme erschlägt und in den Dorfweiher wirft. Aber eine Inszenierung wie auf dem Kirchturm? Niemals.«

***

Natürlich setzte der Regen zu früh ein. Nach zehn Minuten fand Eva endlich einen Parkplatz und merkte, dass sie ihren Schirm vergessen hatte. »So ein blöder, beschissener Tag«, schimpfte sie. Nach dem ganzen Theater mit dem aktuellen Fall nun auch noch das. Sieben Minuten, mindestens, dachte sie. So lange würde sie bis zu ihrer Haustür brauchen. Wenn sie rannte, ganz klar. Verzweifelt schaute sie zum Himmel hoch, stieß fluchend die Fahrertür auf und war bereits nach wenigen Metern völlig durchnässt.

Mit klammen Fingern versuchte sie gefühlte zwei Minuten lang, den Schlüssel ins Schloss zu schieben, als er ihr aus den Fingern rutschte und in der kleinen Lache unter ihren Füßen verschwand.

Ausgelaugt schälte sie sich vor ihrer Wohnungstür aus ihrer Jacke und der nassen Jeans, um das Parkett in ihrer Wohnung nicht vollzutropfen. Ausgerechnet jetzt kam Manuel Pfeifer, das Arschloch aus dem dritten Stock, die Treppe herunter. Wie es seiner Natur entsprach, hatte er nicht den Anstand, diskret wegzusehen, er blieb einfach stehen und glotzte. Am liebsten wäre Eva ihm ins Gesicht gesprungen, da erwischte sie endlich den richtigen Schlüssel. Mit dem Fuß trat sie die Tür hinter sich zu, die mit einem lauten Knall ins Schloss fiel.

Nachdem sie ihre Haare trocken gerubbelt hatte und der rote Kater satt und zufrieden auf dem Sofa schnurrte, stand sie lange am Wohnzimmerfenster und sah zu, wie draußen die Welt unterging.

Einen Teller aufgetauter Kartoffelsuppe und zwei Gläser Rotwein später hatte sich Eva mit einem dicken Buch zu Moritz auf das Sofa gekuschelt und ihre kalten Füße unter den Kater geschoben. Eva konnte sich kaum auf den Inhalt des Romans konzentrieren, so müde war sie. Und tatsächlich fielen ihr schon nach wenigen Seiten die Augen zu.

Als der Türgong die friedliche Stille zerriss, sprang die Katze mit einem Satz von der Couch und suchte das Weite.

Schlaftrunken öffnete Eva die Tür, als ihr bewusst wurde, dass sie ihrem Besucher zerzaust und mit nichts als ihren rosa Bettsocken, einem knappen Slip und einem hautengen T-Shirt gegenüberstand. Vossens Reaktion erfolgte prompt, wie sie unschwer an seinem anzüglichen Grinsen erkennen konnte. Trotz aller Peinlichkeit ließ sie das gefährliche Glitzern in seinen Augen und das Auf und Ab seines Adamsapfels nicht kalt. Sie spürte, wie sich ihre Brustwarzen versteiften und durch ihr T-Shirt drückten.

Entsetzt wurde ihr klar, dass er bemerkt hatte, wie sie auf ihn ansprang. Bevor sie vor Scham im Boden versinken konnte, hatte er sie mit einer Leidenschaft an sich gezogen, dass ihre Knie nachgaben. Sie stöhnte auf, als er mit seinen sehnigen Händen unter ihr T-Shirt fasste und es ihr mit einem einzigen Ruck über den Kopf zog. Im selben Augenblick, als er seinen Kopf zu ihr beugte, um sie zu küssen, schob er die andere Hand in ihren Slip und spürte, wie bereit sie für ihn war. Geschickt schob er den winzigen Stoff zur Seite und drang im selben Augenblick tief in sie ein. Geschockt von seiner völligen Hemmungslosigkeit flackerte ein letzter Rest Anstand durch ihr Gehirn, der jedoch von ihrem rasenden Herzschlag gleich wieder weggespült wurde, von einer Erregtheit, die neu für sie war. Er hob sie hoch und presste sie hart gegen die Wand. Drang immer wieder, immer tiefer in sie ein und vögelte sie, bis ihr Widerstand brach. Als er spürte, dass sie kurz vor dem Höhepunkt stand, zog er sich aus ihr zurück. Er ließ sie sachte zu Boden gleiten, bis ihre Lippen auf einer Höhe mit seinem Glied waren. Enttäuscht stöhnte sie auf und kam doch seiner Aufforderung nach. Ihre Zunge umkreiste seine Eichel und schmeckte das Salz ihrer eigenen Lust. Er drängte in ihren Mund, spürte, dass es sie erregte, ihn mit ihren weichen Lippen zu reizen. Als er die Anspannung nicht weiter ertragen konnte, zog er sie zu sich hoch, hob sie auf den schweren Esstisch und drang wieder in sie ein. Er beugte sich über sie und ließ seine Zunge über ihre Lippen streichen. Als er spürte, dass sie bereit war zu kommen, zog er sie an sich und hielt sie fest.

Als sie wieder zu sich kam, waren ihr T-Shirt und die Decke, auf der sie lag, nass geschwitzt. »Scheiße«, murmelte sie völlig benommen. Der Traum war erotischer gewesen als alles, was sie bislang in der Wirklichkeit erlebt hatte. Einerseits war sie froh darüber, dass sie nur geträumt hatte. Von unglaublich hemmungslosem Sex mit einem Verdächtigen. Völlig unmöglich! Andererseits …

Dann schlich sich ein neuer Gedanke in ihr Bewusstsein. Unwillkürlich musste sie grinsen. Vielleicht war diese verdammte

Träumerei ja ansteckend. Wenn sie nur ein wenig von Vossens Fähigkeiten hatte, dann stand ihr in naher Zukunft zumindest ein heißes Abenteuer bevor.

Eva tapste in das kleine Bad und ließ heißes Wasser in die Wanne laufen. Als sie die Temperatur mit dem großen Zeh testen wollte, klingelte das Telefon. Ihre Mutter. Die hatte ihr gerade noch gefehlt!

»Hallo, Mama«, seufzte sie.

»So, du lebst also noch.«

»Ja, ich lebe noch. Wir haben doch erst vor ein paar Tagen miteinander telefoniert.«

»Vor mindestens einer Woche.« Ihre Mutter konnte es einfach nicht lassen, das letzte Wort zu haben.

»Na, und wenn schon, ist ja nichts Aufregendes passiert«, entgegnete Eva.

»Ach ja, natürlich. Dass ich seit Tagen nichts essen kann, weil ich einen Magen-Darm-Virus habe, das ist für dich natürlich nicht aufregend genug.«

Eva musste sich zusammenreißen, um nicht die Beherrschung zu verlieren. Ihre Mutter war ständig krank, was sie aber vehement abstritt. Neun von zehn Telefonaten drehten sich ausschließlich um ihre Befindlichkeiten oder, schlimmer noch, um die ihrer zahlreichen Freunde, die Eva nie kennengelernt hatte.

Insgeheim dankte Eva Gott dafür, dass ihre Mutter schon vor dreißig Jahren einen neuen Lebenspartner gefunden hatte, der sich mit einer Engelsgeduld um Krankheiten und andere unerfreuliche Dinge kümmerte.

Mit den Jahren hatte Eva gelernt, an den richtigen Stellen »Ja« und »Oje« zu sagen, ohne wirklich zuzuhören. Ihre Gedanken schweiften ab. Nach zwanzig Minuten kam die übliche Frage: »Und, sehen wir uns dieses Jahr noch?« Himmel, es ist gerade mal Februar. Eva verdrehte die Augen und spielte kurz mit dem Gedanken, sich in der Badewanne zu ertränken.

ELF

Als Sauerwein die Schlagzeile sah, trat er mit aller Kraft in die Bremsen, und der Wagen kam mit quietschenden Reifen zum Halten. Sein Hintermann hupte und zeigte ihm den Mittelfinger. Er ließ das Fahrzeug auf der Fahrbahn stehen und stellte beim Aussteigen das Blaulicht aufs Dach. So schnell erledigt sich das mit dem Stinkefinger, dachte er und kam sich selbst kindisch vor. Er lief zum Zeitungskasten, konfiszierte fünf Exemplare, setzte sich zurück ins Auto und starrte auf das Titelbild. Es dauerte eine Weile, bis sein Verstand in der Lage war, zu verstehen, was auf der ersten Seite prangte.

»Alles klar, Martin?«, fragte der Beamte, als er die Tür des BMW öffnete und den zitternden Kollegen sah. Sauerwein hatte den Streifenwagen nicht bemerkt, der hinter ihm zum Stehen gekommen war, und ließ erschrocken den Stapel Zeitungen fallen.

»Herrgott noch mal, Korbinian, mir bleibt gleich das Herz stehen.« Mühsam sammelte er die Zeitungen aus dem Fußraum auf.

»Martin, lass doch die Zeitungen, ich ruf dir einen Krankenwagen.«

»Was? Was will ich denn mit dem?«

»Na, wegen deinem Herz. Du zitterst ja. Vielleicht hast du einen Infarkt.«

Das war nun immerhin so komisch, dass Sauerwein lachen musste. »Ach nein, Korbinian, lass nur. Ich zittere vor Wut. Wegen diesem Scheiß in der Zeitung und weil ich erschrocken bin, als du die Tür aufgerissen hast.«

»Na, dann ist ja gut. Aber du kannst hier nicht mitten auf der Straße halten.«

Verblüfft sah Sauerwein auf. Seit er die Schlagzeile gesehen hatte, hatte er keinen klaren Gedanken mehr zustande gebracht.

Max sprang auf, als Sauerwein den Stapel Zeitungen auf seinen Tisch warf.

»Was soll …?« Wie in Zeitlupe beugte er sich vor und nahm ein Exemplar in die Hand. Verständnislos schaute er das Blatt in seiner Hand an.

»Das glaub ich jetzt nicht.«

Er drehte den Titel in Evas Richtung.

»Wie kommt die Zeitung an das Bild vom Kirchturm?«

Die Aufnahme zeigte Anja Böhme, die wie ein gekreuzigter Engel am Glockenstuhl hing. Eva war entsetzt. Bislang hatte das Präsidium nur Porträtfotos der Toten an die Redaktionen geschickt.

»Krisensitzung. In einer Stunde.« Sauerwein knallte seine Tür ins Schloss.

Im Büro der SOKO Dornröschen war es bis auf das Rascheln der Zeitungen totenstill. Karl kam aus der Küche und brachte den unverwechselbaren Duft von Kohlrouladen mit. Er war als Erster mit dem Lesen des Berichts fertig und wartete auf seine Kollegen.

Max ließ als Nächster die Zeitung sinken. »Im Grunde gibt es dafür nur eine Erklärung.«

»Zwei«, korrigierte Eva ihn.

»Eine undichte Stelle und was noch?«

»Das sage ich euch später. Ich muss noch drüber nachdenken.«

»Da is jemand vom Stahlgruber für dich dran. Und stell deinen Apparat um, ich bin doch ned die Sekretärin von dem Ladn hier«, fuhr Nora Wallner Eva an, die ihr Telefon versehentlich auf sie umgeleitet hatte.

Doch, genau das bist du, dachte Eva und wunderte sich, was der Autoersatzteilehändler von ihr wollte.

»Neunhoeffer.«

»Strahlhuber. Sie wollten mich sprechen?«

Eva musste über das Wortspiel schmunzeln. Dann riss sie sich zusammen. »Herr Strahlhuber, danke für Ihren Rückruf. Ich habe eine Bitte an Sie.« Sie erklärte ihm ihr Anliegen und fing sich eine Abfuhr ein.

»Auf keinen Fall werde ich Ihnen die privaten E-Mail-Adressen unserer Mitglieder geben. Haben Sie schon mal was von Datenschutz gehört?«

Hatte der Typ überhaupt zugehört?

»Von der Herausgabe der Adressen ist keine Rede. Ich bitte Sie lediglich um eine Zusammenarbeit mit unserer IT und um Ihr Einverständnis zu einem internen Abgleich der gelöschten Nachrichten einiger Ihrer weiblichen Mitglieder.«

»Gelöscht, Frau Neunhoeffer, das heißt nicht mehr existent, verstehen Sie? Wie sollen wir Mails abgleichen, die auf den Wunsch unserer Mitglieder entfernt wurden? Glauben Sie etwa an die Kristallkugel?«

Was für ein Riesenarsch. Eva zählte seelenruhig bis zehn.

»Wenn es das war, dann –«

»Nein, Herr Strahlhuber, das war es noch nicht. Sie wollen mir also weismachen, dass Sie keine Sicherungskopien anfertigen? Das wird Ihre Mitglieder wenig freuen, wenn das an die Presse geht. Und dass Sie möglicherweise einen Verbrecher decken, wird weder Ihrer Plattform noch Ihnen persönlich von Nutzen sein, das sollte Ihnen als Anwalt hinreichend bekannt sein.«

»Sie drohen mir?«

»Nein, das tue ich nicht. Ich mache Sie nur mit den Tatsachen vertraut«, entgegnete sie völlig ruhig.

Er ließ sich mit seiner Antwort Zeit. Als sie sich zu fragen begann, ob er wieder aufgelegt hatte, sagte er unvermittelt: »Schicken Sie Ihre Anfrage schriftlich mit einer ausformulierten Liste, was Sie genau brauchen. Ich werde das rechtlich prüfen und dann an unsere IT weitergeben.«

Himmel, war der Mensch unsympathisch. Vermutlich war er mit seiner Sekretärin verheiratet. Zumindest ihren Auftritten am Telefon nach waren sie ein ideales Paar.

Anschließend rief sie Jensen an.

»Klar kann ich ihm eine Liste schicken. Wenn er allerdings behauptet, dass sie keine Sicherungskopien erstellen, dann können wir wenig machen. Meist werden die sowieso nach dreißig Tagen gelöscht, und da der erste Fall schon über vier Wochen zurückliegt, ist die Chance ziemlich gering. Aber ich werde sehen, was sich machen lässt.«

»Märkel erwartet meine Antwort in dreißig Minuten. Also bitte fangt an.«

Wie immer hatte der Polizeidirektor viel geredet, ohne wirklich etwas zu sagen. Sauerwein war es leid, andauernd die Leier von neuen Computerprogrammen und innovativen Veränderungen zu hören, ohne dass jemals etwas davon eintraf. Der Chef liebte es, sich wichtigzumachen. Er tauchte ständig in den einzelnen Abteilungen auf und fing dort an, Unterlagen zu sortieren und die Post zu verteilen. Ganz so, als ob seine Präsenz davon zeugen würde, dass er den Finger am Puls seiner Kommissariate hatte. Vermutlich ahnte er nicht, dass er sich damit längst zum Gespött des Präsidiums gemacht hatte. Dass er es noch dazu nicht schaffte, den Menschen, mit denen er sich unterhielt, in die Augen zu schauen, war an sich schlimm genug. Märkel aber schlich wie jemand, der nicht wahrgenommen werden möchte, mit gesenktem Blick durch die Gänge. Sauerwein kannte niemanden, der Respekt vor dem Polizeidirektor hatte.

Aber nun wollte er Ergebnisse sehen, und zwar subito.

»Wer war der Singvogel, der das Foto an die Presse herausgegeben hat?«, fragte Sauerwein in die Runde.

»Als Erklärung kommt eine undichte Stelle bei uns in Frage und …?« Max blickte zu Eva und überließ ihr das Wort.

»Jemand hat sich unberechtigten Zugang zu unserem Rechner verschafft.«

Sauerwein nickte. »Bleiben wir bei der ersten Möglichkeit. Ich kann und will es mir nicht vorstellen, sollte es aber trotzdem einer von euch gewesen sein, dann schreibt er das jetzt hier drauf.« Er verteilte drei Notizzettel. »Ein Ja zum jetzigen Zeitpunkt heißt Disziplinarverfahren, ein Nein, das nicht der Wahrheit entspricht, heißt zusätzlich Anklage wegen Behinderung. Wenn ich jetzt ein Ja bekomme, werden wir das zunächst unter vier Augen besprechen, bis ich entschieden habe, wie es weitergeht. So viel zum Prozedere.«

Eine Minute später hatte er die Antworten hinter einem aufgestellten Ordner gelesen.

»Glaubt nicht, dass mir das leichtgefallen ist. Ihr wisst, dass ihr mein Vertrauen habt, aber ich bin trotzdem froh, dass ich drei leere Zettel bekommen habe.« Er lehnte sich in seinem Stuhl zurück. »Irgendwelche Vorschläge?«

»Befragung der anderen Kollegen, die Zugang zu den Daten haben«, sagte Karl.

»Die da wären?«

»Wallner, Jensen, Sanders und, äh, ja, Märkel.«

»Ich soll den Chef befragen?« Sauerwein grinste.

»Warum nicht?«, scherzte Max. »Na ja, vielleicht besser nicht. Aber Zugang hatte er auf jeden Fall. Und falls er seinen Rechner abends mit nach Hause nimmt und sein Junior dran war …«

»Ich finde, ihn zu fragen wäre zumindest legitim. Auch ein Märkel muss das abkönnen.« Karl erwärmte sich zusehends für seine eigene Idee.

»Gut. Karl, du redest mit Jensen, er soll überprüfen, ob es einen Eindringling in unserem System gab. Und sag gleich dazu, dass ich ihm die Hölle heißmachen werde, falls auch noch die Fotos vom See in den Zeitungen auftauchen. Max, du redest mit der Wallner und dem Fotografen. Märkel übernehme ich. Und bitte, fahrt eure Emotionen runter.«

Er stand auf und öffnete ein Fenster. »Ideen für die Pressekonferenz?«

»Welche Pressekonferenz?« Er blickte in drei erstaunte Gesichter.

»Märkel wird so sicher wie der Teufel auf dem Scheißhaufen heute Abend eine einberufen. Oder wenigstens eine Presseerklärung rausgeben. Und ich wäre froh, wenn wir den Inhalt nicht völlig ihm überlassen müssen.«

Er sah auf die Uhr und stand auf. »Überlegt euch was. Wir sehen uns um vier Uhr wieder.«

Auf Evas Schreibtisch lag eine Notiz mit der Bitte, Annemarie Wolter zurückzurufen. Der Name sagte ihr nichts. Sie drehte den Zettel mit der Münchner Telefonnummer unschlüssig in der Hand, bevor sie zum Hörer griff.

Eva stellte sich der sympathischen Stimme vor. »Ich soll Sie zurückrufen?«

»Frau Neunhoeffer, danke, dass Sie sich melden. Ich bin die Administratorin von PerfectPartner. Herr Dr. Strahlhuber hat Ihr Anliegen an mich weitergeleitet, und ich wollte ein paar Punkte mit Ihnen durchgehen, damit Sie mit meinen Auswertungen zurechtkommen.«

Es gibt also auch nette Menschen, die für dieses Ekel arbeiten, wunderte sich Eva. Und Jensen musste die Liste in Lichtgeschwindigkeit erstellt haben. »Schießen Sie los.«

»Leider kann ich Ihnen keine Daten zur Verfügung stellen, die älter als dreißig Tage sind, weil wir die Bänder danach überschreiben.«

Das war schon mal eine schlechte Nachricht. Damit hatten sie keinen Zugriff auf die gelöschten Mails von Catherina Leutberg.

»Aber ich konnte ein paar E-Mails von Anja Böhme rekonstruieren, die noch in den Zeitraum fallen, da sie sich erst vor fünf Wochen bei uns angemeldet hat.«

Moment mal. »Wieso haben Sie Zugriff auf die Mails? Ich dachte, Sie löschen die Bänder nach einem Monat?«, fragte Eva misstrauisch.

Annemarie Wolter lachte ein anziehendes, kehliges Lachen. »Ja, das stimmt. Aber Herr Dr. Strahlhuber hat sofort, nachdem er mit Ihnen gesprochen hat, die Anweisung gegeben, alle Bänder, die bisher noch nicht überschrieben wurden, zu sichern, damit Ihnen nichts verloren geht.«

Das wurde ja immer besser. Eva stieß leise die Luft aus, die sie kurz angehalten hatte. »Und was haben Sie nun für mich?«

»Ich habe bei den Frauen Übereinstimmungen mit sieben Männern gefunden. Die Nachrichtentexte schicke ich Ihnen gleich durch. Ich habe die Daten so aufbereitet, dass Sie erkennen können, wie lange diese Männer bei uns schon Mitglieder sind. Ich dachte mir, dass das hilfreich sein könnte. Sobald Sie die Mails ausgewertet haben, bekommen Sie selbstverständlich von mir die entsprechenden IP-Adressen, falls Sie einen Verdacht haben. Allerdings brauche ich dazu eine richterliche Verfügung, das geht aus Datenschutzgründen leider nicht anders. Ist das in Ordnung so?«

Mehr als das. Eva hatte nach den Telefonaten mit Strahlhuber und seiner schicksigen Sekretärin nicht mit so viel Entgegenkommen gerechnet.

Eva kam aus dem Staunen nicht heraus. Nach vierzig Minuten Lesen und Auswerten vergrub sie den Kopf in den Händen und stöhnte leise vor sich hin.

Karl sah sie belustigt an und verließ kurz darauf das Zimmer. Als er wiederkam, stellte er ein Glas vor ihr ab.

»Trink«, forderte er sie auf.

Misstrauisch musterte sie die trübe Brühe. »Was ist das?«

»Komm schon, sei ein Mann. Probier!«

Vorsichtig nahm sie einen Schluck und schüttelte sich. »Bäh, ist das sauer.« Dann nahm sie einen weiteren Schluck. Außer sauer war das Zeug leicht süß. Sobald sich die Geschmacksknospen darauf eingestellt hatten, schmeckte es gar nicht schlecht. Und es brachte ihre Lebensgeister zurück.

»Hmm, das ist lecker. Was ist da drin?«

»Das erzähl ich dir nach Feierabend. Was hast du gefunden?«

»Das erzähl ich dir, wenn wir in Pension gehen. Dann haben wir was zu lachen.«

»Komm schon, Eva. Lass uns nicht neugierig sterben«, mischte sich Max ein und rollte seinen Stuhl vor Evas Tisch. Die beiden brannten darauf, zu erfahren, was sie herausgefunden hatte.

»Dabei heißt es immer, nur Frauen seien neugierig«, schmunzelte sie und gab Max ein Blatt, auf dem sie einen Abschnitt markiert hatte.

»… und nach einem langen Spaziergang möchte ich deine geplagten, feuchten Füße aus ihrem Gefängnis befreien und deine Zehen in meinem Mund kühlen …«, las er vor.

»Lecker«, kommentierte Karl trocken.

»Mehr hast du dazu nicht zu sagen? Das ist doch widerlich«, meinte Max.

»Für dich vielleicht. Der Typ da findet es toll.« Eva sah ihn mit einem verführerischen Blick von unten an. »Und wer weiß schon, welche Vorlieben du hast?«

»Hör auf, mich anzuklimpern. Erzähl lieber, ob du außer dem seltsam gepolten Typen auch was Brauchbares gefunden hast.«

»Mit dreien ist kein richtiger Kontakt zustande gekommen. Es gingen zwar einige Nachrichten hin und her, aber als die Männer den Frauen ihre Fotos freigeschaltet haben, haben beide den Kontakt sofort abgebrochen.«

»Das ist doch mal wieder typisch. Oh Mann, wie oberflächlich«, regte sich Max auf.

»Typisch für Frauen, meinst du«, stellte Eva fest und lehnte sich in ihrem Stuhl zurück. Sie musterte ihn nachdenklich. »Sag mal, wenn du im Internet auf Partnersuche gehen würdest, wie alt sollte deine Auserwählte sein?«

»Zwischen Anfang zwanzig und fünfunddreißig. Höchstens. Wieso?«

»Und was wäre mit einer Frau, die in deinem Alter ist?«

»Spinnst du? Was soll ich denn mit einer Vierzigjährigen?«

»Einer Dreiundvierzigjährigen, um genau zu sein. Deine Frau sollte also mindestens zehn, wenn nicht sogar zwanzig Jahre jünger sein. Denkst du tatsächlich, eine Frau findet es attraktiv, mit einem Mann ins Bett zu gehen, der ihr Vater sein könnte? Und du regst dich darüber auf, dass es Frauen gibt, die aufgrund ihres Beuteschemas oberflächlich sind?«

»Na hör mal. Das ist ja etwas ganz anderes.«

Eva und Karl sahen ihn entgeistert an. Dann tippte sich Karl auf die Stirn. »Du hast sie doch nicht mehr alle.«

»Lassen wir das«, entschied Eva und schaute auf ihre Notizen. »Ich würde fünf Kandidaten aufgrund ihrer Größe und beschriebenen Vorlieben ausschließen. Außerdem sind alle seit über drei Jahren dabei und suchen ernsthaft nach einer Partnerin. Zwei passen von der Größe, sind maximal drei Monate Mitglied, und vom Text her, na ja, zumindest einer davon hat gewalttätige Tendenzen.« Sie reichte Karl das Profil und wartete, bis er es gelesen hatte.

»Stehst du auf Fesselspiele? Weißt du, wie erotisch es sein kann, sich zu unterwerfen und sich seinem Partner in Schmerzen hinzugeben?« Karl schluckte. »Das ist ja krank.«

»Alles, was beiden gefällt, ist erlaubt«, relativierte Eva. »Ich will kein Urteil fällen, wer oder was normal ist oder nicht. Wir müssen nur einen Mörder finden. Und der da«, sie deutete auf das Blatt in Karls Händen, »steht darauf, Schmerzen zuzufügen. Seine Hemmschwelle ist also gering.«

Sie ließ ihnen Zeit, darüber nachzudenken.

Dann fragte Karl: »Du hast von zwei Männern gesprochen. Was ist mit dem anderen?«

»Der ist mir aufgefallen, weil er auffällig unmotiviert ist. Ich habe mich gefragt, weswegen ein Mann vierhundert Euro für eine Jahresmitgliedschaft ausgibt, die ihn überhaupt nicht zu interessieren scheint.«

»Das muss nichts heißen. Ich hab auch schon sinnlos Geld für etwas ausgegeben, das ich mir besser gespart hätte«, wandte Max ein.

Karl nickte. »Das kennt vermutlich jeder. Trotzdem ist es ein Ansatz, den zu überprüfen sich lohnt.«

»Die Sache hat nur einen Haken.«

Irritiert sahen die Männer Eva an. »Und welchen?«, fragte Max.

»Es gibt keinen Hinweis, dass es jemals zu einem Kontakt außerhalb der Plattform kam. Sie haben weder Telefonnummern noch private Mailadressen ausgetauscht. Und ein Treffen wurde auch nie vereinbart.«

»Oh Gott.« Max fuhr sich mit beiden Händen durch die Haare. »Besteht dieser Kackfall eigentlich nur aus Sackgassen?«

Sauerwein war ausgesprochen guter Laune, als sein Team um vier Uhr nachmittags im Besprechungsraum zusammentraf. Eva merkte es als Erste. »Gibst du uns was davon ab?«

»Sicher. Aber zuerst möchte ich euren Bericht hören.«

»Ich habe mit den Bekannten von Helmut Munk telefoniert«, sagte Karl und kicherte. »Die sind zwar stinksauer, dass er ihre Telefonnummer herausgegeben hat, bestätigen aber, dass Munk samt seiner Freundin in der Nacht, in der Anja Böhme gefunden wurde, mit ihnen zusammen war.«

Nachdem Eva ihre Auswertung der PerfectPartner-Profile zusammengefasst hatte, erzählte Sauerwein endlich von seinem Gespräch mit Märkel.

»Karl, ich danke dir für deine brillante Idee, Märkel in den Kreis der Verdächtigen aufzunehmen. Das Gespräch mit ihm hättet ihr erleben müssen. Dafür könnte ich dich küssen.«

»Bitte nicht.« Karl brachte die Kollegen zum Lachen, indem er ein Gesicht zog wie ein Delinquent auf dem Weg zum Schafott.

»Erzähl«, sagte Eva gespannt.

»Das kann ich nicht. Nein!« Sauerwein hob abwehrend die Hände, als seine Mitarbeiter in lautstarken Protest ausbrachen.

»Meine Loyalität verbietet mir das. Leider müsst ihr euch damit begnügen, dass es echt cool war.«

»Das ist unfair!«

»Scheiß auf die Loyalität.«

»Ach, komm schon …«

»Ruhe.« Sauerwein grinste über beide Ohren. »Jedenfalls war er es nicht.«

»Vielleicht ist Märkel der Mörder.«

»Hast du ihn nach seinem Alibi gefragt?«

»Seine Größe passt auch.«

Sauerwein ließ sie eine Weile herumalbern. Dann wurde er wieder ernst. »Habt ihr mit Jensen, der Wallner und dem Adler gesprochen?« Neben Dyrkhoff hatte die Spurensicherung nun auch Bob Sanders den Namen eines Greifvogels verpasst. Im Gegensatz zu dem Rechtsmediziner empfand der Polizeifotograf es als Auszeichnung und äußerst passend, da er sich mit seiner Kamera als schärfstes Auge des Präsidiums fühlte.

»Ja, haben wir. Nora behauptet, nichts mit der Herausgabe des Fotos zu tun zu haben. Und Jensen ist sich sicher, dass wir nicht gehackt wurden.«

Sauerwein verzog das Gesicht zu einer Grimasse. Er hatte sowieso nicht ernsthaft daran geglaubt, dass es jemand aus dem Präsidium gewesen war. »Und Sanders?«

»Der behauptet, dass das Foto nicht von ihm stammt. Weder die Beleuchtung noch der Blickwinkel entsprächen seiner Arbeitsweise.«

»Ach du Scheiße«, stöhnte Sauerwein. »Das kann nur eines bedeuten, oder?«

»Genau. Das arrogante Arschloch fühlt sich so sicher, dass er sein Opfer selbst fotografiert und die Presse informiert.«

Eva schob Sauerwein eine Auswertung der Mails der Perfect-Partner-Mitglieder über den Tisch. »Obwohl es einige gemeinsame Nenner gibt, sieht es so aus, als ob sich die Frauen nie mit diesen Männern getroffen haben. Was denkst du, sollen wir sie trotzdem befragen?«

Sauerwein warf einen Blick auf die Unterlagen und schob sie zu Eva zurück. »Ich glaube nicht, dass es was bringt. Aber wir können es uns nicht leisten, auch nur den kleinsten Fehler zu machen. Du musst noch mal nach München. Fahr zu dieser Partnervermittlung. Ich besorge einen Gerichtsbeschluss für die Herausgabe der Adressen.«

***

Sauerwein erwischte die Frau, als sie gerade wieder in ihr Auto steigen wollte. Er sprang aus seinem Wagen und lief zu ihr.

»Frau Sommerfeldt?«

»Ja?« Sie schaute auf ihre Uhr.

»Es tut mir leid. Wir hatten eine Besprechung, die länger gedauert hat.«

»Haben Sie schon mal von einem Telefon gehört?«

Hunderte kleiner Sommersprossen, die um ihre Nase tanzten, irritierten ihn. Er schloss die Augen, als ihm schwindlig wurde. Dann gab er sich einen Ruck.

»Ich habe es im Kommissariat vergessen. Wenn ich noch mal umgedreht wäre, wäre ich noch später gekommen. Es tut mir leid.«

»Hören Sie auf, sich ständig zu entschuldigen. Wollen Sie mich nicht hineinbitten?«

»Äh, ja, entsch–« Sauerwein lachte. »Kommen Sie.«

Als er die Tür aufdrückte, klingelte es in seiner Jackentasche. Sie sah ihn mit zusammengekniffenen Augen an.

»In der Arbeit vergessen, ja?«

Er wurde rot. »Es tut mir –«

Auf ihren Blick hin verstummte er.

»Ich hab es gesucht, aber nicht gefunden. Ehrlich.«

»Schon gut. Vergessen Sie's. Lassen Sie uns übers Geschäft reden.«

Zwei Stunden später verabschiedete sich Charlotte Sommerfeldt mit einem festen Händedruck.

»Bereiten Sie die Kinder darauf vor, das geht sonst schief, das garantiere ich Ihnen.«

***

Luisa hatte ihn verlassen. Er lag mit offenen Augen im Bett und starrte an die Zimmerdecke. Sie hatte noch so viele Pläne gehabt. Eine Kreuzfahrt wollte sie machen, Hongkong besuchen, Singapur und Bali. Er hatte keine Ahnung, ob das alles zu verbinden war, und wenn er ehrlich war, hatte er sich nie ernsthaft dafür interessiert. Er war so sehr mit seiner Arbeit verheiratet, sich so unentbehrlich vorgekommen, dass für die Träume und Wünsche seiner Frau in seinen Gedanken kein Platz gewesen war.

Nachdem er eine Weile ihr Kopfkissen angestarrt hatte, drehte er sich auf den Rücken, und sein Blick blieb an einer Spinnwebe hängen. Schmutz hatte es in seinem früheren Leben auch nicht gegeben.

Als das Handy auf seinem Nachttisch klingelte, stöhnte er. Ein Anruf um diese Zeit bedeutete nie etwas Gutes.

»Sauerwein.« Seine Stimme klang belegt.

»Guten Morgen, Martin, Hansi von der Spusi am Apparat. Ich bin mit Mike Siegel in Waakirchen. Wir haben eine Leiche, weiblich, Anfang dreißig, und ich denke, du solltest dir das ansehen. Es sieht so aus, als hätte euer Freund wieder zugeschlagen.«

Sauerwein klemmte das Telefon zwischen Schulter und Ohr, und während er darauf wartete, dass die Verbindung hergestellt wurde, zog er sich an. Eva hob im selben Augenblick ab, als er über ein Hosenbein stolperte und das Gleichgewicht verlor. Sie hörte den Schmerzenslaut, ein Poltern, und danach klang alles sehr gedämpft.

»Entschuldige. Mir ist der Hörer runtergefallen«, sagte er. »Es tut mir leid, dass ich dich aus dem Bett werfe, aber ich brauche euch alle. Wir haben einen neuen Tatort, und die Spurensicherung nimmt an, dass es unser Mörder ist.« Er gab ihr die Adresse durch und bat sie, Max und Karl zu informieren. Dann legte er auf und wählte Claudias Nummer.

Dreißig Minuten später erreichte er den Parkplatz der Kirche. Ohne auf seine Mitarbeiter zu warten, stieg er die vereisten Treppen zum Pfarrhaus hinauf. Der Kollege von der Spurensicherung, der ihn verständigt hatte, stand vor der Tür und trat von einem Bein auf das andere. »Wir haben den Tatort nicht angerührt, da die

Frau ganz sicher tot ist. Wir haben die Ruine abgesperrt, und Mike sichert mit zwei Leuten vom Kriminaldauerdienst die Zugänge. Der Falke muss jeden Augenblick eintreffen, und der Adler sitzt da drüben in seinem Auto.«

»Wer hat die Frau gefunden?«

»Die Haushälterin des Pfarrers, Sandra Bergmaier. Der Pfarrer liegt mit einer Lungenentzündung im Bett, und sie wollte ihm eine Suppe kochen, bevor er aufwacht. Sie kommt zu Fuß von Schaftlach durch den Wald, und nur deswegen hat sie die Tote in der Ruine überhaupt sehen können.«

»Wo ist sie jetzt?«

»In der Küche.«

Sauerwein bedankte sich und winkte Eva, die gerade aus ihrem silbernen Smart stieg. In den Händen trug sie eine große Thermoskanne und einen Korb. »Kaffee. Für alle«, antwortete sie seinem fragenden Blick. »Tassen und Kekse sind im Korb.«

Sie denkt an alles, dachte er, froh, sich die Hände an dem heißen Becher wärmen zu können.

Als der Rest der Mannschaft auf dem Parkplatz eingetroffen war, gab Sauerwein die Anweisung, in welcher Reihenfolge das Team die Ruine betreten sollte, und beschloss zusammen mit dem Leiter der Spurensicherung, auf den Einsatz von Scheinwerfern zu verzichten.

»Niemand betritt das Gelände, bevor es hell ist. Ich möchte nicht, dass wir irgendetwas übersehen. Eva, sprich mit der Haushälterin und lass dir alles von vorn erzählen. Alle anderen gehen ins Pfarrhaus und wärmen sich solange auf. Wir haben noch den ganzen Tag Zeit, um zu frieren.«

Eva fand die Haushälterin in der Küche, wo sie mit einer Tasse Kaffee in der Hand das Kreuzworträtsel in einer Tageszeitung löste. Sie machte einen merkwürdig gefassten Eindruck.

»Guten Morgen, Frau Bergmaier. Ich bin Eva Neunhoeffer, und ich möchte gern, dass Sie mir alles erzählen, was Sie heute früh gesehen haben.«

»Das habe ich doch alles schon Ihrem Kollegen erzählt«, sagte die ungepflegte Frau pampig, ohne von ihrem Rätsel aufzublicken.

»Ich weiß«, sagte Eva geduldig. »Trotzdem würde ich gern noch mal alles von Ihnen selbst hören.«

Genervt verdrehte die Frau die Augen. »Also gut. Der Pfarrer liegt seit zwei Tagen krank im Bett. Deswegen hab ich gestern auf dem Heimweg beim Bauern in Schaftlach ein Huhn gekauft, und das wollte ich fertig haben, bevor Heribert, also der Pfarrer, aufwacht. Deswegen bin ich gegen fünf Uhr zu Hause los, und als ich durch den Wald kam, hab ich gesehen, dass auf der Ruine ein Stück Stoff flattert. Da war ich neugierig und bin hochgegangen. Und so hab ich sie hängen sehen«, leierte sie herunter.

»Wie konnten Sie um diese Zeit überhaupt etwas sehen? Es war doch stockfinster?«

»Nee, eben nicht. Mit dem Vollmond und dem ganzen Schnee war es taghell. Es ist erst dunkel geworden, als der Mond weg war, das war so um halb sechs. Als ich grad hier am Pfarrhaus ankam. Deswegen konnte ich auch nicht schlafen. Wegen dem Vollmond«, ergänzte sie und bohrte ungeniert in der Nase.

»Erzählen Sie weiter«, forderte Eva die Haushälterin auf, als sie keine Anstalten machte, ihre Ausführungen fortzusetzen.

»Na ja, als ich dann hier war, hab ich die Polizei angerufen und danach meine Suppe aufgesetzt.« Sandra Bergmaier betrachtete ihren Zeigefinger und rieb das, was sie daran gefunden hatte, an den Saum ihrer fleckigen Schürze.

Eva schüttelte sich. »Ist Ihnen in der Ruine etwas aufgefallen?«

»Hmm. Eigentlich nicht. Aber komisch fand ich, dass der Weg gerecht war.«

Eva sah sie verständnislos an. »Was war mit dem Weg?«

»Na, wie mit einem Rechen abgezogen halt. So ein Teil, mit dem man im Herbst das Laub zusammenholt. Den ganzen Weg zur Ruine sah das so aus, als hätte jemand den Weg gerechert.«

Gegen ihren Willen musste Eva schmunzeln. »Ich verstehe. Und gab es sonst keine Spuren im Schnee?«

»Nee. Das weiß ich genau, weil ich es voll cool fand, dass nur meine Fußabdrücke da waren.«

»Sind Sie denn nicht erschrocken, als Sie die Leiche gesehen haben?« Eva musste sich zusammenreißen, als sich die Frau nun mit Hingabe ihrem zweiten Nasenloch widmete.

»Ein bisschen schon, aber ich hab erst gedacht, dass da nur eine Attrappe hängt. Die Kinder hier im Dorf machen ja viel Blödsinn. Aber als ich sie dann angefasst habe, da hab ich schon gemerkt, dass die da echt ist.«

»Sie haben sie angefasst?«, fragte Eva ungläubig und hoffte, sich verhört zu haben.

»Ja, klar. Ich hab doch keine Angst vor der, bloß weil sie tot ist. Die kann mir doch nichts mehr tun.« Die dumme Gans war ganz offensichtlich auch noch stolz darauf.

»Und dass Sie damit Beweise vernichten könnten, daran haben Sie gar nicht gedacht?«

»Äh, nee. Was für Beweise denn? Denken Sie vielleicht, dass die einer umgebracht hat?«

Bitte Herr, wirf Hirn vom Himmel, dachte Eva. So viel Dummheit war nur schwer zu ertragen.

»Wissen Sie denn noch, wo genau Sie die Frau angefasst haben?«

»Am Fuß, glaube ich. Und vielleicht am Oberschenkel. Und dann war da noch der ganze Stoff, den hab ich auch angefasst.«

Das wurde ja immer schlimmer.

»Wir brauchen Ihre Fingerabdrücke und die Kleidung, die Sie getragen haben. Ein Kollege wird sich gleich darum kümmern. Falls wir Sie noch mal brauchen, wo können wir Sie erreichen?« Eva notierte die Adresse und verließ das Pfarrhaus.

»Gibt's was Neues?«, fragte Sauerwein, als sie zu ihren Kollegen trat.

»Nur eine etwa fünfundzwanzigjährige Haushälterin, die es ziemlich cool findet, eventuelle Spuren verwischt zu haben, keine Angst davor hat, Leichen zu begrapschen, und den Pfarrer beim Vornamen nennt.«

Evas Zusammenfassung folgte ein kollektives Aufstöhnen der Kollegen.

Sie nickte. »Ich hab ihr gesagt, dass wir ihre Fingerabdrücke und die Kleidung brauchen.«

»Das kann ich übernehmen«, bot ein Kollege von der Spurensicherung an.

»Gut. Machen Sie das gleich und kommen Sie anschließend

nach«, nickte Sauerwein. »In ein paar Minuten ist es hell genug, und dann können wir loslegen.«

Auf dem Weg zur Ruine kam ihnen der Kollege vom Kriminaldauerdienst entgegen.

»Wir haben das Gelände außerhalb der Absperrung abgesucht. Die einzige Spur, die wir gefunden haben, war die der Haushälterin. Offensichtlich hat der Täter seine Spuren mit einem Rechen verharkt, nachdem er die Leiche abgeladen hatte.«

Sauerwein nickte. So weit waren sie schon gekommen.

Schenk rieb sich die Arme, um wieder warm zu werden. »Begünstigt hat ihn, dass es die ganze Nacht heftig geschneit und der Neuschnee die Spuren noch weiter verdeckt hat. So ein Mist, dass ausgerechnet letzte Nacht das Wetter umgeschlagen hat.«

Sauerwein und Eva tauschten einen Blick. Der Täter hatte nicht einfach Glück gehabt. Er hatte wieder gewartet, bis die Wettervorhersage starke Schneefälle angekündigt hatte.

»So wie es aussieht, hat er tatsächlich die Nerven gehabt, bei der Kirche zu parken, weil die geglättete Spur bis zum Parkplatz hinunterführt. Reifenspuren sind Fehlanzeige. Bei den Schneemassen ist es verdammt schwer, überhaupt noch was zu finden«, sagte Schenk.

Sauerwein nickte. »Rufen Sie die Hundestaffel an. Die sollen mit zwei Spurensuchhunden kommen, vielleicht bringt es diesmal was. Wärmen Sie sich unten im Pfarrhaus eine halbe Stunde auf. Und nehmen Sie Ihren Kollegen auch gleich mit.«

Als Schenk gegangen war, ging Eva voraus. Sauerwein blieb noch eine Weile stehen und ließ die Gegend auf sich wirken. Der Weg war schmal, und er schätzte es als gefährlich ein, mit dem Motorschlitten den Hügel hochzufahren. Was verleitet den Mörder dazu, hier eine Leiche hochzubringen?, fragte er sich. Einen leblosen Körper den ganzen Weg zur Ruine zu tragen erforderte einen Kraftaufwand, den selbst ein erwachsener Mann nur schwer bewältigen konnte. Ohne Hilfe war das eigentlich unmöglich.

Er ging weiter und holte die Kollegen an der Ruine ein. Eva und Karl standen einige Meter entfernt, ohne miteinander zu reden. Sauerwein wusste, dass beide versuchten, das grausame Bild im Gedächtnis abzuspeichern, um später alle Details abrufen zu können. Oft waren es die Kleinigkeiten, die am Tatort so belanglos erschienen und irgendwann den entscheidenden Hinweis lieferten.

Ohne sie zu stören, bat Sauerwein den Fotografen und den Mediziner, einige Meter zur Seite zu gehen. Er wusste, dass die beiden Eva und Karl nicht störten, er selbst konnte sich aber nur schwer konzentrieren, wenn ständig jemand durchs Bild lief.

Die Szene war bizarr wie ein Ausschnitt aus einem Gemälde von Hieronymus Bosch. Der Himmel hatte die Farbe von gegossenem Blei, und die Bäume bogen sich unter der schweren Last des Schnees, der den Verfall der Burg unter einem sauberen Laken verbarg. Die Frau lehnte an der Wand eines nach oben geöffneten Gewölbes und blickte ihm aus gebrochenen Augen ins Gesicht. Auf ihrem Kopf hatte der Schnee ein Häubchen gebildet, das ein wenig schief saß und seitlich herabzurutschen drohte. Der Kontrast des Käppchens zu den schwarzen Locken über dem blassen Gesicht und den rot geschminkten Lippen war bezaubernd, aber ihre Füße waren nackt, und das kurze Kleidchen war viel zu dünn. Sie musste entsetzlich frieren.

Später hätte Sauerwein nicht sagen können, wie lange er dort gestanden und die Frau angesehen hatte. Es hatte eine Weile gedauert, bis er verstand. Die Frau konnte nicht mehr frieren, und sie sah ihn auch nicht an.

Sie war seit Wochen tot.

Die Spurensicherung hielt einige Überraschungen für die Ermittler bereit. »Angesichts der Schneemassen haben wir ein echtes Problem. Wir nehmen ungefähr einen Zentner Schnee aus dem Bereich um die Leiche mit ins Labor und analysieren das Schmelzwasser. Ich kann euch aber jetzt schon versprechen, dass dabei nichts herauskommt. Sicher ist nur, dass die Frau nicht hier gestorben ist, weil es kein Blut gibt. In der Hinsicht ist uns der Schnee eine Hilfe.« Preisenbacher machte eine Pause und zündete sich eine Zigarette an.

Während der Leiter der Spurensicherung seine Erläuterungen fortsetzte, führte er sie um die Mauer herum zur Rückseite des

Gewölbes. »Eines ist aber wirklich bemerkenswert. Der Täter muss bereits zu einem früheren Zeitpunkt Stunden hier verbracht haben. In die Wand, an der die Leiche hängt, sind sechs Löcher gebohrt worden. Sie sind für die Gurte gedacht, die die Leiche festhalten. Hier.« Er blieb stehen und zeigte auf drei Riemen, die in etwa dreißig Zentimetern Höhe vom Boden aus dem Mauerwerk kamen und dort verknotet waren.

»Das ist euch nicht aufgefallen, oder? Wir haben hier hinten ein anderes Höhenniveau als im Gewölbe, deswegen sieht man die Löcher nicht, wenn man dran vorbeigeht. Ich schätze, der Täter hat sie schon vor Längerem mit einem Handbohrer vorbereitet. Wir nehmen auch hier den Schnee und die oberste Schicht Erde mit.«

»Ich habe keine Gurte an der Frau bemerkt«, sagte Max. »Wie hat er sie befestigt?«

»Er hat sie nackt aufgehängt.« Die Stimme klang wie aus einer Gruft. Erschrocken blickten sie auf die Wand. Dyrkhoff hatte seine Untersuchungen auf der anderen Seite aufgenommen und ihr Gespräch durch das fehlende Dach im Gewölbe mit angehört. »Von dem Kleid fehlt der Rücken. Er hat es über den Schultern und an den Seiten nur zwischen den Körper und die Wand geklemmt.«

»Merkwürdig«, sagte Eva. »Er weicht von seinem Muster ab. Wieso lässt er die ersten beiden Frauen nackt und hängt dieser ein Kleid über?«

»Doktor, können wir davon ausgehen, dass es derselbe Täter ist?«, wollte Sauerwein wissen.

»Aufgrund meiner überdurchschnittlichen Erfahrung kann ich Ihnen jetzt schon sagen, dass der Modus Operandi weitgehend der gleiche ist«, hallte es dumpf von drüben. »Auch wenn wir eventuelle Nachahmer in Betracht ziehen, die dieser Zeitungsmüll auf den Plan gerufen hat, haben wir einige Details, die nicht durch die Blätter gegangen sind.«

»Und zwar welche?«, fragte Sauerwein.

»Den ungewöhnlichen Blutverlust zum einen. Ein toter Körper blutet von allein nicht so weit aus, und von den Blutverdünnern kam soweit ich weiß nichts in den Medien.«

»Das stimmt. Und zum anderen?«

»Das andere ist etwas, das mir erst jetzt auffällt. Die erste Leiche hatte einen seltsam geformten roten Fleck am Haaransatz im Nacken. Ich habe das zwar in den ersten Bericht geschrieben, es aber als Geburtsmal eingeschätzt.«

»Ein Storchenbiss, so was hab ich auch«, sagte Eva.

»So nennt es der Volksmund, weil der Fleck an der Stelle sitzt, an dem der Märchenstorch die Kinder im Schnabel hält«, bestätigte Dyrkhoff. »Jedenfalls haben wir hier auch so ein Mal, und es hat exakt die gleiche Form. Also ist es eine Druckstelle, und von der kann niemand wissen. Wie lange wollen Sie eigentlich noch da draußen rumstehen und mich von der Arbeit abhalten?«

***

»So geht es nicht weiter«, sagte Claudia, als Sauerwein am späten Nachmittag erschöpft auf ihrem gelben Sofa saß und eine Flasche Wasser auf ex leerte. »Wir bekommen jedes Mal einen Herzanfall, wenn mitten in der Nacht das Telefon klingelt. Abgesehen davon, dass wir beide das nicht mehr mit unseren Arbeitsstellen vereinbaren können.«

Ihre Worte machten ihm Angst. An die Konsequenzen, was wäre, wenn sie sich nicht mehr um die Kinder kümmern konnte, mochte er nicht denken.

»Ich hab heute Nachmittag lange mit Piet darüber geredet.«

Piet war ihr Mann. Sauerwein hatte den sympathischen Holländer von Anfang an gemocht. »Und?«

»Du nimmst unseren Schlüssel. Und wenn du wieder in der Nacht einen Babysitter brauchst, dann bringst du die Kinder zu uns, ohne uns vorher anzurufen. Piet wird sein Büro in den ersten Stock verlegen, und das Zimmer hier unten bekommen die Mädchen. Es tut mir leid, aber anders geht es nicht.«

»Papi, da is eine Fau für dich.«

Hannah kam in den ersten Stock gerannt, fasste Sauerwein an der Hand und zog ihn zur Treppe.

Unten stand Lisa, die Hände in die Seiten gestemmt, an der offenen Tür und weigerte sich, die Frau mit den rötlich-blonden

Haaren hereinzulassen. Hannah stellte sich neben ihre große Schwester und ahmte ihre Geste unbeholfen nach.

Sauerwein trat hinter die Mädchen und bat die Besucherin in die Küche.

»Papi, was will die Fau hier?« Hannah fing an zu weinen und weigerte sich, Platz zu machen.

»Haben Sie es ihnen denn nicht gesagt?«

Sauerwein senkte verlegen seinen Blick und wurde rot.

»Lisa, Hannah, Schätzchen, das ist Frau, ähm, Tante … Wie soll ich Sie denn vorstellen?«

Der Blick, mit dem Charlotte Sommerfeldt ihn bedachte, sprach Bände. »Hören Sie, das führt zu nichts. Rufen Sie mich an, wenn Sie der Meinung sind, dass Sie es schaffen, meine Ratschläge umzusetzen.« Sie bückte sich und hob ihre Tasche auf.

»Warten Sie.« Sauerwein machte sich vom Griff seiner Töchter los. »Ich begleite Sie hinaus.«

»Wieso glauben Sie, dass Sie es sich erlauben können, meine Ratschläge zu ignorieren? Einfach so?« Sie war überaus bezaubernd, wenn sie wütend war. »Nein, Sie hören mir zu«, sagte sie, als er sie unterbrechen wollte. »Das Jugendamt kann die Zusage jederzeit zurückziehen. Und glauben Sie mir, Sie wären nicht der Erste, dem das passiert.«

»Ich verstehe. Aber finden Sie nicht, dass Sie ein wenig überreagieren? Nur weil ich es versäumt habe, die Mädchen zu informieren, brauchen Sie mir nicht gleich zu drohen.«

Sie schloss ihren Wagen auf und drehte sich zu ihm um. »Darum geht es nicht. Sondern darum, dass Sie eine Mitwirkungspflicht haben. Und wenn ich schon am ersten Tag merke, dass Sie die nicht ernst nehmen, wie soll es dann weitergehen?« Sie setzte sich in den kleinen gelben Peugeot und zog ziemlich hübsche Beine hinterher.

»Warten Sie ab, wie die Mädchen auf meinen Besuch reagieren. Und denken Sie darüber nach, dass Sie das hätten verhindern können. Auf Wiedersehen.« Ohne seine Antwort abzuwarten, startete sie den Motor und wäre beim Rückwärtsfahren aus der Einfahrt beinahe mit einem silbernen Cabrio zusammengestoßen.

»Was ist denn hier los?« Als Claudia mit dem Wäschekorb, den Sauerwein bei ihr vergessen hatte, das Haus betrat, musste sie schreien, um sich Gehör zu verschaffen.

»Dante Dlaudia.« Heulend warf sich Hannah in die Arme ihrer Tante. »I will ned, dass die böse Fau breibt.«

»Häschen, welche böse Frau denn?« Sie zog ihre Nichte auf den Schoß und sah ihren Bruder fragend an.

Der winkte ab. »Die Betreuerin vom Jugendamt. Sie war nur fünf Minuten hier, und seitdem zieht die Prinzessin dieses Theater ab.«

»Komm, Spatz, ich bring dich nach oben.« Claudia stemmte sich mit Mühe aus dem Sessel.

»Ich bringe jetzt dieses Äffchen ins Bett, und dann will ich wissen, was los ist.«

Als Claudia dreißig Minuten später nach unten kam, öffnete Sauerwein sein drittes Bier.

»Denkst du, das macht es besser?«, fragte sie mit einem Blick auf die leeren Flaschen.

»Das ist mir egal.«

Kopfschüttelnd sah sie ihn an und ließ sich auf die Eckbank fallen. »Also, was war los?«

Sauerwein nahm einen tiefen Schluck und fing an zu erzählen. Als er fertig war, fragte sie: »Und was meint diese Sommerfeldt dazu?«

»Dass ich ein Idiot bin.«

Sie starrte ihn mit offenem Mund an. »Das hat sie gesagt?«

»Nein, aber gedacht.«

Claudia kicherte. »Sie scheint einen gesunden Menschenverstand zu haben.«

»Fang du auch noch damit an.« Gespielt wütend warf er den Kronkorken nach ihr. »Ich kann nicht verstehen, dass sie so ein Gewese darum macht, dass ich die Mädels nicht über ihren Besuch informiert habe. Das ist doch albern!«

»Jetzt mach aber mal einen Punkt. Sie hatte doch recht mit ihrer Prognose, dass ihr Besuch bei den Mädchen ein Nachspiel haben wird. Und vermutlich hatte sie einen guten Grund, weshalb sie wollte, dass du die Gören vorher darüber informierst.«

»Hmmm«, brummte er.

»Nix, hmmm. Denk drüber nach.«

»Jawohl.« Er stand stramm. »Aber was mache ich jetzt?«

Claudia warf den Flaschenverschluss zurück. »Ruf sie morgen an und mach einen neuen Termin für Donnerstag oder Freitag Nachmittag aus. Ich rede morgen mit den Mädchen. Und wenn es dir recht ist, dann wäre ich gern dabei, wenn sie das nächste Mal kommt.«

ZWÖLF

Im Präsidium herrschte eine miese Stimmung. Die Mitglieder der SOKO Dornröschen waren seit Stunden damit beschäftigt, erneut sämtliche Notizen zu sichten, um einen Hinweis darauf zu finden, was sie möglicherweise übersehen hatten.

»Ich habe das Gefühl, dass ich bald jedes Wort auswendig kenne.« Frustriert schob Eva ihren Stuhl zurück. »Langsam glaube ich nicht mehr daran, dass wir hier noch irgendwas finden, das wir nicht schon mindestens dreißig Mal durchgekaut haben.«

»Machen wir eine Pause.« Max stand auf und streckte sich. »Gehen wir was essen und denken eine Stunde lang einfach an etwas anderes.«

Als sie ihre Mäntel vom Haken nahmen, kam Nora Wallner ins Zimmer. »Wo gehts ihr denn hin? Der Michi hat grad eine Frau hochbracht, die a Anzeige erstatten möcht. Irgendwas is mit ihrem Computer, und jetzt fragts mich bitt schön ned, wieso die bei uns glandet is.«

»Warte, Nora.« Sauerwein stand in der Verbindungstür. »Die Dame schickst du gleich wieder weg, weil wir nichts mit Internetkriminalität am Hut haben. Wir haben weiß Gott genug zu tun.«

»Ja, lieber Herr Sauerwein, des weiß i. Des darfst mir glaubn. Aber die Frau ist von den Kollegen hergschickt wordn, weil's vielleicht mit unserm Fall zu tun habn könnt. Meinen die Kollegen.«

»Na, wenn die Kollegen das meinen, dann schick die Dame herein«, sagte Sauerwein und wandte sich an seine Mitarbeiter. »Ihr bleibt hier. Anschließend gehen wir gemeinsam essen.«

»Grüß Gott.« Drei Minuten später stand eine unerhört attraktive Blondine im Raum. Max Hansen schnappte nach Luft. Du blöder Arsch, dachte Eva. Typisch Mann, es braucht nur ein paar lange Beine und große Titten, dann bleibt euch allen die Luft weg. Ihr war die Frau auf Anhieb unsympathisch.

Mit einer weiblichen Anmut, die Evas Antipathie noch verstärkte, ließ sich die Frau auf dem Stuhl nieder, den ihr Max förmlich unter den Hintern schob. Gleich bietet er ihr noch Kaffee, Kuchen und eine Fußmassage an. Eva kochte.

»Bitte, Frau …?«, fragte Sauerwein.

»Kristina Winter«

»Frau Winter. Was führt Sie zu uns?«

»Ich war bei Ihrem Kollegen, weil ich ein Problem mit meinem Rechner habe. Der meinte, ich soll mich auch noch an Sie wenden.«

»Hat Ihnen Herr Jensen auch den Grund dafür genannt?«

»Er hat mich zu Ihnen geschickt, weil ich bei ihm Anzeige wegen eines Angriffs auf meinen Rechner erstattet habe. Aber was ich bei Ihnen soll, weiß ich auch nicht. Sie sind doch von der Mordkommission, oder?«

Nachdenklich sah Sauerwein die Besucherin an. »Ich schätze, dass er seinen Grund dafür hat. Erzählen Sie uns, worüber Sie mit ihm gesprochen haben«, bat er.

»Ich bin hergekommen, weil jemand in den letzten Tagen versucht hat, sich in meinen Computer zu hacken. Der wollte über einen Trojaner ein Backdoorprogramm und einen Keylogger auf meinem Rechner installieren. Da ich mich ziemlich gut auskenne, hab ich den Angriff abwehren können, aber bei einem normalen User wäre er locker damit durchgekommen.«

»Dafür kenne ich mich überhaupt nicht damit aus. Was ist das für ein Zeug, von dem Sie da reden?« Sauerwein verstand nur Bahnhof.

Die Blonde sah die anderen Mitglieder der Mordkommission fragend an. »Verstehen Sie etwas von Computern über den normalen Gebrauch hinaus?«

Max sagte: »Ein bisschen«, während Eva den Kopf schüttelte.

Kristina Winter dachte nach, dann fragte sie: »Was ein trojanisches Pferd ist, ist Ihnen klar, oder?«

Alle nickten.

»Einen Trojaner kann man sich einfangen, wenn man einen Link anklickt, von dem man besser die Finger gelassen hätte. So weit verstanden?«

Sauerwein verdrehte die Augen. Er hatte überhaupt keine Lust, sich damit zu beschäftigen. Und Zeit schon gleich gar nicht.

»Es ist eine Software, die verschiedene Aufgaben haben kann«, fuhr Kristina Winter ungerührt fort. »Meiner hatte zwei weitere Programme im Gepäck, die sich selbstständig auf meinem Rechner installieren sollten. Eines davon ist ein Keylogger, eine Software, die meine Tastatureingaben ausspionieren und aufzeichnen sollte. Sehr hilfreich für jemanden, der an die Passwörter auf einem fremden Rechner kommen möchte. Das zweite Programm ist eine Backdoorsoftware, die dazu dient, dem Eindringling die Herrschaft über meinen Computer zu verschaffen. Wenn ihm die Installation gelungen wäre, könnte er jetzt von einem beliebigen Punkt der Welt auf meinen Rechner zugreifen, dort alles lesen, löschen, schreiben, installieren. Was auch immer ihm einfällt.« Erwartungsvoll sah Kristina Winter die Kommissare an.

Max rührte sich als Erster. »Ich finde es zwar interessant, dass so was möglich ist, aber ich verstehe nicht, was das mit uns zu tun hat.«

»Ja, das sollte ich Ihnen wohl dazu noch sagen, meinte Ihr Kollege. Den Trojaner hab ich mir durch das Anklicken eines Links einer Partnervermittlung eingefangen. Sagt Ihnen der Name PerfectPartner etwas?« Erwartungsvoll schaute die Besucherin die Ermittler an.

Die machten keine Anstalten, ihr zu antworten, sondern starrten sie entgeistert an.

Nach einer Weile stand sie auf. »Die Zeit bei Ihnen hätte ich mir anscheinend sparen können. Ich geh dann wohl besser wieder.«

Eva wachte als Erste aus ihrer Starre auf. »Bitte entschuldigen Sie. Wir versuchen gerade, Ihre Schilderung in Zusammenhang mit einem unserer Fälle zu bringen. Bitte geben uns noch ein paar Minuten, dann haben wir sicher einige Fragen an Sie.« Über den Gedanken, die ihr durch den Kopf schossen, hatte Eva ihre Antipathie völlig vergessen.

Während Kristina Winter wartete, sah sie sich neugierig im Zimmer um. Im Gegensatz zu den meisten »Tatort«-Filmen im Fernsehen war der Raum hell und freundlich eingerichtet. Am Fensterbrett standen drei blühende Orchideen, und an den Wänden hingen bunte Acrylbilder, die dem Zimmer eine freundliche Note gaben. Sicher das Werk der zierlichen Kommissarin. Sie war ihr auf Anhieb sympathisch gewesen, wenn sie auch spürte, dass das nicht auf Gegenseitigkeit beruhte. Ihr Blick wanderte weiter zu Max Hansen, der ihr ungeniert in den Ausschnitt starrte. Mit seiner lässigen Art, sich zu kleiden, war er genau der Typ, auf den sie abfuhr. Dazu sah er auch noch gut aus. Groß, athletisch, cooler Haarschnitt. Ohne zu merken, dass sie ihn ihrerseits musterte, drehte er eine Pillendose auf, nahm eine Kapsel heraus und sog sie mit den Lippen in den Mund, gerade so, als ob er an einer Brust saugen würde. Welch ein Trottel!

Der andere war das völlige Gegenteil seines aufgeblasenen Kollegen. Zwar genauso groß und schlank, aber schlaksig und gekleidet wie ein Überbleibsel aus den Siebzigern. Sehr individuell. Kristina lächelte. Das und seine schüchterne, unaufdringliche Art, machten ihn ihr auf Anhieb sympathisch. Und der Chef? Der hatte sie seinerseits nicht aus den Augen gelassen. Als sie seinen Blick erwiderte, hatte sie das Gefühl, dass er ihr bis auf den Grund ihrer Seele sehen konnte.

»Ich hätte gern noch ein paar Informationen«, unterbrach Karl ihre Gedanken. »Wir alle sind keine Computerexperten, aber ein wenig verstehe ich davon. Wie sind Sie überhaupt auf die Idee gekommen, dass mit Ihrem Rechner etwas nicht stimmt?«

»Weil ich mich einige Jahre selbst mit dem Thema beschäftigt habe.« Sie machte eine kunstvolle Pause. »Mich in fremde Systeme einzuhacken.«

Jetzt stand Karls Mund offen, und sein Gesichtsausdruck sprach Bände. »Äh, Sie haben …?«

»Ja, hab ich. Ich nehme an, Ihr Kollege dahinten liest gerade meinen Lebenslauf.« Mit einer Kopfbewegung deutete sie auf Max, der wild auf seiner Tatstatur tippte.

»Max?« Auch Sauerweins Interesse war erwacht.

»Ähm, ja. Entschuldigung. Frau Winter hat recht, ich hab das überprüft.« Widerwillig bewundernd sah er die fremde Schöne an. »Sie saßen wirklich wegen Internetkriminalität im Bau?«

»Einer meiner unrühmlicheren Lebensabschnitte«, sagte sie

trocken und lächelte. »Aber immerhin hab ich daraus gelernt und führe mittlerweile ein solides, langweiliges Leben.«

»Als Chefentwicklerin eines der größten Konzerne Europas«, ergänzte Max trocken.

»Max, was soll das?« Sauerwein warf ihm einen warnenden Blick zu. Dass er ihre Besucherin während ihrer Anwesenheit völlig ungeniert überprüfte, ging wirklich zu weit.

»Ach was, lassen Sie ihn ruhig. Ob Sie meinen Leumund gleich oder später überprüfen, macht keinen Unterschied.«

Sie wandte sich an Max und griff seine Feststellung wieder auf. »Ja, es stimmt. Jedenfalls kenne ich mich gut genug aus, um zu merken, wenn jemand versucht, in meinen Rechner einzudringen. Nicht dass Sie denken, dass er es geschafft hat. Ich habe mich gut genug abgesichert, dass es nur wenige Kollegen schaffen könnten, den Schutz zu umgehen«, sagte sie selbstbewusst. »Ich hab vor ein paar Jahren ein eigenes Programm geschrieben, das einen eventuellen Eindringling zur Tür hereinlässt und ihn dann auf eine virtuelle Oberfläche führt. So denkt er, dass er sich Zugang verschafft hat, in Wirklichkeit hängt er aber selbst am Haken. Mit den Daten, die er von meinem Rechner zieht, holt er sich selbst einen Trojaner ins Haus. Zumindest theoretisch. Der Typ, der mich beehren wollte, ist dafür zu clever. Er ist genauso gut abgesichert wie ich.«

»Das heißt, Sie wissen zwar, dass jemand versucht hat, bei Ihnen einzudringen, aber es gibt keine Möglichkeit, herauszufinden, wer es war und was er wollte?«, hakte Karl nach.

»Wie gesagt, halte ich mich in dieser Hinsicht mittlerweile zurück. Ich habe meinen Rechner Ihrem Kollegen anvertraut. Die Polizei hat noch ein oder zwei Tools, mit denen sie vielleicht weiterkommt. Ihr Kollege Jensen hat mich zu Ihnen geschickt, weil er es wichtig fand, dass der Link zu dem Trojaner über die Partnervermittlung kam.«

Sie gab den Ermittlern Zeit, über ihre Worte nachzudenken. Dann fuhr sie fort: »Ich gehe davon aus, dass ich nicht das einzige Ziel des Hackers war. Aber annähernd hundert Prozent der anderen Personen, die diesen Link anklicken, sind sicher nicht so gut geschützt wie ich.«

»Und würden sich den Trojaner und all das andere Zeug einfangen«, folgerte Sauerwein.

Selbst der Chef hatte es kapiert. Karl blinzelte Eva zu.

»Das hab ich gesehen, Karl«, sagte Sauerwein trocken.

Karl wurde prompt rot. »Wie kamen Sie überhaupt an den Link?«, lenkte er von sich ab.

»Ich habe mich vor einer Woche bei PerfectPartner mit einer kostenlosen Probemitgliedschaft angemeldet. Nach ein paar Tagen habe ich eine Mail erhalten, in der es um ein Gewinnspiel für eine sechsmonatige Mitgliedschaft ging. In dieser Mail war er versteckt.«

Eva nickte. »Ich kann mir vorstellen, dass so ziemlich jeder, der so eine Nachricht bekommt, daran teilnehmen würde.«

»Wenn das an die Öffentlichkeit dringt, dann ist die Partnervermittlung doch sofort weg vom Fenster. Die könnten zusperren und hätten noch jede Menge Klagen am Hals«, zweifelte Max.

»Ich glaube nicht, dass die Mail tatsächlich von der Agentur kam. Es ist kein Hexenwerk, eine Mail mit einem Absender-Aliasnamen zu verschicken. Und, wie schon gesagt, der Typ hat ordentlich was drauf. Er fälscht den Absender und leitet jeden, der auf den Link klickt, auf eine Seite, die zwar so aussieht, in Wirklichkeit aber überhaupt nichts mit der Partneragentur zu tun hat. Das ist ziemlich einfach«, klärte Kristina Winter die erstaunten Kommissare auf. »An Ihrer Stelle würde ich abwarten, was Ihre IT herausfindet. Und dann können Sie mich wieder anrufen. In puncto illegalem Treiben hab ich denen einiges voraus.«

Drei Augenpaare folgten einem unverschämt hübschen Po, als Eva sich räusperte. Ertappt drehten sich drei Köpfe in ihre Richtung, und Karl wurde schon wieder rot.

»Riecht ihr das?«, fragte Eva.

Dreimal Kopfschütteln.

»Ich finde, wir sollten lüften. Von dem Testosteron, das in der Luft hängt, krieg ich Kopfschmerzen.«

»Ich glaube, unsere liebe Kollegin hat einen Clown gefrühstückt«, witzelte Max. »Aber eins will mir nicht in den Kopf. Wieso sucht eine derart schöne Frau im Internet nach einem Partner?«

Er schüttelte den Kopf. »Die kann sich doch sicher auch so schon vor Angeboten nicht retten.«

»Manchmal ist Attraktivität auch ein Hindernis. Viele Menschen haben Hemmungen vor einem überdurchschnittlich gut aussehenden Partner. Sie haben Angst, dass er ihnen nicht allein gehört«, philosophierte Eva.

»Und dass sie ihm das Wasser nicht reichen können«, ergänzte Karl.

»Na, damit hätte ich keine Probleme«, wehrte sich Max gegen eine Unterstellung, die nur er als solche wahrgenommen hatte. »Ich würde sie sofort um ein Date bitten, wenn sie keine Zeugin wäre.«

»Nur dass du nicht in ihrer Liga spielst«, sprang Karl mit beiden Füßen in das Fettnäpfchen, das sich so unerwartet auftat.

Fassungslos starrte Max ihn an. »Im Gegensatz zu dir traue ich mich wenigstens an eine Frau ran, die in ihrer Liga spielt. Und dir ist die Zunge doch auch bis zum Boden rausgehangen, als du ihr hinterhergegafft hast.«

Karl lief knallrot an und wollte sich nicht weiter zu dem Thema äußern. Eine Gelegenheit, mit seiner Kollegin allein zu sprechen, ergab sich zehn Minuten später. »Eva?«

»Hmm?«

»Sag mal, könntest du …?«

Als er nichts weiter sagte, sah sie von ihrem Bericht auf und legte den Kopf schräg.

»Was ist los?«

»Äh, ja, es ist … Na ja, wegen dieser Frau eben.«

»Ja und? Was ist denn mit ihr?« Manchmal war es zum Verzweifeln mit ihm.

»Weil, du weißt doch, meine Frau. Die ist ziemlich eifersüchtig.« Endlich war es raus.

»Möchtest du mich etwa darum bitten, dass ich deiner Frau nicht erzähle, dass wir eben einen heißen Feger hier hatten und dir schier die Augen aus dem Kopf gefallen sind?«

Er nickte stumm.

»Du glaubst doch nicht im Ernst, dass ich, dass *wir alle*«, verbesserte sie sich, »nichts Besseres zu tun haben, als deiner Frau zu stecken, dass du einer anderen hinterhergeschaut hast. Wir sind doch nicht im Kindergarten.«

»Habts an Moment Zeit? Da wär ein Mann, der möcht a Vermisstenmeldung aufgebn.«

Bevor Max Nora Wallner zum Teufel jagen konnte, ging Eva dazwischen.

»Schick ihn rein, Nora.«

Als er protestieren wollte, meinte sie: »Max, ich glaube, die Wallner weiß schon, welche Leute sie zu uns schicken kann. Wart doch einfach mal ab.«

Eva hatte ihn nicht hereinkommen hören. Der Mann stand verloren wie ein Gespenst im Raum und machte sich nur durch ein leises Räuspern bemerkbar. Als er sah, dass sich die Kommissarin erschrocken nach ihm umdrehte, entschuldigte er sich sofort.

»Kein Problem. Setzen Sie sich«, forderte Eva ihn auf. »Sie möchten eine vermisste Person melden?«

Der Mann nickte, und als er Eva endlich ansah, schwammen Tränen in seinen Augen.

»Ich wollte meine Schwester besuchen, weil sie sich nicht mehr gemeldet hat. Wir haben uns vor ein paar Wochen am Telefon gestritten, und seither erreiche ich sie nicht mehr.«

Er wischte sich mit dem Ärmel seiner Jacke über die Nase. »Deswegen bin ich heute zu ihr gefahren, und als sie nicht aufgemacht hat, hab ich mir den Schlüssel von der Nachbarin geholt, und dann –«

Eva zog ihre Schublade auf und holte eine Packung Taschentücher heraus. Dankbar nahm er das Päckchen und steckte es gedankenlos in seine Jackentasche.

»Beginnen wir von vorn«, sagte sie sanft. »Ich brauche als Erstes Ihren Namen und den Ihrer Schwester.«

Er nickte. »Ich heiße Robert Kramer, und meine Schwester heißt Maria.«

»Auch Kramer?«

»Ja.«

»Sie sind also in die Wohnung Ihrer Schwester gegangen?«

Er nickte und starrte die Landkarte hinter ihrem Rücken an.

»Und was ist Ihnen dort aufgefallen?«

»Es hat gestunken, weil in der Küche ein halber Kuchen verschimmelt ist. Sie hätte doch nie, ich meine, kein Mensch bäckt Kuchen und lässt ihn dann vergammeln, oder? Und wenn doch, dann wirft man ihn weg.« Er fing an zu weinen. Allein dadurch, dass er seine Befürchtungen und Erlebnisse in Worte fasste, wurde ihm die Tragweite des Verschwindens seiner Schwester bewusst. »Haben Sie vielleicht ein Taschentuch?«

»In Ihrer rechten Jackentasche.«

»Was?« Verblüfft zog er das Päckchen aus der Jacke. Er lachte kurz auf. »Entschuldigen Sie, ich bin ganz durcheinander.«

»Das ist schon in Ordnung. Können wir weitermachen?«, fragte Eva, nachdem er sich die Nase geputzt hatte.

»Ja.«

»Haben Sie ein Foto von ihr dabei?«

Er wurde rot und senkte den Blick. »Daran hab ich nicht gedacht.«

»Nicht so schlimm«, versuchte Eva, ihn zu beruhigen. »Beschreiben Sie sie mir.«

»Wir sehen uns ziemlich ähnlich. Grüne Augen, schwarze Haare. Bei ihr allerdings lang und gelockt. Sie ist eins fünfundsiebzig und schlank. Sie ist eine sehr schöne Frau.«

Unbewusst stellt er sich damit selbst ein Zeugnis aus, stellte Eva fest. Wenn er keine Sorgen hatte, war er sicher ein sehr attraktiver Mann. »Waren Sie auch in den anderen Zimmern?«

»Nein. Ich hatte zu viel Angst, dass sie da irgendwo liegt. Aber ich hab gerufen, und ich, na ja, sie war nicht da.«

»Könnte Sie verreist sein? Ohne dass sie Sie informiert hat, weil Sie sich gestritten haben?« Eva glaubte selbst nicht daran.

Er schüttelte den Kopf. »So schlimm war der Streit nicht. Und außerdem ist da noch der Kuchen.«

Insgeheim stimmte Eva ihm zu. Die Alarmglocken in ihrem Kopf schrillten, seitdem er erzählt hatte, dass er seine Schwester seit mehreren Wochen nicht erreicht hatte.

»Glauben Sie …«, unterbrach er ihren Gedankengang. »Meinen Sie … da war doch die Sache in der Zeitung mit der Frau, die umgebracht worden ist. Glauben Sie, dass meine Schwester –?«

Er brach ab. Dass sie tot sein könnte, wollte er nicht aussprechen. Die Geister in seinem Kopf waren laut genug.

Als Eva hörte, dass Sauerwein nebenan in sein Büro kam, entschuldigte sie sich bei Robert Kramer.

Zwei Minuten später kam sie mit ihrem Vorgesetzten zurück.

»Herr Kramer, mein Name ist Sauerwein. Frau Neunhoeffer hat mich ins Bild gesetzt, und wir werden alles daransetzen, Maria zu finden. Der Form halber brauchen wir von Ihnen eine offizielle Vermisstenanzeige. Wenn Sie uns Ihr Einverständnis geben, dann können wir die Wohnung Ihrer Schwester durchsuchen, bevor wir die Formalitäten erledigt haben, und so Zeit sparen.«

»Sie können machen, was Sie wollen, Hauptsache, Sie finden sie!«

»Gut. Ich würde Frau Neunhoeffer gern mit einem Kollegen in die Wohnung schicken. Wir brauchen aber noch einige Informationen zu Ihrer Schwester von Ihnen. Würden Sie das bitte mit einem meiner Mitarbeiter machen?«

»Was denkst du?«, fragte Max, als sie auf dem Weg zu Maria Kramers Wohnung waren.

»Eigentlich möchte ich an gar nichts denken. Das, was der Bruder erzählt hat, macht mir Angst.« Sie hatte einen Fuß untergeschlagen und sich zu ihm gedreht.

»Eine Frau, die seit Wochen spurlos verschwunden ist, der verschimmelte Kuchen, das klingt alles so bekannt. Außerdem passt seine Beschreibung auf die Tote von der Burg.« Sie setzte sich gerade hin, um an das Handy in ihrer Hosentasche zu kommen.

»Karl? Frag ihn, was mit ihren Eltern ist und ob er ihre Freunde kennt. Was? Ja, gib ihn mir.«

Fünf Minuten später legte sie wieder auf. »Die Eltern sind tot, und ihr Mann hat sich vor sieben Monaten wegen einer anderen Frau von ihr getrennt. Deswegen hat sie ihre Stelle gekündigt und ist vor zwei Monaten von Berlin nach Bad Aibling gezogen. Der Bruder meint, dass sie wohl einen Tapetenwechsel gebraucht hat.«

Max dachte über ihre Worte nach. »Was ist mit ihren Freunden?«

»Fehlanzeige. Die meisten waren die Freunde ihres Mannes und halten ihm weiter die Stange. Hier hatte sie noch niemanden kennengelernt, zumindest weiß ihr Bruder nichts davon. Und jetzt halt dich fest: Sie hatte ihm erzählt, dass sie sich bei einer Partnervermittlung angemeldet hatte.«

»Verdammt!« Max schlug mit der Faust auf das Lenkrad und traf aus Versehen die Hupe. Der Fahrer neben ihnen zeigte ihm einen Vogel und schüttelte den Kopf.

»Puh«, sagte Eva, als sie die Tür aufschloss. Sie zog die Tür wieder zu, öffnete ein Fenster im Hausflur und rief: »Max, komm bitte nach oben!«

»Dritter Stock und kein Lift. Was für eine Scheiße«, maulte Max, als er vor Eva stand. »Was gibt's?«

Sie drehte den Schlüssel und zog am Türknauf. »Riech mal«, forderte sie ihn auf.

»Jau, lecker. Das ist ja zum Kotzen. Und was willst du?«

»Lüften, bevor wir anfangen. Machst du das?« Da er sich oft genug damit brüstete, dass ihm Verwesungsgestank nichts ausmachte, hatte sie kein Problem damit, ihn den widerlichsten Teil der Arbeit erledigen zu lassen.

Max kontrollierte die drei Zimmer, Bad und Küche und kam wieder zurück. »Ich habe alle Fenster aufgemacht, aber wir warten besser noch zehn Minuten. Der Gestank kommt von verdorbenen Lebensmitteln.«

»Und was machen wir damit?«

»Ich würde vorschlagen, Hähnchen in Aspik.« Max hob eine durchsichtige Tüte hoch, die Eva noch nicht bemerkt hatte. »Da brauchst du nicht mal mehr Gelatine mitzukochen. Und zum Nachtisch kann ich dir einen feinen Kuchen anbieten.« In der anderen Hand hielt er einen zweiten Beutel. »Blauschimmelkäsekuchen zum Nachtisch. Eine Delikatesse. Ich freu mich schon richtig drauf.«

»Du bist echt eklig.« Eva verzog das Gesicht. »Aber danke fürs Entsorgen.«

Fünfzehn Minuten später war die Luft erträglich genug, dass sie die Wohnung betreten konnten. Eva ging durch die Zimmer und schloss die Fenster. »Genau wie bei Catherina Leutberg und Anja Böhme«, sagte sie zu Max, der im Wohnzimmerschrank nach einem Fotoalbum suchte. »Alles spricht gegen eine geplante Abwesenheit. Frische Lebensmittel, aufgedrehte Heizkörper und niemand, der sich um die Pflanzen kümmert.« Sie hob eine vertrocknete Dieffenbachie aus dem Topf. *»Pflanzen Hermann«*, las sie vor, was auf dem Etikett stand. »Also erst vor Kurzem hier in der Gärtnerei gekauft.«

Sie nahm das Album, das er ihr wortlos hinhielt. Die ersten Bilder zeigten zwei Freundinnen, die sich für Fasching geschminkt hatten. Als Eva weiterblätterte, sah sie es sofort. Es war die Frau, die sie in der Ruine gefunden hatten.

***

Der Tag fängt schon gut an, dachte Sauerwein, als er es nicht schaffte, seine Ältere aus den Federn zu treiben. Als er zum dritten Mal an ihrem Bett stand, hatte er keine Geduld mehr.

»Himmel noch mal, Lisa, steh endlich auf!«

Endlich regte sich der Federberg, und ein verquollenes rotes Gesicht kam zum Vorschein. »Papi, ich hab so Kopfweh.« Sie versuchte, sich den Schlaf aus den Augen zu reiben, und schrie auf. Das rechte Auge war fast gänzlich zugeschwollen, und im Augenwinkel hing eine klebrige gelbe Substanz.

»Ach Schei– Spatz, was ist denn los mit dir?«

»Papi soll ned fluchn.«

»Hey, Prinzessin, du hast recht. Aber schau, deine Schwester ist krank.«

Die Kleine stand mit ihrem Teddy in der Hand barfuß neben ihm.

»Mir ist so kalt«, flüsterte Lisa.

Sauerwein legte eine Hand auf Lisas Stirn. Die Kleine glühte! Das fehlte gerade noch. Er sah auf die Uhr. Schon halb acht.

»Prinzessin, hol mir das Telefon, ja?«

Kurz darauf wählte er die Nummer seiner Schwester. Nur der Anrufbeantworter. Zwei Versuche später erreichte er seinen Schwager am Handy.

»Was ist los?«, fragte Piet ohne Umschweife.

»Lisa ist krank. Sie hat Kopfweh und Fieber, glaube ich. Ich hab versucht, Claudia anzurufen, aber sie geht nicht ans Telefon. Weißt du, wo sie ist?«

»Sicher, ich bin schließlich mit ihr verheiratet.« Piet klang belustigt. »Aber du wirst sie nicht erreichen können. Sie sitzt im Flieger nach Hamburg und kommt erst heute Abend gegen neun zurück.«

Verdammt, verdammt, verdammt! Ausgerechnet heute.

»Piet, sag mal, ich weiß, das ist echt viel verlangt, aber –«

Sein Schwager unterbrach ihn. »Du brauchst gar nicht weiterzureden. Ich bin auf dem Weg zu einem Kunden, den kann ich unmöglich verschieben, das ist zu wichtig. Es tut mir leid.«

»Na super. Das ist ja mal wieder großartig.« Er merkte selbst, wie beleidigt er klang.

Piets Reaktion erfolgte auch prompt. »Du solltest nicht vergessen, dass wir dir helfen, wo wir können. Aber du bist nicht der Einzige, der sich um seinen Lebensunterhalt sorgen muss. Und ich glaube, du bist nicht in der Situation, den Beleidigten zu spielen.«

Scheiße, der war jetzt richtig sauer. Sauerwein beeilte sich, sich zu entschuldigen. »Du hast recht, und es tut mir leid. Ich glaube, der Stress in der Arbeit und die Kinder überfordern mich einfach. Es ist mir klar, dass das kein Grund ist, aber ich weiß bald nicht mehr, was ich machen soll.«

Eine Weile war es still am Telefon. »Bist du noch dran?«, fragte Sauerwein vorsichtig.

»Ich überlege. Ich rufe dich gleich zurück.«

Fünf Minuten später durchsuchte Sauerwein die Hausapotheke, als das Telefon klingelte. Er griff nach dem Hörer und stieß die Flasche mit dem Hustensaft von der Ablage. Fassungslos sah er zu, wie sie am Boden zerplatzte und ihren klebrigen Inhalt auf den sandfarbenen Fliesen und Schränken verteilte.

»Hallo?«, sagte er matt.

»Piet hier. In dreißig Minuten ist eine Freundin von Claudia bei dir und geht mit Lisa zum Arzt. Aber das ist eine große Ausnahme, das muss dir klar sein, verstehst du?«

»Ja, Piet. Danke.«

»Was ist los, Martin, alles klar bei dir?«, hakte Piet nach.

»Ja. Äh, nein. Aber es wird schon gehen. Danke für deine Hilfe.«

Eine knappe halbe Stunde später klingelte es an der Tür.

»Ich bin Amelie Reising, Claudias Freundin.«

Verlegen betrachtete Sauerwein die elegante Frau, die vor ihm stand.

»Wollen Sie mich nicht hereinbitten?«

»Ja, doch, sicher, bitte.« Er trat zur Seite und wurde sich peinlich bewusst, dass das Haus ein Chaos war und der Hustensaft noch immer auf dem Küchenboden klebte.

»Die Mädchen sind oben, und die Ältere ist krank«, setzte er sie ins Bild.

»Keine Sorge, ich weiß Bescheid. Und die Mädels kennen mich von Claudias Sommerfest. Ich bringe sie vorsichtshalber beide zum Arzt und nehme sie dann mit zu mir nach Hause. Hier.« Sie drückte ihm einen Zettel in die Hand. »Da können Sie sie später abholen. Und nun gehen Sie schon.«

Als er sich umdrehte, fragte sie: »Haben Sie im Kindergarten und in der Schule Bescheid gesagt?«

Das hatte er total vergessen.

»Macht nichts. Ich erledige das. Aber wollen Sie sich nicht etwas Frisches anziehen?«

Er sah an sich herab und bemerkte erst jetzt den klebrigen Saft an seiner Hose. Und auch sein Hemd hatte etwas abbekommen.

»Was ist das?«

Er wurde rot. »Ähm, Hustensaft.«

»Und wo ist der Rest davon?«

Er deutete mit einer Kopfbewegung in Richtung Küche.

Als Sauerwein endlich im Präsidium ankam, erwartete ihn die nächste Überraschung.

»Du sollst sofort zu Märkel kommen«, richtete Karl ihm aus. »Dicke Luft.«

Der hatte ihm gerade noch gefehlt.

Zwei Stockwerke höher winkte ihn die Sekretärin direkt weiter in das Büro des Chefs.

Märkel saß fett und breit hinter seinem Schreibtisch und hatte den Gesichtsausdruck eines Hundes, der gerade einen Fisch mit dem Schwanz zuerst verspeist hatte.

Wortlos deutete er auf einen Stuhl. Nachdem Sauerwein sich gesetzt hatte, warf er ihm eine Zeitung über den Tisch.

Dornröschens Mörder noch immer auf freiem Fuß. Polizei unfähig?, prangte fett auf dem Titel der Abendzeitung.

»Und?«, fragte Märkel.

»Was *und*?«, gab Sauerwein zurück.

»Was sagen Sie dazu?«

Sauerwein dachte nicht daran, sich provozieren zu lassen. »Dass wir den Mörder noch nicht gefasst haben, weiß ich selbst. Dafür muss ich keine Zeitung lesen.«

»Ihr Sarkasmus geht mir auf den Sack, Sauerwein. Wissen Sie eigentlich, wie blöd wir dastehen? Drei Morde und vielleicht sogar schon eine weitere Frau, die in der Gewalt desselben Täters ist, und wir haben keine einzige Spur? Sie machen mich mit Ihrer Unfähigkeit zum Gespött der Nation.«

Sauerwein stand auf und schaute auf seinen Chef herab. Für einen Moment genoss er ein diffuses Gefühl der Überlegenheit. Dann drehte er sich um und ging zur Tür.

»Sauerwein! Bleiben Sie hier!«

Sauerwein machte kehrt und sah seinen Chef kopfschüttelnd an. »Wissen Sie was? Wenn Ihre Reputation Ihre einzige Sorge ist, dann hab ich dafür keine Zeit, tut mir leid. Da unten wartet ein Haufen Arbeit auf mich, und das ist das, was mir Sorgen macht!«

***

Eva fühlte sich wunderbar ausgeschlafen, als ihr Wecker um halb neun klingelte. Um dem Pendlerverkehr aus dem Weg zu gehen, hatte sie beschlossen, erst um elf Uhr Richtung München zu fahren, und der Plan fand Max' sofortige Zustimmung.

»Das wird kein Alleingang«, hatte Sauerwein am Vorabend gesagt. »Selbst wenn die Chance gering ist, dass einer der Männer tatsächlich unser Mörder ist, können wir nicht ausschließen, dass uns unser Gefühl trügt. Und du willst es doch sicher nicht allein mit einem Serienmörder aufnehmen.«

»Fahr du mit. Dann kannst du mich hinterher gleich ins Tantris zum Essen einladen.« Evas Augen funkelten vor Vergnügen.

Er zeigte ihr einen Vogel und lachte. »Du spinnst. Max fährt mit dir. Ich kann nicht, weil die Frau vom Jugendamt kommt.«

Jetzt stand sie mit einer Tasse Kaffee am Fenster und wartete auf Max Hansen, der wie erwartet unpünktlich war.

Als er klingelte, stand sie mit dem Telefon in der Hand am Küchentisch und notierte etwas auf einen Block. Sie verfluchte das schlechte Timing und ließ ihn widerwillig in ihre Wohnung.

Während sie mitschrieb, was Jensen ihr durchgab, sah Max sich neugierig um. Er war erst ein Mal bei ihr gewesen, als sie mit einem Virus im Bett gelegen hatte.

Nun deutete er an, dass er noch auf die Toilette musste. Eva wies ihn mit dem Stift den Gang hinunter nach links. Sie stellte sich an die Küchentür und beobachtete ihn. Er zögerte einen Moment, dann öffnete er die rechte Tür und betrat das Zimmer.

Eva entschuldigte sich bei ihrem Gesprächspartner und drückte zwanzig Sekunden nach Max die Türklinke nach unten. »Was zum Teufel suchst du in meinem Schlafzimmer?«

Ertappt fuhr er herum und versuchte, die Schublade mit seinem Gesäß wieder zuzuschieben. »Ich, äh, wollte auf die Toilette.«

»Und die suchst du in meiner Wäschekommode? Raus. Und zwar sofort!«

Die Fahrt durch die verschneite Landschaft versöhnte Eva mit Max' unmöglichem Auftritt. Sie hatte ihm klipp und klar gesagt, dass sie keine Lust auf Small Talk hatte und dass sie in München allein mit Annemarie Wolter reden wollte. Nun genoss sie die vorbeiziehende Landschaft und reagierte nicht auf seinen Protest.

Er parkte den Wagen in der Tiefgarage am Isartor und machte einen letzten Versuch. »Martin hat ausdrücklich angeordnet, dass du keinen Alleingang unternehmen sollst. Was soll das also?«

»Dabei ging es um die Befragung der Männer. Dorthin werde ich dich auch mitnehmen. Bei allem anderen will ich so wenig wie möglich von dir sehen.«

Neugierig sah Eva sich im Eingangsbereich von PerfectPartner um. Bei einer der teuersten Partnervermittlungen Deutschlands hatte sie mit gediegener Eleganz gerechnet.

Was sie sah, waren funktionelle Möbel im klassischen Bürograu, ein dunkelgrauer, strapazierfähiger Teppich und eine kleine Telefonanlage. Weder Bilder an der Wand noch Blumen heiterten die nüchterne Atmosphäre auf. Eva stellte sich vor und verlangte, Annemarie Wolter zu sprechen.

Kurz darauf kam die Administratorin durch eine Glasdrehtür, um sie abzuholen, und bat sie in ihr Büro. Auch hier die gleichen langweiligen Möbel samt Bodenbelag. Einfallslos und unpersönlich. Selbst ihr Büro im Präsidium besaß mehr Atmosphäre.

»Was denken Sie?«, fragte Annemarie Wolter, als sie den erstaunten Blick der Kommissarin bemerkte.

»Ich hatte eine völlig andere Vorstellung, wie es in einer Partnervermittlung aussieht«, sagte Eva enttäuscht.

»Handgewebte Teppiche, schicke Möbel, Raumduft und Loungemusik?«

»So ungefähr.«

Annemarie Wolter lachte. »PerfectPartner ist eine reine Online-Partnervermittlung. Wir haben keinen direkten Kontakt zu Kunden, die wir beeindrucken müssen.«

»Wie viele Menschen arbeiten hier?«

»Fünf. Die Sekretärin, die auch den Empfang betreut, eine Buchhalterin, ein Kollege für den Telefonsupport, Herr Dr. Strahlhuber und ich.«

Nicht gerade viel für ein Unternehmen, das Millionen scheffelt, dachte Eva.

»Haben Sie die Unterlagen für mich?«, fragte sie.

Annemarie Wolter zog eine Schublade auf und holte eine Klarsichtmappe hervor. »Sie verstehen sicher, dass ich erst die richterliche Verfügung im Original sehen muss, bevor ich Ihnen die Adressen aushändige. Herr Dr. Strahlhuber besteht darauf.«

»Sie sind also die Polizistin aus der Provinz.« Ein hochgewachsener Mann im maßgeschneiderten Anzug stand neben der Sekretärin und ging um den Tresen herum, als die beiden Frauen durch die Drehtür kamen.

»Laurenz Strahlhuber«, stellte er sich vor. »Ich hoffe, wir konnten Ihnen helfen.« Unwillkürlich hatte Eva die Luft angehalten und atmete nun vorsichtig wieder aus. Laurenz Strahlhuber war der Traum aller Schwiegermütter in spe. Elegant und mit einer umwerfenden Ausstrahlung gesegnet. Seine warmen braunen Augen standen in einem schönen Kontrast zu den halblangen, jungenhaft ins Gesicht fallenden goldblonden Haaren, und im Gegensatz zu dem Eindruck, den Eva am Telefon von ihm erhalten hatte, war er überaus freundlich und höflich. Eva merkte, dass sie ihn insgeheim mit Julian Vossen verglich. Sie kam zu dem Resümee, dass Strahlhuber Vossen trotz seines schönen Gesichts das Wasser nicht reichen konnte. Er war ganz einfach zu attraktiv, um für Eva interessant zu sein. Vossen hingegen – Vossen hatte etwas Geheimnisvolles, fast Animalisches …

»Frau Neunhoeffer?«

Irritiert bemerkte Eva, dass Laurenz Strahlhuber ihr vorausgegangen war und nun auf sie wartete. Er öffnete ihr galant die Tür und begleitete sie nach unten. Vor dem grauen BMW, in dem Max wartete, verabschiedete er sich. »Ich möchte mich entschuldigen, dass ich anfangs so unhöflich war. Als kleine Entschädigung biete ich Ihnen eine Premiummitgliedschaft für drei Monate an. Kostenlos, versteht sich.«

Nachdem Eva dankend abgelehnt hatte, setzte sie sich zu Max ins Auto und dachte nach. Strahlhubers Angebot hatte ihr einen Floh ins Ohr gesetzt. Ohne Max darüber in Kenntnis zu setzen, tippte sie eine Adresse ins Navi ein und sagte Max, dass er losfahren sollte.

»Können wir nicht vorher was essen gehen?«

»Nein. Wir erledigen das und fahren danach zurück.«

»Ach komm, Eva. Ich habe Hunger, und außerdem ist um die Zeit doch sowieso noch niemand zu Hause.«

Widerwillig musste sie ihm recht geben. Trotzdem hatte sie keine Lust, sich von seinem Anblick den Appetit verderben zu lassen.

***

»Reiß dich zusammen.« Claudia zog ihm den Krawattenknoten gerade.

»Lass das. Du erwürgst mich mit dem Ding.« Sauerwein hatte nach fünfzehn Minuten Diskussion nachgegeben und den grau gepunkteten Schlips umgebunden. Umbringen lassen wollte er sich damit aber nicht.

»Halt still.« Sie trat einen Schritt zurück. »Du siehst gut aus.«

Er stöhnte. »Es ist mir egal, wie ich aussehe. Ich suche keine Frau zum Heiraten, sondern eine Haushaltshilfe.«

»Reg dich ab. Wenn du dich aufbläst wie ein Kugelfisch, kann man deinen Kopf nicht mehr von deinem Hemd unterscheiden.«

Er hatte das Gefühl, keine Luft mehr zu bekommen, und zog an dem Knoten, als es an der Tür klingelte.

Sauerwein öffnete die Tür und sah sich einer überwältigenden Anzahl an Sommersprossen gegenüber. »Äh, guten Tag, Frau …« In der Aufregung hatte er ihren Namen völlig vergessen.

»Charlotte Sommerfeldt.«

Er bat sie herein und spürte, wie ihm die Farbe ins Gesicht schoss, als sie ihn musterte.

Ein kleines Lächeln umspielte ihr Gesicht, bis sie die Frau sah, die im Dunkeln hinter ihm in Flur stand. Er stellte belustigt fest, dass sie ihre Lippen zusammenkniff und seiner Schwester nur zögernd die Hand gab. Ihrem Gesichtsausdruck war das Prädikat »Schwerenöter« deutlich anzusehen, und er dachte nicht im Traum daran, sie aufzuklären.

»Bitte gehen Sie mit Frau Müller ins Wohnzimmer, ich hole die Mädchen.«

Als er mit Hannah und Lisa an der Hand nach unten kam, saßen die Frauen auf dem hellbraunen Alpakasofa und unterhielten sich angeregt. Er bekam gerade noch mit, dass das Wort »Bruder« fiel. Hinter dem Rücken der Besucherin streckte er seiner Schwester die Zunge raus. Petze.

Sie grinste und zeigte ihm einen Vogel. Das war nicht der richtige Moment, um sein Selbstwertgefühl aufzupolieren.

Er stellte die Mädchen vor und hielt gespannt die Luft an. Seine Sorge war unbegründet. Claudia hatte ganze Arbeit geleistet. Nichts erinnerte an die kleinen Furien vom letzten Mal. Sie gaben artig die Hand, setzten sich zwischen Vater und Tante aufs Sofa und benahmen sich mustergültig. Nach einer Stunde, die Charlotte Sommerfeldt genutzt hatte, um sich mit den Mädchen vertraut zu machen, schickten sie die beiden zurück auf ihr Zimmer.

»Von meiner Seite aus können wir es gern versuchen«, entschied die Sozialarbeiterin. »Sprechen Sie mit den Mädchen, ob sie sich auf mich einlassen wollen. Falls nicht, schicken wir Ihnen eine Kollegin vorbei.«

»Darüber muss ich nicht mit ihnen reden. Das passt schon.« Um nichts in der Welt würde er diese eigenwilligen Sommersprossen gegen irgendeine eine alte Schachtel eintauschen.

Charlotte Sommerfeldt sah ihn ungehalten an und schüttelte den Kopf. »So funktioniert das nicht, Herr Sauerwein. Ihre Kinder müssen entscheiden, ob sie mit mir zurechtkommen, nicht Sie.« Sie musterte ihn mit einem unergründlichen Blick aus klugen braunen Augen.

Nachdem er Charlotte Sommerfeldt zu ihrem Auto gebracht hatte, wartete Claudia in der Küche auf ihn und musterte ihn mit einem ebensolchen unergründlichen Blick. »Kann es sein, dass deine Hormone verrücktspielen?«

»So ein Blödsinn«, begehrte er auf und spürte prompt, wie ihm der Kragen zu eng wurde. Ungeduldig zerrte er an der Krawatte und zog sie sich schließlich über den Kopf.

Claudia sah ihn aufmerksam an und lächelte. »Also doch. Warte.« Sie packte ihn am Arm, als er aufbrausen wollte. »Es ist nichts Schlimmes daran, dass du sie attraktiv findest. Geh nicht so hart mit dir ins Gericht, nur weil Luisa erst vor Kurzem gestorben ist.«

»Claudia, ich könnte nie –«

»Natürlich nicht, das weiß ich doch. Es ist aber auch nicht verboten, sich in der Gesellschaft einer hübschen Frau wohlzufühlen.« Sie ließ seinen Arm los und fuhr mit der Hand leicht über sein Gesicht. »Luisas Tod, dein Job, eins für sich allein ist schwer genug zu ertragen. Achte darauf, dass du nicht vor die Hunde gehst, Brüderchen. Deine Kinder brauchen einen Vater, der ihnen die Sonnenseiten des Lebens zeigt. Und das funktioniert nur, wenn die Sonne auch in deinem Herzen lacht. Wenn du die Sommerfeldt attraktiv findest, dann lass es zu. Du kannst niemanden damit verletzen.«

***

Schließlich hatte sie doch nachgegeben. Sie hatten in der Operngarage geparkt und waren in den »Franziskaner« zum Essen gegangen. Jetzt standen sie vor einem alten Backsteinhaus in der Obermenzinger Straße und warteten darauf, dass Johannes Neumaier nach Hause kam.

»Max, wach auf, das muss er sein.« Von den Nachbarn hatten sie in Erfahrung gebracht, dass Neumaier einen roten Golf fuhr. Sie stiegen aus und warteten, bis der VW in eine Parklücke rangiert worden war.

Als er auf sie zukam, wechselten Eva und Max einen raschen Blick. Der schlanke, einen Meter siebenundachtzig große Mann aus dem PerfectPartner-Profil entpuppte sich als pummelig und höchstens eins achtzig. Außerdem war er optisch zehn Jahre älter, und das Foto wich auch sonst meilenweit von der Realität ab.

»Das ist er nicht«, sagte Max leise, als der Mann an ihnen vorbeigegangen war.

»Da bin ich mir nicht so sicher«, antwortete Eva im gleichen Ton. Und lauter: »Herr Neumaier?«

»Ja?« Erschrocken drehte er sich um.

»Neunhoeffer und Hansen von der Kripo Rosenheim. Dürfen wir Ihnen ein paar Fragen stellen?«

»Fragen? Mir? Worüber denn?« Misstrauisch ging er auf die beiden Fremden zu.

»Über Ihre Mitgliedschaft bei der Internet-Partnervermittlung«, sagte Max.

Neumaier zog den Kopf ein und sah rasch zu den Fenstern des Nachbarhauses hinüber. »Schreien Sie nicht so. Welche meinen Sie denn?«

»Das wissen Sie doch ganz genau.«

»Ich bin bei mehreren angemeldet.«

Eva zog den Ausdruck seines Profils aus ihrer Tasche und hielt es ihm unter die Nase. »Ist das Ihres?«

Neumaier wurde rot. »Ähm, ja.«

Max nahm ihr das Blatt aus der Hand. »Eins siebenundachtzig, athletische Figur, achtunddreißig Jahre alt.« Er musterte sein Gegenüber von unten nach oben. »Kann es sein, dass das nicht ganz stimmt?«

»Na und? Ist doch nicht verboten, oder? Außerdem erhöht es die Chancen.«

»Worauf? Dass sich eine Frau freiwillig von Ihnen schlagen lässt?«

»Leise bitte! Das muss meine Nachbarschaft nicht wissen.«

Als die Kommissare ihn nur wortlos ansahen, sagte er: »Ja, es stimmt, ich steh da drauf. Aber wenn beide das wollen, ist es ja nicht illegal. Und dass die Kripo jetzt schon Profilangaben kontrolliert, ist ein Witz, oder?«

Erst als Max lautstark anfing, von Partnervermittlungen und Sadomaso-Praktiken zu reden, gestattete Neumaier ihnen einen Blick in seine Wohnung. Sie sahen sich fünf Minuten lang um, dann hatten sie genug.

»Er hat Handschellen, Peitschen, Knebel und all so ein Zeug im Schrank. Dazu einige SM-DVDs. Bis auf die DVDs ist alles nagelneu und noch originalverpackt. Eva hat ihn darüber ausgefragt, aber seine Kenntnisse stammen einzig und allein von den Videos. Er hat sich angeblich mit zwei Frauen getroffen, die Interesse hatten, aber die sind wieder abgezogen, nachdem sie ihn gesehen hatten. Anschließend haben sie ihm noch Mails geschickt, dass es das Letzte wäre, so viele Lügen ins Profil zu schreiben. Hier.« Max schob zwei E-Mail-Ausdrucke über den Tisch. »Wir können die Damen kontaktieren und den Wahrheitsgehalt überprüfen.«

»Und der andere?« Sauerwein hatte seine Füße auf den Schreibtisch gelegt und sich im Stuhl zurückgelehnt, bis der bedenklich knarzte.

»Der war in der fraglichen Zeit in Südamerika. Er hat uns seine Flugtickets, Rechnungen und Fotos gezeigt. Deswegen kam er uns so unmotiviert vor. Aber er war ganz einfach überhaupt nicht im Land.«

DREIZEHN

»Martin?« Eva stand mit einer Tasse Kaffee, Schreibblock und einem Stift in seiner Tür. »Hast du einen Augenblick Zeit?«

»Wofür?«

»Der Anwalt der Partneragentur hat mich auf eine Idee gebracht, über die ich mit dir reden möchte.«

Sauerwein deutete auf die Sitzgruppe in der Ecke. »Setz dich. Ich bin gleich so weit.« Fünf Minuten lang war nur das zeitweilige Klacken seiner Tastatur zu hören. Belustigt stellte Eva fest, dass er nach wie vor mit zwei Fingern schrieb. Also hatte der Schreibmaschinenkurs, den der Polizeidirektor letzten Sommer allen Mitarbeitern auferlegt hatte, die weniger als hundert Anschläge in der Minute schafften, nichts gebracht.

Als er fertig war, nahm er eine Flasche Wasser aus dem Träger hinter sich und setzte sich zu ihr. »Schieß los.«

»Ich hab darüber nachgedacht, wie kurz der Turnus ist, in dem wir die toten Frauen gefunden haben. Dadurch, dass die Leichen eingefroren waren, haben wir keinen Anhaltspunkt, wie lange sie wirklich schon tot sind. Der Mörder hat also entweder einen Vorrat an toten Frauen, die er uns weiter im Zwei-Wochen-Rhythmus serviert, oder er ist auf der Suche nach neuen Opfern.«

Sauerwein studierte den großen Kalender an der Wand und nickte. »Worauf willst du hinaus?«

»Bevor uns die Situation entgleitet, könnten wir ihm ein Opfer präsentieren, das er nicht ignorieren wird. Und zwar, weil er schon mal darauf angesprungen ist.«

Sauerwein verstand sofort, was sie meinte. »Du willst ihm die Winter als Köder hinwerfen?«

»Genau. Erstens kennt sie sich mit Computern aus, zweitens fällt sie in sein Beuteschema, und drittens habe ich den Eindruck, dass sie die Nerven dafür hat.«

Sauerwein lehnte sich in seinem Stuhl zurück und dachte nach. »Hol die anderen. Wir spielen durch, ob es funktionieren könnte.«

Karl und Max waren sofort mit Feuereifer bei der Sache. »Der

Haken an dem Ganzen ist, dass wir sie in alles einweihen müssten. Bisher denkt sie, dass der Typ ein Hacker ist und schlimmstenfalls ihre Bankkonten plündern wollte. Die Information, dass der Serienmörder ein IT-Freak ist, ging nicht durch die Medien, und wenn die Winter die Klappe nicht hält, ist die Kacke am Dampfen«, sagte Karl.

»Ich glaube nicht, dass ihre Phantasie so begrenzt ist. Sie ist selbst ein Freak, auch wenn sie jetzt einen auf seriös macht«, wandte Max ein. »Ich hab mir ihr Vorstrafenregister angeschaut, und glaub mir, die saß nicht im Bau, weil sie ein paar Bankdaten ausgespäht hat. Sie gehört zu den schweren Jungs. Und die haben es gelernt, den Mund zu halten.«

»Und aus ihrer jetzigen Position wäre sie längst geflogen, wenn sie Informationen weitergeben würde«, schloss Sauerwein. »Ich denke, das wäre das geringste Problem. Ich schlage vor, wir bestellen sie hierher und reden mit ihr. Sollte sie sich dazu entschließen, mitzumachen, muss ich die Operation sowieso erst von Märkel absegnen lassen.«

Kristina Winter hatte eingewilligt, die Kommissare um neun Uhr abends im Präsidium zu treffen. »Vorher kann ich leider nicht.« Eva stöhnte. Schon wieder ein Abend, den sie abschreiben konnte. Sie überlegte kurz, ob sie vorher bei ihrer Mutter vorbeifahren sollte, verwarf den Gedanken aber sofort wieder. Der Tag war auch ohne das Jammern der alten Dame anstrengend genug.

Es war bereits Viertel nach neun, als die Zentrale meldete, dass Kristina Winter im Haus war.

Nach einer kurzen Begrüßung kam Eva direkt zur Sache. Sie gab Kristina Winter einen kurzen Überblick und umriss ihre Idee.

»Das ist also ein *richtig* großes Ding«, stellte die schöne Hackerin erstaunt fest.

»Ja, das ist es«, sagte Sauerwein ernst. »Wir möchten nichts beschönigen. Egal, wie sorgfältig wir die Sache durchspielen, egal, wie sehr wir für Ihren Schutz sorgen, der Mann ist sehr gefährlich. Er geht äußerst präzise vor, und bisher hat er keine Fehler gemacht. Unser einziger Trumpf ist, dass er nicht ahnt, wie dicht wir ihm auf den Fersen sind.«

Kristina Winter nickte. Eine Zeit lang saß sie still da, nur das Zucken ihrer Mundwinkel verriet, dass hinter der schönen Fassade ein konzentrierter Denkprozess stattfand. Dann deutete sie auf den Laptop, der auf Evas Schreibtisch stand. »Was ist dabei herausgekommen?«

»Unsere IT konnte nichts rekonstruieren. Wer auch immer in Ihren Rechner eingedrungen ist, hat keine Spuren hinterlassen.«

»Der Kerl ist ein Phantom.« Widerwillig kam sie nicht umhin, ihren Widersacher zu bewundern. »Was soll's«, sagte sie plötzlich. »In meinem Job komm ich eh vor Langeweile um. Aber ich brauche Hilfe, am liebsten wär mir Ihr IT-Leiter. Sie müssen mir ein neues Smartphone und einen ein bis zwei Jahre alten Rechner beschaffen. Auf dem müssen wir eine komplette Identität anlegen, mit einer Menge alter Dateien und Mails. All so Zeug eben, das ein normaler Mensch auf seiner Kiste gespeichert hat. Die Inhalte können wir kopieren, aber die Pfade brauchen Datumsangaben in der Vergangenheit. Wir müssen damit rechnen, dass er wahllos Dateien öffnet, deswegen muss die Historie wasserdicht sein.« Konzentriert studierte sie einen blauen Fleck auf der Landkarte.

»Ich brauche Konten bei Instagram, Amazon, eBay und einen E-Mail-Account, auf dem ebenfalls alte Daten gespeichert sind. Dafür müssen Sie sich an die Provider wenden, damit die uns für die jeweiligen Konten administrative Rechte erteilen.« Sie zählte ein gutes Dutzend Betreiber auf. »Es geht allerdings schneller, wenn es ein kleines bisschen illegal sein darf.«

»Kommt nicht in Frage«, sagte Sauerwein. »Dann hat er uns wegen eines Verfahrensfehlers am Haken und kommt wieder frei.«

»Okay.« Kristina Winter stand auf. »In zwei Tagen können wir anfangen. Bis dahin sollten Sie die Sachen und die Zugriffsrechte besorgen.«

»Und was machen Sie solange?« Max konnte seine Neugier nicht unterdrücken.

»Herzchen, Sie denken doch nicht, dass ich so schnell, legal, freinehmen kann, oder?«, sagte sie und warf einen Handkuss in seine Richtung. »Sie müssen wirklich nicht alles wissen.«

***

Sauerwein fragte sich, wieso im Wohnzimmer Licht brannte, als er den BMW in die Garage fuhr. Er schloss die Haustür auf und wäre beinahe über den braunen Koffer gefallen, der im Flur stand. Im Wohnzimmer schlief seine Schwester auf der Couch, einen offenen Schreibratgeber auf dem Bauch. Sauerwein setzte sich an ihre Seite und rüttelte sie vorsichtig wach.

»Wie spät ist es?«, brummte sie und rieb sich die Augen.

»Kurz nach zwölf. Was machst du hier?«

Sie stöhnte. »Du lieber Himmel. Mach mir einen Kaffee, ja? Ich muss aufs Klo.«

Fünf Minuten später traf sie ihn mit einem Bier in der Hand in der Küche.

»Also, was ist los?«

»Piet ist die Woche in Singapur, und da dachte ich, es ist für uns alle einfacher, wenn ich solange bei dir einziehe.«

Auch das noch. Alles, was er jetzt gerade nicht brauchte, waren abendliche Small Talks mit seiner Schwester.

»Du brauchst mich nicht anzusehen wie einen Beutel Zitronen«, sagte sie. »Vielleicht denkst du drüber nach, dass die Situation auch für uns nicht einfach ist und wir dir trotzdem unter die Arme greifen, so gut wir eben können. Und da ist es vielleicht legitim, dass wir es uns etwas leichter machen, wenn sich die Gelegenheit schon mal bietet.«

Beschämt starrte er auf seine Schuhspitzen. »Entschuldige, Claudia, du hast recht. Auch wenn ich dir das viel zu selten sage, bin ich unendlich froh, wie sehr ihr beide mir helft.«

»Das weiß ich«, sagte sie sanft. »Aber ich hab nichts dagegen, es ab und zu mal zu hören.«

»Es soll keine Entschuldigung sein, aber der Fall, den wir grade am Hals haben, bringt uns alle ans Limit. Und ich befürchte, dass meines im Moment enger gesetzt ist als je zuvor.«

Sie hatte ihn verstanden. »Komm, trink aus und geh ins Bett. Und mach dir keine Sorgen, dass ich abends einen Babysitter brauche. Ich bin ganz froh, wenn ich meine Ruhe habe. Doch, das kannst du mir glauben«, sagte sie auf seinen zweifelnden Blick. »Außerdem hab ich meinen Laptop dabei und kann ganz gut an meinem Krimi schreiben.«

Claudia und ein Krimi. Da war er ja mal gespannt.

»Komm her«, sagte er und vergrub sein Gesicht in ihren Haaren. »Danke, Schwesterherz.«

***

Sauerwein hatte dem Polizeichef die Pistole auf die Brust gesetzt. Eine Stunde lang hatte er den Plan erläutert und alle Argumente seines Vorgesetzten widerlegt. Erst als er ihm klargemacht hatte, dass Internet-Partnervermittlungen kein Treffpunkt kleinerer Risikogruppen waren, sondern eine breite Masse anzogen, war Märkel nachgiebig geworden und hatte den Einsatz des Lockvogels genehmigt. Endlich nahmen die Ermittlungen Fahrt auf, vorausgesetzt, Kristina Winter hatte es sich nicht anders überlegt.

Eva, Max und Kurt konnten sich mit Nachdruck daranmachen, die Provider um Mitarbeit zu bitten, Jensen musste die Hardware besorgen, und er selbst würde Kristina Winter informieren, dass sie grünes Licht bekommen hatten.

Zwei Tage später hätten die Kommissare Kristina Winter fast nicht erkannt. Die langen Beine steckten in ausgewaschenen Jeans und Turnschuhen, die braune Fleecejacke war eher bequem als schick, und die Haare waren zu einem praktischen Pferdeschwanz gebunden. So ganz ohne Make-up sah sie mehr aus wie das nette Mädel von nebenan denn wie die hoch dotierte Karrierefrau und Exknacki. Sogar Eva fand sie plötzlich sympathisch.

Und zum Einstand hatte sie eine riesige Tüte Schokoladencroissants mitgebracht. »Übrigens, ich bin Kristina. So wie der Hase liegt, ist das, was wir hier machen, nicht ungefährlich. Ich kann das nicht so cool wie irgendeinen normalen Job durchziehen. Deswegen brauche ich ein Nest, in dem ich Angst haben und auch mal heulen darf. In der Zeit müsst ihr meine Familie für mich sein.«

Die ersten Minuten des Tages hatten vielversprechend angefangen. Kein Wecker störte ihren Schlaf, und zum ersten Mal seit sehr langer Zeit schlief sie, bis sie von allein wach wurde. Welch ein göttliches Gefühl! Wohlig räkelte sie sich unter der warmen Bettdecke und fuhr mit einem Ruck hoch, als ihr der Chat vom letzten Abend einfiel.

Oh Gott. Der Typ hatte angebissen und ihr die Gewinnspielmail geschickt. Ihr Herz hatte angefangen zu rasen, als die Nachricht mit dem Betreff »Gewinnen Sie!« in ihrem Postfach aufgetaucht war. Eine ganze Weile scheute sie sich davor, die Mail zu öffnen, und dann saß sie noch viel länger da und starrte auf den Link. Was ihr vor ein paar Tagen als gute Idee erschienen war, fing nun doch an, ihr Angst zu machen.

Sie schloss die Augen und rief eine höhere Macht um Hilfe an. *Sag mir, was ich tun soll.* Doch es kam keine Antwort. Sie musste es allein entscheiden. Ihr Kopf sagte Ja, ihr Herz war entsetzt, und ihr Bauch wollte das Steak wieder loswerden, das sie zusammen mit Eva am Vorabend gebraten hatte.

Rational gesehen stand es also zwei zu eins, und ihr Schicksal hing an einem Tastenklick. Nervös stand sie auf, ging vom Arbeitszimmer ins Wohnzimmer und schaute eine Stunde lang auf die Lichter der Stadt. Danach öffnete sie eine Flasche Rotwein und hielt sich an ihrem Glas fest, als sie wieder an ihrem Rechner saß. Schließlich gab sie sich einen Ruck und vertraute darauf, dass das Schicksal etwas Besseres mit ihr vorhatte, als sie einem geisteskranken Mörder vor die Füße zu werfen.

Sie klickte den Link an und beobachtete fasziniert, wie der Trojaner in Lichtgeschwindigkeit die beiden Schädlinge ausspuckte und danach umgehend seine eigenen Spuren verwischte. Widerwillig bewunderte sie die Eleganz der Installation. Nach so vielen Jahren in der Welt der Bits und Bytes konnte sie nicht umhin, dem Künstler Respekt zu zollen.

Die Überwachungssoftware, die jeden seiner Schritte auf ihrem Rechner verfolgte, war als Bildbearbeitungssoftware der ersten Generation getarnt und musste ihm zu simpel erscheinen, als dass er Verdacht schöpfen würde.

Während sie ihm weiter Nachrichten schrieb, beobachtete sie, wie er ihre Ordner öffnete, Fotos durchklickte und versuchte, gespeicherte Passwörter zu finden. Doch diesmal hatte sie ihn noch zappeln und auf seinen Erfolg warten lassen.

Sie stand auf und stellte sich unter die Dusche. Später saß sie im Bademantel mit einem Handtuch um den Kopf und einer Tasse Kaffee in der kleinen Küche und wählte eine Nummer.

»Hey, Kristi, schon wach?« Eva klang munter.

»Na ja, so einigermaßen. Eva, er hat angebissen!«

»Oh wow, das ging aber schnell.«

Kristina erzählte ihr von den Stunden, die sie am Computer verbracht hatte. Sie verschwieg auch nicht, dass sie Angst bekommen hatte.

»Du kannst immer noch aussteigen, wenn du das nicht tun möchtest. Niemand wird dir deswegen böse sein. Du kannst doch noch abbrechen, oder?«

»Ja, schon. Er hat meine Passwörter noch nicht, und damit weiß er auch nicht, wo ich wohne. Ich weiß nur nicht, ob ich es mir jemals verzeihen könnte, wenn ich jetzt kneife. Wenn ich irgendwann erfahre, dass er noch eine Frau entführt und ermordet hat … Ich kann dir nicht sagen, ob ich dann damit fertigwerde, dass ich hätte helfen können, es zu verhindern.«

»Ich verstehe, was du meinst. Aber davon musst du Abstand nehmen. Eins der wichtigsten Dinge, die wir in der Ausbildung lernen, ist, unser eigenes Leben vor allen anderen zu schützen.«

Inzwischen war Kristina in ihr Arbeitszimmer gegangen und hatte den Rechner hochgefahren. »Schau dir diesen kleinen Wichser an!«

»Was ist los?«

»Er hat bis fünf Uhr morgens in meinem Rechner gewühlt. Ich glaube, es gibt mittlerweile keine einzige Datei mehr, die er nicht geöffnet und kontrolliert hat. Der Typ ist eine wirklich miese Ratte.«

»Kannst du denn nicht verhindern, dass er deinen Computer durchsucht, wenn du ihm dabei nicht auf die Finger sehen kannst?«

»Sicher geht das, ich müsste nur die Verbindung zu meinem Provider physikalisch trennen. Aber das ist keine gute Idee. Ich an seiner Stelle würde mir sofort Gedanken darüber machen, dass ich entdeckt worden bin.«

»Und was willst du jetzt machen?«

»Ich werde ihm meine Adresse verraten. Der Typ gehört echt weggesperrt.«

Sie loggte sich in ihr fiktives Amazon-Konto ein und fragte: »Eva, wenn ich eine Fee wäre, was würdest du dir wünschen?«

»Einen tollen Mann und zwei entzückende Kinder.«

Kristina lachte. »So eine Fee bin ich nicht. Ich bin nur für materielle Wünsche zuständig.«

»Hmm, dann hätte ich gern eine hübsche neue Vespa in Braun.«

»So bescheiden bist du? Wie wär es mit einer Yacht, einem Haus oder wenigstens mit einem schicken Audi Cabrio?«

»Nee, alles viel zu groß. So ein Roller wär schon klasse.« Und den müsste ich wenigstens nicht ständig suchen, ergänzte sie in Gedanken.

»Dann lass mal sehen. Was hältst du davon: eine Vespa GTS 300 Terra di Toscana.«

»Ja, das klingt super, liebe Fee. So eine hätt ich gern.«

»Wenn du das wirklich möchtest? Dein Wunsch kann sich erfüllen, auch ohne dass du an Feen glaubst.«

»Was meinst du damit? Mach bloß keinen Quatsch!«

»Stell dir vor, das käme nie im Leben raus. Die gute Kristina kann das möglich machen, das ist nur ein Klacks.«

»Und ich kann die gute Kristina zurück in den Knast stecken. Vergiss nicht, ich bin bei den Guten.«

»Süße, das hab ich echt nicht vergessen. Vergiss das mit der Fee einfach, das war nur ein Scherz.«

Eva war sich da nicht so sicher.

Eine Stunde später fiel Kristina die Decke auf den Kopf. Sie schlüpfte in ihre Lieblingsjeans, Boots und einen engen Pulli. Da sie nach der Dusche das Handtuch auf dem Kopf vergessen hatte, war mit ihren Haaren nicht viel zu machen. Die dichten blonden Strähnen fielen zerzaust über ihre Schultern und gaben ihr ein leicht verschlafenes Aussehen. Trotzdem, gar nicht so übel. Irgendwie eine Mischung aus nettem Mädel und heißer Braut.

Sie schnappte sich ihren Schlüssel und ein Buch und setzte sich in das Café gegenüber.

»Hey, Kristina. Hast du heute frei?« Die Studentin, die seit zwei Jahren in den Semesterferien im Café bediente, wischte den Tisch vor ihr ab.

»Hi, Mia. So was Ähnliches. Bringst du mir einen Latte und ein Wasser?«

Während sie auf den Kaffee wartete, sah sie durch die große Glasscheibe den Menschen zu, die sich mit dem Matsch auf dem Gehweg abmühten. Auch wenn sie den Winter mochte, war sie froh, wenn das Zeug endlich wieder von den Straßen verschwand.

»Bitte schön, dein Kaffee. Wasser kommt auch gleich.«

Kristina schaute hoch, als die Kellnerin keine Anstalten machte, wieder zu gehen. Sie deutete mit einem Schielen in die Ecke rechts hinter ihr und zeigte mit dem Daumen nach oben. Schnittchenalarm. Kristina musste grinsen. Sie wartete eine Weile, dann stand sie auf und ging zur Toilette.

Mia hatte recht. Der Typ war ein Prachtexemplar. Genau das, was sich die Neunhoeffer als Vater für die Kinderchen wünschte.

Als sie aus der Toilette kam, versperrte ihr ein langes Bein den Weg.

»Entschuldigung?«

Er sah sie an und machte keine Anstalten, sie vorbeizulassen.

Sie deutete auf sein Bein und ihren Tisch am Fenster.

Er schüttelte den Kopf. »Ein bisschen mehr Anstrengung würde ich schon erwarten.«

»Anstrengung? Wofür denn?«

»Dafür, dass du extra aufs Klo gehst, um mich ansehen zu können.«

Welch ein arroganter Pinsel! Kristina spürte, wie ihr das Blut ins Gesicht schoss.

»Nein, das bin ich nicht«, sagte er.

»Was bist du nicht?«

»Was immer du grad über mich denkst. Lass mich raten: Vollidiot, Arsch, Blödmann, hab ich recht?«

Sie lachte. »Na ja, so was in der Art.«

Er stand auf und streckte ihr die Hand hin. »Ich bin Frank. Friede?«

Warum auch nicht. Artig stellte sie sich vor und setzte den Weg zu ihrem Tisch fort.

»Kristina?«

Sie drehte sich um.
»Dein Tisch oder meiner?«

Eine Stunde und zwei Kaffee später fand Kristina ihn gar nicht mehr doof. Er war charmant, witzig und ziemlich intelligent. Und er sah zum Anbeißen aus. Bevor sie ihn zum Kindermachen an Eva weiterreichte, würde sie liebend gern noch einen Jahresvorrat Latte macchiato mit ihm trinken.

Als er sich verabschiedete, hatte er alle Getränke bezahlt und gefragt, ob sie morgen wieder hier sei.

Mia setzte sich zu ihr. »Gratuliere. Du hast den Hauptpreis gezogen.«

»Wär zu schön, um wahr zu sein. Warten wir erst mal ab, ob er tatsächlich wieder auftaucht.«

Der Nachmittag zog sich zäh wie Haferschleim. Sie saß an ihrem Computer, tauschte Belanglosigkeiten mit ihren Verehrern in PerfectPartner aus und beobachtete, wie ihr Überwacher jeden ihrer Schritte verfolgte, während er in PP so tat, als wäre er offline. Wie sie vermutet hatte, hatte er ihre Adresse in Amazon ausgespäht und wusste nun, wo sie wohnte. Zumindest dachte er das.

Die SOKO hatte im Nachbarhaus eine Wohnung ausfindig gemacht, die seit zwei Monaten leer stand. In Absprache mit dem Vermieter benutzten sie diese nun als Köder. Sollte er dort einbrechen, konnte er sich auf eine Überraschung gefasst machen.

***

Die Küche sah aus wie ein Saustall, als es klingelte. Sauerwein hatte ein Geschirrtuch über die Schulter gehängt und öffnete die Tür mit dem Ellbogen. Beinah hätte er die vermummte Gestalt nicht erkannt, die auf der Stelle tretend vor ihm stand.

»Interessant«, kommentierte sie die Pfanne in seiner Hand. »Ihr Frühstück?«

»Äh, nein. Das ist angebrannt.«

»Ja, das sehe ich. Geben Sie her, ich mache das. Und binden Sie die Indianer da oben vom Marterpfahl los.«

»Sie haben recht. Entschuldigung.« Er drückte ihr die Pfanne in die Hand und lief, zwei Stufen auf einmal nehmend, die Treppe nach oben.

Angeekelt sah sie sich in der Küche um. Das blitzblanke Haus, das sie bei ihren ersten beiden Besuchen gesehen hatte, stammte aus einer anderen Zeit. Als er wieder nach unten kam, hielt er Hannah an der Hand, die vom Heulen einen Schluckauf hatte.

»Können Sie Zöpfe flechten?« Hilflos stand er mit der Bürste in der Hand neben dem Esstisch.

Sie beugte sich hinunter. »Hannah, das machen wir in deinem Zimmer, ja?« Sie schob das Mädchen aus der Küche und drehte sich in der Tür zu ihm um. »Ich nehme das mit dem Frühstück zurück. In dem Chaos gibt es dafür keinen Platz.«

»Aber …«

»Kein Aber. Räumen Sie das Zeug aus der Spüle und machen Sie die Pfanne sauber. Wo sollen die Kinder überhaupt essen?« Sie deutete auf den vollgepackten Tisch.

Fünf Minuten später kam sie zurück in die Küche. »Sieht es hier immer so aus?«

»Natürlich nicht«, protestierte er. »Sie waren doch letzte Woche hier.«

»Vor fünf Tagen, um genau zu sein. Und das ist es, was mir zu denken gibt. Hier die verdreckte Küche, und im ersten Stock liegt die Schmutzwäsche über alle Zimmer verteilt. Wie kann das Haus innerhalb einer knappen Woche zu einem derartigen Saustall verkommen?«

Eine Frechheit! Was bildete sie sich ein? Fassungslos sah er sie an. »Korrigieren Sie mich, aber ich dachte, dass Sie dafür bezahlt werden, dass Sie mir den Haushalt führen.«

»Wie bitte?« Charlotte Sommerfeldt fing an, schallend zu lachen.

Wenn er nicht so wütend auf sie gewesen wäre, hätte er es umwerfend gefunden.

»Um Ihnen den Zahn zu ziehen: Ich werde dafür bezahlt, dass ich Ihre Kinder versorge, in die Schule bringe und mich am Nachmittag darum kümmere, dass sie Hausarbeiten machen und lernen. Zwischendrin gehe ich auf den Spielplatz oder auch mal in den Tierpark. Aber Ihnen den Schweinestall putzen? Ich bin doch nicht die Müllabfuhr.« Ihre gute Laune war einem gefährlichen Glitzern gewichen.

»Und weil ich für die Kinder da bin, werde ich heute beide Augen zudrücken. Aber wenn es das nächste Mal noch genauso aussieht, dann haben Sie mich das letzte Mal hier gesehen. Wenn Sie den Haushalt allein nicht auf die Reihe bekommen, dann sehen Sie sich nach einer Putzfrau um.«

***

Es hatte keine zwei Tage gedauert, und sie hatte sich an den Müßiggang gewöhnt. Schlafen bis neun, in aller Seelenruhe duschen und um elf hinüber ins Café. Sie war gespannt gewesen, ob er wirklich wiederkommen würde. Und ein wenig nervös, wenn sie ehrlich war.

Sie zog das sündhaft teure weiche Strickkleid und passende Stiefel an, schminkte sich und musste sich selbst eingestehen, dass sie umwerfend aussah.

Nach einem letzten Blick in den Spiegel kehrte sie eine Armlänge vor der Haustür um, warf ihren Mantel zurück auf den Haken und lief ins Bad. Fünf Minuten später rannte sie mit gewaschenem Gesicht, in Jeans und Turnschuhen über die Straße und schaffte es nur mit Mühe, einem Lkw auszuweichen, der die Hauswand mit Matsch besprühte.

Er war nicht nur pünktlich, er hatte auch eine Überraschung für sie. Sie drehte das hübsch verpackte kleine Päckchen in den Händen und versuchte, den Inhalt zu erraten.

»Seife?«

»Nein.«

»Ein Roller.« Sie musste an Eva denken.

»Auch kein Boot, als kleiner Tipp.«

»Hmmm. Ich weiß nicht. Hilf mir.«

»Erinnerungen.«

»Erinnerungen«, grübelte sie. »Woran?«

»An eine grüne Wiese, Kornblumen, Freunde, Kindheit …«

»Halt. Stopp. Oh …«

Sie beugte sich ganz nah zu ihm und flüsterte in sein Ohr: »Macht es quak?«

»Komm schon, mach es auf.«

Behutsam zupfte sie an dem Tesafilm, bis er fragte: »Schreibst du eine Doktorarbeit im Geschenkeauspacken?«

»Immer. Das erhöht die Spannung.«

Es war ein wunderschöner handgearbeiteter Frosch aus Porzellan. Als sie ihn an den Mund heben wollte, hielt er sie fest und zog ihren Kopf sanft zu sich.

»Frösche küssen war gestern.«

Wenn sie einen Wunsch frei gehabt hätte, dann hätte der Tag nie ein Ende genommen. Als er sich mittags verabschieden musste, fragte er, ob sie abends mit ihm ins Kino gehen wollte. Und eine Kleinigkeit essen vorher und ein paar Drinks hinterher. Diesmal durfte das Kleid mitkommen, und sie sah ihm an, dass er verzaubert war. Hinterher hätte sie nicht sagen können, wie der Film ausgegangen war. Aber seine Hand, die die ihre zwei Stunden lang nicht losgelassen hatte, spürte sie noch, als sie schon im Bett lag und mit ihren Kissen kuschelte.

Sie träumte davon, neben ihm in einem schicken Cabrio die Amalfiküste entlangzufahren und den Sonnenuntergang vom Cap Serrat anzuschauen, als sich ein böser Gedanke in ihr Bewusstsein schlich. Sie hatte völlig vergessen, ihren Stalker bei Laune zu halten. Widerwillig stand sie auf und zog den flauschigen roten Bademantel und weiche Socken an. Bis der Rechner hochgefahren war, kochte sie Tee und verfluchte das schlechte Timing. Wieso musste sie sich ausgerechnet jetzt verlieben, während sie mit diesem Alptraum beschäftigt war? Sie holte den Laptop aus ihrem Büro und machte es sich auf dem Sofa bequem. Sofort merkte sie, dass sie nicht allein auf ihrem Rechner war. Sie checkte die gefakten Mails, die Jensen ihr geschickt hatte. Schon wieder war eine Powerpoint-Präsentation mit halb nackten Frauen in anzüglichen Posen darunter. Der Typ war echt schräg drauf. Sie schüttelte den Kopf. Dann loggte sie sich in PerfectPartner ein, beantwortete vier Nachrichten und öffnete die des Stalkers als Letztes. Nach wie vor flirtete er mit ihr, als gäbe es einen Preis zu gewinnen.

Aber sie fragte sich, wieso er keine Andeutungen machte, dass er sie treffen wollte.

***

Eva zuckte zusammen, als Sauerwein die Tür hinter sich ins Schloss warf. Als sie weiter an ihrem Computer tippte, sagte Max spöttisch: »Willst du dich nicht darum kümmern, was los ist? Sonst kannst du doch auch nicht schnell genug nachsehen, was ihm fehlt.«

Sie sah ihn mit zusammengekniffenem Mund an, bis er ihrem eindringlichen Blick auswich. »Wieso erzählst du mir nicht, was mit dir los ist?«

»Mit mir?« Er spielte den Verblüfften.

»Ja, genau, mit dir. Früher haben wir super zusammengearbeitet. Mittlerweile stichelst du wegen jeder Kleinigkeit, und ein harmonisches Miteinander ist die Ausnahme geworden.«

»Wieso denn ich? Fass dir doch selbst mal an die Nase. Mit dir zu arbeiten macht mir einfach keinen Spaß mehr.«

»Das ist ja immerhin gut zu wissen. Trotzdem würde ich gern von dir erfahren, weshalb du das so siehst.«

Ohne ihr zu antworten, blätterte er schwer beschäftigt in dem Ordner, der vor ihm lag.

Sie sah ihm eine Weile stirnrunzelnd zu, dann stand sie auf und klopfte an Sauerweins Tür.

»Was ist los?«, fragte sie. Er sah aus, als wäre ihm eine Laus über die Leber gelaufen.

Er lehnte sich zurück und warf seinen Stift auf den Schreibtisch. »Setz dich.«

Er dachte kurz nach, dann fasste er das Gespräch mit der Sozialarbeiterin zusammen.

»Und du bist der Meinung, ihr Urteil war ungerechtfertigt?«

Er spielte mit dem Gedanken, das heimische Chaos herunterzuspielen. Dann erinnerte er sich, dass niemand besser als sie wusste, wie es bei ihm zu Hause aussehen konnte. »Das ist es ja. Sie hat natürlich recht. Aber muss sie das so unverblümt sagen?«

Eva tat sich schwer, ein Lächeln zu verkneifen. »Überleg mal.

Wenn sie dich mit Samthandschuhen anfasst, würde dir das helfen, an deinem Saustall was zu ändern?«

»Ich weiß nicht. Und nenn das bisschen Unordnung nicht auch noch Saustall. Und hör auf zu grinsen.«

»Die Sommerfeldt nennt das Kind beim Namen. Ob sie so konsequent ist, wie sie sich gibt, das kannst du leicht herausfinden.«

»Was? Wie denn?«

»Indem du das ›bisschen Unordnung‹ so lässt, wenn sie das nächste Mal kommt.«

»Du spinnst!«

»Also gut. Du hast zwei Chancen. Entweder du schaffst es, besser Ordnung zu halten, oder du nimmst dir tatsächlich eine Putzfrau. Und ich sag dir was. Ich finde es gut, dass sie sich weigert, das für dich zu sein. Damit bewahrt sie sich den Respekt, den sie durchaus von dir erwarten darf.«

Von der Seite hatte er es noch nicht betrachtet. Der Gedanke hatte durchaus etwas für sich. Er sah sie nachdenklich an. Dann bedankte er sich. »Und jetzt zu dir.«

»Wieso? Was ist mit mir?«

»Du siehst genauso aus, wie ich mich fühle.«

Sie sah ihn entgeistert an. »Ich schätze, das ist kein Kompliment?«

»Nein.«

»Es ist nur … wegen Max. Sein Verhalten ist kaum noch zu ertragen. Er hört einfach nicht auf, mich blöd anzumachen. Seit ich deine Vertretung übernehmen musste, ist unser Verhältnis den Bach runter. Als wir in den Bergen waren, hat er sich benommen wie ein Kampfhahn, dass es mir echt peinlich war. Ich finde das echt schade, weil ich immer ungerner mit ihm zusammenarbeite.«

Sauerwein hatte ihr aufmerksam zugehört. »Abgesehen davon, dass ich ›ungerner‹ eine interessante Wortschöpfung finde, sehe ich das schon seit einem Jahr so kommen.«

»Weshalb denn das?«, fragte Eva verwirrt.

»Weil Max viel zu wenig Selbstbewusstsein hat, um damit klarzukommen, dass eine Frau, die ihm gefällt, ihren eigenen Weg geht. Außerdem solltest du sein Verhalten differenzieren. Als du meine Vertretung übernommen hattest, war seine Eitelkeit gekränkt. Das, was er jetzt an den Tag legt, ist stinknormale Eifersucht.« Er bückte sich nach dem Stift, der vom Tisch gerollt und auf den Boden gefallen war. Als er wieder unter seinem Schreibtisch hervorkam, stieß er sich den Kopf.

»Au. Sein anderes Problem ist, dass er viel zu gut aussieht. Dadurch fühlt er sich verpflichtet, ein toller Hecht zu sein. Der er aber nicht ist. Und dabei kommt das Gegockle heraus, das er an den Tag legt.«

***

»Sie können da nicht rein«, wollte Gabriela Maurer ihn aufhalten.

»Das ist mir egal, ich muss mit Sauerwein reden, und zwar jetzt.« Max schob die platinblondgefärbte Sekretärin des Polizeidirektors zur Seite, klopfte kurz an und öffnete die Tür, ohne sich damit aufzuhalten, auf eine Aufforderung zu warten. »Sie ist verschwunden.«

Wie auf ein geheimes Kommando wandten sich ihm vier Köpfe zu.

»Entschuldigung, ich konnte ihn nicht daran hindern«, zwitscherte Gabriela Maurer zu ihrer Verteidigung.

Sauerwein sprang auf. »Wer ist ver…? Die Winter …?«

Max nickte.

»Verdammte Scheiße. Entschuldigen Sie, meine Herren, das kann nicht warten.«

»Was ist passiert?«

Während sie zwei Etagen nach unten in ihr Büro liefen, erstattete Max Bericht.

»Kristina hat sich zum vereinbarten Zeitpunkt nicht gemeldet, und Eva kann sie auch nicht erreichen. Wir haben eine Streife zu ihr geschickt; ihr Auto steht vor dem Haus, aber sie öffnet nicht. Da sie bisher zu allen Rendezvous pünktlich war, dachten wir, dass es wichtig genug ist, dich aus der Sitzung zu holen.«

Sauerwein nickte. Das Gerede um Kostensenkung ging ihm sowieso auf die Nerven.

»Was ist mit ihrem Telefon?«

»Ist eingeschaltet, die Technik ist dabei, es zu orten.«

Als sie ins Büro kamen, stand Nora Wallner bereits im Zimmer. »Sie haben das Handy geortet. Das Bewegungsprofil zeigt, dass es in einem Fahrzeug liegt, das auf der Miesbacher Straße in südliche Richtung fährt. Drei Einsatzfahrzeuge sind dorthin unterwegs.«

Evas Gesicht sprach Bände. Sie war mit Karl vorausgefahren und als Erste bei dem Streifenwagen angelangt, der das Fahrzeug auf der Innbrücke gestellt hatte. Da sie jegliche Meldung über Funk untersagt hatten, wusste Sauerwein nur, dass das Auto gestoppt worden war.

»Es ist ein beschissenes Taxi. Ohne Fahrgast.« Karls Augen glänzten.

»Was ist mit dem Fahrer?«

»Mehmet Özgen, zweiunddreißig Jahre, deutsch-türkischer Staatsangehöriger. Fährt seit vier Jahren für dieselbe Firma. Weiter bin ich noch nicht.«

»Und das Handy?«

Karl hob die Schultern.

»Eva, du suchst nach dem Handy. Karl, du kommst mit mir«, sagte Sauerwein und ging auf den Taxifahrer zu.

»Herr Özgen, nach unseren Informationen sind Sie im Besitz eines Handys, das nicht Ihnen gehört. Wollen Sie uns dazu etwas sagen?«

»Ich hab keine Ahnung, was Sie von mir wollen. Das einzige Handy, das ich habe, gehört mir. Hier.« Er zog ein Samsung Galaxy aus der Hosentasche.

»Eva?«

Sie tauchte aus dem Taxi auf und schüttelte den Kopf.

»Lassen Sie uns da rübergehen.« Sauerwein deutete auf die andere Straßenseite und gab Karl ein Zeichen.

Nachdem Karl Holtau das Telefonat beendet hatte, rief er Sauerwein zurück. »Keine Bewegungsaufzeichnung. Entweder er hat es über die Brücke geworfen, oder es liegt noch im Auto.«

»Hat einer Ihrer Fahrgäste heute ein Handy in Ihrem Fahrzeug liegen gelassen?«

»Martin!« Eva stand vor dem Taxi und hielt ein weißes iPhone in der Hand. »Es lag in der Kuhle unter dem Beifahrersitz.«

»Herr Özgen?«

»Keine Ahnung, ehrlich. Ich mache das Auto jeden Tag sauber, aber so unter den Sitzen sauge ich nur alle paar Wochen. Ich hab keine Ahnung, wie lange das da schon liegt.«

»Das kann ich Ihnen sagen. Keine zwei Stunden. Erzählen Sie uns etwas über Ihre Fahrgäste heute Morgen.«

»Da war nicht viel. So eine alte Dame vom Bahnhof zum Altenheim für zwölf Euro. Und irgendein Spinner, der ist am Lokschuppen eingestiegen und wollte am Salinplatz wieder raus. Das Ganze für drei Euro. Der wär zu Fuß genauso schnell gewesen.«

Sauerwein und Karl wechselten einen Blick.

»Ist Ihnen an dem Fahrgast irgendetwas aufgefallen?«

»Nee. Außer dass er so eine Tüte dabeihatte, die hat er umgeworfen und das ganze Zeug ziemlich umständlich wieder eingesammelt.«

»Wo hat der Mann gesessen?«

»Auf der Beifahrerseite, hinten.«

»Können Sie ihn beschreiben?«

»Der hatte so eine braune Kappe auf, aus grobem Stoff. Lange dunkle Haare, vielleicht so fünfunddreißig Jahre alt. Also, der Mann, meine ich, nicht die Kappe. Und er war schlank. Aber nicht so wie er«, er deutete auf Karl, »sondern mehr so normal schlank. Er hatte eine komische Brille und einen Bart.« Er überlegte. »Die Jacke war irgendwie ungewöhnlich. Die war so aus Leder, braun, und der Kragen war innen aus Stoff. Mehr fällt mir nicht ein.«

»Das war eine ganze Menge, Herr Özgen. Glauben Sie, dass Sie mit unserem Zeichner ein Bild von dem Mann erstellen können?«, fragte Sauerwein.

»Ja, ich glaub schon.«

»Dann bringt unser Kollege Sie jetzt ins Präsidium. Und Ihren Wagen müssen wir beschlagnahmen.«

Jost Wolkenstein stand wenige Stunden später unangekündigt in Sauerweins Büro. »Wir haben weder auf dem Telefon noch im Taxi Fingerabdrücke oder DNA-Spuren gefunden. Ich denke, dass das Handy wirklich zuletzt von eurer Zeugin benutzt wurde. Aber wir haben trotzdem was, ich weiß nur nicht, ob euch das weiterhilft.« Der Chef des kriminaltechnischen Labors machte eine Pause.

»Wir haben ein sieben Zentimeter langes schwarzes Haar gefunden. Ohne DNA«, kam er Sauerweins Frage zuvor. »Das Haar hat keine Wurzel und wurde an beiden Enden abgeschnitten. Erst dachte ich, dass es von einer Perücke stammt, aber am oberen Ende hab ich einen Rest Alleskleber gefunden. Das Zeug verwendet kein Perückenhersteller, da es keinen Temperaturschwankungen standhält.«

»Also gibt es einen Fahrgast, der falsche Haare benutzt. Nur, wozu?«, überlegte Max.

»Vielleicht um sie an einer Mütze anzukleben«, mutmaßte Wolkenstein.

Max schüttelte den Kopf. »Dann kann es nicht von dem Fahrgast sein, den wir suchen. Laut dem Taxifahrer hatte der halblange Haare.«

»Doch, das passt«, widersprach Eva. »Wenn die Haare an die Mütze angeklebt waren, hätte ein Fremder gedacht, dass sie halblang sind. Er sieht ja nur, was unter dem Rand hervorschaut. Und die Freundinnen von Karen Maier hatten den gleichen Verdacht.«

»Ich weiß«, sagte Max unwirsch. »Aber selbst wenn der Täter eine Mütze mit angeklebten Haaren trägt, bringt uns das nicht weiter.«

»Nur dass wir aller Wahrscheinlichkeit nach ausschließen können, dass er schwarze halblange Haare hat«, widersprach Eva. »Weswegen verkleidet man sich denn? Doch um anders auszusehen als in echt. Wir suchen also eher jemanden, der kurze, vielleicht blonde, rote oder braune Haare hat.«

»Der Ansatz ist passabel«, sagte Sauerwein. »Nur hilft uns das im Moment trotzdem nicht. Fakt ist, dass Kristina verschwunden und wahrscheinlich von unserem Täter entführt worden ist. Wenn er seinen Modus Operandi beibehält, dann bleiben uns etwa fünf Tage, um sie zu finden.« Sauerwein spielte auf die Blutverdünner an, die einige Tage brauchten, um ihre Wirkung zu entfalten.

»Wir fahren in ihre Wohnung. Max und Karl, ihr seht euch dort um. Eva und ich reden mit den Nachbarn. Karl, ruf von unterwegs Jensen an und kündige an, dass wir ihm Kristinas Rechner schicken.«

Sauerwein parkte den schweren BMW auf dem Gehweg, als Eva eine Entdeckung machte.

»Von dem Café da drüben lässt sich der Hauseingang beobachten. Ich höre mich dort mal um, ob jemand etwas mitbekommen hat.«

Zwei Minuten später stellte sie sich an den Tresen und unterbrach die junge Bedienung beim Gläserpolieren.

»Neunhoeffer von der Kripo Rosenheim.« Eva hielt ihr ihren Dienstausweis vor die Nase. »Kennen Sie diese Frau?« Mit der anderen Hand zog sie ein Foto aus ihrer Jackentasche.

»Klar, das ist Kristina Winter. Die ist in der letzten Zeit ständig hier. Was ist mit ihr?«

»Ich muss dringend mit ihr sprechen. Wann haben Sie sie zuletzt gesehen?«

»Heute Morgen, so gegen elf.«

»Erzählen Sie mir ein bisschen mehr. Wie lang war sie hier? Hat sie sich mit jemandem unterhalten?«

»Na ja, vielleicht eine Stunde. Und unterhalten hat sie sich mit einem Typen, der ihr schon seit Tagen hinterhersteigt.«

»Kennen Sie den Mann?«, fragte Eva alarmiert. »War er vorher schon mal hier?«

»Kennen? Das wär zu viel gesagt. Er war vor ein paar Tagen zum ersten Mal hier und ist halt scharf auf sie. Kann man ihm ja nicht verdenken, oder? Vielleicht hat er sich auch in sie verliebt, was weiß ich. Nachdem die gleich von Anfang an so gut miteinander konnten, kam er jeden Tag her.«

»Können Sie ihn beschreiben?«

»Groß, schlank, gut aussehend. Brille. Lässig angezogen. Wär auch mein Typ, aber er hatte offensichtlich andere Pläne.« Das Mädel grinste.

Eva zog die Phantomzeichnung aus der Tasche.

»Könnte das der Mann sein?«

»Hmm, na ja. Das kommt einigermaßen hin. Die Augen standen weiter auseinander, die Haare waren aber ganz anders. Nicht so oll wie auf dem Bild da. Der hatte einen sexy Wuschelschnitt. Wie der eine Moderator aus dem Fernsehen. Wissen Sie, wen ich meine?«

Eva hatte schon seit Jahren keinen Fernseher mehr, und die

Beschreibung sagte ihr nichts. »Können Sie mir das ein bisschen näher beschreiben?«

»Ich weiß was Besseres.« Die junge Frau bückte sich nach ihrer Tasche und kramte nach einem Block und Stiften. »Geben Sie die Zeichnung mal her.« In weniger als drei Minuten hatte sie mit kurzen Strichen ein Bild von dem Mann skizziert.

Eva war beeindruckt. »Wow. Sie haben richtig Talent.«

»Fünftes Semester Kunst«, erklärte sie. »Wenn man es dann immer noch nicht kann, dann kann man es auch bleiben lassen.«

»Das ist echt klasse, Frau …?«

»Mia Bachmann. Gern geschehen.«

»Können Sie sich erinnern, wer von den beiden zuerst gegangen ist?«

»Die sind zusammen raus. Einvernehmlich. Ja, wirklich, sie hat sich bei ihm untergehakt, das sah alles schon sehr vertraut aus«, sagte sie auf Evas erstaunten Blick.

»Ist Ihnen in den Tagen, an denen die beiden zusammengesessen sind, etwas aufgefallen? Irgendwas, das Ihnen merkwürdig vorkam?«

»Nee, merkwürdig war das nicht. Die haben viel gelacht und echt viel zu reden gehabt. Wie Frischverliebte eben. Nur Kristina war heute ziemlich schlapp, das war anders als sonst. Und als sie gingen, konnte sie sich kaum noch auf den Beinen halten.«

»Wie war sie denn sonst?«

»Eher quirlig und fröhlich. Lebenslustig eben.« Sie machte eine Pause und starrte auf einen Punkt hinter der Kaffeemaschine. Eva hatte das Gefühl, dass sie mit irgendetwas hinter dem Berg hielt.

»Woran denken Sie?«

»Vielleicht schaue ich mir ja zu viele Filme an, aber ich hab das Gefühl, dass mehr dahintersteckt, als dass Sie nur mit ihr sprechen wollen. Nützt es Ihnen was, dass die Spülmaschine mit dem Geschirr von heute Vormittag noch nicht gelaufen ist?«

Eva war einen Moment sprachlos. »Frau Bachmann, Sie sind ein Goldstück. Hiermit beschlagnahme ich den Inhalt Ihrer Spülmaschine.«

»Schon gut, solange Sie mich nicht bei meinem Chef verpetzen.«

Eva packte alle Gläser und Tassen in Beutel und lieh sich von Mia Bachmann eine Klappbox. Schwer bepackt verabschiedete sie sich von der Studentin. »Wenn Sie keine Lust mehr auf Kunst haben, dann schauen Sie doch mal bei uns vorbei, Sie Spürnase.«

Eva schloss mit ihrem Zweitschlüssel Sauerweins Auto auf und stellte die Box mit dem Geschirr auf den Rücksitz. Dann ging sie ihn suchen. Sie fand ihn vor einer Tür im zweiten Stock, wo er eine unsichtbare Person durch den Briefschlitz anschrie. Als er Eva die Treppe hochkommen sah, verdrehte er die Augen. »Alt, schwerhörig und misstrauisch. Ich dreh noch durch.«

»Dafür hab ich vielleicht etwas, das uns weiterbringt.« In wenigen Sätzen fasste sie das Gespräch mit Mia Bachmann zusammen.

»Dann lass uns das hier abbrechen und das Zeug in die KTU bringen. Wir kommen später noch mal her.«

»Brauchen wir nicht. Ich hab mit Nora telefoniert, sie schickt einen Kollegen, der die Sachen abholt und auch gleich die Fingerabdrücke von der Kellnerin nimmt. Die KTU ist informiert, dass es brandeilig ist.« Sie stützte sich auf den Treppenlauf. »Ich fühl mich total mies. Wenn Kristina was zustößt, dann werd ich die Schuldgefühle nie mehr los.«

»Welche Schuldgefühle denn, Eva? Du kannst doch nichts dafür, dass sie entführt worden ist.«

»Aber die Idee mit dem Lockvogel ist auf meinem Mist gewachsen. Hätte ich das nicht vorgeschlagen, dann wäre die Langeweile in ihrem Job jetzt das größte Problem, das sie hätte.«

»Sieh zu, dass du aus dem Loch wieder rauskommst. Wenn er nicht sie ausgesucht hätte, dann wäre es eine andere Frau. Und das wär auch nicht besser. Außerdem kannst du sie doch sowieso nicht leiden.«

»Manchmal bist du ein richtiger Arsch. Was hat es denn damit zu tun, ob ich sie mag oder nicht? Sie ist ein Mensch, und wahrscheinlich hat sie gerade eine Heidenangst.« Eva schnäuzte sich. »Außerdem ist es immer schwerer, wenn jemand betroffen ist, den man selbst kennt.«

»Reiß dich zusammen. Du brauchst einen klaren Kopf, wenn wir das Schwein fassen wollen. Da.« Er deutete auf die Tür. »Du kannst mit der alten Dame weitermachen, vielleicht vertraut sie dir mehr als mir.«

Zwei Stunden später trafen sie sich im Erdgeschoss wieder. Bis auf die linke Dachgeschosswohnung hatten sie alle Bewohner angetroffen und befragen können.

»Völlige Fehlanzeige«, sagte Sauerwein. »Und bei dir?«

Eva schüttelte den Kopf. »Keiner hat was gesehen oder gehört. Und in der Wohnung ganz oben wohnt ein junges Mädchen, das seit Weihnachten bei ihren Eltern ist. Jetzt würde ich gern in die KTU fahren und schauen, ob die was mit dem Geschirr anfangen konnten.«

Sie trafen den Kollegen Wolkenstein vor dem Haus bei einer Zigarettenpause. »Ihr kommt grad richtig. Wir haben das ganze Geschirr untersucht, und in …«, er sah auf seine Uhr, »fünf Minuten sind die Ergebnisse fertig.«

Der Drucker spuckte eine Seite aus, als sie das überheizte Zimmer betraten. Wolkenstein las den Bericht und setzte sich ihnen gegenüber an den Besuchertisch.

»Von den Fingerabdrücken stammen jede Menge von der Bedienung und einer zweiten unbekannten Person. Der Anzahl nach zu urteilen von einer weiteren Bedienung, die in dem Laden arbeitet. Anhand der Referenzabdrücke haben wir eine Tasse und ein Glas identifiziert, die wir der Vermissten zuordnen können. Vorsichtshalber haben wir auch noch einen DNA-Abstrich ihres Lippenstifts gemacht.« Er überflog die Seite, die er aus dem Drucker zog. »Ja, das stimmt überein.«

Er drehte sich zu seinem Schreibtisch und tippte drei Ziffern in das Telefon. »Wie weit bist du? Gut. Bring ihn runter.« Auf Evas fragenden Blick hin erklärte er: »Wir haben die Flüssigkeiten durch den Gaschromatografen laufen lassen. Schneider kommt gleich mit dem toxikologischen Befund.«

»Wie sieht es mit den anderen Fingerabdrücken aus?«, fragte Eva.

»Keine Übereinstimmungen in unserer Datenbank. Wir haben einen Abgleich mit der Interpol-Datenbank angefordert, das dauert aber. Eine Tasse haben wir gefunden, die außer dem Abdruck von der Bedienung nur einen Teilabdruck aufweist. Mal sehen.« Er studierte den DNA-Ausdruck. »An der Tasse haben wir keine DNA gefunden. Die ist hundertprozentig abgewischt worden. Aber vielleicht bringt uns der Teilabdruck weiter.«

»Eva, ruf die Bedienung an, sobald wir hier durch sind«, sagte Sauerwein. »Wir brauchen die Fingerabdrücke von den anderen Gästen, die heute Vormittag im Café waren, soweit wir sie noch finden können.«

Inzwischen war der Chemiker mit den Ergebnissen des toxikologischen Tests ins Zimmer gekommen. »Auf Tasse vier haben wir im Lippenabdruck einen Marihuana-Rückstand, und in Tasse sieben war Flunitrazepam im Kaffee. Sonst war nichts.« Er reichte Wolkenstein den Bericht.

Der setzte die Ermittler ins Bild. »Das mit dem Gras können wir vergessen, die Rückstände sind minimal. Aber das andere dürfte euch interessieren.« Er verglich die Ergebnisse der beiden Seiten miteinander. »Die Tasse, in der das Flunitrazepam gefunden wurde, ist die von der Winter. Geläufiger ist der Begriff KO-Tropfen. In einer Dosierung, die sie nicht umgehauen hat, aber vermutlich hat sie sich ziemlich schlapp gefühlt. Vielleicht so, als bekäme sie eine Erkältung. In dem Zustand wäre sie wahrscheinlich froh gewesen, wenn ihr jemand angeboten hätte, sie zum Arzt oder nach Hause zu fahren.«

Eva nickte. Das stimmte mit der Beschreibung der Bedienung überein. Sie überlegte. »Gibt es eine Möglichkeit, anhand der Zusammensetzung einen Hersteller herauszufinden?«

Jost Wolkenstein verneinte. »Als Medikament ist das Zeug mittlerweile verschreibungspflichtig, aber du kannst es überall auf dem Schwarzmarkt unter dem Namen ›Flummis‹ kaufen.«

Noch eine Sackgasse. Aber immerhin der Beweis, dass Kristina tatsächlich entführt worden war.

Eva beendete ihr Telefonat, als Sauerwein und Max ins Zimmer kamen. »Das war Jensen. Er hat was auf Kristinas Rechner gefunden und kommt in zehn Minuten zu uns rüber.«

Der Informatiker kam sofort zur Sache. »Ich konnte die IP-Adresse des Teilnehmers isolieren, der den Trojaner verschickt hat. Ihr Lockvogel ist clever, das muss ich ihr lassen. Ein Haufen von dem Zeug auf ihrem Rechner ist illegal, aber das soll mich vermutlich nicht interessieren, oder?«

»Sicher nicht«, sagte Sauerwein mit Nachdruck. »Ich gehe davon aus, dass Sie davon nie etwas auf dem Computer gefunden haben.«

Jensen sah ihn unsicher an. »Das meinen Sie ernst, oder?«

»Todernst. Fahren Sie fort.«

»Der Teilnehmer hat seine Adresse genauso geschickt verschlüsselt um die halbe Welt geroutet wie schon bei den Frauen vorher. Deswegen ist nichts mehr nachvollziehbar, sobald der Typ vom Netz geht.«

»Das kennen wir schon alles«, sagte Sauerwein ungeduldig. »Erzählen Sie uns etwas, das wir noch nicht wissen.«

Jensen zog einen Flunsch. »Kristina Winter hatte eine virtuelle Oberfläche auf ihrem Rechner installiert und sehr geschickt getarnt. Der Hacker hat nicht gemerkt, dass er gar nicht in ihren Rechner eingedrungen ist. Während sie miteinander verbunden waren, hat die Winter die Daten von seinem Rechner ausspioniert, und darunter ist auch seine echte IP-Adresse. Das hat nur in Echtzeit funktioniert und war noch auf ihrem Computer gespeichert.« Stolz blickte er die Ermittler an.

»Ich hab zwar nichts von dem verstanden, was Sie da gerade erzählt haben, aber sehe ich es richtig, dass wir nun eine physikalische Adresse von dem Arschloch haben?«

»Na ja, nicht ganz. Erst mal haben wir nur die von seinem Rechner. Aber wir können sie von seinem Provider anfordern, wenn Sie einen Richter finden, der –«

»Einfach nur Ja oder Nein.«

Enttäuscht schaute Jensen den Kollegen an. Er seufzte und legte den Hefter auf den Tisch. »Kurz gesagt: Ja.«

Sauerwein zog sein Handy aus der Tasche. »Was reden Sie dann so lange um den heißen Brei? Besorgen Sie mir die Adresse!«

VIERZEHN

Als sie endlich aufwachte, fühlte sie sich fürchterlich. In ihrem Kopf hämmerte ein ganzer Bauarbeitertrupp, und der Geschmack in ihrem Mund war einfach widerlich. Obwohl sie die Augen geschlossen hatte, nahm sie wahr, dass es fast schon hell war. Sie stöhnte, rieb mit den Händen über ihr Gesicht und massierte vorsichtig ihre Kopfhaut. Einige Minuten versuchte sie, das zu entfernen, was von ihren Handgelenken hing, und öffnete schließlich die Augen. Fieberhaft versuchte ihr Verstand, die Nieten, mit denen die Lederbänder gehalten wurden, in Verbindung mit dem zu bringen, was am Abend zuvor passiert war. Sie schloss die Augen und ließ sich eine Weile treiben. Plötzlich fuhr sie mit einem Ruck hoch und riss die Augen auf.

Leicht verschwommen sah sie die Konturen eines Gitters vor sich. Sie rieb über ihre Lider, und als sie nach einem Augenblick besser sehen konnte, war es immer noch da. Es gehörte zu dem Käfig, in dem sie saß. Wie gelähmt vor Angst brachte sie es nicht über sich, aufzustehen. Ihr war schwindlig, und sie war sich sicher, dass ihre Beine nachgeben würden, falls sie es auch nur versuchen würde.

Die Inspektion ihres Gefängnisses brachte wenig Erfreuliches zutage. Eine schmale Pritsche, die zugleich die einzige Sitzgelegenheit war, ein abgedeckter Eimer, eine dünne Wolldecke und eine Plastikflasche mit Wasser. Vittel, immerhin. Durstig schraubte sie den Verschluss auf und trank die Hälfte aus, als ihr auffiel, dass das Wasser einen seltsamen Beigeschmack hatte. Angewidert stellte sie die Flasche auf den Boden. Mit Mühe stemmte sie sich schließlich hoch und trat mit weichen Knien an das Gitter.

Das Zimmer war groß und niedrig, und an den Wänden hingen Tücher in verschiedenen Rottönen bis zum Boden herab. Sie konnte keine Fenster sehen, aber die Luft war frisch, wenn auch viel zu warm.

Die spärlich im Raum verteilten Möbel waren voller brauner Flecken und dienten keinem erkennbaren Zweck. Links von ihr gab es einen zweiten Käfig, der niedriger und bis auf ein Lumpenbündel am Boden leer war. Zu ihrer anderen Seite stand ein Böllerofen, von dem die fast unerträgliche Wärme ausging. Die Glasscheibe war vom Ruß geschwärzt, und daneben war eine Menge Holz zu einem großen Stapel geschichtet.

Einen knappen Meter vor ihrem Gefängnis war eine Handwinde in den Boden eingelassen, an der die Lederbänder befestigt waren, die von ihren Händen hingen. Ihr Blick folgte der seltsamen Konstruktion, und als ihr klar wurde, welchem Zweck sie diente, ließ sie sich schwer auf die Pritsche fallen. Als ihr Blick auf das große Vorhängeschloss fiel, mit dem die Käfigtür versperrt war, schnürte es ihr die Kehle zu.

Alles Grübeln half nichts. Sie kam einfach nicht drauf, wie sie in diese Lage geraten war, wer sie entführt und hierhergebracht hatte.

Das letzte Steinchen in ihrer Erinnerung war das Frühstück mit Frank. Sie hatte sich seit Tagen immer unwohler gefühlt und vermutet, dass eine Erkältung im Anmarsch war. Um ihn nicht anzustecken, schlug sie vor, dass sie sich nicht treffen sollten, bis es ihr besser ging, doch davon wollte er nichts wissen. Er besorgte ihr verschiedene Sachen aus der Apotheke, fütterte sie mit Hustensaft und hielt Mia mit dem Auspressen von frischem Orangensaft auf Trab. Trotzdem ging es ihr fast minütlich schlechter, und er bestand darauf, sie zum Arzt zu fahren. Als sie dort ankamen … Sie setzte sich auf und überlegte.

Was war mit dem Arzt gewesen? Sie konnte sich nicht erinnern, was er gesagt hatte. Sie konnte sich noch nicht mal an den Mediziner erinnern. Hatte Frank sie danach nach Hause gebracht? Wie war sie in den Käfig gekommen? Frank … Mein Gott, was war mit ihm? War auch er entführt worden? Wer kam überhaupt auf die Idee, sie zu kidnappen? Wer wusste von dem vielen Geld, das sie noch immer auf verschiedenen Konten in der Karibik versteckt hatte? Würde es überhaupt reichen, um die Lösegeldforderung zu erfüllen? Der Gedanke war zu schlimm, um ihn zu Ende zu denken. Sie wollte überhaupt nicht mehr denken, sie wollte nach Hause. Langsam ließ sie sich zurück auf die Pritsche sinken, rollte sich auf die Seite und fing leise an zu weinen.

***

Nach dem zweiten Klingeln hörten sie das Geräusch mehrerer Türschlösser und sahen die Frau, die ihnen öffnete, entgeistert an.

»Frau Vogel, was machen Sie denn hier?«

Hilflos sah Rosie Vogel die vielen Polizisten an und fasste sich mit einer Hand an die Brust. Die schwarz vermummten Gestalten, die hinter der Kommissarin standen, jagten ihr einen gehörigen Schrecken ein.

»Ich … ich arbeite hier.«

Eva tauschte einen bestürzten Blick mit Sauerwein. Das durfte doch nicht wahr sein! Tausend Gedanken schossen ihnen durch den Kopf. Waren sie schon so nah an der Lösung gewesen und hatten nichts davon bemerkt?

»Dürfen wir reinkommen?«

Rosie Vogel wurde verlegen. »Nein, das ist keine gute Idee. Mein Arbeitgeber duldet keine fremden Menschen in der Wohnung, und wenn ich Sie hereinlasse, dann bekomme ich Ärger.«

Eva zog Max am Ärmel zurück, der der Haushälterin den Durchsuchungsbeschluss unter die Nase halten wollte. Die Frau hatte unverkennbar Angst.

»Lassen Sie uns mit ihm sprechen!«

»Nein, das geht nicht.«

»Das ist keine Bitte. Bringen Sie uns sofort zu ihm«, befahl ihr Max mit erhobener Stimme.

»Aber das geht wirklich nicht. Er ist verreist. Er war schon seit Tagen nicht mehr hier.«

Vorsichtig versuchte Eva, sie auf das vorzubereiten, was auf sie zukam. »Ich verstehe, dass das schwierig für Sie ist. Aber das, was mein Kollege in der Hand hält, ist ein Gerichtsbeschluss für eine Wohnungsdurchsuchung. Das heißt, Sie müssen uns hereinlassen.«

Eva legte einen Arm um Rosie Vogel, der die Tränen die Wange hinunterliefen. »Sie brauchen keine Angst zu haben, er kann Ihnen das nicht zur Last legen.«

Die alte Frau klammerte sich an Evas Arm. »Sie wissen nicht, wie er ist. Wenn er erfährt, dass ich Sie hereingelassen habe, dann bringt er mich um.«

Sauerwein und Eva tauschten einen kurzen Blick. Dass die Haushälterin Angst hatte, war offensichtlich. Dass sie davon sprach, dass ihr Arbeitgeber sie umbringen würde, warf ein interessantes Licht auf die gesamte Situation.

Vorsichtig führte Eva sie in die Küche und gab ihr ein Glas Wasser. Der Raum war so groß wie ihr ganzes Wohnzimmer und sah aus wie die Vorführküche aus einem Hochglanzmagazin. Sehnsüchtig betrachtete sie den Arbeitsblock mit Herd und Spüle in der Mitte des Raumes.

»Wie heißt Ihr Arbeitgeber eigentlich?«

Rosie Vogel sah sie misstrauisch an. »Wieso wissen Sie das nicht? Sie haben doch einen Durchsuchungsbefehl. Oder stimmt das gar nicht?«

Eva lächelte. Es gefiel ihr besser, wenn die Haushälterin in gesundem Misstrauen aufbegehrte, als wenn sie in Angst versank. »Die Wohnung ist auf eine ausländische Gesellschaft eingetragen, nicht auf eine Person. Deshalb wissen wir nicht, wer hier wohnt.«

»Ach so. Er heißt Frank Standter.«

Eva notierte sich ihre Angaben. »Wissen Sie, wann und wo er geboren ist?«

»Am 8.6.1968 in München.«

Sie riss den Zettel aus dem Block und drückte ihn Karl in die Hand. Während er mit dem Präsidium telefonierte, versuchte Eva, Rosie Vogel weitere Informationen zu entlocken.

»Hat Herr Standter Sie je misshandelt?«

»Aber nein. Wie kommen Sie denn darauf?«

»Weil Sie Angst vor ihm haben. Und Sie haben davon gesprochen, dass er Sie umbringen würde, wenn er davon erfährt, dass Sie uns hereingelassen haben.«

Nervös knetete die alte Frau ihr Taschentuch. Sie wusste nicht, was sie antworten sollte. Dann sah sie Eva verlegen an, die geduldig auf eine Antwort wartete.

Als Rosie Vogel nichts mehr sagte, hakte Eva nach: »Erzählen Sie mir, was Sie über ihn wissen. Womit er sein Geld verdient, was er in seiner Freizeit macht. Und die Namen seiner Freunde und Verwandten wären auch hilfreich.«

»Ich weiß nicht, was er arbeitet. Er spricht ja kaum mit mir. Vielleicht ist es etwas mit Computern.«

»Wieso glauben Sie das?«

»Weil ich einmal in dem abgesperrten Zimmer war, und da standen drei riesige Bildschirme und viel anderes elektronisches Zeug, das ich noch nie gesehen habe. Das sah alles unheimlich teuer aus. Und außerdem hat er gesagt, dass ich den Raum nie wieder betreten darf.«

Eva wartete darauf, dass sie weitersprach. »Sonst?«, fragte sie, als Rosie Vogel nichts mehr sagte.

»Sonst bringt er mich um, hat er gesagt.« Das kam so leise, dass Eva sie kaum verstand.

»Ich weiß nicht, ob er Freunde oder Verwandte hat«, fuhr sie schließlich fort. »Es kommt fast nie Besuch. Und selbst wenn, dann nur abends von einem Freund, wenn ich schon gegangen bin. Manchmal ist er tagelang fort, das kündigt er vorher aber nicht an. Ich merke es nur, wenn die Zimmer unbenutzt sind.«

»Woher wollen Sie denn wissen, dass keine Frauen hierherkommen?« Max sah sie ungeduldig an.

»Weil an den Gläsern kein Lippenstift ist. Und das Parfüm, das ich am nächsten Morgen riechen kann, gehört ihm nicht. Aber es war noch nie ein Damenduft.«

»Wie lange arbeiten Sie schon für ihn?«, bohrte Max weiter.

»Im Mai werden es zehn Jahre.«

»Zehn Jahre? Und in der ganzen Zeit haben Sie ihn nie gefragt, was er macht? Das glauben Sie doch selbst nicht.«

Eva atmete tief ein und hielt die Luft an. Solange Max es nicht auf die Spitze trieb, würde sie ihn gewähren lassen.

»Er ist … Ich hab mich nicht getraut.«

»Aha. Und würden Sie uns bitte auch erklären, wieso?«

»Ich hab Angst, dass er mich schlägt. Oder etwas Schlimmeres.«

»Wieso kündigen Sie dann nicht?«, fragte Max entgeistert.

»Er zahlt gut, und für mich ist es etwas, wo ich mich nützlich fühle. Ich bin zu alt, um noch eine andere Stelle zu finden. Zu

Hause bin ich ganz allein, ich hab ja niemanden mehr. Jetzt, wo Ursel auch tot ist.«

»Helfen Sie mir auf die Sprünge«, sagte Eva. »Als wir Sie über Frau Weigants Tod informiert haben, haben Sie da nicht gesagt, dass Sie sie erst vor Kurzem wiedergetroffen hatten?«

»Ja, das stimmt. Nach vierzig Jahren. Ganz zufällig im Drogeriemarkt.«

Nachdenklich klopfte Eva mit dem Bleistift gegen ihre Zähne. Dann machte sie sich eine Notiz und fragte: »Wie sind Sie eigentlich an diese Stelle gekommen?«

Rosie Vogel schniefte. »Es war eine Anzeige in einem Wochenblatt. Es wurde eine ältere, alleinstehende Dame als Haushälterin gesucht.«

»Das stand so in der Anzeige?«

»Ja, genau so. Das war Herrn Standter wichtig, weil er jemanden gesucht hat, auf den er sich verlassen kann. Seiner Meinung nach geht das nur, wenn man sonst keine Verpflichtungen hat.«

»Ist Ihnen das nie merkwürdig vorgekommen?«

Rosie Vogel ließ sich für ihre Antwort Zeit. Dann schüttelte sie den Kopf. »Nein, warum? Ist das wichtig?«

»Das weiß ich noch nicht.«

Bevor sie den Gedanken zu Ende denken konnte, kamen Karl und Sauerwein in die Küche. Sie bedeuteten Eva und Max, einen Schritt zur Seite zu treten.

»Es gibt niemanden mit dem Namen Frank Standter, der am 8.6.68 in München geboren wurde«, sagte Karl leise. »Sie hat uns angelogen.«

Eva fuhr mit dem Zeigefinger über die fast schwarze Granitfläche hinter der Kaffeemaschine. Nicht ein Staubkorn. »Das glaube ich nicht. Sie hat zu viel Angst, um so abgebrüht zu sein.«

Sauerwein stimmte ihr zu. »Das denke ich auch. Es ist eine falsche Identität.«

»Frau Vogel –«, sagte Max.

»Bitte, nennen Sie mich Rosie.« Sie lächelte schüchtern. »In meinem ganzen Leben haben mich immer alle so genannt. Frau Vogel, das klingt so fremd.«

»Frau Vogel, das ist so nicht üblich. Was denn?«, fragte Max Eva, die ihn mit einem undefinierbaren Ausdruck ansah.

»Rosie, wir brauchen unbedingt noch ein paar Informationen von Ihnen. Schaffen Sie das?«, fragte Eva mitfühlend.

Rosie kaute an ihren Fingerknöcheln. Irgendwas ging ihr durch den Kopf, von dem sie nicht wusste, ob sie es den Polizisten erzählen sollte.

»Rosie?«, fragte Eva vorsichtig. »Worüber denken Sie nach?«

»Es ist …« Die Haushälterin atmete tief durch. »Ich hab neulich ein Hemd im Waschraum gefunden, das war voller Blut. Ich hab zu viel Angst gehabt, um es zur Polizei zu bringen, aber vielleicht ist das wichtig?«

»Also, das ist doch die Höhe«, fing Max an. »Wissen Sie eigentlich –«

»Max. *Max*!« Sauerwein konnte nicht umhin, laut zu werden.

»Was ist denn?«, fragte Max unwirsch.

»Schau doch mal, ob du dich irgendwo in der Wohnung nützlich machen kannst. Und schick Karl wieder zu mir.«

»Was soll das denn jetzt?«

Sauerwein schaute ihn mit einem durchdringenden Blick an. »Tu einfach das, was ich dir sage.«

Beleidigt stand Max abrupt auf und stieß dabei seine Kaffeetasse um.

Sofort sprang Rosie auf und wischte den Fleck weg. Eine Minute später hatte sie die gesamte Arbeitsfläche gewischt und mit einem Pflegemittel erneut auf Hochglanz gebracht.

»Also, was ist mit dem Hemd?«, fragte Eva, als Rosie sich wieder gesetzt hatte.

Die Haushälterin erzählte, wie sie das Hemd gefunden und danach wieder versteckt hatte. Anschließend führte sie die Kommissare in das Wäschezimmer und wurde blass. »Es ist nicht mehr da«, sagte sie matt. »Herr Standter hat es gefunden. Das tut mir so leid.« Die Anspannung machte sich auf ihrem Gesicht bemerkbar, und eine einzelne Träne lief langsam ihre Wange hinab.

Karl sah sie hilflos an und wusste nicht, wie er reagieren sollte. »Bitte nicht«, sagte er und zog die Schultern bis knapp unter die Ohren.

Eva war auf den Trockner geklettert und äugte mit der Wange an der Wand in den Spalt. »Das Hemd ist noch da, Rosie. Es ist nur durch die Vibrationen nach hinten gerutscht.« Sie richtete sich auf und stieß sich den Kopf an dem Hängeschrank. »Au, verdammt. Ich brauche etwas Langes, Schmales.«

Zehn Minuten später hatte sie das fleckige Hemd hervorgeangelt, in eine Tüte verpackt und einen der uniformierten Kollegen damit in die KTU geschickt.

»Wir haben keine Chance, in das Zimmer zu kommen«, informierte der Leiter der Spurensicherung Sauerwein. »Dazu brauchen wir ein Hochleistungsschweißgerät. Oder die Schlüssel.«

»Kann es sein, dass er mit Kristina da drin ist?«, überlegte Eva. Sie drehte sich zu der Haushälterin um. »Rosie, wie groß ist der Raum?«

»Ich weiß nicht genau, vielleicht so groß wie das Schlafzimmer.«

»Gibt es da drin einen Zugang zu einem Badezimmer?«

Die alte Frau zuckte hilflos mit den Schultern.

»Das ist jetzt egal, wir müssen hinein, so oder so«, sagte Sauerwein und drehte sich zu Preisenbacher um. »Egal, wie, sieh zu, dass es schnell geht.« Dann drehte er sich zu Eva um.

»Wir haben noch ein ganz anderes Problem«, sagte er leise.

Sie nickte. »Rosie.«

»Sie muss hier weg. Nach Hause kann sie nicht. Wir müssen davon ausgehen, dass Standter auch ihre Freundin umgebracht hat.«

»Und damit ist sie in Gefahr, sobald er erfährt, dass die Polizei hier war«, führte Eva seine Überlegung zu Ende.

Sie kaute nachdenklich auf ihrer Lippe und sah die alte Frau lange an. »Rosie, mögen Sie Katzen?«

»Wieso dauert das so lange?« Max lief seit zwei Stunden vor der Tür auf und ab und stand den Technikern im Weg.

Dass der Spezialist für einbruchssichere Schließanlagen zu einem Vortrag in Stuttgart eingeladen war und seinen Kollegen nur in den knapp bemessenen Pausen Telefonsupport geben konnte, setzte sie zusätzlich unter Druck. Jetzt platzte dem jüngeren der beiden der Kragen. »Jetzt schleichen Sie sich endlich und lassen Sie uns in Ruhe arbeiten. Davon, dass Sie uns ständig behindern, geht es auch nicht schneller.«

Max sah ihn entgeistert an und wollte zu einer Antwort ansetzen, als Sauerwein ihn zurückpfiff. »Nimm dir ein Beispiel an denen da.« Er deutete auf die sechs Männer vom SEK, die seit Stunden regungslos, aber hellwach die kritischen Stellen der Wohnung überwachten.

Max verdrehte die Augen. »Das ist doch etwas ganz anderes.«

»Warum nutzt du nicht die Zeit und schreibst deinen Bericht?«, schlug Sauerwein ihm vor. »Es bringt gar nichts, wenn du hier –«

In dem Augenblick hörten sie einen dumpfen Schlag.

»Das war der Riegel. Wir sind durch«, erklärte der Techniker.

Sofort standen vier schwarz vermummte Männer mit ihren Waffen im Anschlag vor der Tür.

Der Anführer tauschte einen kurzen Blick mit Sauerwein und gab auf dessen Nicken das Kommando, das Zimmer zu stürmen.

Zwei Männer sicherten von hinten, während die anderen beiden mit einer Ramme den letzten Widerstand der Tür brachen und den Raum stürmten.

»Gesichert«, gaben sie kurz darauf nach draußen weiter. »Hier ist niemand.«

Sauerwein und Max betraten das Büro und sahen sich enttäuscht um. Weiße Schleiflackmöbel, farbig kontrastierende Gemälde und ein geschwungener Schreibtisch vor einer komplett verglasten Fensterfront, durch die man auf eine große Terrasse gelangte. Den Tisch flankierten Töpfe mit riesigen Orchideen, die das Gefühl vermittelten, dass Feng-Shui hier höchste Perfektion erreicht hatte.

Sauerweins Blick fiel auf die Bilder an der Wand. Dem Stil nach waren sie von ein und demselben Maler. Erst erkannte er nicht, was sie darstellen sollten, dann wurde ihm übel. »Seht euch das an.«

Karl und Max traten zu ihm.

»Das gibt's doch nicht«, sagte Karl angewidert. »Das sind tote Katzen und Hunde. Aufgespießt und zu Tode gequält. Und das da drüben ist ein Haufen Eingeweide. Ist das eklig! Wer hängt sich denn so was an die Wand?«

»Und das hier erst.« Max zog ein ungerahmtes, zerfetztes Gemälde hinter einem Schrank hervor.

»Da war der Künstler offensichtlich wütend auf sich selbst.« Sauerwein deutete auf eine Stelle, die den unfertigen Frauentorso verunstaltete. »Hier hat er gepatzt. Und dann ist er ausgerastet und hat das Bild zerstört.«

Sehr krank, das Ganze. Aber immerhin ein eindeutiger Hinweis, dass sie auf der richtigen Spur waren.

Bis auf das beschädigte Werk war alles penibel aufgeräumt, und außer einem leisen Ticken drangen keine Außengeräusche in den Raum.

»Schalldicht. Auch die Balkontüren«, stellte der Techniker fest, der den Raum nach ihnen betreten hatte.

Das Ticken wich einem Summton und ging allmählich in ein helles Pfeifen über.

Ratlos sahen sich die Männer an.

»Was ist das?«, fragte Karl.

»Ich glaube, das kommt von dem Computer da«, sagte einer der Männer vom SEK, der neben dem Rechner stand.

»Scheiße. *Jensen!*«, schrie Sauerwein.

»Schreien Sie nicht so. Was ist los?«, fragte Jensen.

Wortlos zeigte Sauerwein auf den Rechner.

»Hat sich das Geräusch verändert?«, fragte der Informatiker und beugte sich unter den Tisch.

Sauerwein wollte zu einer Erklärung ansetzen, als der Bildschirm hell wurde.

10 seconds until delete modus

»Oh heilige Scheiße«, fluchte Jensen und zog geistesgegenwärtig den Netzstecker aus der Wand.

»Der hier zeigt das Gleiche an«, rief Karl und machte es Jensen nach.

Das Pfeifen wurde lauter und wechselte in ein rhythmisches Signal.

Fünf, vier, drei … Bye-bye …

Ohnmächtig vor Wut starrten die Männer auf die Bildschirme.

»Das war's vermutlich«, sagte der Informatiker. »Das Aufbrechen der Tür hat ein Programm ausgelöst, das alle Dateien zerstört. So wie Kristina Winter seine Vorgehensweise beschrieben hat, hat er sicher dafür gesorgt, dass wir die Festplatten mit keinem Programm der Welt wiederherstellen können.«

»So ein Dreck! Wir hätten vorsichtiger vorgehen müssen.« Sauerwein war außer sich.

Der Techniker stand an der Tür und untersuchte die Kontakte. »Vergessen Sie's. Es hat nichts damit zu tun, dass wir die Tür aufgeschweißt haben. In den Türrahmen ist ein Display eingelassen, und nach dem Öffnen der Tür muss ein Passwort eingegeben werden. Es ist völlig egal, ob sie mit den Schlüsseln oder gewaltsam geöffnet wird. Der Mann hat sich auf jede erdenkliche Weise abgesichert, dass kein Unbefugter an seine Daten herankommt.«

»Haben wir eine Chance, dass er eine Datensicherung gemacht hat?«, fragte Max den Computerspezialisten.

»Das hat er sicherlich. Die liegt aber vermutlich auf einem Server auf den British Virgin Islands.«

***

Als die Wirkung des Flunitrazepams weiter nachließ und sie merkte, dass ihre Beine wieder gehorchten, stellte sie sich an das Gitter. Sie war erleichtert, dass die Erkältung so plötzlich abgeklungen war.

»Hallo.« Mehr als ein Krächzen brachte sie nicht heraus.

»Haaallloo.« Schon besser. »Ist da jemand?«

Was war das für ein Geräusch? »Haaaallllo!«

Da war es wieder. Ein Grunzen, wie von einem Schwein. Es kam aus dem Käfig nebenan. Erschrocken starrte sie auf das Lumpenbündel, das plötzlich zum Leben erwacht war. Himmel, was war das? Sie sank in die Knie. »Können Sie mich verstehen?«

Nichts.

Noch mal. »Verstehen Sie mich? Wo sind wir hier?«

»Vergiss es. Er spricht schon lange nicht mehr.«

Mit einem Schrei fuhr sie herum. Sie hatte die Tür hinter ihrem Käfig, aus dessen Schatten sich jetzt eine Gestalt löste, vorher nicht bemerkt.

»Hallo, meine schöne Kristina. Ich freu mich, dass du mir hier Gesellschaft leisten willst.«

Sie umklammerte die Stäbe und starrte ihn mit aufgerissenen Augen an. Es fiel ihr schwer, zu begreifen, wen sie vor sich hatte. Er war es und doch wieder nicht. Seine Haare waren heller, das Gesicht schmaler, und die vielen Fältchen um die Augen hatte sie vorher nicht bemerkt.

»Du? Aber … was soll das? Was … was willst du von mir?«, fragte sie matt und ließ sich auf den Boden sinken.

»Lass dich einfach überraschen, meine Schöne. Hab ein bisschen Geduld mit mir.« Sein Gesicht verzog sich zu einem jungenhaften Lächeln. Er war so verdammt attraktiv, das konnte nur ein blöder, böser Traum sein.

»Was willst du?«, wiederholte sie ihre Frage. »Wieso hast du mich hier eingesperrt? Lass mich sofort raus aus diesem Loch!«

»Meine Süße, ich glaube nicht, dass du in der Lage bist, Forderungen zu stellen. Oder siehst du das anders?« Langsam ging er um den Käfig herum und musterte sie von oben bis unten.

»Warum machst du das? Ich hab dir doch überhaupt nichts getan!«

»Das kann man von zwei Seiten betrachten. Für den Augenblick schlage ich vor, dass du dich als mein Gast fühlst.«

»Du bist doch total irre.« Hysterisch versuchte sie, ihre Hände durch die Lederschlaufen zu ziehen.

»Du tust dir keinen Gefallen damit, wenn du weiter so schreist, mein Engel. Vielleicht ist es ja an der Zeit, dass du eine kleine Lektion lernst.«

Er stellte sich an die Winde und fing an, an der Kurbel zu drehen.

»Nein. Bitte nicht. Lass das. Bitte!« Vergeblich stemmte sie sich gegen den Zug der Riemen. Immer näher wurde sie an das Gitter gezogen, die Arme immer weiter auseinandergespreizt, bis sie schließlich an den Stäben klebte wie ein aufgespießter Schmetterling.

»Wie fühlst du dich jetzt?«

»Was willst du? Geld? Wie viel soll ich dir geben?«

Er legte den Kopf in den Nacken und lachte lauthals los.

»Wie schön, dass du so kooperativ bist und gleich selbst auf den Punkt kommst. Gib mir ein wenig Zeit, okay? Ich muss erst ausrechnen, wie viel ich gern von dir hätte.«

»Bitte. Lass. Mich. Los.« Heiße Tränen liefen über ihr Gesicht. Sie fühlte sich unendlich gedemütigt.

»Geduld, mein Engel. Du möchtest doch was lernen.« Er packte einen Fuß und zog ihn zur Seite, bis ein Haken um ihren Knöchel schnappte und sie nur noch auf einem Bein stand.

»Und was meinst du, ist doch viel besser so, oder etwa nicht?«

»Du bist doch nur ein perverses Schwein.«

»Vielleicht hast du recht. Aber eins, das am längeren Hebel sitzt.«

Langsam fuhr er mit der Hand ihr Bein entlang nach oben und wollte einen Finger in ihren Slip schieben, als sie mit dem freien Fuß nach ihm trat. Sie verlor den Halt und fiel mit einem Ruck in die Lederbänder. Der Schmerz, der in ihren Schultern tobte, brannte bis unter die Kopfhaut.

Er schüttelte vor Vergnügen den Kopf und lachte sie aus. »Jetzt hast du verstanden, wie das mit dem längeren Hebel ist, oder?« Er half ihr, das Bein wieder auf den Boden zu stellen, und grinste sie mit seinem verführerischen Lächeln an.

Wenn sie gehofft hatte, dass er sie nun in Frieden lassen würde, hatte sie sich gründlich getäuscht. Als sie wieder stand, fuhr er mit seinem widerlichen Spiel fort. Grob fuhr er mit der Hand unter ihren Slip, teilte ihre Scham und schob drei Finger in sie hinein.

»Wie findest du das?« Er beugte sich vor und leckte ihre Tränen vom Gesicht. Abrupt zog er die Hand aus ihrem Höschen und näherte sich ihrem Ohr.

»Eins sollte dir klar sein: Wenn du irgendetwas Dummes versuchst, dann wirst du bestraft. Und wenn du etwas *sehr* Dummes machst, dann kannst du dir deine Suite mit dem da drüben teilen.«

Kristina musste nicht hinsehen, um zu wissen, was er meinte. Ihr Magen zog sich zusammen, und sie würgte.

»Wage es ja nicht, hier alles vollzukotzen. Hinter dir steht ein Eimer. Du bekommst noch einen zweiten mit Wasser und Seife. Damit wäschst du dich. Und zwar gründlich. Stinken gehört nämlich zu den dummen Sachen. Verstanden?«

Als sie nickte, ging er auf die Rückseite des Käfigs, öffnete die Klappe und schob etwas zu ihr hinein. Kurz danach fiel die schwere Eisentür hinter ihr dumpf ins Schloss.

»Nein! Frank! Komm zurück, bitte! Binde mich wieder los. Ich tu doch auch alles, was du willst!«

Gerade als sie dachte, sie würde ihre Arme und das Bein, auf dem sie stand, nie wieder spüren können, löste sich die Sperre der Winde, und die Lederbänder gaben nach. Nur mit Mühe konnte sie den Haken lösen, mit dem ihr Peiniger ihren Knöchel an das Gitter gehängt hatte. Sie kroch kraftlos zu der nur einen halben Meter entfernten Pritsche, zog sich schwerfällig hinauf und massierte ihre tauben Gliedmaßen, bis das Blut wieder zu zirkulieren begann. Als es langsam zurück in ihre gezerrten Schultern floss, trieb ihr der Schmerz Tränen in die Augen. Sie zog die dünne Decke über sich und ließ ihrer Angst freien Lauf. Er hatte sich über ihre Frage nach dem Geld nur lustig gemacht. Das war keine Entführung, bei der es um materielle Dinge ging.

***

»Mich lässt seit gestern ein Gedanke nicht mehr los.« Eva stand in Sauerweins Tür und balancierte ein Tablett mit Kaffee und frischen Croissants. »Hast du Zeit?«

Als Karl und Max sich zu ihnen gesetzt hatten, fasste Eva zusammen: »Frank Standter hatte vor –«

»Es gibt keinen Frank Standter«, warf Max ein.

Eva sah ihn an, als ob sie ihm den Hals umdrehen wollte.

Auch Sauerwein war genervt. »Wenn du den richtigen Namen kennst, dann raus damit. Bis dahin ist ›Frank Standter‹ so gut wie jeder andere.«

Beleidigt zog Max den Kopf ein und wippte mit dem Fuß zu einer Musik, die nur er hören konnte.

»Standter hatte vor zehn Jahren im Wochenblatt inseriert, dass er eine Haushaltshilfe sucht. Unter der Bedingung, dass die Person weiblich, alleinstehend und schon etwas älter ist. Ich habe gestern Abend mit Rosie noch eine Flasche Wein getrunken, und sie ist ein bisschen näher darauf eingegangen. Standter hat sie bei dem Vorstellungsgespräch eine Litanei rauf und runter gefragt, nach Verwandten, Freunden, einem Liebhaber. Er hat sich ihr charmant präsentiert und Anteilnahme geheuchelt, damit sie aus sich rausgeht. Es ist ihr komisch vorgekommen, aber sie hat sich nicht allzu viel dabei gedacht. Am Ende war sie froh, dass er sich für sie entschieden hat. Und er hat sie fürstlich dafür bezahlt, dass sie seinen Vorstellungen entsprach.«

Sie räusperte sich und machte eine Pause. »Eines Tages tritt unerwartet eine alte Bekannte auf den Plan. Mit einem Mal ist Rosie nicht mehr allein. Sie hat jemanden zum Reden, jemanden, der ihr Ideen in den Kopf setzen kann. Ein Mensch, dem sie vertraut. Sich vielleicht sogar anvertraut. Ganz offensichtlich eine Person, die seine Vorstellung von der einsamen, alten Dame gefährlich bedroht.«

Die Männer sahen sie nachdenklich an. Die Saat, die Eva in ihre Köpfe pflanzte, fing an zu sprießen. »Die beiden Damen gehen zusammen in ein Café, eine fühlt sich beobachtet. Ich frage mich, warum? Die Frauen trennen sich, und eine Stunde später ist eine davon tot.«

Karl stand langsam auf und stellte sich an die Glaswand. Er nahm einen Stift und schrieb Rosies und Ursels Namen dazu, zog die Verbindungen und malte einen Kreis darum. »Du könntest recht haben. Die Weigant musste nur sterben, weil sie Rosie kannte.«

Sauerwein rief in der Rechtsmedizin an und verlangte nach Dyrkhoff. »Haben Sie in der Strangulationswunde von Ursula Weigant Epithelgewebe gefunden? Ja, danke.« Er verdrehte die Augen und wählte die Nummer der KTU.

Als Wolkenstein an den Apparat kam, drückte Sauerwein auf den Lautsprecher und wiederholte seine Frage.

»Die Spurensicherung hat einen winzigen Fetzen Haut gefunden, der nicht mit der DNA der Frau übereinstimmt und offensichtlich vom Gürtel auf sie übertragen wurde. Es liegen noch nicht alle Ergebnisse vor, aber ein paar Informationen hab ich schon. Soll ich euch die Daten rüberschicken?«

Ohne auf die Frage einzugehen, bat Sauerwein ihn, das Teilprofil mit den Proben zu vergleichen, die sie aus Standters Wohnung mitgebracht hatten.

»Das haben wir gleich, einen Moment.«

Im Hintergrund hörten sie das Klicken einer Computertastatur.

»Ihr habt es wohl mit Rätseln, was? Die Gewebeproben von gestern sind unbrauchbar, weil sie in Reinigungsmitteln ertränkt wurden. Putzt ihr neuerdings eure Tatorte, bevor ihr Proben nehmt, oder was?«

Sauerwein verdrehte die Augen. »Gibt es nun eine Übereinstimmung oder nicht?«

»Ja, die gibt es. Vom Bauchgefühl her sage ich, es passt. Vor Gericht hast du damit aber keine Chance, weil die Fragmente aus der Wohnung verunreinigt sind.«

Fünf Minuten lang hing jeder seinen Gedanken nach.

Dann fragte Karl: »Bringt uns das jetzt eigentlich weiter?«

Verblüfft sahen die Kollegen ihn an. Die Frage hatte durchaus eine Berechtigung.

»Trotzdem«, setzte Max an, unterbrach sich aber selbst.

»Sag schon«, forderte Karl ihn auf.

»Ich überlege, ob es sonst noch einen gemeinsamen Nenner gibt.«

»Den gibt es tatsächlich«, bestätigte Eva. »Ein Teil seiner Taktik ist der Zeitfaktor. Er sucht seine Opfer danach aus, dass sie entweder keine sozialen Kontakte pflegen, wie Rosie, Anja Böhme und Catherina Leutberg. Oder dass sie wochenlang nicht vermisst werden, wie Karen Maier und Maria Kramer. Er setzt darauf, dass ihm die Zeit zu Hilfe kommt. Je weiter der Verwesungsgrad fortgeschritten ist, umso schwieriger wird es für uns, Beweise sicherzustellen. Und je länger eine Person vermisst wird, desto weniger detailliert kann sich das soziale Umfeld an Details erinnern. Für bloße Zufälle ist das ein bisschen viel.«

Sauerwein und Karl versuchten, sich in ihre Theorie hineinzuversetzen. Max hingegen war mehr daran gelegen, ihr zu widersprechen. »Das ist Quatsch. Catherina Leutberg haben wir einen Tag, nachdem der Täter sie am See abgelegt hatte, gefunden. Die Vogel ist überhaupt kein Opfer, schließlich lebt sie noch, und Anja Böhme hätte keinen Tag lang unbemerkt am Kirchturm hängen können.«

Karl hatte sich zu ihm gebeugt, als er anfing, seine Gegenargumente aufzuzählen. Jetzt platzte ihm der Kragen. »Was ist eigentlich los mit dir? In letzter Zeit lässt du an nichts, was Eva sagt, ein gutes Haar. Und das geht mir allmählich ganz gewaltig auf die Nerven.«

Wie vom Donner gerührt starrte Max ihn an. »Was? Was erzählst du da für einen Blödsinn?«

»Das ist kein Blödsinn. Du denkst doch schon nicht mal mehr darüber nach, ob an ihren Theorien was dran sein könnte. Nein.« Er zeigte mit dem Finger auf ihn, als Max ihn unterbrechen wollte. »Lass mich ausreden. Das Einzige, was dich interessiert, ist, ihr gegen den Karren zu fahren und ihr zu zeigen, dass sie auf dem Holzweg ist.«

»Also, das ist doch die Höhe. Was bildest du dir eigentlich ein?«

»Karl hat recht«, sagte Eva. »Wie oft hab ich dich in den letzten Wochen schon das Gleiche gefragt? Vielleicht denkst du ja mal darüber nach, ob nicht du derjenige bist, der sich irrt.«

»Martin«, sagte Karl. »Sag du doch auch mal was dazu.«

Sauerwein hütete sich davor, vor versammelter Mannschaft Partei zu ergreifen. Das Gespräch mit Max würde er unter vier Augen führen. »Bleibt bitte sachlich und thematisch beim Fall. Alles andere regeln wir später.«

»Wartet einen Moment.« Eva hatte den Faden verloren und zog die Stirn kraus. »Ach ja. Wir haben die Leutberg nur deswegen so schnell gefunden, weil wir den Hinweis von der Frau aus Sachsenkam respektive Julian Vossen bekommen haben. Sonst wäre sie kaum vor der Schneeschmelze entdeckt worden. Und das hätte dem Täter einen Zeitraum von, sagen wir, drei Monaten verschafft. Rosie zähle ich nach wie vor als Opfer, wenn auch nur als sekundäres. Wir können nicht ausschließen, dass er sie statt der Weigant umgebracht hätte, falls er an die nicht herangekommen wäre. Und von der Kramer wusste er, dass zwischen ihr und ihrer einzigen Bezugsperson, nämlich ihrem Bruder, Funkstille herrschte.«

»Und wie passt es in dein Bild, dass er die Böhme so in Szene gesetzt hat?«, spielte Max auf die Darstellung auf dem Glockenturm an.

»Wir können nicht ausschließen, dass die Inszenierung auf dem

Kirchturm nur eine Taktik war, um uns zu verwirren«, schaltete sich Sauerwein ein. »Weil wir die Leutberg viel schneller gefunden haben, als er es geplant hatte.«

Als Sauerwein nach einer kurzen Kaffeepause zurück ins Büro kam, schnarchte ein übermüdeter Jost Wolkenstein auf den Plastikstühlen im Flur. Sauerwein rüttelte ihn an der Schulter, worauf der Chef der KTU ein Grunzen ausstieß und Sauerwein verständnislos ansah.

»Wach auf.« Sauerwein ließ einen Kaffee aus dem Automaten und reichte ihn weiter. Wolkenstein nahm einen Schluck und verzog das Gesicht.

»Das Zeug trinkt ihr?«

»Nur wenn es sein muss. Was ist los?«

»Ich hab mir wegen euch die Nacht um die Ohren geschlagen und mir das Hemd vorgenommen. Ich dachte, das ist wichtig?« In der Hoffnung auf Bestätigung sah er Sauerwein gespannt an.

»Unbedingt. Ich hoffe, deine Nachtschicht hat sich gelohnt.«

»Unbedingt«, echote Wolkenstein. »Die Substanz auf dem Hemd ist Blut. Und es stammt eindeutig von Catherina Leutberg.«

FÜNFZEHN

Nachdem ihr klar geworden war, dass Frank es nicht auf Geld abgesehen hatte, konnte sie ihre Angst kaum im Zaum halten. Obwohl sie krampfhaft versuchte, nicht an die gefolterten Frauen zu denken, gelang es ihr kaum länger als eine Minute, die entsetzlichen Bilder zu verdrängen.

In welch eine fürchterliche Lage war sie da nur geraten? Sie schaffte es kaum, einen klaren Gedanken zu fassen. Irgendwo aus ihrem Unterbewusstsein schwappte wieder und wieder die Botschaft nach oben, dass sie sich nicht von ihrer Angst lähmen lassen durfte. Und dass sie fit bleiben musste. Irgendwann musste Frank die Tür zu ihrem Gefängnis öffnen, und dann musste sie auf Draht sein, um ihm zu entkommen. Viel Platz gab es nicht, aber für einfache Übungen wie Kniebeugen würde es reichen, und statt Liegestütze konnte sie Klimmzüge am Gitter machen. Wenn es nur nicht so entsetzlich warm hier drin wäre. Selbst nur mit dem T-Shirt war es viel zu heiß. Sobald sie anfing, sich zu bewegen, wäre es nach wenigen Minuten nass geschwitzt, und das wäre in seinen Augen sicher eine Dummheit.

Gegen ihren Drang, einfach liegen zu bleiben, die Augen zu schließen und zu hoffen, dass alles nur ein böser Traum war, rappelte sie sich mühsam hoch, stellte sich ans Gitter und sah zu dem anderen Käfig hinüber. Welch eine seltsame Gestalt. Lange aschfarbene Haare fielen über das bleiche Gesicht, und eine Art beigefarbener Umhang bedeckte den zusammengekauerten Körper. Ein Mann, ganz eindeutig, auch wenn er sorgfältig rasiert war und sie sonst nicht viel erkennen konnte. Die glanzlosen Augen folgten jeder ihrer Bewegungen, während der arme Kerl von Krämpfen geschüttelt wurde. Einen Augenblick vergaß sie ihre eigene aussichtslose Lage. »Er spricht schon lange nicht mehr«, hatte er gesagt. Wie lange das wohl sein mag?, überlegte sie. Und die ganze Zeit in einem Käfig, der viel zu niedrig war, um aufrecht zu stehen? Mein Gott. Erschöpft ließ sie sich auf die Pritsche fallen und vergrub ihr Gesicht in den Händen.

Und plötzlich keimte ein Funke Hoffnung in ihr. Er wollte sie gefangen halten, nicht töten. So wie das arme Wesen neben ihr. Frank war krank, zweifellos. Aber er war kein Mörder. Und das hieß, dass Eva und ihren Kollegen genügend Zeit blieb, um sie zu retten.

»Arrrhhhaaa.« Die Gestalt hatte keine Krämpfe. Sie hatte den Umhang nach oben geschoben und massierte ihren Penis, während sie Kristina mit hungrigen Augen anstierte und immer schneller stöhnte.

Kristina erwischte den Eimer gerade noch rechtzeitig und übergab sich.

Als sie fertig war, putzte sie sich die Zähne und ließ sich auf die Pritsche fallen. Oh Kristina, was ist nur aus dir geworden? Jetzt bist du also auch noch eine Wichsvorlage für einen Freak. Gegen ihren Willen musste sie lachen. Es war ein angsterfülltes hysterisches Lachen, das erst verebbte, als sie am ganzen Körper zitterte und ihr die Tränen übers Gesicht liefen.

Danach fühlte sie sich besser. Wider jede Vernunft hatte der Wichser dazu beigetragen, dass ein bisschen ihrer alten Energie zurückkehrte. Sich hängen zu lassen, hieße aufzugeben, und das kam überhaupt nicht in Frage. Mit einem Ruck zog sie sich das T-Shirt über den Kopf, stieg aus dem Höschen und fing an, ihre Übungen zu machen. Scheiß auf das Bindegewebe, dachte sie, als ihr Busen beim Springen auf und ab hüpfte. Sollte der Freak ruhig zusehen, er würde sich sowieso einen runterholen, ob sie nun nackt war oder nicht.

Als sie ein paar Stunden später wieder wach wurde, hatte sie jedes Zeitgefühl verloren. Keine Ahnung, ob draußen Tag war oder Nacht.

Ein leises Klicken verriet, dass die Tür hinter ihr geöffnet wurde. Frank kam herein und balancierte ein Tablett mit zwei zugedeckten Tellern in einer Hand und eine Flasche Rotwein und zwei Gläser in der anderen.

»Bist du klug und stellst dich hinter die Pritsche, oder muss ich dich festbinden?«, fragte er.

Wortlos wich sie ans andere Ende des Käfigs zurück, was ihm ein Lächeln entlockte.

»Brav, mein Engel. Du lernst schnell«, stellte er fest und schob das Tablett durch die Klappe. Er schenkte Wein in die Gläser, stellte eines neben die Teller und verschloss den Käfig wieder.

»Iss«, forderte er sie auf.

Sie nahm das Tablett, setzte sich rittlings auf die Pritsche und hob misstrauisch die Deckel von den Tellern.

»Kresseschaumsüppchen und Zebrafilet«, erklärte er stolz. »Nur das Beste für meine Engel.«

Es roch phantastisch. Vorsichtig probierte sie die Suppe und löffelte sie dann bis zum letzten Tropfen aus. »Zebra, hm?«, fragte sie. Das Fleisch war innen leicht rosa, das Gemüse al dente, und die Kartoffeln waren mit der Schale und Petersilie in Butter geschwenkt. Das Essen war ein Gedicht.

Wortlos hatte er sie beobachtet. »Zufrieden?«, fragte er, als sie die letzte Gabel in den Mund schob.

»Leider entspricht der Zimmerstandard nicht deinen Kochkünsten«, versuchte sie sich zaghaft an einem Scherz. »Wieso vergeudest du dein Talent mit Entführungen, statt –?«

»Halt den Mund«, unterbrach er sie. »Stell das Tablett vor die Klappe und tritt zurück.«

Als er wieder verschwunden war, ließ sie sich auf die Pritsche fallen und dachte nach. Ihr war nicht entgangen, dass er das Wort »Engel« im Plural verwendet hatte.

***

Nachdem er die Mädchen ins Bett gebracht hatte, holte er sich ein Bier aus dem Kühlschrank und setzte sich in den kleinen Wintergarten.

Beim Anblick der vertrockneten Pflanzen überkam ihn das schlechte Gewissen. Früher war das Haus ein Platz gewesen, dem nicht nur das Toben der Kinder Leben einhauchte, sondern auch die Freude seiner Frau mit ihren Pflanzen. Der verdammte Fall ließ ihm wenig Gelegenheit, Luisa zu vermissen. So gesehen hatte er sogar etwas Gutes. Aber heute Abend besuchten ihn die Geister der Vergangenheit, und er stellte traurig fest, dass der Schmerz kein bisschen weniger geworden war.

Als er das zweite Bier aus dem Kühlschrank nahm, läutete es an der Tür. Er überlegte, ob er den Besucher ignorieren sollte, als es erneut klingelte. Er stellte das Bier auf die Anrichte und öffnete dem ungebetenen Gast. Draußen stand nicht Max, wie er befürchtet hatte, sondern sein Schwager. Was womöglich noch schlimmer war.

»Willst du mich nicht hereinbitten?«, fragte Piet, nachdem sie sich begrüßt hatten.

»Entschuldige. Ich bin völlig fertig. Können wir nicht an einem anderen Tag reden?«

»Nein, Martin. Weil der Zeitpunkt nie richtig ist.« Er deutete mit dem Zeigefinger auf das Bier. »Hast du noch eins übrig?«

»Ich nehme an, dass das kein Höflichkeitsbesuch ist, oder?«

Piet schüttelte den Kopf. »Nein. Ich habe lange mit Claudia gesprochen, und wir sind zu dem Schluss gekommen, dass es so nicht weitergehen kann.«

Sauerwein hatte schon seit Wochen Angst vor dem Augenblick, an dem sie ihm sagen würden, dass sie nicht mehr auf die Kinder aufpassen konnten.

Er gab sich einen Ruck. »Ich weiß, Piet. Ich glaube, ich hatte nur Angst davor, dass das schon so früh kommen könnte.«

Sein Schwager sah ihn irritiert an. »Ich versteh nicht, was du meinst.«

»Na, dass ihr euch nicht mehr um die Kinder kümmern könnt.« Er schaute in die Dunkelheit hinter den großen Fenstern und kämpfte mit dem Kloß in seinem Hals.

»Martin!«

Erschrocken sah er seinen Schwager an. »Wieso schreist du so?«

»Weil ich mit dir rede, du mit deinen Gedanken aber ganz woanders bist«, antwortete Piet.

»Entschuldige. Das ist wohl alles etwas viel.«

»Genau darum geht es doch. Und deswegen wäre es auch nicht schlecht, wenn du mir zuhören würdest.«

Piet hatte recht. Er würde nichts daran ändern, wenn er sich der Situation weiter entzog. »Es tut mir leid, dass ich euch aus dem Weg gegangen bin. Aber ich bring es nicht über mich, die Mädchen wegzugeben. Ich weiß nicht, wie ich das überleben soll.«

Piet sah ihn entsetzt an. »Wer sagt denn, dass du die Kinder weggeben sollst?«

»Das ist doch die einzige Lösung, die noch bleibt, oder?«

Erst jetzt begriff Piet, weshalb sich Sauerwein in der letzten Zeit so abweisend verhalten hatte. Seine Stimme wurde weich. »Auf die Idee wären wir im Leben nicht gekommen.«

Sauerwein sah ihn irritiert an. »Aber was denn sonst?«

»Claudia war am Mittwoch auf dem Elternabend. Den hattest du wohl vergessen?«

Verdammt, das hatte er tatsächlich. Schuldbewusst wurde er rot.

»Nun gut. Ist ja nicht so schlimm. Aber wenn du möchtest, dass die Kinder bei dir bleiben, dann brauchen wir einen festen Plan. Auch wenn die Lösung mit dem Kinderzimmer schon eine Besserung gebracht hat, reicht das so nicht.«

Er stand auf, holte zwei weitere Bier aus dem Kühlschrank und fing an, Sauerwein seine Idee zu erläutern.

Falls das Jugendamt endgültig grünes Licht gab, sollten die Kinder nach dem Kindergarten bis siebzehn Uhr mit Charlotte Sommerfeldt zusammenbleiben. Anschließend würde Claudia sie von nun an jeden Tag abholen. Es sei denn, Sauerwein hätte kurzfristig Zeit, rechtzeitig nach Hause zu kommen und sich um die Mädchen zu kümmern. Vier noch festzulegende Nächte sollten die beiden über Nacht bei Claudia und Piet bleiben, an den anderen Tagen musste Sauerwein sie dort nach der Arbeit abholen oder sich rechtzeitig melden.

»Wir wissen, dass das hart für dich ist, Martin. Und ich hoffe, du denkst nicht, dass wir dir die Mädchen wegnehmen wollen. Aber solange du allein hier lebst …« Er hob die Hand. »Unterbrich mich nicht. Irgendwann wird der Schmerz vergehen, und du wirst an einen Punkt kommen, an dem du wieder eine Beziehung eingehen willst. Bis sich jemand anders um die Kinder kümmern kann, brauchen sie eine Regelmäßigkeit. Und wir brauchen sie auch. Wir lieben die beiden, das weißt du. Und deswegen werden wir alles dafür tun, dass sie das Ganze unbeschadet überstehen.«

Eine Weile war es still, und beide hingen ihren Gedanken nach.

Piet war verunsichert, als er sah, dass die Tränen über das Gesicht seines Freundes liefen.

»Ich hoffe, du bist nicht sauer auf uns. Wir wollen doch nur helfen. Und«, hilflos hob er die Schultern, »die Mädchen mögen uns doch auch.«

»Nein, ich bin nicht sauer, Piet. Ich bin überwältigt. Und ich habe keine Idee, wie ich das jemals wiedergutmachen kann.«

»Am besten, du versuchst es erst gar nicht.« Piet war erleichtert. »Aber eins hab ich dir noch nicht gesagt. Es ist nämlich eine Bedingung an unser Angebot geknüpft.«

Also doch. »Okay. Spuck's aus!«

»Du wirst mindestens einen deiner Abende in der Woche dafür verwenden, dass du dich mit deinen Freunden triffst. Und damit meine ich nicht, dass du bei uns rumhängst und dich bekochen lässt. Triff dich zum Kartenspielen, geh golfen, Nachtski fahren, was weiß ich. Worauf du eben Lust hast. Jeder Mensch braucht einen Ausgleich zum Alltag und du ganz besonders.« Er trank den Rest Bier aus. »Das war's. Nur unter dieser Voraussetzung gilt unser Deal.«

Sauerwein grinste schief. »Ihr habt wohl an alles gedacht, oder?«

»Vermutlich nicht. Sonst kämst du nicht so leicht davon.« Piet schnitt eine Grimasse und stand auf, um die leeren Flaschen wegzubringen.

»Stell das wieder hin«, sagte Sauerwein, als Piet mit zwei weiteren vollen Flaschen zurückkam. »Trotz vier Bier bin ich noch immer so viel Polizist, dass ich dich nach so viel Alkohol nicht mehr fahren lassen werde.«

Ungerührt nahm sein Schwager einen Schluck und sah auf die Uhr. »Claudia holt mich in zwei Stunden hier ab. Ich hoffe, du hast genug Bier, um die Wartezeit zu überbrücken.«

Als der Wecker um sechs Uhr morgens klingelte, holperte Sauerweins Kopf wie ein Wagenrad, und der Belag auf seiner Zunge fühlte sich an wie die Beine einer sehr behaarten Spinne. Er stöhnte, als er sich daran erinnerte, dass sie noch Whisky getrunken hatten, nachdem das Bier alle gewesen war. Seine Schwester fing an zu toben, als sie ihren betrunkenen Gatten sah. Schuldbewusst wollte Sauerwein zu einer langatmigen Erklärung ansetzen, als er das belustigte Funkeln in ihren Augen bemerkte. Sie war nicht sauer, sie machte sich nur über die beiden Schluckspechte lustig. Frauen! Wehleidig rieb er sich den Kopf, als ihm etwas einfiel. Frauen? Die Sommerfeldt! Irgendwas rumorte in seinem Kopf, ohne dass er es zu fassen bekam. Mit einem Ruck setzte er sich auf. Alles drehte sich. Verdammt.

***

Sie verstand nicht, worauf er wartete. Den Mahlzeiten zufolge mussten zwei Tage vergangen sein. Sie gab sich Mühe, an ihn heranzukommen, alles richtig zu machen und ihm eine gute Gesprächspartnerin zu sein. Schnell hatte sie begriffen, dass er wütend wurde, wenn sie fragte, weshalb er all das hier tat. Als sie ihn bat, ihr beim Essen Gesellschaft zu leisten, starrte er sie an, leerte sein Glas in einem Zug und verschwand ohne eine Antwort.

Später versuchte sie erfolglos, mit dem Mann im Nachbarkäfig zu reden. Als einzige Reaktion hob er sein Hemd und zeigte ihr seinen Penis, mit dem er den ganzen Tag spielte. Er tat ihr leid, auch wenn es ihr schwerfiel, ihren Ekel zu unterdrücken. Nur wenn Frank im Raum war, zog er sich von den Stäben zurück, und dann war seine Angst vor ihrem gemeinsamen Entführer zum Greifen nah.

Es war der zweite Tag, als Frank in den Raum kam und zu dem kleinen Käfig ging, ohne ihr einen Blick zu schenken. Er stellte zwei Eimer Wasser und ein Handtuch ab und holte ein Tablett mit einem Stückchen Seife und Rasierzeug aus der Kommode.

Als er sich umdrehte, kroch der alte Mann an das Gitter, zog sein Hemd aus und ließ sich kämmen und rasieren. Anschließend tauchte er seine Hände in den ersten Eimer, schäumte sie ein und fing an, sich zu waschen. Danach wusch er sich mit klarem Wasser nach, trocknete sich ab und zog das frische Hemd an, das Frank ihm reichte.

Nachdem sie fertig waren, ging Frank hinaus und kehrte mit zwei Schüsseln zurück. Kristina rümpfte die Nase, als ihr der Geruch von Hundefutter in die Nase stieg. Fassungslos sah sie zu, wie er die Schüsseln in den Käfig stellte, der alte Mann sich darüberbeugte und direkt aus dem Napf fraß.

Für sie hatte er Vitello tonnato und Seehecht gekocht. Als Nachspeise gab es Mousse au Chocolat, die so luftig war, als wäre sie schwerelos. Lustlos stocherte sie in dem Essen, bis ihm der Geduldsfaden riss. Die Warnung war deutlich, und dann aß sie auf, bis nichts mehr übrig war.

Später lag sie auf ihrer Pritsche und starrte auf einen weit entfernten Punkt. Sie dachte daran, wie er ihr im Café von seinem Hund erzählt hatte, der so alt und gebrechlich war, dass er seinen Käfig nicht mehr verlassen konnte. Trotz der Hitze fror sie erbärmlich. Es dauerte lange, bis ihr die Tränen kamen, und dann weinte sie, bis der Schlaf sie in eine andere, heile Welt entführte.

***

»Was bilden Sie sich eigentlich ein?« Charlotte Sommerfeldt stand in der Tür zum Badezimmer, und ihre Augen blitzten vor Wut.

Sauerwein wischte sich den Rasierschaum vom Mund und drehte sich zu ihr um. »Klopfen Sie nie an?« Mit Genugtuung bemerkte er, dass sie bei seinem Anblick zusammenzuckte. Er zog den Bauch ein und machte ein paar Schritte auf sie zu.

»Sie … Sie sollten aufpassen, wie Sie herumlaufen. Schließlich haben Sie Kinder im Haus.«

»Im Gegensatz zu Ihnen haben meine Kinder gelernt, anzuklopfen, wenn eine Tür geschlossen ist. Was wollen Sie eigentlich?«

Sie nahm ein Handtuch vom Haken an der Tür und drückte es ihm gegen den Bauch. »Ziehen Sie sich etwas an. Wir müssen reden.«

Sie wartete im Flur, als er vollständig bekleidet die Treppe herunterkam.

»Also?«

»Ich habe nur eine Frage. Was soll das?« Sie hielt ihm ein in der Mitte auseinandergerissenes Stück Papier vor die Nase.

Er hielt die beiden Zettel auf Armlänge von sich weg und kniff die Augen zusammen. Dann ließ er den Arm sinken. »Wieso lesen Sie es mir nicht vor?«

Die Sommerfeldt schlüpfte in ihren Mantel und bückte sich nach ihrer Tasche. »Sparen Sie sich Ihren Sarkasmus, Sie Idiot!«

Fassungslos sah er ihr hinterher. Dann ging er nach oben und suchte seine Brille.

Er musste zwei Mal lesen, um zu begreifen, was da stand.

***

Die Antwort, die sie endlich auf ihre Fragen erhielt, warf sie vollends aus dem Gleichgewicht. Er hatte einen kleinen Klapptisch vor ihren Käfig gestellt und zwei Essen gebracht. Bevor sie zu essen begannen, hielt er ihr sein Glas hin, um mit ihr anzustoßen. »Auf alte Zeiten«, sagte er.

»Ja, auf alte Zeiten. Frank?«

»Was?«

»Bei unseren Treffen hatte ich das Gefühl, dass wir gut zusammenpassen«, begann sie zaghaft. »Und ich hab mich jeden Tag mehr darauf gefreut, dich zu sehen. Ich hab mich in dich verliebt.«

Emotionslos hörte er ihr zu, während er einer Garnele nach der anderen den Kopf abriss.

»Und ich hatte das Gefühl, dass es dir genauso gegangen ist. Du hast dich doch auch in mich verliebt, da bin ich mir sicher.«

»Und?«

»Ich verstehe das nicht.« Sie musste sich zusammenreißen, um ihn nicht anzubetteln, und deutete mit der Gabel auf das Gitter, das sie umgab. »Du musst mich nicht entführen, um mit mir zusammen zu sein. Wir sind doch ein wunderschönes Paar.«

»Es wäre auch zu schön gewesen, um wahr zu sein. Aber du bist genauso eine Schlampe wie die anderen vor dir.«

Kristina wurde blass. »Welche anderen denn? Warum sagst du so was?« Lieber Gott, lass mich die richtigen Worte finden, betete sie. Es musste doch irgendwie möglich sein, ihn zu erreichen! »Es tut mir weh, dass du so über mich denkst. Und du irrst dich, so bin ich nicht.«

»Willst du mich verarschen? Ihr trefft einen Mann, verdreht ihm den Kopf, und dann geht ihr nach Hause und sucht im Internet weiter, ob ihr nicht was Besseres findet.« Er redete sich in Rage.

»Du brauchst nicht zu lügen, ich habe genau beobachtet, was du mir angetan hast. Wie du deine Abende damit verbracht hast, Männern, die du noch nie gesehen hast, schwülstige Scheiße zu schreiben, bis sie ihren Schwanz vor Geilheit in jedes Loch gesteckt hätten. Noch nicht mal an dem Abend, an dem wir essen und im Kino waren, hatte ich dich für mich allein. Kaum warst du zu Hause, musstest du schon wieder schauen, ob du nicht was Besseres findest. Du bist nichts als eine billige Nutte.« Er sprang auf und warf seinen vollen Teller gegen das Gitter.

»Du bist selbst an allem schuld, also beklag dich nicht. Und jetzt mach sauber. Sonst gnade dir Gott, wenn ich zurückkomme.«

Erschüttert hatte Kristina den Käfig nach seinem Ausbruch sauber gemacht. Jetzt saß sie auf der Pritsche und dachte nach. Nichts von dem, was er ihr vorgeworfen hatte, stimmte. Sie hatte mit den Männern über Sport, Kino und Bücher geschrieben. Was sein krankes Hirn daraus konstruierte, daran konnte sie nichts ändern, aber es war gut, zu wissen, wie er tickte.

Jetzt traf sie die Erkenntnis mit voller Wucht. Er war es, der in ihren Rechner eingedrungen war. Und damit konnte sie das Fünkchen Hoffnung begraben, dass sie durch einen seltsamen Zufall an einen zweiten Psychopathen geraten war, der sie nur gefangen halten und sich an ihrem Elend weiden wollte. Kaum dass sie ihn an die Adressdaten hatte kommen lassen, hatte er nicht mehr lange gefackelt. Er hatte sich wie eine Katze vor das Mäuseloch gesetzt und gewartet. Der Plan, ihn in die Nachbarwohnung zu locken, war gründlich schiefgegangen.

Sie saß richtig in der Scheiße.

***

Als Evas Handy klingelte, sah sie erstaunt auf die Nummer des Anrufers. »Hallo?«, fragte sie misstrauisch.

»Das war Rosie«, beantwortete sie den fragenden Blick ihrer Kollegen, nachdem sie das Gespräch beendet hatte. »Sie hat mir erzählt, dass sie sich oft gewundert hat, dass Standter nie einen Koffer mitgenommen hat, wenn er verreist ist. Sie sagt, dass sie in der Wohnung überhaupt nie irgendwelche Gepäckstücke gesehen hat.«

»Aber dann –« Sauerwein unterbrach sich und nieste. »Das heißt wohl, dass er noch eine zweite Wohnung hat.«

»Oder ein Haus«, vollendete Max den Gedankengang.

»Findet heraus, ob auf diese Holding, auf die die Wohnung in Rosenheim läuft, noch weitere Immobilien eingetragen sind. Und dann müssen wir überprüfen, woher das Geld dafür kommt. Dazu muss es entsprechende Konten geben, Steuerabrechnungen und so weiter«, sagte Sauerwein.

»Was überlegst du?«, fragte er Eva, die ihren Blick auf einen Punkt in der Ferne gerichtet hatte.

»Mir ist etwas eingefallen. Als Kristina noch, ich meine, als sie …« Eva schüttelte den Gedanken ab. »Bevor sie entführt wurde, haben wir telefoniert, und ich habe ihr erzählt, dass ich von einer Vespa träume. Da hat sie gesagt, dass es für sie ein Fingerschnippen wäre, mir eine zu beschaffen. Und dass das nie rauskäme.«

Die Männer starrten sie entgeistert an.

»Und? Hast du?«, fragte Karl vorsichtig.

»Quatsch. Natürlich nicht. Aber wenn es für jemanden, der sich mit Internetbetrug auskennt, so einfach ist, sich unrechtmäßig Eigentum zu verschaffen, dann geht das vielleicht auch mit Immobilien.«

Max schüttelte sofort den Kopf. »Nee, das haut nicht hin. Häuser sind unbewegte Objekte. Du kannst doch keine Wohnung klauen.«

»Warte mal«, sagte Karl. »Die Wohnung vielleicht nicht, aber das Geld, das du dazu brauchst. Und wenn du es geschickt anstellst, dann kommt nie raus, woher du es hast.«

»Es funktioniert trotzdem nicht. Du musst dem Staat nachweisen können, woher das Geld kommt, damit du kein Schwarzgeld in Immobilien umsetzen kannst.«

»Du bist ein alter Nörgler. Es kann trotzdem einen Weg geben. Lasst uns das mal durchspielen.« Karl war Feuer und Flamme für Evas Idee.

Eva nahm ihr Telefon und rief Jensen an. Sie verdrehte die Augen, als sie die Stimme hörte.

»Wer kann mir denn sonst helfen? Ja, gib ihn mir.« Sie deckte den Hörer mit der Hand ab und flüsterte: »Er hat auf Nora umgestellt. Ich möchte gern wissen, womit er die bestochen hat, damit sie seine Telefonate annimmt. Ja? Ah, hallo, Herr Jensen.« Sie schilderte ihm ihr Problem, stellte ein paar Fragen und legte wieder auf.

»Jensen meint, wenn ein Hacker wirklich gut ist, dann ist es für ihn ein Kinderspiel, das Geld zusammenzubekommen. Er zieht es aus Hunderten verschiedener Konten weltweit ab und schickt es über mindestens fünf Banken rund um den Globus. Schon ist nicht mehr nachzuvollziehen, woher es ursprünglich kam.« Eva schaute auf die Notizen, die sie während des Telefonats gemacht hatte.

»Dann sucht er ein großes Notariat aus, hackt sich in die Datenbank und legt dort eine Datei mit seiner Immobilie an. Jensen kann sich vorstellen, dass er sogar so weit geht, eine Rechnung zu fälschen, die er dann auch prompt bezahlt. Solange niemand auf die Idee kommt, die schriftlichen Verträge zu suchen, fällt das nie im Leben auf.«

Max schnaubte empört. »Wieso hab ich Idiot nur auf der Polizeiakademie studiert!«

Sauerwein brachte ihn mit einem entnervten Blick zum Schweigen. »Mach weiter«, forderte er Eva auf.

»Das nächste Problem, das auftauchen kann, ist, dass das Finanzamt eine Erklärung verlangt, woher das Geld stammt. Um das zu umgehen, hackt er sich in die Datenbank vom jeweiligen Grundbuchamt und hinterlegt dort eine Datei. Er fälscht auch dort eine Rechnung, zahlt, und alle sind zufrieden. Das Einzige, was er real abwickeln muss, ist der Geldtransfer an den Vorbesitzer. Weil der ihn sonst natürlich anzeigen würde.«

»Das ist ja der Hammer. Das funktioniert wirklich?« Max war schwer beeindruckt.

»Jensen meint, dass es Hacker gibt, die das schaffen können. Aber das ist Internetbetrug auf sehr hohem Niveau. Ein normaler IT-Freak kann die Datenbanken niemals knacken.«

»Die Frage ist, ob unser Mörder wirklich so ein Experte ist. Und ob das wichtig für unseren Fall ist«, überlegte Max laut.

»Darum soll sich Jensen kümmern. Er soll mit den zuständigen

Administratoren in den Ämtern Kontakt aufnehmen, ob es in den letzten Jahren in deren Systemen zu Unregelmäßigkeiten kam«, sagte Sauerwein. »Karl, du setzt dich mit dem Grundbuchamt in Verbindung und avisierst Eva und Max. Wir brauchen Einblick in die Notariatsunterlagen. Die sollen schon mal alles raussuchen. Dann rufst du den Notar an. Irgendjemand muss sich daran erinnern, ob jemals ein Kaufvertrag unterschrieben wurde. Ich gehe zu Kirchberg und beantrage Einsicht in alle Akten, die wir brauchen. Fällt euch sonst noch was ein?«

»Erzähl mir, woran du dich erinnern kannst.«

Sauerwein hatte Eva um ein Gespräch unter vier Augen gebeten, während sie auf Richter Kirchbergs Genehmigungen warteten. Nun saß er wie ein Häufchen Elend vor ihr.

»Wir haben ein paar Flaschen Bier getrunken und, als das alle war, auch noch eine halbe Flasche Whisky. Danach weiß ich nicht mehr viel. Aber wir müssen uns über die Sommerfeldt unterhalten haben. Dass sie sich weigert, Haushälterin zu spielen. Und dann haben wir wohl diesen verdammten Zettel geschrieben.«

Eva hatte das Kinn in die Hände gestützt und sah ihn mit einem undefinierbaren Ausdruck an.

»Was schaust du so?«

»Mir will nicht in den Kopf, dass die Sommerfeldt wegen so einem Schmarrn das Handtuch wirft. Nur weil ihr aufgeschrieben habt, dass sie Arbeitskleidung tragen soll? Das war noch nicht alles, oder?«

Sauerwein kaute auf seiner Unterlippe und gab keine Antwort.

Eva stand auf. »Ruf mich, wenn du so weit bist, mir auch noch den Rest zu erzählen.«

Als er nicht reagierte, drehte sie sich um und ging zur Tür.

»Wir haben geschrieben, dass sie als Arbeitskleidung schwarze Unterwäsche und High Heels tragen soll.«

Das kam so leise, dass Eva dachte, sich verhört zu haben. Sie kam zurück zu seinem Schreibtisch. »Das ist nicht dein Ernst.«

»Doch. Leider. Wir waren stockbetrunken.«

»Und offensichtlich mitten in der Pubertät. Wieso um alles in der Welt hast du den Zettel nicht weggeworfen?«

Sauerwein zuckte mit den Schultern.

»Die Sommerfeldt hat recht. Du bist ein Idiot.«

»Ich habe vom Grundbuchamt Rosenheim die Auskunft bekommen, dass auf die Holding keine weiteren Immobilien eingetragen sind«, sagte Eva. »Und auf Frank Standter sind keine Grundbucheinträge verzeichnet.«

»Kein Wunder. Der existiert ja auch nicht«, maulte Max.

»Aber die Sachbearbeiterin ist nervös geworden, als sie sich den Eintrag angesehen hat. Sie konnte sich nicht erklären, *was*, aber irgendetwas stimmt damit nicht. Ich habe Jensen gebeten, dass er hinfährt und sich die Dateien ansieht.«

»Im Notariat war es das Gleiche. Ihr hättet sehen sollen, was da los war, als sie die Akte nicht finden konnten. Im Computer existiert alles, aber die Originalunterlagen fehlen«, sagte Max, als Evas Telefon klingelte.

Als sie Jensens Nummer sah, schaltete sie den Lautsprecher ein.

»Im Finanzamt gab es vor ein paar Jahren zwei Fälle, bei denen es zu Unregelmäßigkeiten in der Stromversorgung gekommen ist. Das Redundanzsystem ist zwar sofort angesprungen, allerdings kam der Verdacht auf, dass es ein Angriff von außen war, der nur als Stromausfall getarnt war. Der Administrator hat alle Systeme überprüft, konnte aber nichts finden. Deshalb ist er davon ausgegangen, dass der Angriff, falls es denn überhaupt einer war, misslungen ist.« Der Informatiker ließ seine Worte eine Weile wirken.

»Und jetzt wird es interessant. Die Holding-Datei weist einen Fehler auf. Es sieht aus, als ob eine alte Datei kopiert und mit neuen Daten überschrieben wurde. Und sie wurde an dem Tag ins System eingepflegt, an dem die ihren zweiten Stromausfall hatten.«

»Mich laust der Kuckuck«, murmelte Karl.

»Affe«, verbesserte ihn Max trocken. »Was ist mit den anderen Dateien, die ebenfalls am Tag X erstellt wurden? Vielleicht finden wir dort die zweite Adresse unseres Mörders.«

»Leider negativ. Alle anderen Dateien sind in Ordnung. Und bevor Sie fragen, der erste Stromausfall war vermutlich nur ein Testlauf für den Tag X. Überprüft wurde er trotzdem, aber ohne Ergebnis.«

Ratlos schauten die Kommissare sich an.

»Was hat die Überprüfung des Notariats ergeben?«, wollte Sauerwein schließlich wissen.

»Sicherheit wird bei denen nicht übermäßig großgeschrieben, aber das ist bei einem Unternehmen, das nicht damit rechnen muss, dass es angegriffen wird, nichts Ungewöhnliches. Deren Administrator hat allerdings einen Tag vor dem Stromausfall im Finanzamt eine Instabilität des Systems vermerkt. Die Urkunde wurde an dem Tag ins System eingepflegt, aber das war zu erwarten, ob legal oder illegal.«

»Verdammt. Stehen wir jetzt wieder ganz am Anfang?« Frustriert rührte Eva so heftig in ihrem Kaffeebecher, dass ein Schwall über ihre Bluse schwappte.

»Nicht unbedingt.« Sauerwein schob seinen Stuhl zurück und trat zu der Landkarte an der Wand. »Bis auf die Maier wurden alle Frauen in einem Umkreis von fünfzig Kilometern gefunden, also ist sein Aktionsradius nicht besonders groß. Zum einen hat er vermutlich keine Lust, weite Strecken zurückzulegen, und zum anderen fühlt er sich sicher genug, in seinem eigenen Terrain zu bleiben.«

»Nicht zu vergessen, dass die Frauen nicht nur in dem Umkreis gefunden wurden, sie haben auch dort gewohnt«, warf Karl ein.

»Genau. Wir fangen damit an, dass wir unseren Ermittlungsradius auf einen Umkreis von fünfzig plus, sagen wir sicherheitshalber, weiteren hundertfünfzig Kilometern beschränken. Ihr wisst, was das heißt?«, fragte Sauerwein.

»Fleißarbeit«, stöhnte Max.

»Du hast es erfasst. Ihr schreibt alle Grundbuchämter im Kreis von zweihundert Kilometern an und fragt nach, ob es in den letzten beiden Jahren zu Stromausfällen kam. Und dann brauchen wir alle Grundbucheintragungen, die an diesem Tag erstellt wurden.«

***

Am Tag nach seinem Wutanfall war Frank wieder völlig normal. Er brachte ihr frische Wäsche und ein sehr hübsches neues T-Shirt, nannte sie gut gelaunt »mein Engel« und hatte Spinat mit Ei und

Leberkäse gekocht. Es war ihm peinlich, dass das Essen so einfach war, und eine Zeit lang faselte er davon, dass er etwas Wichtiges zu tun gehabt hatte. Sie hörte nur mit einem halben Ohr zu und musste sich zwingen, den Spinat zu essen. Seit zwei Tagen fühlte sie sich wieder schlapp und schaffte es kaum, ihre Übungen zu machen. Sobald sie sich anstrengte, hatte sie das Gefühl, dass ihr das Blut zu den Ohren herauslief. Überhaupt wurde das Rauschen in ihrem Kopf immer stärker, was sie auf die Angst schob, die mit jedem Tag größer wurde.

Er beobachtete sie mit zusammengekniffenen Augen. »Was ist los?«

»Ich glaube, ich werde krank. Vielleicht kommt die Erkältung zurück.«

War ihr noch immer nicht aufgegangen, dass ihre Beschwerden von den Tabletten herrührten, die er zerstoßen und in einer mit jedem Tag höheren Dosis in ihrem Wasser aufgelöst hatte? Er war enttäuscht, wie phantasielos sie war. »Du musst mehr trinken. Du trocknest sonst noch aus hier drin.«

»Das Wasser schmeckt so bitter, dass ich es kaum trinken kann«, sagte sie matt. »Kannst du bitte eine andere Sorte kaufen?«

Das konnte er, es würde aber wenig nutzen. Er wollte den Gerinnungshemmer nicht in das Essen oder den Kaffee rühren, da er nicht wusste, wie das Medikament auf Hitze regierte.

»Möchtest du lieber Saft?«

»Das wäre toll. Vielleicht Apfel oder Johannisbeere zum Mischen.«

»Ich bring dir später was.«

Es war Zeit, dass sie mehr von dem Zeug trank. Er konnte und wollte nicht länger warten. Wenn er zu lange von der Arbeit fernblieb, würden sie zu reden anfangen, und das musste er um alles in der Welt verhindern.

Irgendwas stimmte nicht mit ihr. Obwohl sie wieder mehr trank, fühlte sie sich so elend wie noch nie in ihrem Leben. In ihren Ohren rauschte ein Wasserfall, und von dem leichten Stoß gegen die Pritsche war ihr ganzer Unterschenkel blau. Sie hätte gern gewusst, ob es Tag oder Nacht war und ob draußen die Sonne schien. Hier drinnen vergingen die Stunden in stets gleicher Eintönigkeit.

Sie hatte nur vage wahrgenommen, was er ihr zuletzt vorgesetzt hatte, und es war ihr gleichgültig geworden, ob er sie bestrafen würde. Obwohl sie fast nichts gegessen hatte, hatte er seltsam zufrieden gewirkt und sie mit keinem Ton gerügt, als er den kaum angerührten Teller aus ihrem Käfig zog.

Ich muss wieder auf die Beine kommen! Sie nahm die Flasche und trank den Rest gierig aus. Sie streckte die Zunge heraus. Auch der Apfelsaft schmeckte scheußlich. Himmel, war ihr schwindlig. Schlafen, nur noch schlafen, das war das Letzte, was sie dachte.

SECHZEHN

Eva schloss die Augen und versuchte, Max' Gerede zu ignorieren. Mit ihm am Steuer war es wie im Autoscooter, und sie wunderte sich immer wieder, wie er es schaffte, unfallfrei von A nach B zu kommen.

Die Frau, die ihnen die Tür öffnete, empfing sie so freundlich, als wären sie alte Freunde.

»Wie kann ich Ihnen helfen?«

Eva zog ihren Ausweis aus der Jackentasche und stellte sich und Max vor. »Frau Singer, dürfen wir hereinkommen?«

»Kriminalpolizei? Um Gottes willen. Ist was passiert? Da, bitte, gehen S' gleich links in die Küche.«

Auf dem modernen Ecktisch stand ein Kuchen, der selbst gebacken aussah und himmlisch duftete.

Anna Singer sah Max' sehnsüchtigen Blick und bot ihnen lächelnd ein Stück davon an.

Verstohlen sah er Eva an. Sag Ja, signalisierte er ihr, als es im oberen Stockwerk einen lauten Knall gab.

»Das ist meine Tochter, bitte entschuldigen Sie mich einen Augenblick.«

»Was wollen wir hier eigentlich?«, flüsterte Max Eva zu, als die Gastgeberin die Küche verlassen hatte.

»Rosie hat in ihrem Telefon Standters Handynummer gespeichert. Karl hat den Anschluss überprüft und herausgefunden, dass von dort mehrere Anrufe an die Singer gegangen sind. Martin wollte, dass wir uns ein Bild von der Frau machen und herausfinden, in welchem Verhältnis sie zu Standter steht.«

»Das ist klasse«, stöhnte er. »Vielleicht ist ihr Mann der Mörder und sie seine Helfershelferin. Und wir sitzen freiwillig hier und bieten uns im Doppelpack als nächste Opfer an …« Er verzog das Gesicht. Eva trat ihm unter dem Tisch gegen das Schienbein, als sie hörte, dass Anna Singer die Treppe herunterkam.

»Sie hat ihr Puppenhaus umgeworfen«, erklärte Anna Singer die Unterbrechung. Sie holte zwei Teller und ein Messer aus dem

Schrank und schaute die Kommissarin an. »Was möchten Sie wissen?«

»Sagt Ihnen der Name Frank Standter etwas?«

Mit einem Klirren fiel das Kuchenmesser auf den Boden. Verwirrt bückte sich Anna Singer danach und wischte es gedankenlos an ihrem T-Shirt ab. Sie setzte sich und vergaß völlig, dass sie Kaffee kochen wollte.

»Woher kennen Sie diesen Namen?«, fragte sie tonlos.

»Bitte erzählen Sie uns erst einmal, woher Sie ihn kennen und in welcher Verbindung Sie zu ihm stehen«, forderte Eva sie auf, ohne auf die Frage einzugehen.

»Er war meine Jugendliebe. Zwei Monate lang.« Ihr Lächeln misslang und wurde zu einer schiefen Grimasse.

»Was macht Sie an dem Gedanken so nervös?«, fragte Eva behutsam und nahm ihr das Kuchenmesser aus den zitternden Händen. Sie drückte der verstörten Frau ein Taschentuch in die Hand und übernahm kurzerhand die Rolle der Gastgeberin.

»Frank ist zwei Monate, nachdem wir uns kennengelernt haben, verunglückt. Er ist ertrunken, aber ich habe nie daran geglaubt, dass es ein Unfall war.« Sie schluckte schwer. »Ich habe mich zum ersten Mal, seit meine Mutter starb, so gefühlt, als ob ich ein Anrecht auf ein eigenes Leben hätte. Und dann war ich völlig am Boden zerstört. Und jetzt kommen Sie und fragen nach ihm. Das ist heftig, verstehen Sie? Obwohl es schon fast zwanzig Jahre her ist.«

Eva nickte. Ihr Herz schlug bis zum Hals, und sie musste sich zusammenreißen, die Frau nicht anzuschreien.

»Erinnern Sie sich noch, an welchem See das geschehen ist?«

Anna Singer zerrupfte das Papiertaschentuch, das sie in der Hand hielt. »Natürlich erinnere ich mich. Eigentlich ist das gar kein richtiger See, sondern ein Weiher. Der liegt in einem Privatgrundstück im Weissacher Moor.«

Schon wieder der verdammte Weiher. Eva schloss für einen Moment die Augen und befürchtete, sich übergeben zu müssen. Dann riss sie sich zusammen. »Wir arbeiten an einer Serie ungeklärter Mordfälle, und dabei ist Franks Name aufgetaucht. Haben Sie eine Idee, wie das ins Bild passt?«

Max sah Eva mit zusammengezogenen Augenbrauen an. Er verstand nicht, worauf sie hinauswollte. Sie wussten doch bereits, dass die Singer mit dem Täter in Kontakt stand.

Eva schüttelte kaum merklich den Kopf. Lass mich einfach machen.

»Einen Moment.« Anna Singer stand auf und holte ein Asthmaspray aus der Schublade neben der Spüle. Sie nahm einen Hub und wartete kurz, bevor sie sich den Mund ausspülte.

»Frank ist ganz sicher tot. Ich hab die Leiche gesehen, als sie ihn aus dem Wasser gezogen haben. Aber ich hatte den Verdacht, dass …« Sie ballte ihre Hand so fest, dass sich ihre Nägel ins Fleisch bohrten und sie vor Schmerz aufschrie. »Ich … ich hab geglaubt, dass es mein Bruder war.« Endlich war es raus. Sie fing an zu schluchzen. »Ich hab das noch nie jemandem erzählt, noch nicht mal meinem Mann.«

»Und was –?«, hob Max an, aber Eva hielt ihn wieder zurück. Anna Singer würde von selbst damit herausrücken. Eva rutschte näher heran und strich der weinenden Frau beruhigend über den Rücken.

Nachdem Anna Singer sich etwas gefangen hatte, fragte Eva vorsichtig: »Weshalb verdächtigen Sie Ihren Bruder?«

»Weil er so eifersüchtig war. Er hat Frank von der Schule als Freund mitgebracht und fing an, ihn zu hassen, als ich mich in ihn verliebt hatte.«

»Das ist doch kein Grund, einen Menschen umzubringen«, zweifelte Max. »Dass man nicht mehr mit ihm spricht, okay. Aber Mord?« Er schnitt eine Grimasse.

Sie zuckte mit den Schultern. »Ich hatte meine Zweifel, das können Sie mir glauben. Jeden einzelnen Hinweis hab ich vor mir selbst entschuldigt. Aber tief in meinem Inneren war ich davon überzeugt, dass er es war.«

»Sind Sie damit zur Polizei gegangen?«

»Nein. Ich war fast noch ein Kind, und er war trotz allem mein Bruder. Und der einzige Mensch, der mich in all den Jahren zu beschützen versucht hat.«

Max verzog das Gesicht. »Beschützen? Wovor denn?«

»Das hat nichts mit Ihrem Fall zu tun.«

»Sie müssen schon uns überlassen, was wichtig ist und was nicht. Was ist denn?«, fragte er ungehalten, als sich Eva zum wiederholten Male räusperte.

Eva sah ihn mit einem so durchdringenden Blick an, dass er schließlich verlegen in den Boden starrte.

Dann wandte sie sich wieder Anna Singer zu. »Haben Sie viel Kontakt zu Ihrem Bruder?«

Die verneinte. »Wir sehen uns fast nie, aber er ruft regelmäßig an.« Sie hob abwehrend die Hand, als Eva noch eine Frage stellen wollte. »Vielleicht denken Sie jetzt, dass ich nicht mehr alle Tassen im Schrank habe, aber ich habe vor einiger Zeit sogar befürchtet, dass er auch noch eine Frau umgebracht hat.«

Max verschluckte sich an dem Käsekuchen und hustete. *»Was?«*

Eva blieb sachlich. »Das ist eine sehr schwere Anschuldigung. Haben Sie einen konkreten Verdacht, dass er einen Mord begangen hat?«

Anna Singer zuckte mit den Schultern. »Nein. Aber ich möchte Ihnen gern etwas über unsere Kindheit erzählen. Bitte«, sagte sie, als Max die Augen verdrehte.

»Ach hören Sie doch auf. Ihre Kindheit ist seit zwanzig Jahren vorbei. Da waren die Opfer von heute erst ein paar Jahre alt.«

»Ich würde gern hören, was Frau Singer erzählen will«, unterbrach ihn Eva mit fester Stimme. »Geh doch raus, wenn es dich nicht interessiert.« Aufmunternd nickte sie Anna Singer zu.

»Nachdem unsere Mutter gestorben war, standen wir vor einem Problem. *Was* damals geschehen ist, darüber möchte ich nicht reden. Aber darüber, was es mit uns gemacht hat.« Sie schob die Ärmel ihres Pullovers hoch. Unzählige, längst verheilte Narben erzählten eine böse Geschichte.

»Davon gibt es noch mehr, überall am ganzen Körper. Bis auf die Stellen, an die ich nicht hingekommen bin. Das, was wir erlebt haben, hat aus meinem Bruder einen Menschen gemacht, der den Zugang zu seinen positiven Gefühlen verloren hat. Irgendwann brannte in ihm nur noch ein Feuer aus Hass und Wut.«

Anna Singer hatte sich wieder gefangen und schenkte Kaffee nach. »In den letzten Jahren hat er sich immer mehr verschlossen. Eine Zeit lang habe ich gedacht, dass er Frieden mit unserer Vergangenheit geschlossen hat. Aber vor ein paar Wochen hab ich ihn in seinem Haus in Schliersee besucht. Weil er noch telefonieren musste, hab ich einen Spaziergang über die Felder gemacht. Damit ich keinen Schmutz hineintrage, bin ich durch die Garage ins Haus gegangen, und da bin ich an seinem Arbeitszimmer vorbeigekommen. Die Tür stand offen, und ich hab hineingeschaut. Über seinem Schreibtisch hing eine Zeichnung mit einer Frau. Sie hatte am ganzen Körper Schnittwunden und war aufrecht an ein Holzgestell gebunden. Der Kopf fehlte, und sie sah aus, als wäre sie tot.«

»Wenn sie keinen Kopf mehr hatte, muss sie ja tot gewesen sein.« Max ging der Blödsinn, den die Frau erzählte, zunehmend auf die Nerven.

»Ich habe nicht gesagt, dass sie keinen Kopf mehr hatte, sondern dass er fehlte«, entgegnete Anna Singer spitz.

»Aha. Und was bitte ist daran der Unterschied?«

»Dass die Zeichnung noch nicht fertig war. Als ob er nicht wüsste, wie sie aussieht.«

»Haben Sie eine Ahnung, wer das gemalt haben könnte?« Eva zog ihr Handy aus der Tasche.

»Ich dachte, dass er es war. Er konnte immer recht gut zeichnen.«

Eva und Max sahen sie ungläubig an.

»Wenn Ihr Bruder das Bild gemalt hat, wieso haben Sie die Polizei nicht informiert? Das Foto von der Frau ging schon vor Tagen durch die Presse. Sie wissen sicher, dass Sie dafür wegen Behinderung polizeilicher Ermittlungen belangt werden können«, sagte Max aufgebracht.

»Einen Augenblick.« Anna Singer fing wieder an zu weinen. »Ich weiß nichts von einem Mord. Ich hab so viel Schlimmes erlebt, deswegen lese ich keine Zeitungen und sehe mir auch keine Nachrichten an.«

Eva dachte kurz nach, dann wählte sie Karls Nummer und bat ihn, ihr das Foto von Anja Böhme aufs Handy zu schicken.

Während sie auf die Übertragung der Datei warteten, fragte Eva, ob ihr Bruder sich mit Computern auskannte.

»Auskennen ist untertrieben. Er hat Informatik studiert und davor in einem Computerladen gejobbt. Ich glaube, die haben damals irgendwelche krummen Dinger gedreht, sonst hätte er nie so viel Geld nach Hause gebracht.«

»Mami, warum weinst du?« Ein süßes kleines Mädchen stand in der Tür. »Sind das böse Menschen?«

»Ach Schatz, komm her«, sagte sie und hob das Kind hoch. »Nein, die sind nicht böse. Sag Grüß Gott«, forderte Anna Singer sie auf.

»Hallo, ich bin Sophie. Und wer bist du?«

»Hallo, Sophie, ich bin Eva. Und das da ist Max.«

»Ist Max dein Mann?«

»Nein.« Eva lachte. Absurde Vorstellung.

»Sophie, Schatz, geh bitte wieder auf dein Zimmer und lass mich mit Eva und Max allein. Hmm?«

Die Kleine schmollte. »Ich will aber nicht.«

Erst als die Mutter ihr versprochen hatte, dass sie abends eine Stunde länger aufbleiben dürfte, lief sie wieder nach oben.

»Kein Risiko«, lächelte Anna Singer unter Tränen. »Sie schläft sowieso um sieben Uhr ein.«

Evas Handy piepste. »Hier ist ein Foto, das Sie sich ansehen sollten. Bitte erschrecken Sie nicht. Mein Kollege hat die schlimmsten Stellen retuschiert, aber es ist trotzdem das Foto einer toten Frau. Schaffen Sie das?«

Anna Singer sah sie ängstlich an und nickte dann.

»Oh mein Gott«, flüsterte sie. Sie strich mit dem Finger über das Gesicht der Toten, als könnte sie sie dadurch zurück ins Leben holen.

»Erkennen Sie das Bild?« Eva holte sie zurück in die Gegenwart.

»Ja. Es sieht aus wie die Zeichnung in seinem Büro. Ich kann mich so gut daran erinnern, weil die vielen Schnitte auf der Haut ausgesehen haben wie meine eigenen. Und die ganze Inszenierung, das war einfach scheußlich. Irgendwie hatte ich an dem Tag das Gefühl, ich könnte endlich einen Blick in die Seele meines Bruders werfen.« Sie schaute lange aus dem Fenster.

»Sagen Sie …« Sie räusperte sich. »Hat Ihr Kollege das Gesicht retuschiert?«

»Nein. Warum fragen Sie?«

»Weil sie da keine Verletzungen hat.«

»Er verletzt nie die Gesichter der Frauen. Im Gegenteil, er schminkt und frisiert sie hinterher.«

Anna Singer gab einen erstickten Laut von sich und deutete auf die Schublade. Eva holte das Asthmaspray und wartete, bis die Wirkung einsetzte. Fragend sah sie die verstörte Frau an.

»Ich weiß nicht, ob es etwas damit zu tun haben kann. Aber als ich mich das erste Mal in meinem Leben geschminkt und hübsch frisiert habe, um mich mit Frank zu treffen, da hat mich mein Bruder geschlagen.«

Eva war in Gedanken versunken. Irgendwas in Anna Singers Schilderung irritierte sie. Fieberhaft versuchte sie, den Gesprächsfetzen zurückzuholen.

»Und Ihr Gesicht?« Max deutete auf Anna Singers Kopf und holte Eva aus ihren Gedanken zurück.

Tränenüberströmt sah ihn die junge Frau an. »Das hab ich mir nie verletzt«, sagte sie kaum hörbar. Sie griff nach der Kaffeetasse, doch ihre Hände zitterten so sehr, dass sie die Tasse wieder abstellen musste. »Würden Sie jetzt bitte gehen? Mir ist nicht gut.« Mühsam stemmte sie sich hoch und taumelte.

Gerade noch rechtzeitig sprang Max auf, packte ihren Arm und verhinderte, dass sie zu Boden stürzte. Er drückte sie zurück auf ihren Stuhl und wollte eine weitere Frage stellen, doch Anna Singer starrte nur noch schwer atmend und teilnahmslos auf den Boden.

»Du siehst doch, dass das jetzt keinen Sinn mehr macht«, sagte Eva leise. »Lass sie in Ruhe, wir haben doch schon genug erfahren.«

Bevor sie zurück nach Rosenheim fuhren, brachte Max ihren Chef telefonisch auf den neuesten Stand. Anschließend war er ungewöhnlich fröhlich.

»Was ist los?«, fragte Eva misstrauisch.

Ohne zu antworten, pfiff er völlig talentfrei die Titelmelodie aus dem Film »Der weiße Hai« und konzentrierte sich auf die schneeglatte Straße.

Eva hatte keine Lust, ihm den Gefallen zu tun und nach dem Grund seiner guten Laune zu fragen.

»Es ist wegen Julian Vossen«, informierte er sie dann auch von sich aus.

»Was ist denn nun schon wieder mit ihm?«

»Martin hat ein Sonderkommando mit einem Haftbefehl zu ihm an den Schliersee geschickt. Wir sollen ihn dort treffen.«

***

Ich bin gelähmt! Verzweifelt versuchte sie, eine Hand zu heben, aber weder die Arme noch ihre Beine gehorchten ihr. Der Kopf! Das war ein bisschen besser. Nach links ließ er sich ein kleines Stück drehen, und nach rechts ging es noch etwas leichter.

Ich lebe also noch, dachte sie.

Mit einem Ruck warf sie den Kopf nach rechts. *Da.* Da stand der Käfig mit dem Freak. Nur diesmal sah sie ihn aus einer anderen Perspektive. Ihr Nachbar klebte aufgeregt am Gitter und starrte sie neugierig an. Seine Hände waren um die Stäbe geballt und massierten den Stahl so eifrig wie sonst nur seinen Penis. In den vorher so stumpfen Augen funkelte es lebhaft und ließ erahnen, dass etwas ganz und gar Außergewöhnliches im Gange war.

Sie folgte seinem Blick und hob den Kopf, so weit es ging.

Nein! Heiße Tränen rannen ihr Gesicht hinab. *Bitte, lieber Gott, bitte lass das nicht wahr sein!*

Sie war nicht gelähmt. Sie war nackt und so fest auf eine Bahre gefesselt, dass sie sich bis auf den Kopf keinen Millimeter bewegen konnte. Verwirrt suchte sie in ihren Erinnerungen, wie sie von dem Käfig auf die Liege gekommen war. Der Apfelsaft! Er hatte so widerlich geschmeckt. Frank hatte ihn mit einem Schlafmittel versetzt und sie herausgetragen, nachdem die Wirkung eingetreten war.

Mit einem Klicken fiel die Tür hinter ihrem Käfig ins Schloss.

»Hallo, mein Engel«, unterbrach er ihre Gedanken. »Es tut mir leid, dass du warten musstest, aber ich bin aufgehalten worden. Möchtest du Musik? Du magst doch Händel, hab ich recht?«

Er öffnete einen Schrank, und kurz darauf ertönte die Ouvertüre aus »Rinaldo«.

»Bitte Frank, bitte lass uns doch einfach noch mal von vorn anfangen.« Ihre Stimme zitterte, und ihre Augen waren grau vor Angst. »Wenn es nicht funktioniert, dann kannst du immer noch damit weitermachen.«

»Ach Engelchen, du weißt es doch längst. Heute wirst du berühmt werden.« Er beugte sich über sie und lächelte kalt. »Na ja, vielleicht noch nicht grade heute. Es wird eine Weile dauern, bis sie dich finden. Aber das interessiert dich dann nicht mehr, richtig?«

Er hob ein kleines Messer an ihr Gesicht und strich ihr vorsichtig über die Wange. Sie schloss die Augen und schluckte die Galle, die mit aller Macht nach oben drängte, wieder hinunter.

»Kristina«, flüsterte er. Er war so nah, dass sie seinen warmen Atem an ihrem Hals spüren konnte. »Kristina.« Etwas lauter. »Mach die Augen auf! Du sollst mich ansehen, du Miststück!«

Der Schmerz kam so scharf und unerwartet, dass sie die Augen aufriss und schrie.

Als die erste Woge abebbte, hörte sie ihn lachen.

»Es geht also doch, siehst du?«

Er bohrte seinen Daumen in die Wunde und lachte wieder, als sie stöhnte. »Sieh mal«, forderte er sie auf. Sie folgte seinem Blick zu dem blutverschmierten Finger. Er leckte mit der Zunge darüber und verdrehte genussvoll die Augen. »Möchtest du auch probieren?«

»Nein! Ahh. Hör auf. Bitte!«

»Ach Engelchen, das ist doch erst der Anfang. Und jetzt mach den Mund auf!«

***

Eine Stunde später landete ein Einsatzhubschrauber des Sondereinsatzkommandos aus München einen Kilometer vom Schliersee entfernt auf einer verschneiten Wiese und spuckte drei vermummte und schwer bewaffnete Gestalten aus. Eine weitere Gruppe war von einem Übungseinsatz in Berchtesgaden zu ihnen unterwegs und sollte in einer knappen halben Stunde eintreffen.

Während sie auf ihre Kameraden warteten, nutzten die Männer die Zeit und sondierten das Gelände rund um den alten Bauernhof. Max folgte einem von ihnen und beobachtete interessiert, wie er das Haus mehrmals mit einem thermografischen Gerät fotografierte.

Leider führte der Einsatz der Wärmebildkamera zu keinem brauchbaren Ergebnis.

»Das Haus ist zu gut isoliert, wir können auf den Bildern zwar die einzelnen Räume, aber keine Personen ausmachen«, informierte der Einsatzleiter Sauerwein.

Der blickte unruhig auf die Uhr. »Wo bleibt der Rest Ihrer Leute?«

Torsten Tietze tippte an sein Ohr und bedeutete ihm, zu warten. Sauerwein hatte den kleinen Empfänger nicht bemerkt.

»Sie hatten einen Unfall mit Totalschaden«, erklärte Tietze, nachdem er das Gespräch beendet hatte. »Der Helikopter kann in dem Gelände dort nirgendwo landen. Entweder wir gehen jetzt mit drei Mann rein, oder wir müssen zwei Stunden warten, bis das Ersatzfahrzeug sie abholt und hierherbringt. Wenn wir sofort reingehen, müssen wir klingeln und darauf hoffen, dass sich der Verdächtige zeigt, da wir zu wenige sind, um das Haus sicher stürmen zu können. Ihre Entscheidung«, trat er die Verantwortung an Sauerwein ab.

»Wir haben keine Zeit, noch länger zu warten. Karl Holtau, Max Hansen und ich kommen mit. Eva, du bleibst beim Auto«, entschied Sauerwein schnell. Als sie protestieren wollte, schüttelte er den Kopf. »Keine Diskussion.«

Widerwillig zog sie sich ihre Sicherheitsweste über den Kopf und prüfte den Sitz. Es ging ihr gegen den Strich, dass er sie nicht mitnehmen wollte. Nur weil sie sich zu Vossen hingezogen fühlte, würde sie schon keinen Fehler machen.

Inzwischen hatte Tietze sein Team über die Änderung des Plans informiert. Zwei Minuten darauf waren seine Männer bereit zum Einsatz und liefen auf sein Handzeichen los. Lautlos verteilten sie sich an den beiden Außentüren, und Tietze bedeutete Sauerwein und Karl, hinter ihnen zu bleiben. Sie sicherten den Vordereingang des Bauernhauses, und als alle Posten »Klar zum Zugriff« meldeten, legte Sauerwein seinen Finger auf den Klingelknopf. Nach einer knappen Minute ging das Licht zum Vorraum an, und Vossen öffnete die Tür. Fassungslos starrte er die Männer an, die ihre Waffen auf ihn richteten. Das Kommando »Hände nach vorn und oben« erzielte keine Wirkung, er stand wie gelähmt in der Tür. Auf ein Handzeichen Tietzes zog der zweite Mann Vossen aus dem Haus, stieß ihn gegen die Hauswand und tastete ihn gründlich ab. Nachdem er seine Inspektion beendet hatte, drehte er ihm die Arme auf den Rücken und legte ihm Handschellen an.

»Herr Vossen, ich nehme Sie fest wegen des dringenden Tatverdachtes, Anja Böhme, Catherina Leutberg, Karen Maier, Ursula Weigant und Maria Kramer ermordet sowie Kristina Winter entführt zu haben. Hier ist der Durchsuchungsbeschluss für Ihr Haus.« Sauerwein hielt ihm das Papier vors Gesicht. »Holen Sie ihm eine Jacke und bringen Sie ihn zum Wagen«, sagte er zu einem der beiden Streifenpolizisten, die zur Unterstützung mitgekommen waren.

»Wir gehen rein«, wies er das Einsatzteam an. Paarweise sicherten sie mit den Waffen im Anschlag die Zimmer vor weiteren Verdächtigen und arbeiteten sich durch das Haus. Nach dem elften »gesichert« war klar, dass alle Räume leer waren.

Eine halbe Stunde später hatte weder die Suche im Keller noch das hastige Durchwühlen aller Schränke und Schubladen zu einem Ergebnis geführt. Nachdem das Einsatzkommando abgezogen war, trafen sich die Ermittler in der Küche.

Sauerwein blickte in lauter betretene Gesichter.

»Nicht der Hauch einer Spur«, nahm Max die Antwort auf seine Frage vorweg.

»Irgendwas übersehen wir.« Karl lehnte sich gegen die Wand und fuhr sich mit der Hand müde durch die Haare.

»Eva?«, fragte Sauerwein. Sie zog die Schultern nach oben und schüttelte den Kopf.

Sein Haus durchsuchen zu müssen machte ihr schwer zu schaffen. Sie hasste es sowieso, die persönlichen Dinge eines Menschen in Einzelteile zu zerlegen und seine intimsten Details offenzulegen. Es war, wie jemandem die Hosen herunterzuziehen und ihn nackt durch die Stadt zu treiben. Natürlich würden keine Informationen nach außen dringen, aber trotzdem. Selbst der Gedanke daran, dass einem Durchsuchungsbeschluss immer ein Verbrechen vorausgegangen war, half ihr wenig. Und hier war es für sie besonders schlimm. Sie konnte sich nicht vorstellen, dass ihr Bauchgefühl sie so trog und Vossen tatsächlich für die Morde an so vielen Frauen verantwortlich war.

»Und jetzt? Nehmen wir ihn trotzdem mit?« Karls Frage war berechtigt.

»Jetzt ist die Kacke richtig am Dampfen.« Max' Ausdrucksweise war wie so oft recht speziell. »Nehmen wir ihn mit, dann wird die Winter verdursten oder verbluten. Falls sie überhaupt noch lebt. Der wird uns nie verraten, wer sein Komplize ist«, ergänzte er. »Wir sind so oder so am Arsch.«

Sauerwein rieb sich den Schädel. »Eva«, sagte er. »Ruf die Singer an und bestell sie ins Präsidium. Vielleicht kann sie sich an jemanden erinnern, der in besonders engem Kontakt zu ihrem Bruder stand.«

Nachdem Eva versprochen hatte, ihr einen Wagen zu schicken, hatte sich Anna Singer bereit erklärt, sofort ins Präsidium zu kommen.

»Danke, dass Sie so schnell gekommen sind«, sagte Eva und begrüßte das kleine Mädchen, das sich neugierig auf dem Flur umsah.

»Oh. Hallo.«

»Sophie, ich brauche Hilfe von deiner Mama. Wir bringen dich jetzt zu einer sehr netten Frau, die wird auf dich aufpassen und mit dir spielen, okay?«

»Wir haben das Haus Ihres Bruders durchsucht.« Nachdem sie das Mädchen zu der Betreuerin gebracht hatten, kam Sauerwein sofort zur Sache. »Er behauptet allerdings, dass er keine Schwester hat. Und in seinem Haus haben wir keinen Hinweis auf dieses Bild gefunden, von dem Sie Frau Neunhoeffer erzählt haben. Und auch keinen darauf, dass er überhaupt zeichnet. Weder Papier noch Stifte oder Pinsel.« Sauerwein holte tief Luft. »Aufgrund Ihrer Angaben ist ein Sonderkommando ausgerückt und hat das gesamte Anwesen auf den Kopf gestellt. Wir haben nirgendwo eine Spur entdeckt, die belegt, dass auch nur ein Wort Ihrer Geschichte stimmt.«

»Das kann nicht sein.« Anna Singer war blass geworden.

»Sehen Sie sich die Fotos an und zeigen Sie mir nur ein einziges Bild darauf, das Ihr Bruder gemalt hat.«

Sauerwein warf einen Haufen Fotos auf den Tisch. Sie zeigten das Haus von außen und innen; alle Räume waren dokumentiert, die Garage, der Keller, einfach alles.

Anna Singer sah Martin Sauerwein verständnislos an. »Aber das da ist doch gar nicht sein Haus.« Sie blätterte die Fotos durch. »Und der Mann da, der mit den Handschellen, das ist auch nicht mein Bruder.«

Sauerwein nahm ihr die Fotos aus der Hand und sah Max sauer an. Wieso war Vossens Bild in dem Stapel?

»Können Sie das bitte wiederholen?«

»Ja, sicher. Das ist nicht mein Bruder.«

Fassungslos starrten die Kommissare Anna Singer an.

Sauerwein massierte sich den Kopf. »Noch mal von vorn. Sie kennen diesen Mann nicht?«

»Ich weiß nicht.« Mit brennendem Blick starrte Anna Singer auf das Gesicht. »Es kommt mir bekannt vor. Warten Sie einen Augenblick, ich muss nachdenken.« Sie schloss die Augen und kramte in ihren Erinnerungen.

Ruckartig richtete sie sich auf. »Sicher bin ich mir nicht, aber es könnte ein Freund aus seiner Kindheit sein. Aber das ist so lange her … und das da ist ein erwachsener Mann. Ich weiß es nicht, tut mir leid.«

»Nur damit wir es verstehen, wer zum Teufel ist denn nun Ihr Bruder?«

»Er heißt Thomas. Thomas Ecker. Ecker ist unser Geburtsname.«

Die vier waren wie vom Donner gerührt. Der Täter hatte so viele Namen wie Hemden im Schrank. Und keiner davon ließ sich mit irgendetwas in Verbindung bringen.

Als Erster brachte Max einen Ton hervor: »Wieso haben Sie uns das nicht schon gesagt, als wir bei Ihnen waren?«, fragte er scharf.

»Das tut mir leid. Haben Sie mich denn danach gefragt?« Anna

Singer wirkte ehrlich erschüttert. »Ich kann mich an unser Gespräch kaum erinnern, weil es mir so schlecht ging.«

»Wir brechen hier ab.« Sauerwein hatte die Sinnlosigkeit einer weiteren Befragung erfasst und stand auf. »Bitte halten Sie sich bis auf Weiteres zu unserer Verfügung. Hier.« Er legte einen Block und einen Stift vor sie hin. »Schreiben Sie uns die Adresse von dem Haus am Schliersee auf.«

»Und euch«, wies er seine Mitarbeiter an, »sehe ich in zehn Minuten im Krisenraum.«

»Nur dass eines klar ist: Sie trifft keine Schuld. Machen Sie sich bitte keine Vorwürfe«, sagte Sauerwein sanft zu Anna Singer. »Es ist an mir, mich bei Ihnen zu entschuldigen. Sie haben alles richtig gemacht.«

Bevor er sie zur Tür brachte, fiel ihm noch etwas ein. »Können Sie sich an den Namen des Jungen erinnern? Des Jungen, der dieser Mann sein könnte?«

»Ja, den weiß ich noch. Er hieß Hardy oder Harry.«

***

»Warum tust du das?« Kristina kämpfte gegen die Übelkeit an. Ihr war schlecht vom Geschmack ihres eigenen Blutes.

»Warum? Weil du nichts tust, um mich davon abzuhalten.«

»Wie denn?«, wimmerte sie. »Du hörst mir doch überhaupt nicht zu.«

Frank hielt inmitten seiner Bewegung inne. Dann kam er ganz nah an Kristinas Gesicht heran. Seine Lippen berührten sanft ihren Hals, und sie spürte das leichte Kratzen seines Bartes. »Ich muss dir nicht zuhören, Engelchen. Das, was ich wissen muss, weiß ich längst.«

Er knabberte mit seinen blutverschmierten Lippen an ihrem Mund, während er mit der linken Hand mit ihrer Brustwarze spielte. »Siehst du«, flüsterte er heiser, als sie sich unter seiner Berührung versteifte. »Es gefällt dir doch. Weshalb also sollte ich damit aufhören?«

Der Typ war krank. Schlimmer noch, er war völlig geistesgestört. Aus einer unwillkürlichen Reaktion ihres Körpers interpretierte er, dass sie auf sein Spiel stand. Verzweifelt dachte sie an Eva. Ob die Kommissarin alles Menschenmögliche tun würde, um sie noch rechtzeitig zu finden? Oder hatte die Mordkommission noch immer keinen Schimmer, wer für die ganzen Morde verantwortlich war?

Ihre Hoffnung begann zu schwinden. Sie war seit Tagen in diesen Keller gesperrt. Ihre Gedanken überschlugen sich. Das war es! In den Raum war in der ganzen Zeit kein Tageslicht gedrungen. Und für ein normales Zimmer war er viel zu niedrig. Wenn Frank die Tür öffnete, brachte er jedes Mal einen eisigen Hauch mit herein. Das Schwein hatte sie in einen Bunker gesperrt. Und damit sank ihre Chance, lebend gefunden zu werden, auf null.

Er spürte, dass sie ihm entglitt. Nach kaum zwei Stunden war sie in einen Schockzustand gefallen und reagierte weder auf seine Worte noch auf die Verletzungen, die er ihr zufügte.

Wütend schlug er ihr ins Gesicht. »Wach auf, du Schlampe.«

Als sie stumm und schlaff liegen blieb wie ein toter Fisch, schlug er sie erneut. Diesmal gab sie ein leichtes Stöhnen von sich, wachte aber nicht auf.

»Kristina, mein Engel. Komm zurück zu mir, bitte.« Er rüttelte an ihrer Schulter. Verdammt. Sie war viel zu früh ohnmächtig geworden. Er hasste alle Unregelmäßigkeiten, und sie war schon die Zweite, die ihm Schwierigkeiten machte. Verärgert ließ er von ihr ab, zog sich ein Hemd über den blutverschmierten Oberkörper und stieg in seine Jeans. Dann ging er an das andere Ende des Raumes und verschwand hinter einem Vorhang, der eine Tür verbarg, die Kristina nie wahrgenommen hatte.

***

»Seit wann haben wir denn einen Krisenraum?«, witzelte Max.

»Oh Himmel, Maximilian Hansen, halt bloß die Klappe!« Eva hätte ihm am liebsten gegen das Schienbein getreten. Wie konnte ein Mensch nur so ignorant sein?

Max sah Eva irritiert an. »Jetzt mach mal halblang, Eva. Die blöde Kuh hat uns auf eine falsche Fährte geführt.«

»Die Singer ist keine blöde Kuh. Wir haben Scheiße gebaut, und zwar richtig. Kapierst du Vollidiot denn nicht, dass uns das unseren Job kosten kann?«, fuhr Eva ihn an.

»Das sehe ich ähnlich«, sagte Sauerwein und trat die Tür mit dem Fuß zu.

»Und ob ihr es glaubt oder nicht, es kommt noch schlimmer. Die Frau da draußen hat keine Ahnung, wo ihr Bruder wohnt.« Sauerwein ließ sich erschöpft auf seinen Stuhl fallen, während Eva und Max durcheinanderredeten.

»Ruhe«, donnerte Sauerwein und deutete auf Eva. *»Ladies first.«*

»Es kann nicht sein, dass sie die Adresse nicht kennt. Sie hat uns selbst erzählt, dass sie mehrmals dort war.«

»Sie war da, das gibt sie auch zu. Aber da sie kein Auto hat, hat er sie jedes Mal abgeholt und wieder nach Hause gefahren. Sie hat einen schlechten Orientierungssinn, aber sie hat den Verdacht, dass er Umwege gefahren ist, damit sie sich den Weg nicht merken kann.«

»Das ist doch Blödsinn. Dann hätte sie sich die Straßenschilder merken können«, warf Max ein.

»Von ihr bekommen wir jedenfalls keine Adresse, aber immerhin haben wir jetzt seinen richtigen Namen. Wobei ich bezweifle, dass uns der weiterhilft.« Sauerwein sah Eva fragend an.

Sie hob die Schultern. »Jensen lässt ihn gerade durch den Computer laufen.«

»Abgesehen davon, dass wir uns zum Gespött der Nation gemacht haben, ist da draußen noch immer eine Frau, von der wir nur hoffen können, dass sie noch lebt. Was ist denn?«, fragte Sauerwein ungehalten, als Nora Wallner ins Zimmer platzte, ohne anzuklopfen.

»A Fax vom Gemeindeamt Miesbach zu eurer Anfrage. Schaut so aus, als ob's da an Treffer gibt.«

»Verdammt, das kann es sein.« Aufgeregt gab Sauerwein das Fax an Karl weiter. »Eine Adresse am Schliersee, eingetragen auf eine weitere Holding.« Er sprang auf. »Ich fordere einen neuen Durchsuchungsbeschluss an. Max, ruf Tietze an und sag, das SEK soll zurück zum Schliersee fahren und auf neue Anweisungen warten. Und jetzt können wir nur beten, dass Kristina noch am Leben ist.«

Auf halbem Weg zur Tür drehte er sich noch mal um. »Und bevor wir fahren, möchte ich gern wissen, weshalb um alles in der Welt ihr die Singer nicht nach dem Namen des Bruders gefragt habt.«

»Weil wir alle so fixiert auf Vossen waren«, gab Max zu. »Außerdem ging es ihr wirklich schlecht. Sie hat mehrfach ihr Asthmaspray gebraucht, und dann ist sie fast zusammengebrochen. Und da sie uns schon vorher erzählt hatte, dass er ein Haus in Schliersee hat –«

Da war wieder dieser Gedanke. Eva brachte Max mit einer kurzen Handbewegung zum Schweigen. »Warte.« Und endlich fiel der Groschen. »Das ist es! Die Singer hat gesagt, das Landhaus *in* Schliersee. Nicht *am* Schliersee. Also im Ort, nicht irgendwo in der Gegend drum herum.« Vor Erleichterung klang ihre Stimme ganz dünn. »Himmel, sind wir blöd. Wieso ist uns das nicht aufgefallen?«

Nora Wallner kam erneut ins Zimmer. In der Hand hielt sie ein Fax, das die KTU vor wenigen Minuten geschickt hatte.

Sauerwein fragte unwillig: »Was ist denn noch?«

»Wolkenstein hat angrufen und gsagt, ich soll euch umgehend informieren. Er hat die Spuren ausm Penthaus ausgwertet.« Sie machte eine dramatische Pause.

»Nora …« Sauerweins Augen hatten sich zu Schlitzen verengt.

»Er hat die Fingerabdrück von 'na weiteren männlichen Person gfunden. Und die sin von Julian Vossen.«

SIEBZEHN

Das SEK hatte in einem Gasthaus in Miesbach auf die Ankunft der Kameraden gewartet und war fünfzehn Minuten nach Max' Anruf komplett und in voller Stärke einsatzbereit. Sie warteten eine Parallelstraße von der neuen Adresse entfernt auf die Kommissare und drangen, ohne lange zu fackeln, in das Haus ein.

»Martin.« Max stand in der Tür zum Wohnzimmer, wo Sauerwein einen Schrank durchwühlte. »Das solltest du dir ansehen.«

Er führte seinen Chef zu einem Zimmer, dessen Eingang hinter einem großen Spiegel versteckt war. Karl hatte den Mechanismus zufällig entdeckt, als er gestolpert war und sich am Rahmen festhalten wollte.

»Das muss das Arbeitszimmer sein, von dem die Singer uns erzählt hat. Schau dir die Schließanlage an der Tür an. Es ist genau wie in der Wohnung in Rosenheim. Entweder ist der Typ total paranoid, oder er hat da drin was zu verbergen.«

»Wahrscheinlich trifft beides zu.« Sauerwein untersuchte die Schlösser. »Hol den Huber her.«

Diesmal war der Spezialist aus dem Präsidium mitgekommen. Sie hofften, mit seiner Hilfe die gesicherten Türen schneller öffnen zu können als bei dem Desaster in der Rosenheimer Wohnung.

Als der Techniker Huber sich die Tür ansah, stieß er einen anerkennenden Pfiff aus. »Na, da habts aber einen derwischt, der weiß, wie man sich sichert. Da legst di nieder. Und Martin, soll's schnell gehen oder ordentlich?«

»Schnell, Hansi, scheiß auf die Tür. Der Typ hat eine Frau in seiner Gewalt, und wir wissen nicht, ob sie da drin ist.«

Eine halbe Stunde später irrte Johann Huber auf der Suche nach Sauerwein durchs Haus. »Eva? Herrgottsaxndi, da obn is niemand. Wo find i denn den Chef?« Huber packte Eva am Arm, als sie gerade zur Tür hinauswollte.

»Wir haben eine Luke gefunden, die zum Dachboden führt. Martin ist mit dem SEK dort oben.«

Huber lief die Treppe wieder hoch und sah die Bodentreppe erst, als er den Vorhang zur Seite schob, hinter dem er ein Abstellregal vermutet hatte. Als er hinaufklettern wollte, schob sich Sauerweins Hinterteil durch die Luke.

»Pfui Deifl, Martin, wie schaustn aus. Die Tür is jetzt offn. Aber wisch dir die Spinnwebn vom Kopf, bevorst nuntergehst.« Huber grinste. »Habts was gfundn, da obn?«

»Naa, hammma ned.« Sauerwein musste husten. »Nur Dreck. Danke, Hansi.«

Sauerwein holte Eva aus dem begehbaren Kleiderschrank und betrat ihr voraus das Arbeitszimmer. Sachte schob sie ihn weiter, als er in der Tür stehen blieb.

»Heilige Scheiße.« Max war hinter ihnen ins Zimmer getreten.

Der Raum war in weiches, indirektes Licht getaucht, das von einer LED-Lichtleiste hinter den Vorhängen kam. Punktstrahler waren auf drei Gemälde an den Wänden gerichtet, deren Inhalt sich so schrill wie grausam von der geschmackvollen Einrichtung abhob.

Ein viertes Bild lehnte kurz vor seiner Vollendung auf einer Staffelei und zeigte einen Frauenkörper, der in einer dramatischen Pose mit gespreizten Beinen auf einem Stuhl saß und dem der Kopf und die Arme fehlten.

»Vier«, murmelte Eva verwirrt. »Dann gibt es eine Frau, die wir noch nicht gefunden haben.«

»Das vierte Opfer ist noch am Leben, sonst hätte er das Bild vollendet. Es soll Kristina zeigen. Die anderen Zeichnungen zeigen den originalgetreuen Gesichtsausdruck der Opfer, also stellt er seine Bilder erst fertig, nachdem er die Leichen weggeschafft hat. Immerhin ein Hoffnungsschimmer.« Da war sich Sauerwein sicher.

»Der uns nur nichts nützt, solange wir sie nicht finden«, murmelte Eva.

»Wir nehmen hier jedes Staubkorn auseinander, bis wir einen Anhaltspunkt haben, wo er sie versteckt hält. Du nimmst dir den Schreibtisch vor; Max, wir teilen uns den Aktenschrank«, sagte Sauerwein.

»Kommt ihr bitte in den Keller? Wir haben was gefunden.« Tietze unterbrach die Durchsuchung des Arbeitszimmers. »Das Haus und der Keller sind so verbaut, dass es sich schwer sagen lässt, ob es noch weitere angegliederte Räume gibt, die sich hinter Spiegeln oder was Ähnlichem verstecken«, erklärte ihnen der Einsatzleiter des SEK auf dem Weg ins Untergeschoss. »Wir haben die Kellerräume mit der Wärmebildkamera fotografiert und etwas entdeckt, was auf einen weiteren Raum hindeutet.« Er wies auf einen Bildschirm.

»Hier, sehen Sie? Auf diesem Bild ist die ganze Fläche dunkelgrün, das heißt, dass wir uns an einer Außenwand befinden, weil keine Wärme resorbiert wird. Auf dem anderen Bild hier haben wir auch eine große dunkelgrüne Fläche, aber auch einen helleren grünen Fleck, der der Größe einer Tür entspricht.«

»Ja, und wo ist nun diese Tür?«, fragte Eva ungeduldig.

»Es gibt keine. Wir stehen genau davor.«

Verblüfft schauten sie die Wand an. Keine Tür, nur eine vier Meter lange Steinmauer.

»Das gibt's doch nicht. Dann muss es irgendwo einen Spalt geben.« Max fuhr mit den Fingern über die Oberfläche. »Vielleicht noch eine Geheimtür.«

»Schaut mal hier drüben.« Eva stand in der Ecke und strich mit dem Finger über den Putz. »Es sieht aus, als wäre hinter der quer stehenden Wand ein Spalt, in dem die Mauer weiterläuft. Die Leisten am Boden sind nur Zierde. Sie verdecken eine Schiene. Irgendwie kann man die Mauer verschieben.«

»Aber wie soll man denn die ganze Wand verschieben können? Das ist doch Quatsch.« Max schüttelte den Kopf. »Und er allein kann das nie schaffen.«

Sauerweins Blick ließ ihn verstummen. »Red nicht, hilf lieber suchen.«

»Sesam, öffne dich.« Eva hatte die Hände an die Wand gelegt und tat, als ob sie sie nach rechts schieben wollte, als die Wand ihr den Gefallen tat und mühelos zur Seite glitt. »Hallo, Sesam«, sagte sie verblüfft und drehte sich nach ihren Kollegen um.

Max war in die Hocke gegangen. »Mich laust der Affe. Das, was aussieht wie eine massive Wand, ist nur ein dünnes Paneel auf Rollen, die von den Schienen verdeckt werden.«

Sauerwein hatte seine Waffe gezogen. »Leise jetzt. Tietze, holen Sie Ihre Männer.«

Als die Sondereinheit im Keller Stellung bezogen hatte, schloss Eva die Augen und machte ein Kreuzzeichen. »Lass alles gut gehen und Kristina noch am Leben sein«, betete sie.

Tietze gab einem seiner Männer einen Wink, und während die Kollegen über seine Schulter sicherten, öffnete er vorsichtig die Tür.

Eva konnte sich keinen Reim darauf machen, weshalb die Männer das Zimmer nicht stürmten. Sieben schwarze Rücken verdeckten ihr die Sicht, und es half auch nicht, dass sie sich auf Zehenspitzen stellte. Als sie ihr endlich den Blick auf das Zimmer freigaben, konnte sie es nicht glauben.

»Nein!« Kraftlos ließ sie ihre Waffe sinken.

Der Raum war bis auf einen alten Öltank leer. Das Schiebepaneel verdeckte nur die beschissene Tür zu einem stillgelegten Heizungskeller.

Mutlos setzte sich Eva auf eine Holzkiste und stützte ihr Kinn auf die Hände. »Ich halte das nicht mehr aus. Wo sollen wir denn noch suchen?«

»Komm, Eva, wir finden ihn. Und Kristina auch. Sie müssen hier irgendwo sein, sonst hätte er doch keine Festbeleuchtung im Haus. Los, steh auf. Wir suchen weiter«, ermunterte Karl sie. »Solange wir keinen Anhaltspunkt haben, sehen wir uns die Sachen in seinem Arbeitszimmer durch.«

Sauerwein telefonierte, während Eva und Karl die Schubladen des großen Schreibtisches durchsuchten. »Es ist mir egal, ob er Flugangst hat. Wenn wir die Frau nicht bald finden, dann brauchen wir den Hund nicht mehr. Und dann bin ich gespannt auf Ihre Erklärung, wieso Sie den blöden Köter nicht in den Hubschrauber gesteckt haben.«

Er schüttelte den Kopf, als Eva ihn fragend ansah. »Den Suchhund können wir uns abschminken, weil er beim Fliegen kotzt. Sie fahren mit dem Auto, und das wird zwei Stunden dauern.«

Max sah einen Ordner mit dem Titel »Haus und Grundstück« durch, als er stutzte und drei Seiten zurückblätterte.

»Hört mal, ich hab hier einen Kaufvertrag über ein Gartenhäuschen, datiert auf vergangenen März. Bringt uns das irgendwie weiter?«

»Ich glaube nicht, dass er die Morde in einem Gartenhaus begangen hat«, sagte Eva. »Schon gar nicht im Winter.«

»Ich meine nur, weil ich hier nirgendwo eines gesehen habe. Vielleicht hat er ja noch ein anderes Haus.«

»Zeig her.« Sauerwein sah sich die Rechnung genauer an. »Die Lieferadresse stimmt.« Er dachte nach. »Kein Mensch würde sich etwas von dieser Größe und diesem Gewicht an sein Haus liefern lassen, wenn er es woanders braucht. Karl, sag den Leuten von der Spusi, sie sollen die angrenzenden Gärten absuchen und nach einem neuen Gartenhaus Ausschau halten.«

»Und darauf achten, ob Spuren hinführen«, rief Eva ihm hinterher.

***

»Engelchen, ich bin wieder da.« Er tätschelte Kristinas Wange. »Ich hab was Gutes für dich, das wird dich wieder munter machen.«

Er entledigte sich seiner Kleidung und nahm ein Fläschchen mit einer klaren Flüssigkeit aus der schwarzen Ledertasche, die er von seinem Ausflug mitgebracht hatte. Nachdem er eine steril verpackte Nadel auf den Spritzenkolben gesteckt hatte, durchstach er die Membran der kleinen Flasche und zog den Kolben nach unten. Mit geschickten Händen band er Kristinas Arm mit einer Schlinge ab, suchte nach ihrer Vene und stach die Spritze in ihre Haut, ohne sie vorher zu desinfizieren. Als er die Schlagader erwischt hatte, drückte er den gesamten Inhalt hinein und sah sie böse an.

Es dauerte keine Minute, bis das Adrenalin zu wirken begann. Ihre Augenlider flatterten, dann fing sie an zu stöhnen. Das Medikament riss sie aus der Ohnmacht, die sie so gnädig im Arm gehalten hatte, und mit einem Schlag war sie hellwach. Sie riss die Augen auf, und da stand er. Nackt, mit erigiertem Penis und ihrem getrockneten Blut auf der Haut, starrte er sie mit zusammengekniffenen Augen und einem dämonischen Grinsen herablassend an.

Mit einem Mal wurde ihr erschreckend klar, dass es jetzt keine Hoffnung mehr gab. Sie schloss die Augen und verabschiedete sich in Gedanken von allem, was ihr lieb und teuer war. Sie dachte an ihren ersten Urlaub mit einer Schulfreundin in Griechenland. An ihre erste Verliebtheit und an die erste Million, die sie im Internet geklaut und dann an bedürftige alte Menschen verschenkt hatte. An ihre Großmutter, bei der sie aufgewachsen war. Eine einzelne Träne rann langsam über ihre Wange. Ich komme nach Hause, Oma. Wenn es ein Leben nach dem Tod gibt, dann hol mich bitte an der Grenze ab.

Als der Schmerz zurückkehrte, riss sie die Augen auf. Das Letzte, was sie sah, war ein kleines, scharfes Messer, in dem sich das flackernde Licht des Ofens spiegelte.

***

»Wir haben im Nachbargrundstück etwas entdeckt«, sagte Mike Siegel. »Der Garten ist so verwildert, dass er von der Straße aus nicht einsehbar ist. Das Haus ist eine Bruchbude, aber daneben steht ein nagelneues Gartenhäuschen, zu dem Spuren führen. Allerdings ist nur eine davon frisch.«

»Welche Adresse?«

»Söllnerweg 18.«

»Eva, ruf die Wallner an und lass den Eigentümer überprüfen«, sagte Sauerwein. »Und dann sehen wir uns das an.«

Sauerwein hatte mit Tietze abgesprochen, dass zwei seiner Männer beim Haus bleiben sollten. Der Rest des Einsatzkommandos würde sich auf das Nachbarhaus und das Gartenhaus verteilen.

»Sauerwein …« Tietze kam von drüben. »Der Thermograf zeigt nichts an. Im Haus brennt zwar Licht, aber beide Gebäude sind kalt.«

»Schicken Sie Ihre Männer trotzdem rein. Sie sollen den Keller überprüfen.«

Eva war aus dem Zimmer gegangen, als ihr Handy geklingelt hatte.

»Das war Nora«, sagte sie, als sie zurückkam. »Das Grundstück gehört einem Franz Zimmermann, Bauanträge liegen im Moment nicht vor. Interessant ist allerdings, dass dieser Herr Zimmermann bereits sechsundachtzig Jahre alt ist.«

»Na und?«, fragte Max.

»Nicht schlecht.« Sauerwein versuchte, Evas Gedanken zu folgen. »Aber wieso sitzt er im Februar in einem ungeheizten Haus?«

Er zog sein Telefon aus der Tasche und drückte die Wiederwahl. »Josef, bring den Leichenspürhund auch noch mit.«

Tietze hatte die Männer in Gruppen aufgeteilt. »Gruppe Haus« sollte mit zwei Männern das verwahrloste Gebäude durchsuchen, »Gruppe Laube« zu fünft das Gartenhaus sondieren und sichern. Zwei Männer würden im Garten bleiben und für den Schutz ihrer Kollegen von außen sorgen. Die Aufteilung war so ungleich ausgefallen, da zum Wohnhaus keinerlei Spuren führten.

Tietze hob die Hand zum vereinbarten Zeichen, als Sauerwein etwas auffiel.

Ungehalten sah Tietze ihn an. »Was?«

»Die meisten Spuren hier sind zugeschneit, es gab aber seit zwei Tagen keinen Neuschnee. Falls da unten ein Keller ist, dann muss er eine Verbindung zum Haus haben.«

»Wenn es eine gäbe, hätten wir eine Tür gefunden. Sie waren doch selbst dabei.«

»Aber –«

Tietze wischte seinen Einwand beiseite. »Im Haus sind zwei Männer und passen auf. Wir gehen jetzt rein.« Er gab das Zeichen, und seine Männer liefen los.

»Gruppe Laube« erreichte ihr Ziel zuerst. Der Anführer knackte das Schloss, das nach einem kurzen Ruck nachgab, während die anderen ihn schützten. Er zog die Tür einen Spalt auf, sondierte den Raum und hob die Hand. Lautlos huschten fünf Männer hinein, bevor sich die Tür mit einem leisen Klicken wieder schloss.

»Gruppe Haus« hatte inzwischen das Wohngebäude erreicht. Obwohl in zwei Zimmern Licht brannte, war das Haus leer, und die Luft schmeckte verbraucht. Sie durchsuchten das Erdgeschoss und wollten die Treppe zum Keller hinabsteigen, als das Licht ausging. Wortlos setzten sie ihre Nachtsichtgeräte auf, als unter der Badezimmertür ein Lichtstreifen erschien.

Der Anführer riss die Waffe hoch und wollte den Raum stürmen, aber der andere hielt ihn zurück. »Zeitschaltuhren«, flüsterte er und schüttelte den Kopf.

Sie atmeten durch und betraten die Treppe. Das alte Holz knackte bedenklich, als sich die Männer nach unten schoben.

Im Keller war es feucht und modrig und so dunkel wie in einem Rattenloch. Sie schalteten die Infrarotlampen ein, bis sie sicher waren, dass der Keller leer war.

Nachdem sie im Schein ihrer starken Halogenlampen die kleinen Räume durchsucht hatten, blieben sie vor einer Wand stehen.

»Sieht ziemlich neu aus«, sagte der Anführer.

»Das glaub ich auch. Der Raum dahinter wurde zugemauert.«

»Gruppe Laube« entdeckte die Tür aus purem Zufall. Nach ergebnisloser Suche wollte einer der Männer ein Hackbeil aus einer Alustellage ziehen, das ihm den Durchgang erschwerte, als das Regal ein leises Quietschen von sich gab. Verblüfft rüttelte er an einem der Blechböden und zog das Bord ein Stück zu sich her. Es war viel zu leicht für ein Schwerlastregal. Mit einem leisen Pfiff holte er die anderen zusammen. Sie zogen das Regal zur Seite, und dann sahen sie die Falltür im Boden. Unter der Bodenklappe kam eine steile Treppe zum Vorschein, an deren Fuß eine schwere Eisentür in eine gemauerte Wand eingelassen war.

Keiner der Männer konnte ahnen, dass im Raum hinter der Tür ein Licht aufleuchtete, dessen Schalter durch das Heben der Klappe aktiviert worden war.

***

Als das blaue Licht anging, wurden seine Überlebensinstinkte hellwach. Die Falltür war entdeckt worden, und ein Eindringling war auf dem Weg nach unten. Die Eisentür würde eine Weile standhalten, und wenn er Glück hatte, blieb ihm noch eine halbe Stunde. Zu wenig, um das zu beenden, was so vielversprechend begonnen hatte.

Bedauernd strich er über die dichten blonden Haare, liebkoste ihre blassen Wangen und hauchte ihr einen Kuss auf die Lippen. »Ich muss dich jetzt verlassen, mein Engel. Aber ich werde dich eines Tages wiederfinden, falls du nicht stirbst. Das verspreche ich dir.«

Er warf einen letzten Blick auf die sterbende Frau und den Raum, der mit so vielen Erinnerungen verbunden war. Hier hatte er die Seele seiner Kindheit wiedergefunden. Er nahm seine Kleider vom Stuhl und verschwand in der Tür, die hinter dem Verlies zum Haus führte. Als er gebückt durch den schmalen Tunnel lief, dachte er ein letztes Mal an die Kreatur in dem kleinen Käfig. Zwanzig Jahre hatte er für sie gesorgt, doch nun war es Zeit, auch von ihr Abschied zu nehmen. Sollten die Eindringlinge sich weiter darum kümmern. Er war nun frei.

Vorsichtig drückte er die Luke auf und kroch durch den engen Durchlass in den stillgelegten Öltank. Entweder hatten sie das Haus überhaupt nicht gefunden, oder sie hatten den alten Heizungsraum nicht durchsucht. Endlich machte sich seine Idee bezahlt, den Durchgang zu dem vergessenen Bunker durch den Öltank zu legen. Die aufgeschweißte Seite war nur zu sehen, wenn man um den Tank herumging, und mindestens das hatten die schlauen Ermittler versäumt. Bedächtig löste er die Neun-Millimeter-Beretta und den Schalldämpfer von der Innenseite des Containers, zog den Schlitten zurück und versicherte sich, dass eine Patrone im Lauf steckte. Er stieg aus seinem Versteck, öffnete leise die Tür und lauschte an dem Schiebepaneel. Im Haus war es ruhig. Durch einen Spalt linste er zu dem gewölbten Spiegel an der Decke und stellte fest, dass sich kein ungebetener Gast im Keller aufhielt. Langsam schob er das Paneel zur Seite, nahm seine Schuhe in die Hand und stieg die Treppe lautlos nach oben.

Im Erdgeschoss hielt er inne und sondierte, ob das Haus leer war. Das Parterre war zu verwinkelt, um alle Räume überblicken zu können. Da die kleinen Seitenlichter im Flur brannten, wusste er, dass sie im Haus gewesen waren und die Tür zu seinem Arbeitszimmer gefunden hatten. Er ging in die Hocke und riskierte einen Blick durch das Glas in der Haustür. Mehrere Einsatzfahrzeuge und ein Krankenwagen parkten in der Einfahrt. Es gab keinen Weg, um ungesehen aus dem Haus zu kommen, doch das war ihm egal. Sein bester Plan wartete im Dachgeschoss. Er öffnete die Tür einen Spalt. Sollten seine Verfolger doch denken, dass er trotz ihrer Vorsicht unbemerkt aus dem Haus entkommen war. Auf

Zehenspitzen schlich er zur Treppe und kroch die Stufen gebückt nach oben.

Als er den zweigeteilten Rahmen des kitschigen Ölgemäldes, das ein kleines Kabuff verbarg, nach vorne zog, hörte er die zweite Treppenstufe knarzen. Es war also doch jemand im Haus. Vorsichtig kroch er durch das Schlupfloch und zog den Bilderrahmen leise zurück an seinen Platz.

Er verzichtete darauf, Licht zu machen, und entriegelte über einen Seilzug, der am Dachgiebel entlanglief, den Verschluss des Fensters an der Stirnseite. Nun konnte er nur hoffen, dass sie auf die List hereinfielen, dass er durch das Fenster auf das Dach geflohen war.

Lautlos tastete er nach dem Nachtsichtgerät. Er grinste, als das Mondlicht, das durch einen Spalt in den Dachziegeln fiel, den Raum durch den Restlichtverstärker in ein hellgrünes Licht tauchte. Seine Sinne waren hellwach, und aufs Äußerste gespannt wartete er darauf, dass der Polizist seine Position verriet.

»Schieß mit so einer Kinderwaffe nie auf den Kopf oder Oberkörper einer Person, die Schutzkleidung trägt«, hatte ein Söldner die Standardwaffe der US-Armee mit einer Handbewegung abgetan. »Damit kitzelst du sie nur. Nur wenn du auf die Beine zielst, hast du eine Chance.«

Er machte eine leichte Bewegung an der Leinwand aus und hielt die Luft an. Die Bewegung wurde stärker. Wer auch immer da draußen stand, hatte mit Hilfe einer Wärmebildkamera sein Versteck entdeckt. Er setzte sich auf die Fersen und hob die Waffe, als der Bilderrahmen zur Seite schwang. Zweimal hustete die Beretta leise, dafür schrie der getroffene SEK-Mann umso lauter.

Scheiße! Er sprang aus seinem Versteck über den Verletzten hinweg, trat ihm die Waffe aus der Hand und lief auf das Fenster am Ende des Dachstuhls zu. Während er seine Beine auf den Vorsprung setzte, polterten schwere Schritte die Treppe herauf. Er fand auf dem schneebedeckten Sims Halt, tastete sich einen Meter weit nach rechts und fasste nach dem Regenrohr. Griff um Griff wollte er sich nach unten gleiten lassen, als ihm seine linke Hand nicht mehr gehorchte.

Entsetzt spürte er die Kälte, die seine Hände in Sekundenschnelle an das Fallrohr frieren ließ. In einem übermenschlichen Überlebenswillen riss er die Hand vom kalten Metall. Fassungslos starrte er die Stellen rohen Fleischs an, wo noch vor einem Augenblick seine Handinnenfläche gewesen war. Der Schmerz, der seinen Arm nach oben schoss, war schlimmer als alles, was er sich je hatte vorstellen können. Als das Blut in seinen Ärmel tropfte, spürte er, wie sich die Haut an der anderen Hand zu lösen begann und sein Gewicht ihn nach unten zog. In einem letzten Aufbäumen seiner Überlebensinstinkte griff er wieder nach dem Rohr, und dann sprang er.

Eva hörte den Schrei und sah einen Mann, der vom Dachfenster aus mit einem Sturmgewehr auf einen Punkt außerhalb ihres Gesichtsfeldes zielte. Sie zog ihre Waffe und umrundete die Hecke, die ihr die Sicht versperrte. Verwirrt blinzelte sie gegen das grelle Licht an der Hauswand, das der Bewegungsmelder ausgelöst hatte. Den Bruchteil einer Sekunde zu spät sah sie die Gestalt, die gebückt auf sie zurannte. Ihre Augen wurden groß, als sie ihn erkannte und sah, dass er eine Waffe auf sie richtete.

»Stehen bleiben!« Instinktiv hob sie ihre Pistole und spürte den Schlag kaum, der ihren linken Arm nach hinten riss. »Was?« Verwirrt schaute sie an sich herunter und sah, wie rote Farbe nach unten tropfte. Ihre Beine gaben nach, und sie sank auf die Knie. Wieso ist es so kalt?, dachte sie noch und griff mit einer Hand nach dem roten Fleck im Schnee.

ACHTZEHN

Der Geruch lag wie eine Decke aus schwerem Samt in der Luft. In der Mitte des Raumes lag die Frau aufgebahrt in ihrem eigenen Blut, so blass und schön, dass die Männer erschüttert ihre Waffen senkten.

Tietze kam als Letzter in den Raum und schob den Mann vor sich zur Seite. Seine Kampfstiefel saugten sich mit einem schmatzenden Geräusch am Boden fest, als er in die Blutlache trat. »Den Notarzt, schnell«, schrie er. Er legte zwei Finger auf ihren Hals. »Ihr Puls ist kaum noch spürbar. Wir lassen sie auf der Trage und bringen sie nach oben.«

»Eva? Mein Gott. Einen *Arzt*! *Eva!*«, schrie Max in vollem Lauf und stieß Sauerwein zur Seite, der sich gerade über Eva beugen wollte.

Eva öffnete die Augen. Wieso waren da so viele Menschen? Die meisten kannte sie nicht. Ihre Lider wurden schwer.

»Scheiße!« Max war außer sich. »Wo bleibt der verdammte Arzt?«

»Schrei doch nicht so«, murmelte sie.

»Eva. Schlaf jetzt nicht ein, hörst du! Bleib bei mir, bitte!«

Es wurde dunkel um sie. Nach einer Weile hatte sie das Gefühl, wie eine Feder zu schweben. Angenehm. Die Geräusche um sie herum wurden leiser. Wie in Watte gepackt. Sie lächelte.

»Sie hat Kammerflimmern.«

»Wir geben ihr Adrenalin.« Mit einem Ruck zog der Arzt den Stauschlauch um ihren Oberarm fest und stach die Nadel in die verdickte Ader. Er zögerte kurz, dann drückte er ihr den gesamten Inhalt der Spritze in die Vene.

»Stillstand! Wir verlieren sie!«

»Defibrillator klarmachen.«

»Defi ist klar.«

»Zweihundert Watt. Zurücktreten.«

Ihr Körper hob sich unter dem Stromstoß. Nichts.

»Noch mal Vollgas. Zurück.«

Der Monitor zeigte einen leichten Ausschlag.

»Immer noch Kammerflimmern.«

»Wir fliegen los.«

Mit einem lauten »Wusch, wusch« drehten sich die Rotorblätter immer schneller, bis sie genügend Auftrieb erzeugten und der Hubschrauber abheben konnte.

»Jetzt gehen Sie endlich zur Seite!« Der Notarzt war sauer, weil Sauerwein und Max ihm im Weg standen. Mit geschickten Händen zog er Eva die Jacke aus und untersuchte ihren Arm.

»Ein glatter Durchschuss. Keine Angst, das wird wieder. Wie ich höre, hat sie ihn erschossen?« Er deutete mit dem Kopf auf die zugedeckte Gestalt, die zwanzig Meter weiter im Schnee lag.

Sauerwein schaute ihn stumm an und nickte. Seine Augen brannten. Dann zog er Max von Eva weg. »Hilf der Spusi. Nein.« Mit einer Handbewegung unterbrach er Max, bevor der überhaupt etwas sagen konnte. »Du hast den Arzt gehört, es ist nicht weiter schlimm. Aber wenn sie wach wird und du weiter herumheulst, dann beißt sie dir unter Garantie den Kopf ab. Also verschwinde von hier und mach dich nützlich.«

Es ging Sauerwein gegen den Strich, Max so grob anzufassen. Aber es war im Augenblick die einzige Möglichkeit, ihn wieder zur Besinnung zu bringen. Dann wandte er sich an den Notarzt. »Doktor?«

»Machen Sie sich keine Sorgen, sie ist nur ohnmächtig. Das kommt vom Schock. Ich spritze ihr ein Aufputschmittel, davon wacht sie gleich wieder auf.«

Fünf Minuten später flatterten ihre Lider. Sie stöhnte und kämpfte gegen eine Welle von Übelkeit an. Undeutlich erinnerte sie sich an den Schlag gegen ihre Schulter, danach war alles verschwommen. Was war passiert? Sie riss die Augen auf. Über ihr war ein graues Dach, und neben ihr standen einige ausgeschaltete Geräte, deren Sinn sie nicht verstand. Eine Gestalt schob sich in ihr Blickfeld.

»Martin?«

»Eva. Gott sei Dank.«

»Gott sei Dank was?« Vorsichtig setzte sie sich auf und schob die Beine über den Rand der Bahre.

»Bleib liegen.« Er drückte sie sanft zurück auf die Trage.

»Lass mich«, wehrte sie ihn ab. »Was ist denn passiert?«

»Du bist angeschossen worden.« Er zeigte auf den Verband an ihrem linken Arm.

»Ist er …?«

Er sah sie gequält an und nickte. »Hmm.«

»Verdammt.« Heiß schossen ihr die Tränen in die Augen. »Was machst du dann hier? Ich komme schon allein klar.«

Als er ihr keine Antwort gab, sondern sie nur verwirrt anschaute, wurde sie wütend. »Ich brauche keinen Babysitter. Hilf den anderen, ihn zu suchen.«

Er fing an zu lachen, als er verstand, dass sie aneinander vorbeiredeten. »Nein, Eva, er ist nicht entkommen.« Dann wurde er ernst. »Kannst du dich nicht erinnern, was geschehen ist?«

Sie zupfte nachdenklich an ihrer Unterlippe und sah ihn mit großen Augen an. Dann schüttelte sie zaghaft den Kopf. »Nein.«

»Du hast …« Er zögerte. Es würde sie umhauen. Dankbar sah er, dass der Notarzt zurückkam.

»Was machen Sie denn hier? Legen Sie sich sofort wieder hin!«

»Ach was, lassen Sie mich in Ruhe. Mir geht es gut.« Sie schob den Arzt zur Seite und wandte sich wieder Sauerwein zu. »Was habe ich?«

»Hören Sie –«

Mit einer Handbewegung brachte sie den Arzt zum Schweigen und starrte Sauerwein an. »Also?«

Verlegen schaute der durch die geöffnete Heckklappe dem Treiben der Einsatzkräfte auf dem Parkplatz zu.

»Antworte mir, verdammt noch mal!«

»Du hast … Du hast auch geschossen.«

Sie sah ihn verwirrt an. »Geschossen? Ich?« Sie kramte in ihren Erinnerungen, doch da war nichts. »Nein, hab ich nicht.«

»Doch. Zwei Mal.« Er nickte bekräftigend. »Und getroffen.«

Stumm sah sie ihn an.

»Eva, hör zu. Mach dir keine Vorwürfe.«

»Ich mach mir keine Vorwürfe. Ich war das nicht.«

»Lassen Sie sie in Ruhe. Wir bringen sie jetzt ins Krankenhaus.«

»Nein, das werden Sie nicht.« Eva schob sich vorsichtig von der Bahre. »Dafür ist später immer noch Zeit.«

Der Arzt verdrehte die Augen. Er konnte Polizisten nicht ausstehen. Sie dachten immer, dass sie Rambo spielen mussten.

Als sie aus dem Wagen kletterte, stieß sie sich den Arm an der Tür. Sie stöhnte.

»Hier. Nehmen Sie wenigstens das.« Der Sanitäter hatte bisher kein Wort gesagt und schaute sie jetzt bewundernd an. In der Hand hielt er ein Dreieckstuch.

Den Arm in der Schlinge, folgte Eva Sauerwein hinters Haus. Karl und der Leichenbeschauer hoben den Deckel auf einen Zinksarg.

»Warten Sie!« Eva fing an zu laufen.

Sauerwein fasste sie behutsam am Arm, als sie vor den Männern standen. »Eva, sieh dir das morgen an. Das ist früh genug.«

Sie sah erst ihn, dann den Leichenbeschauer an. Schließlich nickte sie. »Machen Sie auf.«

Als der Leichensack das Gesicht des Toten freigab, wich sie einen Schritt zurück. »Aber das ist doch …? Er ist der Mörder?« Eva sah die Männer fassungslos an.

»Und wieso …? Wer …?«

»Eva.« Sauerwein legte eine Hand auf ihre Schulter und sah ihr in die Augen. »Außer dir war niemand in der Nähe. Und aus deiner Waffe fehlen zwei Patronen.«

»Wir haben einen Geländewagen hinter der Hecke entdeckt. Und daneben einen Anhänger mit dem Schneemobil.« Triumphierend kam Max mit dem Kollegen von der Spurensicherung auf sie zu und deutete auf den immergrünen, zwei Meter hohen Buchs. »Er ist nach Norden vom Haus weggelaufen, bevor Eva ihn erwischt hat. Wir haben uns gefragt, was er da wollte.«

»Wir haben Kleidung, einen Pass, Kreditkarten und fünfzehntausend Euro Bargeld darin gefunden«, ergänzte Preisenbacher. »Der Wagen war sein Fluchtfahrzeug.«

Geduldig wartete der Leichenbeschauer darauf, dass die beiden Männer im Haus verschwanden. Dann sah er Eva und Sauerwein fragend an.

»Ich …« Ihre Stimme zitterte. Sie wischte ihre Tränen weg und warf einen letzten Blick auf das auch im Tod noch außergewöhnlich attraktive Gesicht von Laurenz Strahlhuber.

Ein Mensch war gestorben, und sie war schuld daran. Es war ein schwerer Brocken, den sie erst verdauen musste. Sauerwein sah ihr an, was ihr durch den Kopf ging.

»Dafür haben heute viele andere die Chance bekommen, weiterzuleben. Er hätte nie damit aufgehört, das weißt du.«

»Weiterleben«, wiederholte sie tonlos. »Mein Gott. Was ist mit Kristina?«

»Der Hubschrauber hat sie mitgenommen. Fragen wir deinen Freund vom Krankenwagen.«

»Sie hat nicht so viel Blut verloren, wie wir zuerst befürchtet hatten«, erklärte der Notarzt, während er an einem stinkenden Zigarillo zog. »Sie hat einen anaphylaktischen Schock, der von den Gerinnungshemmern herrührt. Leider ist das keine gute Nachricht, weil das bei dem Medikament eine absolute Seltenheit ist und es somit kaum Erfahrungswerte gibt, wie hoch die Überlebenschance ist. Um ehrlich zu sein, habe ich so etwas noch nie erlebt. Dazu der starke Blutdruckabfall, der für sich allein schon lebensbedrohlich ist, und dann hatte sie auch noch einen Herzstillstand, als sie schon im Helikopter war. Die Kollegen in der Luft sind gut ausgerüstet, aber …« Er schüttelte den Kopf. »Sie sollten mit dem Schlimmsten rechnen.«

Eva stand auf der Straße und blickte dem Notarztwagen nach. Sie hatte dem Arzt versprochen, dass sie ihre Wunde später versorgen lassen würde. Sauerwein legte den Arm um ihre Schulter und führte sie zurück zum Haus.

»Wir machen für heute Schluss. Max und Karl übernachten hier im Hotel. Du kannst auch hier schlafen, wenn du das möchtest. Nachdem du im Krankenhaus warst«, bot Sauerwein ihr an. »Oder willst du mit mir zurück nach Rosenheim fahren?«

»Ich glaube, ich brauche jetzt einen dicken roten Kater auf meinem Bauch. Aber danke für das Angebot. Und erinnere mich bitte, dass ich kündige, wenn das hier vorbei ist.«

Es war eine lange Nacht gewesen. Nachdem sie die Verletzung im Krankenhaus hatte nähen lassen, hatte Eva Sauerwein im Missbrauch ihrer Dienstmarken in die Intensivstation geschleppt. Dort ging sie der Nachtschwester mit ihren Fragen so auf die Nerven, dass die ihr androhte, sie durch den Sicherheitsdienst hinauswerfen zu lassen, Polizeimarke hin oder her. Letztlich gelang es Sauerwein, sie zu überreden, nach Hause zu fahren.

Eva schleppte sich die Treppe zu ihrer Wohnung hoch, ließ das Wasser in der Dusche laufen, bis ihre Haut rot und aufgequollen war und es zu allem Übel an der Tür klingelte. Sie drehte den Hahn ab und wickelte sich in ein Handtuch, als sie Stimmen im Flur hörte. Verwirrt stieg sie aus der Wanne und öffnete die Tür einen Spalt. Die Nachbarin aus der Wohnung unter ihr war nach oben gekommen und beschwerte sich nun bei Rosie über die Ruhestörung. Eva kicherte leise. Sie hatte völlig vergessen, dass sie einen Gast hatte. Und was für einen! Die alte Dame stand wie ein Bollwerk vor Gerlinde Braun und hielt ihr einen Vortrag über die Polizei, den Freund und Helfer.

Später pickte sie lustlos in dem Essen, das Rosie warm gehalten hatte, und leerte zur Feier des Tages eine Flasche Rotwein mit der alten Dame. Wobei der größte Teil davon auf ihr Konto ging.

Viel später schlief sie dann, den warmen Kater auf dem Bauch, auf dem Sofa ein.

***

Schlaftrunken tastete sie mit der Hand auf dem Tisch, bis sie das vibrierende Handy fand.

»Bist du wach?«, fragte Sauerwein.

»Hmm.«

»Hör zu, Eva. Bleib im Bett und schlaf dich aus. Wir treffen uns am Nachmittag im Präsidium.«

Schlagartig war sie wach. »Was ist mit Kristina?«

»Sie ist noch nicht über den Berg, aber sie lebt. Und ihre Chancen sind auf zwanzig Prozent gestiegen.«

Eva legte auf und kraulte gedankenverloren ihren Kater. Weshalb hatte Sauerwein ihr angeboten, im Bett zu bleiben? Wegen ihrer

Androhung, zu kündigen? Mist. Sie sprang auf und stolperte ins Bad. Im Spiegel blickte ihr eine Gestalt aus der »Rocky Horror Picture Show« entgegen. Erleichtert sah sie, dass die dunklen Augenringe nur von ihrer verschmierten Wimperntusche herrührten. Zwei Aspirin und eine Katzenwäsche später suchte sie im Schrank nach einem Thermobecher und drückte den Knopf ihrer Kaffeemaschine drei Mal hintereinander. Fünfzehn Minuten später war sie abfahrbereit. Rekord, lobte sie sich selbst. Wenn sie sich nun auch noch daran erinnerte, wo sie den Smart vor zwei Tagen geparkt hatte, dann war ein weiteres Lob fällig.

Auf der Treppe kam ihr Frau Braun entgegen. Eva entschuldigte sich für die Dauerdusche mitten in der Nacht und fragte, ob die Nachbarin vielleicht, rein zufällig, ihren Wagen gesehen habe.

»Mei, Frau Neunhoffer, Sie und Ihr Auto. Schaun S' doch mal in der Landwehrstraße nach.«

Eineinhalb Stunden später blickte sie in zwei erstaunte Gesichter. Ihre Kollegen waren noch immer dabei, das Arbeitszimmer von Laurenz Strahlhuber alias Frank Standter alias Thomas Ecker zu durchsuchen.

»Was machst du denn hier? Martin meinte, dass du heut im Bett bleiben musst«, sagte Karl.

»Da hat er sich wohl getäuscht. Gibt's denn was Neues?«

»Das kann man so sagen«, antwortete Karl. »Wir haben in einem Nebenraum des Bunkers eine Kühlkammer gefunden. Dort hat er die Leichen wohl eingefroren und gelagert, bis er sie zu den Fundorten verbracht hat.«

Eva sah ihn irritiert an. »Ein Bunker? Du meinst wohl den Keller. Wie kommt es eigentlich, dass der unter dem Garten liegt und nicht unter dem Haus?«

»Du hast dich nicht verhört.« Karl grinste. »Ursprünglich war es kein Keller, sondern ein Luftschutzbunker aus dem Zweiten Weltkrieg. Das erklärt auch die Belüftungsanlage. Wir haben es entdeckt, als wir die Tücher von den Wänden genommen haben.«

»Und was ist mit der Kühlkammer?«, hakte Eva nach. »Funktioniert die nach so langer Zeit überhaupt noch?«

Karl schaute sie einen Augenblick verständnislos an. Dann

lachte er. »Nein, die stammt nicht aus dem Krieg. Ecker hat sie vermutlich in den letzten Jahren selbst gebaut. So schwer ist das ja nicht. Jedenfalls ist das Aggregat ein relativ neues Modell.«

»Und wie seid ihr auf den Nebenraum gestoßen?«, fragte Eva.

»Der Leichenhund hat ihn entdeckt. Allerdings war der Raum nicht so gut getarnt wie der Bunker selbst. Ecker hat einfach einen leeren Schrank vor den Durchgang geschoben.«

»Gott sei Dank.« Eva war froh, dass nach und nach alle Teile des Puzzles an ihren Platz rückten. »Und sonst?«

»Sieh im Garten nach«, machte Max sich wichtig.

»Wo ist Martin?«, fragte sie.

»Auch im Garten.« Na, das klang ja wirklich spannend.

Sie sah den weißen Pavillon im hinteren Ende des Gartens schon von der Küche aus. Die Spurensicherung hatte etwas gefunden! Die Seitenwände des Zelts waren herabgelassen und boten den Ermittlern Schutz vor den neugierigen Blicken der Nachbarn und dem Schnee, der seit dem frühen Morgen in dicken Flocken aus dem Himmel fiel. Sie schob die Plane zur Seite und trat zu den Kollegen.

»Eva, schön, dass du da bist.« Sauerwein lächelte. Er hatte nie geglaubt, dass sie den halben Tag in den Federn verbringen würde.

»Schau, was wir hier haben.« Er deutete auf ein unförmiges Paket, das die Männer von der Spurensicherung gerade auf eine Klapptrage hoben.

»Ist es das, wonach es aussieht?«, fragte Eva.

Sauerwein nickte und machte ihr Platz.

Eva trat an den Tisch und gab den Männern einen Wink. Sie falteten die Plane auseinander und gaben den Blick auf eine mumifizierte Gestalt frei.

»Wow.« Sie hatte die Luft angehalten. »Habt ihr schon eine Idee, wer das ist?«

»Nur einen Verdacht. Wir müssen die rechtsmedizinische Untersuchung abwarten. Der Verwesungszustand ist zu weit fortgeschritten, um eine visuelle Identifizierung zu ermöglichen. Außerdem, wem sollen wir den Anblick zumuten?«

»Du glaubst, dass es der Nachbar ist?« Eva hatte den Namen vergessen.

»Franz Zimmermann, ja. Das Alter dürfte hinkommen, und dem Verwesungsgrad nach lag die Leiche vielleicht zwei oder drei Jahre dort. Den Nachbarn zufolge hat ihn seit der Zeit niemand mehr gesehen.«

»Und da hat sich keiner gewundert?«, fragte Eva erstaunt.

»Er muss ein ziemlicher Sonderling gewesen sein. Sie haben gemerkt, dass abends Licht brannte und der fürsorgliche Herr Strahlhuber öfters mit Lebensmitteltüten und Klopapier und anderem Kram hineinging, um ihn zu versorgen. Sie haben ihn alle für sein soziales Engagement bewundert«, erklärte Sauerwein.

»Ziemlich clever.«

»Das war er wirklich. Im ganzen Haus waren Zeitschaltuhren verteilt, die er geschickt programmiert hatte. Wenn im Wohnzimmer das Licht ausging, ging es kurz darauf im Bad an und so weiter. Jeden Tag zu einer etwas anderen Zeit, und selbst einem aufmerksamen Beobachter wäre lange nicht aufgefallen, dass etwas nicht stimmt.«

»Und die Lebensmittel und das andere Zeug konnte er durch den Keller im Gartenhaus in sein eigenes Haus bringen.« Sie nickte. Dann deutete sie auf die Leiche. »Und wie habt ihr ihn gefunden?«

»Nicht wie, sondern wer. Sheila hat ihn entdeckt.«

Eva hatte die Hündin noch nicht bemerkt, die sich hinter einer Tasche versteckt hatte und schwanzwedelnd zur Begrüßung kam, als sie ihren Namen hörte.

»Hallo, Sheila, das hast du echt toll gemacht.« Eva streichelte die Hundedame und fütterte sie mit dem Keks, den ihr der Hundeführer anbot.

»Stopp! Der war für Sie gedacht, nicht für den Hund.«

»Oh, na ja. Zu spät.« Eva wischte sich den Sabber von der Hand. »Aber sie hat es echt verdient, oder, Sheila?«

Eva wandte sich wieder Sauerwein zu, während sich die Hündin an ihre Beine schmiegte. »Hast du etwas über den Mann herausgefunden, der in dem zweiten Käfig war?«

Er schüttelte den Kopf. »Bisher haben wir nichts gefunden, was auf seine Identität hinweist. Max und Karl graben sich grade durch die Aktenberge.«

»Das hab ich gesehen. Ich verstehe auch nicht, wieso er einen Mann im Bunker gefangen hielt. Alle anderen Opfer waren doch ausschließlich Frauen.«

»Wer kann schon sagen, welche Motive ein Psychopath hat. Aber vielleicht kann Kristina Licht ins Dunkel bringen, wenn sie wieder aufwacht. Sie hat schließlich vier Tage mit ihm zusammen verbracht.«

Ja, wenn. Falls. Verstohlen wischte sie sich eine Träne aus dem Augenwinkel.

»Frau Neunhoeffer, komm her.« Sauerwein war nicht entgangen, wie dünn das Eis war, auf dem sie stand. Er zog sie zu sich, legte die Arme um sie und hielt sie fest. Erst war es ihr unangenehm vor den Männern im Zelt. »Pfeif auf die Jungs«, flüsterte Sauerwein in ihr Ohr. »Das sind auch keine Helden. Die tun nur so, als ob, und verschieben die Heulerei auf abends.«

Eva musste lachen und wischte sich die Augen. »Martin.« Sie packte ihn am Revers. »Manchmal bist du echt ein Schatz.«

»Ja, ich weiß. Ich muss nur aufpassen, dass es nicht einreißt. Hast du heute eigentlich noch ein Date?«

»Nein, wieso?« Nach drei Singlejahren wusste sie schon nicht mehr, wie sich das anfühlte.

»Du solltest auf jeden Fall vorher zur Typberatung gehen.«

Ihre Wimperntusche. Schon wieder. Und der Typ vor ihr feixte wie ein Idiot. »Martin, du bist ein Arsch.«

Na also, geht doch schon wieder. Sauerwein grinste vergnügt in sich hinein.

Eva spielte noch eine Weile mit der Hündin, die sich in ihre Beine verliebt hatte. Bedauernd schrieb sie die Wirkung ihrem Kater zu und verabschiedete sich vom Hundeführer.

Sauerwein begleitete sie zum Haus. »Wenn du Lust hast, dann fahr am Krankenhaus vorbei. Wir kommen hier allein klar. Und frag auch gleich mal nach, wie es unserem Unbekannten geht.«

***

Eva freute sich über das schöne Wetter, als sie vom Parkplatz zum Krankenhaus lief. Nach den Schneefällen am Morgen kitzelte die Sonne ihre Lebensgeister wach und erzeugte das trügerische Gefühl, dass alles wieder gut werden würde.

Auf der Intensivstation fragte sie nach Kristina. Misstrauisch fragte die Schwester: »Und wer sand Sie?«

»Eva Neunhoeffer, Kripo Ro–«

»Die Frau Neunhoeffer, da schau her. Sind Sie auch wieder da … Ich muss schon sagen, Ihr Ruf eilt Ihnen voraus.«

Eva verdrehte die Augen. »Hören Sie, es tut mir ja leid, dass ich Ihre Kollegin heute Nacht genervt hab, aber auch die Polizei hat das Recht, sich Sorgen zu machen.«

»Ja, is ja schon gut. Es gibt eh nix Neues. Die Frau Winter liegt im Koma, aber in eina Stund wär a Arzt da, mit dem kanntn S' redn.«

»Das mach ich gern. Sagen Sie mal, gestern wurde hier noch ein Patient eingeliefert. Ohne Namen, ungefähr siebzig Jahre alt, mit verkümmerten Gliedmaßen. Wissen Sie etwas darüber?«

»Ah ja, des hab i ghört. Schlimm, des mit dem Alten. Gehn S' zu den Kollegen von der Station 10. Die habn ihn übernommen.«

Eva stellte sich vor und fragte nach dem unbekannten Mann. Die Schwester bat sie, zu warten, und rief einen Arzt.

»Wie Sie wissen, unterliegen wir der Schweigepflicht. Da Sie nicht mit dem Patienten verwandt sind, kann ich Ihnen leider keine Auskunft geben«, sagte die junge Ärztin, die sich als Dr. Paul vorgestellt hatte.

»Ich kenne das Prozedere. Trotzdem wäre es gut, wenn Sie mir helfen, soweit Ihr Ethos das zulässt. Wir haben keinen Anhaltspunkt über die Identität des Mannes, und das erschwert es uns, seine Angehörigen zu verständigen.«

Die Ärztin hob bedauernd die Schultern. »Ich kann Sie verstehen, aber bitte bringen Sie mir einen richterlichen Beschluss. Alles, was ich Ihnen jetzt sagen würde, könnte mich meine Zulassung kosten.«

Enttäuscht, dass sie im Moment nirgendwo weiterkam, wandte sich Eva zum Gehen.

»Frau Neunhoeffer?«, rief die Schwester sie zurück, als sie schon am Aufzug stand. »Warten Sie. Hier ist gerade ein Fax gekommen, das Ihnen vielleicht weiterhilft.«

Eva setzte sich in den Aufenthaltsbereich und wartete darauf, dass die Ärztin wiederkam.

»Sie scheinen über telepathische Kräfte zu verfügen«, scherzte die Medizinerin. »Soeben haben wir eine Nachricht von Richter Kirchberg bekommen, der Ihnen volles Informationsrecht einräumt.«

Eva lächelte in sich hinein. Sauerwein hatte das eingefädelt, als sie auf dem Weg in die Klinik war.

»Zuerst habe ich aber eine Frage an Sie. Können Sie mir etwas dazu sagen, wie der Mann untergebracht war?«, fragte Dr. Paul.

»In einem Käfig, vielleicht ein Meter auf einem Meter siebzig und einen Meter vierzig hoch. Wie lange, wissen wir noch nicht.«

»Das erklärt die verkümmerten Muskeln und Sehnen. Ich glaube, dass ich nichts Falsches sage, wenn ich den Zeitraum auf mehrere Jahre bestimme.«

Fassungslos sah Eva die Ärztin an.

»Ich habe ein paar Nachforschungen angestellt. Das, was ich über Personen gefunden habe, die lange Zeit eingekerkert waren, passt nicht zu dem Bild, das wir von dem Unbekannten haben. Diese Menschen waren ausnahmslos verwahrlost, schmutzig, wund gelegen und sind zum größten Teil gefoltert worden. Ihr Mann hier weist außer der Deformierung von Wirbelsäule und Gliedmaßen, die offensichtlich von einem viel zu kleinen Gefängnis herrührt, keine äußeren Verletzungen oder Misshandlungen auf. Entschuldigen Sie, wenn das paradox klingt.«

Eva hatte verstanden, was die Ärztin sagen wollte. »Bitte fahren Sie fort.«

»Er macht einen gepflegten Eindruck, er ist sauber und ordentlich rasiert, und der Befund auf Läuse ist negativ. Das passt einfach nicht zusammen.«

»Ich weiß, was Sie meinen. Wir haben im Moment keine Erklärung dafür, wir suchen noch nach den Teilen eines großen Puzzles. Was können Sie über seinen Allgemeinzustand sagen?«

»Das ist noch etwas, das paradox klingen mag. Sein Zustand verschlechtert sich rapide. Im Grunde ist er in keiner schlechten physischen Verfassung eingeliefert worden, aber die Verlegung aus seiner gewohnten Umgebung hat einen schweren Schock ausgelöst. Es ist belegt, dass Menschen, die jahrelang ohne soziale Kontakte in einer Zelle gefangen gehalten wurden, ihre Befreiung nur selten überlebt haben.«

Die Ärztin stand auf und kam mit zwei Flaschen Wasser zurück. »Das Gefängnis wird im Lauf der Zeit zu einer festen Größe. Es ist der einzige Ort, an dem sich der Gefangene sicher fühlt. Bei einer plötzlichen Befreiung kann die Psyche mit der Entwicklung nicht Schritt halten und schaltet sich ab. Darauf folgt multiples Organversagen und schließlich Herzstillstand.«

Sie zupfte am Etikett der Flasche. »Es ist schwer zu glauben, aber wenn er weiter in seinem Gefängnis geblieben wäre, hätte er noch Jahre leben können. Aber so.« Sie machte eine vage Handbewegung. »Vielleicht noch zwei, drei Tage.«

»Aber dann –«

»Machen Sie sich keine Vorwürfe. Niemand sollte das. Dass Sie ihn befreit haben und er nun sterben kann, ist eine Erlösung für ihn.«

Eine Zeit lang tranken die Frauen schweigend ihr Wasser.

Eva drehte die Flasche noch in der Hand, als die Ärztin schon längst wieder bei ihren Patienten war.

Von Kristinas Ärzten hatte sie nichts Neues erfahren. Immerhin waren sie zur Kooperation bereit, nachdem Eva behauptet hatte, dass Frau Winter Teil ihres Teams war. Was ja nicht unbedingt eine Lüge war. Der Arzt versicherte ihr, dass man sie sofort benachrichtigen werde, sobald sich der Zustand der Patientin verändere.

Eva kaufte im Krankenhauskiosk zwei Zeitschriften und humpelte zum Parkplatz. Sie befürchtete, dass sie es nie lernen würde, neue Schuhe erst einzutragen, bevor sie sie zur Arbeit anzog. Als sie den Smart endlich in der siebten Reihe fand, hatte sie eine fette Blase an der Ferse. Ächzend ließ sie sich auf den Sitz fallen und klemmte sich ihr Handy unters Ohr, während sie den rechten Stiefel auszog.

Sie telefonierte kurz mit Rosie, die heute das erste Mal wieder zu Hause übernachten wollte, und versprach der alten Dame, dass sie sich morgen liebend gern von ihr bekochen lassen würde.

Dann startete sie den Motor und fuhr zu der Metzgerei, die ihre Kollegen immer als die beste im ganzen Oberland bezeichneten. Sie ließ sich beraten und war um dreißig Euro ärmer, als sie den Laden wieder verließ.

Zu Hause warnte sie den Kater. »Moritz, heute feiern wir. Und wenn du das hier nicht frisst, dann verschenke ich dich an ein Chinarestaurant.«

Später war die Küche ein Chaos, doch dem Kater war's egal und ihr eigentlich auch. Sie hatten fürstlich gespeist, und jetzt lag er schnurrend auf ihr und massierte mit seinen Krallen dankbar ihren Bauch. Sie schob ihm ein Kissen unter die Pfoten und stellte zum wohl tausendsten Mal fest, dass Katzen Balsam für die Seele waren. Besser als jeder Mann. Katzen fraßen, was sie vorgesetzt bekamen, meckerten nicht, wenn die Küche ein Saustall war, und waren zufrieden, nach dem Essen einfach faul auf dem Sofa zu liegen. Ja, sogar viel besser als ein Mann. Und vielleicht sogar besser als Sex.

Sex? Siedend heiß fiel ihr die Nacht mit Vossen wieder ein. Der Traum, besser gesagt. Sie hatte ihn völlig vergessen, seit dem Desaster mit seiner Hausdurchsuchung. Hektisch kramte sie in ihrer Handtasche. Als sie das Handy fand, war bei Sauerwein besetzt.

***

Das erste Mal, seit Sauerwein ihr jeglichen Kontakt zu Vossen wegen Befangenheit untersagt hatte, war Eva richtiggehend froh darüber. Um nichts in der Welt wollte sie dabei sein, wenn er zur Schlachtbank geführt wurde. Nachdem Thomas Ecker tot und Kristina in Sicherheit war, musste nur noch das letzte Puzzleteilchen an seinen Platz gerückt und Vossens Anteil an den perfiden Plänen seines Freundes geklärt werden.

Nun stand Eva mit einer Tasse Tee in der Hand im Nebenraum des Verhörzimmers und wartete darauf, dass Vossen hereingeführt wurde. Als die Tür aufging und sie durch den Einwegspiegel das übernächtigte, unrasierte Gesicht sah, versetzte es ihr einen Stich. Da sie allein war, gab sie schließlich ihren Gefühlen nach und schluckte die Tränen nicht länger hinunter. Noch nie in ihrem

Leben hatte sie sich einem Menschen so nah gefühlt, obwohl sie ihn kaum kannte. Und noch nie hatte jemand sie so sehr enttäuscht.

»Das Spiel ist aus«, sagte Sauerwein. »Wir haben Ihren Freund Thomas Ecker auf frischer Tat ertappt. Im Gegensatz zu Ihnen ist er allerdings um eine jahrzehntelange Freiheitsstrafe herumgekommen. Und ob es für Sie letztlich nicht sogar ein ›lebenslang‹ gibt, hängt nicht unwesentlich von Ihrer Kooperationsbereitschaft ab.« Sauerwein wartete, um Vossen die Gelegenheit zu geben, etwas zu erwidern.

Der starrte den Hauptkommissar irritiert an, als würde er nicht verstehen, was er eben gehört hatte. Nur allmählich entspannten sich seine Züge. Tatsächlich sah er sogar erleichtert aus.

»Tom ist tot?«, fragte er.

»Ja«, antwortete Sauerwein. »Er wurde auf seiner Flucht von einem Kollegen gestellt und in Notwehr erschossen.«

Vossens Mundwinkel zuckten und verrieten, dass ihn die Nachricht von Eckers Tod nicht kaltließ. Dann drückte er den Rücken durch und fragte: »Und was hat das jetzt mit mir zu tun?«

Sauerwein sah ihn ungläubig an. »Das fragen Sie nicht im Ernst!«

»Doch. Ich kannte Tom, das stimmt. Sogar fast mein ganzes Leben lang. Aber was habe ich mit seinen Verbrechen zu tun? Wieso wollen Sie mir ständig etwas anhängen?«

»Ich muss Ihnen nichts anhängen. Wir haben genügend Indizien, dass Sie die Morde gemeinsam begangen haben.«

Nun war es an Vossen, ungläubig zu schauen. »Wie bitte? Und welche Beweise sollen das sein?«

»Allein schon, dass Sie es waren, der uns auf die tote Frau an dem Weiher aufmerksam gemacht hat. Das fällt unter Täterwissen. Woher hätten Sie sonst wissen sollen, dass dort im tiefsten Winter eine Leiche liegt? Sie sind zielstrebig vom Parkplatz zwei Kilometer durch hüfthohen Schnee gelaufen, haben die Heuraufe inspiziert und sind denselben Weg zurückgegangen. Auch wenn Sie Ihre Schuhabdrücke überaus erfolgreich verwischt haben, steht es außer Frage, dass Sie genau dieses Ziel vor Augen hatten. Und falls Sie tatsächlich so unschuldig sind, wie Sie mich glauben machen wollen, dann hätten Sie Ihre Spuren sowieso nicht zu beseitigen brauchen. Dazu kommt, dass Sie eine unbeteiligte dritte Person eingeschaltet haben, wieder um Ihre eigene Beteiligung zu verschleiern.«

Vossens Augen waren nur noch ein schmaler Spalt. Der Punkt ging an Sauerwein, kein Zweifel.

»Und was noch?«

Hinter Eva ging die Tür auf. Rasch wischte sie sich eine Träne aus dem Gesicht und drehte sich zu Karl um.

»Wie läuft es?«, fragte er.

»Martin hat gerade begonnen. Sie reden über Vossens Ausflug zum Weissacher Weiher.«

»Und was –?«

Eva brachte ihn mit einer Handbewegung zum Schweigen.

»Wir haben Ihre Fingerabdrücke in Eckers Wohnung gefunden«, sagte Sauerwein.

»Natürlich haben Sie welche gefunden. Wieso denn auch nicht. Er war früher mein Freund, das sagte ich Ihnen bereits. Ich hatte in den letzten Jahren zwar kaum noch Kontakt zu ihm, aber vor ein paar Wochen habe ich ihn auf ein Glas Wein besucht. Und das ist meines Wissens nicht strafbar.«

»Dieser Punkt geht an ihn«, sagte Karl. »Aber weißt du, was ich mich frage? Wieso hat er keinen Anwalt? Leisten kann er sich den doch wohl.«

Die Frage hatte sich Eva auch schon gestellt. Es war nicht nur ungewöhnlich, sondern auch gefährlich dumm. Es sei denn, Vossen war sich seiner Sache so sicher, dass er bewusst auf Beistand verzichtete. Oder er hatte noch ein Ass im Ärmel.

»Dann wäre da noch die Tatsache, dass Sie bereits vor zehn Jahren im Fokus polizeilicher Ermittlungen standen.« Sauerwein hob die Hand, als Vossen ihn unterbrechen wollte. »Ist hier nicht von Belang, völlig richtig. Aber sehr wohl von Belang ist, dass Sie heute unter falschem Namen hier leben. Sie haben uns mehrfach angelogen, und Sie haben eine alte Frau dazu genötigt, eine

Falschaussage zu machen. Das alles steht in Zusammenhang mit den Morden, und das macht es durchaus relevant.«

Vossen schüttelte den Kopf. »Da muss ich Ihnen widersprechen. Ich habe nicht gelogen, ich habe Ihnen nur nicht alles gesagt, was ich weiß oder vermutet habe. Frau Heimerl hat mir einen Gefallen getan, allerdings völlig freiwillig. Sie hat ebenfalls nicht gelogen, wenn man davon absieht, dass sie erzählt hat, dass sie die Leiche gefunden hat. Und der Name, unter dem ich seit ein paar Jahren lebe, ist echt. Es ist nicht der, unter dem ich geboren wurde, aber trotzdem völlig legal.«

Erregt stand Sauerwein auf und ging vor Vossen auf und ab. »Frau Heimerl hat behauptet, dass sie Sie seit Ihrer Kindheit kennt, Lüge Nummer eins. Lüge Nummer –«

»Augenblick«, unterbrach ihn Vossen. »Das ist keine Lüge. Ich nehme an, dass Sie meinen früheren Namen kennen?«

»Sicher. Harald Ally.«

»Haben Sie sich die Mühe gemacht, den auch zu überprüfen?«

Sauerwein stutzte. Dann blätterte er rasch durch den Ordner, der vor ihm auf dem Tisch lag. Als er nichts fand, warf er dem Spiegel einen bedeutsamen Blick zu.

»Dachte ich es mir.« Vossen wirkte beinahe zufrieden, so entspannt, wie er auf dem unbequemen Stuhl saß. »Die Wahrheit, Hauptkommissar Sauerwein, ist die, dass Sie überhaupt nichts in der Hand haben. Außer ein paar wilden Vermutungen. Aber die sind allesamt spekulativ, nichts von Substanz.«

Sauerwein blickte den Verdächtigen lange an. Versuchte, sich in ihn hineinzuversetzen, zu spüren, was in ihm vorging. Vossen wirkte glaubhaft, keine Frage. Er verriet sich mit keinem Blick, keiner Geste. Seelenruhig, als hätten sie eine Verabredung zum Tee, saß er da und hörte sich geduldig an, was Sauerwein zu sagen hatte. Seine Erklärungen waren logisch, und doch konnte das nicht alles sein. Sauerweins Bauch war in Aufruhr. All seine Instinkte sagten ihm, dass Vossen allen Erklärungen zum Trotz Dreck am Stecken hatte. In einem hatte Vossen jedenfalls recht: Alles, was sie gegen ihn in der Hand hatten, waren tatsächlich Vermutungen.

Es klopfte an der Tür, dann kam Karl herein und drückte Sauerwein ein Blatt Papier in die Hand. Kaum dass die beiden Männer seine Anwesenheit zur Kenntnis genommen hatten, war er auch schon wieder verschwunden.

»Und? Zufrieden?«, fragte Vossen, nachdem Sauerwein den Ausdruck durchgelesen hatte.

»Was steht denn da drauf?«, fragte Eva Karl, der wieder in den Nebenraum geschlüpft war.

»Lies selbst«, sagte er und gab ihr eine Kopie.

»Tatsächlich«, sagte sie und gab ihm das Blatt zurück. »Harald Ally ist bei seiner Großmutter in Sachsenkam aufgewachsen. Also in unmittelbarer Nachbarschaft von Fanny Heimerl.«

Zu dem Schluss war auch Sauerwein inzwischen gekommen. »Gut«, sagte er. »Aber das beweist noch lange nicht Ihre Unschuld.«

»Schon klar.« Vossen spielte gedankenverloren mit einem Kugelschreiber. »Wieso ist Frau Neunhoeffer bei unserem Gespräch nicht dabei?«, fragte er unvermittelt.

»Sie hat heute andere Aufgaben.«

»Ich hätte sie gern hier. Geht das?«

»Ich glaube nicht, dass sie abkömmlich ist.«

»Schade. Ich glaube, wir könnten diese Farce abkürzen, wenn sie sich die Zeit nehmen würde.«

Sauerwein erhob sich. »Warten Sie hier.«

»Ich geh da auf keinen Fall rein«, sagte Eva, kaum dass Sauerwein zur Tür hereingekommen war.

»Ich will dich auch gar nicht dabeihaben«, grinste er. »Ich will nur wissen, wie er reagiert.« Sauerwein ließ ein paar Minuten verstreichen, dann kehrte er in den Vernehmungsraum zurück.

»Tut mir leid«, sagte er. »Wie ich schon vermutet habe, ist Frau Neunhoeffer unabkömmlich.«

Mit einem offenen Lächeln ließ Vossen sich zurück in seinen Stuhl sinken und sah das erste Mal zu dem großen Spiegel hin.

»Da ist sie doch, das spüre ich.« Er musterte Sauerwein belustigt. »Wollen Sie nicht, dass sie dabei ist, oder will sie es selbst nicht?«

Als Sauerwein seine Fassung wiedergewonnen hatte, setzte er

an, die Befragung fortzusetzen. Aber Vossen schüttelte den Kopf. »Nein, so wird das nichts.« Er stand auf, nahm seinen Stuhl und stellte ihn vor den Spiegel. Nun saß er keine fünfzig Zentimeter von Eva entfernt und blickte ihr direkt in die Augen.

Sauerwein war so verblüfft, dass er ihn einfach gewähren ließ.

»Ich erzähle Ihnen jetzt den Rest der Geschichte. Das, was ich ausgelassen habe, als Sie bei mir waren. Der Junge, der mir das Leben gerettet hat, als ich in den Weiher gesprungen bin, das war Thomas. Thomas Ecker. Man sagt, dass zwei Menschen, wenn einer dem anderen das Leben rettet, bis zu ihrem Tod auf eine ganz besondere Art miteinander verbunden bleiben. Tom war nicht nur mein Retter, ich war sein Geschenk ans Leben. Wir hatten beide früh unsere Väter verloren, und da er der Ältere war, fühlte er sich für mich verantwortlich. Er zeigte mir, wie man Feuer macht, auf Bäume klettert, Nachbars Äpfel klaut und eine Reihe anderer Dinge, die kleine Jungs eben so machen.« Vossen zögerte kurz.

»Aber irgendwann fing er an, sich zu verändern. Aus einem fröhlichen Kind wurde ein gemeiner, böser Teenager. Plötzlich machte es ihm Spaß, Tiere leiden zu sehen, sie zu quälen. Es fing damit an, dass wir einen Fuchs fanden, der in eine Falle getreten war. Statt ihn zum Tierarzt zu bringen oder ihn auch nur zu befreien, wollte er ihn in der Falle verhungern lassen. ›Mal sehen, wie lange er aushält‹, sagte er, lief nach Hause und brachte Salz mit, das er dem Fuchs in die Wunde streute, um seine Schmerzen noch zu verstärken. Erst dachte ich, dass er nur einen Scherz macht, aber als der Fuchs vor Angst und Schmerz fast verrückt wurde, wurde mir klar, dass es falsch war, was wir taten. Ich hab ihn angefleht, das Tier zu erlösen, aber er hat mich nur ausgelacht. Ich bin dann nach Hause und habe es meiner Großmutter erzählt. Nachts sind wir mit Taschenlampen los, um das Tier zu befreien. Aber wir kamen zu spät. Irgendjemand hatte den Fuchs aus der Falle geholt und ihn bei lebendigem Leib an einen Baum genagelt. Schon weit bevor wir dort ankamen, hörten wir ihn im Todeskampf schreien. Es war fürchterlich. Am nächsten Tag habe ich Tom drauf angesprochen, aber er hat abgestritten, dass er es war. So zufrieden, wie er dabei ausgesehen hat, hab ich ihm kein Wort geglaubt.«

Vossen hielt inne. Eine Zeit lang war es still in dem fensterlosen Raum. Endlich gab er sich einen Ruck und fuhr fort.

»Ich habe ihn nie wieder dabei ertappt, dass er ein Tier gequält hat. Aber ich habe seine Bilder gesehen. Thomas konnte unglaublich gut malen. Zu schade, dass er nichts aus seinem Talent gemacht hat.«

Vossens Blick bohrte sich trotz des Spiegels mit einer derartigen Intensität in Evas Augen, dass sie verwirrt einen Schritt zurückwich.

»Außer seine kranken Phantasien zu zeichnen«, fuhr er schließlich fort. »Eigentlich war er so was wie ein Wunderkind. Was auch immer er angefasst hat, es ging ihm von der Hand, als hätte er nie etwas anderes getan. Er hat sich schon in der Schule selbst beigebracht zu programmieren und hat Software für alle möglichen Dinge entwickelt. Später hat er ein Doppelstudium begonnen. Informatik und Jura, beides nach geringstmöglicher Anzahl an Semestern mit summa cum laude abgeschlossen.« Vossen lachte freudlos auf.

»Solange ich ihn kenne, hat er gezeichnet und gemalt. Zuerst mit Bleistift, dann mit Öl und irgendwann mit Acryl, weil ihn der Gestank der Ölfarben genervt hat. Aber alles, was ich jemals zu Gesicht bekommen habe, war völlig absurdes, krankes Zeug. Das war auch mit ein Grund, weshalb ich ihm in den letzten Jahren aus dem Weg gegangen bin. Und an dem Abend vor ein paar Wochen habe ich in seinem Arbeitszimmer ein Gemälde gesehen, das er in einem Wutanfall zerstört hatte. Es zeigte eine Frau, vom Hals bis zu den Füßen mit Wunden übersät. Es war ein fürchterlicher Anblick. Und doch hat es etwas in mir ausgelöst, ich wusste nur nicht, was. In der Nacht hatte ich dann den Traum. Es war, als wolle mir mein Unterbewusstsein etwas mitteilen. Bis ich drauf kam, dass am äußersten Rand der Heuraufe, in der die Frau lag, etwas eingeritzt war. Und da wusste ich, dass ich dieses Zeichen schon einmal gesehen hatte. Die Futterstelle stand an dem Weiher, an dem Thomas mir das Leben gerettet hat.«

Vossen atmete tief durch. »Den Rest kennen Sie.«

Sauerwein räusperte sich. Dann fragte er heiser: »Wieso haben Sie uns nicht gleich Eckers Namen verraten? Wieso der Umweg über Frau Heimerl? Wieso zum Teufel mussten erst noch zwei Frauen sterben?«

Vossen stand auf, nahm seinen Stuhl und setzte sich zurück an den Tisch, Sauerwein gegenüber.

»Es ging nicht. Ich konnte Thomas nicht verraten. Mir war immer klar, wie rachsüchtig er ist. Er weiß zwar nicht, wer heute meine Freunde sind, aber eine Person, die mir sehr nahesteht, kennt er.«

»Fanny Heimerl«, stellte Sauerwein trocken fest.

Vossen nickte gequält. »Ja. Ich hatte riesige Angst, dass er ihr etwas antut. Ich habe darüber nachgedacht, ob ich sie irgendwohin bringen soll, damit er sie nicht finden kann, aber das wollte ich ihr nicht zumuten. Einen alten Baum verpflanzt man nicht.« Er schüttelte resigniert den Kopf.

»Vielleicht hätte ich – nein, ich hätte *sicher* anders gehandelt, wenn ich geahnt hätte, was noch alles passieren würde. Und vor allem, wie schnell. Aber nach dem Abend hatte ich keinen Kontakt mehr zu ihm. Und auch nicht das Bedürfnis danach. Ich wollte Sie auf seine Fährte bringen, ja. Aber wie schnell sich die Dinge dann entwickelten, konnte ich nicht voraussehen.«

Sauerwein sah Vossen eine halbe Ewigkeit lang durchdringend an, als wollte er in seinen Kopf eindringen, um seine Gedanken zu lesen. Dann stand er plötzlich ohne ein weiteres Wort auf und verließ das Zimmer.

»Was sagt ihr dazu?«

Eva erwachte aus einem Zustand der Schockstarre, als Sauerwein den Raum betrat. Ihr Herz hatte bei der Geschichte Vossens Kapriolen geschlagen. Ein dicker Keim der Hoffnung spross in ihr, aber das wollte sie sich auf keinen Fall anmerken lassen. »Du zuerst«, sagte sie deswegen und nickte Karl zu.

Der raufte sich die Haare. »Was soll ich sagen. Es hört sich echt an. Es ist nachvollziehbar, es klingt logisch, und ich neige dazu, ihm zu glauben. Zumindest hab ich großen Zweifel daran, dass er mit Ecker unter einer Decke steckt. Und außerdem hat er sich nicht aus dem Staub gemacht, als wir ihn im Fokus hatten, obwohl er mehrfach die Gelegenheit dazu hatte. Das spricht meiner Meinung nach für ihn.«

In dem Augenblick hätte Eva ihn am liebsten geküsst. Sie starrte ihn mit strahlenden Augen an, bis er verwirrt fragte: »Was ist?«

»Äh, nichts.« Sie riss sich am Riemen. »Ich finde auch, dass es verdammt nach der Wahrheit klingt. Zumindest sollten wir es in Betracht ziehen«, setzte sie mit einem leichten Erröten nach.

»Gut«, sagte Sauerwein. »Dann lasse ich ihn zurück in seine Zelle bringen. Nora soll umgehend das Protokoll tippen, und dann setzen wir uns dran, alle losen Fäden zu verbinden.« Er sah auf die Uhr. »Wenn wir heute Nachmittag keinen weiteren Zweifel mehr haben, dann kann er nach Hause gehen.«

»Eins würde mich noch brennend interessieren«, sagte Karl, bevor Sauerwein zurück in den Vernehmungsraum ging. »Er muss uns das nicht sagen, aber wenn er eine gute Begründung für den entführten Jungen in Frankfurt hat, dann könnte ich bei dem Gedanken, ihn laufen zu lassen, definitiv besser schlafen.«

»Können Sie sich das nicht denken?« Vossen blickte Sauerwein nachdenklich an. »Thomas hatte den Jungen entführt.«

Sauerwein machte ein zweifelndes Gesicht. »Wieso hätte er das tun sollen? Ich dachte, er hatte schon damals genügend Geld verdient oder ergaunert, dass er es selbst mit einem mehr als großzügigen Lebenswandel kaum jemals hätte ausgeben können.«

Vossen schüttelte den Kopf. »Tom ging es nie um Geld. Die Lösegeldforderung war nur ein Vorwand.«

Bevor Sauerwein ihn weitererzählen ließ, musste er etwas klären, das ihm keine Ruhe ließ, seit Vossen mit seiner Geschichte begonnen hatte. »Sie wissen schon, dass Sie sich strafbar gemacht haben? Strafvereitelung ist ein schweres Delikt, auf das mehrere Jahre Gefängnis stehen.«

Vossen hob die Hände. »Und wenn schon. Ich werde es überleben. Die Frage, die ich mir dabei stelle, ist doch die: Würden Sie, nur weil Ihr bester Freund abartige Bilder malt, zur Polizei laufen und ihn anzeigen?« Er verschränkte die Arme vor der Brust und grinste böse. »Ich stelle mir dabei gerade Ihren liebenswerten Kommissar Hansen vor. Der mich von jeher behandelt, als sei ich ein unberechenbares Arschloch. Ich renne also zu ihm, sage ihm, mein Freund, der zeichnet grässliches Zeug, und da bin ich auf die Idee gekommen, er könnte ein Mörder sein. Wollen Sie nicht mal bei ihm nachsehen?« Vossen lachte. »Wie weit wär ich da wohl gekommen!«

Wider seinen Willen musste Sauerwein schmunzeln. Völlig von der Hand zu weisen war das nicht. »Also gut«, sagte er. »Und wie lief das nun in Frankfurt?«

»Tom hat mich und meine damalige Frau regelmäßig besucht. Eines Tages, Laura war in der achten Woche schwanger, ging es ihr so elend, dass sie nichts unternehmen wollte. Also blieb ich mit ihr zu Hause, während Tom durch die Kneipen zog. Dabei hat er eine Frau kennengelernt, Isabel Pfallinger. Er hat ihr schöne Augen gemacht, konnte aber nicht bei ihr landen. Dass sie verlobt war und in Kürze den Mann heiraten wollte, mit dem sie bereits einen halbwüchsigen Sohn hatte, hat ihn nicht im Geringsten interessiert. Er war tödlich gekränkt, dass sie ihm einen Korb gab. Ihm! Meine Güte, war er sauer.«

Das erste Mal während des gesamten Gesprächs ließ Vossen seine Emotionen heraus. »Normalerweise hat er uns alle zwei, drei Monate besucht. Plötzlich stand er jedes Wochenende auf der Matte und brachte tolle Geschenke mit. Für Laura, für unser ungeborenes Kind. Jeden Tag war er stundenlang unterwegs und kam oft erst spät in der Nacht heim. Erzählen wollte er nichts, und ich hab nicht weiter nachgefragt. Dann kam die Hochzeit Isabel Pfallingers mit Heiner Markbach. Am nächsten Tag verschwand ein Hund aus unserer Nachbarschaft. Und da hatte ich ein ganz ungutes Gefühl. In der Nacht hab ich seit einer Ewigkeit wieder von dem Fuchs geträumt. Und dann kamen die Träume jede Nacht. Mein Unterbewusstsein hat eins und eins zusammengezählt, und in der dritten Nacht war aus dem Fuchs ein Hund geworden. Können wir eine Pause machen?«

Vossen war ganz grau im Gesicht, und seine Erschütterung war ihm so deutlich anzusehen, dass Sauerwein keinen Zweifel daran hatte, dass sie echt war. »Gern. Möchten Sie ein paar Minuten an die frische Luft?«

Als Vossen mit dem Polizisten, den Sauerwein mit ihm auf den Hof geschickt hatte, zurückkam, hatte er wieder etwas Farbe im

Gesicht. Und auch Sauerwein sah wieder besser aus. Die Einzige, die nicht von der Unterbrechung profitiert hatte, war Eva. Sie war in dem kleinen Kabuff neben dem Verhörzimmer sitzen geblieben, aus Angst, Vossen über den Weg zu laufen.

Immerhin brachte Karl ihr einen frisch gebrühten Tee und eine Tafel Schokolade mit.

»Besser?«, fragte Sauerwein.

Vossen nickte und fuhr ohne Aufforderung an der Stelle fort, an der er aufgehört hatte: »Meine Frau hat sich wahnsinnige Sorgen gemacht, weil ich jede Nacht Alpträume hatte. Aus Angst um sie und unser Kind konnte ich ihr nicht erzählen, was los war. Also bin ich Thomas nachgefahren, als er am nächsten Wochenende wieder zu Besuch kam. Er ging in einen Supermarkt und kam mit zwei großen Tüten und einer Packung Toilettenpapier unter dem Arm wieder heraus. Dann fuhr er raus aus der Stadt und bog in einem Waldstück in einen Feldweg ab. Dort bin ich ihm nicht mehr hinterhergefahren, aus Angst, dass er mich entdecken könnte, falls der Weg eine Sackgasse war. Ich bin in den nächsten Weg abgebogen und habe gewartet, bis er wiederkam. Eine Viertelstunde später ist er auf direktem Weg zurück zu unserer Wohnung nach Frankfurt gefahren. Da er die Einkaufstüten nicht mit ins Haus brachte, dachte ich noch, dass er sie für sich selbst gekauft hatte.« Vossen hielt kurz inne und vergrub sein Gesicht in den Händen.

»Am nächsten Wochenende verschwand der Markbach-Junge. Tom war natürlich wieder bei uns zu Besuch. Und diesmal brachte er einen ganz tollen Vorschlag mit: Er hatte sich in letzter Zeit viel mit Meditation beschäftigt und damit, wie sehr uns neue und alte Medien aus dem Lot brächten. Nachrichten, Telefon, Radio, Internet, all das würde den Blick vom Wesentlichen ablenken: der Beschäftigung mit uns selbst. Er wollte, dass wir die Tage alles abschalten und uns nur auf uns selbst konzentrieren. Wir fanden den Vorschlag gut und haben uns darauf eingelassen. Ich war damals selbstständig und den ganzen Freitag über auf einer Präsentation meines Auftraggebers, und als ich am Abend nach Hause kam, haben wir Toms Vorschlag in die Tat umgesetzt. Natürlich mit der Option, dass wir das Spiel jederzeit beenden konnten. Und es hat uns tatsächlich gutgetan. Wir haben so viel geredet wie lange nicht mehr, haben Spiele gespielt, gemeinsam gekocht und in alten Erinnerungen gekramt.« Er lächelte wehmütig, und sein Blick versank für einen Augenblick in einem unsichtbaren Fleck auf Sauerweins Schulter.

»Tom ist am Sonntagabend wieder abgereist, und wir haben am Montagmorgen aus der Zeitung von der Entführung erfahren. Es war fürchterlich. Laura hatte einen Schock, weil sie die Ängste von Isabel Markbach auf unser ungeborenes Kind übertrug. Ich brachte sie sofort ins Krankenhaus, und wir hatten stundenlang die Befürchtung, dass sie das Kind verliert. Durch die ganze Aufregung habe ich keine Sekunde mehr an den entführten Jungen gedacht. Auf dem Weg von der Klinik nach Hause dachte ich einen Augenblick, ich hätte Tom gesehen. Dann schob ich es dem emotionalen Stress zu, der meiner Phantasie einen Streich gespielt hatte. Schließlich gibt es mehr als genügend schwarze Mercedes-Limousinen in Frankfurt, und das Profil konnte auch jedem anderen gehören.« Er stockte erneut.

»Und dann habe ich nachts wieder geträumt. Diesmal handelte es sich um eine Hütte im Wald und das Gesicht des Jungen, das ich in der Zeitung gesehen hatte. Als ich aufgewacht bin, habe ich ohne eine Sekunde zu zögern die Polizei angerufen und gebeten, sie sollten das Waldgebiet nördlich von Seeheim-Jugenheim durchsuchen. Und da haben sie den Jungen dann auch gefunden. Unversehrt, und zum Glück hatte er das Ganze wie ein Abenteuer aufgefasst. Schließlich hatte der fremde Mann ihm genug zu essen und trinken gebracht und jede Menge Spielzeug, das er sich schon immer gewünscht hatte.«

Sauerwein ließ Vossens Geschichte eine Weile auf sich wirken. Dann fragte er: »Dass sie Thomas Ecker damals nicht an die Polizei verraten haben, weiß ich bereits. Vermutlich aus den gleichen Gründen, die Sie mir bereits geschildert haben.«

Vossen nickte nur, ohne etwas zu sagen.

»Und was ist mit Ecker selbst? Haben Sie ihn jemals darauf angesprochen?«

Vossen lachte hart auf. »Nein. Wie Sie sicher auch wissen, haben mich Ihre Kollegen schon bald nach meinem Anruf festgenommen. Schon damals kam ein findiger Kommissar auf die Idee, mir Täterwissen zu unterstellen. Bis sich geklärt hatte, dass ich nichts mit der Entführung zu tun hatte, waren Monate vergangen. Meine Frau hat in der Zeit tatsächlich das Kind verloren und beschlossen, sich von mir zu trennen. Meine Auftraggeber haben alle Verträge fristlos gekündigt, weil mit einem Kindesentführer niemand mehr etwas zu tun haben wollte. Ausnahmslos jeder hat mich damals vorverurteilt, ohne abzuwarten, was die Ermittlungen ergeben.«

Vossen trank einen Schluck aus dem Wasserglas, das auf dem Tisch stand. »Ich nehme an, Tom dachte deshalb, ich sei genügend gestraft. Außerdem glaube ich auch noch heute keine Sekunde, dass er dem Jungen etwas angetan hätte, egal, ob die Markbachs gezahlt hätten oder nicht. Das Geld wollte er sowieso nicht, davon hatte er schon damals weit mehr als genug. Ihm ging es einzig darum, es der Frau heimzuzahlen, die ihn verschmäht hatte, und das hat er in den Tagen, in denen der Bub verschwunden war, mehr als ausreichend geschafft.«

»Trotzdem muss er unglaublich wütend auf Sie gewesen sein. Schließlich war ihm klar, dass Sie es waren, der das Versteck des Jungen verraten hatte. Dazu mussten Sie ihm vorher hinterherspionieren. Außerdem musste er Angst haben, dass Sie ihn auch verpfeifen.«

Vossen lachte freudlos. »Wir haben nie darüber gesprochen. Ich bin mir auch sicher, dass er sich in jeder Hinsicht so abgesichert hat, dass man ihn nicht hätte erwischen können. Vermutlich war er insgeheim froh, dass ich der Polizei den Tipp gegeben habe und die sich daraufhin auf mich fokussiert hat. Immerhin musste er sich dadurch nicht weiter mit dem Problem auseinandersetzen.«

Als Sauerwein und Karl zwei Stunden später zum hundertsten Mal alle Julian Vossen betreffenden Notizen sichteten, um ja nichts zu übersehen, klingelte Sauerweins Telefon. Als er die Nummer sah, konnte er sich denken, worum es ging. Er rief Eva zu sich und stellte den Lautsprecher an.

»Die Spurenauswertung aus Strahlhu… äh, wie hieß der Typ denn nun eigentlich?«

»Ist doch egal, Jost. Was hat die Auswertung denn nun ergeben?«, fragte Sauerwein ungeduldig.

»Wir haben weder im Haus noch im Keller Vossens Fingerabdrücke oder DNA gefunden. Obwohl die Gebäude gepflegt und ordentlich sind, sieht es nicht so aus, als ob dort jemals eine Putzbrigade durch ist. Außerdem haben wir reichlich DNA-Material der getöteten Frauen sichergestellt. Falls Vossen nicht in einem Ganzkörperkondom und mit Atemschutzmaske unterwegs war, verwette ich meinen Arsch darauf, dass er niemals dort war.«

***

Zwei Tage später fühlte Eva sich wie berauscht. Julian Vossen war von sämtlichen Verdachtsmomenten freigesprochen, alle Berichte waren geschrieben und von Nora Wallner auf Rechtschreibung und Interpunktion geprüft und korrigiert. Sofern keine neuerliche Katastrophe ins Haus trudelte, stand ihnen ein freies Wochenende und der baldige Abbau eines wahren Bergs an Überstunden bevor. Vorher hatte sie aber noch zwei Dinge zu erledigen.

»Martin, was ist mit Julian Vossen?«

»Wieso, was soll mit ihm sein? Ist er jetzt auch verschwunden?«

»Was? Wieso sollte …? Ach du Blödmann«, setzte Eva nach, als sie merkte, dass er sie nur aufzog.

»Was willst du?« Der Unterton in seiner Stimme war nicht zu überhören.

»Was kannst du lockermachen?«

»Das ist nicht unser Bier, Eva. Entschädigungszahlungen regelt das Innenministerium.«

»Das ist nicht meine Frage. Ich will ihn nicht entschädigen, ich will mich für das alles entschuldigen. Inoffiziell.«

»Aha. Ein Rendezvous auf Staatskosten also.«

»Du weißt genau, dass das nicht wahr ist.«

Die Kleine klang richtig wütend. Er lachte. Dann wurde er wieder ernst. »Du weißt, dass ich noch immer meine Zweifel daran habe, dass er wirklich so unschuldig ist, wie er uns glauben macht.«

»Und wie viele Beweise brauchst du noch für seine Unschuld?«

»Ich weiß, dass er von jedem Verdacht entlastet ist«, sagte Sauerwein. »Aber leider sagt mir mein Bauchgefühl etwas völlig anderes.«

»Ich versteh dich nicht. Du hast ihn doch selbst befragt und festgestellt, dass es nichts gibt, das –«

»Lass gut sein, Eva«, unterbrach er sie. »Ich möchte nur, dass du mir versprichst, dass du vorsichtig bist.« Er wartete eine Weile, bis sie schließlich nickte. Dann fragte er: »Reichen fünfzig Euro?«

»Hundert wären besser.«

»Wir wollen die Kirche doch lieber mal im Korb lassen, okay?«

»Im Dorf, nicht im Korb.«

»Was? Ach so, ja. Da auch. Also gut, fünfundsiebzig, dann ist aber Schluss.«

»Sag mal«, hielt er sie zurück, als sie sein Büro verlassen wollte. »Was ist eigentlich mit Kristina? Willst du ihr etwa keine Blumen und Pralinen bringen?«

»Sicher mach ich das. Aber die zahle ich schon selbst.«

»Und wieso bitte willst du ihre Blumen und was auch sonst du ihr schenken möchtest, aus eigener Tasche bezahlen, Vossens aber nicht?«

Eva verdrehte die Augen. Wieso waren Männer auch immer so begriffsstutzig!

»Ich kann ihm doch nichts von mir schenken, wie würde das denn aussehen! Das ist doch oberpeinlich. Der denkt hernach noch, ich will ihn angraben.«

Sauerwein feixte über das ganze Gesicht. »Aber das willst du natürlich nicht.«

Sie hätte ihm am liebsten den Hals umgedreht. Dann besann sie sich eines Besseren. »Ach Schatz, ich warte einfach, bis du wieder Zettelchen schreibst. Du weißt schon, die mit den High Heels und der schwarzen Wäsche. Dann können wir gern weiterreden.«

Epilog

Eva war sich nicht sicher, ob es eine wirklich gute Idee war, aber da musste sie jetzt durch. Die Flasche Champagner zu besorgen war das Einfachste gewesen. Aber dann hatte sie lange darüber gebrütet, ob man einem Mann Blumen schenken kann. Schließlich hatte sie sich für eine zu seinem Haus passende Terrakottaschale entschieden und sie mit blühenden Kakteen bepflanzen lassen. Ihre Freundin Sabine hatte mit der Oh-sorry-verwählt-Nummer herausgefunden, dass er zu Hause war, und nun war sie mit klopfendem Herzen auf dem Weg zu ihm.

Hundert Meter vor seinem Haus hielt sie an, prüfte im Spiegel, ob sie sich so sehen lassen wollte, und überlegte, ob sie wieder umdrehen sollte. Sie atmete ein paarmal tief durch, legte den Gang ein und klingelte kurz darauf an seiner Tür.

»Was wollen Sie denn hier?« Misstrauisch sah er sie an.

»Ähm, ich, ja, ich wollte einfach mal vorbeischauen.« Wie peinlich. Fehlte nur noch, dass sie rot wurde. »Warten Sie, ich hole nur schnell was aus dem Auto.«

Als sie mit dem Champagner und der Kakteenschale in den Armen vor ihm stand, wurde sie doch rot. »Das ist für Sie. Ich bin gekommen, um Ihnen zu sagen, wie leid mir, ähm, uns das alles tut.«

»Hmm. Und da schenken Sie mir einen Kaktus?«

»Na ja, ich dachte, vielleicht wär das am passendsten. Wegen der Stacheln und so.« Sie schämte sich fast für den Mist, den sie redete. Aber nur fast. Immerhin hatte er sie nicht sofort zum Teufel geschickt.

»Und vielleicht wegen der Erinnerung?«

»Ja, deswegen auch.«

»Und was sagt Ihnen, dass ich mich überhaupt daran erinnern will?«

»Ähm, nichts. Ich wollte einfach nur nett sein.« Wieso sah er mit seinem Dreitagebart auch so verdammt attraktiv aus? Nervös trat sie von einem Bein aufs andere.

»Hören Sie, Frau Neunhoeffer, haben Sie einen Durchsuchungsbeschluss?«

»Was? Wieso denn? *Nein!*«

»Das freut mich. Möchten Sie einen Kaffee?«

Eine Stunde später war er richtig aufgetaut und hatte über ihre Anekdoten des Polizeialltags mehrmals gelacht. Sie fand es schön, mit ihm über Gott und die Welt zu reden und sich von ihm aufziehen zu lassen. Als ihr Telefon klingelte, verdrehte sie die Augen und flüsterte: »Mein Chef.«

»Na, Eva, wie kommst du voran?«, fragte Sauerwein.

»Womit voran?«

»Na, im Fall Vossen.«

»Martin, du bist –«

»Ein Arsch, ich weiß. Du sagst es mir oft genug. Pass auf, ich wollte dich nur fragen, ob du mit mir zu Anna Singer fahren willst.«

Strahlhubers, nein Eckers Schwester, die hatte sie schon völlig verdrängt. Eva schluckte den Kloß in ihrem Hals. »Ja, doch, das möchte ich. Morgen vielleicht?«

»Prima. Dann können wir auf der Fahrt auch gleich noch über deine Kündigung reden.«

Als Eva sich wieder beruhigt hatte, hatte Vossen ihr einen Aperol Spritz angeboten. Für die Nerven. Sie hatte abgelehnt und sich für den Kaffee bedankt.

»Also dann, Herr Vossen, viel Spaß mit den Kakteen, und rennen Sie nicht gleich zur Polizei, wenn Sie mal wieder träumen.«

Er brachte sie zum Auto, und als sie den Rückwärtsgang einlegte, klopfte er an ihr Fenster.

»Eva, gehst du mit mir essen?«

***

Der zweite Besuch an diesem Tag fiel ihr fast genauso schwer wie der erste. Diesmal war ihr der riesige Blumenstrauß nicht peinlich, aber die Angst, dass Kristina ihr nicht verzeihen würde, hinterließ einen dicken Kloß in ihrem Hals.

Eva öffnete leise die Tür und trat an das Bett. Sie sieht so friedlich aus, wenn sie schläft, dachte sie und zog einen Stuhl vor das Fenster. Dann schloss sie die Augen und döste in der Sonne. Sie würde einfach hier warten, bis Kristina wieder aufgewacht war.

Sie fröstelte, als die Sonne hinter den Bergen verschwunden war, streckte sich und sah zu ihr hinüber. Kristina saß aufrecht im Bett und blätterte teilnahmslos in der Zeitschrift, die Eva ihr auf das Tischchen gelegt hatte.

»Kristina, warum sagst du denn nichts?« Verlegen trat Eva an das große Krankenbett und umarmte die Freundin mit ihrem gesunden Arm; bedacht darauf, nicht an Kristinas zahlreiche Verbände zu stoßen. »Ich hatte solche Angst um dich, und ich mache mir solche Vorwürfe, dass ich dich da reingezogen hab.«

Kristina sah mit glasigen Augen an Eva vorbei aus dem Fenster. Nach einer Weile gab sie sich einen Ruck und sah die Kommissarin an. Eva stellte irritiert fest, dass es Kristina schwerfiel, einen Punkt zu fokussieren.

»Ach Süße, das mufft du nicht«, murmelte Kristina undeutlich. »Du kanns ja nichst da… da-ür.« Nur unter großer Anstrengung gelang es ihr, die Worte zu formulieren.

Eva sah sie entsetzt an. »Kristina, was ist los mit dir? Soll ich den Arzt rufen?« Sie langte nach der Klingel, die vom Bettgalgen herab knapp vor Kristinas Nase baumelte.

»Mia issoschlecht«, würgte Kristina hervor und griff mit der linken Hand nach einer Nierenschale halb hinter sich. Dabei fegte sie eine Tablettenbox und zwei Zeitschriften von dem Beistelltisch, der neben ihr stand.

Eva langte nach der Schale und drückte gleichzeitig hektisch auf den Klingelknopf. Dann fasste sie mit einer Hand Kristinas Haare zusammen und hielt ihr mit der anderen den Spucknapf vors Gesicht.

Zwanzig Sekunden später flog die Tür auf, und eine Schwester stürmte, gefolgt von einem glatzköpfigen Arzt, zur Tür herein.

»Das kommt von den Beruhigungsmitteln, die wir ihr gegeben haben«, erklärte der Arzt. Er hatte sich vergewissert, dass Kristina nichts weiter fehlte, und Eva zur Tür hinausgeschoben. »Sie verträgt sie nicht. Machen Sie sich keine Sorgen, das legt sich wieder. Aber manchmal sind Nebenwirkungen auf ein Medikament besser, als dem Patienten gar nichts zu geben.« Damit spielte er auf die psychischen Nachwirkungen von Kristinas Gefangenschaft an. »Wir stellen sie auf ein anderes Medikament um, sobald das letzte seine Wirkung verliert.«

Eva starrte den Arzt mit aufgerissenen Augen an. »Wie schlimm steht es wirklich um sie?«, fragte sie verängstigt.

Er dachte eine Weile nach. Als Eva schon nicht mehr mit einer Antwort rechnete, gab er sich einen Ruck. »Sie ist eine sehr zähe Person, verstehen Sie? Tough.« Er nickte, als ob er seine eigene Aussage bekräftigen wollte. »Ich glaube, dass sie bald wieder auf die Beine kommt. Im Moment verdrängt sie noch viel, und sie war unnatürlich gut gelaunt, als sie aus der Bewusstlosigkeit erwacht ist. Aber nachts hatte sie einen schweren Alptraum, deswegen haben wir sie mit ihrem Einverständnis ruhiggestellt.«

Er machte eine Pause, dann sah er die Kommissarin nachdenklich an. »Haben Sie sie in diese Lage gebracht?«

Eva nickte verzweifelt. Sie hätte alles in der Welt darum gegeben, um das Ganze rückgängig zu machen.

»Sie müssen damit rechnen, dass sie Sie eine Zeit lang regelrecht hasst, sobald wir die Medikation reduzieren. Seien Sie trotzdem für sie da. Bieten Sie ihr Ihre Freundschaft immer wieder an.« Er fasste Eva am Arm, als er ihren entsetzten Gesichtsausdruck sah. »Es *kann* so sein, *muss* aber nicht. Nur rechnen sollten Sie damit. Ich würde Ihnen in dem Fall auch empfehlen, mit einem Therapeuten daran zu arbeiten.«

Die Schwester kam mit der benutzten Nierenschale und der verschmutzten Bettwäsche aus dem Zimmer und nickte den beiden zu. »Es geht ihr wieder besser. Und sie möchte Sie jetzt gerne sehen«, sagte sie zu Eva.

Der Arzt bedankte sich bei der Schwester und hielt Eva noch einen Moment zurück. »Vergessen Sie keinen Augenblick, dass Frau Winter unter Beruhigungsmitteln steht. Selbst wenn sie im Moment sehr gelassen wirkt und Ihnen verzeiht – das kann sich durchaus wieder umdrehen. Gehen Sie jetzt behutsam, aber ganz normal mit ihr um. Sie braucht jeden Halt, den wir ihr geben können, damit sie wieder zu sich selbst finden kann. Und dazu zählt ganz besonders, dass sie eine sehr starke Frau ist. Wenn Sie

sie jetzt bemuttern, bricht sie womöglich trotz der Medikamente zusammen.«

»Ich bin mir zwar nicht ganz sicher, aber ich glaube, dass es mir schon wieder recht gut geht.« Nachdem sich Kristina übergeben hatte, war ihre Aussprache einigermaßen verständlich geworden, und auch ihre Augen blickten wieder klarer. »Ich werde zwar psychisch noch eine ganze Zeit lang daran zu knabbern haben, aber der Alptraum ist ja vorbei. Das ist er doch, oder?«

»Ja, das ist er«, bestätigte Eva. »Du weißt ja, dass er erschossen wurde.«

»Die Psychologin hat es mir heute Vormittag erzählt. Ich bin froh, dass er tot ist, Eva. Irgendwo, ganz weit weg, hab ich eine Erinnerung an das, was er ganz zuletzt zu mir gesagt hat. *Ich finde dich wieder, falls du nicht stirbst.*« Sie fröstelte. »Gruslig, oder?«

»Ja.« Eva wischte sich die Tränen aus dem Gesicht.

»Eva?«

»Hmm?«

»Wenn ich hier rauskomme, kochen wir dann wieder zusammen?«

»Bittest du mich gerade um ein Rendezvous?«

»Wenn ich dich nicht küssen muss.«

Es war schön, sie wieder lachen zu sehen. »Das ist aber schade.« Eva beugte sich über sie und hauchte ihr einen Kuss auf die Wange.

***

Eva hatte das Gefühl, seit Tagen nichts gegessen zu haben. Als sie die Tür aufsperrte und ihr der himmlische Duft von Piccata milanese in die Nase stieg, knurrte ihr Magen so laut, dass Rosie lächeln musste.

»Essen ist fertig«, sagte die alte Dame und wischte sich die Tränen ab, die ihr über die Wange liefen.

Erschrocken trat Eva zu ihr, beugte sich hinunter und sah ihr in die Augen. »Rosie, was ist los?«

»Na ja, jetzt, wo Herr Strahlhuber, Standter, ach, wie auch immer er hieß, nicht mehr lebt, gibt es für mich keinen Platz mehr. Und da die Ursel auch tot ist, hab ich keinen Menschen mehr.«

Eva sah sie bestürzt an. In ihrer Wohnung war auf Dauer kein Platz für eine zweite Person, und eine Haushälterin konnte sie sich sowieso nicht leisten. Sie fühlte sich elend bei dem Gedanken, die alte Frau aufs Abstellgleis zu schieben. »Rosie, Sie finden bestimmt etwas, was Sie gern tun möchten, glauben Sie nicht?«

»Ach Kindchen. Wissen Sie eigentlich, wie alt ich bin? Mir bietet niemand mehr eine Stelle an.« Rosie schluckte.

»Na, ich weiß nicht. Ich hab da vielleicht eine Idee.«

Als Rosie sie erwartungsvoll ansah, zog Eva eine Grimasse. »Erst mal was essen. Mit leerem Magen kann ich nicht denken. Au«, rief sie gespielt aus, als Rosie ihr mit dem Kochlöffel auf den gesunden Arm klopfte.

»Raus mit der Idee. Sonst gibt es nichts zu essen«, drohte die ihr.

»Hmm. Okay. Aber es ist nur eine Idee, verstanden? Ich weiß nicht, ob sich das verwirklichen lässt.«

»Egal. Erzähl endlich.« Vor lauter Aufregung ging Rosie unbewusst zum Du über.

Eva lächelte und nahm das Angebot gern an. »Du weißt doch, was mit Kristina passiert ist?«

»Sicher. Ich bin alt, aber nicht plemplem.«

»Ach so? Au, hör auf! Also, ihr geht es noch sehr schlecht, und sie wird eine Zeit lang jemanden brauchen, der sich um sie kümmert. Warte.« Eva hob die Hände, als Rosie anfing zu strahlen. »Ich weiß nicht, ob sie das überhaupt will. Ich könnte es mir aber sehr gut vorstellen. Und es wär doch immerhin ein Anfang, oder?«

***

Es war ein sonniger Tag, als Eva Sauerwein zu Hause abholte. Sie hatte darauf bestanden, ihr Smart Cabrio zu nehmen, hatte das Dach zurückgeklappt und vorsorglich eine warme Strickmütze für ihn eingepackt. Er sah ungewohnt zufrieden aus, als er die Haustür ins Schloss fallen ließ und mit langen Schritten auf sie zukam. Seine

Socken passten zur Hose, das Hemd war frisch gebügelt, und im Augenwinkel sah sie, dass sich die Gardine leicht bewegte.

»Hör schon auf, mich so anzustarren. Fahr einfach los«, brummte er und sah stur geradeaus. Da sie keine Anstalten machte, den Motor zu starten, drehte er sich zu ihr, fing an zu grinsen und sagte: »Ja, du Nervensäge. Sie ist wieder da.«

»Sie?«, hakte Eva nach und lächelte ihn treuherzig an. »Deine Schwester?«

Sauerwein hätte ihr am liebsten den Hals umgedreht. »Dir ist doch völlig klar, wen ich meine.«

»Ist es das?«, fragte Eva unschuldig. »Komm schon, spuck ihren Namen aus.«

»Du kannst ein richtiges Miststück sein, weißt du das?«

Eva lachte. Und wartete.

Irgendwann gab er auf. »Charlotte Sommerfeldt natürlich.«

»Und?«

»Es sieht so aus, als ob sie mir verziehen hat.«

Täuschte sie sich, oder wurde er tatsächlich rot? Eva griff zum Zündschlüssel, hielt aber kurz davor inne. »Weißt du was? Das freut mich wirklich.«

Sie hatte sich nicht dazu bewegen lassen, in die Stadt zu kommen, und um ein Treffen am Chiemsee gebeten.

Als Anna Singer die Kommissare auf sich zukommen sah, spürte sie ein leichtes Ziehen in der Magengrube. »Haben Sie Thomas gefunden?«

»Ihr Bruder ist tot, Anna«, sagte Eva sanft.

Anna Singers Blick rückte in die Ferne, gefangen genommen von den schneebedeckten Berggipfeln im Westen des Sees.

»Und die Frau?«, fragte sie nach einer Weile.

»Sie hat durch die Medikamente, die Ihr Bruder ihr verabreicht hat, einen lebensgefährlichen Schock erlitten. Aber sie hat eine gute körperliche Verfassung, und die Ärzte sind zuversichtlich, dass sie es ohne bleibende Schäden überstehen wird.«

»War er das?« Sie deutete auf den Verband an Evas Schulter.

»Ja.«

Anna Singer spürte den Kampf, den die Kommissarin mit sich

ausfocht. »Sie waren es, stimmt's? Sie haben meinen Bruder getötet.«

Eva setzte zu einer Antwort an, doch dann schloss sie den Mund. Eine Weile gingen sie schweigend nebeneinanderher.

Dann blieb Eva stehen und fasste Anna Singer am Arm. »Es war Notwehr, Anna. Es tut mir so leid.«

»Kein Mitleid, bitte.« Anna Singer schaute auf den See. Dann drehte sie sich zu Eva um und sah ihr lange in die Augen. »Machen Sie Ihren Frieden damit. Es war das Beste, was passieren konnte.«

Während sie langsam am Ufer entlangschlenderten, erzählte Eva, wie sie auf die Spur des Mörders gekommen waren.

»Als Anwalt einer Partnervermittlung?«, wiederholte Anna Singer kopfschüttelnd. »Ich wusste nicht mal, dass er Jura studiert hat.«

»Er hatte so viele falsche Identitäten, dass wir noch nicht wissen, was wahr und was Lüge ist. Aber soweit wir herausgefunden haben, war er der alleinige Inhaber der Partneragentur. Damit hatte er eine gute Erklärung, woher das viele Geld kam, das er für sein luxuriöses Leben gebraucht hat«, sagte Eva.

Auseinanderzurechnen, welchen Teil seines Vermögens er gestohlen hatte und welcher rechtschaffen erworben war, würde Monate dauern. Sicher war jedenfalls schon jetzt, dass Anna Singer nach allen Entschädigungen an die Opfer und Hinterbliebenen immer noch ein umfangreiches Erbe aus dem rechtmäßig erworbenen Nachlass ihres Bruders würde antreten können.

Sauerwein ging schweigend hinter den Frauen her und genoss die wärmenden Sonnenstrahlen. Jetzt zog er ein Foto aus seiner Jackentasche. »Wir haben im Haus Ihres Bruders einen Mann gefunden, aber keinen Hinweis auf seine Identität. Vielleicht können Sie uns helfen.«

Obwohl das schmale Gesicht Anna Singers ausdruckslos blieb, spürten die Kommissare, dass sie um Fassung rang.

Mit starrem Blick fing sie an, das Foto zu zerreißen, und sah den Schnipseln zu, die kurz auf dem Wasser trieben, bevor sie sich vollsaugten und untergingen.

»Ich habe nicht gedacht, dass ich dieses Gesicht jemals wiedersehen werde«, sagte sie leise. »Es ist unser Stiefvater. Ich dachte, er sei tot.«

»Ach Anna, es tut mir so leid«, sagte Eva, als sie den Schmerz in ihrem Gesicht sah.

»Nein, so ist das nicht. Ich weine nicht um ihn.« Anna Singer holte tief Luft. »Ich war sieben, als er mich das erste Mal vergewaltigt hat. Thomas war gerade fünf. Wir waren so verzweifelt. Ich, weil ich mich nicht gegen ihn wehren konnte, und Tommi, weil er mir nicht helfen konnte. Haben Sie die Narben auf seinem Rücken gesehen?«

Eva nickte. »Sie müssen uns das nicht erzählen«, sagte sie und drückte ihr ein frisches Taschentuch in die Hand.

»Doch, ich möchte das gern loswerden. Können wir noch ein Stück den See entlanggehen?«

»Sicher. Möchten Sie, dass Herr Sauerwein hier auf uns wartet?«, bot Eva ihr an.

Anna Singer drehte sich zu ihm um. »Nein, ich wär froh, wenn Sie mitkommen.«

Sauerwein nickte und quittierte ihr Vertrauen in ihn mit einem Lächeln.

»Als Tommi sieben war, hat das Schwein angefangen, ihn zu schlagen. Erst mit der Hand, später mit dem Gürtel. Unsere Mutter konnte uns nicht helfen, oder vielleicht wollte sie das alles auch nur nicht wahrhaben. Wir haben nie herausgefunden, ob sie es überhaupt gewusst hat.« Anna Singer schluckte schwer.

»Unser Vater war früh gestorben, und dann hat sie ihn kennengelernt. Am Anfang war es ganz okay, da war er nett und hat sich bemüht, freundlich zu uns zu sein. Als sie ihn geheiratet hat, fing er an zu trinken. Erst hat er nur sie geschlagen und beschimpft, später setzte es wegen jeder Kleinigkeit Ohrfeigen, und dann fing er an, mir unter den Rock zu greifen. Ich wusste nicht, was er da machte, und hatte Angst, mich zu wehren.« Sie lachte auf. »Können Sie sich das vorstellen? Ich hatte Angst, dass ich eine Ohrfeige bekomme, wenn ich mich dagegen wehre, dass mir das Arschloch ins Höschen fasst.«

»Anna, Sie waren ein Kind. Gehen Sie nicht so hart mit sich ins Gericht.« Sauerwein fiel es sichtlich schwer, ihr zuzuhören.

»Ja, ein Kind«, erwiderte sie bitter. »Ein halbes Jahr lang noch. Und dann war meine Kindheit schlagartig vorbei. Und wissen Sie was? Es war genau an Weihnachten. Es war sein Weihnachtsgeschenk für mich.«

Eine Weile gingen sie schweigend am Ufer entlang.

»Eines Nachts, ich war kurz vorher acht geworden, stritten sich er und meine Mutter wieder einmal. Thomas und ich lagen unter der Bettdecke und hielten uns die Ohren zu. Plötzlich war es still. Wir hörten die Haustür schlagen, dann war Ruhe. Am nächsten Morgen haben wir unsere Mutter gefunden. Sie war die Treppe hinabgestürzt und hatte sich das Genick gebrochen. Danach hat das Jugendamt ihm das Sorgerecht zugesprochen, da es der Meinung war, dass unsere Großeltern zu alt dafür gewesen wären.« Anna Singer war stehen geblieben und betrachtete ihre Schuhspitzen.

»Von da an musste ich jede Nacht in sein Schlafzimmer kommen. Eine Zeit lang bestand er darauf, dass ich dort auch schlafe, aber da ich jede Nacht ins Bett gepinkelt habe, hat er mich wieder weggeschickt, nachdem er fertig war. Aufgehört hat es erst, als ich fünfzehn war. Der Alkohol hat ihn impotent werden lassen. Nachdem Tommi verstanden hatte, was da vor sich ging, hat er mir versprochen, dass er ihn umbringt, sobald er groß und stark genug dafür ist.«

Sie schaute Sauerwein an. »Dann hat er sein Versprechen also gebrochen.«

Er nickte. »Ihr Bruder hat gelogen. Er hat Ihren Stiefvater die ganzen Jahre über wie ein Tier in einem Käfig im Keller gefangen gehalten und gequält.«

Es war ihr anzusehen, wie schwer sie sich mit dem Gedanken tat. »Ich hoffe, Sie halten mich jetzt nicht für ein Monster. Aber ich kann nicht sagen, dass er mir leidtut.«

In den Augen der Kommissare las sie nur Verständnis und Mitgefühl. Erleichtert atmete sie auf. »Und was wird jetzt mit ihm?«

»Er ist sehr krank und schwach. Die Ärzte geben ihm keine zwei Tage mehr. Er wird sterben, Anna.«

Sie nickte, und ihr Blick wanderte zurück zu den Bergen.

Als sie den Weg zurück nach Bernau liefen, kamen ihnen ein Mann und ein kleines Mädchen entgegen. Das Kind hüpfte wie ein Welpe um seinen Vater herum und schrie vor Vergnügen auf, als er sie hoch über seinen Kopf hob. Als sie die drei auf sich zukommen sah, jauchzte sie vor Freude. »Mamiiii, schau, ich kann flieeegen.« Sie machte sich los und riss ihre Mutter im Laufen um. Lachend setzte sich Anna Singer auf, zog sie an sich und pflückte einen Grashalm aus dem Haar ihrer Tochter.

Sauerweins Handy klingelte. Er hörte dem Anrufer zu, bedankte sich und suchte Anna Singers Blick. »Es ist vorbei.«

Die Wiese war voller Krokusse. Es war Frühling geworden.